Aus Freude am Lesen

Wie hatte es Peter Wawerzineks Mutter ihm antun können, ihn als Kleinkind in der DDR zurückzulassen, als sie in den Westen floh? Der Junge, herumgereicht in verschiedenen Kinderheimen, blieb stumm bis weit ins vierte Jahr. Die Köchin des Heims wollte ihn adoptieren, ihr Mann wollte das nicht. Eine Handwerkerfamilie nahm ihn auf, gab ihn aber wieder ins Heim zurück. Wo war Heimat? Wo seine Wurzeln? Wo gehörte er hin? Dass er auch eine Schwester hat, erfuhr er mit vierzehn. Im Heim hatte ihm niemand davon erzählt, auch später die ungeliebte Adoptionsmutter nicht. Als Grenzsoldat unternahm er einen Fluchtversuch Richtung Mutter in den Westen, kehrte aber, schon jenseits des Grenzzauns, auf halbem Weg wieder um. Wollte er sie, die ihn ausgestoßen und sich nie gemeldet hatte, wirklich wiedersehen?

Zeitlebens kämpft Peter Wawerzinek mit seiner Mutterlosigkeit. Als er die Mutter Jahre nach dem Mauerfall aufsuchte und mit ihr die acht Halbgeschwister, die alle in derselben Kleinstadt lebten, war das über Jahrzehnte gewachsene überlebensgroß gewordene Mutterbild der Realität nicht gewachsen. Es blieb die einzige Begegnung.

PETER WAWERZINEK wurde unter dem Namen Peter Runkel 1954 in Rostock geboren. Er wuchs in verschiedenen Heimen und bei verschiedenen Pflegefamilien auf. Seit 1988 freier Schriftsteller, Regisseur, Hörspielautor und Sänger. Berliner Kritikerpreis für Literatur (1991), Hörspielpreis der Berliner Akademie der Künste (1993), Ingeborg-Bachmann-Preis und den gleichnamigen Publikumspreis (2010), Shortlist Deutscher Buchpreis (2010).

Peter Wawerzinek

Rabenliebe

Roman

btb

Die Originalausgabe erschien im Galiani Verlag, Berlin.

Die Arbeit an diesem Roman wurde gefördert von der Preußischen Seehandelsgesellschaft sowie durch das Berliner Literaturstipendium des Berliner Senats.

Verlagsgruppe Random House FSC-DEU-0100
Das für dieses Buch verwendete
FSC®-zertifizierte Papier *Pamo House*
liefert Arctic Paper Mochenwangen GmbH.

1. Auflage
Genehmigte Taschenbuchausgabe Februar 2012
btb Verlag in der Verlagsgruppe Random House GmbH, München
Copyright © 2010 by Verlag Kiepenheuer & Witsch GmbH & Co. KG, Köln
Alle Rechte vorbehalten
Umschlaggestaltung: © semper smile, München nach einem Umschlagentwurf von Manja Hellpap und Lisa Neuhalfen
Umschlagmotiv: © Wolfgang Wolf
Druck und Einband: CPI – Clausen & Bosse, Leck
KR · Herstellung: BB
Printed in Germany
ISBN 978-3-442-74265-3

www.btb-verlag.de

Besuchen Sie unseren LiteraturBlog www.transatlantik.de.

Für Petra

Teil Eins
Die Mutterfindung

*Ich habe gedacht, wenn ich mich schreibend verschenke, entfliehe ich dem Teufelskreis der Erinnerung.
Schreibend bin ich tiefer ins Erinnern hineingeraten, als mir lieb ist.*

SCHNEE IST DAS ERSTE, woran ich mich erinnere. Verschneit liegt rings die ganze Welt, ich hab nichts, was mich freuet, verlassen steht der Baum im Feld, hat längst sein Laub verstreut, der Wind nur geht bei stiller Nacht und rüttelt an dem Baume, da rührt er seinen Wipfel sacht und redet wie im Traume. Es schneit sanft in den Ort hinein. Danach gewinnt der Schneefall an Stärke. Es ist so oft Winter in meinem Kopf. Es schneit so häufig, dass ich denke, in meinen Kinderheimjahren hat es nur Schnee und Winter, Frost und Eiseskälte gegeben. Ich sehe mich eingemummelt. Frost und Rotz klebt an der Nase. Ich bin das ewige Winterkind unter Winterkindern beim täglichen Schneemannbauen. Es ist früh dunkel. Die Nacht hält lange aus. Die Sonne steigt nicht über den Horizont. Es schneit auf all meinen Wegen. Aus Schnee besteht der Sommer. Schnee ist nur ein anderer Name für die Sonne. Es ist November. Es ist Februar. Ich sitze in einem großräumigen Automobil, einer schwarzen Limousine. Ich bin vier Jahre jung und in dem riesigen Automobil. Schneeweiß ist die Landschaft, die ich in Erinnerung habe. Der Fahrer ist ein dunkler Schattenriss. Es ist der Tag, den ich als ersten Tag meines Lebens erinnere. Ein tiefgrauer Tag, der morgens rötlich aufzog und schön zu werden schien, sich dann aber verdunkelte. Ein Tag, der sich hinter einer Wolkendecke verkriecht, sich den Tag über als Tag nicht sehen lassen mag und dem Schnee das Terrain überlässt, der aus diesem grauen Himmel wie aus einer alten Pferdedecke geklopfter Staub umherwirbelt. Wie beim Hasen, der bei seinem Lauf über den Acker den Igeln nicht davonlaufen kann, ruft der Schnee mir zu: Bin schon da. Ach bittrer Winter, wie bist du kalt, hast entlaubet den grünen Wald, hast verblüht die Blümlein, die bunten Blümlein sind worden fahl, entflogen ist uns die Nachtigall, entflogen, wird je sie wieder singen.

> In der vergangenen Woche starb in Schwerin die fünf Jahre alte Lea-Sophie. Ihre Eltern hatten sie verhungern lassen. Eine Woche vor ihrem Tod hatte der zuständige Sozialarbeiter nicht darauf bestanden, das Kind zu sehen. Gegen das Jugendamt laufen Anzeigen wegen unterlassener Hilfeleistung.

Ich befinde mich auf dem Weg zu einem Kinderheim. Ich habe keine Ahnung, wohin es mit mir geht. Ich weiß nicht, was mich am Ende der Fahrt erwartet. Ich sitze in einer Limousine. Der Frühnebel beherrscht die Landschaft. Im Nebel löst sich der ruhende Ackerstein auf. Im Nebel erscheinen all die Dinge in der Natur wie in eine milchige Glasschale hineingelegt. Im Nebel wird das Schwere leichter. Die Welt ist mir näher als unter der Sonnenbestrahlung. Das plan liegende, nur zu ahnende, weite Feld tritt geballt aus der Nebelmasse hervor, um sich betrachten zu lassen und wieder zu verschwinden. Das Unscheinbare ist erst in all seiner nebulösen Unklarheit innig zu erleben. Der an einem gewöhnlichen Tag ignorierte, große, stumme, unscheinbar am Wegrand schlafende Ackerstein tritt wacher aus dem Nebel hervor, gewinnt an Würde und Gewichtigkeit. Im Nebel ruhet noch die Welt, noch träumen Wald und Wiesen: Bald siehst du, wenn der Schleier fällt, den blauen Himmel unverstellt, herbstkräftig die gedämpfte Welt, im kalten Golde fließen. Leben ist Nebel und Nebel ist Leben. Rückwärts wie vorwärts gelesen mögen die zwei Worte Nebeleben und Lebenebel in Gold gefasst untereinander aufgeschrieben auf meinem Grabstein stehen. Nebel mögen, heißt Zuwachs durch Schwinden anerkennen. Nebel als Grundlage allen Seins zu werten heißt, Nebel als Dauerausstellung und Fingerzeig annehmen; das unerhörte Flüstern. Nebel weiß ich um mich, der es gut mit mir meint.

Das Feld liegt wie ein gestärktes Nachthemd da. Mir ist, als hörte ich eine Krähe rufen. Ich verehre seither Krähen. Ich bewahre mir von diesem ersten mir bewusst werdenden Tage an Hochachtung vor Krähen und Nebelschwaden. Ich rede von Nebel und Krähen, wenn von Leichtigkeit und Erdschwere die Rede ist, vom Verschwinden der Dinge. Am schönsten ist mir im Nebel, wenn Krähen schreien, die nicht zu sehen sind und im Nebel gar nie nach wem rufen. Nebelkrähen sah ich zuerst. Nebelkrähen sollen also bis an mein Lebensende meine Schicksalsvögel bleiben. Nebelkrähen begleiten mich durchs Leben. Ich werde im Nebel befruchtet, durch Nebel gezeugt. Nebelschwaden sind die Fruchtblase, in der ich geworden bin. Im Nebel weiß ich den Vater geborgen, von dem niemand weiß. Im Nebel weiß ich die Mutter hinterlegt, die vergessen hat, wer ich bin. Ein aus dem Nebel gekrochener, nicht aus dem Gebärtrakt der Mutter gepresster Erdenbürger bin ich.

> Im März dieses Jahres wurde im hessischen Bromskirchen der Hungertod der vierzehn Monate alten Jacqueline bekannt. Das Mädchen wog mit sechs Kilo nur noch halb so viel wie andere Kinder in ihrem Alter. Das Kind hatte seit Monaten keinen Arzt gesehen.

Es ist später Herbst. November. Es kann Januar, Februar, Juni, Juli, August sein. Es schneit nur in der Erinnerung so mütterlich sanft. Wir schreiben das Jahr 1954. Der Krieg ist neun Jahre vorbei. Der Krieg ist nie vorbei, sagt der Verstand. Der Schutt ist großteils beiseitegeschafft worden. Hinterm Dorf, hinter der Stadt, hinter den Metropolen, wo Kuhlen ausgehoben werden konnten, Schutt zu Bergen aufgeschüttet worden ist. Berge, die zum Landschaftsbild dazugehören wie all die Kriege, die in der Welt geführt werden, ununterbrochen, seit ich in diese Welt hineingeraten bin. Warschauer Pakt. Nationale Volksarmee. Aus Einheiten bestehender Bauch meiner Mutter. Eben war ich noch in ihm kaserniert. Im Bauch der Sowjetunion, die meiner Mutter weitreichende Souveränitätsrechte gewährt. Kurzzeitiger Berufswunsch: Volkspolizist. Im Alter dann von zwei Jahren von der Mutter Richtung Westen verlassen, im Kleinkinderheim verblieben, mitten hinein in die Entstalinisierung, auf den zwanzigsten Parteitag der KPdSU zu, in die Dekade der friedlichen Koexistenz geworfen wie in einen Würfelbecher mit nur einem roten Würfel ohne Zahlen versehen und lauter Hammersichelsymbole. Höfliche Begrüßungen werden Kampfansage. Schlagworte. Schlagbäume. Erlass. Reparation. Zahlungen. Schulden. Rückgabe. Aktien. Anhebung unterer Industrielohngruppen. Preise. Senkungen.

Der Wagen heißt Tschaika wie Möwe. Gesamtproduktion dreitausendeinhundertneunundsiebzig Stück. Viertürig oder fünftürig. Ich kann es nicht mehr sagen. Auf jeden Fall innen mit sieben Sitzplätzen versehen. Hat an die zweihundert Pferdestärken unter der Haube, prahlt der Fahrzeuglenker. Acht Zylinder. V-Motor. Dreiganggetriebe. Hydraulischer Drehmomentwandler. Klimaanlage. Servolenkung. Höchstgeschwindigkeit hundertsechzig Kilometer die Stunde, die ist er auf einem Fluggelände ein-, zweimal voll ausgefahren. Ein Gefühl, kann er sagen, sagt der Kraftfahrer und knutscht sich im Spiegelbild, dass es laut schmatzt. Durchs ganze Land würde er mich am liebsten chauffieren, abheben, aufsteigen und die überall Ruh über den Wipfeln stören, den Krähen es zeigen, ihnen den Fliegermarsch blasen: Kerzengrad steig

ich zum Himmel, flieg ich zur Sonn direkt, unter mir auf das Gewimmel, da pfeif ich mit Respekt, wenn wir dann so oben schweben, mein Freund, das ist ein Leben, da fühl ich mich wie ein junger Gott, Kreuz Himmeldonnerwetter sapperlot, in der Luft gibts keine Räuber, kein Bezirksgericht und auch keine alten Weiber, sieht man oben nicht, da oben gibts kein Hundefutter und keine Schwiegermutter, in der Luft gibts keine Steuer, keine Kaution, auch der Zins ist nicht so teuer, und kommt der Schneider mit der Rechnung, fliegt man bitte ganz gemütlich ihm davon, Freunderl, drum sei nicht dumm, drum drum drum, sei nicht dumm / komm und sei mein Passagier, fliege fliege flieg mit mir, droben, wo die Sterne stehn, wollen wir spazieren gehn, schmeiß hin all Dein Gut und Geld, einen Fußtritt dieser Welt, in der Luft, in der Luft fliegt der Paprika, auf zum Himmel, Himmel, Himmel, Hipp, hipp, hurra.
Luxuriöses Fahrzeug, Staatskarosse. In der Sowjetunion hergestellt, Privatpersonen zugedacht, höheren Behörden, Funktionären. Automatikgetriebe, Antrieb auf die Hinterräder übertragen, Hydraulikwandler, kinderleicht über einen Wahltaster am Armaturenbrett zu schalten. Schon schwebt man in der zweieinhalb Tonnen schweren Limousine, die schwarz und geheimnisvoll glänzt. Ein Hingucker, ein Augenschmaus, ohne Frage: Stimmt es, dass der Stachanow-Arbeiter Iwan Iwanowitsch Iwanow auf der Allunionsausstellung in Moskau ein Automobil der Luxusklasse Seemöwe gewonnen hat? Antwort: Im Prinzip ja, aber es handelte sich nicht um den Stachanow-Arbeiter Iwan Iwanowitsch Iwanow, sondern um den Alkoholiker Pjotr Pjotorwitsch Petruschkin, und der hat kein Automobil der Luxusklasse Seemöwe gewonnen, sondern ein Fahrrad gestohlen. Чайка Чайка Чайка schmettert der Mann am Lenkrad mit erhobenen Augenbrauen, ich soll es keinem verraten, die schicke Seemöwe Чайка hätte sich ins amerikanische Modell Packard Patrician verguckt, beide sähen sich vom Typ her ähnlich.

Nebel oder Schnee ist draußen zu sehen. Aus dem Schneefall hervor klatscht Schnee gegen die Scheiben. Novemberschnee, jubelt das Kind, das im vierten Jahr seines Lebens partout nicht redet, in sich gekehrt erscheint, alles versteht und jedes Wort aufnimmt, von dem, was der Chauffeur ihm erzählt und eines auch weiß, dass nämlich der neugierige Schnee mitgehört hat und nunmehr das in sich hineinstummende Kind, die muttervaterlose Waise ansehen will und herzlich begrüßen.

Die Jahre stehen wie Schneemänner in Reihe, mit nichts angekleidet als löchrigen Töpfen auf ihren Köpfen und Rüben, wo sonst Nasen im Gesicht stecken. Es schneit ins Wageninnere meiner Kindheitslimousine hinein. Schnee fällt innen wie außen. Mein Leben kennt keine andere Jahreszeit als den Winter. Das Jahr hindurch herrschten Vorwinter, Winter, Nachwinter. Und ewig ist Nebel um mich herum. Nebelschneejahre. Schneenebeltage.

Ich richte mich an Hirngespinsten auf. Mir ist keine Tür zu einer Limousine von einem Chauffeur aufgetan worden. Viele Türen blieben dem Ankömmling verschlossen, dem Kind verboten. Ich sehe mich an die Hand genommen, in hinteren Winkeln; in Räumen ohne Glanz. Alltag und Rhythmus. Sammeln und Hände fassen. Anmarschieren, abmarschieren, stehen, auf der Stelle treten, links um, rechts um, drei Schritte vor, zwei zur Seite, Hände voneinander lösen, hinterm Stuhl die Lehne mit beiden Händen fassen, aufhören zu sprechen, nicht grinsen, ruhig zum Stuhl gehen, nicht laufen, auf seinem Stuhl Platz nehmen, nach vorne sehen, auf den eigenen Teller blicken, den Löffel erst benutzen und anfangen mit dem Essen, wenn es gesagt wird. Alles auf dem Teller Befindliche schön brav aufessen. Sitzenbleiben, bis der Letzte mit seinem Essen fertig ist. Formeln des Dankes sagen. Antreten, abtreten, aufs Zimmer gehen, mit dem Bettenmachen fertig werden, auf Kommando einschlafen, nach dem Erwachen zur Toilette gehen. Nicht alle zugleich an einem Wasch-

becken stehen. Zurück und Haare kämmen. In drei Minuten auf dem Flur sein.
Um zu wissen, was mit mir war, gehe ich durch hermetische Barrieren in gesicherte Strukturen, mir meiner Erinnerungen sicher zu werden, Beleg zu erlangen, wo nicht die Spur von Gold an den verbotenen Räumen nachweisbar ist und es an Zuneigung mangelt, Zuneigung nicht gibt und auch sonst keinen Freiraum, jahrzehntelang, bis in die heutige Zeit hinein. In die Vergangenheit, das Heimleben, die Tristesse der abspulenden Tage. Du bleibst vor Erinnerungspforten, vor verschlossenen Türen, vor Toren von Unmöglichkeit, weil der Alltag Trott und Vorschrift war. Du hast funktioniert und in den angesagten Freizeiten in Gruppe Bastelarbeiten absolviert. Du warst von Beginn an chancenlos, das ausgeschlossene Kind in deinem Kinderheim, weil Heimkindsein Ausschluss und Gewahrsam meint. Du warst die Waise neben anderen Waisenkindern und lebtest gut unter dem Deckel zum Topf, solange du mit der Außenwelt nicht in Berührung gebracht wurdest. So lange war dein Heim ein Kuvert mit einem glatten Siegellack versehen.

> Celestine erträgt Handwerkermärkte nur schwer. Als die zwölfjährige Berlinerin vor ein paar Monaten in einem Bauhaus war, sah sie in den langen Regalen ein silberfarbenes Klebeband liegen und musste das Gebäude sofort verlassen. Das Klebeband erinnerte sie an ihr Martyrium, das sie einst mit knapper Not überlebt hat. Weil sie so laut war, hatten ihre Eltern ihr wochenlang, vielleicht länger, mit einem solchen Tape den Mund zugeklebt. Es blieb nur ein kleines Loch, damit sie noch atmen konnte.

Die Vernunft verdammt das von mir erinnerte Bild, im großen Luxuswagen vorgefahren zu sein, als Einbildung. Dreizehn Jahre nach dem Zweiten Weltkrieg wird kein vierjähriger Schutzbefohlener in luxuriöser Würde von einem Kleinkindkinderheim ins nächste Vorschulkinderheim chauffiert. Ich aber will mir die Einbildung nicht aus dem Kopf schlagen. Ich will nicht als die schweigende Waise auf einem knatternden Motorrad hinter diesem Ledermantelmann geklemmt ins Kinderheim gebracht worden sein. Ich bin auf keinem Krad herangekarrt worden. Ich fahre Limousine. Ich bin eine Waise. Die Vernunft lehnt sich gegen die Wirklichkeit auf. Eine schändliche Neigung ist die Vernunft. Kein größeres Laster gibt es in unserer Welt als den Hang zur Vernunft. Kein größeres Übel weiß ich. Richtlinien werden für die Vernunft erdacht, die nichts weiter wollen als eine bessere Lebensführung, unter Vermeidung von Verfehlung. Gegen die Natur ist die Vernunft in Stellung gebracht. Ein Panzerbrecher ist die Vernunft, die keinen Müll anerkennt, die den Dreck nicht sieht, den Abfall nicht liebt. Gegen jedwede natürliche Ordnung ist die Vernunft uns Menschen mahnend vorgesetzt wie eine dunkle Scheibe, in die wir Löcher kratzen müssen, wollen wir nicht von Dummheit geprügelt sein. Eine Spießrute ist die Vernunft, eine schmerzende Gerte, die Maß nimmt, den, der sich einsauen will und unvernünftig suhlen, zu züchtigen sucht. So verrottet ist unsere Welt, so durchsotten sind die Gesellschaftsformen, dass die Vernunft höchstes Menschengebot geworden ist. Das Motorrad ist durch die Limousine ersetzt. Die Erinnerung übermalt. Bockig widersetze ich mich der Vernunft. Bockig bestehe ich auf die mit sechs oder dreizehn Seitentüren versehene Cabrio-Limousine unter meinetwegen einem Schiebedach, das sich nach Herzenslust schließen und öffnen lässt, auch wenn man im Zusammenhang mit der in der Sowjetunion gebauten fahrenden Seemöwe nichts von einem Schiebedach weiß. Wann immer ich Lust darauf verspüre, stehe ich auf dem Hintersitz. Wann immer ich will, schiebe ich das Dach auf und zu, dass der liebe Schnee zu mir findet. Ich rücke mit meinen Erinnerungen gegen jedwede innere Vernunft vor. Wunschdenken verhilft mir als vierjährigem Jungen zu Beginn meiner Erinnerungsreise gegen alle Vernunft in die eingebildete Limousine. Ich mag nicht mit einem Sammeltransporter, in keinem Kranken- oder Viehwagen gekarrt oder in einem gewöhnlichen Überlandbus ins Kinderheim transportiert worden sein.

Wenn ich der leiblichen Mutter etwas verdanke, dann mein intimes Empfinden für Schnee, das ich meine Schneesensibilität nennen möchte. Es war eine Mutter, die hatte vier Kinder, den Frühling, den Sommer, den Herbst und den Winter, der Frühling bringt Blumen, der Sommer den Klee, der Herbst bringt Trauben, der Winter den Schnee. Ich sitze am Fenster und sehe zum Garten meines ersten Kinderheimes hin, wo seit Tagen Schnee aus allen Wolken herabfällt, wo Schnee auf Schnee liegt und kleine Vögel zu beobachten sind, die im Schnee kein Futter vorfinden, sich um das Vogelhaus herum versammeln, sich von den Sonnenblumenkörnern im Schmalztopf ernähren. Schmalz, von mir unter den wachsamen Augen der Köchin mit Namen Frau Blume ausgelassen und in den Blumentopf eingelassen, mit Körnchen versehen. Am Schreibtisch über der Schreibarbeit zerplatzt der Traum von meiner Limousine. Ich komme an. Ich werde vor das Kinderheim gefahren, von dem ich nicht weiß, dass es ein Kinderheim ist, das ich in der Erinnerung als Bühne erlebe. Egal von welcher Seite ich mich in meine Anfangsjahre hineinversetze, Schnee fällt und rot wie Blut sind die Backsteinziegel des Hauses.

Der Vorhang öffnet sich zur kleinen Bühne, auf der es zu schneien beginnt. Blutrot ist die Bühne in glänzenden Stoff gehüllt. Als blickte ich in den aufgerissenen Mutterbauch, die Mutterhöhle. Der Ledermantelmann fährt vor. Ich höre den Ton seines Fahrzeuges von hinter der Bühne her. Das Geräusch hat sich über die Jahrzehnte allmählich von dem eines Motorrades zu dem einer Limousine verändert. Eine dreistufige Steintreppe, auf ihr drei Krankenschwestern ste-

hend, wird von kräftigen Bühnenarbeitern vor die Hausfassade geschoben. Der wuchtige Ledermantelmann, bis zu den Waden in schweres Leder gehüllt, tritt auf und zieht diesen kleinen Jungen hinter sich her, der vier Jahre alt ist.
Ich werde vom Ledermantelmann vor das Heim geführt, vor dem ich erst wieder dreiunddreißig Jahre später, nur wenige Monate nach dem Fall der Mauer in Berlin, so neugierig und fassungslos stehe. Wie eine Ware angeliefert. Ich gehe an der Hand des Ledermantelmannes, der ein Berg ist, dessen Gipfelkopf ich nicht sehe, wie sehr ich mich auch mühe, mir den Hals verrenke. Er zieht mich nach, schleppt mich im Tau, betätigt nicht einmal eine Klingel. Ihm wird die Tür aufgetan, bevor wir auf der Treppe sind.
Der Ledermantelmann wünscht den Frauen einen schönen Tag. Ich will nicht sehen müssen. Ich dränge mich hinter den Ledermantelmann, der ein Etui zückt, in dem sich Tabak und Papier befinden, woraus er sorgsam eine Zigarette dreht. Drei Frauenstimmen vereinen sich zum Sprechgesang. Ein dominantes, zentrales Singen, umweht von zwei unterwürfigen Tonlagen, die sich einklinken, der Vorsängerin beipflichten: Da sind Sie ja endlich. Bei so einem Wetter. Was für eine Kälte. Wir dachten schon, Sie kommen gar nicht an. Wir warten bereits eine Stunde. Zum Glück ist Ihnen nichts passiert. Drei Armpaare sind vor die Brüste gekreuzt. Die Frauen sind dünn angekleidet, sie frieren. Was für ein Jahr dies Jahr, sagt die eine. Völlig verrückt, unmöglich, stimmt die zweite ein. Dieser Schnee mit einem Mal, schließt die dritte die Einlage ab. Schon entsteht eine lange Pause. Schweigen folgt, bis der Ledermantelmann das Wort nimmt, zum Jahr sagt, dass es ein Jahr ist wie jedes Jahr; nicht besser, nicht schlechter als die Jahre zuvor. Nur weil dieser Schneenebel herrsche, die Damen, so ein Nebelschnee sei nichts, keine enorme Sache im Vergleich zu den Nebeln auf blanker See, die ihm vor Neufundland passiert seien, mit gefrorenen Händen auf Kabeljaufang, den Blauen Wittling kaschen, den Schellfisch,

die Makrele, den Hering aus Netzmaschen tütern. Wenn die Hände Fischkrallen sind, das heiße ich Kälte. Wenn Schnee wie ein Mantel wärmt, das heiße ich Gestöber. Wenn Nebel reine Atemluft ist, das heiße ich Nebelgüte. Rauch steigt zu seinen Worten über die Hünenschultern. Er ascht in den Eimer für die Kippen. Im Heim darf nicht geraucht werden. Die Frauen achten darauf sehr. Das Haus heißt Haus Sonne. Der Ort, an dem das Heim steht, ist ein kleines Ostseebad, zwischen Rostock und Wismar gelegen und hört auf den Namen Nienhagen. Schneeweiß liegt die Selbstgedrehte in der Hand des Ledermantelmannes. Schneeweiß glüht sie zwischen seinen Fingern, wenn er mit dem Arm gestikuliert. Das alles sehe ich und sehe ich nicht, obwohl ich fast nichts von allem sehe.
Josephimonat März, sagt der Mann, stößt Rauch zu seinen Worten aus. Rauch, der in turbulenter Strömung über dem kopflosen Mann in krauser Bewegung aufsteigt, über dem Schulterbuckel instabil wird und im Dunst des Tages verschwindet. An Gregor kommt die Schwalbe über des Meeres Port. An Benedikt sucht sie im Haus ihren Ort. An Bartholomäus ist sie wieder fort. Alte Bauernregeln, sagt der rauchende Mann, sagt, dass man am Neunzehnten des Monats ins Freie treten soll, um den Himmel anzuschauen. Ist er klar, bleibt er es im ganzen Jahr.
Die korpulente Frau nickt: Wenn Sie es sagen. Sie haben sich noch nie geirrt. Der Mann pafft und redet und pafft. Die Zigarette hört nicht auf zu qualmen. Die Erzieherinnen lächeln wohlgefällig. Sie wollen das Kind des Tages in Empfang nehmen. Den lütten Butscher häw ick bi, sagt der Ledermantelmann. Greift hinter sich ins Leere, weil ich mich seinem Greifversuch entziehe, der plumpen Hand ausweiche. Ich kann mich nicht in Luft auflösen. Es gelingt mir nicht, in den Mantel einzusteigen, der aus einem harten, störrischen Material gegossen scheint. Nicht einen Spalt kriege ich zu fassen. Nirgendwo hinein kann ich mich verkriechen. Nix da mit

Verstecken. Frisch hergezeigt, was für ein Prachtkerlchen du bist. Mit der Griffsicherheit des Mannes, der einen zappelnden Dorsch bei dessen Kiemen packt, fasst der Mantelmann mich beim zweiten Versuch hinterrücks, zieht mich hervor, präsentiert den Fang seinen erstaunten Erzieherinnen, die ihre Hände an die Wangen schlagen, aus einem gemeinsamen Mund rufen: Nicht doch, dieser da, wohl nicht der.

Man verabschiedet den rauchenden Mann so rasch es geht. Man führt das Kind in sein neues Reich. Ein wohlriechendes Heim. Das empfindet das Kind augenblicklich. Dünn bin ich. Unglaublich zurückgeblieben, schimpft mich die Heimleiterin. Zurückgeblieben bin ich, denkt der Junge, der ich bin: Die Kunde, dass dem Haus ein Zurückgebliebener gebracht worden ist, ruft Personal um den Neuankömmling herum, der im Mittelpunkt des unverhohlenen Interesses steht: Ich finde, der Kopf passt nicht zum Rest. Gott, schaut euch nur die Füße an. Was für dünne Ärmchen der hat. Ich finde seine Ohren schön. Und die Rippen erst. Die Erzieherinnen stehen mit schief zur Seite gelegten Köpfen vor mir. Sie blicken von ihren zur Seite gelegten Köpfen aus an mir herunter, herauf. Sie heben mich an: Wie leicht er ist. Wie eine Feder, man spürt kaum was auf seinem Arm. Ich werde in die Wanne gestellt, mit harter Bürste geschrubbt. Mir werden die Ohren durchgepustet. Ich bekomme die Haare geschnitten, die Fingernägel gestutzt. Der Doktor kommt. Sie streichen mir liebevoll das Haar. Sie wollen mir die Angst vor dem Doktor nehmen, der einen schneeweißen Unschuldskittel trägt. Andere Kinder schreien, dass der Doktor den Kittel auszieht. Bei mir löst der weiße Kittel keinerlei Angst aus: Du bist wohl Kittel gewohnt? Sie fassen meinen rechten Arm am Handgelenk. Sie sagen das Wort Mutter. Sie fühlen meinen Puls. Er regt sich nicht, bleibt konstant, wenn sie das Wort Mutter aussprechen. Das Wort Mutter ist ein meine Person nicht erregender Begriff. Das Wort fliegt

durch meinen Kopf hindurch wie ein Pfeil durch eine leere Halle. Mit den Worten Wiese, Strand, Ball, Haus weiß ich mehr anzufangen. Wiese ist Spiel und Bienengesumm, im Freien essen. Der Kopf auf meinem Hals ist deutlich zu groß. Der Körper zum Kopf ist spindelmickrig und dürr. Sie nennen mich Spinne. Sie rufen mich der dünnen Ärmchen, Beine wegen Weberknecht, Gottesanbeter. Ich stehe nackt auf dem Tisch. Die Liste fälliger Reparaturen ist lang. Ich bin ein ramponiertes Kind, bin ein untauglicher Kahn. Das Heim ist mein Reparatur-Dock. Damit das Schiff ins Dock einfahren kann, werden die Tanks des Docks geflutet. Das geflutete Schiff kommt auf Dock. Sie pumpen die Tanks leer. Das Dock hebt sich mit dem lädierten Schiff aus dem Wasser. Sie nennen diesen Vorgang in der Werftbranche Lenzen. Vom Wasser aufs Trockene bugsiert, stehe ich nackt vor dem Doktor. Der Doktor fordert mir ab, kräftig durchzuatmen, die Luft in meiner Lunge zu stauen. Der Doktor betastet mich von Halswirbel zu Halswirbel, die Wirbelsäule entlang bis zu den Pobacken. Er tastet mit spitzen Fingern die Innenschenkel entlang, prüft meine Waden, Knöchel. Ich habe meine Zehen zu spreizen. Der Doktor drückt mir in den Bauch, sucht mit den Fingerkuppen hinter meine Rippen zu kommen, fasst hinter meine Rippen, presst seinen Fingerballen in meine beiden Schlüsselbeinkuhlen. Ich lasse mir den Kopf verbiegen, den Hals dehnen. Ich stehe gerade und krumm und höre meine Gelenke knacken. Ich bin Prozeduren gewöhnt, jammere nicht, tue wie mir befohlen, schaue am Doktor vorbei, zum Fenster in die Gegend hinaus. Blicke den Frauen von oben herab auf ihre Blusen, Broschen, Finger, Hände, Röcke, Gürtel, Falten, Hüften, Strümpfe, Haar- oder Schuhspitzen.
Tut das weh? Ich schüttle den Kopf. Tut das weh? Ich schüttle den Kopf. Tut das weh? Ich schüttle zu allen Fragen den Kopf. Ich sehe den Doktor bedenklich gucken.
Ich sehe ihn sich jäh abwenden. Er redet im leisen Ton. Die

Erzieherinnen mustern mich und blicken den Doktor an, ehe sie gleichzeitig nicken. Eine Erzieherin schnäuzt in ihr Taschentuch. Der Doktor bespricht die Befunde und gibt Taktiken vor. Sie nehmen mich spät vom Tisch herunter. Sie stehen noch lange vor mir. Sie stehen und legen die Köpfe noch schiefer. Drei Jahre, heißt es, wird es dauern. Die Zeit geht schnell um. Aus dem Zurückgebliebenen muss ein Nichtzurückgebliebener geformt sein, ehe ich ins Schulheim darf. Die Heimleiterin kommt hinzu: Reden magst du nicht? Nun gut. Mit niemandem? Ich bin die Banni. Darfst Banni zu mir sagen. Ziehst vor zu schweigen. Ist manchmal besser, schweigsam sein. Der Fisch dort im Aquarium redet auch nicht viel.

> Im thüringischen Sömmerda verdurstete der neun Monate alte Leon. Die Mutter hatte ihn und seine zweijährige Schwester in der Wohnung zurückgelassen. Das Mädchen wurde nach vier Tagen gerettet, nachdem sich Mitarbeiter des Jugendamtes Zugang zu der Wohnung verschafft hatten.

WIR SCHREIBEN DAS JAHR 1958. In den westdeutschen Kinos läuft der Film *Diebe habens schwer*, eine Komödie über Kleinkriminelle, die vom großen Geld träumen. Im Osten Deutschlands feiern die Bürger den Sputnik 1, von sowjetischem Boden aus in den Kosmos gesandt. Wir sind im Osten Deutschlands. Der Segen hängt schief zwischen Ost und West. Die Berlinkrise, ausgelöst durch die ultimative Forderung der Sowjetunion nach der Entmilitarisierung Westberlins, und die gewaltsame Kollektivierung in der Landwirtschaft lassen den Flüchtlingsstrom aus der DDR in die Bundesrepublik wieder anschwellen. Am Ende sind seit der Gründung des Staates bis zum Mauerbau nicht weniger als 2,7 Millionen DDR-Bürger in den Westen geflohen. Dort ziehn sie hin auf wilden Meereswogen, arm kommen sie im fernen Weltteil an, und unterm fremden, weiten Himmelsbogen erwartet sie ein neues Schicksal dann, Elend, Armut und Kummer wiegt sie gar oft in Schlummer, oh armes Deutschland, kannst du ohne Graun die Flucht der armen Landeskinder schaun. Um mich herum Bedürftigkeit, Fantasie durch Mangel. Der Staat ist die Luft um uns herum. Wir atmen den Staat. Der Staat lässt uns nicht dick werden, im Hirn nicht und nicht am Bauch. Der Fußballgott des Jahres heißt Pelé und ist so jung wie die älteste Tochter der Heimleiterin. Ohne Mutter, ohne Vater aufgewachsen, bin ich belastet genug und weiß ein paar Jahre später, dass ich später Schriftsteller werden muss, dafür einzustehen, dass ich in der schönen Limousine sitzen bleiben darf und nicht Gleisarbeiter, Knastbruder, Militär werden muss wie so viele Jungen im Heim, denen nichts anderes übrig blieb.

Traumhaftes Ende einer langen Suche: Nach sechsundsiebzig Jahren hat eine im Krieg heimatvertriebene Frau ihre dreiundneunzigjährige leibliche Mutter wiedergefunden. Hartnäckige Recherchen ihrer Schwiegertochter und die Fachkunde des Kirchlichen Suchdienstes führten die beiden Mitte August nach jahrzehntelanger Trennung zusammen. Beim Suchdienst in Passau war von einem Jahrhundertereignis die Rede. Anhand der Geburtsurkunde sei die Gesuchte in einem Seniorenheim ausfindig gemacht worden. Familienmitglieder sind erstaunt über die verblüffende Ähnlichkeit der beiden Damen. Die Seniorin hatte als sechzehnjähriges lediges Mädchen im heutigen Tschechien ihre einzige Tochter zur Welt gebracht und ins Waisenhaus geben müssen. Sechs Jahre später kam das Kind zu Pflegeeltern und landete nach der Vertreibung 1945 in einem schwäbischen Flüchtlingslager. Zu ihrer Familie gehören zwei Töchter, ein Sohn, fünf Enkel und ein Urenkel, der sich über eine neue, äußerst seltene Verwandte freuen darf: die Ururoma. Durch kirchliche Suchdienste sind nach dem Zweiten Weltkrieg an die 19 Millionen Menschen ausfindig gemacht worden. In der Kartei befinden sich nach den Wohnorten in den Vertreibungsgebieten erfasst zwanzig Millionen Namen, das Schicksal von mehr als fünfhunderttausend zivilen Vermissten bleibt unaufgeklärt.

Die Heimleiterin hegt eine Vorliebe für Sonderfälle. Ich bin ein vierjähriger, der Zuwendung würdiger Fall. Ich muss vor ihr stehen, dass sie den Sonderfall überblickt. Zwei Mädchen stehen dabei. Sie sind die Töchter der Heimleiterin, Rosa und Lena. Brav stehen sie, andächtig mit staunenden, offenen Mündern. Sie tuscheln leise. Ich verstehe nicht, was unter den Mädchen getuschelt wird. Sie lachen mich an. Ich lache die beiden Mädchen nicht an. Sie nehmen mich links und rechts bei den Händen. Ich gehe mit den Mädchen unter Achtungshinweisen die schmale Treppe empor in deren Kinderzimmer. Oh, diese Helle, denkt es in mir. Welch eine Farbenpracht. Ich soll den Sessel besteigen. Ich soll in ihm Platz nehmen. Ich sitze wie in Gips gegossen. Ich wage nicht, mich zu bewegen. Ich erstarre vor Glück. Ich hocke steif und angefroren. Ich kauere im Sessel. Die Mädchen reden wechselseitig auf mich ein. Brauchst nicht bei den anderen sein. Wohnst bei uns. Freust du dich? Schau, was wir für dich vorbereitet haben.
Welch ein Singen, Musizieren, Pfeifen, Zwitschern, Tirilieren, Frühling kommt mit Sang und Schalle. Wie sie alle lustig sind, flink und froh sich regen, Amsel, Drossel, Fink und Star und die ganze Vogelschar, wünschen dir ein frohes Jahr. Ich bekomme ein Bett zugewiesen. Ich darf im Mädchenzimmer schlafen. Ich erlebe wundervolle Tage, Wochen, Monate. Die Ärzte besuchen mich im Mädchenzimmer. Ich werde im Beisein der Mädchen untersucht und vermessen, gewogen und betastet, mal mit gerunzelter, mal mit nicht gerunzelter Stirn vom Arzt begutachtet. Die Mädchen ergehen sich an meinem Dasein, finden süß und bezaubernd. Ich bin ihnen ein Püppchen. Sie binden mir Schleifen ins Haar. Sie ziehen mir Mädchenkleider an, benehmen sich beflügelt, lachen

und albern viel; eine Heiterkeit herrscht, die leise auf mich überspringt. Ich lache nicht, ich lächle kurz. Ich esse bei den Mädchen am Kinderzimmertisch. An Feiertagen bekomme ich Extraportionen. Was die Mädchen nicht mögen, schieben sie mir hin, was ich nicht aufessen mag, teilen sie unter sich auf. Alle wolln wir lustig sein, lustig wie die Vögelein, hier und dort, feldaus, feldein, springen, tanzen, scherzen. Kannst Schwester zu jeder von uns beiden sagen. Bist unser kleines Brüderchen. Wir tun ja nur so.
Ich mag meine beiden Schwestern. Ich gefalle den beiden Mädchen sehr. Ich darf mit ihren Spielsachen spielen. Sie stellen mir ihre Spielutensilien zur Verfügung. Ich nenne einen hölzernen Traktoren mein. Sag, das ist ein Traktor. Sprich uns nach. Sag Traaak-tooor. Sag Tuff. Ich rede nicht. Ich grinse die Mädchen an. Sie einigen sich rasch. Sie sagen: Dann eben nicht. Und wenn ich weine, sagen sie: Weine nicht, kleiner Bruder. Und dann sagen sie wieder: Sag Tute, Tuuu-teee.

> Im Oktober starb im sächsischen Zwickau der vierjährige Mehmet an Hirnblutungen. Sein Stiefvater hatte das Kind unter anderem mit einem Bambusstock geschlagen und ihn nachts an sein Bett gefesselt. Die Eltern mussten sich wegen Totschlags verantworten, dem Jugendamt konnte kein Fehlverhalten nachgewiesen werden. Mehmets drei Geschwister leben heute bei Pflegefamilien.

DIE LEIBHAFTIGE MUTTER hat mich verlassen. Ich werde in das nach Krankenhaus riechende Säuglingsheim überführt. Ich dämmere hinter weißen Gitterstäben eines Kinderhausbettes. Ich bin im wahrsten Sinne flach auf den Rücken gelegt und gelte als Kümmerling. Ich starre die Zimmerdecke über mir an, blicke auf Wasserflecken und Schattierungen, verfolge Schattenspiele, die sich mühen, mir Abwechslung zu bringen. Helle und dunkle, harte und weiche Strukturen. Tröstende und Angst einflößende Deckenlichtspiele, die mich unterhalten, am Leben halten, den Verlust der Geburts-

stadt vergessen machen wollen. Schatten. Animation. Licht. Gewicht. Gaukeleien gegen die Trostlosigkeit und Abnabelung, die nicht zu heilen ist, die mit mir überlebt und wächst und groß wird und erst zum Lebensende hin, am Schluss mit mir absterben wird.
Ich halte meine Faszination fürs Zimmerdeckenschattenspiel für den Grund dafür, dass ich so ein stilles Kind geworden bin. Das unansprechbare, das abweisende, unantastbare Schweigekind. Ein einziges Verstummen. Wenn ich heutzutage auf dem Rücken liege, was äußerst selten geschieht, wenn ich nur den Versuch unternehme, fange ich an zu stammeln. Ich höre dann Musik dazu, von Clara Schumann, weil ich von unser beider Kindheit weiß, der ihren und der meinen, dass auch sie erst spät, im Alter von vier Jahren, zögerlich zu reden begann. Man hatte sie vom Vater getrennt und bei ihren Großeltern untergebracht. Sie sagen, dass die Verzögerung psychische Ursachen hat, aber sie können es nicht eindeutig nachweisen. Und sagen: Gott zum lobenden Dank hob Clara im Alter von fünf Jahren an, intensiv Klavier zu spielen und sich unterrichten zu lassen, wie ich mich in der Sprache der Blaumeisen einfühlte und es zur Meisterschaft brachte. Nur trete ich mit meinem Können nicht öffentlich auf wie Clara und keine Zeitung schrieb: Bewundernswert und angenehm, der erst fünfjährige Junge aus dem Kinderheim Haus Sonne, mit so herrlichen Anlagen ausgestattet, Vogelstimmen perfekt zu imitieren und in erstaunlicher Vielfalt wie Variationen zu Gehör zu bringen. Unvergessen seine kleine Schneepolka der frierenden Blaumeisen, zu Recht der allgemeine herzliche, wohlverdiente Beifall zum Ende der Aufführung. Unter der Leitung seiner vogelstimmenerfahrenen Erzieherin dürfen wir jetzt von einer größeren Hoffnung reden.

ALS ARTIKULATIONSORGANE oder Sprechwerkzeuge bezeichnet man Körperteile, die für die Erzeugung von Sprache zum Einsatz gebracht werden. Die Nase. Der Gaumen.

Die Zunge. Der Rachen (Pharynx). Der Kehldeckel (Epiglottis). Der Kehlkopf (Larynx) mit den Stimmfalten oder Stimmbändern. Die Luftröhre (Trachea). Die Lunge und das Zwerchfell. Ihre Anordnung im menschlichen Körper ist von Bedeutung. Würde der Kehlkopf eines Hundes eine Position wie beim Menschen einnehmen, so könnte der Hund ähnliche Laute produzieren. Laute sind Schallwellen. Um Schallwellen zu produzieren, setzt die Lunge einen Luftstrom in Bewegung. Laute werden produziert, indem Luft von der Lunge durch den Kehlkopf in den oberen Artikulationstrakt (Mund, Nase, Rachen) gedrückt wird. Man nennt diesen Luftstrom egressiv. Der egressive Luftstrom wird in Schwingungen versetzt. Die Schwingungen entstehen im Kehlkopf. Knorpel lenkt die Schwingungen der Stimmbänder. Den Freiraum zwischen den Stimmbändern nennt man Stimmritze (Glottis). Stimmbänder und Stimmritze bilden die Stimme, ihre Tonhöhe und Lautstärke. Stimmhafte Laute, Vokale und Konsonanten wie [m], [b], [d] entstehen, wenn die Stimmritze zu einem Spalt verengt ist und die Stimmbänder schwingen. Nach dem Defilieren des Kehlkopfs und der Stimmbänder sprudelt die Luft in den Artikulationstrakt. Man unterscheidet zwischen beweglichen (aktiven) und unbeweglichen (passiven) Artikulatoren. Zu den unbeweglichen Artikulatoren zählen die oberen Zähne, der Knochendamm (Alveolarkamm) hinter den oberen Zähnen, der Gaumen, die Wölbung hinter dem Knochendamm. Als bewegliche Artikulatoren sind zu nennen: der Rachen, der sich verengen oder erweitern lässt. Der weiche Teil unseres Gaumens (Velum), der mit dem Zäpfchen (Uvula) endet. Der weiche Gaumen wird gehoben. Der Nasenraum ist somit verschlossen. Die Luft kommt nicht durch die Nase, sondern entweicht in den Mundraum. Es entstehen Orallaute. Mit Ausnahme von [n], [m] und [ŋ] sind alle Konsonanten und Vokale im Deutschen Orallaute. Der weiche Gaumen wird gesenkt. Die Luft will nun durch Mund und Nase entweichen. Es werden nasalisierte Vokale erzeugt. Der weiche Gaumen wird gesenkt. Der Mund ist geschlossen. Die Luft fließt durch die Nase. Es werden nasale Konsonanten [n] und [m] gebildet. Die Lippen legen sich aufeinander, [m] und [p] können manipuliert werden. Die Lippen klaffen weit, [u] und [o] die Worte Uhr und Ort entstehen. Der Unterkiefer dirigiert die Lippen. Die Zunge ist ein beweglicher Artikulator. Man kann die Zunge nach vorne schieben und nach oben drücken, für das [i] wird die Zunge nach hinten gestaucht, für das [u] leicht angehoben, nach hinten und unten drückt der Mensch die Zunge, will er [a] sagen. Charakteristisches Symptom des Wohlbefindens bei Säuglingen ist das Lallen. Das Kind lallt aus einem spielerischen Selbstzweck heraus. Das Kind lallt zur Erprobung und Eroberung seiner Artikulationsorgane. Die endlose Wiederholung einzelner Silben, deren freie Modulation schaffen großartige Lallmonologe, die sich auf die Artikulationsorgane auswirken, sie trainieren, schleifen. Das Kind ist sein eigener Sprachpädagoge.

Ich artikuliere mehr von außen her nach tief innen. Ich bin kein zappliges Kind. Ich bin des Lebens zu müde und eher apathisch. Ich liege, wie gesagt, auch heute noch nicht gerne auf dem Rücken. Ich erlebe in dieser Körperlage all die auditiven Wahrnehmungsstörungen frühester Kindheitstage wieder. Ich durchstehe nur schlecht all meine organischen Einschränkungen, all die nie verheilten Behinderungen meiner Artikulationsorgane, dieser so fehlerhaften Sprechwerkzeuge. Man nennt die sich daraus ergebenden Folgen kognitive Entwicklung. Zu meinem Selbstschutz gegen die mich anspringenden, mir allzu bekannten Gefühle ersinne ich seit jenen Kindheitstagen Melodien. Ich summe eine Art perpedomobile Melodie, ahme fernes Klimpern nach, presse ein immerwährendes Schrammeln und Zupfen von Alltagsgeräuschen hervor, wie von einer kaputten Geige. Ich sage Worte wie ule und uhe statt Schule und Schuhe. Ich säusele leise Texte: bule, sule, wule, kule, mule, tule, fule, dule, pule. Ich beherrsche augenblicklich den S-Laut nicht, spreche immer falscher zu mir, bilde liegend meine Sprechorgane zurück, beginne schrecklich zu lispeln. Auch heute noch befällt mich in Rückenlage aufflammendes babyhaftes Stammeln. Alles Folge von nicht ausgestandener, verzögerter Sprachentwicklung des Kindes, das in einem Gitterkindsbett an die Gitterstäbe gefesselt daliegt. Unerhört dicht an die Latten gebunden in einer eigens paraten Windel, mit einer wohlgeübten Bindetechnik fixiert, wie sonst nur die zappligen Kinder gebunden und ruhiggestellt. Je länger die Rückenlage andauert, umso intensiver töne ich. Mein ängstliches Schrammeln geht dann in bebende Stimmstärken über. Mein Summen wird zum verbalen Klopfen, als klopfte da der Kolkrabe in mir leise gegen Gitterstäbe, als drückte da ein Irrer auf einem Klavier die ewig gleichen Tasten. Das grausame Pochen von metallischen Barren erzeugt. Ich habe nicht Stimme. Ich klinge wie Gurgeln eines Naturvolkes. Didjeridu, ich bin die Holztrompete der australischen Ureinwohner. Didjeridu, ich bin ein von Termiten ausgehöhlter Eukalyptusast ohne separates Mundstück. Didjeridu, man nutzt mich zu Gesang und Tanz bei Feiern, Festen und Zeremonien. Didjeridu, sie schlagen auf das Rohr und imitieren meine Laute. Didjeridu, sie heilen sich an meinem inneren Stammeln, verjagen alle Art von Krankheiten. Didjeridu, ich werde im Zuge des gesteigerten Interesses an meiner Kunst ein deutscher Ureinwohner, ein führender Kehlkopf in den Alternativkulturen des Landes, zu einem beliebten Instrument in der modernen Musik, in der Meditation.

ICH BIN AUFGENOMMEN. Ich bin in einem Haus untergebracht. Basierend auf dem Gedanken Fröbels, dass dem Spiel der Kinder Bedeutung beizumessen ist, verbringe ich den Tag unter Kindern im Spielraum. Man schickt mich mit den Kindern hinter das Haus. Ich verhalte mich in der abgeschlossenen Gartenatmosphäre hinter hohen Hecken nicht kinderheimgerecht. Ich stehe da. Ich nehme nicht teil. Man versucht mich zu motivieren. Da ist aber noch nichts an mir zu motivieren. Ich stehe steif und still, wie ich will. Ich entwickele mich unter bedürftigen Knospen zur Knospe. Ich bin angehalten, mich vollends zu entfalten. Meine Blütenblätter sind zu ungelenk. *Im Schnee*, dichtet Trakl, *der Wahrheit nachsinnen, viel Schmerz! Endlich Begeisterung. Bis zum Tod. Winternacht.* Ich sitze am offenen Fenster. Ich sende Gedanken zum Wald vor meinen Augen hin. Ich höre Bäume reden. Bäume sprechen mit mir. Ich bin Baum unter Bäumen, sagt ein Baum. Die anderen Bäume bestätigen seine Worte, mit ihren Blättern raschelnd. Ich träume mich als Baum unter Bäumen. In der Nacht steht der Wald an meinem Bett. Nächtliche Bäume reden auf mich ein. Wir sind vom Wind bestäubte, haben wie du keinen Vater und keine Mutter nicht. Besteige uns, wenn du groß bist. Klettere über unsere Zweige bis ans Himmelszelt. Tritt in den von Sternen, Kosmonauten, Insekten und Vögeln bevölkerten Himmel. Unsere Brüder sind Eichen, Ahorn, Buchen, Fichten, Tannen. Wir schütteln und wir rütteln uns dir zur Freude. Fledermäuse wohnen in unseren Armen. Wir wollen Freund dir sein. Wir leiten dich.

> Die Bremer Polizei findet den zwei Jahre alten Kevin tot in einem Kühlschrank. Sein Ziehvater soll den Jungen brutal misshandelt und schließlich getötet haben. Der Fall sorgte bundesweit für Entsetzen, weil der Junge unter der Vormundschaft des Jugendamtes gestanden hatte. Ein Urteil in dem Prozess steht noch aus.

Ich frage nicht nach einer Mutter. Ich frage nicht nach einem Vater. Du fragst nicht nach der Mutter, wenn die Mutter nicht in dir spricht. Du weißt von nichts, wenn du von nichts gesagt bekommst. Du sehnst dich nicht nach Familie und Geborgenheit, wenn du von den Begriffen kei-

nen Begriff hast. Du fühlst kein Muttersehnen, wenn du ein
Rehkitz bist, vom Mutterreh im hohen Gras hinterlassen.
Man nimmt dich auf oder du kommst um. Ich sehe mich
in mutterlose Einsamkeit gehüllt; treibe meine Einsamkeit
hinaus; steuere den Mutterpool an, um Last abzuwerfen,
die nicht abzuwerfen ist; die Schmach meines Lebens, meine
Lebenshaut, die mir nicht abgenommen werden kann, die ich
nicht abstreife. Ich bin keine Schlange, kann mich nicht häuten. Ich enge mich ein, um der Mensch zu werden, der das
Kind zu seinem Lebensende hin im Alter endlich sein kann,
wenn der verlassene Mensch nur reichlich in sich gebunden
existiert, seine eigene mutterlose Mumie wird. Ich glänze,
was eine Mutter anbelangt, durch Mutterfehlen. Mein Hirn
bleibt mutterrein.

> Wir sind nichts; was wir suchen, ist alles.
> Hölderlin.

DAS WORT HEIMSUCHUNG habe ich nie als einen mir und
meinem Leben zugedachten Ausdruck interpretiert. Es fehlt
mir auf bewundernswerte Weise an Muttersucht, mich lenkt
der nicht auf die Mutter gerichtete Singleinstinkt. Ich trage
keinen Mutterruch in meiner Nase. Ich sehe keinen Mutterschatten an mir vorbeihuschen. Ich weiß nicht einmal, dass
ich eine Mutter haben muss. Ich weiß nicht einmal, dass sie
fort ist. Also spiele ich unbekümmert und muss nicht aufmerken, der Nase nach kriechen. Ich weiß nicht von meinen
mutterlosen ersten vier Lebensjahren. Es ist niemand da, mir
Vorfälle zu überliefern. Es ist niemand da, sich für mich zu
erinnern. Da ist kein Onkel, keine Tante, die mich »typisch«
nennt, einen Urgroßvater zum Vergleich anführt, gewisse
Verhaltensweisen mütterlicherseits erkennt. Kein Familienmitglied erinnert sich für mich, sagt zu mir, ich wäre so und so
gewesen, hätte dieses und jenes getan. Nichts ist von meinen
vier ersten Lebensjahren überliefert, außer, dass die vier An-

fangsjahre durch Schweigen und Leere gekennzeichnet sind. Ich weiß nichts von Heimsuchung, nichts von der Mariä und Verkündigung, Geburt Jesu, dem Erzengel Gabriel, Marias froher Botschaft, dass sie von Gott zur Mutter seines Sohnes erwählt worden sei, denn: Der Heilige Geist wird über dich kommen und die Kraft des Höchsten wird dich überschatten; darum wird auch das Heilige, das von dir geboren wird, Gottes Sohn genannt werden und: Der Verkündigung nach soll das Kind Jesus genannt werden und der verheißene Messias sein. Ich kenne die Schrecken und Bedenken angesichts der göttlichen Offenbarung nicht. Maria geriet mir nicht zur Mutterschaft, nahm mein Unheil nicht an, machte die andere Möglichkeit nicht möglich.

> In Hamburg verhungert die siebenjährige Jessica. Zum Todeszeitpunkt wog sie nur noch 9,6 Kilo, konnte weder sprechen noch gehen. Die Eltern wurden wegen Mordes zu lebenslanger Haft verurteilt. Die Stadtregierung gestand eine Mitverantwortung ein. Mehrfach hatte ein Mitarbeiter der Schulbehörde an der Tür geklingelt, weil Jessica nicht in der Schule erschienen war, und war unverrichteter Dinge wieder gegangen.

ANDERE KINDER werden beim Wort Mutter durchweg erregt. Ich sehe die Frauen, die uns Kinder im Heim aufsuchen. Tränen zwingen sich den armen Kindern auf. Das Kind steht neben sich und ist völlig unkonzentriert. Das Kind hat einen Mann und eine beim Manne eingehakte Frau das Heimgelände betreten sehen. Das Kind weiß, was kommt und passieren kann. Die beiden sollen das Kind erspähen. Die Frau kniet vor dem Kind nieder. Die Frau streichelt die Wange des Kindes mit ihrem weichen Handschuhrücken. Das Leder duftet. Die Frau sieht dem Kind einmal nur zu tief in die Augen, schon ist die Sache entschieden, die Frau dem Kind verfallen. Es stellt sich eine übersinnliche Verbindung her. Die Frau kann sich der Tränen aus lauter Ergriffenheit nicht erwehren.

Die ergriffene Frau muss sich aufrichten. Der Mann hilft ihr hoch. Sie wird vom Manne fest an die Schulter gedrückt. Sie senkt ihren Kopf zum Hals des Mannes. Der steht steif und still herum. Verwirrte Blicke irren im Raum. Die Heimleiterin schaut das Kind an. Der Mann blickt über den Kopf der Frau hinweg zur Heimleiterin, die nickt und lächelt, während das Kind die Szenerie weiterhin gebannt verfolgt. Alles Weitere könnte dann klargehen. Das Kind könnte auserwählt sein und das Heim bald verlassen. Deswegen rennt dieses Kind so hektisch im Raum umher, seit Stunden nun am Fenster, Ausschau zu halten, nach der eventuellen Mutter, die kommen soll, die kommen wird, die kommen muss.
Ich gruppiere mich nicht freudig in die Riege der Heimkinder. Ich werde als sonderbar eingestuft. Man lässt mich am Fenster stehen und nimmt wahr, dass mein Gesicht sich erhellt, wenn die Vögel im Vorgarten um das Vogelhaus flattern. Es ist Winter. Ich stehe in Pudelmütze, Winterjacke, Handschuhen und dickem Schal am offenem Fenster. Ich rühre mich nicht. Auf dem Fensterbrett liegen Samen ausgestreut. Die Vögel kommen und holen sie sich. Ich habe Blickkontakt zu ihnen. Wir reden in einer geheimen Sprache. Wir stummen und tauschen uns lebhaft aus. Ich habe in den Winterwochen bis zum Frühling hin mit den Blaumeisen eine spezielle Form der Verschwiegenheit ausgeübt. Die Sprache der Vögel, je öfter wir uns trafen und ausgetauscht haben, wurde mir vertraut. Ich hätte mich mit den Vögeln mühelos besprechen können, wenn es mir nur vergönnt gewesen wäre, die Lippen zu öffnen und zu tschilpen. Muttersprache, Mutterlaut, wie so wonnesam, so traut, erstes Wort, das mir erschallet, süßes erstes Liebeswort, erster Ton, den ich gelallet, Sprache, schön und wunderbar, ach wie klingest du so klar, will tiefer mich in Schweigen vertiefen, in den Reichtum, in die Pracht, ist mirs doch, als ob mich riefen, Väter aus der Grabesnacht, ach wie schwer ist mir der Sinn, der ich in der Fremde bin, der ich fremde Zungen höre, fremde

Worte sprechen muss, die ich nimmer mehr kann lieben. Die Lippen fest verschweißt, habe ich mit meinen blauen Meisen die stille Art der gemeinschaftlichen Konversation getätigt, die beherrscht, wer zu den Tieren Kontakt pflegt.

Heimlich treffe ich mich mit meiner dankbaren Blaumeise hinterm Heim im Garten. Sie ist zögerlich, auf Abstand bedacht, sitzt hinter den Ästen in der Hecke versteckt, wo ich sie als Schatten hin und her hüpfen sehe, wenn sie mir Abenteuer unterbreitet. Lauter unglaubliche Anekdötchen ihrer Umtriebigkeit, diesem Wesenszug, den sie mit den Meisen dieser Welt teilt, wie sie sagt; und verliert ihre Menschenfurcht, hüpft jeden Tag ein Stückchen näher an mich heran, der ich steif vor ihr sitze, unbeweglich bin; eine kindliche Statue, die den Finger ausstreckt.

Dann erobert der Vogel meine Fingerkuppe, meinen Arm, springt kühn auf meine Schulter, piept mir ins Ohr, flüstert, dass wir gute Freunde sind. Ist ständig auf meiner Schulter. Hat seinen Lieblingsplatz in der Kuhle meines Schlüsselbeins. Spricht von seiner liebsten Tante, der Tannenmeise. Spricht von der kecken Federhaube, der Haubenmeise, die die Sumpfmeise nicht mag. Spricht über die Weidenmeise, die mit der Schwarzkopfmeise befreundet ist, will eine Höhlenmeise kennen, wohnhaft in einem morschen Baum hinter der nahen Gärtnerei. Nennt von der Blaumeise, der Tannenmeise, der Haubenmeise, der Sumpfmeise, der Weidenmeise, der Schwarzkopfmeise, der Sultansmeise die lateinischen Kosenamen, spricht sie fehlerlos aus. Parus caeruleus, Parus ater, Parus cristatus, Parus palustris, Parus montanus, Parus atricapillus und Melanochlora sultanea.

Ich sehe mich kopfüber mit nackten Zehen am Vogelhausbrett gekrallt hängen, bin ein Vogelkind unter Fledermäusen, in der Kunstfertigkeit unterwiesen, die mir behilflich ist, an der Schmalztopfglocke zu hängen, um mich von Sonnenblumenschmalzkernen zu ernähren. Einfach ist es nicht, kopfüber zu hängen. Das Blut staut sich. Man ist stets der

Ohnmacht nahe, muss sich fallen lassen, wenn es nicht mehr anders geht, die Kräfte nicht hinreichen; am liebsten in weichen, sanften Schnee. Im Geäst entdecke ich auf Empfehlung meiner kleinen Blaumeise zwischen Zweigen und Blättern den winzigen Zaunkönig, belesen, äußerst klug, wie die Meise lobt. Die Zeit ist günstig, kalt wie es ist, wird der Vogel Hunger haben. Wenn du Glück hast, freundet er sich mit dir an. Streue Haferflocken aus.

Zaunkönige sind scheu. Ich muss das Fenster öffnen, abwarten, dass sich der Vogel nähert. Ich sitze mit Pudelmütze, Fäustlingen, Wintermantel am Fenster in meiner geheimen Dachstubenkammer, hole mir Rotwangen, Kaltnase, Frostbeulen, kriege nach dem Warten mit meinen steifen Fingern das Fenster kaum verriegelt. Es kostet mich das Dutzend Haferflocken. Es vergehen nur einige Tage. Schon sind wir in Kontakt. Es saß ein schneeweiß Vögelein, auf einem Dornensträuchelein, din don deine, din don don, sag, willst du nicht mein Bote sein, ich bin ein zu klein Vögelein, din don deine, din don don, bist du auch klein, so bist du schnell, du weißt den Weg, din don deine, weißt den Weg, din don. Der Zaunkönig kommt angeflattert. Er springt auf dem Fensterbrettchen hin und her. Er fiept im leisen, hohen, vornehmen Ton. Er ist so in Eile, wie bei einem Zwischenaufenthalt auf dem Durchreisebahnhof. Er hört sich so gebildet an, was daran liegt, dass er mich siezt. Er kommt rasch zum Punkt und zielt gleich auf das Thema, was darauf schließen lässt, dass die Blaumeise den kleinen König vorher instruiert hat.

Sie wissen, dass ich unterrichtet bin, nehme ich an, der Herr, sagt der Zaunkönig wohlerzogen. Ich müsse ihm nichts bedeuten. Er wird mir sagen, wovon zu reden sein wird. Über den Aufenthalt Ihrer Frau Mutter, dass Sie noch nichts von Ihrer Frau Mutter wissen. Er hat eine Karte bei, sie liegt vor mir ausgebreitet im Schnee. Das Spiel mit Unbekannten ist ein makaberes Sinnen. Ich blicke auf Deutschland. Irgendwo auf dem Papier verbirgt sich das Haus, in dem die Mutter wohnt, wenn sie nicht gestorben ist. Die Frau, die es zu finden gilt. Die Frau, die zur Rede gestellt werden soll, vom Sohn verhört, der wissen will, was dazu geführt hat, dass die Frau rücksichtslos und egoistisch ihr Heil in der Flucht gesucht, sich vor jedweder Verantwortlichkeit über die Ost-West-Barriere verflüchtigt hat. Nur: wo im Heuhaufen Deutschland nach einer menschlichen Nähnadel fahnden. Der Zaunkönig beginnt nervös auf und ab zu hüpfen. Wie soll ich es nur sagen, der Herr. Deutschland ist groß und verwinkelt. Ein Wagnis für den Herrn Sohn, nach seiner Frau Mutter Ausschau halten. Sie wissen so gar nix, nehme ich an, der Herr. Mein Zaunkönig schweigt, als müsse er überlegen. Sitzt lange in eingefrorener Pose, ehe er erwacht, mit neuer Kraft ein Lied zu singen beginnt: An einem Fluss, der rauschend schoss, ein armes Mädchen saß, aus ihren blauen Äuglein floss manch Tränchen in das Gras, sie wand aus Blumen einen Strauß und warf ihn in den Strom, ach, guter Vater, rief sie aus, ach lieber Bruder, komm, ein reicher Herr gegangen kam und sah des Mädchens Schmerz, sah ihre Tränen, ihren Gram, und dies brach ihm das Herz, was fehlet, liebes Mädchen, dir, was weinest du so früh, sag deiner Tränen Ursach mir, kann ich, so heb ich sie, ach, lieber Herr, sprach sie und sah mit trübem Aug ihn an, sie sehn ein armes Mädchen da, dem niemand helfen kann, denn sehn Sie, jene Rasenbank ist meiner Mutter Grab, und ach, vor wenig Tagen sank mein Vater hier hinab, der wilde Strom riss ihn dahin, mein Bruder sahs und sprang ihm nach, da fasst der Strom auch ihn, und ach, auch er ertrank, nun ich im Waisenhause bin, und wenn ich Rasttag hab, schlüpf ich zu diesem Flusse hin und weine mich recht ab, sollst nicht mehr weinen, liebes Kind, ich will dein Vater sein, du hast ein Herz, das es verdient, du bist so fromm und rein, er tats und nahm sie in sein Haus, der gute reiche Mann, zog ihr die

Trauerkleider aus und zog ihr schöne an, sie saß an seinem Tisch und trank aus seinem Becher satt, du guter Reicher, habe Dank für deine edle Tat.

Die Unauffindbare, die sich in Absicht unauffindbar hat gemacht, ist nicht so leicht zu finden, der Herr, schilt mein Zaunkönig nach dem Gesang. Das deutsche Land gliedert sich mannigfaltig. Dies Land ist in geografische Großräume aufgeteilt und weist so viele dichte Wälder auf, in die hinein sich die Frau Mutter geflüchtet haben kann. Der Teutoburger. Der Thüringer Wald. Die Lagen des Hochharzes. So viele Gegenden in Deutschland sind zu dicht bewaldet für einen Herrn Sohn, der zudem das Suchen nicht beherrscht, auf Glück angewiesen ist, nehme ich an, der Herr? Moränen. Niederungen. Heidelandschaften. Die Lüneburger Heide. Das brachliegende Marschland. Landeinwärts in den tiefen, sandigen Geesten, überall kann die Fliehmutter sich eine Heimat als Rückendeckung erwählt haben, nehme ich an, der Herr.

Der Zaunkönig ist auf und davon, hinterlässt mich fragend, ist rasch zurück. Ist außer Atem. Schlägt das Buch auf. Sagt wieder eine Weile nichts, stöhnt, schüttelt den Kopf, verzieht den Schnabel, atmet hörbar aus, ein, schiebt mir den Miniatlas hin, sagt endlich: Überall hin, überall hinein kann sich die Frau Mutter all ihrer Mutterpflicht entziehen. Da ist das Norddeutsche Tiefland. Nahe dran sind die Zonen des Mittelgebirges. Ferner sind da die Alpen. Schauen Sie, der Herr. Unergründlich ist das Alpenvorland, ein ideales Mutterversteck. Dann wird der Vogel mutig, fliegt nahe an mich heran, tschilpt in mein Ohr: Sie waren noch nirgends, der Herr. Die Grenze besteht für den, der zu Fuß unterwegs ist. Sie stellt für den Fußgänger ein Hindernis dar. Wir beide können nicht in alle Regionen ziehen, nehme ich an, der Herr. Es muss Ihnen ausreichen, dass ich das Land kenne, von vielen fernen Ländern weiß. Für einen wie mich sind die Grenzen nicht vorhanden. Ich berichte Ihnen, der Herr, wie unübersichtlich die Nordseeküstenweiten angelegt sind. Die unwegsame Wattenmeerküstenregion eignet sich vortrefflich als Versteck vor Menschen. Die ihr vorgelagerten Nordfriesischen Inseln, Helgoland, die Mündungen der Flüsse mit Namen Elbe, Weser, Ems bieten hinreichend Schutz für eine Flüchtende, sichern ihr anonymes Überleben. Die Frau Mutter, die mit dem Herrn Sohn nichts am Hut hat, nehme ich an, der Herr, kann sonst wo in diesem Riesendeutschland stecken. Ich fürchte, wir finden sie nicht. Mein Zaunkönig tuschelt leise: Es kann taktische Ablenkung sein. Ein kalkuliertes Manöver. Ein absichtlich ausgestreutes Gerücht, der Herr, wenn Sie verstehen, was ich meine. Das von den staatlichen Behörden bewusst erfundene Gerücht, die Mutter wäre geflohen, fort. Um durch den Hergang herbe staatliche Machenschaft gegen die junge Kindsmutter zu vertuschen. Zur Unperson erklärt, kann die Frau Mutter gezwungen worden sein, die Identität zu wechseln. Mein Zaunkönig fliegt auf und jubelt: Sie kann in der Nähe wohnen, die Frau Mutter, muss nicht weit geflohen und über die Landesgrenze gegangen sein. Sie kann sich gleich gegenüber dem Kinderheim eingemietet haben. Ihnen sind derartige Gedanken noch nie gekommen, nehme ich an, der Herr? Dass die Frau Mutter hinter dem Kinderheim nahe der Gärtnerei wohnhaft ist, in ebendiesem Moment am Fenster sitzt, uns beide im Gespräch sieht, Sie halten es nicht für möglich. Der Zaunkönig hüpft auf dem Rasen, breitet die Flügel aus und ruft: Sie kann sich aber auch bei Ihnen oben im Kopf eingenistet haben. Sie kann sich im Hirn des Herrn Sohnes festgesetzt haben. Die Frage bleibt: Wo nur suchen und wen? Fürchte, der Herr, wir sind zu klein geraten, die Aufgabe im Komplex zu groß für uns. Aber warten wir ab. Sie wird sich verraten. Sie wird Hinweise geben, sagt mein Zaunkönig, redet von Suchaktion, Wärmebildkamera, Hubschrauber, Hundertschaften, Menschenketten, Hundestaffeln.

Im Juni wurde im brandenburgischen Cottbus die Leiche von Dennis gefunden. Der sechsjährige Junge starb laut Gutachten um Weihnachten an Unterernährung. Die Mutter des Kindes wurde im August wegen Totschlags zu dreizehn Jahren Haft verurteilt, der Vater zu elf Jahren.

DEN TAG DARAUF kommt meine Blaumeise früh ans Fenster geflogen, setzt sich nieder auf meinen Fuß, hat ein Briefchen im Schnabel, von der Mutter einen Gruß, lieber Vogel, fliege weiter, denn ich kann dich nicht begleiten, weil ich hierbleiben muss. Hackt mit dem Schnäbelchen gegen das Fensterglas, zwitschert aufgeregt: Sieh durch die Fensterscheibe. Bald, guter Mensch, bald bekommst du ein Paket. Ich habe deine Mutter gesehen. Sie saß in Arbeit vertieft auf einer riesengroßen Veranda. Sie wickelte Herrlichkeiten in Buntpapier. Ja, Buntpapier. Sie tat das Bunte in einen Karton. In ihm befanden sich vielerlei Dinge. Eine lange, in sich gedrehte, mehrfarbige Lutschstange sah ich. Es sind sensationelle Attraktionen zu erwarten, wenn ich nur halbwegs penibel beobachtet habe. Das Tollste, Freund, die Fracht ist für dich bestimmt. Für dich. Für dich. Für dich. Mein Vogel schwirrt in jubelnder Höhe. Mein Vogel fliegt davon. Mein Vogel kehrt atemlos zurück. Versprich, das Paket im Freien zu öffnen. Dort unter der großen Kastanie. Dort im großen Hof. Ich gelobe, in der Kastanie hoch oben zu sitzen. Wann immer du zur Kastanie kommst, ich bin all hie.

MEINE ERSTEN ANGENEHMEN Kindheitserinnerungen spielen in der Küche. Sie ist mit großen weißen und schwarzen Steinplatten ausgelegt. Töpfe klappern. Gerätschaften scheppern. Messer und Gabel klirren. Ich bin eines Tages in die Küche berufen. Die Köchin hat ihre Ellenbogen auf der Blechablage aufgestellt, auf der tagsüber gehackt, geschnippelt, geklopft, gepudert wird. Die Köchin hält die Hände gefaltet. Vor ihr auf der Plattform steht der vom Vogel angekündigte Karton. Die Küchenfrau nähert sich mit einem Messer in der Faust, beschwichtigt mich mit einem gutmütigen Lachen aus tiefer Brust. Nur keine Angst. Sie schneidet mit dem Messer die Paketschnur entzwei. Befreit das Paket von der Schnur, dem Packpapier. Hebt aus dem Packpapier ein zweites Paket. Übergibt an mich einen beigelegten Umschlag, mit Zeichen versehen, die ich nicht befähigt bin als Buchstabengroßschrift zu erkennen. Buchstabe zu Buchstabe gereiht, stehe dort MEINEM SOHN geschrieben, wird mir gesagt. Die dicke Köchin zerschneidet die dünnere, zweite Schnur am zweiten Karton, um aus ihm hervor das umwickelte Geheimnis zu heben. Der Vogel hat die Inhalte weise vorhergesagt. Wie recht der Vogel gehabt hat. Welch eine Mühe sich da gegeben wurde, welche Mühe. Die Schokolade ist nicht in kunterbuntes Geschenkpapier gewickelt, sie befindet sich in mattbrauner Verpackung. Das Papier stammt aus dem Käseladen um die Ecke. In großen Bögen liegt es neben der Waage gestapelt und dient der Verkäuferin als Einpackpapier. Ich bemerke das Papier Jahrzehnte später, bei meiner ersten vagen Stippvisite im Ort des Kinderheimes. Der Anblick löst in mir Mutterfühlen aus. Eine innere Stimme singt: Ein Gefühl ist nichts als ein Gefühl ein Gefühl ein Gefühl.

> Eine junge Frau aus Baden-Württemberg hat ihr neugeborenes Baby lebend in den Gefrierschrank gelegt, wo es Angehörige Wochen später fanden. Sie erklärte, die Schwangerschaft nicht bemerkt zu haben. Die Frau aus Horb am Neckar sei der Meinung gewesen, das Neugeborene sei tot, teilte die Polizei am Mittwoch mit. Die Obduktion ergab jedoch, dass das Kind lebensfähig war. Den Angaben zufolge zeigte sich die 20-Jährige am vergangenen Sonntag selbst bei der Polizei in Horb an, nachdem der tote Säugling gefunden worden war. Gegen die Frau werde wegen des Verdachts des Totschlags ermittelt, sagte der Polizeisprecher. Sie wurde in eine Haftanstalt mit angeschlossener Klinik gebracht. Der Polizei zufolge hat die Frau das Kind vor drei bis vier Wochen in ihrer Wohnung bekommen. Ihr Freund, mit dem sie dort lebt, sei damals

nicht zu Hause gewesen. Das Motiv der Tat ist noch unklar. Wir haben den Eindruck, die beiden wollten noch kein Kind, sagte der Polizeisprecher. Die junge Frau und ihr Freund sind berufstätig. Weitere Einzelheiten wurden zunächst nicht bekannt.

DIE KÖCHIN PACKT DAS AUSGEPACKTE wieder ein, nimmt das Paket mit beiden Händen, streckt es mir hin. Ich nehme das Päckchen an mich, halte es in meinen Armen. Ich drehe meinen steifen Körper, einem Baukran gleich. Ich tapse Richtung Ausgangstür, balanciere das Paket wie das mit Wasser gefüllte Aquarium, laufe über das Parkett des großen Essensaals, spüre die Last mit jedem Schritt, strebe der großen Treppe zu, die im weiten Bogen nach oben führt, steige Stufe für Stufe, bin dann im langen Flur, an dessen Ende sich mein Zimmer befindet. Ich schwanke nicht ob der Last. Ich schwanke, von innerer Ergriffenheit verunsichert, drohe die Treppenstufe rückwärts herunterzufallen, was eine der Erzieherinnen zu verhindern weiß. Sie hält mich, fängt mich auf, umarmt mich, führt mich die Stufen herunter in die Empfangshalle. Ich darf den Karton abstellen, mich an den lackierten Empfangsglanztisch setzen. Der Tisch besitzt eine dicke Glasplatte, in seiner Mitte steht die große Obstschale aus Keramik, die kein Kind des Heimes berühren darf. Meine Gefühle sind zu schwach und zu unausgebildet, um den Trug der Frauen zu wittern. Das Kind ahnt beim Anblick seines Mutterpaketes nicht, dass die Köchin und die Erzieherin hinter der Mutterpaketsendung stecken. Das Kind glaubt an jeden Zipfel Rettung. Selbst wenn das Kind nicht weiß, was eine Mutter ist, das Kind hat ein Mutterpaket zugeschickt bekommen, also ist da Mutter. Das Kind ist schrecklich gewesen. Das Kind ist zu besänftigen. Das Kind wird nicht mehr quengeln, auch ein Paket von der Mutter haben zu wollen, die anderen Kindern im Heim Pakete schickt, nur diesem einen Kind nicht.
Die Köchin heißt Frau Blume. Sie ist herzlich angetan und

sieht nicht ein. Sie steckt hinter dem Plan, mich mit dem Mamapaket zu beschenken. Ich sitze am Fenster, an dem die Köchin vorbeimuss, will sie ins Heim, geht sie vom Kinderheim aus in den Ort hinein, einholen, kehrt sie mit vollen Netzen ins Haus zurück. Zweimal täglich ist sie im Wald unterwegs, morgens als Erste von ihrem Daheim aus, abends auf dem Nachhause. Wenn es im Winter noch düster ist, spätnachmittags, wenn es in der Winterjahreshälfte zu dämmern beginnt. Immer muss sie in den Wald hinein, sagt sie, in dem es dunkel ist, in dem die Äste knarren und ächzen, sich wie Gespenster benehmen. Im Winter, sagt sie, ist sie flinker daheim, wenn die Äste wie Peitschenhiebe knallen und sie vorantreiben. Ich sehe mich zu ihr in die Küche geladen, ihr behilflich zu werden, immer häufiger, bald täglich in ihre Küche beordert.

Ich nehme dich eines Tages mit, verspricht sie mehrmals. Ich sitze am Fenster. Ich schaue auf das Wäldchen, das zwischen den Stämmen seltsame Schatten wirft, vor denen es mich graust. Die Köchin schaut zu mir herauf, lächelt mir zu, winkt zu mir hin, wenn sie die Hand frei hat. Ich schmecke Salz auf meinen Lippen. Ich weiß nichts über die Herkunft des Salzes in der Luft. Ich weiß nichts vom Meer hinterm Wald und dem Salzgehalt des Meeres, das hinter der Baumreihe liegt, auf die ich blicke, wenn ich am Fenster bin. Ich habe das Meer auf meiner Zunge und kenne das Meer nicht. Zwischen mir und dem Meer ist der Waldstreifen. Ein tiefer Graben. Ich kann ihn nicht überwinden.

Die Küche der Köchin Blume ist noch eine richtige Küche, mit Kacheln an der Wand, einer langen Arbeitsfläche aus Blech. Die Türen sind hell gestrichen, die Türenfenster in Glassegmente geteilt. Das Glas ist von Draht durchwoben und lässt an Bienenwaben denken, ein halbdurchlässiges Türscheibenglas, gegen das Besucher der Küche von außen mit den Schlüsselbunden klopfen. Ich erinnere den riesigen Fleischwolf, von dem gesagt worden ist, dass er, wenn man nicht darauf achtet, den Arm verschlingt, ihn in rosa Wurstschlangen verwandelt. Aus den Kachelwänden, in sie hinein, an den Wänden entlang, verlaufen verschiedene, offen zur Schau gestellte Rohre, wie in einem U-Boot. Die Wasserhähne glänzen golden, sind aus Messing. Die Rohre der Hähne ragen aus der Wand hervor, stehen gewichtig im Raum, rufen: Macht Platz da. Kellen, Töpfe, große Quirls hängen an Fleischerhaken auf hoher Stange. Die Köchin nimmt die Stange mit dem Piratenhaken, angelt den Topf vom Gestänge. Schubladen werden auf und zu bewegt. Hefekuchenteig wird unterm Leinentuch gehalten. Leinenstoff wölbt sich zum Hefebauch. Teig quillt über den Blechrand.

Die Köchin ist dick. Ihr Leib steckt im Küchenkittel, unter ihm ist die Unterwäsche der Köchin derb und deutlich auszumachen. Das Haar trägt die Köchin unter einem festen Tuch zum Knoten gebunden. Ihre Finger glänzen wie Spiegeleihaut. Die Köchin arbeitet und nimmt Hilfe nur an, wenn es sich nicht vermeiden lässt. Wenn Feiertage, große Feste anstehen, die Arbeit um ein Doppeltes, Dreifaches aufwendiger ist, können fremde Kräfte im Küchenreich Zuarbeiten ausführen. Ich will ihr eines Tages behilflich sein. Ich packe den Wischeimer mit schmutzigem Wischwasser gefüllt, der nicht leicht zu packen ist. Wasser schwappt. Der Eimer kippt. Ich rutsche auf der Pfütze aus, schlage lang hin, ramme mir die Henkelaufhängung des Eimerrandes durch die Unterlippe, säble zwei Milchzähne glatt weg, kann von innen her zwei Finger durch das Hautloch stecken, mit der Kuppe nach außen winken.

Die Köchin kommt gelaufen. Ich sehe sie an. Dann schwimmt sie hinfort. Ruhe kehrt ein. Stille ist, von der gesagt wird, dass man sie im Leben nur einmal vernimmt. Ich denke, ich bin tot. Ich komme wieder zu mir. Aus einer fernen Welt zurück sehe ich mich auf der Küchenbank, in stabiler Seitenlage. Die Köchin wendet mich wie einen Braten. Ich lande an ihrem Riesenbusen. Sie drückt mich fest an sich. Ich rieche ihr Fleisch. Ich rieche ihren Achselduft. So ein zartes Bürschchen aber auch, haucht die Köchin. Da wird eine Narbe bleiben, sagt der Doktor. Bis zur Hochzeit ist alles wieder gut, versichert die Köchin. Sie bedenkt mich mit Extraportionen. Eine Schublade mit Süßigkeiten, von der kein Kind im Heim etwas weiß, ist einzig für mich in der Küche eingerichtet. Aus ihr kann ich mich nach Herzenslust bedienen. Mutter Mutter es hungert mich gib mir Brot sonst sterb ich warte nur mein liebes Kind morgen wollen wir säen als es nun gesäet war sprach das Kind noch immerdar Mutter Mutter es hungert mich gib mir Brot sonst sterb ich warte nur mein liebes Kind morgen wollen wir schneiden als es nun geschnitten war sprach das Kind noch immerdar Mutter Mutt es hungert gib mir Brot sonst sterb ich warte nur mein liebes Kind morgen wollen wir dreschen als es nun gedroschen war sprach das Kind noch immerdar Mutter Mut es hungert gib sonst sterb warte nur, mein liebes Kind morgen wollen wir mahlen als es nun gemahlen war sprach das Kind Muttermut gib sonst warte nur mein liebes Kind morgen wollen wir backen als es nun gebacken war lag das Kind auf der Totenbahre.

Die Köchin stellt eine Untertasse vor mich hin. Sie hebt ihre Augenbrauen, entnimmt dem Fach eine kleine Packung, öffnet die Packung und schüttet den Inhalt aus. Der Braunpulverberg ragt spitz auf in der Untertasse. Die Köchin nimmt Zucker zur Hand. Die Köchin bestreut den braunen Berg mit Zucker, schüttet mit dem Esslöffel Wasser über den Berg, mischt Zucker und Braunpulver zu einem bräunlich glänzenden Gemisch. Die dicke Köchin zwinkert mir wieder aufmunternd zu, der ich der traumhaft wirbelnden Köchin gegenübersitze, ihrem Treiben mit wachsendem Wohlgefallen zusehe. Sie singt ein Lied, das ich von der Sprache her nicht verstehe und doch recht gut erahne. Es handelt von einer Kuh, die Schokolade gibt. Und oben auf dem Berge steht die damische Kuh, macht das Auge mal auf und macht es dann wieder zu. Und die Kirche ist ein Wirtshaus. Und es regnet Leberkaas, schneit Bratwürschtl vom Himmel herab. Und unter den Leuten gibt es keinen Streit, weil alle zu jedermann nix reden und auch niemand je einem anderem zuhören mag und keiner von vielen im Einzelnen sagen will, was wer von einem gesehen hat, dass er es angestellt haben soll. Und nur gewiss ist, dass es im Dunklen finster ist und in der Finsterkeit der Blick nicht weiter geht als wie beim Tageslicht. Und am Ende vom Lied ist jedes Mal der Heuschreck vor dem Bauern gestanden und der hat ihm dann mit der Sense den Kopf abgemäht.

Ich bekomme den Esslöffel hingehalten. Ich öffne den Mund, schlecke das Braunzeug und verfalle in einen Hustenanfall, der mir die Atemluft nimmt, meinen Kopf puterrot werden lässt, dass die Köchin auf meinen Rücken einschlägt. Über die großen schwarzweißen Bodenkacheln tanzen Untertassen, Zuckerwürfel, Wasserglas und Esslöffel einen schwebenden Reigen. Ich werde aufs Zimmer gebracht. Ich ruhe aus und bin am nächsten Tag wieder am Küchentisch der Köchin. Ich soll die Augen schließen, den Finger in die von ihr gefertigte Masse stecken, den Finger ablecken, die Masse kosten. Ich zögere nicht. Ich schmecke Braunschneezucker, schmecke Süße, öffne die Augen. Die Köchin drückt mir den Löffel in die Hand, umschließt meine Faust zur Doppelfaust, führt den Löffel von der Untertasse meinem Munde zu, sagt: Für Mama von Mama. Jeder Widerstand löst sich in Wohlgefallen. Auf fliegt mir der Mund. Für Mama von Mama, schmeckt die Zunge. Löffel um Löffel schlecke ich Mamabrei. Herrliche Mamakristalle, ein Mamabreisee breitet sich auf der Untertasse vor mir aus. Für Mama von Mama, treibt die Köchin mich an, den Kau-kau vom Teller blank zu schlecken. Für Mama von Mama, bin ich folgsam, bis alles aufgeschleckt und sie mit mir zufrieden ist. Für Mama von Mama, lacht die Köchin. Für Mama von Mama, trällert die Köchin ihr selbst erfundenes Küchenlied. Für Mama von

Mama, lobt sie mich, kneift mit ihren Fingerballen rechts links meine Wangen, um mich einen Wonneproppen zu rufen. Für Mama von Mama. Der Bäcker hat gerufen, wer will guten Kuchen backen, der muss haben sieben Sachen, Eier und Schmalz, Butter und Salz, Milch und Mehl, Safran macht den Kuchen gehl. Jederzeit darf ich zu ihr kommen, wann immer ich mag, Kau-kau verlangen, wenn mir nach Mama zumute ist. Sie zückt aus ihrer Kitteltasche einen Block, legt bunte Stifte hin, fordert mich auf, für Mama von Mama mit dem Schreiben zu beginnen. Ich soll an die Mama einen Dankesbrief schreiben. Schreib auf, was du fühlst. Und sind es nur Kritzeleien. Schreib alles nieder. Verschweige nichts. Das liebende Mutterherz wird die Schrift zu entziffern wissen. Und während ich überlege, was ich der Mutter zu schreiben habe, singt die Köchin über den Töpfen: Die Mutter möchte fein wissen, was eine Mutter ruhig wissen soll, nicht Honig ums Maul geschmiert bekommen will eine Mutter, in den Kummerpulverberg bohrt die Mutter das Loch, schüttet Herzenszucker hinein, gibt Tränenwasser hinzu, versüßt die Klage mütterlich, gütig dem Kinde.

Ich zeichne einen Vogel im Sturzflug. Ich zeichne das Aquarium, in ihm der Fisch, den ich neben der Meise und dem Zaunkönig als dritten Zeitvertreib mag. Ich zeichne einen Kau-kau-Berg, setze die Köchin daneben, skizziere den Löffel, die Zunge und einen schwarzen Käfer an eine Wolke geklammert, hinter der hervor die gelbe Sonne sieben Sonnenstrahlen über das Blatt Papier schickt. Montag, Dienstag, Mittwoch, Donnerstag, Freitag, Sonnabend, Sonntag, zählt die Köchin. Die ganze Woche Sonnenschein. Sie nimmt die Zeichnung an sich, klebt sie an die Kachelwand, wird immer und immer wieder darauf blicken, wie sie versichert, und betont, dass sie mit meiner Kunst für den Tag mehr als nur zufrieden ist. Zwei Briefe sind es, über ein Jahr verteilt, die mir die Köchin abgerungen hat. Die Mühle braucht Wind, Wind, Wind, sonst geht sie nicht geschwind, schwind, schwind, aus Korn wird Mehl, aus Mehl wird Brot und Brot tut allen Menschen not, drum braucht die Mühle Wind, Wind, Wind. Jeder einzelne Brief wird erwartungsvoll von mir an die Köchin abgegeben, die verspricht ihn einzustecken, abzusenden: Beide bleiben ohne Antwort.

> Baby weggeworfen, Mutter in Psychiatrie. Die 29-jährige Frau wurde am Freitag einem Ermittlungsrichter vorgeführt und in ein psychiatrisches Krankenhaus eingewiesen, teilte der Sprecher der Berliner Staatsanwaltschaft, Michael Grunwald, mit. Den bisherigen Ermittlungen zufolge soll die 29-Jährige den zwei Monate alten Säugling in der Nacht zum Donnerstag im Zustand zumindest verminderter Schuldfähigkeit vom Balkon geworfen haben. Gegen die Frau wird wegen gefährlicher Körperverletzung und versuchten Totschlags ermittelt. Die Mutter selbst beschrieb den Vorfall in der richterlichen Vernehmung als einen Unfall. Das Baby war auf einem Vordach gelandet. Bei dem Sturz erlitt das Kind ein schweres Hirn-Trauma. Das Mädchen wird auf der Intensivstation der Charité behandelt.

DIE HÄNDE VOR DER KÜCHENSCHÜRZE gefaltet, in sichtliche Erregung gehüllt, spricht sie eines anderen Tages in einem ungewohnten feierlichen Ton: Heut nehme ich dich mit. Heut kriegst du das Meer zu sehen. Lirum, larum, Löffelstiel, alte Weiber essen viel, junge müssen fasten, 's Brot liegt im Kasten, 's Messer liegt daneben, ei welch ein lustig Leben, lirum, larum, Löffelstiel, wer nichts lernt, der kann nicht viel, reiche Leute essen Speck, arme Leute habn Dreck, ich bring dich heute von hier weg, lirum, larum, Leier, die Butter ist nicht zu teuer. Die Köchin kleidet mich an und eilt mit mir an der Hand durch den Gespensterwald. Wind stößt uns voran. Zwischen den Bäumen entlang des Weges sehe ich das Meer streifenweise bläulich, dunkel, halte das Meer noch für den Himmel. Das alles schauen wir uns morgen bei

Tageslicht richtig an, sagt die Köchin, zieht mich vorwärts. Der dunkle Himmel rauscht. Sand fliegt durch die Luft. Sand verfängt sich zwischen meinen Zähnen. Dann sind wir angelangt, bei der Köchin zu Hause.
An dieser Stelle muss ich einflechten, dass ich zu jener Zeit der Erfüllung eines Lebenswunschs nahe stand. Der kurze Spaziergang war für mich wie eine Reise nach Afrika. Stellt man sich eine Sache vor, die weitab vom gewöhnlichen Denken liegt, so hegt man keinerlei Zweifel an ihrer Erfüllung. Sie stellt mich vor die Tür, geht zu ihrem Mann in die gute Wohnstube, wo sich die folgende Szenerie entwickelt. Wen, sagst du, hast du heute mitgebracht, fragt der Mann der Köchin. Einen Jungen vom Heim. Was für einen Jungen? Einen Kinderheimjungen halt. Nicht wirklich? Doch. Nein. Doch. Nicht doch. Schau ihn dir an.
Die Köchin schiebt mich ins Wohnzimmer. Nun sieh schon. Der Mann guckt von hinter seiner Zeitung nicht hervor. Der Kopf kommt nicht über den Rand seiner Zeitung. Die Zeitung fragt die Köchin: Was ist mit dem Kind? Es will uns kennenlernen. Es wird auf Probe bei uns wohnen. Die Köchin putzt mit dem Ärmel meine Wangen, die wie Äpfelchen zu ihren Werbeworten glänzen. Sie schubst mich der Zeitung zu. Der Busfahrer legt die Zeitung ab. Ich erinnere ihn im löchrigen Unterhemd. Sommersprossen und Haarflaum erinnere ich über die Brust hinweg ums Unterhemd herum, in es hineinkriechend. Der Mann legt die kräftigen Unterarme auf die Tischplatte. Dickliche Hände liegen vor mir aus, von Sommersprossen übersät, von einem rötlichen Flaum überdeckt. Werktags, sagt der Mann, der als Busfahrer tätig ist, bin ich mit dem Bus unterwegs. Früh gehe ich aus dem Haus, erledige Schulbusfahrten, für kleine Passagiere, die ein Pack sind, eine Rasselbande von lauter Nervzwergen. Hinter mir ist es laut. Kinder toben, dass ich ein um das andere Mal den Bus zu stoppen mich gezwungen sehe, um Standpauken abzuhalten, was wenig nützt bei unerzogenen Kindern, die mit

jedem Jahr wilder sind, weil keine Zucht herrscht und nicht Ordnung, die edlen Werte längst flöten gegangen sind in diesem Land. Von der Arbeit erschöpft, durch das Krawallen erledigt, ruhe ich am liebsten in meinem Haussessel aus. Die Füße auf dieses Kissen gelegt, möchte ich in Stille meine Zeitung lesen, wenn mir nach Ruhe ist und Zeitunglesen. Ich will nicht daheim zusätzlich von einem Kind heimgesucht sein.
Hat es gesprochen. Nimmt die Zeitung wieder auf. Bedeckt seinen Unmut mit Zeitungspapier. Die Köchin sieht das anders. Die Köchin wirkt entschlossen. Sie bietet dem Mann ihre Stirn. Was ein erfolgreiches Adoptionsunterfangen werden sollte, nimmt verdrießliche Züge an. Diese Nacht bleibt er, Männl, sagt die Köchin. Nichts da, tönt es von hinter der Zeitung her. Diese eine Nacht. Alle folgenden Nachnächte auch. Nicht eine. Wir werden ja sehen. Nichts da sehen. Du schaffst mir den Jungen zurück ins Heim, sagt die Zeitung, unternimmt aber nichts, sondern steht weiterhin schützend zwischen dem Mann und seiner Köchin, die heftiger wird, die Zeitung angeifert: Nur über meine Leiche. Augenblicklich, sag ich, sagt der Mann, schmettert die Zeitung energisch zurück. Montag, mit der Arbeit bring ich ihn zurück. Jetzt sofort, sage ich. Das Kind bleibt. Ohne mich, tönt der Mann, knüllt das Tagesblatt, erhebt sich, schaut wütend und entschlossen aus, geht zum Zimmer hinaus. Die Köchin triumphiert. Ich darf vorerst bleiben. Der gewöhnt sich mit der Zeit, sagt sie. Der wird bald einen Gefallen an dir entwickeln. Niemals und basta damit, ruft der Mann vom Flur her. Die Köchin geifert ohrenbetäubend: Was du nur für ein Sturkopf bist. Die resolute Köchin geht mit mir an ihrem bockigen Mann vorbei, bringt mich und sich in die Sicherheit ihrer häuslichen Küche, in ihre private Bündigkeit, um mit Inbrunst zu schluchzen, wobei sie umherläuft, die mitgeführten Nachtkleidungsstücke auspackt. Dann lässt sie mich Pellkartoffeln enthäuten, die nackten Kartoffeln in Scheiben

schneiden. Sie packt mich in aufwallender Aufgebrachtheit, herzt und umarmt mich, erdrückt mich schier, wendet sich ab, um die von mir geschnittenen Kartoffelscheiben in Butter zu braten, mit extra kräftigem Magerspeck, hauchdünnen Zwiebelstücken versehen. Von den Eiern nehme ich nur das Gelbe, sagt sie erholt, in froher Zuversicht. Das Ganze würze ich mit Paprikapulver. Den Pfeffer mahle ich in diesem Mörser hier. Und so streue ich die fein gehackte Petersilie über die Zwiebelringe. Nun nur noch rasch ein Senfhäuflein obenauf, alles schön auf einem Teller arrangiert. Wäre doch gelacht, wenn wir das Männl nicht umzustimmen wüssten. Der ist, wie er ist, sagt sie mit dem Tablett in der Tür zu mir. Der ist kein Schlechter. Den muss man zu nehmen wissen.
Sie bringt ihm das Essen aufs Zimmer. Es folgt ein Wortsturm. Es geht hin und her. Laut wird es. Besteck klirrt. Die Tür wird zugeschlagen. Die Versöhnung misslingt. Der Busfahrer schnieft, die Köchin ist zurück in der Küche, will mit ihrem Männl nichts mehr zu schaffen haben, packt die Nachtsachen zurück in die Tasche, verflucht den Mann, bringt mich zu Bett. Weckt mich am nächsten Morgen, führt mich durch den Wald ins Heim zurück. Meine Hand wie in Gewahrsam, die vom Handdruck schmerzt, eilt die Köchin durch die Dunkelheit, dass der Wind um uns aufhört zu wehen, es still ist um uns und dunkel wie nie zuvor in meinem Leben. Und doch behielt ich frischen Mut, wie stets ein rechter Bursch es thut, weil ja das herbe Scheiden muss jeder einmal leiden, erst als ich eine sah, so blass und ihre blauen Äuglein nass, die lieben wohlbekannten, da ging mein Mut zu Schanden, ich zog betrübt zum Tor hinaus und wischte manche Träne aus, hab tausendmal im Gehen mich zu dem Häuschen umgesehen. Die Köchin bei der Hand, bin ich blind, sehe keinen Baum vor lauter Bäumen. Die Köchin orientiert sich am Himmel, wo die Baumkronen sich schwach vom Nachthimmel abheben. Sie sieht nach oben, woher ihr keine Hilfe kommt. Ich blicke zu Boden, wo der Waldboden

unsichtbar ausliegt, lasse mich von der Köchin ins Kinderheim ziehen, sehe mich in die Gemeinschaft der Kinder zurückgebracht, mag Busfahrer nicht und werde im Traum des Öfteren von einem Bösewicht heimgesucht.

DER ZEITUNGSMANN BLEIBT das grausige Relikt aus den sechziger Jahren. Der lächerliche Mensch zu der guten Frau Blume, die Köchin mit dem Busfahrer gestraft. Die wundervolle Frau mit beiden Beinen im Leben stehend, robust genug für den Job der Köchin gebaut, stark genug, die schweren Töpfe zum Ausguss zu schleppen, den großen Deckel vor den Topfrand zu schieben (wie der Ritter das Schild vor seiner Rüstung in Stellung bringt), den Topf anzuheben und heißes Wasser der gekochten Eier oder die gelbliche Kartoffelkochbrühe abzugießen, Nudelwasser zu entsorgen. Die Aufenthalte bei ihr, ihre Nähe, will ich das erste Glück meines Lebens nennen. Glück, höre ich den Busfahrer äffen, dass die Zeitung vibriert. Das Glucksen geht in Blubbern über. Der Busfahrer soll endlich an seinem Hohn ersticken. Ich bin um den Schlaf gebracht, löse mich von meiner Schlafstätte, ziehe mir Hose, Strümpfe, T-Shirt, Hemd über, setze mich an den Arbeitstisch, schalte den Laptop ein, der schwach den Raum erhellt, genügend Licht auf die Tastatur wirft, dass ich am Text schreiben, den Erinnerungen Freiraum schenken kann, die Busfahrerzeitungsmannstimme in mir besiegele.

WIEDER UNTER OBHUT der Heimleitung gestellt, nach dem misslungenen Adoptionsversuch, im Heim zurück. Die Kinder glotzen dich an und verstehen nicht, dass du wieder da bist, wo sie dich doch eben erst verabschiedet haben, du an die Hand genommen und der dicken Frau Blume nach abgegangen bist. Ab jetzt fürchtest du dich davor, wieder gesagt zu bekommen, dass ein Interesse vorliege. Ich will nicht mehr aufgerufen und mitgenommen werden wie die anderen Kinder.

In Berlin war unlängst Haftbefehl gegen einen Einundvierzigjährigen erlassen worden, der verdächtigt wird, seine sieben Monate alte Tochter getötet zu haben. Der aus Frankreich stammende Mann soll Anfang März in einer Mutter-Kind-Einrichtung des Diakonischen Werkes nach einem Streit mit seiner ehemaligen Lebensgefährtin seine Tochter auf den Boden geschleudert haben. Das Kind erlag wenig später seinen Verletzungen. Die einunddreißig Jahre alte Mutter wurde leicht verletzt und erlitt einen Schock. Nach der Häufung von Kindestötungen insbesondere in Ostdeutschland hatte Sachsen-Anhalts Ministerpräsident Wolfgang Böhmer (CDU) im FOCUS-Interview einen leichtfertigen Umgang mit Abtreibungen für das Problem verantwortlich gemacht. Dieser sei mit dem vergleichsweise liberalen Abtreibungsrecht in der früheren DDR zu erklären. Böhmer erhielt für seine Einschätzung massive Kritik vom politischen Gegner, aber auch aus den eigenen Reihen.

Es GIBT VERMUTUNGEN, die keinerlei Lautstärke vertragen. Es gibt Gerüchte, die nicht einmal geflüstert werden dürfen. Was darüber hinaus zum Thema Mutter zu sagen ist, stützt sich auf Verdacht. Nichts als Vermutung ist die Vermutung. Mit Schaufel, Eimer, Schwimmreifen, Handtuch, Decke, das dicke Seil in unserer Mitte, rechts, links von Kinderhänden gehalten, vorneweg eine Erzieherin, am Ende des Strickes eine zweite Erzieherin, halten wir den Strick in der Schwebe und singen fröhliche Lieder. Birkengrün und Saatengrün: wie mit bittender Gebärde hält die alte Mutter Erde, dass der Mensch ihr eigen werde, ihm die vollen Hände hin, eine Woche Kulbetrieb und das Rollen schwerer Loren klingen stets in unsern Ohren, aber keiner träumt verloren, hoffnungsfroh bleib. Vom Rand des Ortes aus in die Ortschaft hinein ziehen wir. Bürger sehen uns nach. Ältere Damen bleiben entzückt stehen. Die Erinnerung sagt, wir biegen in die Strandstraße ein, vorbei an schönen Backsteinhäusern, eines von ihnen mit dem Namen Villa Erika versehen, wo der zweite Adoptionsversuch, mit ähnlichem Ausgang, Monate nach dem Versuch der Köchin beim ortsansässigen Tischler erfolgt. Es war ein Knabe gezogen wohl in die Welt hinaus, das Glück, das Glück war aus, er wanderte weit in der Sommerzeit, wenn am Walde die Rosen blühn, oh wärst du so hoch nicht geboren und ich nicht ein armer Knab, die Welt ist leer wie ein Grab, das Mägdlein barg seine Klagen im stillen Kämmerlein, sie durften es niemandem sagen, sie hofften jahraus und jahrein, die Locken, sie wehten im Wind.

> Totes Baby in Wohnung gefunden. Die junge Mutter hatte den Rettungsdienst von sich aus gerufen, doch der konnte nur noch den Tod des Neugeborenen feststellen. Möglicherweise handelt es sich um eine Totgeburt. Die 20-Jährige aus dem mecklenburg-vorpommerschen Grimmen wurde zur Untersuchung in die Universitätsklinik in Greifswald gebracht. Erkenntnisse über die Todesursache und das genaue Alter des Kindes lägen noch nicht vor, teilte die Polizei am Dienstag mit. Die von der Staatsanwaltschaft Stralsund angeordnete Obduktion soll nähere Erkenntnisse bringen. In einem weiteren Fall war am Vortag die Wohnung einer Mutter durchsucht worden, die verdächtigt wird, ihr Neugeborenes unterversorgt in einer niedersächsischen Kaserne sterben gelassen zu haben. Die Motive der Frau liegen weiter im Dunkeln, sie selbst befindet sich laut der Staatsanwaltschaft Verden im Krankenhaus und kann noch nicht weiter befragt werden. Die 23-Jährige habe gestanden, am vergangenen Donnerstag auf der Toilette einer Bundeswehrkaserne ein Mädchen zur Welt gebracht zu haben. Das Baby habe die Bundeswehranwärterin in einen Eimer gelegt und in ihrem Spind eingeschlossen.

IN DER VILLA ERIKA bin ich länger zur Probe als bei der Köchin, für einige Monate sogar Teil einer Handwerksfamilie. Ich atme den wohligen Duft von Holz. Das Haus ist ein großes Haus, die Küche die Zentrale, der Treffpunkt der Familie,

Hort aller wesentlichen Besprechungen zu den Tagesabläufen; von der Frau des Tischlermeisters regiert. Das tägliche Szenarium: fünf gewissenhaft einzuhaltende Mahlzeiten. Drei von ihnen Hauptmahlzeiten, zwei Neben- beziehungsweise Zwischenmahlzeiten. Der Meister wird Chef gerufen. Er nimmt an der Stirnseite des Tisches Platz und wirft, wenn es ihm passt, mit dem Pantoffel nach den Gesellen. Treffliche Würfe mit Wucht und Geschick. Pantoffeltischohrfeigen, so ausgeführt, dass die Sohle auf die Wange der Zielperson klatscht. Zu Weihnachten gibt es eine riesige, nie zuvor so groß gesehene Gans. Langer Hals. Goldbraun die Haut. Zwei wundervoll leuchtende Gänsekeulen, die aus dem Goldkorpus ragen, mit Papierservietten versehen, Zeigefinger, die zur Zimmerecke weisen. Aus Schreibpapier gefertigter Zierrat, zu Röllchen gerollt, mit Klebeleim zusammengehalten, mit Schnitten der Schere an den Enden im gleichmäßigen Abstand verziert und über die freigelegten Knochen der Bratgans geschoben; hochachtungsvoll Anfasser genannt. Ein passender und gar auch poetischer Begriff. Ein Wort mit Klang, der die Keulen in Status erhebt. Die Gäns mit ihrem Dadern dada, da mit ihrem Geschrei und Schnadern dada, da Sant Martin han verraten dada, darum tut man sie braten, dadada. Sie legen mir einen Anfasser auf den Teller. Sie stechen das Messer in den Bauch der Gans. Feuchtigkeit fließt aus dem Korpus. Es dampft. Füllung quillt aus der geöffneten Gans hervor. Der Anfasser füllt meinen Teller aus. Sie legen einen Kloß neben den Anfasser, begießen ihn mit Butter, die sie gute Butter heißen, und sagen aus einem Munde: Iss fein zu. Iss schön fein zu. Iss nur fein zu, nun iss.

Anfasser Nummer zwei bekommt der Chef zugeteilt. Dann wird die Gans für die anderen Familienmitglieder aufgeschnitten und gereicht. Ich mühe mich redlich. Ich beiße mich durch die Kruste der Keule. Die Kruste steckt mir zwischen den Zähnen wie eine Oblate aus steifer Gänsehaut. Ich kann die Haut nicht teilen. Der Chef lacht angetan. Ich reiße

Fleischfetzen mit meinen Zähnen von der Keule, kaue und
würge an den trockenen Fleischteilen. Die Handwerksfamilie unterbricht ihr festliches Mahl, schaut ihrem gefräßigen
Jungen beim Essen zu, ist von dem, was ich in mich stopfen
kann, überrascht. Der Meister sagt: Da sieh her. So wird es
gemacht. So und niemals anders. Und unterweist mich darin,
wie die Haut zu teilen ist, wo die Zähne ins Fleisch zu setzen
sind, damit das Fleisch bis auf den Knochen mit wenigen Bissen verschwindet. Der Anfasser wäre, belehrt er mich, einem
Holzstück gleich im Fräser vor meinen Zähnen zu führen.
Wie auf Knopfdruck angetrieben, beginnt der Meister den
Anfasser vor seinem Mund zu drehen, in ihn hineinzubeißen. Dreht die Keule. Setzt ihr mit seinen scharfen Schneidezähnen zu. Putzt den Anfasser rundum von Fleisch frei.
Redet mit aufgeblähten Wangen. Trennt kleine Happen vom
Anfasserfräßstück, die sich wie von Zauberhand getrieben in
seinen Rachen spiralen. Mir füllen sich Rachen und Backen
mit Gänsefleisch. Ich kriege kein Gänsefleisch mehr in mich
hinein. Mundbatzen wehren sich. Das Gänsefleisch will an
seinen Knochen bleiben. Es kommt, wie es kommen muss.
Ich ergieße mich in unerwarteter Heftigkeit. Man schleift
mich hinfort, schafft mich übers Klobecken, schlägt auf
mich ein, wie unter Viehtreibern Buckel der Tiere bearbeitet
werden, wenn diese störrisch sind, nicht vorwärtswollen. Ich
bin ein Schlachtvieh über den Rand des Beckens gezwungen,
wie zum Aderlass, übergebe mich bis zur Magenleere und
übergebe mich noch aus meiner Magenleere hervor, von nie
gehabten Zuckungen begleitet. Die Stimme ist mir heiser von
der Leere, die ich auszubrechen versucht war. Ich reinige den
Mund. Ich spüle die Leere mit Wasser aus. Sie treiben Scherz
am Tische mit mir, fragen an, ob es ein Kloß noch sein darf
von ihren Klößen.

In Thüringen starb ein Neugeborenes, weil es nicht versorgt wurde, in Berlin, weil die Mutter gestorben war. Ein weiterer Fall eines unnatürlichen Babytodes ereignete sich in Thüringen. In Nordhausen starb ein Neugeborenes, weil es offensichtlich nicht versorgt wurde. Notarzt und Polizei fanden den unterkühlten und leblosen Säugling am Donnerstagabend in der Wohnung einer 27-jährigen Mutter, wie die Polizei mitteilte. Der Arzt habe noch versucht, das kleine Mädchen auf dem Weg ins Krankenhaus zu reanimieren. Nach ersten Ermittlungen hatte die Frau das Kind allein im Bad ihrer Plattenbauwohnung entbunden. Zum Zeitpunkt der Geburt sollen sich auch der neunjährige Sohn der Kindesmutter sowie dessen gleichaltriger Freund in der Wohnung aufgehalten haben. Die Staatsanwaltschaft leitete Ermittlungen wegen Totschlag-Verdachts gegen die Frau ein. Eine Obduktion solle Klarheit über die genauen Umstände der Geburt und die Lebensfähigkeit des Säuglings bringen. Die Mutter wurde in ein Krankenhaus gebracht. Der neunjährige Sohn wird zurzeit von Nachbarn versorgt. Ein Polizeisprecher sagte, die Wohnung habe sich nicht in einem verwahrlosten Zustand befunden. Die Frau habe bislang keine Angaben gemacht.

Im Heim verabreichen sie den Kindern auf Löffeln gegossen braunen Lebertran. Mir wird schlecht davon. Ich kann das Zeug nicht schlucken, muss mich übergeben. Und immer wird der Lebertran nachgeschoben. Das erste Stück Räucheraal spucke ich auf den Tisch der Adoptionsküche. Aus dem Heim in die Traubenzeit geschickt, ist das Schmalhansleben ausgestanden, eingetauscht gegen die paradiesischen Üppigkeit der Mahlzeiten an der Tischlereifesttafel und Anfasser genannte Keulen der Weihnachtsgans. Ich bewältige ihre Festessen nicht. Ich weiß, wie man die Hauptnachspeise macht: Mohn mit kochendem Wasser übergießen, drei Stunden einweichen, die Hefe in Zucker verrühren, Schüssel zudecken und die Masse sich an einen warmen Ort verdoppeln lassen, Milch eingießen, weißes Mehl einrühren, Eier zugeben und kneten, Butter in Flöckchenform, Teig walken, Kugel formen, die Teigkugel mit kaltem Wasser übergießen, den Teig aus dem

Wasser nehmen, trocknen, auf mehliger Arbeitsplatte weich und elastisch kneten, in die eingefettete Schüssel legen, dreißig Minuten gehen lassen, in der Zwischenzeit die Füllung bereiten: Mohn im Sieb abtropfen, in der Kaffeemühle ausmahlen, mit Mandeln, Rosinen, Zitronenschale vermischen, alles in einen Topf in Milch und Zucker erhitzen, mit dem Schneebesen Mehl, Milch und Zuckermilch sämig rühren, über den Mohn gießen, Eigelb untermengen, in einer Extraschüssel das Eiweiß steif schlagen, die weiße Wolke unter die Mohnmasse ziehen, die Backform einfetten, den Herd vorheizen, den Teig drücken, quetschen, halbieren, die Hälften auf mehliger Arbeitsfläche rollen, halbieren und zu einem Rechteck formen, mit dem Kuchenspatel die Mohnmasse auf die Teigplatten verteilen, einen Rand von einem Zentimeter Breite freilassen, zerlassene Butter auf den Mohn tröpfeln, längs bis zur Mitte aufrollen, gleich der Biskuitrolle, die beiden Rollen so arrangieren, dass sie sich in der Mitte treffen, sich fest verschwören, eins sind, zusammenhalten, die Oberseiten mit der Mischung aus Ei und Sahne pinseln, die Kuchen eine Stunde goldbraun und knusprig backen, in der Form abkühlen.

Aber ich kriege die schlesische Mohnsüßspeise nicht runter, schmecke Bitternis. Sie rennen mit mir durch den Flur, die Treppenstufen empor und binden mich mit dem Gürtel des Meisters ans Fensterkreuz, wo ich wegtrete, in Mohnschlaf falle. Sie binden mich los und verfrachten mich ins Bett; die große Schüssel aus Emaille, in der Mohnstriezel bereitet werden kann, steht als Auffangschüssel zu Füßen bereit. So war ich also zum Mitglied einer Tischlerfamilie geworden. Im Zustand schwindelnder Gebärden bemerkte ich nicht, dass auch sie mich jeden Tag rund um die Uhr beobachteten und abwägten, meine Verhaltensweisen registrierten, über mich ausführlich sprachen. Flüchtig betrachtet, wurde hier gearbeitet, verhandelt, sich zugerufen, beisammengesessen, wie überall in Tischlereien Brauch. Mir gegenüber verhielt man sich zum Scheine.

Eine Mutter hat in ihrer Dillinger Wohnung ihre vier Jahre alte Tochter umgebracht. Die Frau habe das Kind vermutlich mit einem Kissen erstickt, teilte das Polizeipräsidium Schwaben Nord in Augsburg mit. Die 33-Jährige habe am Vortag selbst bei der Polizei angerufen und das Verbrechen gemeldet. Zum Tatmotiv machten die Beamten aus ermittlungstaktischen Gründen noch keine Angaben. Zur Tatzeit hatte sich die Frau mit ihrer Tochter alleine in der Wohnung in einem Mehrfamilienhaus befunden. Sie wurde festgenommen und legte bei ihrer ersten Vernehmung ein Geständnis ab. Die Staatsanwaltschaft beantragte Haftbefehl wegen Mordes.

WAS DAS LEISETRETEN, tonlose Umschleichen in einem Hause anbelangt, so bringe ich es zu einer achtbaren Meisterschaft. Ich bin gut unterrichtet. Mich bilden im Vorschulkinderheim die ersten Dielen aus. Verdienstvoll wie Wachhunde schlagen sie an. Boshaft treibt es ein Dielenbrettduo zur Küche hin, dem Reich der Köchin Blume. Nicht einfach, die zwei schmächtigen, so harmlos aussehenden Dielen zu überwinden. Durch viele Überwindungseinheiten schaffe ich mir einen Weg von meinem Bett aus zur Küche hin, erstelle mir ein Dielenraster, das knarrende Dielen in stockfinsterer Dunkelheit hell und rot signalisiert. Dielen, die launisch sind. Dielen wollen nicht gestört werden. Dielen achten streng auf Dielenzeit. Dielen verhalten sich in der Nacht anders als am Tage. Selbst wenn die Dielen unterhalb dicker Teppiche liegen, murren sie zur Nacht hörbar, wo sie am Tag verschwiegen liegen. Ich fahnde intensiv nach möglichen Gehwegen zum Flur hinaus, über das Dielengebiet hinweg, hin zu den Orten des geheimen Vorrates, der versteckten Extraportionen, die jedes kluge Kind im Heim anlegt und aufsucht, wenn ihm danach ist. Ich erbeute achtlos ausliegende, absichtsvoll abgelegte Süßigkeiten. Ich mache Bonbons ausfindig, trage die Beute in mein Versteck. Im ersten Kinderheim ist es das unterm Kopfkissen befindliche Matratzenloch. Im zweiten Kinderheim lege ich das Versteck weit hinter dem Mülleimer an. In das Maul nimm deinen Schuh, kommet wer daher, so fahr drauf zu, dann glaubt man, du seist Wu Wu, und kriecht ins Bett, lässt dich in Ruh. Trippel, trippel, trap, trab, trab, heut schließ ich die Tür nicht ab. Ich präge mir die Abfolge der einzelnen Fußsetzungen ein. Ich orientiere mich anhand der Musterungen, Astlöcher, Maserungen. Ich setze meine Fußpunkte gezielt, um all die unliebsamen, ketzerischen Dielen auszutragen; das leiseste Geräusch kann mich ausleuchten, mir einen Konkurrenten auf die Fährte setzen; der Hinterhältige, der Dielenbrettnebeneinsteiger, der mich auskundschaftet, sich meiner Techniken bedient, an meine Schätze zu gelangen sucht, sie sich einzuverleiben, sich zu bereichern, auf meinen ausgeklügelten Pfaden wandelnd. Und niemand kann mit Sicherheit sagen, wer außer einem selbst noch so im Kinderheim unterwegs ist. Der Hausmeister kann auf geübten leisen Sohlen seinen Rundgang gestalten, sich im Hause umhören, überallhin seine gefürchteten flüchtigen Überprüfungsblicke senden.

In der Küche gelandet, die dielenlos lebt und knurrsicher gekachelt ist, sind andere Geräusche zu vermeiden. Ich nenne da das Klappen der Türen zu Pforten und Teilverhauen, zu den geheimen Fächern, Kleinstbunkern. Es bedarf bei den Türen und Luken einer fein trainierten Fingertechnik, dass sie dein Tun stillschweigend hinnehmen, sich nicht benutzt fühlen, sondern liebevoll hergenommen, von menschlicher Hand massiert wähnen, nicht boshaft werden, still in sich hineingähnen von der schlichten Behandlung durch Kinderhand.

Nichts vom kurzen Glück bleibt als Kürze, wenn das Unglück zuschlägt. Das Unglück im Kleinen ist genauso ein gewalttätiges und dramatisches, von Emotionen begleitetes Geschehen wie die große menschliche Katastrophe. In meinem Kopf ist bei solchen Worten das riesige Ölgemälde, Floß der Medusa genannt, das ich in einer Mappe aufbewahre, in den

Zeiten der Adoption angelegt, die ich über die Jahre gerettet habe. Es hängt im Louvre. Ich werde es mir ansehen, wenn alles getan ist, das Buch der Mutter zugeschlagen werden kann. Dann werde ich den sterbenden Schiffbrüchigen entgegentreten und das Werk für mich erleben. Sein Meister hat es erst nach gründlichen Vorbereitungen angefertigt. Er schuf eigens Wachsmodelle der Körper. Er sorgte für die Fertigung des originalgetreuen Nachbaus des Floßes in seinem überdimensionalen Atelier. Ärzte waren ihm bei der Beschaffung von Körperteilen behilflich. Anhand Hingerichteter und Verstorbener schuf Géricault sein Lebenswerk, das Gericht hält über den menschlichen Körper.

Nach einem schrecklichen Vorfall in der Werkstatt ist meine Zeit in der Tischlerei so flink vorbei, wie ich mich zuvor in sie eingeführt sah. Zwei niedlichen jungen Katzen bin ich über den Hof nachgekrochen, in die Spänescheune, auf den Späneboden, diesen Katzen hinterher, von beiden eine mir wenigstens zu greifen, am liebsten beide, mein einziger Gedanke: ihnen nach. Ohne das strikte Verbot zu bedenken, die Stufen hinauf, suche ich von den zwei kleinen Kätzchen das langsamere zu fassen, berühre sein Fellchen. Versuche es zu packen und durch die Luke zu ziehen, als es mit mir plötzlich abwärtsgeht, ich durch den Boden rausche, mit all den Spänen durch den Bretterspalt falle, unten aufschlage.

Es ist die wuchtige Maschine zu hören. Es gibt einen menschlichen Wehschrei. Blut fließt wohl. Die Maschine steht. Ich erinnere den blutigen Daumen, die Bandsäge, den Altlehrling, den Juniorchef, die Gesichter der hinzueilenden Tischlereigesellen, von denen einer auf mich weist, mich Derdawars nennt. Derdawars wird nie und nimmer einer von uns. Derdawars ist kein Handwerklicher, heißt es aus dem Mund des Meisters. Ich bekomme den Riesenkran in die Hand gedrückt. Ich kann mich nicht einmal von den Mädchen verabschieden, die beinahe so etwas wie meine zwei großen Schwestern geworden sind. Ich habe geschehen zu lassen.

Ich sehe mich hinfortgenommen. Die Tischlerfamilie sieht sich durch den Richterspruch des Handwerksherren von dem zukünftigen Sohnemann, Stammhalter, Nachfolger getrennt, wie man sich von einer Leihgabe trennt. Ich werde von der Frau Meisterin kurz gedrückt und an die Haushaltshilfe übergeben. Der Meister lässt sich nicht sehen. Die anderen Herrschaften schauen von hinter ihren staubigen Fenstern aus mir nach. Ich lasse mich den Weg von der Tischlerei ins Heim am langen Arm der Haushaltshilfe ziehen. Ich weine stille, innere Tränen. Nach außen weine ich nicht. Der hölzerne Kran ist mir von der Meisterin in die Hand gegeben. Die Gassen sein so enge, es war einmal ein Gedränge, es kommt mein lieber Sohn nach Haus mit seiner verliebten jungen Braut, die Mutter durch die Hecke ihren Arm tat sie ausstrecken, sei willkommen, mein lieber Sohn zu Haus mit deiner verliebten jungen Braut, führt die Braut zu Tische, trug auf gebratne Fische, dazu roten kühlen Wein, die junge Braut konnte nicht fröhlich sein, sie sah in alle vier Ecken, ist hier nicht ein Schlafbette bereit, darin ich kann ruhen eine kurze Zeit, so führten sie die Braut zu Bette mit Clavier und Clarinette, mit Clavier und mit Harfenspiel, die Braut, die hörte vor Weinen nicht viel, und als es drauf um Mitternacht kam der Bräutigam tät erwachen, da lag sie tot in seinem Arm, sie war ja tot und er war warm und ruft mit heller Stimme, Mutter bring mir ein brennend Licht, und da nahm er das Messer, und stach sich damit durchs Herze, es liegen zwei Verliebte im Blute rot, liegen im Blute rot. Die Heimschwestern müssen nach der missglückten Adoption den Weg zur Badestelle verlegen. Sie können mit mir nicht mehr in Gruppe an diesem Haus vorbei, ohne dass ich mich hysterisch benehme, mich zu befreien suche, herzzerreißend nach den beiden Mädchen rufe, von heftigen Anfällen zu Boden gerissen, in Zuckungen gerate. Sie müssen mich ohrfeigen, derb zu Verstand bringen, zumal mir die Luft zum Atmen ausgeht, ich blau anlaufe beim Anblick des Hauses

aus Backstein, der lieblich/traurigen Erinnerungen wegen.
Erinnerungen, die in mir Flammen werfen, mich innerlich
verbrennen.

Das Rätsel um das ausgesetzte Baby ist gelöst. Der Vater
selbst war es, der das Kind in der roten Sporttasche einer
Schwester in der Westend-Klinik in die Hand drückte.
Als der bis dahin unbekannte Mann am Sonntag um 12.30
Uhr mit der Tasche das Krankenhaus betrat, hatte ihn eine
Überwachungskamera gefilmt. Mit diesem Foto suchte
die Polizei nach ihm und der Mutter. Zwei Bekannte des
Mannes haben ihn nun auf diesem Foto erkannt. Schon
am späten Dienstagabend verhörten die Fahnder vom
Landeskriminalamt den 53-jährigen Mann. Als er das erst
eine Stunde alte Mädchen auf der Säuglingsstation abgab,
hatte er noch behauptet, er kenne die Mutter nur flüchtig
und habe mit dem Baby nichts zu tun. Nun gestand er, der
Vater zu sein. Die 40-jährige Lebensgefährtin des Mannes
hatte das Kind am Sonntagvormittag zur Welt gebracht.
Auch sie wurde gestern in ihrer Charlottenburger Wohnung von Polizisten befragt und dann zum Arzt gebracht.
Es geht ihr gut. »Die Eltern haben sich in einer Ausnahmesituation befunden«, sagt ein Polizeisprecher. Ermittelt
wird gegen Vater und Mutter bislang nicht. »Es ist kein
strafrechtlich relevantes Verhalten erkennbar.« Hätte der
Vater beispielsweise die Tasche mit dem Kind vor dem
Krankenhaus abgestellt, müsste er mit einer Anzeige wegen Kindesaussetzung rechnen. Das Baby bleibt weiter im
Krankenhaus. Was mit ihm jetzt passiert, entscheidet das
Jugendamt.

MEIN KOPF IST EINE PUPPENSTUBE. Ich trage ein Puppen-Ensemble durch die Kinderheimjahre, führe mit den Erfindungen kleine Traumspiele auf, bessere Geschichten als mit
wirklichen Personen erlebt, fern dem richtigen Leben. Die
Köchin. Der Busfahrer. Die Frau des Tischlers. Die Töchter
des Meisters. Der Meister in seiner Tischlerei. So viele Menschen haben ein Spiel begonnen und es abbrechen müssen,

die Spieler nach Hause geschickt, besser gesagt, sie haben immer nur eine Person nach Hause geschickt, mich; nach Hause in das Heim, das mein Zuhause blieb, weil sie mir in ihren Heimen kein Zuhause ermöglicht haben. Weil sie nicht spielen wollten, nicht loslegen, ein Stück inszenieren, aus dem Personal etwas Bühnenreifes schaffen, das Publikum findet, sie zuerst erfreut. Sie nehmen mich her, um mich zu testen, mit mir seelisches Casting abzuhalten. Einen Jungen, der die Bühne nicht kennt, nur das Heim, keine sieben Jahre alt, lassen sie antanzen, um ihn anzuschauen, rumzuschicken, zu beobachten. Fleischbeschau ist es, als müsste mein Fleisch ihnen als Nahrungsmittel dienen. Die Fleischbeschau wird von den Fleischbeschauern ausgeführt, die sich als potentielle Adoptionseltern vorstellen. Untaugliches Fleisch muss nicht vernichtet werden, das Heimkind kann an das Heim zurückgegeben werden, es kann sich dort dann als minderwertiges oder bedingt taugliches Freibankkind betrachten und wird unter anderen Voraussetzungen demnächst wieder ausgeliefert. Weck mir nicht die Mutter auf, nur nicht hust, nicht nies, nicht schnauf, nicht zu stolz renn mir herauf; wer hoffärtig, fällt leicht drauf, weck mir nicht die Martinsgans, tritt dem Hund nicht auf den Schwanz, schleiche wie der Mondenglanz, wie ein Floh im Hochzeitskranz, stoß mir nicht die Kübel um.
Ich spreche im Beisein der zwei Mädchen im Haus Sonne dann endlich mein erstes Wortgebilde. Plötzlich und unerwartet, wie aus dem Munde der Heimleiterin zu erfahren ist, beginne ich zu sprechen. Ich rede eine Doppelsilbe, mein erstes ma zu ma. Das mutterlose Kind sagt Ma-ma zur allgemeinen Verwunderung aller. Ma-ma rufe ich ins Haus. Ma-ma rufe ich im Spielgartenhinterhof. Ma-ma sage ich zu allem, was ich sehe. Ma-ma nenne ich die Türklinke. Ma-ma nenne ich das Bett, die anderen Kinder. Sie sind alle aus dem Häuschen, sprechen die Flure hoch und runter, Treppe auf und Treppe ab von einem Wunder. Ma-ma sage ich und

sie wissen, das wird ein gutes Jahr. Ma-ma sage ich, wenn sie wollen, dass ich es sage. Ma-ma sage ich, damit sie sich daran erfreuen. Ma-ma sage ich, weil sie sich um mich herumstellen und sich daran erfreuen. Die Heimleiterin findet den Umstand, dass ich mit dem ersten Sonntag des neuen Jahres Ma-ma sage, bemerkenswert. Ma-ma sage ich zu den beiden Mädchen. Mama wie Mama-lade, sagt das eine ihrer beiden Mädchen. Mama wie Mama-rine, albert das zweite Mädchen. Mama, behauptet die noch junge, entzückt aussehende Erzieherin, die heimlich zuckende Knietänze einstudiert und Elvis Presley meint, ihren Knieschwungapostel, geboren in East Tupelo, Mississippi; der Star, der seiner Ma-ma zum Geburtstag hat extra einen Geburtstagssong auf Platte pressen lassen. Ma-ma sage ich noch eine gute Weile, dann nutzt sich der Effekt ab, man winkt nur noch ab, wenn ich daherkomme und Ma-ma rufe.

Ich leide am Verlust weiblicher Wärme. Hoffen und Bangen sind als unendliche Aktion auch eine Form von Wärmebildung. Hätte ich nicht Wärme gesammelt, mit Wärme gegeizt, jedwede Form von Hoffnung geheimst, mich an Wärme vergriffen, mir an Zukunft genommen, wo ich ihrer habhaft werden konnte, um nicht zu erfrieren, als Lichtlein nicht auszugehen nach dem Entzünden, Brüder, Schwestern, ich wäre in den Kinderheimen erfroren. Ich bin auf ewig das verklemmte Kind, das mit dem Verlust seiner Identität in die Rolle seines Doubles schlüpft, seine lebendige Zweitausgabe wird. Ich bin als Abguss mein Original. Ich bin ich meint, ich lebe in mir verborgen, mein Leben verläuft unterm Pseudonym. Ich spiele Rolle. Ich forme mich zur menschlichen Plastik. Ich denke mir die Heimleiterin als Mutter für mich. Ich bin ein Roboter. Ich funktioniere wie all die kleinen Menschenmaschinen um mich herum. Ich singe gern. Ich erfinde Melodien beim Spazierengehen. Ich singe in mich hinein. Man könnte sagen, der da ist Ausdruck von normaler

Verhaltensstörung, ist das Produkt einer unentwegten Fehlentwicklung, keiner Person zuzuweisen, stets seine eigene Beeinträchtigung auf vielen wichtigen menschlichen Ebenen eine Niete, eins mit allen Kinderheimkindern dieser Welt.

> Ich bin Niemand
> und werde auch Niemand sein. Jetzt
> bin ich ja zum Sein noch zu klein;
> aber auch später. Mütter und Väter,
> erbarmt euch mein. Zwar es lohnt nicht
> des Pflegens Müh: ich werde doch gemäht.
> Mich kann keiner brauchen: jetzt ist es
> zu früh und morgen ist es zu spät.
> Ich habe nur dieses eine Kleid, es wird dünn
> und es verbleicht, aber es hält eine Ewigkeit
> vielleicht.
> Lied der Waise

MAMA. MAMBO. MAMBAS. Mamelucken. Mammut. Ich lerne weitere Worte sprechen, kann bald vollständige Sätze sagen. Es geht voran und es braucht Jahre, bis aus dem Zurückgebliebenen ein schulbereiter Junge gezimmert ist. Einen Test nach dem anderen muss ich zwischenzeitlich über mich ergehen lassen. Die Ärzte haben ihre transportablen Schreibmaschinen mit. Sie sitzen hinter mir und fragen mich aus. Sie hören mir zu, notieren was, schreiben auf, nehmen zu Protokoll und sind längst dazu übergegangen zu erkunden, wann ich anfange ihnen zu misstrauen. Du bist im Sprechzimmer, und es wird recht wenig mit dir gesprochen. Du bist in keinerlei Wohnlichkeit und siehst auf die Teppiche, auf denen ihre Schreibtische stehen. Weiche Teppiche für ihre Schuhe. Du stehst nackt und barfüßig vor ihnen, auf blankem Boden und nickst, wenn sie dich was fragen, in die Kegel ihrer Lampen gehüllt, deren Lichter sich unterschiedlich brechen und an den Wänden hinter ihnen seltsame Schatten bilden, die lustig zucken, was sie nicht mitbekommen, weil sie dem Ganzen ihre Rücken präsentieren.

ALL MEINE ERINNERUNG ist schwarzweiß. Ein guter langer Streifen mit vielen Unterbrechungen, Rissen. Das Licht geht an im Erinnerungssaal. Es wird so ungestüm hell, die Augen stechen. Ich trage Tränen davon und kann für ewige Momente gar nichts denken und fühlen. Der Film, in den ich mich hineinversetze, beleuchtet das Jahrhundert, in dem ich mich nur vage auskenne. Das Jahrhundert, in dem ich mich am längsten aufgehalten habe, dieses zwanzigste Jahrhundert, je weiter ich mich in den Kinostuhl versenke, weist es vornweg den Vietnamkrieg als das Erlebnis meiner Jugend aus. Dieser fiese Kerl mit dem miesen Haarschnitt, der dem Vietnamesen auf offener Straße seinen Colt an die Schläfe drückt, den Abzug zieht und mit seinem Schuss einen Proteststurm auslöst; welche Siegeschancen Amerika je noch hätte haben können, dieser eine Killer hat den Militärs alles vermasselt, die Hippies ermöglicht, die beiden mutigen dunkelhäutigen Schnellläufer auf die Podeste erhoben, wie ich sie und meine Generation fiebernd noch auf ihren Podesten erinnern. Ihre Fäuste in die Höhe gestreckt, stehen sie bei der Siegerehrung, verweisen mit geballter schwarzer Kraft auf die ewige Schande mit Namen Amerika. Nähere Daten zu Tat und Umständen: Olympische Spiele in Mexiko. Smith heißt der Gewinner der Goldmedaille. John Carlos heißt der andere, der die Bronzemedaille im gleichen Wettstreit erobert hat. Sie halten ihre Fäuste mit je einem schwarzen Lederhandschuh bekleidet empor. Handschuhe von einem Paar Handschuhe genommen. Den Tag zuvor am Eckladen gekauft. Dunkel und schön, glatt und glänzend wie sie selbst. Sie teilen sich das Paar brüderlich. Sie treten ins Stadion ein und stülpen sich erst kurz vor ihrem Weltauftritt die Handschuhe über. Der eine von beiden sich zuerst den rechten Handschuh über die Rechte, der anderen den linken über seine Linke. So schreiten sie zum Protestpodest, die Fäuste zu recken, die Köpfe zu neigen, ihre Kinnladen auf ihren Brustkörben ruhend, wie sie die historische Aufnahme zeigt, die zum

Symbol des Widerstandes rund um den Globus wird. Das zweite Foto aus meiner Zeit von Tagen, Taten, Menschen, die mir bis an mein Grab im Gedächtnis haften bleiben. Podest/Protest, jubele ich heute wie damals mit den zwei Athleten, die aus dem amerikanischen Team wie aus einem falschen Traum ausgeschlossen wurden und sich von der weißen Verlierermasse beschuldigt sehen, die farbige Olympiaweste in Mexiko befleckt zu haben.

Ich trage in diesem Film knielange hellbraune Sommershorts ohne Raffinessen, dazu das kurzärmlige Hemd, kratzende Söckchen und viel zu enge Schuhe. Ton in Ton die Shorts. Jedes Kleidungsstück den anderen Kleidungsstücken angeglichen, mit einer Musterung von damals versehen, die modisch genannt werden soll und mich hat stets an die Schildkröte, Unterseite ihres Panzers denken lassen. Die Jacke war aus Filz, denke ich mal. Eine Art Joppe, die mir an den freien Stellen die Haut gepiesackt hat. Es wird ein Sportfesttag gewesen sein, zu dem sie mich so hergerichtet haben. Klamotten, für festliche Eventualitäten gedacht, wie die Adoptionsmutter betont hat. Der Hausmeister im Heim dagegen hat von Eventualität gesprochen, wenn die Raumtemperatur trotz voller Heizungskraft unterhalb des eingestellten Wertes lag. Die unerwartete Eventualität, Kinderchen, mit welcher jedermann rechnen soll, nur niemand rechnen kann, hat mir da reingepfuscht. Die Heizung läuft. Die Luft erwärmt sich nicht auf die gewünschte Temperatur. Die Luft nimmt nicht die gewünschte Temperatur an. All der neumodische Kram. Diese verdammte Temperatursteuerung, die grob genommen nix als ihre Macken und Grenzen präsentiert. Schiete hoch vier, schimpft er. Wenn ich richtig behalten habe: Liegt die Raumtemperatur beispielsweise im Sommer über dem eingestellten Wert, sorgt der Thermostat dafür, dass die Heizung nicht arbeitet, dadurch kühlt der Raum aber nicht ab. Um mit solchen Eventualitäten fertig zu werden, fluchte der Hausmeister, muss ein Mechanismus her, dessen Bezeichnung ich lange habe nicht aussprechen können, bis zu dem Tag, als ich aus der Nacht gekrochen das Wort Homöostasemechanismus zu sprechen herausgefunden habe.

DIE FRÜHE KINDERZEIT ist die Erinnerung an Lokomotiven und Dampf, Ruß und Männer in schmierigen Arbeitsklamotten. Männer, die an den Loks schuften, mit Ölkannen umgehen. Kannen mit langer, kleiner Tülle, womit das Öl an unzugängliche Stellen im Mechanismus gebracht wird. Öle, die abfließen. Schmutzige Gesichter sehe ich. Schmutzige Hände und geknautschte Taschentücher weiß ich dazu. Riesige Allzwecklappen, mit denen sich die Männer Ruß und Schweiß von ihren Stirnen wischen. Lappen, in die sie gerne laut und kräftig schnauben. Rotzfahnen, die mit Rotz gefüllt wieder in die Taschen ihrer Arbeitshosen zu stecken sind oder ihre kleineren Jackentaschen beulen. Und die Lokomotiven rauchen. Die Männer rauchen inmitten von Dampf und Ruß Zigaretten. Billiges Zeug. Selbstredend filterlos. Ihre Gesichtshaut ist allezeit schwarz. Ihre Poren sind schwarze kleine Punkte im schwarzen Gesicht. Die gepunktete Haut der Männer nenne ich Knurrhahnhaut. Die Loks pfeifen. Die Männer husten und krächzen. Die Loks zischen, heulen und hecheln, stoßartig nehmen sie Fahrt auf. Maschinenteile rucken. Stangen senken sich. Dampf erzeugt Druck. Druck erzeugt Bewegung. Räderwerk setzt sich widerwillig in Gang. Peitschen. Hiebe. Gestänge drängt unerbittlich. Blankes Eisen gegen mürrisches Räderwerk. Die Lok kommt in Fahrt. Ob die Maschine mag oder nicht, sie nimmt Fahrt auf. Die Fahrt wird gewaltig. Das Tempo wird stetig gesteigert. Die Waggons hören auf, sich bockig zu stellen und zu verweigern. Der Zug der Zeit. Sie werden Teil von ihm. Von einer Maschine, an einem Strang gefügig gemacht, zur raschen Zunahme von Geschwindigkeit gezwungen. Als gewöhnt sich Wagen für Wagen an den gemeinsamen Trott, beginnen die Waggons lustig mitzufahren, statt sich von der Lok ziehen

zu lassen. Dampf keift und zischt. Ich schaffe es ich schaff es nicht ich schaffe es ich schaff es nicht, äffen wir Kinder in Solidarität mit der ausfahrenden Lokomotive, die es jedes Mal wieder neu und mächtig von alleine schafft, uns Jubel abverlangt, bis der lange Zug aus dem Bild verschwindet und nur noch der Rauch ihrer Plagen über allem und die Schlusslichter des letzten Waggons zu sehen sind. Ein letztes lautes Piepen. Dann ist der Zug von der Waldkurve verschluckt. Die Männer des Bahnbetriebs wenden sich der nächstfolgenden Lokomotive zu. Sie hämmern und hebeln. Schwarz, glänzend die von ihnen väterlich behandelten, sorgsam gepflegten Maschinenteile. Anmutige, für alle Zeiten verlorene Röhren, Schrauben, Muttern, Öffnungen, Ränder und deren Umgebungen, Deckel zu unheimlichen Öffnungen.
Die Fünfziger sind für mich aber auch Falschheit und lästige Aufwartung. Ich sehe armselige Kreaturen in armseligen Klamotten. Ich sehe Elend in den Straßen, vor den Häusern. Der Krieg ist noch nicht so lange her und an den Kindern am besten zu empfinden. Die sind in Gruppen, zwischen all den taumligen Männern, Frauen, unterwegs, um nach Nahrung zu fahnden, zu organisieren, was immer es gibt. Und seltsame Hüte auf komischen Frisuren sehe ich. Mäntel, über die Arme gelegt, die heute wie damals viel zu schade sind, als Mäntel getragen zu werden. Falten. Röcke. Ellenbogen. Hand. Tasche. Ohren und Klimper. Leder. Geruch. Fäulnis und Angebote zu sauteuren Preisen garantiert aus dem Westen. Strumpfhosen aus derbem Stoff. Busse sehe ich. Klotzig, formvollendet fahren sie mit Vorderansichten wie Hundevisagen an dir vorbei. Du schaust dir die Fahrgäste hinter den zur Seite weg, nach unten, oben hin klappbaren Außenfenstern an. Runde Riesenleuchten siehst du dir an. Fenster, die Augen sind, mit starren Scheibenwischern versehen, quer über die Frontscheibe gestellt. So war das und so kommt das nie wieder. Der Polizist benutzt die Trillerpfeife. Die Pfeife trillert laut und die Trillerpfeife bleibt mit Trillerpfeiftönen

voll und wird niemals leer. Coco kauft sich, bitte sehr, eines Tages Schießgewehr, weil ein Mexicano das macht so großen Spaß. Coco zielt und schießt sogar Loch in Wand von Billys Bar, so entsteht nebenbei schöne Schießerei. Und ich weiß die ersten mutigen, blutjungen Frauen. Mit Zigaretten zwischen Zeige- und Mittelfinger gehen sie in die Öffentlichkeit, die so etwas wie ein allgemeines Ausgehverbot war. Nicht geeignet, sich zu zeigen. Das Haar zum lockeren Dutt zum Beispiel, aus dem hervor Strähnen ringelten und lang hingen wie bei der Bardot. Kostümjacken geöffnet. Blumen am Revers. Skandal. Hüpfend, übermütig, ausgelassen zeigen sie sich als gackernde Backfischgruppen, miteinander, gegenseitig eingehakt, zu siebent, zu neunt in breiter Reihe mitten auf dem zentralen Platz. In Mokassins, in Schnallenschuhen zum Schlüpfen. Springen und tanzen über den Busbahnhofsvorplatz. Gehen aus in eindeutigen Posen. Wie für den eigens mitgebrachten Fotografen, der skandalöse Bilder von ihnen schießt. Tragbare Radios denke ich mir dazu. Jemand, der Flöte spielt. Ein wenig ungelenk, aber die Ordnung störend mit seinem kindlichen Spiel. Coco liebt von ungefähr gut gebratenes Beefsteak sehr, und weil Beefsteak teuer ist, kommt ihm eine List: Sonntag fehlt mit einem Mal großes Pferd in Billys Stall, Billy geht der Nase nach und dann gibt es Krach, tipitipitipso. Es hält uns nichts im Heim. Wir meiden die Erwachsenen, wo wir sie nur meiden können. Rangen sind wir, toben über die Felder, Plätze. Einer schielt oder droht ein Stielauge zu werden. Dem haben sie von innen Heftpflaster gegen das Brillenglas geklebt, dass ihm geholfen ist. Und damit fertig. Überhaupt die Brillen dieser Zeit, zum Brüllen die Gestelle. Dunkel. Schwarz, derb und erdfern, verspielt. Bernstein gestreift. Mitunter sandig, rostig, weißlich, schrill und gelb gehalten. Guillotinen, nicht zu Unrecht Nasenräder genannt. Läufst du heute damit herum, halten sie dich für einen Jecken. Und erst wir Kinder. Angezogen wie alte Männer. Nette Jungen, in abgeschnittene Kniebeinhosen gezwängt, in ebensolche Joppen, unter ebendiesen lächerlichen Mützen, Hüten, Kappen in schrecklichen Farben, Formen, Größen. Du setzt sie dir verwegen auf den Kopf, sie sehen trotzdem bescheuert aus und halten den Winden nicht stand, sitzen sie nicht wie angeklebt und fest angenagelt auf dem Schädel. Man muss ihnen nachlaufen, sie einsammeln und zu Hause vorm Händewaschen herhalten, hinzeigen. Karierte Hemden trugen wir. Hosen mit Falte bis zum Hosenumschlag, weiße Pullis mit Kragen. Sobald es Sonntag war, liefen wir auf, als wären wir nicht als Kind, sondern gleich als Opa, Polospieler, Golfer auf die Welt gekommen. Gelackte, steife Schuhe langweilen sich an unseren Füßen. Wie von handelsüblichen Puppen ausgeborgt, bewegen wir uns in einer holprigen Gangart. Wir klacken, ja. Wir lassen, wenn man es nicht sieht, die blöden Schuhe durch die Luft fliegen, in der Schuhabteilung, in den Fluren, wo wir halt so sind und uns der Schabernack zwickt. Ich meine mal so: Jungen wie wir, was wollen die mit einem Druckknopf an der Schuhschnalle. Du kannst nicht mit Druckknopfschuh zur Schule gehen. Knöpfe, die sich gottlob bald von allein erledigten, nicht standhielten, weil wir sie traktierten, wo es ging. Knöpfe, die binnen Minuten ausleierten, sich ständig öffneten. Wie die Inneneinlagen, die beim Bolzen verrutschten. Und Sohlen, die sich als Sohlen flink auflösten. Wir wollten Stiefel tragen, aus Leder bis an die Knie, mit Schaft. Wie sie der gestiefelte Kater im Märchen trägt oder die Leute, die Rummelplätze auf- und abbauen. Gürtel mit glänzenden Schnallen wollten wir. Mit Wappen bestückt. Einen Anker. Das Kreuz. Die untergehende oder aufgehende Sonne, je nachdem. Hosenställe, von Knöpfen zusammengehalten. Stattdessen wölbten sich unsere Hosenbünde albern nach außen, bildeten Wülste, kniffen den Bauch, dass die Erwachsenen die roten Ringe für Gürtelrosen hielten, davon redeten, wie tödlich die Gürtelrose ausgehen kann. Schöne Hosenträger trugen zu meiner Zeit immer die anderen Kinder, die Gören der feineren

Herren und Damen. Der Gemüsemann zum Beispiel trug welche; vom Hauptstrang aus gehen zwei geflochtene Lederriemen hauchfein in eine Lasche über; die hinterm Bund zu knöpfenden Enden sind wahre Prachtstücke.
Es ist nicht die Zeit stattlicher Bäuche. Die Schlotterleiber müssen nicht von Hosenträgern gebändigt werden. Die Männer tragen weiße Hemden, Schlipse sind ihnen um die Kragen geschnürt, das Haar wird streng nach hinten gekämmt getragen, Frisuren sind im Grunde in Wellen gelegtes Haupthaar. Sonntags ist Spielen nicht erlaubt. Wenn Sonntag ist und Ausgangszeit, bewundern wir die Mädchen an den Händen ihrer Eltern. Sie sind zurechtgemacht wie zur Hochzeit. Das Haar ist gescheitelt. Die Bünde und Flechten sind am Ende mit weißen Zopfschleifen versehen. Die Mädchen laufen auf. Sie wandeln mit gereinigten Ohren, tragen Schleifen im Haar und gehen daher, als würden sie uns nicht mehr kennen. Und stecken in komisch bestrickten Westen. Dunkelrot. Dunkelblau. Braun. Graubraun. Graugrau. Strickzeug über dünnen Hemdchen mit kurzen Ärmeln getragen. Nach dem Sonntagsausgang wird die Sonntagshose, der Sonntagspulli, das Sonntagshemd mit seinen sonntagsweißen Kragenspitzen mit der Sonntagsjacke abgelegt. Die Sachen verschwinden gefaltet und auf Bügel gebracht im großen Ausgehkleidungsschrank. Der steht bei den Stadtkindern in der Regel im Schlafzimmer. Wir schlüpften zurück in unsere wahre Hülle, die Alltagsklamotten, und können uns endlich wieder lockerer bewegen. Die Stadtkinder aber müssen, ob sie wollen oder nicht, treu und brav mit den Erwachsenen zum Marktplatz trotten. Zum Hafen, zum Sportplatz, zum Park und durch die Böschung hindurch tollen wir Heimkinder. Vorbei an all diesen anderen, geputzten Ausgehkindern, die zwei Schritte vor den Eltern herlaufen, um von ihnen bewundert zu werden. Zum Park hin, zum Festplatz, der Seebrücke entgegen, wo sie sich alle treffen, sich in geleckter Steifheit aufführen.

Es gibt aus jenen Tagen außergewöhnliche Fähigkeiten zu berichten. Heldentum außerhalb des Kinderheimes, aufgeführt auf einem Bauplatz. Ich bin mit dem Brett auf einem wenig ausgebeulten Benzinfass ein kleines Ass. Ich balanciere in der Mitte über der Tonne das Brett unter meinen Füßen. Auf den Brettenden sitzt je ein kleineres Kind, das sich erwartungsvoll von mir gewippt sehen will. Ich lote mit den Füßen ihre unterschiedlichen Körpergewichte aus. Ich bewege mich und sie wippen und singen fröhliche Lieder dabei, ich bin ihr Motor. Wippe hin und Wippe her. Balance halten ist nicht schwer. Wippe auf und Wippe ab. Lieber Wipper, mach nicht schlapp. Ich für meinen Teil liebe die Schaukel mehr als die Rutsche. Das ist jedoch unter uns Jungens nicht populär, beinahe verpönt, weil Schaukeln was für Mädchen ist. Ich verdrehe die Seile der Schaukel, bis sie fast bersten, und lasse mich dann im Kreise schleudern. Es ist dies mein intensivstes Vergnügen, die Kinderjahre hindurch, wenn man es so bezeichnen will. Man wird herumgeschleudert, sobald man die Hände von den gebündelten Stricken löst. Man kann davon einen Kick bekommen. Der ist nicht irre, und man muss nicht gleich ohnmächtig werden oder umfallen. Aber oft genug und schnell hintereinander ausgeführt, taumelt man und lässt sich fallen und träumt dann davon, Pilot zu werden, in einer Rakete zum Mond unterwegs zu sein. Das ist echt locker und cool, und die Zeit vergeht auch gut dabei, will ich behaupten. Sich um die Körperachse schleudern und schwindeln macht Laune, wenn man im Heim steckt und so ein wilder Bursche ist, wie ich einer war. Man kann auf der Schaukel stehen, den Überschlag probieren. Man weiß nach etlichen vergeblichen Großversuchen im Grunde, dass er nicht gelingt, der Überschlag mit einer Mädchenschaukel. Und doch bemüht man sich weiter. Die Seile geben nach, was zur Folge hat, dass man vor dem Aufstieg wieder am Seile abfällt. Im glimpflich verlaufenden Fall kommt man mit Beulen und Schürfwunden davon.

Dreck schmückt einem das Gesicht. Sand reizt die Augen und knirscht zwischen den Zahnreihen. So ist das immer wieder, und man kommt lieber nicht zu Verstand. Auf dem Rummelplatz, in richtigen Schaukeln, die von Eisenstangen gehalten werden und wie Schiffe aussehen, gelingt der Überschlag mehrmals. Aber nur bei den Besten, wenn sie genügend Mumm haben und genügend Kraft in den Armen und eine ausgefeilte Technik beherrschen. Oder die Mädchen stehen interessiert dabei und kichern, das reicht dann auch hin, dann geht es wie von selbst mit dem Überschlag. Und man träumt nach dem Überschlag wieder nur diesen einen, diesen unsterblichen Traum von der Rakete, die mit einem zum Mond rauscht und auf dem Mars anlandet. Coco sieht als kleiner Mann gern sich große Frauen an, solche, die so schön gebaut, wie Don Pedros Braut. Pedro sieht von Coco das, wirft ihn dann durchs Fensterglas, rein auf Schreibtisch von Kanzlei bei der Polizei. Die Frauen von damals tragen Kopftücher. Sie gehen mit geflochtenen Körben einkaufen. Hinterm Fensterglas die allerneuste Mode. Klunker für alle. Imitation und echter Schmuck aus Silbergold.
Einen Straßenmusiker weiß ich, wenn ich mich recht entsinne, der hat den Platz zum Spielen zugewiesen bekommen und zu mir gesagt, hier, wo sie ihn zu Konzert haben hinverpflichtet, wäre er nicht nahe genug am Geschehen, zu weit von den Leuten entfernt. Da wollte ich Straßenmusiker werden und einen besseren Platz für alle Straßenmusikanten erkämpfen. Der Musiker sah wie der junge Bertolt Brecht aus. Er trug dessen Brille auf seiner Nase, dessen Kopfbedeckung auf dem Kopf, und ich glaube, er trug auch dessen komische Arbeitsjacke, Hose und Schuhwerk dazu. Ich denke, ich sah ihn eines Tages schicker zurechtgemacht, die flache, edle Tasche aus Leder hochkant unter den Ellenbogen geklemmt die Stufen zur Musikschule emportragen. Was wusste ich mit meinen paar Jahren. Es wurde noch schön viel Pferdekutsche gefahren. Ich sehe dicke glänzende Pferdeärsche und

höre Peitschen knallen. Das dünne Peitschenleder an kurze Stöcke geknechtet. So herrlich lang und dünn auslaufendes Leder, weiß ich. Die Peitsche rechts in einen Hohlkörper gesteckt, eine Art stummelige Röhre, wo sie nur selten in sich ruht, weil viel zu oft in Einsatz gebracht.

> Eine Mutter soll ihren Sohn jahrelang missbraucht und immer wieder in einen Kleiderschrank eingesperrt haben. Dem Jungen gelang nun die Flucht, und er meldete sich bei einer Einrichtung der Nationalgarde, die die Polizei verständigte. Der Jugendliche aus dem Bundesstaat Oklahoma (USA) sei unterernährt gewesen, hätte am ganzen Körper Narben gehabt, sagte der ermittelnde Polizeisprecher. Er habe keine Kleider getragen außer zu große Shorts, die von einem Gürtel gehalten werden mussten. Er war hungrig. Er war schmutzig. Er hatte zahlreiche Narben am Körper. Es war sehr traurig. Sein Martyrium hatte begonnen, als seine Mutter viereinhalb Jahre zuvor aus dem Gefängnis entlassen wurde. Seither habe er keine Schule mehr besucht und sei die meiste Zeit in einen Schlafzimmerschrank eingesperrt gewesen. Seine Mutter (37) und deren Lebensgefährte (38) hätten ihn immer wieder mit Alkohol übergossen und angezündet. Außerdem sei er gefesselt, geschlagen und stranguliert worden. Die Polizei nahm sowohl die Mutter als auch deren Lebensgefährten fest. Außerdem nahmen die Ordnungshüter sechs Kinder in ihre Obhut, die auch in dem Haus lebten. Bei diesen konnten jedoch keine Hinweise auf Missbrauch festgestellt werden.

ICH FAHRE DREIRAD, mich erreichen die Gerüchte nicht, kein Lockruf will mich antreiben, schneller in die Pedale zu treten. Die Doktoren, die dauernd kommen, wissen Bescheid. Sie kennen dich nicht. Sie kennen solche wie dich aus diesem Heim, aus anderen Heimen, die sie aufsuchen. Sie sagen dir nicht, dass sie dich kennen und von dir wissen. Dass sie wissen, mit wem sie es zu tun haben, verrät ihre Körperhaltung. Es ist ihr stechender Blick, wie sie den Kugelschreiber halten, wenn sie so tun, als hörten sie dir zu. Zum Ende der Befragung ist es ihr Stöhnen über Listen und Lebensläufen. Zwischen dem Befragten und ihnen ist eine Glaswand, die du nicht zerbrichst. Sie geben sich dümmer, als sie sind. Sie sitzen hinter den Schreibmaschinen. Sie bluffen und stellen Fangfragen, die du nicht spürst, nicht mitbekommst, auf die du brav antwortest; und schon haben sie eine Information zu dir, von der du nicht einmal weißt, was sie beinhaltet. Von hinter ihren Schreibmaschinen stellen sie ihre Fragen, die für sie und sonst für niemanden von Interesse sind.

DER ALLES ENTSCHEIDENDE TEST steht an. Ich stehe stramm vor der Kommission. Ich kann mit meiner rechten Fingerspitze das linke Ohrläppchen meines Kopfes nicht fassen. Der oberste Arzt notiert den Sachverhalt auf ein Papier. Die Kommission schaut zur Heimleiterin. Die Kommission zieht sich zur Beratung mit der Heimleitung zurück. Die beiden Mädchen hopsen vor Glück auf der Stelle, freuen sich diebisch über den Befund. Mir ist ein Jahr bei den Mädchen geschenkt: Du brauchst nicht in die Schule. Du musst in kein anderes Heim. Darfst bei uns bleiben. Ich laufe mit den beiden Mädchen durch den Wald. Im Walde, im Walde, da wird mir so licht, wenn es in aller Welt dunkel, da liegen die trocknen Blätter so dicht, da wälz ich mich rauschend drunter, da mein ich zu schwimmen in rauschender Flut, das tut mir in allen Adern so gut, so gut ists mir nimmer geworden.

Ein schwarzweiß gefleckter kleiner Hund läuft hinter den Mädchen her. Der Hund jault auf und kläfft mich an. Der Hund beißt nach mir. Ich bin aus Versehen auf seine rechte Hinterpfote getreten. Ich schreie und bin entsetzt. Ich plumpse neben dem Hund auf mein Hinterteil. Der Hund humpelt durch den Wald. Die Mädchen trösten den Hund und werfen mir böse Blicke zu. Böse Mädchenblicke verfolgen mich. Mein Leben lang humpelt dieser Hund als schwarzweiße Schuld durch meine Träume. Hündische Schuld schreckt mich aus dem Schlaf. Schuld bellt und jault. In den nachfolgenden Träumen läuft der dreibeinige Hund in all meinen Traumbildern herum, die rechte vierte Pfote baumelt hinten an ihm herum. So viele Jahre, so unmerklich, unendliche Zeiten von der Kindheit entfernt, ereilt mich die Heimkindzeit mit Hundegejaul und dem am Tier hängendem Bein; das baumelnde Bein, die humpelnde Schuld.

Du sagst deinen Namen zum x-ten Male, nennst den Tag deiner Geburt plus den Ort, an dem du geboren bist. Du lässt dich vermessen, wie du dich jeden Monat vermessen lässt. Sie sagen dir, um wie viele Millimeter du in der letzten Zeit gewachsen bist. Sie nennen dir dein aktuelles Gewicht, sobald du auf ihrer Waage stehst. Sie notieren zum x-ten Male deine Augenfarbe. Du musst die Krankheiten herleiten, die du schon gehabt hast. Der eine Arzt spricht mit dem anderen. Du sollst den Eindruck gewinnen, sie hätten viel zu besprechen. Sie werfen sich geheime Worte zu und nicken und sehen dich an. Dein Verhältnis zu ihnen ist wie das des Fisches zum Angler. Du bist an ihrem Haken ein kleiner Fisch. Sie sagen zum Schluss: Danke, das war es. Zieh dich an. Schick den Nächsten rein.

An einer Berliner Bushaltestelle ist ein Kind ausgesetzt worden. Es war erst einen Tag alt. Ein Passant entdeckte das Neugeborene in einer abgestellten Tasche, wie die Polizei am Montag mitteilte. Der 3100 Gramm schwere und 59 Zentimeter große Junge ist den Angaben zufolge wohlauf. Das Kind habe Glück gehabt, dass es schnell gefunden wurde, sagte ein Polizeisprecher. Die Polizei hat noch keine Spur zu der Mutter. In der roten Kunststofftasche, in der das Kind abgestellt wurde, fand sich neben Handtüchern und Decken ein Zettel mit dem Namen Moritz. Zu weiteren gefundenen Utensilien wollten die Beamten aus ermittlungstaktischen Gründen keine Angaben machen.

Wirkliche Folter geschieht im Stillen. Die Erzieherin mit dem dicken schwarzen Zopf am Hinterkopf stellt sich eines Tages bei mir ein. Sie schweigt mit Bedacht. Was sie mir zu sagen hat, ist mit einem Ruck des Kopfes abgetan. Ihr Blick ist so streng. Komm mal mit, heißt das. Sie bittet mich zur Tür hinaus. Ihr Gang wird vom Klacken der Hacken begleitet. Ich gehe ihr nach.

Wir sind im Speiseraum. Sie fixiert mich, so viel weiß ich, auch wenn mein Blick zu Boden gesenkt ist. Schau mich an, sagt sie. Ich hebe den Kopf, blicke in ihre Augen. Ihr Blick nicht entschlüsselbar. Ihre Lider sind zusammengekniffen. Ich spüre an der Art ihres Atmens, diesem Rhythmus, diesem unnachahmlichen Unterton beim Ein- und Ausstoßen der Luft, kurz vor dem Beginn ihrer Rede, dass etwas Wichtiges bevorsteht. Je länger so intensiv geatmet wird, umso heftiger wird nach dem Atmen die Ansprache an mich sein, so viel ist gewiss. Hoffentlich wird es nur eine kurze Standpauke. Ich blicke zu Boden, wo die Blicke kleine Löcher brennen, die zu kokeln beginnen. Ich möchte die Augen der Erzieherin nicht ansehen. Das schickt sich in einer solchen Situation nicht, macht vieles nur noch schlimmer. Ich bin in Gefahr, je länger die Erzieherin atmet, nichts sagt, mich nur umkreist. Die Erzieherin kommt mir mit ihrer Nase nahe. Sie berührt mein Kinn, hebt es an, schaut mir in die Augen, berührt meine Stirn, schaut mich lange und schweigend an, derweil ich ihrem Blick standhalte, ohne die Lider zu bewegen, bis mir die Augen brennen. Ich sage mir, dass es nicht schlimm werden wird, sich die Starre lösen wird, ich befreit bin, meinen Blick im Raum schweifen lassen kann. Die Erzieherin sieht weg. Die Erzieherin sieht mich an. Die Erzieherin beginnt, mir mit ihrem Handrücken die Wange zu tätscheln. Handhaut, an die ich mich jetzt am liebsten schmiegen würde. Ich kann mich nicht durchringen und überwinden. Sie lässt ab von mir, löst ihre Hand von meiner Wange, geht im Raum herum, sagt im monotonen kalten Ton: Alle Kinder haben

eine Mama. Du und die anderen Kinder im Heim. Sie geht um mich herum, steht kurz hinter mir, geht weiter, denkt nach, will was sagen, schweigt kurz, setzt neuerlich an, was zu reden, unterbricht sich, bevor der Laut entsteht, geht, als müsste sie überlegen, wie mir der Sachverhalt beizubringen ist, zum Fenster, spricht von dort aus mit demselben kühlen Unterton: Manche Mamas kommen vorbei, manche nie. Die Frau geht seltsame Wege in diesem Raum. Meine Erzieherin, denkt das Kind, folgt einer vorgezeichneten Linie, einem künstlichen Laufsteg. Aus der Vogelperspektive, denke ich, sollte ihr Balancieren sich anmutig ausnehmen, ein Linienbild ergeben, das ich mit Buntstiften schön ausmalen könnte. Sie ist an der Tür. Hält kurz inne. Steht bedenklich lange da, um dann wieder Richtung Fenster zu gehen, auf dem Weg dorthin einmal um mich herum, an mir vorbei, ohne mich anzusehen, zum Fenster hin, dem gläsernen Ausguck, wo sie ihre Faust gegen die Wand neben dem Fenster wuchtet, sich mir zuwendet, auf mich zugeht, mit heftigen Schritten angelaufen kommt, niederkniet, mir mit ihrer Nase nah kommt. Sagt nichts. Schaut sich meinen Mund, meine Lippen an. Ihrem Gesichtsausdruck nach muss mein Mund in diesem Moment für sie ein schöner Mund sein, mit schönen Lippen, die seltsam ruhig sind, geschlossen, geheimnisvoll, glänzend.
Mamas haben viel zu tun. Mamas behüten sich. Mamas kommen nicht in dieses Heim. Sie fasst mich, packt mich bei den Oberarmen. Sie reißt mich aus meiner Verankerung, hebt mich an, trägt mich ein Stück, drückt mich mit Entschiedenheit gegen die Wand des Speisesaals, sagt wieder nichts, schaut mich mit irren großen Augen an. Setzt mich ab, rückt ab von mir, ist wieder die alte, unruhige Erzieherin. Umrundet mich einmal, zweimal. Tritt hinter mich. Legt die Hände auf meine Schultern. Zierliche Hände, deren Zierlichkeit zu spüren ist. Eine unendliche Dauer liegen die Hände auf meinen Schultern, bis sie ihre Finger von meiner Kinderschulter

löst, auf dem Weg zum Fenster ist und zu mir sagt, dass ich gerade stehen soll, wenn sie mit mir spricht. Bedrängt daraufhin mit Bauch, Knie und Stirn die Wand. Rollt einmal in voller Körperdrehung die Wand ab. Ist neben mir. Schaut aus dem Augenwinkel zu mir herab. Beobachtet mich, denkt das unsichere Kind. Die Wange an die Wand gelegt, als lausche sie, so steht sie, bewegungslos. Die Arme zwischen sich und die Wand geklemmt, furchen ihre Fingernägel den Kalk, dass leise jaulende Kratzgeräusche entstehen, weißer Kalk rieselt. Wandputz, der den Boden bestäubt, sich über ihre schwarzen Schuhspitzen verteilt. Schuhspitzen, von denen sie die Rechte im Takt kräftig gegen die Kalkwand rammt, worauf dort ein kleines Loch entsteht. Rollt sich an der Wand entlang. Richtet den Rock her, beginnt unerwartet laut aufzulachen; wie in einem schlechten Film sich eine schlechte Schauspielerin kichernd benimmt, denke ich heute, als gelte es, die kindliche Geduld zu testen. Ist ruckartig am Fenster. Steht mit dem Rücken zum Fensterglas. Die Hände unter ihren Hintern gelegt, leicht nach vorn, mir zu gebeugt, raunt sie: Manche Mamas schreiben Briefe. Schöne, lange, lustige, bunte, kurze, knappe, steife und wohl frohgemute Briefe. Ihr stockt der Atem. Sie bringt keinen Ton mehr hervor. Sie ringt mit sich nach Luft und läuft rotköpfig im Raum herum, verweilt am Fenster, beißt sich in die Faust, dass ihre Zahnbögen als Bissspur im Handfleisch zu sehen sind. Die Faust am Mund presst sie hervor: Zumindest schicken Mamas Karten, auf denen geschrieben steht, dass sie nicht erscheinen können, dass sie zu tun haben, dass sie an großen Dingen, an einem Werk bauen, die allumfassende Zukunft angehen, Anstrengungen unternehmen, Mamas sind unter sehr vielen fleißigen Mamas in diesem großen Mamaland. Wo Mamas zum Wohl des Volkes werken, als Mama ihren Beitrag leisten, Mama für Mama nicht anders können und sollen und wollen und tun, was dann für alle zusammen Gemeinnutzen wird, zum Gedeih der Menschheit, und deswegen nicht Mamamuße noch Pause, Ausruhen kennen, also niemals Zeit aufbringen werden für Verplemperung von Zeit, im Kampf der Systeme. Sie hält inne, lässt eine unheimliche Pause entstehen, ehe sie sagt: Das war es, Kind. Nun aber hurtig ab in die Gruppe. Ich bin entlassen. Ich weiß Bescheid und weiß von nichts. Dieses Unwissen bleibt als Spuk mein Leben lang bestehen.

Nach der Entdeckung einer verwesten Kinderleiche in einem ehemaligen Kinderheim auf der britischen Kanalinsel Jersey melden sich immer mehr Zeugen, die über sexuellen Missbrauch von Mädchen und Jungen in der Einrichtung berichten. Die örtliche Polizei vermutet noch weitere Leichen in dem Gebäude. Systematisch seien in dem Heim »Haut de la Garenne« in der Ortschaft St. Martin ältere Kinder von Angestellten angestachelt worden, Jüngere anzugreifen und zu vergewaltigen, berichtet der heute 59-jährige Peter Hannaford. Er selbst sei als Heimkind mit zwölf Jahren »fast jede Nacht« Opfer solcher Gewalttaten geworden. Andere Zeugen berichten, dass sich Heim-Mitarbeiter bei Partys betranken und sich gezielt die »schwächsten Kinder« für sexuellen Missbrauch aussuchten. »Vergewaltigungen von Mädchen ebenso wie Jungen in allen Altersgruppen waren an der Tagesordnung«, berichtet eine heute 49 Jahre alte ehemalige Heimbewohnerin. Insgesamt hätten sich inzwischen mehr als 150 mutmaßliche Opfer und Zeugen von Vergewaltigungen gemeldet, die bis Anfang der 60er Jahre zurückreichen sollen, heißt es bei der Polizei. Mit der Entdeckung weiterer Kinderleichen wird gerechnet, nachdem speziell abgerichtete Spürhunde angeschlagen haben. Bevor in dem Gebäude, das heute eine Jugendherberge ist, bei der weiteren Suche Fundamente aufgegraben werden und Mauerwerk abgetragen wird, muss die Statik untersucht werden, um einen Einsturz zu verhindern.

ICH BIN SIEBEN JAHRE. Die Mauer ist errichtet. Sie führen uns in den Speisesaal. Der Fernseher läuft. Wir starren die Mattscheibe an, den Mann mit dem eckigen Bart. Er hält eine lange Rede. Wir halten aus, wir dösen ein, kippen vom Stuhl, werden wieder hingesetzt. Der Fernseher wird ausgeknipst. Wir stehen auf und gehen in Reihe zum Saal hinaus. Von der Rede ist nichts hängen geblieben als der unheimliche, zuckende Bart.

Im ersten Trickfilm meiner Heimkindzeit fällt zu Beginn des Streifens Schnee. Trickfilmschnee rieselt und tanzt und wallt und schwebt und frohlockt. Ein Hase hoppelt über die Schneedecke an einen Schneemann vorbei. Der Hase hoppelt zu einem Schneereh, an einem Schneebaum vorbei, zu der Hütte im Schnee hin, an die Schneehütte vorbei, die eine russische Blockhütte ist. Unterhalb des Giebels haucht ein Kind von innen her ein Guckloch in die zugefrorene Fensterscheibe, vergrößert es, um Ausblick zu erhalten. Es schneit, wenn es schneien will und schneit seinen Lauf, und wenns genug geschneiet hat, so hört es wieder auf. Ja! Mein Hirn ist im Querschnitt ein Schneebaum. Ich bin so alt, wie meine Erinnerungen um mich Ringe bilden. Ich kreise. Mutter. Schnee. Mutterschnee. Es gibt immer ein Vor dem Danach und ein Davor, bei dem was kommt.

Die Zeiten springen in meinem Kopf. Ich bin ein Tennisspieler, schlage Erinnerungen wie Bälle, die alle aus mir hervorschießen wie aus einem Erinnerungsautomaten, von mir getroffen und gegen die Erinnerungswand geschmettert sein wollen. Erinnerungsbälle fliegen mir um die Ohren, dass ich die Übersicht verliere, erschöpft aufgeben will, die Erinnerungen springen, hüpfen, rollen, trudeln lasse und am Schreibtisch wie an einem Tennisplatzboden sitze, von Erinnerungsbällen eingedeckt, mein Ansinnen, Übersicht zu bekommen, verlache und nur noch an die kleinen Katzen denke, die die Mädchen trugen. Das Seil in unserer Mitte sehe ich uns ausgehen, höre mich die alten Kinderheimlieder singen, einfache Texte, die ich nie vergesse. Wir sind hinausgegangen, den Sonnenschein zu fangen, komm mit und versuch es doch selbst einmal.

Ich werde weiter sonderbar. Ich bin Kind unter Kindern. Wir sind am Strand. In Hemd und Hose sitze ich bei einiger Hitze an das steile Ufer gepresst. Ich sehe mich im Schatten. Steil erhebt sich die Küste, wird drohend hoch, scheint sich gegen mich aufzurichten. So schmal ist der Strand. Ein Schwebebalken. Sanft und weich rinnt Sand durch meine Finger. Die Wellen locken, betteln und bitten: Komm doch, Junge, komm. Im Schattenreich der steilen Küste hocke ich am Ostseestrand als einsame, einzeln ausgestellte Strandrand- oder Steilküstenfigur. Das unwillige Kind. Der verstockte Bub. Das Kind, das man nicht überreden muss, weil das Kind sich abweisend bis seltsam benimmt. Das Kind, das sich absondert, sagt, man solle es in Ruhe lassen. Das Kind, von dem niemand weiß, dass es in einer engen Haut steckt, die es abstreifen möchte, nicht abstreifen kann. Erheben möchte sich das Kind. Hin zu den anderen Kindern möchte das Kind. Und sitzt beiseite in sich gekrümmt. Nicht Kind unter badenden Kindern. Die Arme möchte es ausbreiten, ins Wasser laufen, Wassertropfen empfangen, ganze Wasserschübe, unter Wasser geraten, von Wellen bestürmt. Es kann nicht. Es sieht sich nicht einmal mit den anderen Kindern unter der Dusche stehen. Es wird so sitzen bleiben und dem Wasser der Ostsee nicht entgegentreten, dem Wasser jubelnd zurufen, ihm zeigen, wie sehr es das Wasser mag, gern hat, liebt. Vergeblich.

> Ich wollte einen Film darüber machen, wie Fantasie und Liebe die Reinheit beschützen, einen Film, in dem man Lügen erzählt, die einer höheren Wahrheit entsprechen. Aber ich wollte auch versuchen, die Schönheit und die Poesie zu erreichen, und dabei ist es egal, ob man die Leute zum Lachen oder zum Weinen bringt.
> Roberto Benigni, Das Leben ist schön

UND DANN FALLE ICH zum ersten Mal vom Klo. Von nichts anderem als Grübeln dazu verleitet, urplötzlich ausgehebelt, wie es unter Boxern heißt. Mich schwindelt nicht, auch gibt es sonst keinerlei Vorzeichen. Es passiert; wenn es mir geschieht, trifft es mich heute noch von Zeit zu Zeit ohne Ankündigung. Beim ersten Mal kippe ich allmählich zur Seite, gehe schlichtweg zu Boden, nehme in Zeitlupentempo Schräglage ein, löse mich von der Klobrille, nähere mich dem Kachelfußboden, komme mit Kachelkälte in Berührung, ohne sie zu spüren, verharre liegend in angestammter Sitzhaltung. Steif wie eine Puppe liege ich als denkendes Wesen, die Hände beide noch fest unter dem Kinn, die Augen bewegungslos und weit offen, wie von Sugar Ray Robinson ausgeknockt, dem besten Boxer aller Zeiten und meiner frühen Jahre; oder Floyd Patterson, dem Olympiasieger im Mittelgewicht, der eben erst gegen seinen Landsmann Archie Moore gewonnen hat. Getroffen liege ich am Boden, höre nicht, wie der große Ringrichter mich nach den gültigen Regeln anzählt und darauf für kampfunfähig erklärt. Das Denken, Sinnen, Grübeln kennt keine Regeln. Der Kampf ist bereits gegen mich entschieden, gerate ich in denkende Zustände. Das Umfallen und Wegtreten, der Punkt der Ohnmacht, nichts ist vorherzusehen, wie ich nicht fähig bin, mich aus dem Gefrierzustand meiner Gedanken zu lösen, den Kampf von mir aus zu beenden. Die Handtücher bleiben an ihren Haken. Ich gehe immer wieder k.o. von meinen Grübeleien. Ein Gefecht, das nur einen Sieger und mich als Verlierer kennt. Ein Kampf, der nicht zu gewinnen ist. Richter, die Regelverstöße ahnden, Verwarnungen oder eine Disqualifikation aussprechen, sind nicht zu vermerken. Ich denke nach und grübele allein für mich und werde, wenn ich zu sehr ins Grübeln gerate, von einem nicht vorhersehbaren Schlag, Tief-, Nacken-, Nieren- oder Handwurzelschlag getroffen. Keine Zeit für mich abzuducken. Kein Gegner im Raum zum Sich-am-Gegner-zu-Klammern. Ich kippe, von unlösbaren Gedanken verleitet, seitwärts weg und all mein Denken hat sich damit vorerst. Bin ich erwacht, berapple ich mich, komme zu mir, richte mich mühsam auf, schaue sofort in den Spiegel, überlege angestrengt, was dieses Mal zu dem Vorfall geführt haben könnte, und erinnere mich an nichts als einen Anfangsgedanken, der sich ausgebreitet und zur Ohnmacht geführt hat.

Bei meinem ersten Mal grübelte ich darüber nach, was mit mir wohl geworden wäre, lebte ich nicht als Mensch unter den Menschen, sondern als Küken unter Küken, aus einem Ei gekrochen, unter Küken verblieben, die mit mir groß und Geflügel werden, lustig gackern, nach den Körnern hetzen, anstatt ein Heimkind zu sein, auf dem Klo des Kinderheimes zu sitzen. In der Terminologie der wissenden Fachwelt spricht man von einer Synkope, einem frühen, ersten kindlichen Kreislaufkollaps, gepaart mit plötzlicher Bewusstlosigkeit. Ein andauerndes, mit dem Verlust der Haltungskontrolle einhergehendes, kleines Wegtreten, das heranwachsende Kinder rasch ereilt und ohne besondere Behandlungsmaßnahme von allein wieder aufhört. Das Gehirn, heißt es ferner, werde minder durchblutet, das junge, noch nicht auf absolute Fehlerlosigkeit angelegte System der Versorgung des Gehirns mit Blut leiste sich Betriebsfehler. Die Blutgefäße der Beine zum Beispiel ziehen sich zusammen und mindern somit ihr Fassungsvermögen. Die Herzfrequenz erhöht sich deutlich. Eben noch auf der Klobrille befindlich, kippt der Protagonist infolge von emotionalem Stress zur Seite. Stress, den er sich selber auferlegt, der in meinem Fall vom Denken herrührt, mich in tiefer Denkerpose auf dem Klo sitzend ereilt, wenn ich mich im schönsten Grübeln zu den Geschehnissen der Welt an sich befinde, mir ewige Fragen stelle, von Herzweh getrieben, hinter eine Sache zu steigen versuche, die mit mir und der Welt, vor allem aber mit mir und meinem Verhältnis zur Menschheit zu tun hat. In Herzweh. Ja, es gibt da kein passenderes Wort als den Begriff Herzschmerz, Herzweh als die Ursache für das, was andere pressorische Synkope nennen. Grübeln macht Herz

und Hirn schläfrig, sage ich mir jedes Mal neu. Das müde Herz ist ein wehes Herz. Ich bin ein wehes Herzkind. Ein wehes Kind unter wehen Kindern bin ich; im Leben mit sich allein, zugehörig nicht den normalen, sondern den Kindern, die solche oder ähnliche Symptome erleiden. Eine schöne Heimtücke das Ganze, die den Betroffenen am liebsten bei Urin- oder Stuhlentleerung heimsucht. Als nähere Begleitumstände der jeweiligen Ohnmächte nenne ich den selten schönen Schwindel, der mich betört, verwirrt, ablenkt und schließlich ergreift. Für Beobachter beginnen die Augen seltsam zu flimmern. Augenweiß wird sichtbar. Was Döblin die Ohnmacht des Menschen gegenüber der Allmacht der Natur nennt, spielt sich wie folgt ab. Schweiß bricht aus. Die Gesichtshaut wird blass, der Kopf zuckt und wankt und dreht sich, ehe sein Träger in Bewusstlosigkeit sinkt. Ich komme immer unverletzt zu mir. Ich stoße mir meinen Kopf nicht. Ich blute nie und erwache nach dem Koma in Verwirrtheit. Es überkommt mich stets, wenn ich allein bin. Als könnte ich im Leben am intensivsten nur denken, wenn ich allein mit mir bin und von meiner Einsamkeit weiß.
Zum Glück bin ich allein und erwache jedes Mal unentdeckt, werde also nicht gepackt und unter die Dusche geschleift wie die armen Kinder im Kinderheim, denen die Ohnmacht am Tisch stehend geschieht, unter den Augen aller, vor allem der Erzieher, denen Ohnmachtsanfälle ein Dorn im Auge sind, die den Betroffenen anbrüllen, als könne der etwas dafür, als veranstalteten wir unsere Ohnmächte aus Jux. Nie wurde je gegen die drohenden Synkopen mit Übungen vorgegangen, wie das simple Ineinandergreifen der Hände, das Auseinanderziehen der Arme, das Strecken und Überkreuzen der Beine, das Anspannen der Muskulatur. Das ohnmächtige Kind wird wie ein Nussbäumchen gerüttelt. Es hat sich, kaum aus der Ohnmacht erwacht und noch stark benebelt, sofort zu erheben und an Ort und Stelle aufzurichten, den Erzieher anzusehen, zu sagen, zu rufen, was es sähe, wo es meine sich

zu befinden, wer vor dem Kind stünde, anstatt dass es zu sich kommen darf, ihm sanft aufgeholfen wird, es auf den Boden gesetzt, dort sitzen bleiben und sich erholen kann, ihm ein Glas Salzwasser gereicht und mit ihm in ruhigem Tonfall gesprochen wird, bis es kontrolliert Antwort gibt und wieder bei Verstand ist, sich besser fühlt, hört, spürt, erhebt und am Leben im Heim Anteil zu nehmen wünscht.
Im Laufe meines Lebens bin ich darin geübt, mit meinen Ohnmachten umzugehen. Ich spüre nach dem Erwachen Wärme in mir. Das Grübeln wirkt wie Sonneneinstrahlung. Ich erleide im Grunde gleich einem Sonnen- einen Grübelstich. Symptome wie beim Hitzschlag. Erwärmung. Rötung. Austrocknung der Haut. Der Puls geht stark und rasch. Ich falle vom Grübeln in Ohnmacht. Das zentrale Nervensystem hat Ruhe. Alles erholt sich. Die Seele pegelt sich in Normalzustand. Lebensgefahr besteht nicht. Ich liege kühl. Die Haut wird mit kalter Luft versorgt. Ich komme zu mir. Ich weiß Bescheid. Ich kenne die nachkommenden Verhaltensweisen nur allzu gut. Krämpfe suchen mich nicht heim. Arme und Beine bedürfen keiner Massage. Ich komme zu mir. Ich richte mich auf. Ich blicke mich im Spiegel an. Ich muss nicht behandelt werden. Die Ohnmacht ist ausgestanden, die Sauerstoffversorgung des Gehirns ist wieder garantiert. Keinerlei Erschöpfung. Keinerlei spürbarer Schmerz. Kein Kratzer an mir zu vermelden.

> Rolf hat seine Mutter nie kennengelernt. Sie starb, als er zwei Jahre alt war. Der Vater ist im Krieg gefallen. Vierundsechzig Jahre vergehen, ehe Rolf zum ersten Mal eine emotionale Beziehung zu seiner Mutter aufbauen kann. Fünfzehn Jahre vorher begegnet ihm Brigitte in Fröndenberg-Frömern im Antik-Café. Man kommt ins Gespräch und stellt fest, dass nicht nur beide gebürtige Holzwickeder, sondern auch miteinander verwandt sind. Seine Großmutter ist die Schwester von ihrer Urgroßmutter. Man sitzt über Alben und bisher unbekannte Gesichter auf

alten Familienfotos bekommen endlich Namen. Der kleine Junge mit Lederhose ist Rolf, weiß Brigitte, und Rolf weiß endlich, wer das junge Mädchen auf seinem Foto ist. Alle Spuren führen in den Landkreis Eichsfeld, Oberthüringen, woher Rolfs Familie mütterlicherseits stammt. In einem Umzugskarton findet sich ein alter Zettel. Auf ihm die Anschrift von Inge, Tochter von Regina, beste Freundin der Mutter Rolfs. Übers Internet spüren sie Inge in einem kleinen Dorf bei Großbartloff auf. Die war platt, als ich mich am Telefon gemeldet habe, sagt Rolf. Hat uns mal vor einundfünfzig Jahren in Holzwickede besucht, seitdem bestand kein Kontakt mehr. Inge kennt Wolfgang, den Hobby-Historiker, der Urkunden und Dokumente, aber auch alte Klassenbücher sammelt. In einem von ihnen sind die Abschlusszensuren der Mutter Rolfs verzeichnet. Und auch Brigitte entdeckt in den alten Papieren Bilder und Schulzensuren ihrer Urgroßeltern. Ein bewegender Moment für den gestandenen Mann. Jetzt kann er das einstige Wohnhaus, die Schule der Mutter besuchen, dem unbekannten Wesen nahe sein. Und darüber hinaus ist er in Besitz eines Fotos gelangt, das den Großvater zeigt, Neunzehnhundertfünfzehn im Krieg gefallen, von Beruf Zigarrenmeister. Unglaubliche Momente, sagen beide und, dass es eine Zeit dauern wird, ehe sie die Erlebnisse verarbeitet haben. Was die gemeinsame Familiengeschichte betrifft, so ist eine gemeinsame Linie bis ins Jahr 1650 zurückzuverfolgen. Man weiß darüber hinaus, warum man sich gleich so sympathisch war und gut verstanden hat, einen tollen Draht zueinander gefunden. Und begeht seither anstehende Feste gemeinsam. Und sucht zusammen Eichsfeld auf. Die Gedanken, sagen beide, kreisen irgendwie anders als vorher, Gefühle ergreifen von ihnen Besitz, die schwer in Worte zu fassen sind.

Es gibt Momente der Unendlichkeit als den Versuch, das Grenzenlose zu erreichen. Die betroffene Person ist hellwach und hat keine Wahl, sich nicht darauf einzulassen. Es gibt den kurzen Augenblick, in dem alle Erinnerungen angesiedelt sind. Es gibt Erinnerungen, deren Abläufe nicht ausgedacht sein wollen. Es gilt beim Sicherinnern, die nicht bedachte Erinnerung zu beleben, die Nebenarme der vergangenen Zeit zu befahren. Die Unendlichkeit im mathematischen Sinn ist beim Erinnern außer acht zu lassen. Die plötzlich auftretende Form von Erinnerung ist die Begegnung mit dem gefrorenen Zeitzustand. Wir hauchen ein Loch in die vereiste Scheibe und blicken auf das Persönlichste.

UND DANN IST auch diese Zeit vorbei und kommt nie wieder. Sie haben mir nicht gesagt, dass es bald fortgehen wird. Sie sind gekommen und es ging dann fort. Kurzer Abschied. Kein weiteres Wort. Und mit den anderen Kindern haben sie es genauso gehalten. Ich verlasse das Heim. Ich verlasse die beiden Mädchen. Ich bin verlassen. Ich werde nie wieder bei den Mädchen auf dem Zimmer erwachen, die freien Pobacken nicht der beiden Mädchen unter emporgerutschten Nachthemden im Doppel, betrachten, auf Apfelsinenhälften blicken, in deren Mitte die zarten Mandelhälften entdecken, niemals wieder so unbescholten aus der Nähe so angesehen, nie wieder dergestalt gefühlsecht nackte Mädchenhintern betrachtet. Eia popeia, was raschelt im Stroh, das sind die lieben Gänschen, die habn keine Schuh, der Schuster hat Leder, kein Leisten dazu, drum gehn die lieben Gänschen und habn keine Schuh. Nie wieder einem Fleisch solch Geruch entweichen erlebt. Nie wieder am Morgen vor solcher Pracht gekniet, die heilige Ewigkeit vor zwei heiligen Betten, in ihnen Engel mit Hinterteilen, die sich im Gleichtakt abwenden und unter den Bettdecken verschwinden. Es ist wie mitten in der Kindheit, die Kindheit abgeschlossen. Ich habe das Kinderheim zu verlassen. Man transportiert mich in einen nächsten Ort, ein anderes Kinderheim gewährt mir Unterkunft. Es ist Sommer. Ich habe drei Wochen Zeit, mich zu gewöhnen. Ich erlerne Schrank- und Bettenbau. Es herrscht Rangordnung unter den Kinderheimkindern. Die Größeren haben das Sagen. Ich liege oft genug hellwach im Bett und habe Angst vor den lauten Pfiffen der Trillerpfeife, die der ehemalige Polizistenerzieher durch den Flur jagt, worauf wir dann hochschrecken und aus dem Bett hinaus auf den Flur springen und Haltung annehmen. Es geht ihm um stete Proben und Vorbereitung fürs Gefecht, wie der Erzieher sagt. Er sieht in unsere Gesichter, schnippt das hängende Kinn vom Brustkorb des Kindes hoch, das im Stehen weiterschläft, und hat seine Freude daran, wie der Kopf nach dem Handstreich zur Seite oder flott nach hinten kickt. Er pickt sich diesen und jenen aus dem angetretenen Grüppchen heraus, der seiner Meinung nach nicht wie für das Gefecht angezogen ist, viel zu schläfrig wirkt, müde mault, gar versucht ist, Gegenrede zu wagen. Der muss dann im Flur auf und ab laufen, kriechen, springen und lange vor der Tür in Reihe stehen und laut das immer gleiche Lied singen, von ihm und Leidensgenossen im Kanon vorgetragen, bis der Kanon sitzt: Ach ich bin so müde, ach ich bin so matt, möchte gerne schlafen gehen und des Morgens früh aufstehn. Wir anderen, wir Davongekommenen liegen auf unseren Rücken im Bett, starren ins Dunkle und finden keinen Schlaf, solange im Flur gesprungen, gesungen und mit der Trillerpfeife gepfiffen wird. Was davon bleibt dir in Erinnerung, fragt mich die immer gleiche gurgelnde Stimme mit spitzem Oberton, wenn ich im Bett liege und die Geschehnisse im Flur aufnehme. Eine bösartige Stimme, die mich bei meinen Ohren packt, es schmerzt, als zöge einer daran. Es ist die Stimme des Busfahrers im gerieften Unterhemd am Küchentisch der Köchin Frau Blume, der immer nur am Tisch gesessen hat und seine Zeitung aufgeschlagen hielt. Ich sehe ihn wie in einem Horrorstreifen als Schreckensporträt an der Zimmerdecke. Hinter seiner abgegriffenen Zeitung redet er hervor. Immer nur dieser eine Tonfall und diese eine Stimme von hinter dem einen Zeitungsblatt her. Der Ton, der verletzen soll. Die ewige Leier, die jede fällige Antwort strikt in Schranken weist, auf Frage macht, nicht beantwortet werden soll, den Befragten

aus tiefer Seele ablehnt. Der Ton, der höhnt und all meine
Träume dominiert. Ich träume vom Busfahrer, seiner Stimme, diesem öden Tonfall, der mich von allen Seiten anfällt,
mich mit gehässigen Worten bespricht. Schicksal. Watschen.
Schläge. Über die Jahre habe ich immer wieder mit dieser
Stimme zu schaffen. Sie taucht einfach auf und lacht gehässig,
als freue es sie, dass ich von ihr gestört bin, die Nacht aus ist,
wenn sie ertönt, ich von dem Alp besetzt bin. So komme ich
in die Schule. Das Kinderheim ist ein Schulkinderheim. Wir
sind Schulheimkinder oder Heimschulkinder, je nachdem.
Ich trage einen dunklen See inmitten meiner Seele; der ist so
tief und schwarz und unberührt.

Ich sitze am Frühstückstisch. Ich fühle den Hunger, der
mich oft befallen hat. Ich bin in Gemeinschaft und fühle mich
allein. Ich esse schneller als andere Menschen mein Frühstück.
Ich muss mich beherrschen, bewusst langsamer speisen. Ich
habe mich jeden Tag zu zwingen, nicht gierig in mich hineinzustopfen, nicht zu schlingen, wie zu Zeiten, als wir im Vorbeilaufen zugegriffen und uns genommen haben, wessen wir
habhaft werden konnten. Ich erwische mich beim Versuch,
drei Scheiben Wurst auf eine Brötchenhälfte zu legen, und
lege die dritte Scheibe auf den Wurstteller zurück. Ich mache
nicht mehr so große Happen. Ich stürze keinen Liter Milch
mehr hinunter. Manchmal, wenn ich weiß, dass ich allein mit
mir bin, gefällt es mir, meine Finger in ein Glas mit Bockwurst zu stecken, nach dem Bockwurstzipfel zu greifen, die
Bockwurst herauszuziehen, den Kopf nach hinten zu neigen,
die Wurst von oben her anzubeißen und aufzuessen. Ich bin
in solchen Momenten wieder das Kind unter Kindern im
Kinderheim, halte ein Bockwurstglas sicher in meinem Arm,
drücke ein Bockwurstglas an mich, behandle ein Bockwurstglas wie eine Schatztruhe, auf dem Beutezug ergattert und in
den Keller getragen, aus dem Depot gemopst. Ich greife mir
den gebratenen Fisch aus dem Bratfischglas. Ich greife die

saure Gurke aus dem Gurkenglas und biege den Kopf nach hinten, die Augen genüsslich geschlossen.
Meine heimlichen Angewohnheiten kann ich nicht vollständig entheimen. Ich zuckere meinen Tee, wenn Zucker auf dem Tisch steht. Ich komme ohne Zucker aus, wenn kein Zucker vorhanden ist. Ich werde nicht um Zucker und Sahne für den Kaffee bitten, wenn Zucker und Sahne nicht vorhanden sind. Ich bin nicht gewohnt, dass mir Zucker und Sahne gebracht werden. Ich esse das Brot, das auf dem Tischtuch feilgeboten ausliegt. Mir schmeckt das Brot, das ohne Butter angeboten wird, das nur mit Senf bestrichen ist. Und habe ich gespeist, trage ich mein Geschirr in die Spüle, wasche meine Hände, reinige den Mund, netze die Stirn, den Hals und beide Wangen mit dem Restposten Wasser. Ich schaue in jeden Spiegel, ob alles in Ordnung ist. Denn hinter der Tür steht die Kontrolle, die mich ansieht, und ich halte meine Hände hin, lasse mir in die Ohren sehen. Und sehe mich zurückgeschickt oder zur Gruppe beordert. Nennt es Drill, nennt es Zucht und Ordnung. Es sitzt in mir. Ich ätze es nicht aus. Ich drehe, wenn ich mich unbeobachtet fühle, immer noch meinen Kopf vor dem Spiegel, drehe mich einmal um meine Achse, betrachte meinen Kopf von vorne, im Profil, von hinten, bleibe ungläubig, weiß den Mann an der Gartenpforte noch, der zu mir gesagt hat, am Profil des Gesichtes ist die vergangene Zeit eines Menschen abzulesen. Man kann das Heimkind an mir erkennen. Ich unternehme dagegen nichts.
Wenn ich an die Winter im Heim denke, spüre ich trockene Zentralheizungsluft. Ich suche mir dagegen zu helfen, indem ich mich erhebe, etliche Male zum Wasserhahn gehe, mir den Bauch voll Wasser pumpe, das Gesicht nässe, die Nasenflügel wässere, die Augenbrauen feucht nachziehe, dass die Kühle so lange wie möglich erhalten bleibt. Es hilft nicht, gegen die verfluchte Heizung anzuschreien. Sie ist fest eingestellt und all ihrer Drehknöpfe beraubt. Sie steht unter strenger

Bewachung durch den Hausmeister, der jeden Montageversuch entdeckt und den Täter verfolgt.
Der dicke Heinz dreht schnell mal durch, schreit nach Luft, rüttelt am Fenster, öffnet es, ruft in seinem Wahn nach Hilfe, atmet frische Luft. Der dicke Heinz schafft es manches Mal nicht, das Fenster sachgerecht zu öffnen, will einen Stein nehmen, das Fenster zertrümmern, die glasfreien Flanken sprengen, den ganzen Kopf durchs Fensterglas stoßen, um an die geheiligte, frische Luft zu gelangen.
Die Erzieher sind da, wenn einer ausrastet. Sie halten ihn, binden ihn, schleifen ihn fort, schaffen ihn in den Raum ohne Fenster und Gitter und ohne Zentralheizungskörper. Je öfter Heinz das ertragen muss, umso rascher findet Heinz sich damit ab, denken sie. Eine Nacht genügt und der dicke Heinz ist heiser, hat sich sprachlos geschrien, an allen vier Wänden ausgetobt, sich beim Kampf gegen den Raum Abschürfungen, Beulen, Flecken geholt. Wie ich die Dinge drehe und wende. Ich bin nicht verhungert, musste nicht Sklavenarbeit verrichten, mich drangsalieren und quälen, misshandeln und zu Tode schleifen lassen. Der Staat ist mein Kummerflügel. Das Heim ist meine Achselhöhle. Ich komme ohne Vater und Mutter aus. Das Heim ist die annehmbare Alternative zur Familie.

> Säugling ausgesetzt worden. Jugendliche hatten den Säugling auf einem Parkplatz gefunden. Es war an diesem Sonntag, einem wunderbaren Sommerabend im Allgäuer Urlaubsort Immenstadt. Zwei Brüder (14 und 16) tragen Werbeprospekte aus. In der Nähe des Krankenhauses hören sie kurz vor zehn Uhr ein Wimmern. Sie gehen dem Geräusch nach – und finden im Gebüsch den Säugling, eingewickelt in eine Decke. Die Geschwister nehmen ihn vorsichtig und tragen ihn zur Notaufnahme der Klinik. Die Ärzte schätzen, dass der Bub vor zwei Tagen zu Hause entbunden wurde. Nun ermittelt die Kripo Kempten. Sie fragt: Wer kann Hinweise zu einer hochschwangeren Frau

geben, die vor kurzer Zeit entbunden und kein Kind hat? Ein Mann könnte Hinweise geben, den Zeugen nahe des Fundortes sahen: Er ist 20 bis 30 Jahre alt, ca. 1,80 Meter groß, schlank, hat kurzes, lockiges Haar, eventuell einen Drei-Tage-Bart und war dunkel gekleidet. Der Säugling von Immenstadt – er ist nun schon das fünfte ausgesetzte Baby innerhalb kürzester Zeit. Im letzten September hörte ein 21-Jähriger im Fürther Stadtpark ebenfalls ein Wimmern in einem Busch und entdeckte einen in eine Decke gewickelten Säugling. Er brachte ihn ins Krankenhaus. Es war ein Mädchen, auch ihm ging es gut. Mitte November dann wurde ein Mädel im Foyer einer Sparkassenfiliale in Hof ausgesetzt. Sensationelles Ergebnis eines DNA-Tests: Das Findelkind hat einen Bruder, der 2001 vor der Sparkasse Plauen ausgesetzt wurde. Ende November 2008 legte eine Frau im oberpfälzischen Velburg ihr Baby vor einer Arztpraxis ab mit dem Zettel: Bitte geben Sie das Kind zum Jugendamt. Das Kind starb an einem Kreislaufzusammenbruch. Heuer im März wurde nahe der Donauklinik Neu-Ulm ein Baby ausgesetzt. Es war bis auf eine leichte Unterkühlung gesund. Und der wohl grauenerregendste Fall: Letztes Jahr im Advent fand Pfarrer Thomas Rein (40) in der Krippe in seiner Kirche in Pöttmes (Kreis Aichach-Friedberg) ein Baby. Die Mutter wurde ermittelt. Sie lebt mittlerweile in ihrer Heimat Rumänien, der Bub, er wurde Christian genannt, lebt in einer Pflegefamilie in Schwaben. Der Bub sieht schlecht und ist teilweise gelähmt. Ob dies daran liegt, dass der Bub in der Kälte ausgesetzt wurde? Das kann laut den Ärzten nicht ausgeschlossen werden.

MEINE FREUNDE IM HEIM hießen Heinz und Tegen. Beide vergucken sich in Mädchen. Heinz beschenkt sie mit Schokolade. Tegen wird von den Mädchen an den Sandkasten gerufen. Er darf sich zu ihnen setzen. Er darf mit ihnen reden. Sie laden ihn zum Kaufmannsladenspiel ein, packen Ware in den Korb, kochen, braten Speisen für sich und ihn. Handeln Preise aus. Tegen kauft sandige Batzen, tut, als äße er Kuchen, reibt sich den Bauch, amüsiert die Mädchen mit Komplimenten. Heinz mag nicht mit den Mädchen Kaufmannsladen spielen. Es ist ihm zu affig. Er möchte den Mädchen Briefe schreiben. Er kann es nicht. Was er sich abringt, ist nichts wert. Ich gebärde mich als Schriftsteller, bin erst Tegens höfischer Briefschreiber, reime schön auf sehn und Haar auf wunderbar, bringe das Wort spielen in Zusammenhang mit fühlen, verhelfe dem sehen zu Klang auf mit dir gehen. Heinz und Tegen müssen mir je nach Umfang und Länge der Liebesbriefe etwas geben. Ich bin glücklich, dass meine Erfindungen gefallen, und fahre eifrig fort. Ich schreibe von schneeweißen Schwänen in Strähnen. Ich nenne die Geschenke nicht Honorar, ich nehme normale Süßigkeiten an, führe ein sorgenfreies, süßes Leben, habe Lutschbonbon so gern wie bittere Schokolade.

> Wenn alle Menschen Künstler wären oder Kunst verstünden, wenn sie das reine Gemüt nicht beflecken und im Gewühl des Lebens verängstigen dürften, so wären doch gewiss alle um vieles glücklicher. Dann hätten sie die Freiheit und die Ruhe, die wahrhaftig die größte Seligkeit sind.
> Johann Ludwig Tieck

Es ist Ostern. Zwischen Berg und tiefem, tiefem Tal saßen einst zwei Hasen, fraßen ab das grüne, grüne Gras bis auf den Rasen, als sie sich sattgefressen hattn, setzten sie sich nieder, bis dass der Jäger kam und schoss sie nieder, als sie sich nun aufgerappelt hattn und sich besannen, dass sie noch am Leben warn, liefen sie von dannen. Wir laufen über den Hinterheimplatz, suchen kleine Pappkörbe mit Ostereiern, Schokolade, Bonbons. Die Körbe sehen nicht nur alle gleich aus, sie sind identisch gefüllt. Einzig die hartgekochten, farbigen Hühnereier machen den Unterschied. Ich finde das erste Körbchen flink. Es geht mir zu schnell. Ich stelle das Körbchen wieder ab. Es erfreut ein Mädchen nach mir. Ich sehe mich um. Ich sehe dort ein Körbchen versteckt und da, allesamt nicht mit Freude versteckt. Ich möchte ein blaues Ei in meinem Osterkorb liegen haben, sage ich mir. Ich liebe die Farbe Blau. Der erste Vogel, der mit mir spricht, ist eine Blaumeise. Blau ist der Himmel über dem Meer. Bianca trägt blaue Schuhe. Flecken werden blau, wenn man sich verletzt hat. Es ist in keinem Korb ein blaues Ei zu finden, und es soll aber das blaue Ei gefunden werden, das es geben muss; in einem Körbchen, gut versteckt. Das blaue Ei, das sich nicht leicht finden lassen will, das einzige blaue Ei des Ostertages, das mir gehört, das ich finden muss. Kinder finden weitere Körbchen mit gelben, grünen, roten Eiern darin, nur nicht das angestrebte blaue Ei. Ich verkünde, den Inhalt meines Korbes demjenigen zu schenken, der mir dafür sein hartgekochtes, blaues Ei eintauscht. In den Körbchen der anderen Ostereiersuchkinder, die den Tausch mit mir möchten, finden sich spinatgrünglänzende Eier, Eier in Laubfroschgrün, Kohlweißlinggelb, Rosa, Veilchenviolett, nicht aber in Blau. Ich schlüpfe durch einen Spalt im Zaun zum Heimgelände hinaus, um dort mein Körbchen zu entdecken. Vergeblich, ich kehre nach angestrengter Suche um, man hat mich entdeckt und zurückbefohlen. Ich habe alles auf die Farbe Blau gesetzt und alles verloren. Ich bin der Einzige ohne Korb, was nicht richtig ist, mich traurig stimmt, weil ich die anderen sehe, wie sie mit ihren Körben angeben, und ich weiß, dass man mir kein Extrakörbchen geben wird, gar keins mit einem blauen Hühnerei. Und wie ich meine fixe Idee verfluche und sauer bin auf mich und meine Einfälle, blinkt meinem gesenkten Blick am Kohlenhaufen aus dem Kohlenstaub etwas Blaues entgegen; aus einem Körbchen, das von einem unachtsamen Schuh in den Kohlestaub hineingetreten worden ist. Ich bücke mich, grabe, rette die süßen, bunten Zuckereier, die mit Staub beklebt sind. Das blaue Ei ist zertreten, ein Quetschei mit Staub vermengt.

Ich hebe es auf. Mir stehen Tränen in den Augen. Mehr Tränen vor Glück als Tränen vor Wut. Ich trage das zertretene Ei in den Waschraum, lege es auf den Rand des Waschbeckens, wasche die Zuckereier von Kohlenstaub rein. Von Staub befreit, verlieren sie ihre dünnen Zuckerglasuren, dass sie zu kleinen weißen Zuckereiern werden. Ich wische die Farbtropfen vom Waschbeckenrand. Ich reibe die Eier mit Toilettenpapier trocken, stecke sie in die Hosentasche. Das blaue Ei, der Klumpen aus Eierschale, Eiweißstaub, Kohle. Der Tritt hat gesessen. Das Ei ist nicht zu reparieren, so sehr ich mich auch mühe. Ich rette nur Stücke, die sind nicht zu genießen. Ich esse von dem Matsch, was immer davon zu essen geht. Sand knirscht zwischen meinen Zähnen. Die Tränen fließen. Ich kann mich nicht erinnern, je mehr geweint zu haben als in diesem Waschraum.

> Beim Boxen läuft alles umgekehrt wie im Leben. Willst du dich nach links bewegen, gehst du nicht nach links, sondern verlegst das Gewicht auf den rechten Zeh. Und auf den linken, wenn du nach rechts willst, kapiert?
> aus: Million Dollar Baby

HEINZ MUSS EINIGES an zusätzlicher Bewegung bewerkstelligen, nur weil er dick ist. Ich sehe ihn um das Heim herumlaufen. Der Erzieher hat die Trillerpfeife im Mund. Er spuckt sie aus, um den dicken Morgenmittagsabendläufer Lahmarsch, Fettsack, generell erbärmlich zu schimpfen. Heinz wird mit Sonderaufgaben bedacht, die nicht zu lösen sind, weswegen er sich öfter als unsereins bestraft sieht. Mi-Ma-Mausemaus, ein Schneider fing ne Maus, was macht er mit der Maus, er zieht ihr ab das Fell, was macht er mit dem Fell, er näht sich einen Sack, was macht er mit dem Sack, er steckt hinein sein Geld, was macht er mit dem Geld, er kauft sich einen Bock, er reitet im Galopp, was macht er im Galopp, er fällt gleich in den Dreck. Die böseste Strafe von allen ist die, in den Keller gesteckt zu werden. Der Keller ist nass und dunkel. Ratten halten sich dort auf. Bei der Kellerstrafe ist nichts weiter zu verrichten, nur die bloße Anwesenheit zählt. Die kann von einiger Dauer sein, weil der Bestrafte auch mal vergessen wird. Er muss sich dann lauthals bemerkbar machen, sonst verpasst er sein Abendbrot.

SOLIDARITÄT zeigen wir, indem sich einer zum anderen in den Keller bestrafen lässt. Im Keller stehen zwar dunkle Pfützen, es riecht muffig, doch ist alles halb so schlimm, wenn man von der Nische unterhalb der Treppe weiß, einem trockenen Plätzchen, wo unsere heiligen Schätze lagern. Taschenlampe. Feuerstein. Bunte Hefte. Die Strafzeit über sitzen wir zusammen und besprechen das *Dort*, von dem Tegen eine Menge wusste, weil er ein paarmal versuchsweise adoptiert worden ist. Das hat er seinen Knopfaugen und dem Wuschelhaar zu verdanken. Die Erinnerung stirbt zuletzt. Die Erinnerung an Tegen bleibt bis zum Schluss das Wort: *Dort*. *Dort* heißt alles persönliche Eigentum, privat und Besitz, erzählt Tegen. Sie haben *Dort* Herrschaft über Maus, Kind, Haus und Kegel. Auch wenn wir Tegen nicht verstehen, die Geschichten, die er von den Dingen *Dort* und den Personen berichtet, die Besitz besitzen, durch Besitz zu Besitzern werden, wodurch sie dann Herrscher über Dinge werden, erscheinen uns märchenhaft, einleuchtend und schön. Sie haben *Dort* viele Schuhe, unterschiedliche Hüte, Mützen. Sie nennen den Nachttisch mein. Sie müssen mit niemandem teilen. Sie haben einen Stuhl in der Küche, einen im Wohnzimmer, einen im Flur, sogar im Keller, wenn sie sich von der Wascharbeit erholen und hinsetzen müssen. Alles, was im Heim unser ist und niemand anderem als dem Heimleiter gehört, gehört *Dort* zu gleichen Teilen dem Vater, der Mutter, dem Kind. Das Kind geht zur Schule. Es reist mit den Eltern in den Urlaub. Es trägt seinen eigenen Koffer mit sich. Der Koffer gehört ihm und wird mit seinem Wachstum größer, bis der Koffer des Kindes so groß wie die Koffer der Eltern ist, in nichts mehr von ihnen zu unterscheiden. An jedem Koffer ein Schild, das den Koffer als den seines Besitzers aus-

weist. Wird dem Kind *Dort* der Koffer gestohlen, bleibt das Kind *Dort* Eigentümer des Koffers. Es verliert niemals die Herrschaft über seinen Koffer, selbst wenn der in den Besitz eines Diebes übergeht. Im Heim hat niemand einen Koffer. Das Heim geht nicht auf Reise. Eigentum gibt es *Dort* nicht. Im Heim besitzt das Kind sich allein, wenn es nackt ist. Alles andere wird dem Heimkind gestellt und zugeteilt. Es besitzt keinen Schlüpfer, kein Unterhemd, keine Strümpfe. Jacke wie Hose sind nicht sein Eigentum. Hut und Schal sind Spendenbestände. Die Spenden kommen von *Dort*, wo Kinder eigene Kleider, Rock, Bluse und Anzug wie kleine Erwachsene tragen. Sind ihnen die Schuhe zu klein, geben sie die Schuhe weg. Die Schuhe landen bei uns. Wir kommen im großen Raum zusammen. Einer nach dem anderen tritt vor, wird angesehen und bekommt aus dem Haufen zugeteilt. Sie nennen ihr Zuhause Heim und Eigenheim. Ihre Wohnungen sind unterteilt, Puppenstuben ähnlich. Sie heißen *Dort* alle Mieter, egal, wie alt sie sind. Kinder mieten mit den Eltern. *Dort* sagen sie mein zu ihrem Zuhause. Wir sagen Heim zum Heim. Wir sagen nicht mein und dein, sondern unser. Wir können das Heim nicht verlassen. *Dort* ziehen sie um, wenn sie ihr Heim nicht schön finden, es ihnen zu dumm, zu klein, zu nahe am Stall ist. Das alte Heim ist vergessen, das neue Heim hat einen Garten mit Rutsche und Wasserbecken nach hinten raus, manchmal für ein einziges Kind allein. Uns gehört hier nichts. *Dort* gehört dem Kind alles.
Tegen berichtete so Unglaubliches, dass wir baff und erstaunt waren, manchmal dachten, er flunkere. Wenn neue Zahnbürsten angesagt sind, bekommen alle Kinder im Heim eine neue Zahnbürste. Wir können miteinander tauschen, wenn uns die Farbe der Zahnbürste nicht passt. Ansonsten haben wir uns an die Farbe der neuen Zahnbürste zu gewöhnen. Das Kind *Dort* beginnt zu schreien, zu toben, wenn ihm die Farbe der Zahnbürste nicht gefällt. Es bekommt die Zahnbürste, die es will. Uns steckt man für Toben und Schreien in den Keller.

Du hast eine Zahnbürste bei deiner Oma, eine liegt für dich bei der Ziehtante bereit. Du deponierst eine Zahnbürste bei deinem Freund. Du darfst bei ihm übernachten und musst nicht nach Hause rennen, um dir die Zähne zu putzen. *Dort* ist das Elternhaus. *Dort* sind Vater, Mutter, Oma, Opa, Geschwister. Die Räume heißen *Dort* Zimmer. Es gibt *Dort* die Wohnstube, die Gute Stube. *Dort* hocken sie im Gartenhaus zusammen. So weit, so wundervoll. Es sind von *Dort* aber auch eine Menge negativer Dinge zu berichten. Taschengeld und Taschengeldentzug. Das Kind kann geschlagen werden, weil das Kind in seinem kleinen Heim kein Heimkind ist, sondern Heimbesitz. Im Kinderheim sind körperliche Strafen verboten.

Es wundert mich nicht, wie genau ich die längst vergangenen Tage bis in ihre Details erinnere, zum Geschehen das Wetter weiß und gewisse Gerüche sofort wieder in meiner Nase habe, das Stöhnen vernehme, das Klatschen und Trampeln und den Geschmack von Staub auf der Zunge schmecke. Die Stimmung ist noch genauso bedrückend. Ich habe Angst vor den Erinnerungen und will mich vor ihnen wie vor Leibesübungen drücken. Aber es gibt für mich kein Entfliehen. Die Pfeife schrillt. Die Erinnerungen treten an, vom Hof her rufen sie laut nach mir. Sie fangen nicht an, sich ohne mich in Bewegung zu setzen, ich verlasse die Deckung und geselle mich zu ihnen. Wir treiben mehr Sport als die Kinder außerhalb des Heims. Der Heimleiter steht am Fenster und begutachtet das athletische Treiben von oben herab. Wir Kinder hüpfen, machen Kniebeugen, klatschen im Sprung die Hände gegen die Fersen, robben bäuchlings über den Beton, watscheln im Entengang die Treppe hoch, fallen aus dem Stand nach hinten, suchen den Körper zur Brücke zu biegen. Die Bäuche gen Himmel gestreckt, halten wir die Waage. Heinz kann die Brücke nicht. Unbeweglicher Fettkloß, wettert der Expolizist. Heinz muss wieder Sonderrunden bewältigen, Extrahüpfer machen. Wir hören den Einpeitscher auf dem Platz hinterm Heim tönen. Heinz soll die Zähne verdammt noch einmal zusammenbeißen, den Arsch bewegen, was Heinz nicht schmerzt, macht Heinz nicht hart. Tegen sagt dem Expolizisten, wie gemein er findet, was der mit Heinz anstellt. Ich werde dir zeigen, was gemein ist, zischt der Erzieher, packt Tegen am Ohr, zieht ihn bis auf Augenhöhe zu sich empor. Tegen zeigt kein Schmerzgesicht, sagt die Erinnerung. Tegen schreit nicht. Der Expolizist lässt von Tegen ab, schickt ihn zur Bestrafung in den Keller, schreitet die Riege ab, fragt, ob da von uns einer auch der Meinung Tegens ist, die Hand hoch. Heinz meldet sich, tritt einen Schritt aus dem Glied. Ich geselle mich zu ihm. Ab mit euch, schnauzt der Erzieher, und schon sind wir bei Tegen im Keller. Immer mehr fühle ich das mutterlose Band, das mich mit allen Heimkindern und Waisen dieser Welt verknüpft. Brett an Brett wird ein Zaun aus vielen Latten. Sie bereiten dich in keinem Heim auf emotionale Begegnungen mit den Menschen vor. Du siehst dich immer nur kurz eingeführt, viel zu knapp unterwiesen. Sie teilen dir in der Hauptsache mit, dass es in der Welt massenhaft Dinge gibt, die für dich nicht von Interesse sind. Du sollst die Finger von ihnen lassen. Du hast in ihrer Nähe nichts zu suchen. Du musst dir sagen lassen, dass Zuwiderhandlung Folgen zeitigt. Du bist ans Heim ausgeliehen, stehst dem Heim wie zu einem Test zur Verfügung, von dem keiner weiß, was er mit dir am Ende anrichtet. Du bist in einem Heim. Du musst dir alles gefallen lassen. Du wirst auf das Leben vorbereitet und dein junger Werdegang hat aufgezeigt, dass deine Eltern, die Verwandten, alle einschließlich dir selber, sich nicht ins Leben eingefunden haben, auf fremde Hilfe angewiesen sind. Du bist zudem emotional völlig unterbelichtet, hast und wirst nie erfahren, worum es Leuten geht, die sich anfassen, drücken, halten, tragen, streicheln, tätscheln, lieb haben, umhalsen, Hand in Hand spazieren gehen, ohne zu solchen Handlungen von einer fremden Person wie dem Erzieher aufgefordert worden zu sein.

In der Schulkinderheimzeit kommen wir immerhin auch im Ort herum, erfahren anderes Leben, gelangen an Grenzen, von denen aus es immer weitergeht, wie behauptet wird. Ich erinnere mich an den lieblich stempelnden Dauertakt des Postamtmannes der kleinen Ostseegemeinde, an der Ecke neben dem Souvenirladen, wo Glaskugeln zu bestaunen sind, die man nur schüttelt, sodass der im Inneren der Kugel ausgebreitete weiße Schneeteppich birst, Flocken wirbeln, Schnee im Schneegestöber stobt. Wir sind nahe den Sportwiesen, hinterm Zeltplatz am Tümpel, wo Herbert Kiwitt einen Regenwurm schluckt und der blonde Junge, den alle Riese rufen, Frösche platzen lässt, Tegen nur so viel ins Wasser pinkelt, dass er noch in die Ecke neben der Treppe zum Heimeingang pinkeln kann, was alle sehen, aber niemand verrät. Der Heimleiter findet trotzdem heraus, wer der freche Pinkler war. Und auch sonst ist viel mehr los im Schulkinderheim. Wir kommen aus dem Heim heraus, mit anderen Kindern zusammen. Der Biologielehrer haut sich eine Ohrfeige runter, um der Klasse vorzuführen, wie sich die Großaffen im Busch benehmen, wenn es um den Schutz der Familie geht. Die Schulkinder sind nicht immer freundlich zu uns. Es gibt ihrer drei, vier, die sagen Gemeinheiten zu uns, mit denen wir umgehen können, aber auch Sätze über unsere Eltern, von denen wir keinerlei Ahnung haben, weil wir die Eltern nicht kennen, nicht nachprüfen können und aus purer Selbsthilfe oftmals Glauben schenken. Selbst wenn sie unsere Väter Hurenböcke schimpfen, unsere Mütter Nutten nennen, bleiben wir stumm und erdulden es. Heinz wehrt sich. Er geht auf so einen Bauernlümmel zu, packt ihn am Hals, hält seinen Hals lange fest, versetzte ihm einen Schlag in die Magenkuhle, dass dem die Luft zum Atmen fehlt, er wegsackt, sich krümmt, keinen Mucks mehr von sich gibt und auch später von ihm nichts mehr zu hören sein wird. Man hört die Engel zwitschern, sagt Heinz, hebt sein Hemd hoch, lässt seinen dicken rosa Bauch sehen, hält ihn mir hin, sagt, dass ich keine Memme sein und zuschlagen soll. Ich zögere erst, dann schlage ich zu mit ganzer Wucht. Heinz zuckt nicht einmal mit der Braue, sondern lacht mich aus, dass es das gewesen sein soll, weshalb ich ein zweites Mal, wild und ungebremst, Heinz in den Bauch boxe, der nicht wankt, nur müde lächelt, den Bauch wieder bedeckt, abwinkt und rund um die Uhr unser Beschützer ist, zur Nacht auf seiner Pritsche als Letzter einschläft und schon wach ist, wenn wir erwachen.

Ich bin sein bester Freund, sagt er. Einen besseren Freund als Heinz kann man nicht haben. Heinz ist zudem noch ein Wundertäter, Wahrsager. Sie schleppen den leblosen Siegfried ins Zimmer, wuchten ihn auf die Matratze, wo er steif liegen bleibt. Wir Kinder huschen über die Flure, öffnen alle Türen, rufen die Nachrichten aus, die sich als Lauffeuer im Heim ausbreiten. Der Siegfried ist in einen wachen Tiefschlaf gefallen. Kann sein, dass er lebendig stirbt. Heinz nimmt seine große, bunte Glaskugel zur Hand, hält sie dicht an sein Auge, dreht sie einige Male vor seiner Pupille und bestimmt: Der überlebt. Kurz darauf erwacht der Siegfried aus seinem Koma, von dem er selbst nichts mitbekommen hat.

Dem Erzieher gefällt es, die Jungs im Heim unter den Achseln zu kneifen. Er entwickelt dafür eine spezielle Handfertigkeit, ein kurzes, heftig schmerzendes Drehen und gleichzeitiges Drücken mit den harten Fingerknochen, das den Jungen automatisch auf die Zehenspitze gehen lässt und Luft durch die zusammengepressten Lippen nach innen saugen, worauf er die Augen verdreht, die Arme von sich schiebt, einem Pinguin ähnlich, bis in die Fingerspitze hinein zittert und ausschaut, als würde er sich verbrennen. Unter den wagemutigen Jungen des Heimes bricht ein Wettstreit aus, wer von ihnen den Fingerballendreh am besten aushält, den zugefügten kurzen Schmerz ohne Wimperzucken durchsteht. Sie legen es also darauf an, sich packen und kneifen zu lassen.

Keiner kann für sich einen absoluten Vorsprung erringen, alle unterliegen sie dem Druck, den höllischen Schmerzen. Es kann bei dem ungleichen Ringen keinen anderen Sieger als den kneifenden Erzieher geben.
Hier ist es wie in einem Hotel, sagt der Herr Heimleiter zum Neuen aus dem Jugendwerkhof, von wo sie den Jungen zu uns geschickt haben, dass er umerzogen wird, Manieren annimmt. Der Erzieher presst ihn gegen die Wand neben dem Pissbecken. Hier ist es fast wie zu Hause, schreit er den Neuen an, drückt dessen Kopf an die Kacheln, presst ihm die Kehle, um ihm ins Angesicht zu sagen, dass er den Herrn Heimleiter achten und lieben lernen wird, er es ihm auf Verlangen jede Stunde beibringen will, jeden Tag aufs Neue den Herrn Heimleiter zu lieben, die Erzieher zu lieben, das Kinderheim zu lieben, alle Kinder im Heim zu lieben, sich zu lieben. Er werde ihn Kacheln küssen lassen, bis er die Kacheln zu lieben beginnt. Es gehört sich nicht, einen Zögling gegen die Wand zu drücken, schreit der Herr Heimleiter den Erzieher an, der den Neuen ohne seinen ausdrücklichen Befehl dazu gezwungen hat, die Kacheln im Bad zu wienern. Die Sache wird im Heimleiterbüro zur Sprache gebracht. Ein Neuankömmling ist ein Neuankömmling, ihm wird Zeit gegeben, sich zu gewöhnen, ist aus dem Heimleiterzimmer zu hören. Der Neue ist kein Waschlappen. Der Neue ist nicht hierhergekommen, einem Erzieher Spaß zu bereiten. Sich einem Wesen überlegen zu fühlen, einen Zögling am Hals zu packen, ihm die Richtung zu weisen, gehört sich nicht für einen Erzieher. Das alles ist Angelegenheit des Heimleiters. Der Erzieher sieht sich gewarnt, verwarnt.
Der Neuankömmling bringt uns von da, wo er herkommt, neue Worte mit. Er sagt das Wort Einlieferung. Er spricht davon, dass man ihn von der Straße weggefangen und eingeliefert hat. Er wird nicht zu uns gebracht, er wird uns geliefert, wird uns verbracht. Er kommt von einem Polizeizimmer in die Erziehungsanstalt. Er nennt sein Heim Werkhof;

ein neues Wort, ein Schreckenswort. Wir wollen niemals in den Werkhof kommen. Das Werk ist eine Zuchtfabrik, ist nur der Hof zum Werk, auf dem sie alle antreten müssen, jeden Tag etliche Male, wenn einer von ihnen was ausgefressen hat, wenn keiner was ausgefressen hat. Der Neue sagt, dass er fett in der Tinte hockt und kein Füllfederhalter ist. Er sagt, wo er herkommt, legt keiner eine Beschwerde ein. Erdulden ist *Dort* ein Normalzustand. Von einem Griff an die Gurgel geht keinerlei Bedrohung aus, sagt er und sagt, es gäbe Mittel genug, dich nicht anzurühren und hart zu bestrafen. Er sagt, sie haben *Dort* stille Mittel, die leise und langsam, aber spürbar zugreifen. Er sagt uns nicht, was es ist, was nach den Bewohnern greift. Wenn wir mal *Dort* landen sollten, warnt er, dürften wir auf keinen Fall aufbegehren. Wer Gutes anrichtet, wird nicht mit Lob, sondern mit Kopfnüssen bedacht. Die Formen von Danksagungen kommen wie jede Gewalt unerwartet aus heiterem Himmel herab.

Hast du Glück, wirst du mit leichten Blessuren beschenkt. Hast du Pech, trägst du Beulen davon und Schmerzen, die im Inneren brennen. Der Neue macht uns Angst. Ich merke mir das Wort Blessuren. Die Woche darauf ist der Neuankömmling wieder fort, dorthin zurück verbracht, von woher er hergebracht worden ist; weil er der Roswitha an die Wäsche gegangen sein soll, wegen der Sehnsucht, diesem unerreichbaren anderen Teil vom Leben. Der Sehnsucht nach Nähe, die am besten hinter hohen Mauern gedeiht, aus deren Stamm merkwürdige andere Sehnsüchte treiben, die einen hinreißen, Dinge zu tun, die nicht erlaubt sind, ohne dass wir unsere Handlungen verstehen müssen.

Der Neue hat in Roswitha seine Schwester, Mutter, Oma, Cousine oder Tante gesehen, heißt es. Sehnsucht hat ihn verwirrt. Roswitha habe für ihn mit der Stimme seiner Mutter geredet, er habe Roswitha als Mutter reden gehört. Sanfte Worte der Sehnsucht waren es. Aus dem fremden Mund ge-

sprochene Worte der Sehnsucht waren es. Fremde Worte, die sich einem in die Träume einschleichen, sich dort festsetzen, dich blind werden lassen, taub und blindwütig handeln lassen.
Wenn der Heimleiter die Reihen abschreitet, kann er nichts von den blauen Flecken in den Achseln der Jungen sehen. Wir werden in den Keller geschickt. Wir müssen für alle anderen einsehbar in der Ecke stehen. Wir haben Extrarunden, Extraarbeiten, Extraküchendienste und sonstige Extras zu verrichten. Ob nun mit dem Wischlappen in der Hand die Flure entlang, ob kniend Stufe für Stufe die Treppen hoch und runter oder beim Heimleiter am Klosett mit Seife und Bürste, die uns auferlegten Bestrafungen erledigen wir heiteren Sinnes. Heinz hat das Kneifen eines Tages satt und geht zum Leiter. Der Heimleiter erhebt sich von hinter seinem Schreibtisch, heißt Heinz die Arme anheben, betrachtet ihn kurz, setzt sich, fragt Heinz eindringlich: Was ist, warum bist du hier? Wegen dem Fleck. Du hast dich gestoßen. Ich bin gekniffen worden. Von wem? Vom Erzieher. Irrtum. Du hast dich gestoßen. Ich bin gekniffen worden. Raus. Heinz verlässt das Heimleiterzimmer, ist sauer bis ans Kinn. Der Expolizist ist am nächsten Tag entlassen. Es heißt, er kommt nie wieder. Tegen heckt Fluchten aus. Tegen will aus dem Heim raus. Tegen will fliehen. Das Fliehenmüssen ist seinem überdurchschnittlichen Ego geschuldet, denn außer dass Tegen für eine Weile fort ist und mit der Polizei zurückgebracht wird, ist zu seinen Fluchten nicht viel zu berichten. Tegen schwört ab. Wenn es von ihm verlangt wird, sagt er, dass er nie wieder aus dem Heimleben fliehen wird. Und hat die nächste Flucht im Kopf. Tegen wandelt sich scheinbar zum Besseren, gibt vor, ein geläuterter Junge zu sein, erscheint für einige Wochen wie ausgewechselt und von Fluchtgedanken rundum geheilt, ist aber innerlich aktiv wie ein Vulkan. Man muss ein Gespür für natürliche Gefahren entwickeln, sich selber lenken und hat, was anzurichten geht,

anzurichten, solange alles in Übereinkunft mit dem inneren Gewissen passiert. Es bedarf keines Lobes von außerhalb, das sich selbst bezeugte Lob ist Ehrung und Ansporn genug. Man ist allein die beste Mannschaft. Jede Flucht ist ein Versuch, sein Ich zu bilden. Am Ende wird aus allen Fluchten persönliche Bestärkung. So in etwa sind Tegens Worte. Wir redeten viel miteinander. Von Tegen wusste ich: Das Heim ist groß wie das Meer. Das Heim ist rund wie eine Kugel. Wir leben in der Kugel wie die Laufmaus auf dem Gitterrad. Wir bewegen das kugelige Heim. Wir bringen das Heim ins Rollen, von innen her erfahren wir das kugelrunde Heim in seiner gleichwertigen Rationalität zu den uns umgebenden Realitäten. Das Nachbarhaus, die Schule, der Sportplatz und alle die Wege dorthin sind wie ein Netz, das sich um unsere Heimkugel spannt. Das Leben draußen kennt Ecken, das Leben drinnen läuft rund, ist sich seiner Rundheit aber nicht bewusst. Wir rollen im Leben voran, wo andere ausschreiten und vorwärtsgehen. Der Gärtner handelt mit Birnen. Die Mutter ist fort. Die Kugel ist rund. Es macht leichter ums Herz, so verrückt von den schweren Dingen zu reden. Von Tegen habe ich leicht denken gelernt. Ihm verdanke ich mein poetisches Talent. Das Heim ist rot. Das Heim ist schwarz. Der Raum ist an die Zeit gebunden. Vom Heimleiter kommt keine Errettung. Das ist die Art, wie ich kurier, sie ist probat, ich bürg dafür, dass jedes Mittel Wirkung tut, schwör ich bei meinem Doktorhut. Der Heimleiter ist ein Subjekt. Er lebt nicht von Eindrücken, er übt Druck aus. Wir existieren als Schatten für ihn. Das schwarze Heim ist rot. Vier gewinnen eher als einer zu dritt. Wir mögen eine Arbeit nicht, also lassen wir uns bestrafen. Wir sind zur Strafe aus der Heimarbeitsgruppe genommen, in den Strafkeller befohlen, wohin wir freudig marschieren, weil im Keller unterhalb der Treppe unsere enge Nische eingerichtet ist, wo wir dann selig waren.

Erneut ist im Südkreis ein ausgesetzter Säugling gefunden worden. Nach Polizeiangaben wurde das in ein Handtuch eingewickelte Mädchen am Freitagabend durch einen Bewohner im Flur eines Mehrfamilienhauses an der Bahnhofstraße in Gangelt-Birgden entdeckt. Laut Untersuchung der Ärzte ist das etwa eine Woche alte Baby in einem guten Gesundheitszustand. Die Suche nach den Eltern verlief zunächst ohne Erfolg, wie die Polizei am Pfingstmontag mitteilte. Der Säugling kam unterdessen in eine Kinderklinik in Mönchengladbach. Das Jugendamt der Stadt Heinsberg übernahm die Betreuung. Obwohl während des Wochenendes Hinweise aus der Bevölkerung eingingen, hat die Polizei bislang keine konkrete Spur zu den Eltern oder Personen, die das Baby in dem Flur ablegten. Man suche weiter nach Zeugen, die möglicherweise Auffälliges bemerkt haben, hieß es. Die Polizei fragt: Wer kann Angaben zu der abgebildeten Babybekleidung und zu dem Handtuch machen? Wem ist in den vergangenen Tagen aufgefallen, dass eine hochschwangere Frau nicht entbunden hat bzw. keine plausible Erklärung zum Verbleib des Kindes hat? Wer hat am Freitagabend zwischen 17.30 Uhr und 18.10 Uhr auf der Bahnhofstraße verdächtige Beobachtungen gemacht? Die gesuchte Person könnte sowohl mit einem Fahrzeug unterwegs gewesen sein, das Kind auf dem Arm getragen oder es in einem Kinderwagen gefahren haben. Anwohner teilten der Polizei mit, dass ihnen zwei Frauen gegen 17.45 Uhr auf der Bahnhofstraße aufgefallen seien. Sie saßen auf der Rundbank, die um einen Baum auf dem Parkgelände an der Ecke Bahnhofstraße und Großer Pley angebracht ist. Ob die beiden Frauen mit dem Säugling in Verbindung stehen, ist zurzeit nicht bekannt, erklärte die Polizei. Aber eventuell hätten sie wichtige Beobachtungen gemacht, die den Beamten bei den Ermittlungen weiterhelfen könnten. Bereits im Januar war in Karken ein Baby ausgesetzt worden. Ein Unbekannter hatte an einer Haustür geklingelt, das Kind zurückgelassen und war geflüchtet. Die Hausbewohner fanden den Säugling in einer Umhängetasche mit niederländischer Aufschrift.

Da die Grenze nicht weit ist, vermuten die Ermittler, dass das Baby aus dem Nachbarland stammt.

Ich habe keinen Bruder, keine Schwester. Ich schreibe all die wundersam grausigen Geschichten, die Tegen mir erzählt, im Hirn auf. Sie leben mit Herzblut in meinem Körper. Geschichten von Rittern, Jungfrauen. Kämpfe mit scharfem Schwert. Ideale des ritterlichen Lebens. Heimlich unter der Treppe, in der unwürdig leuchtenden Kellernische. Die Verehrung der auserwählten Frau. Die Hingabe an sie und Dienstbarkeit dem jeweiligen Herrn gegenüber. Kampf, Tapferkeit, Rechtschaffenheit, Nächstenliebe, Minnegesang, Lieder und Abenteuer. Es ritt ein Reiter sehr wohlgemut, zwei Federn trug er auf seinem Hut, die eine war grün, die andere blank, mich däucht, mich däucht, Jungfer Dörtchen ist krank, die Glöcklein, die läuten rosenrot, mich däucht, mich däucht, Jungfer Dörtchen ist tot, er hat einen Säbel von Golde so rot, damit stach er sich selber tot, sie legten beide in einen Sarg und ließen sie nach dem Kirchhof tragen, es dauerte kaum dreiviertel Jahr, da wuchs eine Lilie auf ihrem Grab. Ich besitze ein Ritterschwert. Es ist ein aus Latten gefertigtes Kreuz, das ich nicht hergebe, mit dem ich schlafe, das mir Ritterträume, Helden schenkt. Ich bin durch Tegen in die märchenhaft mythische Welt geworfen. Ich heiße Parzival, Tristan, Isolde ist das Mädchen, von dem er träumt. Den Namen Walther von der Vogelweide sagt Tegen mit Glanz in den Augen, lehrt mich Gefühl, Leidenschaft für die Natur, so arm und mittellos einer ist, den Launen der Herren ausgeliefert. Von Heim zu Heim ziehen wir. Mit Liedern überleben wir, voll der Überzeugung, dass es sie gibt, die bessere Welt unter ehrlichen Rittern, die Welt, die uns gewogen ist. Gleichheit den Gleichen, sagen wir anstelle von Gute Nacht. Wider den Schein und Betrug, töne ich hinterm Haus beim Fechtspielen. Ich stürze mich ins Getümmel. Ich bin ein Ritter. Ich diene keinem Kaiser. Ich bin auf der Reise durchs Land, um mein Schwert in Einsatz zu bringen. Seine Ritterdichtungen trägt Tegen im leisen, bedrohlich kräftigem Ton vor. Als stünde er auf dem Schafott, als ginge es um Leben oder Galgentod. Benimmt sich untertänig, krümmt sich mir zu Füßen, als wäre ich sein König, schaut von unten zu mir herauf, dass mir seltsam ist, ich ihm zum Gefallen königliche Gesten vollführe. Hell und eindringlich, klar singt Tegen. Seine Pupillen werden dunkelbraun, sein kuschelweicher Lockenkopf kräuselt sich, der eh dunkle Teint, durch den er sich von uns blassen Kindern im Heim abhebt, verfinstert sich, spricht er von König Artus, die Ritter der Tafelrunde. Gawain, Lanzelot. Ich ziehe mit dem Schwert. Ich bin auf der Suche nach dem Heiligen Gral. Ich beginne im Kellerloch mein Rittertum. Ich verschlinge Cervantes' *Don Quijote*. Ich lache und leide mit dem irren Ritter. Ich begeistere mich für Ritterrecken und den Zauberring. Ich bewohne feste Burgen. Ich habe teil an sagenhaften Festen, regelrechten Rittergelagen. Es gibt Fisch, Eier, Nudeln, Reis und Backkartoffeln zu Schweinebauch, Rinderbraten. Wild. Hase. Hirsch. Berge von Steaks und rohem Schinken, Sauerfleisch und Kümmelknacker, alles aus heißen Töpfen. Es riecht nach Safran, Pfeffer, Zimt, Vanille, Ingwer, Nelken, Lorbeer, Muskatnuss und Rosmarin, Liebstöckel, Basilikum und frisch gehackter Petersilie. Wir haben Obst und Gemüse in Hülle und Fülle. Es ist das Schlaraffenland. Unsere Mägen knurren. Wenn Tegen redet, genügt ein Fingerschnippen, wir greifen Äpfel, Bananen, Melonenstücke. Die Schwerter stecken in süßer Grütze. Karamell und geraspelte Zartbitterschokolade zergehen auf meiner Zunge. Ich weiß vom Krokant, bevor ich ihn koste. Ich weiß von kandierten Veilchenblättern. Ich kann eine Speise, die ich zuvor noch nie gegessen, mit verbundenen Augen durch die Beschreibung Tegens identifizieren.

Heute interessieren mich Rittergeschichten nicht mehr. Ich wundere mich über Leute, die im Erwachsenenalter noch

Ritter spielen. Mir graut es vor deutschen Männern und Frauen, die mit Kollegen Gemetzel nachstellen und übers Wochenende in nachgestellte Schlachten ziehen. Dickbäuchige Spießer, aufgeblasene Jungfrauen, miese Zauberer, lächerliche Riesen und Recken, die sich idiotischen Gestellen nähern, die auf Knopfdruck Gase ausstoßen und Drachen sein sollen. Ich grolle, wenn sich die Kinos füllen, mit Zuschauern in Ritterkluft, für ein paar Piepen im Vorraum erworben. Wenn fließbandhergestellte Kinder in Buchläden völkern, um unter professioneller Anleitung ritterliche Übungen auszuführen, die untergegangene Rittersitten darstellen und Humbug sind, möchte ich mit meinem Kinderschwert aus Lattenholz dazwischenhauen, austeilen, stechen und Tegen herbeizaubern, ihn vorne hinstellen, mit dem von mir verschont gebliebenen Jammerrest irregeführter Kinder in Tegens Ritterwelten steigen.

WER ABHAUT, HOFFT, dass er die Chance hat, dabei so unbemerkt zu bleiben, wie er sich einredet. Zu fern, zu entrückt dem Draußen, zu blass von der Gesichtshaut her und zu einheitlich schlecht gekleidet, fallen alle Entflohenen auf. Du wirst am gesenkten Blick erkannt. Sie erkennen dich an deiner Art, wie du vorgibst, die Angst vor dem Entdecktsein überwunden zu haben. Dein Versuch, wie sie zu sein, verrät dich als einen, der nicht wie sie ist. Freilich lenkt dich die Angst, gefasst zu werden. Angst steht dir im Gesicht geschrieben und lässt dich huschen, seitwärts in die Büsche statt auf breite Wege und Bürgersteige. Von einem Kerl angesprochen, der dich mitnehmen will, von dem du meinst weit fortgefahren zu werden, wirst du im Heim wieder abgeliefert, ohne dass der Mann mit dir ein Wort gewechselt hat. Sie sehen dir an, woher du bist. Es geschieht dir Unrecht, wenn du ihnen eine große Geschichte auftischst. Du bist das Heimkind. Schauspielerische Fähigkeiten nutzen dir nichts. Was du auch vorgibst zu sein, sie durchschauen dich, bringen dich zurück ins Heim. Tegen ist für Tage weg. Er ist bei einem Pfarrer gelandet. Die graue/grausame Eminenz. Ein komischer Typ. Tegens Tage beim Pfarrer kommen ihm wie Jahre vor. Der Pfarrer nimmt sich seiner an, fragt ihn nicht aus, wiegt ihn in Sicherheit, mit seinen drei schönen Töchtern im Haus, die mit Pferden Umgang haben, an Schneewittchen erinnern, mit ihrem langen schwarzen Haar, mit ihrem Rot der Münder, und ihren Fingern, die zu sechst die Orgeltasten schlagen. Sechs Füße auf den klotzigen Pedalen der Tretorgel, das Röhren des Blasebalgs einer fernen Märchenwelt. Klänge, Schönheit, Düfte. Tegen erwacht früh. Tegen tritt an. Tegen darf sich am Hofe nützlich machen, den Boden zum Pfarrhaus von Kisten und Stapeln befreien; eine staubige unbequeme Arbeit, bei der er sich nicht aufrichten kann, unterm engen Dach mehr robbt als kriecht; eine Arbeit, die ihn bestärkt, in der Hoffnung belässt, dass ihm keinerlei Gefahr droht. Tegen, der Übervorsichtige, meint sicher zu sein. Mistet den Stall aus. Schleppt Ladungen Dung ins Freie. Bekommt Suppe. Sitzt am Tisch mit den Töchtern, faltet die Finger seiner Hände, spricht dem Pfarrer nach, gibt vor, nachzusprechen, amüsiert damit die Mädchen. Und doch weiß der Kirchenmann, dass Tegen ein aus dem nahen Heim Geflohener ist. Nur, solange er dem Pfarrer nützlich ist, stört der sich nicht dran, nutzt dessen Anwesenheit. Denn wo ihrer sieben Mäuler satt werden, wird es die kleine Fresse auch. Drei Tage später ist die grobe Frühjahrsoffensive getan, es wird höchste Zeit, den kleinen Flüchtling im Heim abzugeben.

Der Heimleiter verspricht, Gnade vor Recht walten zu lassen. Dem Heimleiter gefällt die Art, wie der Pfarrer buckelt. Ein wenig anders, sagt sich der Herr Heimleiter, und er wäre ein Diener Gottes, Pfarrer im Dorf geworden, nichts anderes als Hüter über Seelen schwarzer Schafe ist er bereits und hat sie alle vor Unheil zu bewahren und mit Geschick auf rechte Pfade zu führen. Strafe müsse folgen, gemahnt der Herr Heimleiter, allzu viel Milde spricht sich herum und hat den

Aufruhr zur Folge. Er werde im Rahmen bleibend handeln, dieses dem Kirchenmann zur Gewissheit, Sanftmut walten lassen. Tegen wird ins Heim zurückgebracht. Tegen wird bestraft. Was die schlimmste Strafe ist, Tegen hat einem Mann vertraut, dessen Töchter wegen. Man nennt es Liebe. Fünf lange Tage in Freiheit ausgehalten und dann büxt Tegen die erste Nacht darauf wieder aus, umschleicht das Pfarrhaus, sucht eines der Mädchen für sich zu gewinnen, wird von einem Mädchen hingehalten, derweil die zwei anderen den Vater unterrichten, der Anzeige erstattet. Wird auf der Polizeistation verhört, über Hausfriedensbruch und Belästigung unterrichtet, ans Heim zurück ausgeliefert, wo er dann anzutanzen hat; im Direktorenzimmer vorm Schreibtisch des Herrn Heimleiters, von zwei Fremden flankiert, die keinerlei Mimik besitzen. Der Heimleiter erhebt sich, sagt nichts, lässt die fremden Herren reden, die Tegen aufzählen, was Gutes getan wurde, aber umsonst geblieben sei.
Dieses ständige Ausbüchsen, stöhnt der Herr Heimleiter. Alles hat seine Grenzen. Wer sich verschlimmbessert zum Schlechten, für den sieht es nicht gut aus. Der Herr Heimleiter blickt zu den beiden Herren am Tisch. Einer der Herren steht am Fenster, die Hände auf den Rücken gebracht, sagt er: Wir kümmern uns um dich. Wir nehmen dich mit uns und werden dich andernorts übergeben. Die Mühlen mahlen die großen und die kleinen Körner gleichermaßen fein aus. Tegen wird von den Herren zu einem Wagen geführt. Sie fahren mit ihm fort. Wir drücken unsere Nasen an den Fensterscheiben platt. Es wird von einem Heim für Unerziehbare gemunkelt. Eines fügt sich zum anderen. Es kommt mit Tegen dahin, wo es besser nicht mit einem Heimkind hinkommen soll. Niemand weiß zu sagen, wohin sie Tegen fahren, was sie mit ihm vorhaben. Man bekommt es nicht raus. Es wird behauptet, er habe eine Scheune abgefackelt, sich neben der brennenden Hütte erwischen lassen. Er kommt in ein Heim für Schwererziehbare. Ich bin allein und bin durch ihn gewappnet für

die anstehende Adoption. Falls ich einmal adoptiert werden sollte, müsse ich mir Folgendes unbedingt merken: Für den Fall der Fälle hebe draußen vor dem Haus eine Schatzgrube aus. Lege, was du entwenden kannst, dort hinein. Schnapp dir den Beutel zur Flucht. Flüchte, bevor sie dich ans Heim zurückgeben können. Gehe brav zu Bett. Lass die Tür angelehnt. Begründe den Umstand mit Angst vor geschlossenen Räumen, dann wirst du hören, wie sie wirklich über dich denken, und rechtzeitig wissen, wann sie dich abschieben wollen. Ich erinnere Tegens Augen, sein tiefschwarzes Wuschelhaar, das die Erzieherinnen für ihn einnimmt. Sie halten ihn für einen Jungen, aus dem ein gut aussehender Mann wird. Die Mädchen tuscheln gelegentlich hinter vorgehaltener Hand und benehmen sich wie umgestrickt, wenn Tegen sich zu ihnen stellt, zu ihnen spricht.

MIR TRÄUMT, ich sitze in einem Bus. Die Tür schließt. Der Bus fährt an. Ich sitze der Mutter zur Seite. Der Bus ist angefüllt mit Freunden, Weggefährten, Erziehern. In Gruppe versammelt, stehen an der Bushaltestelle Leute, die mir gewogen sind. Die Gruppe wird zunehmend kleiner, bis sie aus den Augen gerät. Ich erwache. Ich erfahre nie das Ziel der Reise. Es geht nicht weiter mit dem Traum. Ich bin kein Flüchtling. Ich bin aus keinen Heimen ausgebrochen. Die Menschen und das Land, in dem ich von Kindesbeinen an gelebt habe, sie sind mir fremd geworden, als wäre das alles nicht wahr. Meine Spielkameraden, müde und alt sind sie, bebaut ist das Feld, gerodet der Wald. Ich kann Euch nicht sagen, was geschah, nur, dass man Herren und Damen, dazu edle Ritter den Tod ihrer lieben Freunde beweinen sah. Das ist das Ende des Liedes. Das ist die Not der Nibelungen.

> Die Polizei sucht nach der Mutter, die am Donnerstag in Nordhausen ihr Baby ausgesetzt hat. Der nur wenige Tage alte Junge war am späten Donnerstagnachmittag im

Treppenhaus eines Wohnblocks gefunden worden. Nach bisherigen Ermittlungen hatte der oder die Unbekannte am Donnerstagnachmittag in dem Haus geklingelt. Die Tür sei von oben geöffnet worden. Allerdings ging nach bisherigen Erkenntnissen keiner der Bewohner ins Treppenhaus. Das Baby sei dann von einer Frau gefunden worden, die vom Einkaufen gekommen war. Bewohner alarmierten den Notarzt, der das Baby ins Krankenhaus brachte. Der drei bis sieben Tage alte Junge sei nach ersten Untersuchungen gesund. Die Polizei in Nordhausen sucht nach Zeugen, denen eine Frau aufgefallen ist, die eine Tasche, ein Bündel oder ein Päckchen bei sich hatte. Staatsanwaltschaft und Polizei sind inzwischen nach Absprache übereingekommen, das eingeleitete Ermittlungsverfahren einzustellen. Eine Straftat wäre an eine Gefahr für das Kind gebunden, sagte ein Sprecher am Freitag. Die war in diesem Fall nicht gegeben. Das Baby war zu keiner Zeit in ernsthafter Gefahr, da das Haus zu dieser Zeit stark frequentiert war und das Baby schnell gefunden wurde. Darauf sei die Tat auch ausgerichtet gewesen. Der Täter oder die Täterin habe offenbar gewollt und dafür gesorgt, dass das Kind in dem Mehrfamilienhaus schnell gefunden wurde. Damit ist die Situation ähnlich wie beim nicht strafbaren Ablegen eines Kindes in einer sogenannten Babyklappe. Das Jugendamt will jetzt die Vormundschaft über den Jungen übernehmen. Problematisch könnte es nur werden, wenn die Mutter später ihr Kind wiederhaben möchte. Rechtlich bestehe dafür jetzt kein Anspruch mehr.

Ich bin ein braves Kind mit soliden Sommersprossen im Gesicht. Ich ziehe mir Verletzungen zu. Schrammen, Beulen, blaue Flecken. Ich werde nicht besucht. Ich kenne keinerlei tränenreiche Bedrückung. Wenn Besuch anlangt, bleibe ich auf dem Spielplatz hinterm Haus, am Klettergerüst. Du hörst auf, gleich den anderen Kindern zu rennen, wenn Fremde anlangen, sich an die Fremden zu drücken, den Kopf an raue Mäntel zu legen, nach Händen zu fassen in Leder gesteckt.

Mit bettelnden Augen, die Nimm uns mit, wir wollen hier nicht länger sein sagen. Schicksal meint, allein sein in der Gruppe und Strenge zu ertragen. Wir krempeln unsere Hosentaschen um. Die Inhalte fallen auf den Boden. Man fragt nicht nach einem Warum. Auf Befehl wird aufgestanden, getrottet, sich die Hände gewaschen, die Zähne ein weiteres Mal geputzt, inmitten des Raumes auf den Stuhl gestiegen, die Knie fest beisammen, die Hände artig auf die Oberschenkel gelegt, kerzengerade mit durchgedrücktem Rücken die Nase zum Fenster hin, bis man dich von der Übung befreit. Man kommt ohne Zärtlichkeit aus, wie auch ohne Taschengeld.
Ich schreibe jetzt nur noch für Heinz. Seit Tegen *Dort* ist, schreibe ich meine netten Zeilen nur noch der Bianca zugedacht, die dieser schmeicheln, weswegen sie den Heinz mit anderen Augen sieht, ihm zur Seite sitzt, wodurch Heinz sozusagen schwebend wird. Zum Dank haut Heinz jedem, der im Ansatz wagt, gegen mich was zu haben, prophylaktisch im Voraus eins auf die Fresse.

>Der Blick geht ins Leere. Wie in Trance sitzt die Gorilla-Mama Gana im Käfig, das tote Baby Claudio († 3 Monate) liegt wie eine Puppe in den mächtigen Händen. Bewegende Szenen am Affenhaus des Zoos in Münster. Viele Zoobesucher reagieren geschockt. Eltern müssen ihren Kindern erklären, was passiert ist. Der Zoo hat Hinweisschilder mit einer Erklärung vor dem Gehege aufgestellt. Wir wollen den Besuchern die Natur zeigen, wie sie ist, sagt der Zoobiologe. Der Prozess des Abschiednehmens ist wichtig. Wir wollen die sozialen Vorgänge nicht unterbrechen. Zwei Jahre zuvor hatte sich Gana aus Eifersucht immer wieder mit Gorilla-Dame Changa, die im gleichen Gehege lebt, um deren Baby gestritten. Das Affenmädchen wurde von Gana erst schwer verletzt, wenige Monate später sogar getötet. Nachdem Gana dann vor einem Jahr ihr erstes Kind Mary Zwo auf die Welt gebracht hatte, vernachlässigte sie ihre Tochter, das Affenmädchen musste von Kinderärzten gerettet werden. Ob Affen-Mama

Gana schuld am Tod ihres Jungen Claudio ist, muss nun untersucht werden, die Todesursache ist noch unklar. Genaueres wissen wir erst, wenn Gana von ihm ablässt und wir ihn obduziert haben, gibt der Zoobiologe den Medien bekannt.

Es KANN JA NICHT immer so bleiben hier unter dem wechselnden Mond, es blüht eine Zeit und verschwindet, was mit uns die Erde bewohnt, es haben viel fröhliche Menschen lang vor uns gelebt und gelacht, den Ruhenden unter dem Grabe sei freundlich ein Becher gebracht, es werden viel fröhliche Menschen lang nach uns des Lebens sich freun, wir sitzen so fröhlich beisammen und haben uns alle so lieb, wir heitern einander das Leben auf, ach, wenn es doch immer so blieb, und weil es nicht immer kann bleiben, so haltet die Freude recht fest, wer weiß denn, wie bald uns zerstreuet das Schicksal nach Ost und West, und alle, ja alle wirds freuen, wenn einem was Gutes geschah, und kommen wir wieder zusammen auf wechselnder Lebensbahn, so knüpfen ans fröhliche Ende den fröhlichen Anfang wir an.

Jede Mahlzeit im Heim ist wichtig. Die armen Waisen müssen den Wegfall der familiären Umgebung und Geborgenheit durch Essen und Trinken kompensieren, so die Kinderlein alle keinen psychischen Mangel erleiden. Mit knurrendem Magen ins Bett zu müssen, ist die größte aller Strafen. Da wird dir kein Teller zurechtgemacht und aufs Zimmer gebracht. Fastenabend ist hier, in den Gaumen Saft, in den Mund den Speck, kriege ich was zu fassen, lauf ich damit weg, da oben in der Ferschte, da hängen die langen Bratwerschte, den längre Zippel gebt mir, den kürzeste behaltet ihr, schneid dir und mir und säbelt euch bloß nicht in den Daumen.

Ich erinnere Rosenkohl, den ich als Kind nicht schlucken konnte. Und doch soll ich ihn essen. Ich esse Rosenkohl, ohne Rosenkohl zu schlucken, bis mir die vielen Rosenkohlstücke in den Mund hinein die Wangen zum Platzen dehnen, die Wangen zu beiden Seiten nahezu durchsichtig sind, kein

Rosenkohl mehr in den Rachen zu zwängen geht. Ich spucke nicht. Ich schlucke nicht. Die Erzieherinnen überbieten sich. Ich soll die unzerkauten Rosenkohlknöllchen runterwürgen. Ich reagiere nicht auf die lauten Befehle und stehe in heilig kindlicher Sturheit an der großen Essenstafel, den Rücken durchgedrückt, in Widerstand und Auflehnung begriffen, zur Strafe bereit, die mir auferlegt wird. Sie lassen mich am Tisch stehen: bis der Mund leer ist. Die Reihe kam jetzt an den dritten Sohn, der wollte seine Sache gut machen, suchte Buschwerk mit dem schönsten Laube aus, ließ die Ziege daran fressen. Abends, als er heimwollte, fragte er: Ziege, bist du auch satt? Die Ziege antwortete: Ich bin so satt, ich mag kein Blatt, mäh. So komm nach Haus, sagte der Junge, führte sie in den Stall und band sie fest. Nun, sagte der alte Schneider, hat die Ziege ihr gehöriges Futter bekommen? Oh, antwortete der Sohn, die ist so satt, die mag kein Blatt. Der Schneider traute ihm nicht, ging hinab und fragte die Ziege: Bist du auch satt? Das boshafte Tier antwortete: Wovon sollt ich satt sein, ich sprang nur über Gräbelein und fand kein einzig Blättelein, mäh, mäh. Oh, die Lügenbrut soll mich nicht länger zum Narren halten, schlug den armen Jungen mit der Elle so gewaltig, dass dieser zum Haus hinaussprang und der alte Schneider nun mit seiner Ziege allein war, am andern Morgen hinab in den Stall ging, die Ziege liebkoste und zu ihr sprach: Komm, liebes Tierlein, ich will dich zur Weide führen. Er brachte sie zu grünen Hecken und unter Schafrippe, was Ziegen gerne fressen. Hier wirst du dich nach Herzenslust sättigen. Sprach es, ließ sie weiden bis zum Abend und fragte sie: Ziege, bist du satt? Sie antwortete: Bin so satt, mag kein Blatt, mäh. Darauf führte er sie in den Stall, band sie fest, sagte mehr, als dass er fragte, im Weggehen: Da bist du mir doch jetzt einmal satt. Die Ziege machte es ihm nicht besser als seinen drei Söhnen zuvor und rief: Wie sollt ich satt sein, sprang nur über Gräbelein, fand kein einzig Blättelein, mäh. In einer Hast sprang er hinauf, holte sein Bartmesser, seifte der Ziege den Kopf ein, schor sie so glatt wie seine flache Hand. Und weil die Elle zu ehrenvoll gewesen wäre, holte er die Peitsche und versetzte ihr solche Hiebe, dass sie in gewaltigen Sprüngen auf und davon lief. So stehe ich mit vollem Mund, bis die nächste Mahlzeit ansteht und sie die Nerven verlieren, mich packen, und über mich gebeugt versuchen, meinen Mund zu öffnen, die Wangen zu quetschen, mir die Wangenbäuche boxen, mit ihren Kneifhänden Gewalt antun, worauf sich der zugeschweißte Mund aufsperrt, sie mich mit Essensentzug bestrafen, zum sturen Kind stempeln, mit dem nicht geredet werden darf. So habe auch ich am Essenstisch des Öfteren stumm und still zu stehen; die Handinnenflächen auf den Tisch gelegt, die Brust vor, den Bauch eingezogen.

Im nordrhein-westfälischen Bad Oeynhausen und im saarländischen Freisen sind am Wochenende zwei Babys ausgesetzt worden, draußen in der Kälte. Die Mutter des Kindes aus dem Saarland offenbarte sich am Sonntag einem Bekannten, der darauf die Polizei verständigte. Von der anderen Frau fehle jedoch jede Spur, teilten die Behörden mit. Ein Spaziergänger hatte in Freisen bei Sankt Wedel bereits am Freitagabend ein nur wenige Tage altes Mädchen an einem Hauseingang gefunden. Das Baby war in eine Fleecedecke gewickelt und trug einen Strampelanzug, bei dem es sich laut Polizei vermutlich um Puppenkleidung handelt. Es wurde in ein Krankenhaus gebracht. Vor der Polizei gab die Mutter am Sonntag an, sie habe sich durch das Kind überfordert gefühlt. Ein ebenfalls nur wenige Tage alter Säugling wurde am Samstagnachmittag vor einer Kurklinik in Bad Oeynhausen ausgesetzt. Eine 21-jährige Auszubildende fand das kleine Mädchen am Samstagnachmittag in einer Kinderwippe warm angezogen und in eine Decke gewickelt an der Kurklinik Bad Oexen, wie die Polizei mitteilte. Als niemand erschien, brachte sie das schlafende Baby in die Klinik. Nach Angaben der Polizei ist das Kind gesund, gepflegt und erst wenige Tage alt. Offensichtlich wurde der Säugling nach der Geburt fachgerecht versorgt. Nach dem Täter wird gefahndet. »Wir gehen derzeit davon aus, dass derjenige wollte, dass das Baby sehr schnell gefunden wird«, erklärte ein Polizeisprecher. Das Baby wird in einem Krankenhaus in Minden versorgt. Die Ermittler riefen die Bevölkerung zur Mithilfe auf. Besonders interessant seien die Fahrer eines roten VW Golf und eines größeren dunklen Wagens, die zur Auffindezeit auf dem Parkplatz bemerkt worden seien. Wer ein Kind aussetzt und dabei in Gefahr bringt, kann laut Gesetz mit bis zu fünf Jahren Gefängnis bestraft werden. In Deutschland gibt es aber flächendeckend Babyklappen in Kliniken, wo Babys anonym abgegeben werden können. In diesem Falle werden die Eltern nicht strafrechtlich belangt. Erst Mitte Januar wurde ein neugeborenes Baby in der Nähe von Flensburg in einem Kälberstall ausgesetzt. Das Kind war angezogen, lag in einer Stofftasche und wurde unterkühlt in ein Krankenhaus gebracht.

DER HERR HEIMLEITER hat vor dem Schulkinderheim einen Rasen angelegt. Ein Prachtstück, das Grüne Geviert genannt. Wieder und wieder durchblättere ich die armseligen Erinnerungen, stelle mir die Frage, ob es so unwürdig zuging im Heim, ob uns nicht unbändiges Verlangen gestachelt haben sollte, gegen die Behandlung aufzubegehren. Mitnichten. Es ist davon auszugehen, dass wir viel demütiger gehorcht haben und bestrebt gewesen sind, beste Leistungen zu bringen. Wir sind rund um die Uhr am Rasen im Einsatz. Wir haben den Weg um den Rasen von Ästen, Blattzeug, Papier und sonstigem Unrat frei zu halten. Der Rasen ist entlang der Kante wie nasses Haar zu einer Frisur zu harken. Die Harke ist der Kamm, der kämmt. Wir haben die Rasengrünfläche samten zu halten, fordert der Herr Heimleiter, meint damit, wir sollen ihm seinen Rasen kurz scheren. Der Herr Heimleiter findet *samten* als Wort für sein Grünes Geviert passender. Wir müssen mit der Heckenschere auf einem Übungsrasen

hinterm Haus nahe dem Klettergerüst Vorführung unserer Kunstfertigkeit an der Heckenschere halten. Heinz kann mit der Heckenschere besser als wir hantieren. Auf allen vieren robbt Heinz Bahn um Bahn bis zur Kante über den Rasen, ist wie ein Friseur am großen Schnippeln, die Zunge ausgestreckt, die Augenbrauen angehoben, voller Konzentration bei der Arbeit, zu der der Herr Heimleiter lobend Spitzenleistung und Alleachtung sagt. Der Rasen wird morgens und abends mit Wasser versorgt. Mädchen können besser mit der Gießkanne umgehen. Mädchen bringen mehr an Geduld auf, schreiten mit ihren Kannen die Fläche säuberlicher ab, verteilen die Wassereinheiten gerechter über die Gesamtfläche. Roswitha ist von den guten Mädchen die allerbeste Gießerin. Und Äugele hot se in ihrem Kopf, grad wie von Weitem zwei Stern, wie der Karfunkel im Ofe glitzt, wie na Licht in der Latern.
Der Herr Heimleiter steht vor seinem Grünen Geviert; in die Hände klatschend, sich die Handinnenflächen reibend; lobt den schönen Rasen mein, obwohl ihm nichts gehört vom Heim, die Treppe vor dem Eingang des Heimes, die hohen Birken, die Tischtennisplatte nicht, kein Tisch, Bein, Bett, Stuhl, alles und auch der Rasen ihm vom Staat nur zur Obhut überlassen ist. Das Heim mit all seinem Inventar, Personal und uns mitgezählt, sagt er, wären niemandes Eigentum. Der Herr Heimleiter sagt zudem sehr oft die Worte: Gottgewollt und Lieberherrimhimmelreich. Das dürfe er als sozialistischer Vertreter nicht, er dürfe nie im Leben Gott zu einem Ding sagen, weil ihm das verboten sei. Es gäbe keinen Besitz, kein Mein, wo alles Volksbesitz ist, der grüne Rasen allen zu gleichen Teilen gehört. Wir dürfen den Rasen nicht betreten. Wenn zum Beispiel ein fehlgeschlagener, vom Wind erfasster Federball sich auf die Rasenfläche gesenkt hat, ist in jedem Fall der Hausmeister zu benachrichtigen, der mit der langen Stange herbeieilt, mit der Greifzange, vorne am Stock angebracht, den Federball greift, den Federball uns

nicht übergibt, ihn einbehält und damit das Federballspiel beendet.

Stein um Stein müssen wir die Kante monatlich einmal aus der Fassung nehmen, säubern und wieder neu einfügen. Steine vom Ostseestrand aufgelesen. Alle ein Maß, eine Form, eine Größe, ein Gewicht, werden sie von uns herausgenommen, gereinigt, blank geschrubbt, mit weißer Farbe bestrichen. Das Tünchen der Steine ist eine mühselige, undankbare Sonderarbeit, die der Herr Heimleiter persönlich beaufsichtigt. Der Stein wird aus der Rasenrandreihe genommen und von seiner Altfarbe befreit. Der gesäuberte Stein darf keine alten Farbspurenelemente aufweisen. Finden sich alte Farbpartikel, ist das Kind ein Kind, das Schaden angerichtet hat, die Ordnung stört, die Steine mit Finger und Nagel fix und fertig zu reinigen hat. Schaut alle her, fordert der Herr Direktor, setzt den Stein an die Hand des Kindes, bringt den Fingernagel der Kinderhand an den Farbrest, kratzt ihn mit dem Fingernagel des Kindes fort; fordert von allen anderen Kindern, sich bei der Arbeit nicht so zu haben, die Fingernägel zu benutzen, die nachwachsen. Die Steine werden mit einem matten Weiß vorgestrichen. Die Führung des Pinsels hat sich an den Stein anzupassen. Jeder Stein hat eine eigene äußere Struktur, weiß der Herr Heimleiter, die als Maserung ihren sichtbaren Ausdruck fände, wie auf unseren Köpfen die kurzen Haare Stoppel und Wellen, Wirbel und Lücken bilden. Ganz so wären die Steine auch beschaffen und mit dem Pinsel so zu behandeln, dass die maßgebliche Strichrichtung erhalten würde, uns beim Streichen der Steine lenke. Den Pinsel in Farbe eintauchen, mit ihm kreuz und quer den Stein einkleistern, ist uns strengstens verboten. Der Anstrich hat bis in die Ausstülpung, Erhebung und Senke am Stein zu verlaufen und soll grundsätzlich im Uhrzeigersinn aufgetragen sein. Auf dass ein jedes Kind sich der hohen Philosophie gegenüber beuge, wohnt der Herr Heimleiter dem Pinselakt bei, beobachtet seine Pinselführer, rückt uns auf die Pelle, be-

schimpft uns, spart nicht an Tadel und Lob, wie ihm gerade ist; und kann nicht verhindern, dass ihm im Groll die Hand ausrutscht, er den Falschmaler mit Kopfnüssen beschenkt, dessen Pinsel nimmt, ihn zerbricht, im schlimmeren Fall den Handballen des Frevlers drückt, dass seine Fingerknochen knacken. Ist der Herr Heimleiter in Rage, geht er auf und ab, stoppt alle Arbeiten, lässt uns antreten, schreitet die gesamte Malerriege ab, schwingt sich zum Donnerwetter auf, brüllt, dass er ein gerechter Mann sein will, solange ihm der Kragen nicht platzt, man ihn nicht reizt und nicht in Rage bringt. Mit ihm sei gut Kirschessen, er fahre mit jedem Einzelnen von uns Schlitten, wie es sich gehört, aber er könne auch zum Löwen werden; wenn jeder das erledige, was ihm aufgetragen, herrsche wundervolle Harmonie und Einigkeit. Steht zu den Worten, wie der Seemann auf wankenden Planken steht. Wippt den Oberkörper zu jedem Wort, als wäre er von Windstößen heimgesucht. Bläht seine Wangen, wie Segel sich blähen. Schiebt das linke Bein vor, vollführt hospitalistisch anmutende Hin-und-her-Bewegungen, die Hände hinterm Rücken fest ineinandergefügt; lässt den Oberkörper vor und zurück schnellen, schaukelt sich wie der Hoch- oder Weitspringer, als stünde er vor dem alles entscheidenden Sprung. Mir ist das Wort Heimtücke in diesem Zusammenhang in Erinnerung und Speichel am Mund des Herrn Heimleiters, er zischt uns an; und dass er gut zu uns sei, wenn er sich nicht aufregen müsse; und er kein Erbarmen kenne, keine Ausnahme mache, sich den Missetäter zur Brust nehmen werde. Geht das nicht in eure Schädel? Ist das denn nicht zu verstehen, ihr Vermasselten. Wir kuschen und fügen uns ein. Wir bereiten die Steine wie von ihm verlangt, setzen sie an ihre Ausgangsplätze zurück. Stehen sie in Reih und Glied, nimmt der Herr Heimleiter die Rasenparade ab.
Zu allen Gegenständen im Heim hat der Herr Heimleiter ein besonderes Verhältnis. Möbel sind bei ihm nicht Möbel. Für ihn sind ihre Lehnen, Polster, Möbelbeine just für einen ein-

zigen Zweck erdacht und installiert worden, dem Menschen zu dienen, schön zu sein, gut erhalten und von Attacken verschont zu bleiben. In keinen Sessel darf sich einer nach Lust und Laune wuchten, die Beine über die Lehne stülpen, im Schneidersitz hocken, gar auf der Sitzfläche stehen und hopsen. Weil Möbel nicht aufschreien, Schranktüren nicht weinen, Schubladen nicht klagen und jammern, ist die Fußbank nur mit den Füßen, nicht mit dem Hintern als Sitzfläche zu nutzen. Es schickt sich nicht, die Schranktür zu donnern, die Blumenvasen ohne Untersetzer auf das blanke Tischholz zu stellen. Da haut es den Herrn Heimleiter um. Da verschlägt es ihm die Sprache. Da muss hart durchgegriffen, schonungslos vorgegangen werden; aus Respekt vor der Handwerksarbeit, wider die Überheblichkeit und Impertinenz. Wer sich an der scheinbar leblosen Welt vergangen hat, hat zum Stuhl zu gehen, ihn freundlich anzusprechen, sich bei einem Tisch zu entschuldigen, ihm nach der Entschuldigung einen Guten Tag zu wünschen. Auf den groben Klotz gehört ein gröberer Hammer. Die gezielte Maßnahme ist besser als der zurechtweisende Satz. Der Bösewicht soll auswendig lernen. Der auf Abwege geratene Zögling soll die Hausordnung kennen, einzelne Teile aufs Wort hersagen. Die Hausordnung ist wichtiger als eine Schulfibel. Es habe noch keinem geschadet, für das Gemeinwohl faule Kartoffeln aus der Kellerhalde zu klauben, zu lernen, was aussortiert gehört, was nicht nach der Norm ist, sich nicht in die Gemeinschaft einpassen will. Das gesamte Heim hat auf dem Hof anzutreten. Alle müssen wir zur Strafe stehen, bis sich der Schuldige freiwillig meldet, den Dienst in der Küche, die Arbeit im Kartoffelkeller anzutreten. Je rascher sich der Schuldige bekennt, umso schneller ist das Strammstehen um, der Rest darf ins Heim zurück, auf die Zimmer, die Sachen auf den Millimeter geordnet stapeln, bis der Herr Heimleiter zur Kontrolle aufs Zimmer kommt.

Du bleibst im Heim, steckst fest in ihm wie das kleine Rad

in einem Riesenuhrwerk, dessen Klöppel dir im Sekundentakt auf den Schädel klopfen; kein hartes Klopfen, sanft und regelmäßig, dass es kaum auszuhalten ist, dein Heimkindsein. Frühes Wecken, gemeinsames Waschen. Du kennst die Geräusche aus den Zimmern der Nachbarheimkinder, wie du das schlechte Radioprogramm des Hausmeisterehepaars kennst, ihre Volksmusiken. Wenn wir auch kein Federbett haben, tun wir uns ein Loch ausgraben, legen Moos und Reisig nein, das soll unser Federbett sein. Wir sind geübt in flinke Reinigung der Zimmer, der Nachttische, Antreten zur Flurreinigung, zum Fußbodenwischen. Mahlzeiten und Sitzordnungen, Abtreten, Vortreten, Zurücktreten, Rumstehen, Kehrtwenden, Abgehen, Hineingehen, Hinausgehen. Als Paar sind die Treppenstufen hinauf- und hinabzugehen. In der Freizeit sind eingeübte Spiele zu absolvieren. Abgegriffene Bücher. Selten Zeit zum Lesen. Ruhe und Schweigen nach dem letzten Toilettengang bis zum Lichtausschalten. Und manche Kinder täten nichts lieber, als aus dem Heim auszubrechen, dem gemeinsamen Trott zu entkommen; die Beine in die Hände genommen, über Stoppelstein und Feld. Und andere Kinder wiederum reden leise davon, sich wegzumachen, abzusinken, zum Grunde zu schweben, dort zu sein, wo sie dich nicht finden und nie mehr zurückbringen können, aus der tiefen, schönen unbekannten, kalten, nassen Anderwelt. Ade, ihr Brüder mein, kann nicht mehr bei euch sein, die Gesellschaft muss ich meiden, muss aus dem Heime scheiden, das tut so weh, wollt ihr mich noch einmal sehn, steigt auf des Berges Höhn, schaut herab ins tiefe Tal, da seht ihr mich zum letzten Mal, gehet noch ein wenig mit, hab euch alle geladen, hab gemacht kein Unterschied, und der Weg ist weit zu die fremden Leut. Denn da ist der Hunger, und der schärfste Freund des Hungers ist der Durst, der ungefragt kommt. Du kannst dir in den Magen boxen. Du kannst dir in deiner Zelle die Kehle abschnüren, Hunger und Durst besiegen dich. Es geht nur darum, wie lange du durchhältst, wie vielen Stunden es braucht, bist du zum Kriechwasser wirst. Die Wände geben dir keinen Halt. Die Wände sind von denen, die vor dir mit dem Rücken zur Wand standen, glatt gerieben. Glänzend wie Metall und auch so hart. In Silberpapier gewickelt, wird die tote Forelle ins Feuer geworfen. Du sitzt ein. Du hörst Türen knacken. Zwischendurch ist lange Zeit Ruhe. Wo bin ich, beginnst du dich zu fragen und sollst dich befragen, der du eingesperrt bist. Hier kannst du hämmern, brüllen, beißen, klopfen und dir die Lunge aus dem Leib schreien. Wenn es genug ist, legen sie dir Knebel an, binden dir Handbänder um, trainieren sich in der Kunst des Armauskugelns, der Handhabung von Haltegriffen und Tritten gegen dich, die du dir beigebracht hast, wie sie sagen, noch während sie in der Überzahl sind, zu zweit, zu dritt gegen dich. Du bist ihnen ausgeliefert, liegst nackt vor ihren Füßen. Sie haben Anweisung, erfüllen Pflicht, sind gewohnt, grinsen zufrieden, wenn du aufgibst und still aufgehört hast zu toben. Du darfst dann auch auf die Toilette gehen, bekommst zu trinken und zu essen, auch wenn sie dich Müllsack, Zigeuner und Schande schimpfen.

> Schreckliche Vorwürfe gegen den Kindergarten »Sonnenkäfer« in Mechelgrün: Erzieherinnen sollen Kinder gequält haben mit Zwangsfüttern, mit Schlägen, mit grauenhafter Lieblosigkeit. Für Durchfall gab es Schläge, Erbrochenes musste gegessen werden, nasse Schlüpfer wurden Kindern zur Strafe ins Gesicht gedrückt. Diese unglaublichen Vorwürfe gegen drei Erzieherinnen stehen in einem Schreiben an die Neuensalzer Bürgermeisterin. Das Schreiben hat eine Technische Kraft der Kita verfasst. Es liegt dem Vogtland-Anzeiger vor. »Vorerst kein Kommentar«, sagt die Frau. Es soll noch einen ähnlichen Brief geben, geschrieben von der vierten Erzieherin, auch sie hüllt sich in Schweigen. Zeitungsberichte würden nur schaden. Gestern Abend hatte der Elternrat des Kindergartens Eltern, Erzieherinnen und Bürgermeisterin Carmen Künzel zu einem Elternabend in den Zschockauer Hof eingeladen.

Die Versammlung dauerte bei Redaktionsschluss noch an. Nach Informationen unserer Zeitung werden Vorwürfe gegen Bürgermeisterin Künzel laut. Hauptvorwurf: Sie kenne seit drei Wochen die Anschuldigungen und habe nichts unternommen, auch die Eltern nicht informiert. Die Eltern haben gestern das Kreisjugendamt eingeschaltet. Dort muss helle Aufregung herrschen wegen der Vorwürfe. Hat Landrat Lenk den Vorfall zur Chefsache gemacht? Das Landratsamt schreibt, dass es »fachlich nicht korrekte Arbeit im Kindergarten« gegeben habe, die Prüfung laufe. Vor knapp einer Woche hatte der Vogtland-Anzeiger über den Mechelgrüner Kindergarten berichtet, dass eine Erzieherin dort Kindern Pflaster auf den Mund klebt, wenn sie zu laut sind. Eine Stellungnahme von der Gemeinde war bisher nicht zu bekommen. Auch eine Anfrage an Frau Künzel gestern blieb unbeantwortet. Nach Recherchen unserer Zeitung wurde der Arbeitsvertrag mit der schlimmsten Erzieherin aufgelöst, jener, die Kinder bis drei Jahre betreut und der die größten Verfehlungen vorgehalten werden. Angeblich soll diese herzlose Erzieherin eine Abfindung von der Gemeinde bekommen haben, damit sie nicht vors Arbeitsgericht zieht. Stimmt das, Frau Künzel? Die zwei anderen Erzieherinnen sind beurlaubt, wie es am Schwarzen Brett des Kindergartens heißt. Derzeit wird der Betrieb des Kindergartens aufrechterhalten mit der vierten Erzieherin und Personal vom zweiten Kindergarten der Gemeinde in Neuensalz. Am vergangenen Sonntag hatte es einen Treff von Eltern gegeben: Tenor war, Strafanzeige gegen alle, die ihre Verantwortung nicht wahrgenommen haben, zu stellen.

WIR SCHREIBEN DAS JAHR 1963. Martin Luther junior King führt eine große Bürgerrechtskampagne in Birmingham, Alabama an. Im Süden kommt es zu Aufruhr um die Registrierung Schwarzer in Wählerlisten. King tritt gegen Rassentrennung an, für gleichgestellte Schulbildung, menschliche Wohnungen. King führt den Marschblock auf Washington zu, wo er seine berühmte Rede hält, *I have a dream* sagt. Wir

erfahren davon erst viel später, haben mit Menschen zu tun, denen das alles Alltag und Weltpolitik war, die mit solchen Geschehnissen im Hinterkopf zu uns sprachen. Kein Wunder also, dass die Ereignisse in diesem Bericht an dieser Stelle Platz nehmen. Ich wühle in meinen CDs, lege Wilson Pickett ein, der neben James Brown zu den großen Soulstars der 60er gehört. *I Can't Stop* etabliert den Southern Soul aus Memphis, Tennessee, im besten Studio von allerbesten Musikern jener Zeit aufgenommen. *Please Please Me* und *From Me To You* und *She Loves You* laufen sich den Rang ab.
Seien wir korrekt und diszipliniert. Bianca und die Sache mit der 35-Pfennig-Walter-Ulbricht-Briefmarke stehen für die größte Entdeckung meines Lebens. Die Entdeckung ändert mein Verhältnis zum anderen Geschlecht. Das Tierkreiszeichen der Chinesen ist das des Hasen. Ich mag Hasen sehr. Eine Briefmarke in meiner Briefmarkensammlung zeigt einen Hasen beim Hunderennen. Ich weiß nicht, dass der Hase unecht ist. Ich weiß nicht, dass die Windhunde einem Gestell nachhasten, das von einem Fell überzogen ist, das dem Pelz eines Hasen ähnlich sieht. Der Gärtner von nebenan, der auch ein Hasenmeister ist, sagt, dass er nach dem Krieg im Hinterhof Hundewettspiele mit aus dem Krieg übriggebliebenen Hunden veranstaltet hat. Er versucht, mir meine Hundemarken abzuluchsen. Die gebe ich nicht her. Die brauche ich für eine Tauschaktion. Das kann der Hasenmeister gut verstehen. Er ist oft betrunken und schiebt eine Fahne vor sich her. Er raucht Selbstgedrehte und schaut mich manchmal merkwürdig an, streicht mir übers Haar, nennt mich Minjong, sagt, dass er mir mit den Jahren Dinge erklären wird, über richtige Hunderennen auf ovalen Bahnen, die im Grunde Hetzjagden sind, warum jeder Rennhund einen Pass besitzt, in ihm den Namen der Mutter, des Vaters eingetragen. Er nennt sich Trainer, weiß, wann eine Hündin läufig ist, führt mich zu seinen Kaninchenställen, die er geheim hält vor den Heimkindern.

Sie würden meinen Tieren die Pelze vom Leibe streicheln, sagt er und bringt mir bei, wie er die Hasen bürstet. Jeden Tag eine Stunde, wenn sie haaren, zwei. Das Bürsten hilft den Langohren durch die Mauser. Er trainiert die Hasen für die Hasenschau. Er sagt, wahre Schönheiten seid ihr, meine Hasen, ihr mit euren blauen Augen. Drückt seinem Rammler einen Kuss aufs Fell, redet mit geröteten Augen. Aus dem Krieg mitgebracht. Spricht von der tollen Zeit, Fischsoljanka aus dem Stahlhelm gelöffelt, wilde Tänze.

Hasenscharte, Hasenscharte, ruft Heinz Bianca hinterher, hält sich den Bauch beim Lachen, ruft Silberblick, Silberblick. Die nennt ihn Angsthase, weil er nicht von der Seebrücke ins Wasser springt, kein Ei aus der Eierschale saugen will oder einen Regenwurm nicht essen und sein eigenes Pipi nicht trinken mag. Bianca ist immer vorneweg und eins von den Mädchen, die lieber ein Junge geworden wären. Beim Klettern am Gerüst macht ihr keiner was vor und so leicht nach. Sie hat zwei kräftige Arme. Sie kann eine Menge übereinandergestapelte Suppenteller tragen. Hab mein Wagen vollgeladen, voll mit alten Weibsen, als wir in die Stadt neinkamen huben sie an zu keifen, drum lad ich all mein Lebentage nie alte Weibsen auf mein Wage, hieh, Schimmel, hieh, hab mein Wagen vollgeladen, voll mit Männer alten, als wir in die Stadt neinkamen, murrten sie und schalten, hieh, Schimmel, hieh, hab mein Wagen vollgeladen, voll mit jungen Mädchen, als wir zu dem Tor neinkamen, sangen sie durchs Städtchen, zieh Schimmel, zieh.

Heinz ist verliebt in Bianca. Bianca sagt von sich, dass sie Aschenputtel, auch Aschenbrödel oder Cinderella, jedenfalls eine Heldin vieler Volkssagen sei, von einer Stiefmutter, einer älteren Schwester ausgenutzt und benachteiligt worden. Eine Fee wäre eingeschritten, der Geist ihrer verstorbenen Mutter. In anderen Erzählungen schickt die verstorbene Mutter ein Tier ins Haus, das einschreitet, faucht und kratzt und die bösen Schwestern vertreibt. Sie wartet auf den Prinzen, sagt Bianca zu Heinz, der sich in sie verliebt und sie heiraten wird. Eine Fee wird der Bianca helfen. Sie führt Bianca auf einen Ball, wo sie den schönen Prinzen trifft und mit ihm die Nacht durchtanzen will, sich auf dem Parkett drehen bis ihr schwindelig ist und der Prinz sie hält und sich in sie verliebt. Sie dürfe nicht die Nacht durchtanzen, sie müsse zurück, gemahne sie die Fee, noch vor Mitternacht, weil sich sonst die Kutsche, mit der sie gefahren ist, in einen Kürbis verwandele. Also tanzt Bianca so lange es geht und bricht Hals über Kopf auf, verliert die Palaststufen heruntertrippelnd einen gläsernen Pantoffel. Der Prinz findet den Glasschuh und lässt im Lande nach der Besitzerin suchen. Dann findet er Bianca in unserem Heim und heiratet sie.

Ich bin in einer außerordentlichen Angelegenheit ins Mädchenreich zu Bianca unterwegs. Ich habe ein kleines Briefmarkenalbum dabei. Ich will von der Bianca die dunkelviolette 35-Pfennig-Walter-Ulbricht-Briefmarke haben, muss sie an mich bringen. Ich bin schon seit Wochen Briefmarkensammler. Ich gebe notfalls meinen Bestand an Marken für die eine Marke her, Bianca sind so viele Briefmarken, wie sie will, versprochen. Es ist eine philatelistische Besonderheit von ihr zu erwarten. Ich darf meine Ungeduld nicht durchblicken lassen. Ich darf nicht zucken, wenn sie alle haben will, so über jede Norm hoch steht das von mir angestrebte Exemplar im Kurs.

Im neuen wie im alten Heim bin ich gern bei der Köchin. Der Mann von der Köchin im Schulkinderheim ist Briefträger. Er sitzt im Amt am Schalter. Die Zeit, dass er Wind, Sonne, Regen und Schnee ausgesetzt war, ist längst vorbei. Er hat es warm in seinem Amt und verteilt die Sondermarken an ihre Sammler. Sie trauert ein wenig um den Postboten von damals, liebte ihn seiner kräftigen, schnellen Beine wegen, mit denen er einen Rekord aufgestellt hat. Wunderschön war er anzusehen, mit einem Körper, formvollendet, wie für den Beruf gemacht, all seine Maße so perfekt.

Alle meine Marken bekomme ich von der Köchin geschenkt. Ich sitze bei der Köchin in der Küche vor dem Stapel Post, den sie zusammengesucht hat. Die Köchin erzählt vom Postmann, den sie schon geliebt hat, als sie noch ein Mädchen war. Sie liest mir vor, woher der Brief stammt, wer ihr Schreiber ist, was für eine Absicht mit der Briefsendung verfolgt worden ist, was drinsteht. Sie unterbreitet mir verschieden gefärbte Familiengeschichten, erzählt von ihren Anverwandten, der Tante, der Nichte, dem Onkel, den Großeltern, einem Schwiegervater, der in seinem Urlaub allerhand anstellt. Ich höre lauter Namen, bekomme von Berufen, Stellungen und Beziehungen berichtet. Ich höre von den Landschaften, die sie bewohnen. Wieso schneidest du die Briefmarken nicht aus, fragt mich die Köchin, baut sich vor dem Küchentisch auf, donnert im gespielt ernsten Tonfall, dass ich kein Dummerchen sein soll, sie alle ablösen, trocknen, pressen und einsetzen, mit ihnen handeln, sie eintauschen soll.
Klopft mit dem Finger gegen meine Stirn. Setzt sich zu mir. Ich schneide die Marken mit der Schere vom Briefumschlag, aus der Postkarte, um sie in den mit Wasser gefüllten Suppenteller zu legen, wo sie auf den Kopf gedreht im Wasser schwimmen, sich langsam ablösen. Währenddessen klärt sie mich über den Sinn und die Aufgabenstellung der Sammlerleidenschaft auf. Belehrt mich, beschwört mich, mit meinen doppelten, dreifachen, zehnfachen Marken einen guten Handel zu betreiben, echte Raritäten an Land zu ziehen. Versuch, beim Tauschen immer die besten Marken einzuheimsen. Schöne Marken werden gegen weniger schöne eingetauscht. Tausch so oft es geht mit anderen Briefmarkensammlern. Nimm Marken an, die sie nicht gebrauchen können. Frag lieber mich, bevor sie dich betrügen. Tauschen verlangt Geschick. Es geht um die Serie. Das Sammeln und Erforschen und Bewerten von Briefmarken geschieht in der Regel nach vollständigen Sätzen, klärt mich die Köchin auf. Ich spüre den Stolz an ihr, ihr Wissen an jemanden weiterreichen zu

können. Nun hat sich die Liebe zum Postbeamten in Bahn gebracht.

Ich bin an meinem ersten Tauschtag mit der Bianca allein im Heim. Die Kinder des Heimes sind auf Reise, das Wochenende über als Heimfamilie sozusagen unterwegs zur Insel Rügen in ein dort befindliches leer stehendes Haus. Bianca gibt vor, verschnupft zu sein. Ich sehe mich ausgeschlossen, weil ich Schlimmes zu einer Erzieherin gesagt habe. Wenn alle weg sind, tauschen wir, hat die Bianca zu mir gesagt. Bring eine Taschenlampe mit. Es wird Ostern gewesen sein, Pfingsten. Die Birken vor dem Heim schlugen schön aus. Grüne Blätter erinnere ich. Heller als das Grün meiner Zehnpfennigwalterulbrichtbriefmarke. Ich bin gespannt und freudvoll aufgeregt, dass ich Herzklopfen bekomme. Ich habe die große Taschenlampe mit der flachen Batterie dabei. Ich nehme die Stufen zur Mädchenetage. Ich spüre, dass es für mich um alles geht. Ich werde ein Sammler sein, ein Phi-la-te-list. Die ferne Utopie rückt näher mit jeder Stufe, die ich auf Bianca zugehe, konsequent, Schritt für Schritt, von der niedrigen zur höheren Materie, die Erfolgsleiter empor, die Treppe hoch, an Mädchenzimmern entlang, zu dem Zimmer, in dem Bianca wohnt. Bianca kommt mir entgegen. Bianca nimmt mich in Empfang. Wir sind in weiße, steife Nachthemden gehüllt. Die Hemden reichen bis an die Knöchel. Mein Nachthemd folgt dem Nachthemd der Bianca. Unsere Nachthemden schweben über die Dielen des langen Mädchenflurs zum hinteren Mädchenzimmer hin, das Jungen verboten ist. Wir sehen wie russische Tänzer aus, eilen mit kleinen, leisen Tippelschritten. Es ist sonst keiner im Heim, nur der Hausmeister und seine Frau. Die wähnen uns gut zu Bett gebracht und sitzen im Seitentrakt zu Tische, bei Feiertagsbier und Braten, die Ruhe genießen. Ich husche zur Bianca unter die gemeinschaftliche Kinderheimdecke. Wir knipsen unsere Taschenlampen an. Biancas Lampe ist heller als meine. Licht sticht mir in die Augen,

wenn ich den Tauschtag bedenke. Ich sehe mich geblendet. Ich kann nach jedem Lichtstich eine Weile nichts sehen, reibe mir die Augen und sehe dann der Bianca zwischen die Beine auf das fleischliche Ding, den wunden Spalt, weit hinten als böser Anblick zu erhaschen, der mich schreckt. Es schreckt mich dieses frische, rötliche Fleisch, das ich zu Gesicht bekomme, wenn die Bianca sich bewegt, ruckt und zuckt und ihre Beine öffnet. Nach Kierkegaard ist, was mir unter der Bettdecke zwischen den Schenkeln der Bianca begegnet, eine sinnliche Überforderung, die ich nie werde vollständig rationalisieren können, die mir undurchsichtig bis vollständig absurd erscheint. Das Individuum hat sich dem Leben in allen Varianten, Formen, Farben und Aggregatzuständen zu verpflichten. Die Verpflichtung heißt Hinsehen im Wegsehen. Was dem Einzelnen widerfährt, widerfährt ihm ohne Druck. Da ist erst ein Gefühl, ein Schrecken. Der Schrecken kann dem jungen Leben die Richtung verpassen. Ich reife unter Schock. Ich bin ein betroffenes Individuum. Ich habe nicht gelernt, das Wunde im Wunderbaren, die Verwundung als Wunder zu sehen, das Wunder der vermeintlichen Wunde als wundervoll zu schätzen. Ich suche das wunde Fleisch der Bianca nicht wahrzunehmen, mich seinem Aufblitzen zu verwehren. Ich schrecke nach innen. Ich träume etliche Jahre schlecht, erwache im Wundfieber, habe Schwierigkeiten, auf die Mädchen zuzugehen, begegne keiner Frau mehr ohne Scheu vor ihrem Fleisch, dieser Wunde da zwischen ihren Beinen.
Ich werde dreizehn Jahre, bin siebzehn Jahre alt und später neunzehn und bewältige erst gegen Jahresausklang mit Hilfe von Ingrid aus Rostock-Lütten Klein die Scheu vor dem Geschlecht der Mädchen. Wir haben Petting zusammen. Die Hand steckt in ihrer Jeans. Die Hand versteift sich. Die Hand ist nicht vor, nicht hin, nicht zurück, nicht her zu bewegen. Die Hand steckt, wo sie stecken bleibt. Hinterm Jeansstoff, im Slip. Und es dauert weitere Monate, bis ich dann mit Babsi

in einer Gartenlaube geschlechtlich bin. Es ist zum Glück dunkel. Ich kann die Babsi kaum besehen. Ich weiß noch die Geräusche aus dem Nebenraum. Babsis große Schwester und deren neuer Freund sind hinter der Wand zugange. Die ist schlimmer als ich angelegt, sagt die kleinere Schwester, redet von bis zu fünf Höhepunkten. Ich sehe mich von der Babsi ins wunde Wunder eingeführt. Es klappt nichts. Ich versage. Ich bin völlig überfordert und nichts wie runter von der Babsi, in meine Kleidungsstücke und raus ins gute Dunkel der Nacht, weg von der unheilvollen Gartenlaube. Die Turnschuhe nur flüchtig gegriffen, laufe ich die Strecke von Kühlungsborn/West über Bastdorf entlang der Ostseeküste bis nach Rerik hinein. Und atme erst am Haff aus, in die Morgendämmerung hinein, um auf der Bank am Haff die Socken anzuziehen, über wunde Sohlen, schwarz und wund vom Asphalt.
Bianca zeigt die lila Briefmarke kurz einmal her. Sie liegt auf ihrer flachen Hand. Sie hält die flache Hand dicht an ihrer Brust. Die Marke ist schön. Die Marke erregt mich, wie zu erwarten war. Bianca führt die Marke unterhalb meiner Nase entlang, beobachtet mich dabei, schaut mir in die Augen, will sehen, was für Riesenaugen ich mache. Das Licht der Taschenlampe sticht meine Pupillen. Ich bin bereit, alle Marken Bianca zu geben. Bianca ziert sich. Ich schiebe ihr meinen Markenstapel hin. Sie nimmt an und gibt sich gut gelaunt, ist albern, verschränkt die Arme, grinst mich breit an, sagt: Was, wenn ich sie dir nicht geben will? Gib sie mir, sie steht mir zu. Such sie doch, gluckst Bianca, macht mich wütend. Ruckzuck bin ich um die Bianca rum, fahnde nach meinem Besitz, suche viel zu lange und ausgiebig. Gebe die Suche auf, finde die Marke nicht, bin am Kochen. Verfluche das Mädchen. Spüre, dass mir gleich Tränen kommen. Und Bianca lacht, wischt mir mit ihrem Schlafanzugsärmel die Tränchen weg, dass ich aufhöre zu betteln, die Bianca anzuflehen, nicht vertragsbrüchig zu sein, sondern die Bianca umschubse. Die ki-

chert und gluckst in Wiederholung: Such sie richtig. Such sie richtig. Ich suche und ich finde die Marke nicht. Die Marke bleibt unauffindbar, ist verschollen. Es ist absurdes Theater. Es ist an dem Stück nichts mehr komödiantisch. Es ist gemein, wie lange sich die Bianca mir gegenüber so aufführt; der ich fast zwei Jahre jünger bin als sie. Ich habe der Bianca meine Marken ausgeliefert. Sie verweigert sie mir frech. Die gemeinsame Bettdecke ist längst fortgeschleudert und zu Boden gegangen. Was hier zum schlechten Beispiel durch eine Tauschpartnerin abgezogen wird, ist unehrenhaft und gehört sich nicht unter Philatelisten. Wir sind allein im Heim. Ich kann zu niemandem gehen, mich über die Bianca beschweren, den Fall der Köchin erläutern, dass die sich die freche Bianca schnappt, ihr die Leviten verliest, sie zurechtweist, in Kenntnis setzt, dass es im Tauschhandel Regeln gibt, die einzuhalten sind, sonst wäre ja reinste Anarchie ausgerufen.
Ich kriege dermaßen eine Wut auf die Bianca, dass ich die Bianca bei ihren Haaren fasse und dran zerre. Die schreit auf. Die nimmt mich in den Schwitzkasten. Wir plumpsen vom Bett auf die Zudecke am Boden. Der Schwitzkasten wirkt. Ich bekomme keine Luft. Ich sterbe und die Bianca erlöst mich. Ich soll ihr versprechen, artig zu sein, unter die Bettdecke zurückzuschlüpfen, wo sie mit mir noch einmal über alles reden wird. In vernünftigem Tonfall. Mit Manier und Anstand.
Gesagt, getan, sitzen wir unbewegt unter der Bettdecke. Es herrscht wieder das Licht der Taschenlampen. Meine Marken sind bei der Bianca im Nachttisch verstaut. Ich sitze der Glucke gegenüber. Ich bewege mich nicht, ich werfe der Bianca nur abwertende Blicke zu. Blicke mit zusammengekniffenen Augenschlitzen, die ihr signalisieren sollen, dass ich nicht aufgeben werde, bis die 35er-Walter-Ulbricht-Briefmarke zum rechtmäßigen, neuen Besitzer hinübergewechselt hat.
Komische Figuren dürfen sinnlos erscheinende Dinge tun. Komische Figuren ergehen sich im Extremfall, wie

bei Beckett, in reiner Pantomime. Meine Drohungen sind zwecklos. Ich lasse dennoch nicht von meinen verkniffenen Augenlidern ab. Der Handlungsfaden ist bis zu seiner Unkenntlichkeit aufgelöst. Die Figuren sind ihrer Funktion beraubt. Ich bin der Bianca in die Hände geraten. Ich bin ihr ausgeliefert. Ich bin lilasüchtig. Man spricht unter Fachleuten vom Theater der Grausamkeit, das die Bianca mit mir betreibt. Ich bin erschöpft. Ich bin ohne Chance. Ich bin so gut wie erledigt. Der schöne Tauschtag rutscht ins Makaber-Gewalttätige ab.

Das Ende ist der Anfang, und doch machen wir weiter, heißt es bei Beckett. Bianca lacht und zischelt: Gib nicht auf. Such nur, such. Ich bündele meine Wut. Ich schubs die Bianca um, hebe sie an, werfe die Bianca zu Boden. Bianca lacht im Umkippen: Du findest sie nicht. Niemand findet sie. Sie will Kaltheiß mit mir spielen. Ich gehe darauf ein. Ich bin da und dort mit meinen Händen. Ich suche die Bianca dort und hier zu umfassen und bin von dem Mädchen mit kälter, kalt, warm, heiß, heißer bald in die Richtung geführt, bald in die nächste gelenkt und lande vor dem Schockgebilde zwischen ihren Beinen. Wir halten ein. Bianca sagt: Du wirst die Marke nur finden, wenn ich es will. Ich bin die Königin. Du bist die Königin. Meine stille Empörung ist Ausdruck einer existentiellen Stresssituation. Ich bin am Ende meiner Mittel angelangt. Mit wütender Kraftreserve setze ich mich noch einmal gegen die Bianca in Szene, nehme allen Mut zusammen, lange hin, wohin gelangt sein will, durchsuche ihr Mädchenhaar, schaue unter den Achseln nach, durchforsche die Rückenpartie. Die Marke ist auf Nimmerwiedersehen verschwunden, steckt nirgends, nicht hinter den Ohren, im Mund nicht, nicht zwischen den Zehen und Fingern. Bianca lenkt überraschend ein, schlägt einen Deal vor. Du kriegst die Marke, wenn ich dafür was kriege. Ich sage zu, egal was sie von mir will. Sammler sind risikofreudig. Sammler sind verrückt. Ich gebe meine Hand darauf, die Hand eines Sammlers.

Sie möchte meinen Penis berühren, der sich beim Ringen und Suchen vor ihrer Wunde aufgerichtet hat, ein Zeigestock, der zwischen meinen Beinen ragt. Bianca legt die 35er-Walter-Ulbricht-Briefmarke von sonst woher geholt aufs Laken. Das Licht ihrer Taschenlampe auf meinen Penis gerichtet, erlebe ich ihn wie nicht so oft im Leben. Sie greift meinen Penis, betastet die Haut, sucht die Haut nach hinten zu verschieben, dass es schmerzt, mich aber nicht aufschreien lässt. Ich halte dem Schmerz stand. Bianca sagt: Jetzt du. Greif mich an. Ich will der Bianca nicht zwischen die Beine fassen. Ich will ihre Wunde nicht berühren. Ich weigere mich, den Finger an ihr Fleisch zu legen. Bianca ermahnt mich, niemandem davon zu erzählen. Ich bin entlassen. Ich flüchte das Tauschbettenlager. Ich stürme den Flur entlang, die Treppenstufen runter, in mein Zimmer, wo ich mich unter der Bettdecke meines Bettes verberge; und fühle mich wie in all den vorherigen Kinderheimjahren nicht; einzig die lila Marke wärmt mir die Hand. Ich fühle mein Glied schmerzen.

Wenn mich das Geschehen unterhalb der Bettdecke verwirrt hat, so habe ich jetzt bei einer Sache einen unschätzbaren Vorteil, die den Jungs, wenn sie eng beisammenstehen und tuscheln, Kopfzerbrechen bereitet. Wie unter Bibelforschern werden heikle, abwegige, kühne Theorien geschwungen. Ich mische mich nicht ein. Ich habe der Bianca ein Versprechen gegeben.

DA IST DIESER WINTERTAG wieder, der mich auf dem Weg zu den Adoptionseltern sieht. Das ist der Beginn meiner Adoption. Da bin ich einiges über zehn Jahre alt. Schnee liegt in der Luft. Schnee fällt und wird Schneefall, der nicht vorhergesagt worden ist, so plötzlich aufgezogen, wo es diesen Tag für mich in die nächste Lebensrunde geht. Es schneit. Schnee ist mein Lebensbegleiter. Der genaue Weg ist mir von der Erzieherin erklärt worden: Die Straße hoch bis zur Drogerie, am Bäckerladen vorbei auf den Russenplatz zu, die erste

Seitenstraße hinein und bis zum Sportplatz, dort gegenüber obere Etage. Na, bitte. Wie du das aufsagen kannst, lobt mich die Ankleiderin. Ich sage den Namen der Lehrerfamilie auf, wohnhaft in der Mittleren Allee. Ich kenne den Sportplatz nicht, habe nie zuvor von ihm gehört. Alles am Neuen ist neu. Ich lasse mich von der Erzieherin fertig ankleiden. Die Erzieherin nennt mich einen großen Jungen, dem man nichts groß erklären braucht. Ich richte mich an ihren Worten auf. Ich wachse über das Lob hinaus, dem Lob der schönen Erzieherin mit dem schwarzen, langen, dicken, festen Zopf am Rücken, den ich an ihr liebe, der ihr bis zum Hintern reicht. Ich habe gesehen, wie sich die Erzieherin mit einem Nassrasierer die Beine von Schaum frei rasierte, Spuren von Haut wie Bahnen von einem Schneeschieber frei geschoben. Schaum am Knöchel, am Rand ihrer Unterhose, die seidig glänzte. Dieselben zarten Finger kleiden mich an. Der Mund, aus dem hervor in Konzentration die Zunge der Erzieherin wuchs, die sprechende Miesmuschel, instruiert mich. Ich werde von der Erzieherin losgeschickt. Einen flüchtigen Klaps erinnere ich zu ihren Worten vor dem Treppenabsatz, mir nachgerufen: Kommst gerade recht zum Abendbrot. Wird Gutes geben bei denen. Da bin ich mir sicher, Kleiner. Mir schwante Unglück, aber ich frage nicht, warum ich den Weg allein gehen muss. Ich stürme los und gerate prompt in Schnee, von dem ich sagen könnte, er ist mir zur Hilfe gefallen, hat sich mir absichtsvoll vor die Augen geworfen, dass ich umherirre, trotz der Wegbeschreibung durch die Erzieherin den Weg zu den Adoptionseltern nicht finde. Als weißes Bemühen. Als letzte, schneetolle Behinderung. Weil die Adoption nicht glückhaft würde. Schnee fällt. Schneefall will mich aufhalten. Ich höre, sehe, fühle und vernehme die Warnung nicht. Ich renne stattdessen einzelnen Flocken nach, laufe auf Flocken zu, jage ihnen hinterdrein und drehe mich im Kreise um die Flocken, die um mich tanzen. Wie lustig die Flocken fallen und treiben, wie anders die Leute im

Schneeflockenfall aussehen. Alles um mich herum ist Schnee und Wirbel. Und weiter fällt der Schnee, wird dichter. Ich komme mit dem Schneeeinfangen nicht mehr hinterher. Immer stärker fällt der Schnee über die kleine Ostseeortschaft her, leitet mich entlang meines Weges an der Friedhofsmauer vorbei, auf deren rundliche Kuppel sich der Schnee absetzt. Mit beiden Händen schiebe ich den Schnee zusammen, forme nach der ersten die nächste Schneekugel meines schönen Wintertages, klaube den Schnee vom Mauerwulst, bis mir die Finger frieren, ich sie zwischen Unterhose und Haut stecke, damit sie mir nicht abfallen. Ich weiß die Schmerzen nach der Freude wieder. Ich sehe mich auf der Stelle hopsen. Das Ziepen in den Fingern hält mich lange auf. Die Zeit ruft Ansätze zur Dunkelheit auf den Plan. Dunkelheit hinterm Schnee, hinter schneegefüllten Wolken, die aufkommen, früher als erwartet, den Tag in Nachtdunkelheit hüllen. Ich laufe an der mittleren Allee vorbei. Ich gehe hin und zurück. Ich verirre mich. Ich tapse im Schneedunkel herum, finde den Namen der Allee auf keinem Schild vermerkt, weil die Schilder mit Schnee bedeckt sind und allesamt viel zu hoch angebracht, sodass es dem Knirps, der ich bin, unmöglich ist, zu ihnen hochzuspringen, sie mit einem Handstreich von ihrem Schneebefall reinzuwischen. Auf die Idee, einen Schneeball zu formen, das Schild damit zu torpedieren, komme ich nicht, klamm, wie mir die Finger sind. Dabei kann ich gut werfen und treffen. Ich bräuchte auch nur mit dem Fuß so kräftig gegen die Pfähle der Schilder treten, dass der Schnee abfällt, den Namen der Straße verrät.
Bösartig, tiefgrau verdunkelt sich der späte Nachmittag, überhäuft die Gegend mit Schnee. Alle Wege verschwinden unter einer dünnen Schneedecke. Ich irre herum, weiß nicht weiter, will nicht zurück, mich blamieren, eingestehen, mich im kleinen Ort verlaufen zu haben. Ich bin dann an der Ostsee, finde eine Treppe zum Strand hinab, stehe am Wasser, das sich gegen den Schneebefall tapfer wehrt, viel

Schnee schluckt, einen dicken Schneematschteppich auferlegt bekommt. Schneefall, dem Meer als Last aufgebürdet. Schnee, der die Wellentätigkeit einschläfert, die wilde Ostsee unter seinem Gobelin still macht. Wassermassen, die sich in einen Teppich aus Schnee verwandeln. Die See ist nicht mehr vom Strand zu unterscheiden. Ich laufe über diesen gleichmacherischen Schneeteppich zur Treppe hinauf, bin wieder oben angekommen, habe mich übernommen, muss mich am Geländer halten und ausatmen. Keine Muße, die Gegend unterhalb zu bestaunen, in diese selten schöne Helle zu sehen, die bei aufziehender Dunkelheit sich auf Strand und Wasser ausbreitet. Zwischen See und Waldstück, zwischen Borke und Stamm gestellt, weiß mich die Erinnerung. Ich finde aus diesem Schnee nicht hinaus. Mein Wissen zum Schnee hilft mir nicht. Ich schneie ein. Schneeflöckchen. Weißröckchen. Wann kommst Du geschneit. Du wohnst in den Wolken. Dein Weg ist so weit. Komm. Setz Dich ans Fenster. Du lieblicher Stern. Malst Blumen und Blätter. Wir haben Dich gern. Du deckst uns die Blümelein zu. Dann schlafen sie sicher in himmlischer Ruh. Schneeflöckchen. Weißröckchen. Wie glitzerst Du fein. Du kannst gar ein Sternlein am Weihnachtsbaum sein. Schneeflöckchen. Weißröckchen. Komm zu uns ins Tal. Dann baun wir den Schneemann und werfen den Ball. Es schneit an dem Tag, der mich zum Adoptionsversuch Nummer drei auf den Weg gebracht sieht. Ich verlasse das Heim. Ich bin unterwegs, ich gerate vom Wege ab in die Irre, von Schnee umgeben, der mir nicht weiterhilft. Flockenwirbel, der mich einschneien, zudecken und von der anstehenden Adoption fernzuhalten sucht. Schnee fällt bei meiner ersten Heirat, am Tag der Geburt meines ersten Kindes, am Tag der Scheidung von Frau und Kindern und dem Tag, den ich wieder allein in meiner Berliner Wohnung bin. Schnee liegt, als der Adoptionsvater zu Grabe getragen wird. Alle wichtigen Ereignisse meines Lebens werden Schneeaugenblicke, Schneejahrzehnte. Es fällt Schnee am Ende

meines Lebens. Schnee treibt vor meinem Fenster, während ich hier am Schreibtisch sitze, schneeweiße Seiten mit Schrift fülle. Schneebuchstaben. Kristallsilben. Flockenworte.
Ich lasse den Schneesee Seeschnee sein, nehme die Beine in die Hand, laufe durch das Wäldchen zurück, eh mich die Dunkelheit einfängt, ihre starken Arme um mich schlingt, wie es der dicke Heinz mit den Mädchen macht, wenn es ihm in den Sinn schießt, ihnen die Oberkörper presst, die Lungenluft abdrückt bis ihnen mulmig wird, sie die Augen verdrehen und ohnmächtig zusammensacken, was dem Heinz Freude bereitet und ihn grinsen lässt, dass ich mich vor seinem Grinsen fürchte. Wo nur die Straße und das Haus des Lehrerehepaares finden, und wie nur in diesem Schneetreiben bei den Adoptionsinteressierten ankommen? Ich werde zu spät kommen, sie werden mich ins Heim zurückbringen, wo es mit mir und einer Adoption so hoffnungsvoll aussah. Dort hoch auf jenem Berge, da geht ein Mühlrad, das mahlet nichts denn Liebe, die Nacht bis an den Tag, die Mühl ist zerbrochen, die Liebe hat ein End.
Man entwickelt in den Kinderheimjahren so ein kleines Gefühl, den Kinderheiminstinkt für den Moment, wenn es mit einem so weit ist und das Glück einem freundlich auf die Schulter tippt. Ich habe mein Glück meinen guten schulischen Noten zu verdanken. Sie haben vorrangig den Ausschlag beim Lehrerehepaar gegeben. Die Situation lässt sich einfach beschreiben. Die zukünftigen Eltern sind ins Heim gekommen. Sie stößt ihn an, weist auf das aufgeschlagene Zeugnis unter der Glasscheibe im Würdigungskasten gleich hinterm Haupteingang vorm riesigen Wandteppich. Die Einsen, Zweien und wenigen Dreien. Gute Aufmerksamkeit und Mitarbeit. Hinzu kommt, dass ich ein Junge bin, Jungen eher als Mädchen zur Adoption erwogen werden, weil Jungen besser und Mädchen schlechter zu vermitteln sind, es von den Mädchen heißt, dass sie zickig sind, Schwierigkeiten machen, in der Pubertät nicht zu steuern, einfach abhauen,

sich rumtreiben, auf Jungs einlassen, Pickel bekommen und Allüren.
Ich bin im Schneeland unterwegs. Aus ihm hervor erscheint ein Haus, das nicht das mir beschriebene Haus ist, viel größer, von keiner Hecke umgeben, sondern von geschmiedeten Gittern mit Blattverzierung. Von ihm aus nehme ich in umgekehrter Richtung neuerlichen Anlauf, die Allee zu finden, denn ich will und werde nicht aufgeben. Mir fehlt nur die Orientierung. Ich weiß nicht so recht, wo ich bin. Mir sind die Hände mittlerweile kalt. Die Nase läuft. Der Magen knurrt. Der Schnee hat längst mein Haar durchnässt. Ich klopfe den Schnee nicht mehr von meinem Mantel. Die Schuhe sind feucht. Es ist so unheimlich still um mich herum. Es ist so düster. Dämmerlicht zieht auf. Da ist nur dieses gehässige dumpfe Säuseln des Schnees um mich. Ein zischelnder Schnee, ein Schlangenzischschnee ist der Schnee, längst kein schöner Flockenfall mehr, in meiner Erinnerung, bald danach hart wie Sandpapier und auch so prasselnd.
Alles dies versuche ich zu beschreiben und in seinem Elend noch einmal zu durchleben, um mich von inneren Qualen zu trennen, die gedachte Linie endlich zu überschreiten. Ich habe Angst. Es ist mir nicht wohl. Je intensiver die Schneerieselstille wird, in die hinein ich gerate, umso dämonischer werden die Dinge um mich herum. Äste, die mein Gesicht streifen. Nadelbüschel und ihr kicherndes Wedeln. Das Haus, vor dem ich stehe, wächst vor meinen Augen. Es strebt zu den Schneewolken hin ins Unsichtbare. Es stellt eine Verbindung dar zur Ewigkeit, aus der heraus dieser Schnee rieselt. Ich höre Stimmen. Ich sehe Gestalten huschen. Ich gehe von Dingen aus, die nicht vorhanden sind, nur in meinem Geist existieren. Fehlwahrnehmungen sind ein menschliches Phänomen. Pokale, die Schattenrisse von Gesichtern sind. Stufen, die nach oben und nach unten führen, je nachdem, wie man schaut. Ich bin ein kleiner Junge unterm Glas einer Schneekugel, in ihr gefangen, durch ein kurzes Schütteln

von Schnee umgeben. Die kindlichen Nerven sind überreizt. Ich bin doch erst knapp über zehn Jahre alt, wimmere ich. Warum nur holt mich keiner raus, warum kommt da niemand? Ich will das alles nicht länger aushalten müssen. Ich sehe die Hand vor Augen nicht. Ich kann nicht sagen, was das Haus für ein Heim ist, warum ich so lange vor dem Haus stehe. Da öffnet sich kein Fenster. Da ist kein Rapunzelchen und lässt sein Haar wie eine rettende Strickleiter fallen für mich. Schneesand rötet meine Lider. Mich friert die Augenhaut. Ich will dann doch gefunden werden und meinetwegen sogar zurück ins Heim. Und fasse all meinen Mut zusammen. Und bin dann wieder am Wäldchen, den Weg zurück bis an das Geländer. Die Küste ist lang. Am Ende steht die Bäckerei. Dort riecht es fein und ist es immer warm. Beim Bäcker gibt es Kuchen, da kann man sich aussuchen. Ich gehe mit meiner Laterne, la bimmel di, an der Küste entlang zurück in bekannte Gefilde und stehe dann fürwahr wieder am Ausgangspunkt, der Straße, die seitlich abführt. Das heißt, ich weiß von hier aus den Weg ins Heim zurück und taste mich an einem Maschendraht vorwärts, zum Sportplatz hoch. Oder ist es doch der falsche Weg? Ich bin mit meinen Nerven am Ende. Ich kann mich der Tränen nicht erwehren. Ich stehe und weine und verfluche den verdammten Schnee. Ich schreie: Schnee, du bist nicht mehr schön. Hau ab, doofer Schnee, lass mich in Ruhe, geh woanders hin.
Und dann ist da ein Gesicht, das sich in mein Gesichtsfeld schiebt wie ein guter Mond. Zum Gesicht gesellt sich eine Mütze, ein Schal, eine Arbeiterjoppe. Der Mund zum Gesicht spricht mich freundlich mit Nakleiner an und behauptet, er wisse, wer ich sei, wohin ich wolle. Folge mir, Kleiner. Nur zu. Der Mann trägt auf seinem Rücken einen Buckel, der im Dunkeln nicht zu übersehen ist. Heute back ich, morgen brau ich, übermorgen hol ich der Königin ihr Kind; ach, wie gut, dass niemand weiß, dass ich Rumpelstilzchen heiß. Der Buckelmann schiebt ein Fahrrad, auf das

er sich schwingt. Mein leibhaftiger Quasimodo, mein Buckelradfahrer, mein rettender Glöckner auf dem Fahrrad, im Zeitlupentempo fährt er mir voraus, ruft mich mit dem Ton der Pedale, die einen Ton von sich gibt, dem ich erst Jahre später im Kino wieder begegnen werde, in *Spiel mir das Lied vom Tod*, in der Anfangsszene: Drei Männer in langen Staubmänteln betreten eine einsame Bahnstation mitten in der Wüste, sperren den Bahnhofswärter in eine Kammer ein und warten auf den Zug. Die ganze Zeit ist dieses Geräusch zu vernehmen, ein Eisen wahrscheinlich, vom Wind bewegt. Und dann fährt der Zug in die Station ein, doch keiner steigt aus. Und als der Zug den Bahnhof wieder verlässt, die Männer sich abwenden und gehen wollen, ist da die rätselhafte Melodie zu hören, von einer Mundharmonika gespielt, und ein fremder Mann steht auf der anderen Seite des Gleises und spielt dazu. Wie aus der Ferne, wie von den Schneewolken aus gesprochen, höre ich den Buckligen reden: Nur zu, Kleiner, nur zu.

Manche Leute sagen den Buckligen höheren Geist nach, Verstand, der in ihren Buckeln steckt, außergewöhnliches Wissen, weshalb die Buckligen früher gefürchtet waren, verfolgt wurden, getötet. Die von Geburt an Buckligen wissen um ihren Buckel und die Furcht der Menschen vor ihm und treiben mitunter Scherz gegen die Empfindlichkeit der Zeitgenossen, stellen sich zur Schau, fordern auf, näher zu kommen, den Buckel zu berühren. Mein Buckliger fährt Zickzackschlange, sodass ich ihm folgen kann, mit ihm Schritt halte und nicht zu sehr außer Puste gerate.

Er hält an, steigt vom Rad ab, führt mich an das Haus mit der Nummer sechs. Die Hecke entlang, sagt: Die drei Treppenstufen empor und oben links auf den Klingelknopf drücken, und dann ist er weg wie im Märchen der gute Geist, verschwunden. Ich mühe mich, den Klingelknopf zu erreichen, komme aber nicht an ihn heran, bin zu klein für die Unternehmung, muss mir etwas einfallen lassen, eine Art

Fußbank bauen und schwärme ins nähere Gelände aus, finde zwei Ziegelsteine, die ich übereinanderlege und erklimme, dass mein Zeigefinger frierend den Klingelknopf drückt, von drinnen her der warme Ton zu hören ist, dieses wohltuende Läuten, das mich ankündigt und schrickt, denn ich muss die Steine packen und an ihren Platz bringen; fort mit ihnen ins Schneedunkel, wo ich sie beleidigt aufprallen höre. Es geschieht aber nach dem Klingeln und dem Steinewegbringen eine Weile nichts. Dann sind Geräusche hinter der Tür zu vernehmen, die Haustür öffnet sich und ich erblicke das Gesicht der Adoptionsmutter. (Ich schreibe mit Absicht Adoptionsmutter, nicht Adoptivmutter, weil ich der Meinung bin, dass die Adoption nicht so adoptiv bei mir verlaufen ist, wie man es einem Heimkind herzlich wünscht, ich eher in die Adoptionsmutterfalle geraten bin, viel weniger adoptiv als adoptioniert behandelt worden bin, auch wenn es den Begriff adoptioniert erst recht nicht gibt.) Nein so etwas, ja wie denn um diese Zeit aber auch, wie erfroren da einer aussieht. Ich werde ins Haus geleitet, die Treppe empor, in den Flur, wo mir aus den klammen Sachen geholfen wird und ich in der Küche an einem Tisch sitze, heißen Tee hingestellt bekomme und erst einmal erzählen soll, was nur gewesen ist, wieso ich dermaßen durchfroren so spät angekommen bin.

Annahme an Kindes Statt
Die Annahme an Kindes Statt gibt dem angenommenen Kind ein neues Elternhaus und ermöglicht seine Erziehung in einer Familie. Sie stellt zwischen dem Annehmenden und dem Angenommenen ein Eltern-Kind-Verhältnis her und schafft die gleichen Rechtsbeziehungen, wie sie zwischen Eltern und Kind bestehen. Der Annehmende muss volljährig sein. Nur ein Minderjähriger darf an Kindes Statt angenommen werden. Zwischen dem Annehmenden und dem Kind soll ein angemessener Altersunterschied bestehen. Ehegatten sollen Kinder nur gemeinschaftlich an Kindes Statt annehmen. Wer entmündigt ist oder unter

vorläufiger Vormundschaft oder Pflegeschaft steht, kann kein Kind an Kindes Statt annehmen. Die Entscheidung über eine Annahme an Kindes Statt erfolgt auf Antrag des Annehmenden durch Beschluss des Organs der Jugendhilfe. Dem Annehmenden ist über die Annahme eine Urkunde auszuhändigen. Dem Antrag ist nur stattzugeben, wenn die Annahme an Kindes Statt dem Wohl des Kindes entspricht und der Annehmende in der Lage ist, das elterliche Erziehungsrecht in vollem Umfange wahrzunehmen.

WER NUR EINEN Elternteil verloren hat, ist eine Halbwaise. Beim Verlust beider Elternteile wirst du die Vollwaise, um die sich der Staat kümmert, wenn die Verwandtschaft nicht interessiert ist. Früher hat die Kirche die Waisen behütet. Später wurden sie von den Gemeinden, Stiftungen und Vereinen umsorgt. In Deutschland erhalten die minderjährigen Kinder sozialversicherter Arbeitnehmer eine Waisenrente, sollten diese durch einen Arbeitsunfall oder eine Berufskrankheit gestorben sein. Bei Halbwaisen werden 20 Prozent des Jahresarbeitsverdienstes des Verstorbenen, bei Vollwaisen 30 Prozent als Rente gewährt. Die Waisenrente kann unter bestimmten Bedingungen, etwa bei einer Behinderung des Kindes, über das 18. Lebensjahr der Waisen hinaus bis zum 27. Lebensjahr gezahlt werden. Ein eheliches Kind kann nur mit Einwilligung, das heißt vorheriger Zustimmung der Eltern, ein nichteheliches Kind nur mit Einwilligung der Mutter adoptiert werden. Die Einwilligung muss gegenüber dem Vormundschaftsgericht erklärt werden, sie bedarf der notariellen Beurkundung. Die Einwilligung darf nicht für jeden denkbaren Fall erteilt werden. Es gibt ein Verbot der sogenannten Blanko-Adoption. Zulässig aber ist, dass der Einwilligende weder den Annehmenden noch dessen Lebensumstände kennt, die sogenannte Inkognito-Adoption. Ehegatten können ein Kind gemeinsam, Ledige alleine annehmen. Wer ein Kind alleine adoptieren will, muss das

25. Lebensjahr vollendet haben. Bei Ehegatten muss ein Ehegatte das 25., der andere das 21. Lebensjahr vollendet haben. Die Adoptiveltern müssen unbeschränkt geschäftsfähig sein.

> Dieses meint Annahme an Kindes Statt. Der Annehmende leiht dem Kind die rechtliche Stellung des in eine Familie hineingeborenen Kindes. § 1741 ff. BGB. Das Kind muss für die Adoption mindestens acht Wochen alt sein. Es ist in die Adoptivfamilie eingegliedert, erhält deren Familiennamen, ist unbeschränkt unterhalts- und erbberechtigt. Alle bisherigen Verwandtschaftsverhältnisse erlöschen. Es darf kein eheliches Kind ohne vorherige Zustimmung der Eltern und Einwilligung der Mutter adoptiert werden. Die Einwilligung wird gegenüber dem Vormundschaftsgericht erklärt, sie bedarf der notariellen Beurkundung. Die Einwilligende muss des Kindes Lebensumstände nicht kennen. Sie geht davon aus, dass das Kind gut aufgehoben ist, die Adoptiveltern Zeit, Mühe, Liebe und Geld investieren. Die neuen Eltern dienen dem Wohl des Kindes. Ein Eltern-Kind-Verhältnis entsteht.

Ich darf mit der Adoption kein Heimkind mehr sein und habe umgehend ein Stadtkind zu werden. So leb denn wohl, du stilles Haus, ich zieh betrübt von dir hinaus, zieh betrübt und traurig fort, noch unbestimmt, an welchen Ort, leb dann wohl, du schönes Haus, du zogst mich groß, du pflegtest mein, nimmermehr vergess ich dein, und lebt denn all ihr Freunde wohl, von denen ich jetzt scheiden soll, und finden draußen denn kein Glück, denk ich mit Macht an euch zurück. Vaderhus un Modersprak, lat mit nömn un lat mit ropen, Vaderhus, du hellig Sted, Modersprak, du frame Red, schönres klingt dar niks tohopen, beste twee vub alle Gaben, müss dar niks so schön, so schön mehr as Gold un Edelsteeln, liegt in disse Wör vergraben, Kinnerglück un Oellernfreuden, ach, wer köff se wull för Geld, weert ok för de ganze Welt, leet ik ni de leeven beiden, lat mit nömn un lat mit ropen, ward mi doch dat Hart so klan, ward mi gar de hellen Tran lisen ut de Ogen lopen.

Ein Stadtkind werden ist für ein Heimkind nicht so einfach, wie man sich denkt. Es gibt eine Menge Kinder, die keinerlei Beachtung finden, obwohl laufend kinderlose Elternpaare unterwegs sind und sich in Heimen interessieren. Ich sehe mich, nach vergeblichen Versuchen doch noch adoptiert. Ich wollte die Besitznahme meiner Person nicht, Heinz und Tegen, meine beiden Freunde, ersehnten sich die Adoption so sehr. Uns war der Abschied voneinander nicht gegönnt. Wir gingen einfach so in einen anderen Zustand über, sahen uns auf immer getrennt. Keine Zeit, uns zu verschwören, kein Raum nach all den Trennungen, uns je wiederzusehen. Die Adoptionsmutter schneidet sämtliche Heimbande durch und spricht sich gegen jedweden Kontakt zum Heim aus, der Erziehungserfolge wegen, die gefährdet seien, wenn ich mich auf dem Heimniveau bewege. Es wäre eine Zeit um für mich, es gäbe da kein Zurück und gewisse Regeln müssten eingehalten werden, man dürfe nichts riskieren, es möchte doch so flink wie nur möglich aus mir ein richtiger Mensch geformt werden. Aus und vorbei, ein für alle Mal. Der Großmutter tat ich leid, nur konnte sie an den Grundsätzen ihrer Tochter auch nichts ändern. Lindern heißt ihre Aufgabe an mir, und einen Gegengeist bei mir erhalten. Ich unterstehe den Adoptionseltern, sprich, ich bin einzig für die Adoptionsmutter und ihre hochfahrenden Pläne zur Umerziehung da. Mir ist jedweder Besuch der alten Heimstätte, selbst die Nähe zum Gebiet um das Heim, aus dem mich die Adoptionseltern geholt haben, strikt verboten. Das Verbot wird von der Adoptionsmutter drohend ausgesprochen. Sie müsse sichergehen, sagt sie, dass die Früchte ihrer Umerziehung gedeihen. Ich mag das Wort Umerziehung von Beginn an nicht, wie ich andere von der Adoptionsmutter gebrauchte Begriffe nicht ausstehen kann: Anstand. Regeln. Gutes Benehmen von A bis Z.

<u>Aufhebung auf Klage der Jugendhilfe</u>
Hat der Annehmende die elterlichen Pflichten schuldhaft so schwer verletzt, dass die Entwicklung des Kindes dadurch gefährdet ist, kann das Gericht auf Klage des Organs der Jugendhilfe die Annahme an Kindes Statt aufheben. Hat ein Ehepaar gemeinschaftlich ein Kind angenommen, so kann im Interesse des Kindes die Annahme an Kindes Statt auch aufgehoben werden, wenn die Voraussetzungen des Abs. 1 nur bei einem Ehegatten vorliegen.

DIE WORTE FOLGSAM UND ANSTELLIG mag ich nicht, weil sie der Adoptionsmutter Synonyme sind für geschickt, gewandt, geübt, praktisch veranlagt und routiniert im Umgang mit dem Gelernten, brauchbar, einsichtsvoll, achtsam, arbeitsam, aufmerksam, beflissen, eifrig, emsig, fleißig, flink, flott, forsch, frisch, agil, anpassungsfähig, behände, einsichtig, gelehrig, lenkbar, lernbegierig, lernend. Obwohl ich noch keinen historischen Hintergrund der Begriffe abzuleiten befähigt bin, lasten die Worte schwer, und ich bin augenblicklich gegen die Verfechterin von Umerziehung eingestellt, die meine widerständlerische Haltung ihr gegenüber instinktiv spürt und umso heftiger gegen meinen Unmut vorgeht. Umerziehung war zu jener Zeit in China gängig, Mao und der Große Sprung nach vorn. Von der Umerziehung versprachen sich die Chinesen Wirtschaftswachstum. Umerziehung meinte Kollektivierung und Unterordnung in die Volkskommunen, Abschaffung alter Bräuche und Gewohnheiten, Hingabe an die Staatskultur, der Parteilinie. Abweichler werden rigoros verfolgt.

Ich habe mit der Adoption so viele neue Regeln zu beachten. Ich werde erzogen und korrigiert, und wo es sein muss, bekomme ich Zusatzaufgaben erteilt, die ich zu absolvieren habe; das Pensum, wie die Adoptionsmutter sagt, zum Anfang sicher viel, aber wenn ich die Regeln beherrschte, käme Freude auf und ich würde sehen, wie sie mich voranbrächten, wie angesehen ich mit der Zeit würde, wie man nur Gutes von mir reden würde und ich mich erfreuen sollte an dem Umstand, kein Heimkind mehr zu sein, sondern zu Manieren fähig, die meiner würdig sind. Alles was sie unternehme, wäre in meinem Sinne. Ich mime den Interessierten und verspreche, nie wieder ins Heim zu gehen, und umgehe das von der Adoptionsmutter ausgerufene Heimbesuchsverbot sofort, treffe mich mit den alten Freunden nach der Schule, verbringe mit ihnen die mir vergönnte knappe Zeit. Am gleichen Tage kommt es heraus, wie alles immer gleich herausgekommen ist, durch Plappermäuler und Lehrersleut, die im Lehrerzimmer Zuträger meines Adoptionsvaters sind und alles weitererzählen. Wo man uns als Heimkinder nie als Einzelwesen, sondern immer nur als Gruppe, Bande, Haufen betrachtet hat, bin ich als Adoptionskind nunmehr ortsbekannt, und alle meine Schritte werden wie die eines bunt gestreiften Straßenköters überwacht. Ihr Sohn hat dies und das getan; ich glaube, ich habe da Ihren Sohn bei denen und dem gesehen; wir wollen ja nichts damit sagen, nur denken wir, dass er es nicht soll, oder gehen wir da etwa fehl in der Annahme. Blicke überwachen mich. Ein Tuscheln ist um mich wie von Zeitungsseiten das Rascheln. Sie begutachten mich und sehen an meinem Gang, was ich vorhabe; und jeder im Ort weiß, dass mir von der Adoptionsmutter die Nähe zum Kinderheim untersagt worden ist. Nicht alle, aber fast jeder in unserer Straße wollte behilflich werden und nur mal so erwähnen. Jeder Tag ein Spießrutenlauf. Jede freundliche Person hinter meinem Rücken in eine Petze verwandelt und zu meinen Adoptionseltern unterwegs, die Botschaft zu hinterbringen. Da kommen wir gegangen mit Spießen und mit Stangen, gebt uns Holz und gebt uns Stroh, das soll brennen lichterloh.

Die australische Regierung führte einst ein Gesetz ein, mit dem Regierungsbeamte ermächtigt wurden, Kinder von Ureinwohnern von ihren Müttern zu trennen, damit sich die

Zukunftsaussichten der betroffenen Kinder verbesserten.
Es wurden auf diese Weise unzählige Familien auseinandergerissen, die den Müttern entrissenen Kinder in Schlafsäle verbracht und zur Adoption freigegeben. In ihren Gebieten wurden die Wanderbewegungen der Aborigines kontrolliert. Verwandte wurden voneinander isoliert. Der familiäre Vernichtungszug ging mit der Zerstörung der kulturellen Identität einher; ohne Zugang zu ihren sakralen Orten erstarb die Traumzeit-Mythologie, das auf ständige Erneuerung im Ritus angelegte Weltbild der Aborigines, durch nichts Vergleichbares zu ersetzen.

Zogen die Aborigines in europäische Siedlungen ein, so lieferten sie sich der herrschenden Siedlungspolitik aus. Sie lebten als Viehtreiber, Hilfsarbeiter. Sie durften ihre Sprache nicht mehr sprechen. Ihre Zeremonien und Gebräuche wurden verboten, ihnen der Kontakt zu anderen Aborigines streng untersagt.

Die Wohnung der Adoptionseltern. Dicke Vorhänge, mit Beginn der Dämmerung zugezogen, hindern jedes Licht von außen einzudringen. Die Vorhänge wiegen schwer und lassen sich nur unwillig bewegen. Die Halterungsstangen sind gut verankert und leicht gebogen, vom Gewicht der Vorhänge mürbe geworden. Das Wohnzimmer erinnere ich dunkelgrün, das Innere einer Galle. Die Möbel sind dunkelbraun lackiert. Schwere, eckige Sitzkissen mit goldenen Fäden eingefasst, mit Kordeln versehen. Bommeln. Schnüre. Dunkle Kissen. Dunkle Lehnen. Dunkle Tischbeine. Eine dunkle Anrichte mit einem dunklen Anrichtenaufbau. Eine dunkle Stehlampe mit dunklem Lampenbogen. Am Metallbogen ein riesiger, dunkler Lampenschirm. Lichtundurchlässig. Pergament oder Tierhaut. Üppig ausladende Deckenleuchte mit acht dunklen Krakenarmen drohend über dem dunklen Wohnzimmertisch, um ihn herum vier Stühle, drei Sessel. In der Ecke der vierbeinige Fernseher, groß wie ein

Geldschrank. Decken und Deckchen. Selbst auf dem zierlichen, auf Rollbeinen verschiebbaren Teetischwagen.
Abwechslung bescheren die zwei seidigen Sitzkissen auf der mit Schutzdecken eingemummelten Omakautsch, die von der Adoptionsmutter mit rabiater Handschlagkante in Knickhaltung gebracht werden, sodass sich ihre beiden seidigen Ecken in lachhafte Zierzipfel verwandeln, die sich spitz zur Decke recken, als würden die Sitzkissen um Hilfe rufen. Wenn die Adoptionsmutter die Kissen mit Vertiefung versieht, kommentiert die Großmutter ihr Tun mit einer Kopfbewegung über die Schulter der Adoptionsmutter zu mir hin.
Die Kautsch der Großmutter steht im Großmutterzimmer. Sie nennt sie Kautsch wie K und autsch hinten dran. Kautsch wie autsch sage auch ich zu dem Möbelstück. Das Zimmer liegt hinter der Tür im Flur links neben dem Doppelspiegel. Das Zimmer ist nicht größer, als ein Doppelbett groß sein kann. Die Kautsch ist mit Samt bezogen. Ich fahre mit meinen Fingern die Oberflächen, Seitenflächen, Ränder ab, um Linien zu hinterlassen, die am Ende einem gepflügten Acker ähnlich sehen. Der Samt ist mir kirschenrot in Erinnerung. Ein tiefes gesundes Rot, zum Hineinbeißen frisch und knackig. Die Großmutter schläft in einem Bauernbett mit Holzbogen. Das Bett knarrt so schön. Knarre, alte Ware, knarre. Die Wände sind voller Tapeten. Die Tapeten sind leer. Gehen uns die Tapeten flöten. Wo kriegen wir nur neue schwere Muster her. Denn da ist ja nur die eine Wand mit dem einen Bild geschmückt. Auf dem Bild eine Landschaft. Ein Landschaftsausschnitt. Oberschlesien, wie die Großmutter lobt. Nicht viel größer als ein bescheidener Rembrandt. Die Landschaft, die das Land schafft. Land. Wand. Wald. Allee. Bäume mit dicken Stummeln statt Ästen: alles von dunkler Farbgebung. Auf der Kautsch-autsch sitzen ist schön. Die Wohnung der Adoptionseltern kommt ohne Dusche aus. Die Toilette ist viel zu eng für die zwei beleibten Benutzer, denkt das Kind. In der engen Toilette gibt es nur das winzige Hand-

waschbecken, das mehr ein Modell von einem Waschbecken ist, als dass man es benutzen kann. Eine Miniaturausgabe. Mir reicht es hin. Ich bin klein. Ich kann in der Enge fröhlich sein. Ich kann mich an dem Becken waschen, weil ich kleine Hände mit schmalen Fingern habe. Und lassen sich Tropfen nicht vermeiden, muss das Kind sich bescheiden. Die Fußbank unter meine Füße geschoben und gut eingeübte Hüftverrenkungen getätigt, ermögliche ich mir eine tropfenarme morgendliche Katzenwäsche. Und ist da auch in der Enge kein Platz für die Ganzkörperwäsche, so muss ich dennoch nicht in die Küche umziehen, ans Waschbecken, an die Abwaschschüssel vom Ausziehtisch treten.

In der Küche, rechts neben der Eingangstür, steht dem Adoptionsvater sein gusseiserner Ausguss zur Verfügung. Dreimal größer als mein Minibecken und fest in die Küchenwand montiert. An ihm unterzieht der Adoptionsvater sich der Reinigung, ein immer gleicher, komplexer Bühnenakt, ein Ein-Personen-Theaterstück. Es ist eine klatschende Auftaktmusik zu hören. Besser noch lässt sich die Szene mit einer Komposition von Franz Liszt untermalt beschreiben, eine seiner neunzehn *Ungarischen Rhapsodien*, entstanden unter dem Einfluss der magyarischen Volksmusik, Nummer zwei, in der Interpretation von Jenö Jando. Alles Weitere läuft wie in einem Stummfilm ab. Wer will, bedient sich der Literatur. Man kann zu dem Spiel auch den von einem Raben selbst gesprochenen Text Edgar Allen Poes über der Musik schweben lassen; und dieser Rabe spricht dann mit der Stimme von Gustaf Gründgens.

> Einst, um eine Mittnacht graulich, da ich trübe sann und traurich müde über manchem alten Folio lag vergess' Lehr' – da der Schlaf schon kam gekrochen, scholl auf einmal leis ein Pochen, gleichwie wenn ein Fingerknochen pocht von der Türe her.

Einem Raben gleich in morgendlichen Pantinen, trottet der Adoptionsvater zum gusseisernen Becken. Dürre Bengelbeine in klapprigen Latschen. Hauspantinen, die mit dem Mann gealtert scheinen, zu beiden Seiten lädiert und unübersehbar reparaturbedürftig. Zu diesen Hauspantinen völlig unpassend, trägt der Mann einen tadellos sitzenden Seidenschlafanzug. Das schicke Teil etabliert sich unterhalb einer von Hand gehäkelten, deutlich übergroßen Joppe, die an dem Leib des Adoptionsvaters schlottert. Der Adoptionsvater legt erst die Wolljacke ab und knöpft auf dem Gang zum Gusseisenbecken die Seidenschlafanzugsjacke auf, um sie über die Sitzfläche des Küchenstuhls neben dem Waschbecken zu legen, der für ihn dort hingestellt worden ist; nebenbei bemerkt, es ist der Küchenstuhl, auf dem ich sonst sitze. Ich bin der einzige Zuschauer. Die anderen sind mit sich und mir beschäftigt, tun jedenfalls um mich herum, der ich zwischen Tischkante und Fensterbrett geklemmt am Tisch sitze, den Hals recke und von den Frauen kopfschüttelnd ermahnt werde, den Kopf gerückt bekomme, derweil ich auf mein Frühstück zu warten habe, links neben mir die schmale Tür zur Speisekammer versperrend, das Reich der Großmutter.

Der Adoptionsvater lässt vor dem Becken recht bald die Schlafanzughose runter, gibt allmorgendlich die nackte untere Teilansicht von sich zu sehen, wie einem modernen Ölgemälde entnommen oder als Teil eines gewollt skandalösen Theaterstücks der jüngeren Zeit. Dreht den Wasserhahn auf. Wäscht sich untenherum. Lässt den Waschlappen auf- und abtauchen. Spielt mit dem Waschlappen Verstecken. Kann klatschende Waschlappenaufprallgeräusche nicht vermeiden. Verrät durch das Klatschen, wo sich der unsichtbare Lappen befindet, weil morgens alles so schnell gehen soll und er sich stets mit kaltem, manchmal eiskaltem Wasser waschen muss. Ein wascherprobter, alter Waschlappen klatscht an müde, alte Männerhüfte, verschwindet zwischen Bauchunterseite und Innenschenkel, blitzt am Gesäß auf, erzeugt dabei ein Glucksen wie von Stiefeln beim Wasserwaten im modrigflachen Gewässer. Mich kräuselt das Waschlappenklatschen. Ich habe bis heute kein anderes Wort zur Beschreibung des Vorganges gefunden als das Wort kräuseln, das dem Erlebten als Begriff in etwa Ausdruck verleiht.

Ich sitze am Frühstückstisch und esse zu den Waschgeräuschen mein geröstetes Mischbrot, das lange vor mir liegt und gut mit Zucker bestreut ist und vor mir liegen bleibt, bis der Adoptionsvater die Schlafanzugshose wieder hochgezogen hat. Ich beiße in das harte Brot. Der Adoptionsvater entledigt sich daraufhin der seidigen, geheimnisvoll glänzenden Schlafanzugsjacke, zeigt den Oberkörper her, das fahle Rückenfleisch, das erstaunlich hell, schlaff und von Muttermalen gezeichnet ist; mit Sommersprossen übersät, grad wie ein Sternenhimmel. Iss, Junge, iss, haucht die Großmutter. Der Adoptionsvater dreht den Wasserhahn auf. Er beugt sich unter den Wasserstrahl. Kaltes Wasser fließt über seinen Hinterkopf an Hals und Ohr vorbei. Nichts spritzt daneben wie bei mir, wenn ich an meinem kleineren Toilettenwaschbecken stehe. Mit einem Handgriff lenkt er das Wasser als dünnen Faden auf den Kopf.

Die Adoptionsmutter bekommt von der Großmutter den Krug aus Blech mit dem warmen Spülwasser gereicht. Die Temperatur des Wassers ist die vom Adoptionsvater gewünschte, nicht zu kalt, nicht zu heiß. Die Adoptionsmutter walkt den Adoptionsvaterschopf durch. Dazu nimmt sie eine eckige, klobige Seife. Das Haar ist am Hinterkopf schütterer, ein haarloser Kranz wird sichtbar. Den Kranz bekommt man nur bei dieser Prozedur zu Gesicht. Normalerweise wird das vordere Haupthaar nach hinten über die Lücke gelegt und festgelegt. Wenn der Adoptionsvater sich aufrichtet, hängen die langen Haare vor seinem Gesicht bis an sein Kinn herunter. Er sieht dann einem Hund ähnlich, oder den Pilzköpfen, die er von Herzen hasst.

Alles an der Prozedur ist so vorbildlich eingeübt. Die Seife wird ihm hingehalten. Er muss nicht lange tasten. Er greift zu und hat sie in seiner Hand. Der Krug wird ihm gereicht. Er muss nur nach dem Henkel fassen. Der Krug wird vom Adoptionsvater eine seltsame, lange Weile schwebend in den leeren Küchenraum gehalten. Die Adoptionsmutter nimmt ihn an sich und gibt den Krug an die Großmutter weiter, die ihn empfängt und auf den Herd zurückstellt. Der Adoptionsvater legt das Handtuch über den Hinterkopf und zieht den Kopf unter dem Hahn hervor. Sein Haupt ist vollends mit dem Tuch bedeckt und nur die langen Haare bilden noch eine freie Gardine. Der Adoptionsvater setzt sich auf den bereitgestellten Stuhl. Erst vorsichtig, dann immer stärker rubbelt die Adoptionsmutter den Adoptionsvater trocken. Mit dem durch ein trockenes Handtuch umwickelten Kopf verschwindet der Gereinigte ins Schlafzimmer, aus dem er gekämmt, geföht und für den Schuldienst vollständig angekleidete nunmehr als der Herr Lehrer heraustritt, als den ich ihn kenne.

IM ADOPTIONSHAUS ist die Küchenklappe unterhalb des Küchenherdes, der Kochmaschine genannt wird. In meiner Erinnerung ist der Herd ein Wunderteil mit rundherum führender Stange, Stangenhalter, Rohr, Feuerstelle, verschiedenen Klappen, einem Aschblech. Die Großmutter richtet die Backröhre der Kochmaschinerie für den Backvorgang her. Die Kochmaschine wird jeden Morgen angeheizt. Klappen sind zum gegebenen Zeitpunkt zu öffnen und zu schließen. Hebel werden in Gang gesetzt. Die Großmutter steht wie auf der Dampflok, die auf einer Schmalspurbahn von Bad Doberan abfährt. Die Lokomotive wird von der Bevölkerung liebevoll Molli genannt. An sie erinnert mich die Großmutter, wenn sie an der Kochmaschine steht. Auf dem Weg nach Bad Doberan über Kühlungsborn, Heiligendamm und zurück rattert die Lok, fährt, an Feldern vorbei, prachtvolle, alte Alleen entlang, durch den Buchenwald, an kleinen Tümpeln vorbei, auf denen Schwäne als

Dauergäste schwimmen. Der Molli quetscht sich zwischen die bürgerlichen Häuserreihen in Bad Doberan und faucht mächtig.
Wir standen am liebsten direkt hinter der Lok, ließen unser Haar peitschen, unsere Gesichter von Rußpartikeln sprenkeln. Wir stießen laute Schreie aus, wenn die Dampflok warnend hupte, das Hupen die Ohren nahezu betäubte. In dem Film, der eine vergebliche Liebe zwischen einem Studenten und einer Varieté-Entertainerin im Berlin der dreißiger Jahre vor dem Hintergrund des aufkommenden Nationalsozialismus erzählt, schreit Liza Minnelli unterhalb einer Bahnbrücke, um das Gefühl von absoluter Freiheit zu genießen. Wir schreien auf der vorderen Plattform hinter der fauchenden Lokomotive.
Ich bin, neben dem trittsicheren Schleichen, hervorragend darin geübt, gesteiftes Leinentuch über Schüsseln so anzuheben, dass ihm nichts von seiner erhabenen Steife verloren geht und ich an den Pudding herankomme. Zu diesem Zwecke lerne ich, gesteifte Überziehtücher so anzuheben und wieder so über den Schüsselrand zu bringen, dass keine Falte von meiner Freveltat zeugt. Ich übe jenen wichtigen, nahezu chirurgischen Kunstschnitt mit der Gabel in den verführerischen Brei, dessen es bedarf, damit äußerlich nichts von dem Eingriff zu sehen ist, keinerlei Narben auf der Griesbreihaut bleiben. Wie ein Fachmann löse ich von der Masse Brei. Es braucht Übung und eine gewisse Fertigkeit, an einem Wabbelpudding so zu operieren, dass die Operation unauffällig ist. Man trennt den Wabbel unterhalb der Oberschicht durch, hebt die Oberdecke an, legt sie beiseite, schneidet sich ein Stück aus der Bechermasse, passt die Oberdecke wieder ein und fertig. Man kann auch eine gleichmäßige Schicht vom Gesamtkörper oben abtrennen, muss dann aber den verbliebenen Rest mit einem Hauch von Wasserdunst überziehen. Wundtopfsteiftuch-Methode nenne ich die Methode, die mir immer einen ordentlichen Batzen Götterspeise und

Fruchtgelee beschert hat, ohne dass je eine Nachbehandlung nötig war.
Ich erinnere mich mehr und mehr. Das Schlafzimmer mit seinem Riesenschrank. Die Kernfedermatratzen. Der Spalt zwischen den Kernfedermatratzen. Die Seidendecke über beiden Betten. Federn und Kopfkissen. Goldfarbton. Der kleine Eisenofen mit acht Kacheln bestückt. Die Fensterscheiben zugefroren. Eispanzerung, in die Löcher gehaucht werden, um den Winter vor dem Haus zu sehen. Ich erinnere die Scheune, das Hühnergatter, die Hühner im Gatter, den ausgehöhlten Baumstamm, in den hinein das Hühnerfutter geschüttet wurde. Im Futter Eierschalen, die ich dem Nachbarn bringe. Ich gehe die Treppe wieder unterm Schlafzimmerfenster zum Keller, der ein Waschkeller ist, mit einem runden Waschzuber. Ich erinnere die zwei Waschbadewannen. Das Bad im Zuber. Wasser, von der Großmutter eingelassen. Wannen, in denen ich stehe, mich rubbeln lasse. Das Waschbrett. Die Riesenkelle zum Umrühren der Wäschestücke.
Der Geruch nach Seife und Schmutzpartikel. Die Tür hinterm Waschzuber. Die Türen hinter der Tür zu unserem Keller. Die Regale voller Einweckgläser. Erdbeeren. Apfelstücke. Grüne Bohnen. Birnen. Tomaten. Pflaumenmus. Kartoffeln in Stiegen. Äpfel auf Latten ausgelegt, zwischen den einzelnen Früchten Lagen Zeitungspapier. Das Funzellicht der blanken Birne. Der Kohlenkeller. Die Kohlenberge vor dem Kohlenfenster, durch das die Kohlen geschaufelt werden. Den schwarzen Ruß, den man nach der Arbeit schnauft. Die Treppe vom Keller zu den Nachbarn hinauf. Die geheimnisvolle Treppe. Die verbotene Treppe. Die Treppe der Nachbarn, die man nicht besteigen darf; nur im äußersten Notfall, wenn der Schlüssel zu unserer Wohnung nicht gefunden wird und man sich Zugang über die Nachbarwohnung zur eigenen Wohnung verschaffen muss. Die Wohnung der Nachbarn, schnell zu durchhuschen. Der Geruch nach altem

Kram. Der viele Kitsch. Die vielen Teppiche übereinandergelegt. Der viel schönere Flur der Nachbarn. Der gemeinsame Vorflur. Die Tür zu unserer Wohnung. Hinter der Tür die schmale bunte Treppe. Der lange Teppich, den sie Läufer nennen, der von Stufe zu Stufe läuft, von Messingstangen gehalten, die in Messinghalterungen stecken, einmal im Jahr, wenn der Frühjahrsputz ansteht, ausgelöst, dass die Treppe bloß und nackt ausschaut ohne ihren Läufer, den die Großmutter und die Adoptionsmutter ums Haus zur Klopfstange zum Ausstauben tragen. Die Klopfstange, gut geeignet zum Hangeln und Klettern. Du schönes Schweinebaumeln. Die Wäschestangen. Die Wäscheleinen. Die Stangen zwischen die Leinen gebracht. Die mit weißer Wäsche versehenen Leinen. Wäschestücke, die dann gen Himmel vom Wind erfasst werden und im Winde flattern.

Gemessen an ihren Lebensjahren war der Bestand an Büchern und Schallplatten regelrecht mager. Ich meine, in der Wohnung der Adoptionseltern stehen keine zwanzig Bücher, unter ihnen, auf dem großen Radio, *Deine Gesundheit von A bis Z* und *Ballett A bis Z* in trauter Gemeinsamkeit mit dem *Operettenführer von A bis Z* und einem schmalen Band *Goethes Werke,* alphabetisch geordnet. Die Adoptionsmutter schwebt in höheren Sphären, eines gewissen Herrn Knigge wegen. Sie legt mir dessen Buch *Über den Umgang mit Menschen* nahe, belehrt mich mit Texten aus dem Buch, unterweist mich anhand der von Herrn Knigge zu Papier gebrachten Regeln, den fest in ihr Herz geschriebenen Grundregeln. Freiherr von Knigge, haucht sie verzückt, von dem im Arbeiterstaat nicht geredet wird, was sie unendlich traurig mache, erreichte zu Goethes Zeiten höhere Auflagen als Goethe selbst. Oh, wie sie ob dieser Verkündigung zu ihren Worten triumphiert, wie dabei ihre Augen glänzen. Ich kenne Knigge nicht und nicht, was die Adoptionsmutter vom Benehmen sagt. Die Schule, in die ich gehe, trägt den Namen Goethes. Gutes Benehmen, unterrichtet die Adoptionsmutter mich, bilde sich aus Regeln wie in der Schrift Buchstaben das Wort erbauten, Wort zu Wort Satz werde, Satz um Satz den gesamten Roman eines Lebens darstelle. Unumstößlich seien Umgangsformen, die als Gesamttext ein Leben bestimmten, es auf hohem Niveau zum Tragen brächten. Gutes Benehmen käme dem Rezitat gleich. Wer das Alphabet des guten Benehmens aus dem Effeff beherrscht, wem Benehmen in Fleisch und Blut übergegangen ist, dem wird die Schule des Lebens leicht und er wird sie frohgemut mit Bestnoten meistern, sagt sie in ungezählter Häufigkeit zu mir.

Es ist nicht gelogen, wenn ich an dieser Stelle des Textes behaupte, während der Adoption aus Not und zur Abwehr aller mir abverlangten, auferlegten Unsinnigkeiten, im Handumdrehen das Handwerk eines guten Adoptivsohnes gelernt zu haben. Meine Bemühungen, mich in die Situation einzufinden, nehmen bedenkliches Ausmaß an. Ich verselbstständige mich. Ich gebe vor zu sein und bin es nicht. Ich lebe eine von den Adoptionseltern losgelöste innere Wahrheit, die mich hindert, den Adoptionseltern willfährig zu werden. Sie bleiben fremde Menschen für mich. Ich bin in den Anfangsjahren der Adoptionsmutter wohlgefällig, führe aus, was sie will, und führe sie trotzdem hinters Licht. Alles, was geschieht, bringt mich gegen die Adoptionseltern auf und setzt mich unfreiwillig in die Spur der Mutterfindung. Ich gewöhne mich an die verschiedensten Formen permanenter Bevormundungen, Belehrungen durch die Adoptionsmutter. Entspreche ihren Anforderungen. Worin mich die Adoptionsmutter auch unterrichtet, was sie mir abverlangt und was allgemein vom Zögling erwartet wird, hat nichts mit dem zu tun, was ich als Kind geworden bin. Die Adoptionseltern machten einen Anfangsfehler, als sie beschlossen, das Thema Mutter und Vater als Thema auszuschließen, mir nichts über meine Herkunft zu sagen. Sie setzten auf Stillschweigen und drückten damit Desinteresse an mir und meiner Person aus.

Ich musste ihnen gegenüber skeptisch werden. Die Natur lässt sich nicht betrügen und ausschließen. Die Vorsichtsnahme und das Verschweigen erst haben mich in Richtung Mutter geführt. Sie haben somit erfolgreich vorangetrieben, was sie zu verhindern suchten. Es herrschte von Anfang an eine unüberwindbare Distanz zwischen uns, der Abstand zwischen ihnen und mir verlor sich nie. Ach, was wird denn meine Mutter sagen, wenn ich einst kehr zurück und einen Spitzbart trage, mein Sohn, was bist jetzt du, bin Polier, fideri, fidera, sauf nur noch Bier, fideri fidera, bin Polier, ach was wird denn meine Mutter sagen, wenn ich einst kehr zurück mit einem Schnurrbart, mein Sohn, bin Architekt, fideri, fidera, sauf Sekt, fideri, und ach was wird, kehr ich zurück mit Vollbart, bin ein Lump, fideri, fidera, sauf nur auf Pump, fideri Lumppump fidera.

Wer möchte als Menschenfresser erscheinen und diejenigen Menschen runterputzen, die einen aus dem Kinderheim geholt, ihrem Heim zugeführt, es einem muttervaterlosem Kind zur Verfügung gestellt und es gut mit einem gemeint haben? Es legt die Vermutung nahe, ich wollte mit meinen Ausführungen das letzte Band zu diesen Menschen zerschneiden. Nur findet der Schmerz immer wieder zu mir, wenn ich mich an die Adoptionsmutter erinnere und mich zu ihr befrage: Wie durfte nur eine so unerhört eitle Person wie meine Adoptionsmutter Herrscherin über ein Kind werden, eine selbst unterentwickelte Persönlichkeit. Ein Mensch, der sich gegenüber den im Dorf Lebenden als etwas Besonderes dünkte. Eine Frau, die keine Kinder gehabt hat, niemals Kinder wollte, mit Kindern nichts anzufangen wusste, einer plötzlichen Eingebung folgend, sich für ein Kind erwärmt hat und den Nachweis zur Befähigung nicht erbringen brauchte. Jene Person darf einfach so in ein Kinderheim spazieren, sich aus dem Angebot des Heimes einen Zögling auswählen und alsdann behandeln, wie sie will, nur weil die Frau mit einem Mann zusammenlebt, der etwas darstellt in der Hierarchie des winzigen Ortes an der Ostseeküste. Die fachliche Anerkennung des Ehegatten im Schulbetrieb, dessen Nähe zu Heim und Kinderheimleitung allein ermöglichen es der Unbedarften, mit einem Kind beschenkt zu werden und in der Folgezeit sich an ihm nach Gutdünken auszuprobieren.

Leidende Kinder haben sich im Frühjahr bei der Menschenrechtsorganisation Garant XXI über die unmenschlichen Bedingungen in ihrem Heim beschwert, und die Sache ist durch sie an die Öffentlichkeit gekommen. Ein Mädchen berichtet, der Direktor des Kinderheims hätte sie in eine psychiatrische Klinik einweisen lassen, wo ihr einen Monat lang Tabletten und Spritzen verabreicht worden sind. Ein Junge, der zweimal in einer derartigen Anstalt saß, drohte mit Selbstmord, würde man versuchen, ihn erneut dorthin abzuschieben. Die Staatsanwaltschaft wies die Heimleitung daraufhin an, die Rechtsverletzungen zu beseitigen und die Schuldigen zur Verantwortung zu ziehen. Dies passierte aber offensichtlich nicht. Schlimmer noch: Die Leitung des Heims, die Miliz und lokale Beamte versuchten, die Kinder mit Drohungen einzuschüchtern. Die aber ließen sich nicht beirren und reichten im September erneut eine Beschwerde ein. Mit dem Erfolg, dass die himmelschreiende Behandlung nun vor Gericht kommt.

MAN WIRD SAGEN: Aber sie war doch so entschlossen und ist mutig die Sache angegangen. Und mit ein bisschen Glück hat sie aus ihren Fehlern lernen können. Man muss sich dann allerdings gefallen lassen, gesagt zu bekommen: Theaterspielen war ihr wichtiger, als Mutterersatz zu werden. Steril war ihre Vorstellung von der Mutterschaft. Altmodisch waren ihre Ansichten, verstaubt die Bücher, aus denen sie ihre Lehren holte. Ich klage ein, von meiner Adoptionsmutter aus egoistischen Gründen für erzieherische Versuche missbraucht worden zu sein. Ich wurde in den vier Jahren der Adoption gegen meine Natur gezwungen. Ich sehe mich gegen meine Talente und das bereits vorhandene individuelle Potential

fehlerhaft umerzogen. Mir ist während der Adoptionszeit am intensivsten vorenthalten worden, was ich am meisten gebraucht hätte: Zuneigung, Mutterliebe, Wärme, Entdeckung und Ausweitung meiner Talente. Von den schönen Dingen, die eine Adoption mit sich bringen soll, habe ich nur wenige Krumen abbekommen. Ich habe die Umerziehungszeit über zu verzichten, worauf auch im Heim die Heimkinder verzichten müssen, nämlich auf die Anerkennung ihrer Person, auf Einfühlung, Vermögen, Verbundenheit. Ich habe während meiner Adoption nicht viel mehr an Liebe und Zuwendung erhaschen können, als mir während meiner gesamten Kinderheimzeit zugefallen ist. Ich bin zudem den Adoptionseltern keine Bereicherung. Sie pflücken mich aus dem staatlichen Kinderheim wie von einem privaten Schuttberg. Sie passen mich als ein Erziehungsstück in ihr System ein. Sie halten den Ist-Zustand für ausreichend. Diogenes zog als Wanderlehrer aus, ein bescheidenes Leben zu führen. Es heißt, er lebte in einer Tonne und wäre tagsüber mit einer hellen Laterne in Athen unterwegs gewesen. Immer auf der Suche nach dem aufrechten, echten Menschen, den es wohl auf Erden nicht gibt. Auf die Frage nach seinem größten Wunsch soll er Alexander dem Großen geantwortet haben: Geh mir aus der Sonne. Und dann sollen beide Männer am gleichen Tage zur gleichen Uhrzeit an der gleichen Krankheit und in der gleichen Stellung gestorben sein. Diogenes galt als Schriftsteller und verfasste in seinem Leben nicht einen Text. Alle ihm unterstellten Werke sind reine Erfindung. Diogenes existiert als seine Fälschung. Mir ist zu meinem großen Leidwesen die einfache Unterart von möglicher Vatermutterliebe erspart geblieben. Alles Ersatzhandlung. Alles Notbehelf.
Ich erinnere eine Ersatzmutter wie aus dem Tollhaus entlassen und mir übergestülpt. Ich habe mit einem Ersatzvater zu tun, der sich feige aus allem herausgehalten hat und mit dem Satz: Du machst das schon, die völlig Unbedarfte, die kinderlose Ehegattin an dem Heimkind hat machen lassen.

Er ist die Adoptionsjahre über geblieben, was er auch schon ohne das Adoptionskind gewesen ist: ein Schachspieler, der mit sich allein bei sich daheim an einem kleinen Schachspieltisch Schachwettkämpfe trainiert. Er ist der Ehefrau ein zuverlässiger Vollstreckungsgehilfe. Er hat nichts zu meinem Werdegang beigetragen. Sein einziges Verdienst bleibt, gut genug bekannt mit dem Kinderheimleiter gewesen zu sein. Rückblickend sage ich: Allemal besser, ich wäre im Heim geblieben und hätte weiterhin als Vollwaise Tag für Tag tapferer mit mir und dem Leben zurechtkommen dürfen. Allemal spannender, sich vorzustellen, was aus mir geworden wäre, hätte man mich im Heim volljährig werden lassen. Ich bin das zweimal angeschossene Kitz, zweimal freigegeben, zweimal auserwählt und zweimal nach kurzer Zeit wieder an das alte Heim zurückgegeben. Es hätte dabei bleiben müssen. Man sieht sich getestet und zurückgegeben. Niemand sagt dir, woran es lag oder liegt, warum man dich nicht haben will oder wollte. So bleibe ich auf dem Berg von Vermutungen und Selbstbezichtigungen hocken. Der Berg ist so breit und so hoch, und Gras ist über ihn gewachsen. Das Gras der Zeit. Das Moos des Schweigens. Die wiesengrünen Lügen. Abseits in die Büsche schlage ich mich, will nicht, kann nicht zum Mainstream gehören, bin behindert, mir selbst Behinderung. Unbeabsichtigt wird mir das Zeugnis, das in einem Schaukasten meines Kinderheimes ausliegt, zum Verhängnis. Es geht nicht darum, Leute in der Schrift zu schützen, die es nur gut mit einem Wesen gemeint haben. Es geht darum, Kinder vor Menschen zu schützen, die sich ihrer nicht erwehren können. Wut erfüllt mich, Grauen, Hass, Verzweiflung, wenn ich nur genügend gut gelaunt über meine Adoptionseltern Urteil fälle, mich der Heiterkeit im Urteil bediene: Zu einem so kontaktbereiten Heimkind wie mir konnte kein Kontakt aufgebaut werden. Ein Wesen wie ich, ein Kind in den Heimen vorgeformt, lässt sich nicht nach den grotesken Regeln eines Anstandsbuches erziehen. Sie hätten besser daran getan, mich nicht anzurühren. Sie hätten diese Frau nicht nach mir greifen lassen dürfen. Ich wäre im Kinderheim günstiger in die entscheidenden Entwicklungsjahre gekommen. Der Vorwurf lautet: Laien haben sich zu meinen Stiefeltern ermächtigt, sich in mein Leben gedrängt, Unbedarften ist der Zugriff auf eine kindliche Person erlaubt worden. Und niemand hat die beiden nach Befähigung gefragt. Das Heim war einen Esser los. Ich wurde als Heimkind systematisch ausgelöscht. Die Adoptionsmutter widmet sich dieser Aufgabe mit so inniger Inbrunst wie absoluter Unfähigkeit. Das rettende Gute verrichtet in der Folgezeit die Großmutter heimlich, still und nebenher. Dass der Mensch Augen hat zu sehen und Ohren zum Hören und einem Mund, um auszusprechen, was gesagt werden soll, weiß ich von der Großmutter. Lass sie reden, schweig fein still, hollahi, hollaho, kann ja lieben, wen ich will, hollahihaho, geh ich in mein Kämmerlein, trage meinen Schmerz allein, wenn ich dann gestorben bin, trägt man mich zum Grabe hin, setzt mir keinen Leichenstein, pflanzt mir drauf Vergissnichtmein, hollahiaho.

<u>Einwilligung der Eltern</u>
Zu einer Annahme an Kindes Statt ist die Einwilligung der Eltern des Kindes und, sofern es das 14. Lebensjahr vollendet hat, auch des Kindes erforderlich. Die Einwilligung des Vaters eines außerhalb der Ehe geborenen Kindes ist nur erforderlich, wenn ihm das elterliche Erziehungsrecht übertragen wurde. Hat das Kind einen anderen gesetzlichen Vertreter, ist auch dessen Einwilligung notwendig. Die Einwilligung ist vor dem Organ der Jugendhilfe oder in notariell beurkundeter Form zu erklären. Sie ist unwiderruflich. Die Einwilligung kann erteilt werden, ohne dass die Eltern des Kindes die Person und den Namen des Annehmenden erfahren. Verweigert ein Elternteil die Einwilligung und steht die Verweigerung dem Wohle des Kindes entgegen oder ergibt sich aus seinem bisherigen Verhalten, dass ihm das Kind und seine Entwicklung

gleichgültig sind, kann die Einwilligung dieses Elternteils auf Klage des Organs der Jugendhilfe durch das Gericht ersetzt werden. Dem Antrag kann auch ohne Einwilligung eines Elternteils entsprochen werden, wenn dieser Elternteil zur Abgabe einer Erklärung für eine nicht absehbare Zeit außerstande ist, ihm das Erziehungsrecht entzogen wurde, oder sein Aufenthalt nicht ermittelt werden kann.

Ich bin raus aus dem Heim und kann in kein Heim mehr zurück. Fortan habe ich in einer Küche, nicht größer als zwei Tischtennisplatten, in einem Schlafzimmer, das ein Doppelbett ist und ein Kleiderschrank mit drei Türen, an dem man sich vorbeiquetschen muss, zu leben; mit einem winzigen Flur, einem viel zu engen Klo, einer Wohnstube, verstellt mit Möbeln, Beinen, Lehnen, einem Teetisch und Vorhängen vor den Fenstern, die ich nicht unbehindert vor- und zurückziehen kann. Wohntechnisch ist da nichts für den Zuwachs getan worden, sie haben das Heimkind in ihre Beengtheit mit eingebaut. Jahre zuvor ist ihnen ein großer Schäferhund zugelaufen, beichtet die Großmutter und lacht. Als der Adoptionsvater noch nicht mein Adoptionsvater war, wäre er über das weite Schneefeld gelaufen und beide hätten sie sich nur angesehen, und beide wären sie stehen geblieben, hätten lange so im Freien gestanden, ehe der Schäferhund dann zum Spaziergänger herübergewechselt wäre und mit ihm gegangen sei. Ein wohlerzogener Hund, zu dem man nur Platz sagen brauchte, schon hätte er sich hingesetzt. Und auch wäre er nie von der Seite gewichen, so etwas wie ein Familienmitglied geworden, das sie am Samstag im großen Waschzuber gebadet hätten und eingeseift wie ihr eigenes Kind. Dem Stöckchen nach wäre er gelaufen, sooft sie ihn geschleudert hätten, und aus sei es damit gewesen, wenn sie nur Aus zu ihm gesagt hätten. So will die Adoptionsmutter auch ihren Adoptivsohn folgsam zu Werke gehen sehen. Den Schäferhund hätten sie in ihrer Wohnung kaum gespürt, wo soll es da mit einem Kind Probleme geben. Platz sei in der kleinsten Hütte, hätten sich die Adoptionseltern gesagt; und also ward dem Neuankömmling aus Platzgründen kein eigenes Bett eingerichtet. Ich liege bei den Adoptionseltern im Doppelbett. Ich fülle den Freiraum zwischen ihr und ihm aus. Zwei Federkernmatratzen, der ganze Stolz der Hausfrau, von denen sie hochachtungsvoll spricht, wobei sie die Silben: Fe-der-kern-ma-trat-ze, stark betont, als ginge es um Juwelen. Fe-der-kern-ma-trat-ze beschliefe in der Umgebung keiner. Fe-der-kern-ma-trat-ze fände sich nur bei den feineren Herrschaften. Fe-der-kern-ma-trat-ze sei Schlafkomfort pur, edel, hilfreich und gut sei sie, bilde starke Charaktere; je hochwertiger die Fe-der-kern-ma-trat-ze, desto intensiver wirke der Fe-der-kern der Ma-trat-ze auf das menschliche Gemüt. Man füttert den Geist, wie man sich bettet. Man habe sich zu betten, wie man angesehen sein wolle, so ihre Theorie zur Fe-der-kern-ma-trat-ze.

Alles, was ich sonst so aus der Vergangenheit erinnere, ist matt und grau und mit den Jahren auch stumpf geworden. So deutlich, als hätte ich es erst vorherige Nacht verlassen, ist mir das Bett der Adoptionseltern vor Augen. Sooft ich an die erste Nacht und all die Nächte nach der ersten Nacht dort zurückdenke, befällt mich das kindliche Grauen. Ich liege in der Mitte über dem Spalt der Fe-der-kern-ma-trat-zen, der geschlossen ist, wenn ich zur Nachtruhe liege, sich aber öffnet, auseinanderklafft, legen sich von rechts und links die beiden Nachtleiber der Adoptionseltern auf die Matratzen. Sie räkeln sich unter ihren Federbetten, traktieren die Fe-der-kern-ma-trat-zen, dass die sich biegen unter den Lasten, wobei sich zwischen den Rändern der Fe-der-kern-ma-trat-zen ein klaffender Spalt bildet, der mich in eine beklemmende Situation bringt. Aus dem wohligen Schlaf reißt es mich. Über einer tiefen Schlucht hänge ich plötzlich, kralle mich an Berghängen fest, drohe, wenn die Kräfte nachlassen, unweigerlich abzustürzen. Mit Armen und Beine halte ich mich über diesem Abgrund, rette jede Nacht meine körperliche Schmächtigkeit mit der Fußzehe, den Fingerspitzen vor dem Absturz in den Fe-der-kern-ma-trat-zen-Graben, den Fe-der-kern-ma-trat-zen-Canyon. Die Fe-der-kern-ma-trat-zen-Nächte entwickeln sich zur ewig wiederkehrenden bösen Erscheinung. Durch eine simple Versuchsanordnung ist sie am ehesten zu veranschaulichen. Die Demonstration ist dem Physikunterricht in der Unterstufe entlehnt. Man lege zwei Fe-der-kern-ma-trat-zen eng zu einer Fläche aus und gebe über die Trennlinie ein schmales Brett (eine altmodische Elle, ein helles, französisches Baguette, ein viereckiges Mecklenburger Vollkornbrot tun es auch), beschwere die Feder-kern-ma-trat-zen zeitgleich mit zwei großen Eisenkugeln oder schweren Medizinbällen. Die Fe-der-kern-ma-trat-zen beulen nach unten aus. Die Elle in ihrer Mitte, eben noch auf der Kimme liegend, verschwindet, wie das französische Brot schwups verschwindet, Messer, Gabel, Schere, Teller, Kelle, Tasse, Brotmaschine, Häuser, Wälder, Berge, Bäume, Rinder, Rinden, alles würde verschwinden. Wie ich, der ich ein schmales Kerlchen bin nach den zehn fettlosen Jahren Heimkost. Jede Nacht wieder neu über der gefräßigen Klappe der zwei Fe-der-kern-ma-trat-zen. Und die Kräfte des Widerstandes lassen in der Nacht rascher nach, als man noch am Tage denkt. Man gibt schneller auf und sucht sich mit dem Spalt zu arrangieren, richtet es sich in dem Spalt so gut es im Schlechten geht ein. Als der liebe Gott die Welt erschaffen, schuf er Vögel, Rindvieh und auch Affen mitten in die große Welt, hat den Adam ganz alleine hinzugestellt, und dieser ist allein geblieben, hat folglich keinen Handel getrieben, sonst womit sich die Zeit vertrieben, dazu schweigt des Sängers Höflichkeit. Ich beklage mich bei der Großmutter, die mich Häschen in der Grube nennt. Armes Häschen, bist du krank, dass du nicht mehr hüpfen kannst, Häschen hüpf. Sie erreicht, dass mir die Liege in der Wohnstube angeboten wird; eine Art Ottomane, nach hinten zu schmaler werdend, nicht viel breiter als der Platz über der Matratzenspalte, aber eben kein schnappendes Maul mehr, sondern eine angenehme Ruhestätte, auf der ich mich mit Geschick drehen und nach Herzenslaune wenden kann, die Nacht für mich liege, nicht der vollen Länge nach, aber immerhin, heilsamen Schlaf finde.

> Scott Robert Becker aus dem Bundesstaat Kansas hat sich laut Fernsehberichten kurz nach der Geburt des Mädchens April von der Mutter scheiden lassen und dabei sein Kind aus den Augen verloren. Wenig später besann er sich aber und startete eine Suche nach seiner Tochter, die erst jetzt dank Internet zum Erfolg führte. In einem Restaurant in Atlanta im US-Bundesstaat Georgia schlossen sich Vater und Tochter vergangene Woche in die Arme. Auch April suchte seit geraumer Zeit ihren Vater und surfte viele Male erfolglos im Internet. Bis ihr dann die Idee kam, dass ihr Vater nach ihr suche, die Suchmaschine mit »Scott Robert Becker sucht April« zu füttern. Sofort stieß sie auf die von ihrem Vater eingerichtete Internetseite: Liebe April, wenn Du das liest, bitte schicke mir eine E-Mail. Ich bin Dein Vater und möchte so gern mit Dir reden. Die in Georgia lebende April Antoniou ist inzwischen Mutter zweier Kinder im Alter von vier und sechs Jahren.

UND IM VERLAUF der Adoption klopfen immer neue Muttersehnsüchte an meine Pforte. Ich bin das brave Adoptionskind und wende mich von der Adoptionsfamilie ab. Außer der Großmutter, die eine starke Anziehungskraft auf mich ausübt, die mich nicht abschreckt, mir das Kochen beibringt, habe ich niemanden mehr. Vorher war da das Kinderheim, die lose Gemeinschaft der Verlorenen. Jetzt sind da die Großmutter und deren Unterdrückung im Haus, denn auch sie ist nur geduldet, angehalten, sich zu beschäftigen. Sie gewinnt mich als ihren Anhänger, weil es ihr nicht anders geht als mir. Ich nehme sie nicht als Mutterersatz an. Ich kann mir vorstellen, wie es ist, eine Oma zu haben. Ich trete zu ihrem Denken über. Was die Adoptionsmutter mit mir unternimmt und sich an Aufgabenstellung ausdenkt, lerne ich auswendig, übe ich ein. Und entwickle gleichzeitig den Wunsch, das Adoptionshaus so schnell als möglich wieder zu verlassen.

> wir alle, die wir träumen und denken; wir schließen Bilanz, und der unsichtbare Saldo spricht immer gegen uns.

MAN BESCHIMPFT MICH NICHT. Ich werde unterwiesen, auf einen Missstand aufmerksam gemacht und sehe mich freundlich angehalten, ohne Widerrede zu verrichten, den Anweisungen zu folgen, nach dem Sinn nicht zu fragen. Ich bin kein Heimkind, bin Dorfkind, habe gewisse Dinge zu tun und Spaß an dem zu haben, was sie für mich mit mir unternehmen. Der Pöbel soll unter seinesgleichen bleiben, nach der Pfeife des Mobs selig und verloren tanzen. Der allgemeinen Gesellschaft und ihren schamlosen Vergnügungen gegenüber ist Vorsicht geboten, Gewöhnlichkeit und Vulgarität sind abzulehnen. Ich bin ein Maskenkind. Mein Hut, der hat drei Ecken, drei Ecken hat mein Hut, und hätte er nicht drei Ecken, so wäre es nicht mein Hut. Die Großmutter unterrichtet mich in Grundlagen. Ich bin ihr aufmerksamer Schüler und bald aufs Beste von ihr unterwiesen, was Grüne Klöße aus Mehl und Stärke, Kartoffelbrei mit Sauerampfer anbelangt, Kalbsnierenbraten, Forelle, Aal in Gelee. Sie weckt mich vor dem allgemeinen Aufstehen: Heute ist Aaltag, Junge rasch. Sie übergibt mir die Börse, die Tragetasche. Ich eile durch die Vormorgennacht zum Fischerlandesteg, wo sie Donnerstag immer dünne, zum Räuchern ungeeignete Aale kiloweise gegen ein geringes Geld feilbieten. Nimm so viel, wie sie dir geben, mahnt die Großmutter. Ich reiche dem Fischverkäufer den Beutel hin. Er lässt hinterm Verkaufstisch die Strippen genannten dünnen Aale in die Extratragetasche aus derbem wasserundurchlässigem Material verschwinden. Gibt es schon wieder Aal in Gelee bei euch,

auch gut, und grüß mir deine Oma schön, sagt der Fischer, reicht mir die Beutel. Kein leichtes Unterfangen, die schwere, lebendig wabernde Aalstrippentragetasche den Weg zurück zu schleppen. Gewicht ist ein anderes Wort für Gravitationskraft, jene Kraft, mit welcher ein Körper, in diesem Fall meine Tragetasche voller Aale, von der Erde angezogen wird. Das Gewicht ist an der Balkenwaage ablesbar. Meine jungen Arme bekommen die Gravitationskraft mit zunehmendem Weg immer stärker zu spüren. Ich muss die Tasche abstellen, Hand und Arm ausschütteln. Immer öfter die Hände abwechseln. Immer häufiger anhalten, ausruhen, anheben, den Zappelbeutel vorwärtstragen. Aus dem Tragen wird ein wehes Schleppen. Zum Schluss möchte ich den Beutel ziehen, schleifen, stehen lassen, die Last los sein. Und habe nach dem Durchatmen neuen Mut zu fassen, mich zu überwinden. Die Großmutter wartete.
Das Meer befindet sich am Ende der Straße, hinter dem kleinen Park, unterhalb der zehn bis zwölf Meter hohen Steilküste. Ich mühe mich ab und muss an den kleinen Strandläufer denken, der unbelastet am Strand entlangläuft, nach Nahrung pickt und unbesorgt lebt und keinen Einkaufsbeutel kennt und nichts von der Prozedur weiß, die meine Aale daheim erwartet. Da ist die Großmutter, die mich tapfer nennt, lobt, mir die Tasche abnimmt, jedes Mal: Feine Dinger, ach und wie die erst schmecken werden, sagt. Ich trete scheu neben sie hin, halte gebührenden Abstand zum Küchentisch, der ein Möbel mit ausziehbarem Unterteil ist, in der Zugvorrichtung zwei Emailleschüsseln eingepasst, tief wie die Sandlöcher, die wir Kinder mit unseren Händen am Strand graben, um die Wasser von unten zu locken, uns die Grube zu füllen. Die beiden Schüsseln sind in kreisrunde Aussparungen eingepasst. Der Tischbelag ist an einigen Stellen rissig. Kleine Löchlein entstehen. Risse und Löcher bilden mit der Gaze im Wachstuch ein besonderes Dekor. Es erinnert an alte Kunst, Ölgemälde alter

Meister. Vertrocknete Einzelstücke verlieren den Halt, lösen sich, geben die Gemeinschaft auf, hinterlassen Lücken. Die Großmutter repariert die Oberfläche mit Tapetenleim und Zeitungspapier.

Und dann geht alles grausam schnell. Der Tüteninhalt wird in die Schüssel gekippt, die Aalmenge zu gleichen Hälften über beide Behältnisse verteilt und augenblicklich mit Salz bedeckt. Salz mit vollen Händen ausgestreut, worauf die Aale lebendig werden. Ruckzuck ist die Ausziehvorrichtung zuzuschieben, dass die sich wild aufführenden Aale nicht über den Schüsselrand springen und das Weite in der Küchenenge suchen, über den Küchenfußboden unter den Küchenschrank flüchten, wo sie schwer zu fassen und nur mit dem Besenstiel herauszuholen sind. Die dünnen Aale hämmern mit Kopf, Leib, Schwanz gegen die Tischplattenunterkante. Das geht eine lange Weile so zu. Minutenlang findet dieser Todeskampf statt. In Wellen aufflackernd, in Wellen abflachend, von Tönen begleitet, die heute noch Horror für mich sind, ein ungutes Glucksen, ein elendiges Zutschen und Klatschen; mit jeder fortlaufenden Minute schwächer werdend, nicht zu beschreiben, verhallt dann das Todesröcheln. Und hat es aufgehört, wird der Tisch wieder ausgezogen, ist da dieser Brei aus Schaum, Blasen, Schleim und Salzpartikeln zu sehen, der alle toten Kadaver überzogen hat. Ein hässlicher Schlamm, voller letzter Energie und Kraft der sich im Tode windenden Aale, der dem Kind im Kopfe bleibt, ihm für den Moment selbst die Großmutter verleidet. Schaum, der sich mir wie eine Tätowierung ins Hirn gebrannt hat, wie die zu Bergen getürmten Kinderschuhe, das viele Kopfhaar und die Brillengestelle im Konzentrationslager, das wir auf Klassenfahrt besucht.

Auch wenn die Adoptionsmutter mich als ihren Erben eingesetzt und darauf wieder enterbt hat, wenn ihr mein Tun nicht recht gewesen war, ich ihrer Ansicht nach falsch gehandelt, mich als unwürdig erwiesen habe, den mir zu meinem achtzehnten Geburtstag aus Freude darüber, als Lehrerstudent genommen worden zu sein, versprochenen Wartburg Modell 535 in Rot-Weiß, habe ich nicht mehr annehmen müssen, bin dafür lieber um die Ecke in die Metallfabrik gegangen. Das schwerste Gewicht fällt als Erstes aus der Reihe, wenn die Dinge erst in Bewegung geraten, Schieflage aufkommt. Das schwerste Stück kippt zuerst auf die schiefe Ebene.

Ich habe nicht Lehrer studiert, wie es die Adoptionseltern wünschten. Ich bin nicht nach Greifswald auf die Universität gegangen. Ich bin geflohen. Ich habe Hackenstaub erzeugt und bin in eine Lehre gegangen, unter lauter junge Menschen, vier, fünf Jahre jünger als ich. Ich bin an der Kunsthochschule untergekommen und bin dort in die Bibliothek geflohen. Ich habe diesen Schaum gesehen. Ich sah diese Kadaver in ihm. Das alles zusammen hat mich zeitlebens nicht nur nicht mehr losgelassen, sondern vertrieben, motiviert, mich Schriftsteller werden lassen und ist, was mich weiterhin antreibt, Orte wie Szenen und Hemden zu wechseln. Ich bin der Flüchtende, dem bewusst wird, dass er ein ewiger Flüchtling ist, von der Ostseeküste ins Vogtland abgehauen.

PILZE SUCHEN sollte besser Pilze finden heißen, weil beim Suchen von Pilzen das Finden von Pilzen das Suchen von Pilzen belohnt, das Suchen nicht das wahre Ziel ist, sondern der Zweck zum Finden, der die gefundenen Pilze heilige, nicht die nicht gefundenen Pilze. Suchen ohne Finden ist herzergreifend unerfreulich. Erst das Finden belohnt den Suchenden. Man soll finden; es soll gefunden werden; es ist nicht vorzuweisen, was nicht gefunden wird. Das Finden des Dinges an sich erst bringt dem Suchenden Erlösung. Der Suchende soll finden. Finderfreude sei ihm Ansporn, Lust erweckende, vorwärtstreibende Motivation. Ist ein Ding gefunden, sucht der Finder wieder und wieder fündig zu werden. Finden wird Sucht. Der Suchende wird suchsüchtig. Wo sich ein Pilz findet, sagt der Adoptionsvater auf der Friedhofswiese, hält zu seinen Worten den ersten Birkenpilz hoch erhoben, findet sich die gesamte Pilzfamilie ein. Wir kreisen in spiralförmiger Pirsch um die Birkenbäume. Wir ernten die anverwandten Pilze. Der Pilzkorb ist gut gefüllt. Es geht zurück ins Dorf. Suchen heißt finden, sagt der Pilzsammler auf dem Rückweg, rät mir, diesem hohen Motto zu folgen. Es wird mich durchs Leben leiten. Der Pilzsammler ist mein Adoptionsvater. Er ist Mathematiklehrer. Es sind Ferien. Er ist ein wortkarger Mann. Er redet vor der Klasse an der Tafel, redet nicht viel. Er liest die Zeitung von hinten nach vorne. Er knickt die Zeitungsseiten um. Er spielt nach dem Zeitungslesen mit sich Schach. Schwarz gegen Weiß, Weiß gegen Schwarz. Die Adoptionsmutter sagt von ihm, dass er ein Schachgenie sei. Sie hat keine Ahnung von Schach. Der Adoptionsvater lässt sich das Gerede vom Schachgenie gefallen, er ruckt unmerklich die Schultern, winkt innerlich gütig ab. Er ist mein Adoptionsvater. Er ist sechsundfünfzig Jahre alt. Er könnte vom Alter her mein Großvater sein. Wenn er mein Großvater wäre, würde mich sein Schweigen nicht stören. Ich würde das Schweigen gut finden und nicht dauernd versuchen, ihn zum Reden zu bringen. Wir haben wenig miteinander gemein. Erst wenn Pilzzeit ist, sieht man uns zusammen zum Ort hinaus die Landstraße entlang zum Friedhof am Ortsrand gehen. Kurz vor dem Friedhof schlägt der Adoptionsvater Haken, die eventuelle Verfolger erfolgreich abschütteln sollen. Ich schaue mich oft um. Es folgt uns nie einer. Man soll seine Stellen geheim halten, sie mit ins Grab nehmen, hat der Adoptionsvater einmal gesagt. Wenn man niemanden hat, sein Geheimnis keinem anvertrauen kann, soll man es für sich behalten und sich sagen: Einer wird kommen, nichts suchen und doch finden. Der Adoptionsvater sammelt leidenschaftlich Pilze. Der Adoptionsvater kennt Stellen, die nur ihm bekannt sind, sonst keinem. Der Himmel, die Winde, die Birken und einige Fliegen, Kaninchen, Vögel wissen von mir und dem Adoptionsvater, wissen von den Birkenpilz-

familien, von Opa Pilz und Oma Pilz und deren Pilzkinder und Kindeskinder der großen Pilzfamilie.
In dem einzigen Urlaub mit dem Adoptionsvater und der Adoptionsmutter besuchen wir das Elbsandsteingebirge, finden bei einem Spaziergang einen Wald voll mit Pilzen. Der Pilzfreund fühlt die Nähe der Pilze mit den Nasenflügeln, es gibt einen symptomatischen Gesichtsausdruck an ihm, der positiv gesprochen nichts Gutes verheißt; wir müssen uns auf eine groß angelegte Suchaktion gefasst machen; die Adoptionsmutter findet es schade, aus und vorbei ist es mit der Wanderherrlichkeit. Alles vorbei. Am Abend sind die gefundenen Pilze zu reinigen, in schmale Streifen zu schneiden, auf Fäden zu fädeln und quer durchs Zimmer zu hängen. Ich ziehe den Pilzen ihre Häute ab. Die Adoptionsmutter zerschneidet die Pilze, legt die Filets auf das Papier der ausgelesenen Zeitungen. Der Adoptionsvater sitzt am Schachbrett, als wäre kein Urlaub. Er spielt wieder einmal gegen sich. Er hat mit uns nichts zu tun. Ihn gehen die Pilze nichts an. Er hat gefunden, den Rest besorgen seine zwei Mohren. Die Wanderung ist keine geworden. Der Wanderweg wurde abgebrochen. Ich habe mir die rechte Wange zerkratzt. Es sind so viele Spinnweben im Wald. Ich kämme mir das Haar frei von den Weben.

<u>Name des Kindes</u>
Das Kind erhält den Familiennamen des Annehmenden. Nimmt ein Ehepaar ein Kind an, erhält es den Familiennamen der Ehegatten. Auf Wunsch des Annehmenden kann das Kind einen weiteren Vornamen erhalten. Das Organ der Jugendhilfe kann in besonderen Fällen bewilligen, dass das Kind seinen bisherigen Familiennamen behält.

WAS ICH DUNKEL am Horizont auf mich zukommen sehe, lässt sich eines Tages nicht mehr abwenden. Ich habe meinen Nachnamen gegen den der Adoptionsgewaltigen einzutauschen. Ich soll meinen angestammten Nachnamen hergeben und darf nicht mehr gerufen sein, wer ich gewesen bin. Ich sehe mich wie Cassius Marcellus Clay, Sohn eines Malers in Louisville, Kentucky und als Clay und Superboxer in der Welt bekannt geworden, gezwungen, einen anderen Namen anzunehmen. Der Mann, der in Rom olympisches Gold im Halbschwergewicht geholt hat und nicht länger Clay heißen will, sondern Muhammad Ali, tauft sich selber und freiwillig um. Ich aber habe meinen Nachnamen wie einen geklauten Gegenstand abzugeben und werde mein Leben lang nicht wieder Kong Fu-Runkel und Ritter Runkel von Rübenstein gerufen, auch wenn sie mich damit im Heim und in der Klasse gehänselt haben. Es ist ein Schnitter, heißt der Tod, hat Gewalt vom großen Gott, heut wetzt er das Messer, es schneidt schon viel besser, bald wird er drein schneiden, wir müssens nur leiden, hüt dich, schönes Blümelein. Ich stehe im dunklen Wohnzimmer der Adoptionseltern, die Großmutter werkt in der Küche. Der Adoptionsvater sitzt hinterm Schachbrett, die Adoptionsmutter sitzt ihm zur Seite, sagt freudig: Ja also, und es folgt die kurze Erklärung, dass nicht bleibt, was ist, und nichts für immerfort eingerichtet ist auf Erden, vor allem so ein Nachname bei einem Heimkind, viel hunderttausend ungezählt, was unter die Sichel fällt, rot Rosen, weiß Lilien, beide wird er austilgen, ihr Kaiserkronen, man wird euch nicht schonen, hüt dich schönes Blümelein. Ich möchte die Adoptionsmutter, den Adoptionsvater Mam and Dad nennen, wie ich das in einem Kinofilm aufgeschnappt habe. Ich weiß nur allzu gut, ich werde damit nicht durchkommen, trutz Tod, komm her, ich fürcht dich nit, komm her und tu ein Schnitt; wenn er mich verletzet, so werd ich versetzet, ich will es erwarten, im himmlischen Garten, freu dich, schönes Blümelein. Also höre ich zu und bereite mich vor, sage auf die Frage, wie ich denn zukünftig die Adoptionseltern rufen möchte, dass ich sie Mam and Dad heißen will, worauf eine schwere Pause entsteht. Die Adoptionsmutter ist außer sich und sichtlich verwirrt, ihr geht der Atem aus, sie schaut zum Adoptionsvater hin, so fragend ihr Blick wie der Blick nur sein kann. Mamm gesprochen und Dett wie Dad aus dem Englischen, kläre ich beflissen auf. Umsonst. Der Adoptionsvater rückt an seinem Stuhl, die Adoptionsmutter ist zur Stube hinaus und weilt für kurz im Flur, um dann schmetternd mit: Mammdett kommt nicht in Frage, zu erscheinen und mit Begriffen wie Hirngespinst, Nichtganzdichtimkopf und Wosindwirdenn jeden weiteren Disput abzuwürgen. Was heut noch grün und frisch da steht, wird morgen weggemäht, die edel Narzissen, die englischen Schlüsseln, die schön Hyazinthen, die türkischen Binden, hüt dich, schönes Blümelein. Ich argumentiere aussichtslos mit The Mamas and the Papas, die zu der Zeit an der Spitze meiner Topbands des Jahres stehen, summe *California Dreamin*, den damals sehr bekannten Ohrwurm, und *Monday Monday*, um zum zweiten nach dem ersten vergeblichen Versuch Mama und Papa als meinen zweiten Vorschlag einzureichen. Mama und Papa klingt den beiden genauso kalt und befremdlich, als hätte der Sohn mit den Seinen nichts zu schaffen. Behüt dich, Kind. Vati und Mutti soll es sein, entscheidet die Adoptionsmutter, und ich kann da maulen, wie ich will, anführen, dass alle Kinder, die ich kenne, ihre Eltern Vati, Mutti nennen. Eben drum, triumphiert die Adoptionsmutter, klug ist, wer sich nicht über die allgemeine Norm erhebt. Und also habe ich Mam and Dad wie Mama und Papa zu lassen, mir bleibt nichts weiter übrig, als gegen meine tiefen, innersten Wünsche Vati und Mutti zu akzeptieren, der Vernunft und allgemein üblichen Geflogenheit ein Okay zu geben. Tonlos höre ich mich Einverständnis geben, ziehe als Verlierer von dannen, fühle mich unterlegen, bringe den neuen Nachnamen stets mit meiner ersten Niederlage in Verbindung. Rock ist weg, Stock ist weg, liegst im Dreck, jeder Tag war ein Fest, jetzt haben wir die Pest, nur ein großes Leichenfest, das ist der Rest, leg nur ins Grab dich hin, oh du lieber Augustin, alles ist hin. Aber Gretel weinet sehr, hat nun keinen Hänsel mehr, ich kriege Muttivati nicht leicht über die Lippen, kann die Adoption lang nicht Vati und Mutti zu den beiden Adoptionsoberen sagen; es widerstrebt mir, im Kopfe Vati und Mutti zu denken. Und um mich herum heißt es: Grüß uns fein die Mutti und Du hilfst Deinem Vati hoffentlich sehr.

Ich verreise mit dem Vati nach Halle an der Saale. Wie schön, sagt die Nachbarin, so einen Vati hat nicht jedes Kind, da wird die Mutti wohl zu Hause nicht lange auf eine Karte aus dem schönen Chemiestandörtchen warten müssen. Und alle Bekannten wissen, wie ich mich auf die Reise mit dem Vati freue, der Vati wird es schon machen, die Mutti hütet das Heim, valeri. Ich soll mit dem Vati schöne Fotos machen, die dann die Mutti ins Album kleben wird, weil sich auf der Welt die Muttis über schöne Fotos von der Reise am meisten freuen. Und dann bringt mich die Mutti mit dem Vati zum Bus und später reisen Vati und Mutti mit mir in dem Bus nach Wismar. Und wenn ich allein wegfahren darf, wird der Vati nicht mit zur Bushaltestelle kommen, sondern die Mutti und die Großmutter werden mich zum Bus bringen und dort verabschieden. Der Vati kommt nur mit, wenn die Mutti das vom Vati verlangt. Der Vati weigert sich auf seine Art, sagt, er habe zu tun, müsse Schularbeiten korrigieren. Und kann er sich nicht herausreden, muss er mithangen und ist eingefangen, um am Bus einen würdigeren Eindruck zu liefern, und liefert nur kurzes Kopfnicken, das die Mutti ärgert. Die Mutti mag Abschiede des Abschiedskusses wegen. Die Mutti leidet darunter, dass der Vati dem Jungen keinen Abschiedskuss gibt. Und macht der Vati sich auf eine Reise, müssen wir alle am Bus stehen, und die Mutti ruft dem Vati zu: Ja, will denn der Vati der Mutti keinen Abschiedskuss geben? Und hält dem Vati die Wange für den Abschiedskuss hin. Aber der Vati will nicht und ist dann in den Bus verschwunden. So macht man das, sagt die Mutti zum Vati, nimmt mich her, will, dass ich mich ihrer Kusswange nähere, sie küsse, meine

Lippen zumindest auf Muttis Wangenhaut drücke. Ich setze meine Lippen auf die fettcremige Wange der Mutti. Ich würde lieber ein Massai sein, der dem Besucher in die Hand spuckt, an der Hand des Besuchers riecht, und niemand stört sich an meinem Benehmen, wie man sich in Tibet nicht am Tibetaner stört, streckt er dem Fremden seine Zunge entgegen und tippt mit dem Finger seiner linken Hand hinterm Ohr tickend an den Kopf, als würde er dir einen Vogel zeigen. Ich riebe viel lieber dem neuseeländischen Maori die tropfende Nase, als mit meinen Lippen in Mutticreme zu versinken. Mit steigendem Alter berühre ich die Wange der Mutti immer weniger, meide den Muttikuss, wo ich ihn nur meiden kann. Wie ich versucht bin, nicht Mutti und Vati zu sagen. Aus Mutti wird Mutt und Mu, aus Vati Vat und Va und später kommt da kein Vatimutti mehr über meine Lippen, nur noch ein wie Vati oder Mutti klingendes Brummeln. Es wäre doch wohl das Mindeste, was sie einem abverlangen könne, was ihr zustünde, sagt sie, geküsst zu sein und als Mutti angeredet zu werden. Das kleine Opfer werde ich doch aufbringen, ich könnte mit dem Bus verunglücken, was sie mir nicht und keinem Menschen wünscht, und stürbe ohne Abschied und Kuss, den sie Küsschen nennt.

Ich sehe keinen Menschen je zu uns herüberblicken, um sich daran zu ergötzen, wie das Adoptivkind sich von seiner Adoptionsmutter verabschiedet. Es ist den Leuten vollkommen unwichtig. Ich vermeide in der Schule, wo ich einige Male vertretungsweise auch vom Adoptivvater unterrichtet werde, Vati zu ihm zu sagen. Ich räuspere mich, schnippe mit den Fingern, um seine Aufmerksamkeit zu erregen und nur nicht Vati oder gar Sie zu ihm zu sagen, den ich sonst ja duze und zu Hause nicht einmal Vati nennen brauche.

Es ist für mich kein Werden und Glücklichsein, wo stets Äußerlichkeit und Anstand zu beachten sind, die Oberschenkel übereinandergeschlagen, Ellenbogen nicht aufs Tischtuch gehören, man sich nie lümmeln darf. Ich schwärme für

Malcolm X, wovon die Familie nichts weiß. Einer wie Malcolm X gibt der Mutti keinen Abschiedskuss mehr, Malcolm hat sich niemals von seiner Mutti zwingen lassen, am Pilgerreisebus nach Mekka ihr die fettige Crémewange zu küssen. Malcolm X wäre, von seiner Mutti zum Abschiedskuss gezwungen, nicht Malcolm X geworden. Ich sitze im Bus am Fenster, weiß die Adoptionsmutter draußen, weiß, dass sie zu mir schaut und will, dass ich ihr durch die Scheibe winke und Handküsse zuwerfe. Ich mache das eine Zeit lang. Aber dann schaue ich nicht mehr gerne zu ihr hin, spiele Neugierde, blicke zur anderen Seite, nach hinten und konzentriert in Busfahrtrichtung, um nur nicht winken zu müssen. Später versuche ich die Adoptionsmutter abzuwimmeln, indem ich sage, dass ich längst groß genug wäre, dass man mich nicht zum Bus bringen müsse, dass ich den kurzen Weg gut und gerne allein schaffe, dass die anderen Kinder schon abfällig reden, was die Mutti nicht abhält, weiterhin zum Bus zu kommen. Was ist schon dabei, wenn zwei sich küssen, da ist doch nichts dabei, das kann ruhig jeder wissen, weil es sich so gehört, wie sie betont, dass die Leute nichts Falsches denken. Und hält dem Jungen noch lange die cremige Wange hin, bis ich mich ihrer zu erwehren weiß, die Großmutter ins Spiel bringe, von ihr zum Bus gebracht werden will, die nicht von mir geküsst sein will, nur gute Miene macht und den Rückweg antritt, kaum dass der Bus zu sehen ist. Die frische Luft, sagt sie, tue ihr gut. Der Großmutter genügt, dass ich sie, wenn mir danach ist, kurz umarme und Tschüss zu ihr sage. Die Großmutter lacht herzlich auf, bin ich versucht, ihr scherzhaft einen angedeuteten Kuss zu senden; und findet albern und zuckt zurück, hat, wie sie sagt, wohl lange vor dem Krieg mal einen Kuss zum Abschied bekommen und kann sich nur dunkel daran erinnern; weiß nicht einmal mehr, ob oder wie er und sie sich je geküsst haben, ihr im Krieg gefallener Mann, der so wenig ein Küsser gewesen ist wie sie eine Küsserin und der ohne Gruß und Kuss aus ihrem Leben geschieden ist.

Mein Vater, mein Großvater, was haben sie gesehen? Sie lebten jeder ihr Leben in der Einform. Ein einziges Leben vom Anfang bis zum Ende, ohne Aufstiege, ohne Stürze, ohne Erschütterung und Gefahr, ein Leben mit kleinen Spannungen, unmerklichen Übergängen; in gleichmäßigem Rhythmus, gemächlich und still, trug sie die Welt der Zeit von der Wiege bis ins Grab. Sie lebten im selben Land, in derselben Stadt und fast immer sogar im selben Haus; was außen in der Welt geschah, ereignete sich eigentlich nur in der Zeitung und pochte nicht an ihre Zimmertür.
Stefan Zweig in: Die Welt von gestern

Ich werde mein eigen nicht. Ich bleibe ein Pseudonym. Ich bleibe für mich, lebe unter dem falschen Namen der Adoptionseltern, den ich ertragen will, bis ich groß genug bin und in einem Alter, den Adoptionsmantel abzulegen. Mit über fünfzig Jahren erst lege ich den Mantel der Adoptionszeit ab, trage meine künstliche Haut zu Grabe, nehme innerlich den Namen der Mutter, des Vaters an, den Namen, wie er in meiner Geburtsurkunde eingetragen worden ist, von Heim zu Heim getragen, durch die Adoption dann ad acta gelegt, um nicht mehr in der namentlichen Hülle der Adoptionseltern wie in einer Zwangsjacke zu stecken und unter falschem Namen beerdigt zu sein. Ich empfinde mich mit dem Adoptionsnachnamen unter fremder Flagge unterwegs. Ich sollte unterm falschen Namen neue Wege eröffnet bekommen und habe mich gegen ihn benommen, mir Wege verbaut, die Tore rücksichtslos zugeschlagen, durch die ich als Heimkind hätte nie gehen können, weil die Adoptionsmutter mich nicht zur Schwester nach Stralsund geführt hat zum Beispiel, und ich nicht mit der Schwester an der Hand dann zur Mutter, zum Vater aufbrechen konnte. Ach, Schwesterlein, wann gehn wir nach Haus, morgen, wann die Hähne krähn, wollen wir nach Hause gehen, ach Brüderlein, gehen wir nach Haus, ach, Schwesterlein, wie bist du so blass, dieses macht der Morgenschein mir auf meinen Wängelein.

Im Heim hätte man mich informiert, würde ich nach Verwandtschaft gefragt haben. In der neuen Familie herrschte Mutterverschweigen. Mir ist ein Dach aus Schweigen über meinem Haupt gezimmert worden. Das Schweigen deckte alle Tatsache zu. Ich erfuhr nicht, dass unweit von uns an derselben Ostseeküste meine Schwester lebt. Schweigen deckte mich zur Nacht zu. Schweigen erweckte mich am Morgen. Ich wusch mich mit dem Wasser und der Seife des Schweigens. Ich lebe unter fremdem Namen und ich esse Schweigen zu meiner Person als Morgenbrot und bekomme Schweigen als Mittagsmahl vorgesetzt, zum Abend hin ist mir ihre Verschwiegenheit dick aufs Butterbrot geschmiert. Ich werde im Stoff des Schweigens eingekleidet und habe mich in Jacke wie Schuh, Hose wie Weste und unterm lustig anmutenden Pudel auf dem Kopf als Persona non grata in der Hülle des Schweigens wohlzufühlen. Ich bekomme einen neuen Namen und verliere mit ihm meine Unverletzlichkeit. Ich lebe unter falschem Namen. Ich werde durch die Adoptionseltern diplomatisch vertreten, sie nehmen an meiner Stelle Aufgaben wahr, die mich als Heimkind entrechten. Ich werde Gast in ihrem Staate. Ich habe das Kinderheim nach ihrem Willen nicht mehr zu betreten. Sie sind ab nun das gastgebende Land und fühlen sich ermächtigt, über meinen Kopf hinweg das Kinderheim zum Sperrgebiet zu machen. Jeden Besuch des Heimes meinerseits werten sie als Grenzverletzung. Geben vor, mich gegen Beschädigungen durch Heimkontakt zu Heimkindern zu schützen. Ich möchte ausbrechen und sitze in ihrer Botschaft als alleinige Geisel fest.

Ich setze der Adoptionsmutter zögerlich nach, wenn es zum Rapport mit ihr geht. Ich blicke auf ihren mit großen roten Mohnblättern beklatschten Kittelschürzenhintern. Ich habe die Räumlichkeiten vor Augen. Die kurze steile Treppe. Das bunte Geländer aus Holz. Der kleine quadratische Flur und der in der Flurecke aufgestellte, doppelte Spiegel über Eck. In das Eck ein kleiner Tisch eingepasst. Auf ihm ein Notizbuch, eine Schale mit Schreibstiften. Daneben die Tür zum Reich der Großmutter, die Tür zur Küche. Weiter rechts an der Garderobe vorbei die Tür zum Wohnzimmer, die Tür zum winzigen Klo mit Schrägdach und Fensterklappe. Der Vorhang zur Treppe, die zum Boden führt, ist dunkelgrün und mit goldenen Mustern verziert. Die kurze steile Treppe zum Dachboden bin ich eines Tages heimlich emporgestiegen. Das Vorhängeschloss an der Dachbodentür war mit dem Schlüssel aus dem Küchentischschubfach zu öffnen. Der Dachboden war groß und geheimnisvoll. Es standen zwei große, ausrangierte Kleiderschränke dort. Ich sehe die dicken Balken. Die Dachziegel. Die Löcher Himmel zwischen den Dachziegeln. Die tollen Winkel und düsteren Ecken auf dem Dachboden. Die Körbe und Kisten auf dem Dachbodenfußboden. Ungehobelte, ausgetretene Dielen. Und ich weiß die kleine, damenfächergroße Dachbodenluke, zu der ich, so oft es mir möglich war, hinausgeschaut habe. Über die Felder. Über den Sportplatz. Über die Wipfel der Bäume. Ich erinnere den Weg über die schmale Bodentreppe, zurück auf leisen Sohlen, denn ich hatte auf dem Boden nichts zu suchen.

Die Küche war das Reich der beiden Frauen. In ihr befand sich die Kochmaschine. Ringel rangel Rose, Butter in der Dose, Schmalz im Kasten, morgen wollen wir fasten, übermorgen Lämmlein schlachten, das soll schreien: Mäh mäh. Der Küchenschrank war mit einer spinatgrünen Matte belegt, die Risse aufwies. Hinterm Glas das Geschirr. Rechts neben dem Fenster weiß ich die Tür zur Speisekammer, wo ich mich einige Male versteckt habe, um die Gespräche in der Küche zu belauschen. Die Sitzungen haben mich um einiges klüger gemacht, mir Kunde davon gegeben, wie die Adoptionsmutter von mir redete, was sie mit mir vorhatte und nur flüsternd der Großmutter bekannt machte. Die linke Tür in der Küche führte zum Schlafzimmer der Adoptionseltern hin.

Das gusseiserne Becken gleich rechts neben der Eingangstür zur Küche blieb mir suspekt, so tief gehöhlt und unten mit einem Ring Löchern versehen. Es machte gurgelnde, ungute Geräusche. Der ausziehbare Küchentisch dagegen war für mich trotz der glucksenden Aalgesänge ein Wunderwerk. Alles gegenwärtig. Das Ofenrohr am Herd. Die Fußbank unterm Tisch. Das dunkle, krustige Blutrot des brüchigen Linoleums auf dem Küchenboden um den Küchenschrank herum. Die langen, mit Wachstuch ausgelegten und mit rostigen Reißzwecken besetzten Regale in der Speisekammer. Die Milchflaschen werden ans Fenster gestellt. Es zieht ein Gewitter auf, trennt Wasser und Wolkenmilchweiß voneinander. Milchweiß setzt sich zum Himmel hin nach oben ab. Der Schmand wird in Schälchen gegeben, mit Zucker und etwas Zitronensaft zu Gewittermilchspeise vermengt. Eines Bauren Sohn hat sich vermessn, ein gute Gewittermilch gegessn, ein ausgewählte Milch, ein hochgelobte Milch, ein abgefeimte Milch, ein gute Gewittermilch, man trug ihm her ein Schweinen Bratn, die Gewittermilch ward ihm bass geratn, man trug ihm her gut Äpfel und Birn, Gewittermilch lag ihm im Hirn, man trug ihm her gutsten Fisch auf Erdn, die Gewittermilch wollt noch besser wern, man trug ihm her die Waldvögelein, Gewittermilch taugt ihm besser sein. Der Eierlikör in durchsichtigen Flaschen, versehen mit von Hand beschriebenen Etiketten stand gleich vorne an im Regal, der große Steintopf für das selbst gemachte Sauerkraut hinter der Speisekammertür. Ein dicker Topf aus Steingut, an dem sich alle Besucher vorbeidrängeln mussten. Rehbrauner Deckel mit Deckelknauf und Wasserrille. Unscheinbar daneben Großmutters gesondertes Gefäß, die ovale Schüssel mit schönem Deckelchen darauf, aus wertvollem Porzellan mit leicht vergangenem Blumenmuster versehen, der jedes Mal mit Stolz gemahnte, Hort der Mehlschwitze, Einmache, Einbrenne, Schwitzmehl, zum Binden von Suppen und Soßen. Einbrenne wird für mich zum Wort meiner Adoptionszeit, ein zu achtender Begriff: Same, aus dem hervor Weltverstehen erwächst. Zutaten: Butter, Mehl, Brühe. Herstellungsweise: Butter zerlassen, Mehl einrühren, nur den gelochten Rührlöffel verwenden. Rühren und unwesentlich rösten, dass die Mehl-Fett-Masse ein wenig eingefärbt ist. Brühe hinzugeben. Masse glatt rühren. Die Mehlschwitze aufkochen und köcheln lassen, heiß ins Gefäß schütten, kaltstellen. Je nach Bräunungsgrad spricht man von weißer, blonder, brauner Mehlschwitze. Für die weiße, von der Großmutter bevorzugte Mehlschwitze ist die Temperatur gering zu halten, damit die Brenne sich nicht färbt. Gute Einbrenne wird mit kalter Brühe abgelöscht und muss eine Weile unter dem Siedepunkt ausgaren, dass sie nicht nach Mehlspeise schmeckt, der Mehlgeschmack in den Hintergrund tritt.

Ich bin zwölf Jahre alt, es ist wieder Winter. Das Wasser wird an Land gedrückt. Es herrscht Sturm. Die Leute sprechen von einem Jahrhundertereignis. Im Rundfunk sagen sie, dass viele Jahre zuvor ein ähnliches hohes Wasser stattgefunden hat. England hat Deutschland besiegt und ist Fußballweltmeister geworden. Das chinesische Tierkreiszeichen wechselt von Schlange zu Pferd. Ray Bradbury verfasst einen Roman über diejenige Temperatur, bei der Bücherseiten Feuer fangen.
In seinen Schulanzug gesteckt, sieht der Adoptionsvater gut aus, einem Präsidenten ähnlich, wie die Adoptionsmutter stolz und entzückt meint. Sie sagt, dass er es mit hohen Herrschaften aufnehmen könne, eine gute Partie darstelle, eine adrette Gesamtfigur. Der schulfertig angezogene Adoptionsvater nimmt seinen Platz am Tisch ein. Das Frühstück steht vor ihm. Es ist, was Auswahl, Menge, Verzierung und die Belegstärke von Käse, Wurst, Butter, Quark anbelangt, alles auf seine Person abgestimmt. Das Schulbrot liegt in der Schulbrotbüchse. Die Adoptionsmutter nimmt die Büchse in die Hand, hält sie dem Adoptionsvater hin, das Butterbrot

aufgeklappt, Wurst, Käse, Fisch auf dem Brot vorweisend, und der Adoptionsvater winkt nur immer ab und murrt, was so viel heißt wie: Alles in Ordnung, wird schon schmecken. Er köpft am Frühstückstisch das gekochte Ei mit einem Hieb, zerteilt es nicht ganz, sondern nur zur Hälfte, klappt mit dem Daumennagel das angeschlagene Ei wie eine Muschel auf. Das Eigelb darf nicht hervortreten. Das Eigelb muss weich in seiner Mitte ruhen. Zum Rand hin leicht verfestigt muss das Ei sein. Das Obere des Eies wird angehoben und gibt das darunter befindliche Eiteilstück preis. Ist das Ei dem Ehemann genehm, ist es die Ehefrau mehr als zufrieden. Es geht ein stilles Ausatmen durch die Küche. Der Tag beginnt gut. In das aufgeklappte Ei führt der Adoptionsvater den Eierlöffel ein, sticht ins Innere, putzt es weg wie Nichts, isst sein Frühstück auf. Die Mutti rät dem Vati, die Erdbeeren zuerst zu verspeisen, wenn sie Erdbeeren in die Brotdose gegeben hat. Sie fragt Besorgnis spielend untertänigst an, ob es dem Vati an etwas fehle. Der erhebt sich mit dem letzten Happen, geht Richtung Flur, greift sich dort die bereitgestellte, blitzblanke, helle Lederschultasche. Die gute Frau setzt ihm nach, huscht um ihn herum, wedelt mit dem Reinigungstuch für Langspielplatten unsichtbare Partikel, Haare und Kopfschuppen von dessen Schulter, zupft Staub und Fusseln vom Jackett, wo weder Staub noch Fusseln zu sehen sind, sagt Liebling und Machsgut zu dem Mann, der sich räuspert und ohne Gruß zum Schuldienst abgeht.
Die Leute um uns herum sind alle angetan von meiner Entwicklung. Sie sehen in der Adoption einen gewagten Schritt. Vor allem die Kollegen des Lehrerehepaares. Das Heimkind, das kein Familienkind sein will, beachtet niemand. Zum Glück dauert die Folgsamkeit meinerseits nicht länger als zwei Jahre. Zum Glück gibt es die Pubertät. Zum Glück kann ich mich tarnen und maskieren. Man darf niemals laut und vordergründig sein, sagt die Adoptionsmutter. Also benehme ich mich außerhalb ihrer Hoheit laut und vordergründig,

dränge aus der Gruppe in den Vordergrund, gebe den Ton in der Jungenbande an, stürme als Erster los, stelle Unfug an, mache das Verbotene zuerst und das Untersagte den ängstlichen Kindern vor. Und bin ohne die Jungen im Heim so allein mit mir, der einsame Wiesenstreicher, Strandläufer, Waldhöhlenmensch, Baumeroberer. Weiß meinen Platz hoch oben auf dem Dach des Leuchtturmes. Auf dem Geländer rasten die Möwen, wenn ich still und unbeweglich bin. Ich fühle mich frei, wenn ich allein bin, der Adoptionsmaschine entkommen, der Schule, den Kumpels. Die Einsamkeit und ich schließen einen Pakt, der fair ist und Chancengleichheit garantiert, bis an mein Lebensende ein treuer Freund.
In der Schule bin ich ein Sonderling. Ich muss in der Ecke stehen, darf den leeren Klassenraum nicht verlassen, soll auf dem Schulgang zur Strafe weilen und fühle mich dabei recht wohl, mag diesen Zustand der Ausgeschlossenheit, liebe es, mich abgelehnt und von der Welt ignoriert zu sehen. Wenn mich die Lehrer auffordern, wieder in den Klassenraum zu kommen, Platz zu nehmen, schüttele ich den Kopf, dass sie mich anschreien müssen und am Arm packen, um mich wieder ins Klassenzimmer zu kriegen. Ich könne noch eine Weile draußen zur Strafe stehen, sage ich, meine es ernst, setze mich nur mürrisch in die Bank.
Einmal bleibe ich im Schulgebäude zurück. Man hat mich schlicht vergessen, an der Wand stehen lassen. Die anderen sind alle fort. Ich bin aus- und in der Schule eingeschlossen worden. Niemand hat etwas mitbekommen. Egal, wie es dazu gekommen ist, ich streife im Schulgebäude umher, komme mit meinem Dietrich in einige Zimmer hinein und sogar auf den Dachboden, wo absonderliche Dinge herumliegen. Eine bemerkenswerte, ungewöhnliche Situation, so allein in einem großen Schulhaus zu sein, das sonst mit Menschen angefüllt ist. Ohne Angst vor dem Hausmeister. Es ist der letzte Schultag für diese Woche. Ich kann die Nacht hindurch bis in den nächsten Tag hinein hier bleiben, ohne erwischt zu

werden, die Fächer der Banknachbarn durchsuchen, fremde Klassenzimmer betreten, Entdeckungen machen, wie sie im Schulalltag unmöglich sind.
Ich betrete den Mädchenduschraum. Ich öffne hinterlassene Mädchenturnbeutel, um daran zu riechen, mir Mädchenturnschuhe anzuziehen, in die Mädchentoiletten zu pinkeln, dort nur zu sitzen und dem Fetisch erliegen, sich als Mädchen unter Mädchen zu denken. Ich weiß noch, dass ich eingeschlafen bin und rechtzeitig aufgewacht, mich zum Fenster hinaus, über den Zaun nach Hause geflüchtet habe, ohne dass es in der Adoptionsfamilie bemerkt worden ist. Und doch wird es bemerkt. Die Ziehmutter steht an meinem Bett und sagt, dass ihre Geduld erschöpft ist, ich sie enttäusche, sie sich gezwungen sieht, andere Töne anzuschlagen. Ich erhalte Stubenarrest und bin von der Strafe beeindruckt.
Die Adoptionsmutter wird von der Idee geleitet, mir Goethes Qualitäten näherzubringen. Goethe droht mir seit Beginn meiner Adoption mit seiner schönen Schrift, Schönschrift geheißen. Ich erlerne die Schönschrift mit Widerwillen, sie ist mir so verhasst, dass ich einer schrecklichen Klaue den Vorzug gab, einer Klaue, die ich mir bis heute erhalten habe.

Die schöne Schrift ist eine Visitenkarte.
Die schöne Schrift verschafft einem überall Zutritt.
Es geht in der Welt nichts über eine schöne Schrift.
Schönschrift ist erlernbar.

SCHÖNSCHRIFT IST ÜBUNG. Üben bedeutet, dass einer übt, übt, übt. Ich bin der Adoptionsmutter ein Schönschriftschüler. Sie hat sich mir gegenüber zur Schönschriftausbilderin von Format erhoben. Ich bin in ihre Schönschriftfänge geraten. Ich sitze in einem Zimmer an einem großen Tisch vor dem Fenster und verfasse nichts anderes als schöne Schrift. Ich bekomme täglich Aufgaben zugewiesen, muss ein Pensum absolvieren. Die anderen Kinder vergnügen sich in der

Natur, lümmeln sich oder tollen herum, wann und wie sie wollen. Bei mir daheim schaut die Adoptionsmutter mir bei meiner Schönschriftarbeit zu. Sie hält die Luft an, zischelt, wenn sie hinter meinem Rücken steht. Sie atmet laut. Ihr Atem traktiert meinen Nacken, derweil ich schöne Schrift herstelle. Der Atem hebt und senkt sich, beißt und sticht, wenn sie mit sich ringt und weiß, dass sie nicht umhinkommt, wie sie sagt, etwas zu beanstanden. Ringt unerträglich lange hinter meinem Rücken. Ich darf nicht aufschauen, die Schrift misslingt, wenn ich aufsehe und beim Aufsehen die Feder verrutscht. Über meine Schulter, an mir vorbei schaut sie auf meine schöne Schrift und hat Fehler entdeckt. Nun sucht und ringt sie atmend nach den passenden Worten, die mir klarmachen, dass dieses und jenes nicht zur vollen Zufriedenheit geraten ist. Noch heute zucke ich zusammen, wenn sich mir ein Mensch von hinten nähert. Meine Nackenempfindsamkeit ist als seelische Erkrankung durch spezielle Geräte, den Elektroenzephalograph zum Beispiel, nachzuweisen. Es gibt keine Heilungsmethode.

Es fällt mir leicht, im Hause zu bleiben und der Adoptionsmutter zu gehorchen. Ich pauke Anstandsregeln. Ich sitze über der schönen Schrift. Ich spiele in meinem Adoptionskäfig das folgsame Adoptionsvögelchen. Ich speise, wie die Adoptionseltern speisen. Nur Harzer Käse esse ich nicht. Ich setze Fuß vor Fuß wie von mir verlangt. Nur ihnen auf den Leim gehe ich nicht. Ich halte den Körper in Gleichgewicht und meine Ausgehsachen sind stets sauber. Die Nase sitzt nicht zu tief, das Kinn steht nicht zu weit im Raum. Ich gehe gekämmt von zu Hause los, bin um die Straßenecke herum und zerwühle mir mit der Hand das glatte Haar. Es ist die Zeit der Glockenhose, des leicht geöffneten Nylonhemdes. Ich gehe an Sommertagen, wenn Ausgang- oder Mittagsstunde ist, mit den Adoptionseltern in gewünschter Garderobe und immer drei Schritte vor der Adoptionsmutter, halte den von ihr als Richtschnur beschworenen Drei-Schritte-Abstand

achtsam ein wie ein Hund, lerne in meiner Freizeit weiterhin die dem Buch entnommenen albernen Regeln des Anstands, lerne die Vorschriften und Maßgaben, spiele den Lernenden wie Franz Biberkopf, der aus dem Gefängnis entlassen wird und anständig werden will, will ich heimlich das Heimkind bleiben, das ich bin.
Die Zeit war verlogen, sage ich. Das System der Adoption verlangte keinen anderen Speichelleck als die herrschende Propaganda, die den Leuten die Hirne erweicht hat, mit ihrem: Die Partei hat immer recht. Die Mehrheit will sich an Schatten binden. Ich erinnere den schiefen Mund des Schulleiters. Wir werden in Staatskunde unterrichtet. Wir sollen alle zum Heimkind Rosenkranz schauen, uns dessen Milchbart ansehen, den es sich hat über Wochen wachsen lassen. Ein dürrer Flaum ist dem Rosenkranz heimlich gesprossen. Und doch heißt es, Rosenkranz brächte mit seinem Oberlippenbart die amerikanische Ideologie in die Schule. Man sei hier nicht Amerika, man habe nichts für die Amerikaner übrig, wütet der Direktor. Und Rosenkranz bereut alles, schwört ab, rasiert sich täglich, will nur noch ein guter sozialistischer Soldat werden, das Land vor Amerika schützen, Hauptmann, General, zuerst aber Fallschirmspringer, wie sein Bruder, worauf der Direktor wettert, er soll sich das aus dem Kopf schlagen. Dazu hat keiner von euch das Zeug, nicht annähernd einer von uns Dummköpfen weise die guten Zensuren auf, die es für die Fallschirmjäger bräuchte. Der Fallschirmjäger stünde auf der Stufe des Kosmonauten, schwärmt der Schuldirektor, Kosmonauten würden extrem gut ausgebildet. In der Klasse gäbe es niemanden, der auch nur annähernd etwas in der Art werden könne. Was die Sportlichkeit, körperliche und geistige Fitness anginge, seien wir unterbelichtet. Rosenkranz bekommt einen Schuleintrag. Er muss ins Heim gehen, sich beim Heimleiter melden. Und später, kaum dass er die Schule verlassen hat, geht der gescholtene Rosenkranz zehn freiwillige Zusatzjahre zur

Armee. Heinz will nicht zur Armee gehen, weil man in der Armee erschossen wird, unter Panzerketten gerät. Er will das Heim nicht hinter sich bringen, um dann getötet zu werden. Er wolle lieber leben, sagt er, lieber als Klomann arbeiten als zur Fahne müssen und zu sterben. Wir sind Halbstarke, die sich mit den Erwachsenen anlegen, sie aus der Reserve locken. Ich mag den Deutschlehrer, verdanke ihm das Zitat von Kerouac, dem Amerikaner, das ich Wort für Wort in meinem Poesiealbum verwahre:

> die verrückt danach sind zu leben, verrückt danach zu sprechen, verrückt danach, erlöst zu werden, und nach allem gleichzeitig gieren; jene, die niemals gähnen und etwas Alltägliches sagen, sondern brennen, brennen, brennen wie fantastische gelbe Wunderkerzen, die gegen den Sternenhimmel explodieren wie Feuerräder, in deren Mitte man einen blauen Lichtkern zerspringen sieht, so dass jeder ›Aahh!‹ ruft.

Sie lassen mich nicht erwachsen werden. Die Leute im Heim nicht, Vati und Mutti in der Adoptionsfamilie nicht. Sie wollen mich nicht als Heranwachsenden um sich haben. Ich soll ihr Kind bleiben. Ich bekomme, als ich mir ein Fahrrad wünsche, das Fahrrad des Adoptionsvaters überantwortet. Ich bekomme es nicht geschenkt. Es ist mir ausgeliehen. Ich darf es zur Tageszeit benutzen. Es bleibt Eigentum des Adoptionsvaters. Es ist für Dämmerung und Nacht verboten, auch wenn das Licht am Fahrrad tadellos funktioniert. Ich mag das Fahrrad nicht. Die Großmutter belehrt mich, nicht auf das Fahrrad einzutreten, besser zu bedenken, welch eine Hilfe das Fahrrad ihnen im Krieg gewesen ist, während der Flucht. Der Kopf der Zornnatter ist deutlich vom Schlangenleib abgesetzt. Die Zornnatter hat große, schöne Augen. Runde Pupillen suchen dich zu betören. Ihr Gift wirkt auf kleine Beutetiere, den Menschen lähmt die Zornnatter nicht. Zornnattern fressen Frösche, Eidechsen und Insekten. Zornnattern halten Winterruhe. Mein Zorn kennt keinen Winterschlaf. Mein Unmut beruhigt sich nicht. Mein Unmut redet aus mir heraus: Je weniger Zuneigung einer erfährt, umso feiner ist der Ballast, den er abstößt. Von der Mutter abgenabelt, bin ich zum Erinnern an Zustände verurteilt, die ich nicht besser weiß, wissen kann, ein Träumer, ein Komet. Ich bin, was ich an Waisentum im Schlepptau habe. Ich werde mein Waisentum nicht los. Ein Dunstgebilde bin ich, reich an Ablagerung, nicht unbeträchtlichen Mengen investierter Illusionen. Ich bin die Strohpuppe, Vogelscheuche auf dem weiten Feld unbeantworteter Träume und imaginärer Herzenswünsche. Ich bin das Kind im viel zu großen Weltraum. Ich bin mein eigen Ich, das größer werden wird, je mehr ich mich recke und auszubreiten suche. Der Mutterverstoßene, der an Muttermangel leidet wie unter Verschmutzung. Mein Muttermangel bildet einen langen Schweif, durch den die Waise als funkelnder Komet am Firmament sichtbar wird. Ich habe den Mangel zu Schneedreck gewandelt. Ich ziehe Schneedreck am Bande mit mir durchs Leben. Ich verliere mich, ich zerfalle, zersammle mich zum Sehnsuchtsschweif, der mein Antrieb ist, ziehe im kalten All der Gedanken meine Bahn auf eine imaginäre Mutter zu, von der es heißt, sie wäre der einzige Planet im Einsamkeitskosmos, auf dem für mich das Leben existiert. Groll. Gebröckel. Ein Rabenmutterrattenschwanz ist mein Schweif. Im Kern bin ich tiefgefrorene Mütterlichkeit, ein kindlicher Gefrierzustand. Aus Muttermangel besteht mein Schweif. In dem Schneegebirge da fließt ein Brünnlein kalt und wer daraus tut trinken wird nimmer alt ich hab daraus getrunken gar manchen frischen Trunk und bin nicht alt geworden bin immer noch jung. Mutterbefreit spüre ich den Tag mit dem Erwachen als weiteren Tag von Mutterlosigkeit. Es reihen sich die Augenblicke, die ich in Leere treibe, ins Leere mich auffahren sehe, durch nichts im Leben zu beleben. Von niemandem außer ihr, von der Großmutter bekomme ich gesagt, dass ich eine Mutter habe, man vom Vater nichts weiß. Die Großmutter hat mein Mutterfühlen ausgelöst, mich auf die Mutterfährte gebracht. Ich bin meine kleine Beobachtungsstation. Ich ermesse mein Muttersinnen, indem ich mich zu erinnern suche, woran ich mich nicht erinnern kann, und im Erinnern den Gehalt von Sehnsucht und Abkehr, Nichtvermögen und Chancenlosigkeit des verlassenen Kindes ermesse, das mit Manko reichlich belastet ist. Ein Kind ohne Erzeuger wie Christus, dem Christkind ebenbürtig, meinen inneren Bruder. Mich ärgert die Wahrheit, die mir die Großmutter häppchenweise schenkt, die wenigen Krümelchen ihres besseren Wissens. Ich erkenne mich als das Kind, das zu beleben hat, was mit dem Tag seiner Geburt bereits hinter ihm liegt. Das Familienleben. Ich werde groß und wachse mit allem Mangel, den einer mit sich durchs Leben schleppen kann. Vater, Mutter, Schwestern, Brüder hab ich auf der Welt nicht mehr, kehrt ich auch zur Heimat wieder, fänd ich alles öd und leer, ja, wenn noch eins am Leben, das sollt eine Freude geben, o wie süß und o wie schön, wär ein solches Wiedersehn, hab schon öfter sagen hören, dass man dort sich wiedersieht, aber niemand kanns beschwören, keiner weiß, was dort geschieht, wenn es fest und sicher stände, dass man sich dort wiederfände, wär in jenen lichten Höhn wohl das schönste Wiedersehn.

Ich besitze aus der Schulzeit drei Fotografien. Auf der einen Fotografie sind Mädchen in Kittelschürzen zu sehen, kleine Taschen zwischen den Beinen, die Haare tragen sie hochgesteckt. Ein Mädchen hat einem anderen seinen Ellenbogen auf die Schultern gelegt. Beide tragen weiße Söckchen und leichtes Sommerschuhwerk. Stolz in ihren Gesichtern, blicken sie ernst in die Kamera. Hinter den aufgesetzten Mienen scheinen die Mädchen zu kichern. Was der Grund gewesen sein mag, sich aufzustellen und ablichten zu lassen, erinnere ich nicht. Das zweite Foto ist ein Bildnis im Freien. Auf der Rasenfläche des Sportplatzes stehen Lehrer und Lehrerinnen, Jungen und Mädchen meiner Klasse zusammen. Sieben Schüler haben sich ins Gras gesetzt, hinter ihnen knien die Mädchen, meine Mitschüler stehen mit mir auf einer Sportbank und überragen alles. Einige Jungen lächeln, andere blicken konzentriert, einer bekommt nicht mit, dass der Fotograf den Auslöser drückt. Dieser Junge bin ich, gucke Löcher in die Luft. Zur Erinnerung an einen Besuch der Feengrotten in Saalfeld, steht auf einer immerwährenden Tafel des dritten Bildes geschrieben. Fremde Menschen blicken in die Kamera. An der Wand ist eine rätselhafte Zahlenreihe gesteckt wie in den Kirchen neben den Altären. Die ins Holz geschnitzte Schrift der Nachbartafel will, dass nicht geraucht wird. Ein alter Mann mit Hut weist mit dem Finger aus dem Bild heraus. Er macht ein Gesicht, als käme hinter dem Betrachter ein wildes Tier angelaufen. Die Männer tragen Baskenmützen. Die Haare der Frauen sind zum Kranz gebunden, ihre Kleider kariert. Die Kinder tragen bunte Halstücher. Sie umringen ein Pappschild an einem Besenstiel, auf dem in Kinderschrift ausgeführt geschrieben steht: *Wir sind ein Teil des werktätigen Volkes. Nur im Frieden können wir spielen und lernen.*

<u>Aufhebung auf Klage des Annehmenden</u>
Das Gericht kann auf Klage des Annehmenden die Annahme an Kindes Statt aufheben, a) wenn sich innerhalb von 5 Jahren seit der Annahme an Kindes Statt herausstellt, dass das Kind an einer schweren unheilbaren Krankheit leidet, die das Entstehen oder den Bestand eines echten Eltern-Kind-Verhältnisses unmöglich macht, b) wenn das Kind einen schweren Angriff auf das Leben oder die Gesundheit des Annehmenden, dessen Ehegatten oder deren Kinder verübt hat. Das Gericht trifft die Entscheidung nach Anhören des Organs der Jugendhilfe. Die Klage ist nur innerhalb eines Jahres zulässig. Die Frist beginnt mit dem Zeitpunkt, in dem der Annehmende die ihn zur Klage berechtigenden Tatsachen erfahren hat. Ist das Kind

durch ein Ehepaar angenommen worden, können beide Annehmenden die Klage nur gemeinsam erheben. Nach dem Tode eines Ehegatten kann die Klage durch den überlebenden Ehegatten erhoben werden.

IN DEM FOTOBUCH, das ich von den Adoptionseltern übernommen habe, stehen die Fotografierten vor Gemäuern, auf Treppen, neben einem Wasserfall, vor Türmen, Gärten, Hausfassaden, Bergansicht im Hintergrund, wenn sie nicht auf Bänken vor Zäunen aus Latten oder unter Bäumen im Gartengestühl sitzen beziehungsweise am Busbahnhof Aufstellung genommen haben, auf einem Hügel, von dem aus die Ortschaft gut einsehbar ist. Die Männer stützten sich auf Regenschirm und Wanderstock. Sie sehen auf manchen Bildern aus, als würden sie über wichtige Dinge sprechen. Die Frauen stehen in knöchellangen Mänteln, um die Taille sind Gürtel gebunden und mit einem lässigen Knoten versehen. Aktentaschen sehe ich, Koffer werden ins Bild gerückt. Koffer mit Aufklebern, die unter der Lupe ihre Namen verraten. Ein würdiger Herr sitzt auf einem Stuhl im Sonnenschein. Er hat über den Knien ein Buch aufgeschlagen, in dem er liest. Im Hintergrund werden Gänse gefüttert. Die Dame trägt lange, bis an die Ellenbogen reichende, hauchdünne Handschuhe. Sie hält eine schmale, aus Krokodilhaut geschneiderte Handtasche unterm Arm geklemmt und streichelt ein Pferd. Ich mag die Bilder, weil ich keine Erinnerung an die abgelichteten Personen habe, sie mir unbekannt bleiben.
Mich faszinieren die leeren Seiten, wo Fotos weggenommen sind, wie an den Resten von Klebstoff zu erkennen ist. Die Stellen, an denen sich Bilder befanden, sich keine Bilder mehr befinden, die verwaisten Stellen sind jener Leere vergleichbar, die ich mit Bildern aus meinem Kopf fülle, wenn ich mir denken will, was wohl passiert sein mag. Bilder aus der Kriegszeit werden hier getilgt worden sein. Man kann nicht Neulehrer sein und für den Sozialismus lehren und ein

Foto in einem Album haben, das die Straße unter Hakenkreuzfahnen zeigt oder Aufmärsche ins Zentrum rückt, auf denen man glücklich dreinschaut. Männergruppen füllen die nachfolgenden Seiten. Die Männer tragen Schlafanzüge und spielen an einem Krankenhaustisch Karten. Einer von ihnen sieht meinem Adoptionsvater ähnlich. Er trägt ein Handtuch über dem Unterleib und liegt rücklings auf einem Feldbett. Männer in Uniformen umringen ihn freundlich. Der Doktor hört seinen Brustkorb mit einem Stethoskop ab. Der Uniformierte hinter ihm hält eine Schale bereit. Die Uniformierten sitzen auf dem nächsten Foto zu sechst auf einem Krankenbett und lassen die Beine kameradschaftlich baumeln. Zwei von ihnen tragen seltsame Brillengestelle auf ihren Nasen. Alle scheinen sie guter Dinge zu sein. Der Krieg ist noch nicht vorbei. Sie sind in einem fremden Land und schreiben täglich Briefe in altdeutscher Schrift. Auf den Briefumschlägen, die sie erreicht haben, hat man die Marken des Dritten Reiches entfernt, denke ich. Der Adoptionsvater hat sich diesbezüglich nicht von mir aushorchen lassen. Das Album verschwindet mit dem Tag, an dem ich es entdeckt habe, und ist erst nach dem Tod der Adoptionsmutter wieder aufgetaucht.

Ich bin ein Molekül, Teil einer fremden Anordnung, der lebendige Beweis zur Theorie vom erstarrten Übergangszustand. Ich verhalte mich gemäß dem Entwurf der Adoptionsmutter, bin ihr Modellversuch, bekomme die Adoptionszeit über bei jeder Mahlzeit aufs Brot geschmiert: Kannst dich umsehen, wohin du willst, du wirst keinen finden, der es so gut hat wie du, in diesem Ort nicht, im ganzen Land, bei Leuten, die nun alles tun für dich, das letzte Hemd geben würden, eher selbst verzichten könnten, als dass es dem Jungen an etwas fehlt. Oder hast du es etwa nicht gut hier bei uns, oh, was für eine dumme Frage, natürlich hast du es gut, was ich wieder rede, bestens hast du es hier, und nun greif zu, lass es dir schmecken, iss fein von der Wurst, schau an, wie das

Ei wieder gut geworden ist, wie du es haben willst, nicht zu hart, nicht zu glibberig. Ich werde wie der Frühstückseier liebende Adoptionsvater angesprochen. Ich erhalte Aufgaben wie er. Ich erfülle Maßgaben wie er. Ich entspreche der getätigten Ansage wie er. Ich verhalte mich erwartungsgemäß, bin bald ruhig, bin bald schon viel folgsamer, entschuldige mich, wenn es von mir verlangt wird, bei den Adoptionseltern, den Nachbarn, den Leuten. Ich erreiche das Tagesziel. Ich verhalte mich kooperativ. Ich bin ein Lernender und noch nicht reif für die große Sache, sage ich mir. Mir fehlt es an vielem. Ich bekomme alles Nötige beigebracht. Ich darf Fragen stellen. Ich soll nicht aufgeben. Ich funktioniere. Ich werde dem Adoptionsvater ähnlicher, sagen die Leute; ganz sein Auftreten, ganz seine Gangart, seine Körperhaltung. Innerlich aufmüpfig, denke ich längst von meiner Adoptionsmutter, dass sie eine Fehlbesetzung ist, der Adoptionsvater nicht minder. Ganz schön alt, könnten echt deine Großeltern sein, hat Heinz gesagt. Irgendwas stimmt mit denen nicht. Er habe so ein Gefühl, eine gewisse Ahnung. Elf Kinder leben in der Familie des Briefträgers. Paramilitärisch erzogene Kadetten, die übermüdet in den Schulbänken dämmern, daheim Arbeiten erledigen müssen, nicht weniger schwer als die der Erwachsenen. Matte Kinder in den Bankreihen, die im Schlaf die Arme schützend vor ihr Gesicht halten, im Traumtaumel laut aufschreien und nicht nach Hause geschickt werden wollen. Von den Eltern wie Knechte behandelt. Ausgeliefert und aufgezogen unterm Regime von Zucht und Züchtigung, wo es mehr an Schlägen und Schimpf gab, als unsereins im Heim je untergekommen ist. Sie schlurften nach Hause, um für das Familienwohl zu schuften. Wir gingen ins Heim und hatten, sobald die Schularbeiten erledigt waren, Zeit, mit Knüppeln nach dem Fallschirm zu werfen, der sich in der Birke hinterm Heim verfangen hatte. Baum für Baum, die Allee entlang lassen wir die Knüppel fliegen. Säcke voller Kastanien lagern im Hinterhof. Kastanien. Eicheln. Bucheckern für

Tiere im Winter, wenn Frost den Boden versiegelt und selbst die Wildschweine mit ihren derben Hauern nicht mehr unter die Frostschicht kommen. An ihrem Beispiel sahen wir, wie Familienleben Kinder belastet.

<u>Verhältnis zu den leiblichen Verwandten des Kindes</u>
Mit der Annahme an Kindes Statt erlöschen alle aus dem Verhältnis zwischen dem Kind und seinen leiblichen Verwandten aufsteigender Linie sich ergebenden Rechte und Pflichten. Wenn ein Ehegatte das Kind des anderen Ehegatten an Kindes Statt annimmt, so findet Abs. 1 auf das Verhältnis zwischen dem Kind und dem anderen Ehegatten und dessen Verwandten keine Anwendung. Wird in diesen Fällen die Ehe vor Eintritt der Volljährigkeit des Kindes beendet, kann das Organ der Jugendhilfe auf Antrag des Annehmenden durch Beschluss die Annahme an Kindes Statt aufheben, wenn ein echtes Eltern-Kind-Verhältnis nicht mehr besteht.

Die sechziger Jahre sind nicht eben die Jahre der Vielfalt und Jahre von Angebot und Breite innerhalb der gesellschaftlichen Plattform. Die Kunden müssen nehmen, was geboten ist, und heiligen, was zu erhaschen geht. Viele Monate steht das Auto vor der Tür, als Ausstellungsstück. Bringt einen Winter hinter sich, abtransportiert von einem Traktor der LPG in eine Extragarage, gegen ein gutes Aufgeld, wo es nicht richtig kalt wird, es dem Wagen gutgeht. Dann ist der Winter um. Der Adoptionsvater sagt: Wir müssen den Wagen fahren. Die Kollegen witzeln schon. Also wird ins Auge gefasst, am nächsten Tag zu fahren. Der Adoptionsvater wollte so früh als möglich raus aus dem Ort. Er hatte einen sicheren Fahrplan ausgearbeitet, die Abfahrtszeit wurde nicht eingehalten. Die Adoptionsmutter stand im Schlafzimmer vorm Spiegel. Sie zog sich an und wieder aus. Es wollte ihr nicht gelingen, die richtige Ausfahrgarderobe zu finden. Du nervst mich, schrie sie. Fahr alleine aus. Ei, wie es zugeht an diesem Morgen. Der Mann will los. Er ruft, was ist denn, warum geht es nicht los? Der Wagen steht bereit. Die Gebrauchsanweisung ist studiert, der Platz für die Beifahrerin hergerichtet, die, als sie fertig ist, kein Wort mit dem Mann redet, der ebenfalls stumm neben der Frau im Wagen sitzt. Der Wagen ist nicht geräumig. Die beiden sind recht beleibt, vollschlanke Nachkriegstypen. Sie haben Neulehrerspeck angesetzt, sind richtige Wohlstandsleiber geworden. Beim Fleischer darf ruhig etwas mehr auf der Waage liegen. Die Butter ist gut, wenn sie gelb ist, Wassertropfen bildet und dick aufs Vollkornbrot kommt. Das Brot soll eine Woche lang nicht angerührt und so hart werden, dass man es nur noch mit der Brotschneidemaschine geschnitten bekommt. Hauchdünne Schnitten. Dick die Butter darauf. Der Krieg ist zwanzig Jahre her. An ihren Leibern ist kein Krieg mehr abzulesen. Sie haben sich einen Fernseher gekauft, als Fernseher rar waren und ein Vermögen kosteten. Ihr Automobil ist im Ort der erste Kombiwagen mit Kofferklappe hinten. Sie haben ihn neben dem Haus auf der Wiese geparkt. Der Kombiwagen wird jeden Tag geputzt und dann vom Fenster aus besehen. Das halbe Dorf nimmt den Umweg zum Sportplatz, sich den Wagen anzuschauen. Der Wagen steht bereit. Wohin die Reise gehen sollte, weiß die Großmutter nicht zu sagen. Zu Verwandten in der Nähe, sagt sie, nennt Wismar als Ziel, siebzig Kilometer hin und zurück. Weit sind die zwei nicht gekommen. Es passierte vor der ersten Rechtskurve, am Garten-Eck, in dem die Kollegen der Schule zum Frühschoppen hockten. Sie fahren auf die Kurve zu, die langsam genommen sein will, es aber nicht wird, ganz im Gegenteil, sie wird unterschätzt, zu früh genommen, vielleicht hat die Beifahrerin ins Lenkrad gegriffen, das Mobil wird von unbekannten Kräften gepackt und mitten durch die Hecke in den Garten gelenkt. Steine knirschen. Es rummst. Wie zur Parade geht es an Tisch und Stuhl und die Kollegen vorbei, die aufspringen und zur Seite wegrennen, verwundert sind, mit-

ansehen, wie die Ordnung gestört ist und der Wagen erst vor dem Eishäuschen mit mächtigem Motorheulen zum Stehen kommt. Und Stille herrscht nach dem Aufschrei.
Die Sechziger sind bahnbrechende Zeiten. Großartige Leute wie Charlie Parker und der Trompeter Miles Davis kommen auf einer Bühne zusammen, um epochale, tonangebende Musik zu kreieren. Sanft. Schrill. Weich. Von mutter-, vater- und heimatloser Seele durchdrungen. Stan Getz und seine Musik. Südamerikanische Elemente. Cool Jazz. Baritonsaxophon und Gerry Mulligan. Dave Brubeck. Paul Desmond. Namen wie Podeste, Proteste. All das war mitunter aus dem Nachbarhaus zu hören. Rhythmen eines so anderen, bis dahin nicht gekannten Lebens, die ich wahrnahm. Klänge wie von einem anderen Planeten. Dieser verhaltene, unterkühlte Ton, der den Globus vibrieren lässt. Musik, die der Adoptionsvater Affenjaulen schimpft, verboten gehört, selbst wenn der Nachbar sie leise abspielt und oder im Kopfhörer versteckt. Ich zeichne Ostseebilder, die dem Nachbarn gefallen, der daraufhin meiner Adoptionsmutter einredet, ich wäre talentiert und müsse bei ihm Unterricht nehmen. Die Adoptionsmutter ist angetan und eilt mit mir in die Kreisstadt, in einen Laden für Künstlerbedarf. Ein schöner Laden. Geheimnisvoll. Ein wirkliches Schmuckstück. Pinsel in allen Größen. Paletten und Staffeleien. Tuben. Stäbe. Rahmen zum Selberbauen. Große, kleine Holzfiguren zum besseren Verständnis der menschlichen Anatomie, wie die Verkäuferin zur Adoptionsmutter sagt. Und überredet sie, mir die kleinste aller Holzfiguren zu schenken, weil das nicht von Schaden sein kann. Ich bekomme die kleine Holzfigur und habe einen Freund, mit dem ich mich unterhalte. Ich bin dem kleinen Holzmann recht gut, biege seine Gelenke hin, wie ich will. Er steht an die Wand gelehnt oder er liegt auf meinem Kopfkissen, die Beine lässig übereinandergeschlagen. Ich kann die kleine Holzfigur in Stellung bringen, dass sie aussieht, als kratze sie sich verlegen den kahlen Kopf. Ich kann sie

in Laune versetzen, tanzen und zappeln lassen und wenn mir danach ist, sie in sich gekrümmt tief nachdenklich am Boden hocken lassen. Zur Nacht lege ich sie in meinen Arm, beuge mich über sie, flüstere ihr etwas ins Ohr, ohne daran einen Gedanken zu verschwenden, dass die Puppe keine Ohren besitzt, keine Nase, keinen Mund, keine Augen, kein Geschlecht; und doch ist sie ein guter Freund. Ich setze die Puppe vor mich auf den Tisch und sie befiehlt mir, brav aufzuessen. Die Farben in den kleinen Behältnissen kommen aus England, wie der Nachbar mich aufklärt. Die englischen Farben sind in Folie eingeschweißt und stecken in kleinen, viereckigen, blütenweißen Behältnissen. Die Malstellage wird beim Nachbarn aufgestellt, wo ein Talent zu fördern ist, soll sich der Junge ausprobieren, sagt die Adoptionsmutter. Und meint es nicht ernst damit, hält jede Form von Kunst für brotlose Kunst. Ich male Bilder und höre die seltsame Musik des Nachbarn. Mein Widerstand beginnt musikalisch. Ich schenke der Großmutter mein erstes Bild, ein Gesicht mit schönen, großen Augen, die tanzen. Flüchtige Blicke nennt die Großmutter mein Gemälde. Flüchtige Blicke sind flüchtende Blicke. Flüchtende Blicke inhalieren die geringste Absonderlichkeit, ohne die Absonderlichkeit als solche benennen zu können, sie spüren wie ein scheues Wild, was in der Umgebung geschieht, höre ich die Großmutter sagen, die zu ihren weisen Worten mit dem Topflappen an der Kochmaschine hantiert, nicht zu mir aufblickt.

Ich bin mit dem Tod der Adoptionseltern Besitzer einer Mappe geworden, angefüllt mit Kinderzeichnungen, ausgeführt im ersten Kinderheim, drei Jahre lang, durch die Doktoren veranlasst, die meine geistige Entwicklung einschätzen und bestimmen, wie mit mir zu verfahren ist. Es gibt in jeder Anstalt einen Prinzhorn und Bewahrer, der zusammenträgt, was an Zeichnungen und Bildern vorhanden ist. Es wurde eine Akte angelegt. Meine Kunst gibt in expressiver Formen-

sprache Kunde von meinem Lebenskampf, meinen vorrangigen Visionen und Träumen. Ich finde sie in einem geheimen Eckchen, in einem anonymen Schuber, unter Kleidungsstücken versteckt, sie sind mir von der Adoptionsmutter absichtlich vorenthalten, um mich vor meiner zeichnerischen Kinderwelt zu bewahren, mich nicht an meine Vergangenheit zu koppeln. Schmetterlinge sehe ich. Menschen. Vögel. Menschenvögel. Vogelmenschen. Fahnen flatternd im Wind. Steif und eckig sind meine Ausflugsschiffe, Boote, Dampfer. Bäume sehe ich mit erhobenen Armen in einer Front stehen, wie zur Erschießung aufgereiht. Vor ihnen steht mein Vogelhaus und alle Vögel sind da, Meisen vorrangig, meine ach so geselligen, kleinen gefiederten Freunde, die Wintervögel. Blaumeisen. Kohlmeisen, die in kleinen Gemeinschaften umherziehen, in der Weltgegend herumkommen, viel zu berichten wissen, mit dem Goldhähnchen, dem Kleiber und Baumläufer verwandt sind, zwei Wochen ihre Eier ausbrüten, ihre Jungen pausenlos und beispielhaft umkümmern, gegen Angriffe mit Flügelschlag verteidigen. Ja ja, die Meisen, die Meisen, wolln mit der Braut verreisen.
Ich sehe sie wie in einem stummen Film. Die Großmutter spricht ohne Ton, es bewegen sich die Lippen, mir ist, als sagten sie: Du bist verwandt mit der Fledermaus, dem Igel, dem Feldhamster. Sie alle fressen sich für den Winterschlaf Fettvorräte an, die kalten Monate zu überstehen. Sieh, Junge, deine Winterzeit ist nun um. Du hast den Eisblock verlassen. Du erwachst zu Leben, das Winterschlafkoma ist überstanden. Deine Sinne beschleunigen sich, die Körpertemperatur steigt an und wird zu deiner echten Körpertemperatur. Du hast in den Heimen wie das winterschlafende Tier in seiner Höhle überdauert, die Fettvorräte sind aufgebraucht. Du bist ein Eichhörnchen, bist ein Dachs, ein Braunbär. Das Heimleben hat dich in einen winterschlafartigen Zustand versetzt, den man bei den Tieren beobachtet, die bei Nahrungsmangel und Kälte ihren Stoffwechsel herabsetzen und in Schlafstarre

fallen. Die Großmutter sagt zu mir, ich wäre ein erstaunlich widerstandfähiges kleines Insekt, das in sich eine Art organische Verbindung produziert hat, die wie Frostschutzmittel wirkt. So einer kann dann leicht Temperaturen unter dem menschlichen Gefrierpunkt überstehen. Sei froh, dass du kein Sommerschläfer bist. Sie streichelt mich sanft, obwohl sie weiter am Herd hantiert, nicht aus dem Stummfilmstreifen aussteigt. Der Sommerschlaf ist ein böser Zustand der Starre, dem Winterschlaf äußerlich ähnlich. Er überfällt den Menschen, bemächtigt sich seiner. Von Hitze und Trockenheit ermattet, döst das Wesen und stirbt dann schlafend. Wollt rasten nicht in Vaters Haus, wollt wandern in alle Welt hinaus, Siegfried nur ein Stecken trug, das war ihm bitter und leid genug, und als er ging im finstern Wald, kam er zu einer Schmiede bald, da sah er Eisen und Stahl genug, ein lustig Feuer Flammen schlug, oh Meister, liebster Meister mein, lass du mich deinen Gesellen sein, lehr du mich mit Fleiß und Acht, wie man die guten Schwerter macht, Siegfried den Hammer wohl schwingen kunnt, er schlug den Amboss in den Grund, er schlug, dass weit der Wald erklang und alles Eisen in Stücke sprang, und von der letzten Eisenstang macht er ein Schwert, so breit und lang und schlug wie ein andrer Held die Riesen und Drachen in Wald und Feld.

Wenn ich nicht in der Schule bin und nicht mit den Jungs in der Natur, auf den engen Wegen entlang der Ostseeküste, bin ich in der Küche bei Großmutter. Die Großmutter fertigt an der Kochmaschine Essen. Die Großmutter ist eine Kochmaschinistin. Ich mag ihren Kartoffelbrei. Die Großmutter hat in mir die Lust auf Kartoffelbrei geweckt. Der Großmutter verdanke ich mein Kartoffelsein und Kartoffeldenken. Ich erinnere ihren Kartoffelbrei. Meine Gedanken duften nach Kartoffeln. Die Kartoffel wird ein Teil von mir, wird meine Philosophie. Ich stelle an der Seite der Großmutter meinen ersten Kartoffelbrei her. Kartoffelbrei ist meine Freudenode an das Dasein. Ich benutze für meinen

Kartoffelbrei die Einbrenne der Großmutter. Das Rezept verdankt die Großmutter ihrer Großmutter, weit vor meiner Adoptionszeit vermittelt. Nun kann sie ihre Weltsicht an mich weiterreichen. Die Adoptionseltern essen den Brei und loben ihn und interessieren sich nicht. Die Erde ist für mich eine sich um ihre Achse drehende Kartoffelknolle. Knollen kreisen um Knollen und um die große Knollensonne herum. Der Mond ist die in Silberpapier gehüllte Backkartoffel. Eine Bratröhre ist das Universum, trudelnd unter unzähligen anders gestalteten Bratröhren in der unendlichen Großraumküche. Die Menschheit ist ein Acker. Der Mensch ist eine Kartoffel, die kleinste aller möglichen Knollen weist eine Hirn genannte Ausstülpung auf, die uns von der Vorstellung befreit, einmalig unterm Himmel zu sein. Wenn man die Knolle Mensch nicht richtig lagert, pflegt und hin und wieder wendet, bekommt sie Faulstellen, keimt zu früh, zerfällt vor der Zeit. Die Großmutter steht am Herd und stampft die Kartoffeln im Topf. Ich höre sie sagen: Wo es an Hinwendung fehlt, werden Völker vom Hunger angefressen. Gemeinden verlassen die sicheren Inseln und fallen den kartoffelfeindlichen Mächten in die Hände. Es gibt abgebrühte, faule, gute, schlechte, gibt ausgekochte, mickrige, große, genmanipulierte, gibt harte, kleine, weiche Kartoffeln. Es gibt die haltlos ruchbare, gemeine Kartoffel. Fände man die rechte Mixtur zwischen unterschiedlichen Menschen, könnten Menschen einen vorzüglichen Menschheitskartoffelsalat ergeben. Jedes Land ist eine Stiege voller im Herbst von den Feldern gesammelter Krummbirnen, Grundäpfeln, Erdkastanien, Ackerbodenrüben, Knabberknallen, Kellerknollen, Grumbeeren oder wie die Kartoffel noch genannt wird. Eine Nation ist gut im Kochtopf zu verwenden, die nächste Nation taugt besser für die Bratpfanne. Schön ist der Kartoffeldruck. Ich liebe fortan Kartoffeln, Großmutters Kartoffelpuffer. Ich bekomme eine Kittelschürze umgebunden. Ich stehe am Küchentisch, am Herd auf meiner Fußbank. Ich

darf der Großmutter zuarbeiten. Wir schneiden die geschälten Kartoffeln in Stücke. Wir reinigen sie mit Wasser, werfen sie in einen Topf, kochen die Kartoffelstücke in Salzwasser weich, belassen sie im Wasser unterm Deckel, wickeln den Topf in dicke Handtücher, stellen ihn unter die Bettdecke, zerlassen Butter in der Pfanne, geben der Butter Zwiebelstücke bei und eine von der Großmutter zusammengestellte Mischung aus Kräutern. Wir ziehen den Topf unter der Bettdecke hervor, geben die Butterkräuterzwiebelmischung bei, zerstampfen alles mit dem Stampfer zu Brei. Ich esse Kartoffelbrei und höre das Meer im Hintergrund sanft plätschern. Kartoffelbrei steht obenan auf meiner Jahresspeisekarte.
Frühlingskartoffeln sind die allerbesten Kartoffeln für den Kartoffelbrei überhaupt. Mit Quark, Muskatnuss und in Butter gebratenen Zwiebelstücken versetzt, mit Schüben frischer Milch versehen, mit Pfeffer und Salz abgeschmeckt, ist der Kartoffelbrei eine Ode an die Freude und an den Kartoffelbreiesser. Die Zwiebel soll die rote Zwiebel sein, klein geschnitten, in Gänseschmalz glasig gebraten. Liegt der Kartoffelbrei dann als Batzen auf deinem Teller, so sollen die Zwiebelstücke bräunliche Sommersprossen in dessen Gesicht sein. Der Würfel Einbrenne wird aus der gelblichen Masse herausgeschnitten. Mit dem Löffel wird in den heißen Brei sodann die Kartoffelbreikuhle gedrückt, in das Loch hinein die Einbrenne gelegt. Die dampfende Dramatik nimmt ihren Lauf. Wie vom sicheren Hotelbalkon aus, wohnt man dem Desaster bei, wenn die Einbrenne schmilzt. Im Kleinen sollst du gesehen haben, um im Großen besser zu verstehen, sagt die Großmutter. Und schon sehe ich das angeschlagene Boot, randvoll mit Flüchtlingen. Flüchtlinge. Ströme. Menschen steigen auf und versinken, aus rostigen Wracks geschleudert; und können die nahen Ufer nicht erreichen. Der Schwimmkunst Unkundige, ausgemergelt. Kleine Menschenpartikel kämpfen im Kartoffelbreiloch gegen die kreiselnden Wirbel, sinken ab, tauchen auf, verschwinden, ersaufen, werden mit

dem großen Löffel untergerührt. Ich habe über dem Taumel der großmütterlichen Einbrenne die Weltpolitik als Schaustück erfahren, fortan beängstigen mich die über die Medien verbreiteten Realitäten nicht.

Die Erinnerung ist ein Bürgersteig. Erinnern ist wie über Gehwegplatten kommen, die groß sind, manche zerbrochen. Die Abstände wachsen. Zwischenräume werden Mühe. Du kannst nicht mehr von der einen zur nächsten Erinnerung treten. Ich mache mich klein, bin ein Kind mit kurzen Beinen und kindlich bemüht, von einer Gehwegplatte zur nächsten zu kommen, wenn ich mich an meine Kindheit erinnere. Du musst ausschreiten, am Ende in die vage Erinnerung hineinspringen, ohne zu bedenken, wo und wann du wieder heraustrittst. Du willst dich erinnern. Du treibst wie auf Schollen. Es gibt da keinen Halt von Platte zu Platte. Die Bindungen sind gelöst. Die Zeit ist aus den Fugen. Die Geschehnisse, derer du dich erinnern willst, sind Passanten unter Passanten. Wenn zu viele Leute auf dem Bürgersteg sind, kannst du die Erinnerungsmühe vergessen. Nadeln im Heu. Im großen Menschenstrom scheitern all deine Versuche, dich exakt an einen Passanten zu erinnern, der genauso fremd in der Erinnerung ist, wie du dir fremd wirst. In den Nebengassen bist du da sicherer, kannst derlei Übungen ungestörter absolvieren, dir in Ruhe ein System der Überwindung erarbeiten, von rechts nach links springen, flippen, die Gedanken wie Beine des Spagats dehnen. Sind die Gehwegplatten dennoch zu groß, hast du zu passen und sollst dein Nichtvermögen hinnehmen. Die Abstände werden weiter, je genauer man sich erinnert. Du musst einzelne Erinnerungen verlassen, bevor sie schmelzen oder untergehen. Du verlierst die Orientierung. Du wirst zu deinem eigenen Erinnerungsspielball. Du springst auf der Stelle. Dir geht die Luft aus. Und doch willst du dich weiter erinnern, weiter verirren. Auffällig ist, wer orientierungslos abseits der Erinnerungen steht. Wer auf dem Bürgersteig die Eilenden zu stoppen, sie zu fragen sucht, mit einer Aufschrift, einem Namen, einem Platz am Ort, einer Adresse. Du bekommst außer Eile, der höchsten städtischen Umgangsnorm, nichts weiter angeboten. Eilende drücken sich an dir vorbei. Denn auch sie suchen sich fortwährend an Vergangenes zu erinnern. Dir bleibt nichts übrig als dich einzureihen, mitzueilen. In die Geschichte aller. In die Vergangenheit aller. In den geschichtlichen Stoff hineingewoben, in dem als Faserfetzen deine kleine Geschichte steckt. Frühmittagsabends. Sich erinnern heißt sich in der eilenden Masse wie in einem Gehege voller klappernder Flaschen zu fühlen, in eilende Blöcke verfrachtet, auf wackligen Füßen unterwegs. Spätere Erinnerungen sind alt und glänzen im Licht. Anders erinnert der Mensch sich nicht, als dass er zum Fußgänger wird. Ich erinnere mich meint: Gelangweilte Fahrer sehe ich, ihre Ellenbogen zu den Fenstern ihrer Fahrzeuge herausstrecken. Alte Damen sehe ich, faltige alte Schachteln, die dich und alle gesellschaftlichen Vorgänge um sich ignorieren, jede Regierung, jedes Regime, jeden Diktator überstehen, an ihren pelzigen Borden nesteln, wenn du sie ausfragen willst. Kleine Tierchen, unnatürlich gedehnt, als Ring um den Hals gebunden. Sich erinnern meint, das tote Tierchen, das sich beim Schwanz gepackt hat, den eigenen Schwanz in der Schnauze trägt, aufzuwecken. Du musst ein Büchsenöffner sein, die Erinnerungshaut ritzen. Sich erinnern meint, Kinderspaß zu spielen, das Selbst wie eine Börse an die Angelschnur gebunden auf den Bürgersteig zu legen. Die schlaue Bäuerin tippt ihre Stiefelspitze gegen deine Attrappe, gewahrt die an sie gebundene Schnur. Und alles Erinnern war umsonst. Sich erinnern heißt, sich an den Bettler der Kinderzeit erinnern. Männer, denen ich nicht in die Gesichter schauen konnte, an deren Gesichtern ich vorbeihuschte, wie viele andere Kinder mit mir, ins Gesicht zu sehen, hinter die geheimnisvollen Bärte oder Gesichtsnarben blicken. Nachschleifende Beine. Verdrehte Augenpaare. Augenklappen. Ausgefranste Schuhe. Jackenstoffe in Fetzen. Nach außen gekehrte Taschen. Rostige Ösen, knopflose Mäntel. Und Essensreste an der Kleidung, von den Rändern der Specktonnen mitbekommen, in denen der sich Erinnernde nach Essbarem wühlt.

Ich war das Heimkind. Ich war so frei im Heim, unendliche Wochen, Monate, Jahre in kindlicher Seligkeit. Immer draußen unterwegs, um nicht drinnen sein zu müssen. Spiele spielen, die auf nichts Besonderem beruhten. Es gab ausgeklügelte Techniken, Dinge zum Spielen zu verwenden, die nicht für das Spielen gedacht sind. Ich erinnere mich nicht im Detail, wie wir es schafften, an der Lieblingslaterne hoch oben unsere Seile zu befestigen, sie so zu drehen und verwirken, dass wir mit ihnen den Pfahl umwinden konnten und nach einer gewissen Weile dann von den Seilen um uns und um andere Kinder herumgeschleudert wurden, wie auf einem Kettenkarussell ohne Ketten. Ich weiß ein großes Kind, abseits stehend, das uns den nötigen Schub erteilt, und dass die einzelnen Drehs, wie lange ich sie auch in Erinnerung habe, nur kurze glückliche Drehmomente waren. Ein kurzer, kostenloser Zeitvertreib. Ein Kind nach dem anderen, alle fünf Kinder, fliegen wir um den Lampenpfahl herum, sind für die kurze Frist kleine Sterne am Kinderspielhimmel.

Und dann ist uns schwindlig, und alles fängt von vorne an. Ein Steinchen wird ins Feld geworfen. Man muss hüpfen und zum Ende der auf das Pflaster gezeichneten Figur kommen, den ausgeworfenen Stein nach einem System im Feld überspringen, was im Einzelfall bedeutet, dass du dabei eine komische Figur machst, am Spagatschritt zerbrichst. Lasst uns schweifen ins Gelände, über Täler, über Höhn, wo sich auch der Weg hinwende, wir sind jung, und das ist schön, geht darob der Tag zur Neige, leuchtet uns der Sterne Schein, Bruder, schnell, den Rucksack über, heute solls ins Weite gehn, Regen, Wind, wir lachen drüber, wir sind jung, und das ist schön. Aber bist du adoptiert und nicht mehr im Heim, so hast du kein Eigen mehr, bist Teil geworden von einem kleinen Ganzen, der Familie, ein Familienmitglied neben anderen Familienmitgliedern und anderen Familien in der Straße, in der ganzen Stadt. Wenn wir die bessere Sonntagskleidung tragen, vor dem gemeinsamen Ausgang stehen, verbieten sich derartige Spiele. Wir stehen im Freien vor der Haustür, den Hecken zur Straße hin und haben abzuwarten, dass die Familie eine Gruppe bildet und alle beisammen sind, der Onkel auf Besuch, die geschwätzigen, immer trödelnden Tanten, Cousin, Cousinen. Wir sehen uns an, der Nachbarjunge, das Nachbarmädchen und ich und es ist uns peinlich, so hergerichtet und angezogen gesehen zu werden. Zum Ausgang gekleidet, kannst du als Familienmitglied Kurzweil nur vorsichtig abhalten und eben nur zum Schein takeln, schubsen, auf dich aufmerksam machen, weil die Anzugsordnung zu schonen ist beim Kinobesuch. Man gibt sich ein bisschen ausgelassen, riskiert die sanfte Form des Tobens, ohne Hinfallgefahr und aus ihr resultierendes Verschmutzen.

Wenn es regnete und sich die Rinnsale an den Bürgersteigkanten ausbreiteten, falteten wir aus Papier kleine Boote, die sich von den Wassern mitreißen ließen, beim Wettrennen unserer Papierboote bemerkten wir, dass wir uns beeilen mussten. Um nur nahe am Geschehen zu bleiben und am Ende des Unterfangens zu sehen, wessen Schiffchen jedweder Gefahr ausgesetzt zum Sieger geworden war, verhedderten wir uns im Geäst, patschten durch große Wasserpfützen, machten uns barfüßig, in bis über die Knie umgekrempelten Hosen steckend. Und träumten alle vom eigenen Schiff, dem kleinen Segelboot mit Leinensegel, Seilen, Pinne, Vorschot und einer Kajüte, die Platz für uns alle bietet, deren Segel sich blähen. Das Boot der Träume, das es aufnehmen kann mit anderen Traumschiffen.

Trieb, von August Stramm:
Schrecken Sträuben, Wehren Ringen, Ächzen Schluchzen,
Stürzen, Du!

BEIM RÜBENHACKEN geht uns Roswitha in der Ackerrille voran. Wir halten absichtlich Abstand. Es ist uns zusätzlich zur Hitze vom Anblick der Roswitha heiß. Wir sind für die Erntehilfe abgestellt. Der Rücken schmerzt vom Mühen und Bücken. Wir hacken die Setzlinge ohne Konzentration. Roswitha steckt in nichts als ihrer Haut, die mit einem Badeanzug überzogen ist, der in ihrer Arbeitshose verschwindet, besser aus ihr hervor aufblüht, hell und grün. Hinter der Roswitha gehend, sind ihre großen Titten als Überbreite auszumachen. Die zierlich gebaute Roswitha hat die dicksten Brüste aller Mädchen auf dem Erntefeld, die Jungen drängeln sich in ihrer Rille und laufen ihr nach wie Schafböcke, dicht nacheinander. Ich schlage mir den Knöchel auf mit meiner Hacke. Heinz schwindelt beim Anblick der Wölbungen, die Verlockung wird bei ihm so groß, dass er am liebsten hingehen, die unfassbar fernen Busen ergreifen und drücken würde. Roswitha schuftet und kommt zügig voran. Roswitha ist am Tagesende die beste Rübenhackerin der Riege und hat von dem Aufruhr hinter sich nichts mitbekommen. Ich sehe mich wieder in der Kammer hinter der Toilette, wo der Adoptionsvater schulische Akten in Regalen verbirgt. Dort halte ich mich versteckt, in der kurzen Zeit, die Roswitha bei der Adoptionsmutter Nachhilfe bekommt. Ich sehe wieder, wie sie sich die Hände wäscht, das Haar kämmt, auf dem Klo sitzt. Ich mache mich schmal. Ich halte die Luft an. Ich belausche das Tun der Roswitha in der Toilette. Ich bilde mich auf dem Bücherdachboden weiter fort, durchsuche die Bücher nach erregenden Bildern, erforsche den Mund-zu-Mund-Kuss, lese von Dingen, die obszön genannt und tabuisiert worden sind. Das Füßeküssen. Der Kuss beim Akt. Der Judaskuss, das Zeichen des Verrates. Eine Schlange kommt aus einer Säule hervorgekrochen und sagt: Das Mädchen, das dich küsst, wird deine Königin sein. Brutus fällt auf die Knie, rutscht auf den Bauch, küsst die Mutter Erde, wird von ihr geküsst, steht in dem Buch beschrieben, wo es heißt, auch Brutus werde töten, was ihn zuerst umfasst und küsst. Dornröschen wird wachgeküsst. Der Wunsch zu küssen lenkt mein sexuelles Erwachen. Ich will bei den Mädchen landen. Dornröschen, nimm dich ja in acht, Taler, Taler, du musst wandern, von der einen Hand zur anderen, da kam die böse Fee herein, Dornröschen, schlafe hundert Jahr, Brüderlein, komm tanz mit mir, beide Hände reich ich dir, einmal hin, einmal her, rundherum wuchs die Hecke riesengroß, Dornröschen, wache wieder auf, wieder auf, wieder auf. Die Mädchen stehen in Gruppe und versuchen einen langen Faden aufzugreifen, weiterzureichen, der sich durch ihr Tun vernetzt und Muster annimmt, die in immer komplizierter werdender Greiftechnik mit den Fingern übernommen werden müssen. Wir Jungen zeigen Gegenstände her, Zeitungsausschnitte, Feuerzeuge, Spielkarten, mit denen wir spielen. Einer muss die Hand hinhalten, einer macht den Rücken für uns krumm. Wir messen unsere Kräfte, wir fangen an zu lachen, wiehern, benehmen uns wie betrunken, stieben auseinander, halten uns die Bäuche, kriegen uns ein, sind mit einem Mal wieder ernst und beherrscht, als wäre eben nicht Tobsucht, Albernheit angesagt. Wir sind in dem Alter, in dem wir lieber murmeln, uns auf den Boden werfen, mit den Augen auszumessen, wessen Glaser näher am Loch liegt. Wir möchten unser Springseil durchs Leben schleppen und sind dem Springseil entwachsen. Doch mittendrin wird uns das Springseil peinlich, wir lassen es liegen, wo wir es fallen lassen, werfen es nicht fort, sondern übergeben es an die nachfolgende Generation. Wir sind unterkühlte Jungen auf dem Weg zum Mann. Die wenigen nahen Momente mit den Mädchen beginnen wir zu genießen, wenn eines uns berührt, werden wir abwesende Geschöpfe, auf das andere

Wesen eingenormt, das Mädchen, mit dem wir über ein Seil springen, von anderen Mädchen geschwungen. Mädchen, deren Nähe wir so intensiv spüren, für deren Nähe wir alles hingeben, jede Achtsamkeit uns gegenüber verwerfen, das einigende Jungengefühl aufgeben, uns sticheln, in Grund und Boden kommentieren, was manchen von uns aufbringt, rot werden und hinreißen lässt, Dinge zu tun, die man von uns nicht kennt, wie sich wegen einer Nichtigkeit kloppen.

Die meisten Menschenkinder kommen mit den Farben der Schmetterlinge bunt zur Welt, grad wie die Paradiesvögel.

SIE GLEICHT WOHL einem Rosenstock, drum liegt sie mir im Herzen. Ich entkleide mich. Ich stehe nackt im Raum und spüre die Kälte der Nacht nicht. Ich bin dreizehn Jahre. Sie trägt auch einen roten Rock, kann züchtig, freundlich scherzen, sie blüht wie ein Röselein, die Bäcklein wie das Mündelein, liebst du mich, so lieb ich dich, Röslein. Ich will küssen. Ich will den ersten Kuss, will die Berührung eines anderen Menschen mit den Lippen, nicht als Geste der Zuneigung. Das Röslein, das mir werden muß, beut mir her deinen roten Mund, Röslein auf der Heiden, ein Kuß gib mir aus Herzensgrund, so steht mein Herz in Freuden, küßt du mich, küß ich dich, Röslein auf der Heiden. Ich will nicht irgendein Mädchen küssen. Ich will Roswitha küssen. Wer ist, der uns dies Liedlein macht? Ich weiß nicht mehr, wie ich es geschafft habe, Roswitha in den Park zu bestellen. Es ist ein kalter Novembertag. Sturmwarnungen im Radio. Die herbstsonnenverwöhnten Blätter haben keine Zeit, sich sanft aus ihren Verankerungen zu lösen, sondern sehen sich brutal vom Ast gerissen. Kein größer Freud auf Erden ist, denn der bei seiner Liebsten ist. Nach dem Schneefall der Vornacht liegt im Wäldchen eine zentimeterdicke Schneedecke. Roswitha kommt, und ich sehe ihr an, dass sie friert. Wir gehen schmale Wege. Ich bin Belmondo, Roswitha ist meine frierende Deneuve. Wir gehen wie in einem filmischen Streifen über den Schnee im Wäldchen auf und ab. Wir sind das Filmpaar im wundervollen Schneetannenwald. Roswitha Deneuve ist eingemummelt, was ich von ihr sehe, ist wunderschön. Wir gehen auf die Liebesschlucht zu. Der Wind benimmt sich zu grob vorne entlang der Steilküste. Wir kommen in den kleinen Waldparkabschnitt mit seinen zwei verschneiten Bänken. Auf Höhe des Findlings, der als Ehrenmal für sowjetische Soldaten fungiert, unterm roten Stern, halte ich den Augenblick für angemessen. Ich stehe meiner Deneuve gegenüber. Sie hält ihren Kopf unter der Kapuze versteckt, nichts ist vom wundervollen Haar, unter ihrer Kapuze versteckt, zu sehen. Ich stehe bar jeder Kopfbedeckung. Schneeflocken setzen sich auf mein Haar und schmelzen sofort. Ich bin auf den ersten innigen Kuss versessen, bin im Sprung begriffen, bin das wilde Kusstier, das Roswitha anfallen wird, das arme Reh, das in den Park gekommen ist und nicht ahnt, was sich der Schwerenöter für diesen Tag vorgenommen hat. Ich fasse Mut. Ich bin ein Schiff und bin das Meer und bin mein Kapitän. Es treibt mich auf Roswitha zu. Ich greife an, lange hin, nehme sie; alle Worte beschreiben nichts und geben die Situation nicht wieder, küsst ein Junge zum ersten Mal einen Mädchenmund. Alle Leitungen brennen durch. Aber der Kuss bleibt hinter den Vorstellungen vom Küssen weit zurück. Roswithas Nase läuft. Ich presse Roswitha in Manier des ungezügelten Casanovas den unendlichen ersten Kuss mitten auf den Schnoddermund. Kann nicht ablassen. Spüre den kalten Nasenrotz Roswithas. Es gelingt mir nicht, den Mund von meiner Novemberschneedeneuve zu lösen. Der Kuss beginnt mich zu ärgern, mein Benehmen Roswitha gegenüber ärgert mich. Ich kann nicht von der Roswitha lassen. Ich küsse sie und küsse und merke nicht einmal, wie sie um Luft ringt, sich gegen meine Aufdringlichkeit sträubt, halte für Wallung, wogegen sie strebt, nehme ihre verstärkten Bewegungen für innige Teilnahme, setze im Kuss zum neuerlichen, fortgeführten Kuss an, fasse ihren Kopf, bin wie von Sinnen, nicht fähig, mich wieder einzukriegen, abzubrechen, wegzulaufen, mich meiner zu schämen, die Schmach zu überdenken. Ich spüre nichts, fühle nicht einmal unterbewusst, instinktiv, dass meine Deneuve weit entfernt ist, an meinen Küssen Gefallen zu finden. Roswithas Nase läuft stärker. Ich presse sie so wild, dass sie einknickt. Und ich Dummer sinke mit ihr in den dünnen Schnee. Roswitha stößt mich im Sinken von sich, rollt beiseite, erhebt sich, ist über mir, der ich beseelt auf dem Rücken liege, die Augen geschlossen, bis Roswitha über mir ist und wilde Schläge gegen mich setzt, dass es klatscht und klatscht, ins Gesicht, auf den Kopf, über den Körper verteilt, wohin sie trifft, breitbeinig über mir stehend, Schnee und Dreck regnet auf mich nieder; und die wütende Roswitha behält mich im Auge, Hass im Blick, sagt sie böse Worte: Schwein, Perverser. Schäm dich, ruft sie noch im Weglaufen, schreit und läuft von Schreien angetrieben fort aus diesem Erinnerungsbild, und ich liege versteinert die lange schöne, grausig wohlige Weile, die ich mich an Roswitha erinnere, da, ehe ich mich aufrichte und der Roswitha nach aus meiner unrühmlichen Erinnerung stehle. Die Zeit frisst ihre liebsten Kinder. Unsere Busenkönigin ist vor einigen Jahren am Brustkrebs gestorben, heißt es auf dem einzigen Klassentreffen, zu dem ich über dreißig Jahre verspätet gefahren bin.

Der Adoptivsohn hat etwas ausgefressen. Die Hand der Adoptionsmutter liegt auf dem Geländer. Das Geländer hat sie eigenhändig gestrichen und die Latten mit stinkender Farbe grell lackiert. Jede Sprosse in einer anderen Farbe, wie bei einem Regenbogen. Die Farbfolge ist mir auf ewig als Rot zu Orange und Gelb zu Grün zu Blau und Indigo zu Violett in Erinnerung; und runter die Treppe von Violett zu Indigo zu Blau zu Grün zu Gelb zu Orange zu Rot. Oben an der schmalen Treppe steht sie als Despotin und blickt auf mich dort unten herab. Wie einsichtig und optimistisch ich auch vor ihr stehe, mich für was weiß ich für Taten entschuldigen mag, sie nimmt keine Entschuldigungen hin, sondern zeigt sich ungehalten, wünscht keinerlei Diskussionen, spricht von Ansehen und Verlust, den ich ihnen allen als Schaden zugefügt. Erwischt und gescholten, tapse ich die Stufen der Treppe empor, nehme den letzten Treppenstufenabsatz mit einem Sprung in den Flur auf sie zu und an der Adoptionsmutter vorbei, die den missratenen Jungen ins Wohnzimmer leitet, wo der Adoptionsvater am Tische sitzt, die Hände übereinandergelegt, in Amt und Würden, die Standpauke zu halten, die sie ihm eingeredet hat und für angebracht erachtet. Eifrig nimmt sie mir vor dem Eintritt den Schulranzen ab, bringt mit ihren Fingern mein Kopfhaar in Ordnung, versucht mich, mit der Bürste zur Hand, von Schmutz an der Kleidung frei zu bürsten, dass ich picobello vor dem Adoptionsvater stehe, wie vor einem Beamten, dem ich nicht umständlich kommen soll, sondern die Sicht der Dinge hersagen, weil er sowieso von meinen Schandtaten weiß, was er mich auch fragt, weil sie immer alles schon gewusst haben, noch bevor ich den Nachhauseweg angetreten habe. Und obwohl sie Bescheid wissen, habe ich anzutreten, dazustehen und zu erzählen, was sie zu hören wünschen. Also leiere ich meinen Text herunter, variiere die Zugeständnisse, gebe mal dies und dann wiederum das zu.

Die Adoptionsmutter wartet im Flur hinter der Tür den jeweiligen Ausgang der Standpauke ab. Die Großmutter verhält sich still und denkt sich ihren Teil. Ich sehe mich vom Adoptionsvater mit einer Verwarnung oder Strafe entlassen. Die Adoptionsmutter nimmt mich im Flur in Empfang, um mir zu sagen, was für ein Glück im Unglück ich hätte, so einen milden Richter als Adoptionsvater zu haben. Sie redet, wenn sie von mir persönlich tief enttäuscht worden ist, von den rezessiven Genen, dem Dilemma der Erbkrankheit, den üblen elterlichen Genanteilen, Gene meiner Abstammung,

die schlechtesten der schlechten; bösartige Gene, gegen die der allerbeste Wille nicht ankommt.
Die Großmutter hält sich beide Wangen vor Schrecken und schüttelt den Kopf. Ihre Gesten an mich bedeuten ihr Nein zu dem Zeug, das da dem Munde ihrer Tochter entspringt, als wüsste sie, was der Verfehlung auf dem Fuße folgt, nämlich der innere Aufschrei, das Aufbegehren, längst fällig, viel zu lange in mir gestaut, eines Tages wird es aus mir hervorbrechen und mich laut kontern lassen, dass die Adoptionsmutter nicht meine Mutter ist und niemand mir nie wieder hier was zu sagen hat. Und wie ich die Tür hinter mich werfe, weiß ich die Großmutter in ihrer Ahnung bestätigt und mich auf dem rechten Pfad, dem der beginnenden Abnabelung, des aufkeimenden Selbstvertrauens. Ade, du lieber Tannenwald, ade, wie rief die Scheidestund so bald, mir ist das Herz so trüb und schwer, du siehst ihn nimmermehr, ade, du liebes Waldesgrün, ihr Blümlein mögt noch lange blühn, mögt andre Wandrer noch erfreun und ihnen eure Düfte streun, und scheid ich auch auf lebenslang, Wald, Fels, Vogelsang an euch, an euch zu aller Zeit gedenke ich in Freudigkeit.
Es häufen sich die Tage, an denen ich es nicht mehr aushalte. Verlassen, verlassen, verlassen bin ich wie ein Stein auf der Straße, so verlassen bin ich, keinen Vater, keine Mutter, kein Feinsliebchen hab ich, jetzt seh ich recht deutlich, wie verlassen bin ich, jetzt geh ich zum Friedhof zum Friedhof hinaus, dort knie ich mich nieder und weine mich aus. Ich bin aus dem Adoptionselternhaus ausgerissen, ich bin der sich unbeherrscht aufführenden Adoptionsmutter entkommen, die an diesem Tag völlig durchgedreht ist, mit ihrem Ausklopfer hinter mir herlief und wie irre schrie: Das sind die Gene. Die Gene schlagen durch. Du bist voller Gene deiner Mutter, die ein Freudenmädchen ist, ein Freudenmädchen, ja, das ist sie, damit du es weißt, was den Vater anbelangt, eingelocht gehört der Verbrecher wie alle Verbrecher seines

Schlages, diese Nichtse von Saufausen, von denen du auch einer wirst, wenn du dich von diesen Genen lenken lässt.
Sie ringt um weitere Schimpfworte, bringt aber keine Schimpfworte mehr zusammen. Zehn kleine Negerlein, die gingen in einen Hain, der eine hat sich aufgehängt, da warens nur noch neun kleine Negerlein, die haben einmal gelacht, der eine hat sich totgelacht, da warens nur noch acht kleine Negerlein, die gingen mal Kegelschieben, der eine hat sich totgeschoben, da warens nur noch sieben kleine Negerlein, die gingen zu einer Hex, der eine wurde totgehext, da warens nur noch sechs kleine Negerlein gerieten in einen Sumpf, da ist der eine stecken blieben, da warens nur noch fünf kleine Negerlein, die gingen mal zum Bier, der eine hat sich totgetrunken, da warens nur noch vier kleine Negerlein erhoben ein Geschrei, der eine hat sich totgeschrien, da warens nur noch drei kleine Negerlein, die gingen am See vorbei, da kam ein großer Hecht geschwommen, da warens nur noch zwei kleine Negerlein, die gingen zu einem Schreiner, der eine hat sich inn Sarg gelegt, da war es nur noch einer, ein kleines Negerlein, das fuhr mal in ner Kutsch, da ist es hinten rausgerutscht, da warn sie alle futsch.

<u>Verhältnis zu den Verwandten des Annehmenden</u>
Die Annahme an Kindes Statt begründet zwischen dem Kind und den Verwandten des Annehmenden wie auch zwischen den Abkömmlingen des Kindes und dem Annehmenden und seinen Verwandten die gleichen Rechte und Pflichten, wie sie zwischen leiblichen Verwandten bestehen. Ein Eheverbot zwischen dem Kind und den Verwandten des Annehmenden wird durch die Annahme an Kindes Statt nicht begründet.

BEI MEINEN AUSFLÜGEN in meine Vergangenheit, am Strand zwischen Meschendorf und Rerik kommt mir die merkwürdigste aller Erinnerungen. Ich habe bis heute für das seltsame Geschehen keine rechte Deutung parat. Ich bin eventuell in

eine zeitlose Welt gelangt. Ich bin in einen Raum gebrochen, den es im Leben sonst nicht gibt. Der Himmel steht tief und grau. Die Wolken lasten, als wäre der Beginn einer Finsternis aufgezogen, in die ich gerate, um niemals mehr aus ihr hervor aufzutauchen. Der seltsame Tag zeigt Folgen.
Ich erinnere mich an die Speisekammer, in ihr mein Riesentopf, angefüllt mit in alter Omamanier von Hand bereitetem Kraut. Kohlkopfviertel, hauchdünn in Längsstreifen teilen, Streifen in den Topf aus Steingut geben, mit Salzschichten versehen, Steintopf bis an den Rand füllen, der ein großer Steintopf ist, hellbraun und dickbäuchig, von außen glatt, oberhalb mit einer Rille für den Riesendeckel versehen. Unterm Deckel dieser umgedrehte, flachgelegte Speiseteller, von einem faustdicken, flachen Sandstein beschwert, am Ostseestrand nahe meinem Lieblingsplatz aufgelesen. Er thront auf dem Teller überm Kraut, das nun Sauerkraut werden kann und dabei die spermafarbige Sauerschaumschicht ausbildet, die den Kohl eindeckt wie schmutziger Schnee. Eine Gewöhnungssache, der Anblick, zugegeben, nichts für übersensible Geister. Und doch ist in einen Schaum zu blicken, derweil ich die Geschichte überliefere, die mir meinen ersten Schrecken eingejagt hat, als ich eine schöne Strecke gegangen bin, von zu Hause abgehauen, entschlossen, die Adoptionseltern für immer zu verlassen.
Ich beschreibe den Strand, den zerzausten, über den ein Sturm gewütet hat, der sich eben legt. Wie ausgerissenes Haar ist Gras und Meergeschling in breiten Mehrfachstreifen auf den Küstensand geworfen. Ich komme an meinen Lieblingsstacheldrahtzaunpfosten, um auszuruhen, mir Gedanken zur Adoption und der Möglichkeit zu machen, endlich alles hinter mir zu lassen, eine eigene Mutter zu besitzen. Hinter mir das militärische Sperrgebiet. Vor meinen Augen horizontloser, nebliger Dunst. Der Tag hüllt sich in diese unvergessliche, so abnorme Trübung, die nicht Tagesanbruch, nicht Tagesausklang ist, eher die Vorstufe zur Hölle, wie ich

den Zustand nennen möchte, wenn auch das Bild abgegriffen ist und nicht ganz stimmig. Ich habe über die Jahrzehnte kein besseres Wort gefunden, das Erlebnis zu beschreiben. Ich werde es als meine Höllenvorstufe mit ins Grab nehmen. Die Welt hält Unmengen von Begriffen parat, dass ich mich nicht schämen muss, mal keinen geeigneten Begriff für ein so tiefes Erleben zur Hand zu haben. Ich sitze da und blicke in diese schwammige Begriffslosigkeit, diesen Dunst. Fragt nicht, wie lange ich dort sitze, ehe ich mich erheben kann, den Weg fortsetzen. Aus dem Nichts taucht, wie absichtlich in Schaum gelegt, ein grober, grauer Klump auf, der sich erst bei näherer Begutachtung als ein Kadaver, ein totes Wildschwein herausstellt. Von einem tektonischen Vorfall aus der steilen Küste gelöst und auf den Strand geworfen, denke ich. Ich stehe dem Urtier gegenüber. Ich stucke meine Schuhspitze in die Vergangenheit. Das tote Vieh stinkt nicht. Es ist von keinerlei Konsistenz. Da ist nur dieser ekelerregende Schaum auf dem Tier und die aufkommende Düsternis; beides zusammengenommen zeichnet für jene kindlich scheuen Regungen, die in mir aufsteigen, blicke ich in einen Sauerkrauttopf. Der Stein auf dem Teller ist das Wildschwein am Strande im Schaum.

Ich werde bei dem Anblick unruhig. Ich nehme dem Jungen gleich, der ich gewesen bin, meine Beine in die Hand und laufe fort. Besser gesagt, ich laufe immer noch, das ganze Leben hindurch laufe ich ständig von mir fort, will raus aus diesem Bild, raus aus allen anderen Bildern, weg von diesem Erdenleben, ab durch die Hemisphäre, durch den Schaum, in die weite Unendlichkeit, wo es keinen Kadaver, keinen Schaum, mich nicht und niemanden sonst gibt. Ich fühle, wie ich gefühlt haben muss. Ich spüre das rasende, kleine Herz pochen. Ich stelle Sauerkraut her. Bekannte, Freunde müssen mein Kraut im Topf ansehen, sollen es riechen, sich zum Essen von mir einladen lassen. Kraut aus fahlgrünen Weißkohlköpfen, aufgewachsen beim schleswig-holsteinischen Bauern, der mich über Alexandre Dumas aufklärt, dessen Beschreibung, wie Choucroute herzustellen ist, mit Essig und Wein aus Frankreich konserviert und Meersalz versehen, der Kohl in dünne Streifen geschnitten, auf einer Meersalzmatratze schichtweise gebettet, mit Einstreuseln von Wacholderbeeren, Kümmel aromatisiert, in gleichmäßigen Verhältnissen übereinandergelegt, zum Ende hin von grünen Kohlblättern bedeckt, auf sie den Stein zu legen, alles mit einem großen, feuchten Tuch bedeckt, unterm großen Deckel bewahrt. Von Zeit zu Zeit das saure, schmutzige Wasser mit der Schöpfkelle abschöpfen, die Masse durch die Salzlauge à la Dumas ersetzen bis jedweder störende Gestank gewichen ist. Bei der Arbeit ins Schwitzen kommen, eine Frage der Ehre, Schweiß eintropfen lassen, Kohl erwartet Schweiß, Schweiß macht den Kohl fett. Das Kraut wird mit nackten Armen gepackt, über den Rand eines Riesenfasses verbracht, vor die nacktfüßigen Helferinnen geworfen, die im Fass spazieren gehen, mit den Füßen den frisch geschnittenen Kohl verdichten. Hört, wie sie lachen; und trinken den Wein aus Flaschen, absichtlich und reichlich verschüttet, was dem Kraut zugutekommt.

> Ihr halbes Leben trug die heute vierundfünfzigjährige Taminah die Leiche ihres Babys in ihrem Bauch, weil sie sich eine Operation nicht leisten konnte. Ärzte in Surabaya auf der Insel Java befreiten die Frau jetzt in einem dreistündigen Eingriff von dem 1,6 Kilo schweren Leichnam. Das Kind sei vor seiner Geburt gestorben, nachdem es sich außerhalb der Gebärmutter entwickelt habe, sagte der behandelnde Arzt Urip Murtejo. Die Frau sei ins Krankenhaus eingewiesen worden, nachdem sie über gelegentliche Bauchschmerzen geklagt habe. Murtejo lag allerdings falsch mit der Vermutung, es sei möglicherweise das erste Mal, dass eine Frau ein vollständig entwickeltes totes Baby über einen derart langen Zeitraum in sich getragen habe. Im Januar hatten Ärzte in Vietnam im Unterleib einer Frau einen fünfundvierzig Zentimeter langen Fötus entdeckt, der fünfzig Jahre zuvor gestorben war.

IN DIESEM ZUSAMMENHANG kommt mir die Geschichte mit der Cousine in den Sinn, in die ich pubertierender Junge verliebt war, mit zwölf, dreizehn Jahren. In Halle an der Saale. Da steht eine Burg überm Tale und schaut in den Strom hinein, das ist die fröhliche Saale, das ist der Giebichenstein, da hab ich so oft gestanden, es blühten Täler und Höhn, und seitdem in allen Landen sah ich nimmer die Welt so schön. Im Sommer sehe ich mich landverschickt. Es geht in die Stadt der Chemiearbeiter. Die Reise ist großartig, das Ziel von Jahr zu Jahr weniger lockend. Ich sitze im Bus. Der Bus setzt mich am Bahnhof ab. Ich werde von der Adoptionsmutter begleitet. Sie erwirbt die Fahrkarte für mich, redet auf mich ein, was ich zu tun und was zu lassen habe, als würde es was nutzen. Wenn ich auf dem für mich reservierten Platz sitze, sind alle Vorgaben vergessen. Ich stehe die Fahrt über am Fenster, zähle Rehe, Hasen, Füchse, Pferde, Kühe, bin die Fahrtzeit über hinlänglich beschäftigt, werde von Onkel Horst abgeholt, der um die fünfzig Jahre alt ist, eine glänzende Glatze zum pechschwarzen Haarkranz trägt, über sein gesamtes Gesicht lacht und stets auch was zum Lachen hat, selbst wenn es regnet, ihn die Leute rempeln. Eine unbekümmerte, regelrechte Frohnatur ist dieser Onkel, fragt lachend an, was die Adoptionsmutter mir da wieder für seltsam alt machende Sachen übergeholfen hat, die nicht zu mir passen, mit denen ich mich in seiner Gegend bei den Kindern lächerlich mache. Ich stimme ihm heimlich zu und habe große Schwierigkeiten mit seinem Dialekt. Die Großmutter belustigt sich über die breite Aussprache der Hallenser: Die sprechen nicht, die maulen. Die lassen zudem im Wald die Hasen runter und sehen dann Hosen über die Lichtung hoppeln.
Breiter als der Onkel walzt die Tante den Dialekt aus. Sitzt ewig in ihrer Küche am Küchentisch vorm Aschenbecher und hat allezeit einen Kittel an, besitzt deren viele, trägt sie während der Arbeit im kleinen Kaufmannsladen um die Ecke, beim näheren Hinsehen scheint die Unterwäsche her-

vor: Kenn di Läut ruhich sän, hob ä nix zu verbärschn oder. Sie trägt den Tag über Kittel. Vielleicht geht sie mit ihrem Kittel auch zu Bett. Sie keucht mehr, als dass sie lacht, wirbelt zu jedem einzelnen Wort ihre Zigarettenhand, haut sich auf die dünnen Schenkel, wobei dann die Asche auf den Fußboden fällt oder als Teilstück auf dem Tischtuch landet, das mit so einigen Löchern versehene, von Kippenglut ins Tuch gebrannt. Sie leckt den Mittelfinger ihrer Hand an, bringt Kuppe und Spucke über die Asche, die im Ganzen am Finger kleben bleibt, was ich als Zauberei ansehe: Gelle, Jungchen, verstehst nichts von Tutenblasen, staunste nur. Zu den Verwandten gehören die zwei Töchter, eine ist dünn, lang und schwarzhaarig und für mich fast schon eine Frau, die andere ist in meinem Alter, kleiner als ihre Schwester und pummelig dazu, mit schönen Grübchen im Gesicht, die erscheinen, wenn das Mädchen lacht. Ich bin in die Pummelige verliebt, der wunderschönen Augen wegen, zwei schwarze Perlen. Durch die Eltern angewiesen, mit mir die Stadt zu erkunden, mir die Schönheiten der Stadt zu zeigen, ziehen wir zu zweit durch die Hallenser Straßen. Das Mädchen zeigt auf ein Haus und erklärt es mir. Das Mädchen zeigt auf einen Platz und unterrichtet mich von ihm, wie auch vom Denkmal, auf dem der deutsche Komponist steht, Vertreter des Spätbarock, in Halle geboren, in Hamburg Konzertmeister am Hamburger Opernhaus, hat seine erste Oper mit zwanzig Jahren geschrieben, *Almira*, sagt sie. Ich merke mir den Namen der Oper und nehme mir vor, die Oper zu hören und all die anderen Musikstücke, von denen ich aus ihrem süßen Mund erzählt bekomme. Sie sagt Italien, Florenz, Rom und ich sehe der Cousine immer auf den Mund, der von Adel und Geistlichkeit spricht, Kantaten, die Feuerwerksmusik, die Wassermusik. Ich habe noch nie eine klassische Musik gehört. Der ist doch erst aus dem Kinderheim gekommen, sagen ihre Eltern zur Cousine, die meint, ich müsse trotzdem wissen und kennen. Und fühl mich recht wie neu geschaffen,

wo ist die Sorge nun und Not, was mich gestern wollt erschlaffen, ich schäm mich des bei Morgenrot. Ich muss die schöne Cousine immer wieder ansehen, wie sich beim Reden die Lippen bewegen, die Grübchen beim Lächeln entstehen und vergehen. Das Haar fliegt nach hinten, wenn sie ihren Kopf bewegt. Ich fahre mit der Cousine Straßenbahn. Straßenbahnfahren finde ich wunderbar. Ich schmiege mich an die Cousine, dränge sie an die Scheibe, folge ihrem Finger, der auf Sehenswürdigkeiten draußen zeigt, rücke dichter und dichter an sie heran. Wir krabbeln einen Berg empor, genießen die Aussicht auf den Fluss unterhalb, die Landschaft hinterm Fluss unterhalb und sitzen in einem Garten, trinken Brause aus dem Fass von dem Geld, das ihr der Vater mit auf den Weg gegeben hat. Auf dem Fluss, auf den Landwegen überall sind sie mit Kutschwerken herumgefahren, früher, haben Salz transportiert, weite Routen ins Land hinein, über die Landesgrenzen hinaus, spricht der Mund. Ob es mir nicht aufgefallen wäre: Halle, Saale, Salze, Salz, salarii. Ob ich wisse, dass Salz einmal das weiße Gold genannt worden ist. Und wie wir aufstehen, weitergehen, fasst die Cousine mich bei der Hand, geht Hand in Hand mit mir bis nach Halle, lässt meine Hand erst am Stadtrand wieder los. Ich bin so glücklich, auch wenn die Cousine so streng mit mir geredet und die Stimme gegluckst hat. Tante und Onkel freuen sich: Wie gut ihr euch versteht. Was für ein schönes Paar ihr seid.
Kurz und unabsichtlich kratzt mich die Cousine mit ihrem Fingernagel. Etwas Blut tritt aus, ein dünner Schorf bildet sich. Ich sitze im Zug zurück zwischen Reisenden eingeklemmt und bin mit nichts seliger beschäftigt als meinem kleinen Ratscher, dem Erinnerungsstück an die Cousine, das ich als liebes Andenken an sie und die Tage in der Stadt an der Saale bewahren will. Daheim angekommen, ziehe ich mich auf den Dachboden zurück, verfalle dem ersten, fetten Liebeskummer, stehe stundenlang am Fenster, blicke zum Hof heraus, wo der Hahn den Hennen hinterherrennt,

Hühner picken und sich bespringen lassen. Ich esse nicht. Ich halte mich im abgedunkelten Eckchen auf und reiße mir den Schorf von der Wunde, dass Blut austritt; eine Weile geht das so, dann bildet sich kein neuer Schorf; die Wunde heilt aus. Ich ritze meinen Finger, weite den Kratzer der Cousine aus, schneide mir mit der Rasierklinge tief ins Fleisch, will der Cousine später die Wunde zeigen können, in einem halben, einem dreiviertel Jahr, wenn es wieder nach Halle an die Saale geht, die Verwandtschaft besuchen, Onkel und Tante, von denen die Cousine die jüngste Tochter ist und meine Liebe. Ich will die Cousine später heiraten. Ich bin, was die beabsichtigte Heirat und späteren Kindersegen anbelangt, für mein Alter manierlich unterrichtet, weiß selbstredend, dass von den Verwandten eines Adoptionskindes niemand mit mir verwandt ist, ich die Cousine also lieben und heiraten darf und mit ihr ein Kind haben kann, ohne dass das Kind ein schwachsinniger Depp würde. Ich will der Cousine meinen Liebesratscher vorweisen, er wird mein Heiratsantrag sein, ich muss Sorge tragen, dass die Wunde nicht verschwindet.

Nach dem Tod der Adoptionsmutter entdecke ich jene drei Kartons, nicht üppig gefüllt, schmale Zigarrenkisten, in ihnen Fotos aus den heftigen Sehnsuchtstagen. Ein schönes halbes Dutzend Fotografien erwärmen mir das Herz, zeigen mich neben der Cousine am hellen Saalestrande, in der Pioniereisenbahn, eng beisammen, Kopf an Kopf, auf dem Sitz am Fenster, um das sich der Pionierpark langsam dreht, wie wir meinen, die wir uns nicht bewegen, steif beisammensitzen und regungslos sind, unsere ersten zarten Regungen genießen, Wange an Wange, getarnt als gemeinsames Interesse an dem, woran unsere Liebesbahn vorbeifährt. Die Cousine ist bei uns daheim am Ostseestrand festgehalten, von der Großmutter abgelichtet. Ich stecke in dieser schrecklichen, schwarzen Dreiecksbadehose, eine Nummer zu groß geraten.

Das macht nichts, hat die Adoptionsmutter gesagt, da wächst einer sich rein. Die Badehose kann meinen Hodensack nicht immer richtig bewahren, wenn ich nicht achtsam bin, rutscht er seitlich hervor. Also renne ich nicht wild umher, sondern gehe mit engen Schritten und stehe auf dem Bild seitlich an den Strandkorb gelehnt, so seltsam klemmig, wie mir in der Dreiecksbadehose ist. Im Strandkorb sitzt die Cousine bei der Adoptionsmutter, die einen seltsamen Badeanzug am Leibe hat, ihr Gesicht dem Fotoapparat präsentiert. Auf allen Bildern immer wieder dieses künstliche Lächeln und ihre weißen Zähne, auf die sie stolz war, die sie allen zeigen musste; immer wieder für Fotos aufgesetzt. Ich überwinde der Cousine zuliebe meine Abneigung gegen das Wasser, laufe ihr nach ins Wasser und bin dann auch ein eifriger Taucher, betätige mich als unterseeischer Seesternesucher, hole für sie mehrere Seesterne vom tiefen Grund. Ich treibe mit einem großen Luftring auf dem Wasser. Ein Schlauch, vielleicht von einem Traktor. Mit Füßen und Händen strampel ich, lasse die Wasser schäumen. Auf einem anderen Bild trage ich eine Kofferheule. In der vorpubertären Ära gab es nichts Schöneres als mit der Kofferheule auf der Seebrücke stehen und Eindruck bei den Mädchen schinden. Mein Radio stammt aus Russland, heißt Roter Stern, Sputnik oder sonst was Russisches. Ein äußerst robust gebautes Gerät, mit dem wir die aktuelle Beatmusik dudeln konnten, über Radio Luxemburg auf Mittelwelle gesendet. Ich halte die Kofferheule zwischen Hand und Oberarm an die Hüfte gequetscht. Den schmächtigen Brustkorb halte ich für v-förmig geformt, wenn ich den Bauch einziehe und den Rücken durchdrücke, mit meiner Kofferheule paradiere.

Wir Hänflinge von Jungen bildeten uns mächtig was auf unsere Körper ein, dabei hatten wir noch nicht einmal Haare auf der Brust. Wir gingen wie mit Brennnesseln unter den Achseln angeberisch umher. Die Mädchen gackerten. Die Brücke war unsere Flirtmeile, von der die anderen Jungen ununterbrochen runtersprangen, um den Mädchen zu gefallen; über die Brückenbretter laufen, nahe an die Mädchen im Wasser herantauchen, an ihnen vorbei, die Mädchen streifend und absichtsvoll zur Seite zwingend, dass sie kreischen müssen.

Ein Spätentwickler, was die Liebesbelange angeht, eine Null, sitze ich mit einem Mädchen an der Steilküste mucksmäuschenstill, starre bis zur Halsversteifung auf den Horizont, verweile so ach wie bist du schön, den anschließenden Sonnenuntergang zu sehn, der ein anhaltender, zäh ablaufender Ewiguntergang ist. Und zucke nicht. Und muss dauernd daran denken, wie ich mit der Cousine hier sitzen würde. Und frage mich, wie das Mädchen an meiner Seite das alles ohne Halssteife erträgt. Und schließlich erheben wir uns dann. Das heißt, das Mädchen hat von meinem ausdauernden Sitzen und Stieren gehörig die Faxen dicke und stößt mich von sich. Ich höre es herzhaft lachen, kann das Mundinnere des Mädchens einsehen, wie sie zu mir böse Worte sagt. So sehen und gehen sie aus, meine wenigen Versuche, dem anderen Geschlecht wohl zu sein. Ich bin verliebt in das ausdauernde Mädchen und liebe aber auch die ferne Cousine und trolle mich weinend nach Hause, beklage meine unentschiedene Lage, weil es so keinen Menschen für mich gibt, ich nicht einmal die Großmutter zu der Qual befragen kann, so niemandem das Herz ausschütten kann und darüber reden.
Und die Adoptionsmutter wedelt mit einem Kuvert, wirft mir den Brief hin, von dem Mädchen geschrieben, das so ausdauernd gewesen ist, mich ausgelacht hat. Das Mädchen hat jeden Buchstaben meines Namens auf dem Umschlag in einer anderen Buntstiftfarbe ausgeführt. Die Briefmarke hat das Mädchen unten links auf den Kopf gestellt aufgeklebt, was in unserer geheimen Sprache so viel wie: du hast mich durcheinandergebracht, heißt. Der Brief an mich ist von der Adoptionsmutter bereits geöffnet worden. Viel im Kopf kann

die nicht haben, lästert die Adoptionsmutter. Die Jugend von heute. Sie dagegen habe, wie es sich für junge Mädchen von damals geziemte, eine Ausbildung an der Höheren Töchterschule absolviert. Freilich, höre ich sie hauchen, habe sie es besser als andere Frauen im Ort, einen treu für sie und uns alle sorgenden Mann zur Seite, dem das Wohl der Familie über alles geht, der sein Frauchen umhegt und pflegt, ein Mann, mit dem sie sich im Ort sehen lassen kann. Gell, fragt sie mich mit dem Brieflein in der Hand, wir machen was her, der Vati und ich?

Von der Buntheit der Buchstaben strahlt so viel Wärme auf mich aus, dass ich das Mädchen im Herzen mag, es als meinen Herzschlag in mir wissen will und in das Mädchen mehr verliebt bin als in die Cousine. Die Adoptionsmutter entfaltet den Brief, hält mir den mit rotem Stift behandelten Brief hin; jeder Fehler dick unterstrichen. Es wimmelt am Rand von Frage- und Ausrufezeichen. Falsch, schlecht, schlecht steht dort mehrfach geschrieben, am Ende des Briefes sind Noten wie für ein Diktat aufgeführt. Rechtschreibung/Grammatik: Fünf. Inhalt: Völlig am Thema vorbei. Form: Fünf minus. Den Brief, bestimmt die Adoptionsmutter, schmeiße ich für dich ins Feuer. Ich muss sie gewähren lassen. Sie verbrennt ihn im Küchenofen, der Kochmaschine. Ich soll zusehen, wie sie den Brief verbrennt. Die Großmutter steht hinter mir, ist auf meiner Seite, nur helfen kann sie nicht, so viel weiß ich in dem Moment. Mit der Zeit verliert man die Bindung an Dinge, die wichtig scheinen, sagt sie mir zum Trost, rät, den Brief im Herzen aufzuheben.

Die Großmutter sitzt eines schrecklichen Tages den Tag lang im Lesesessel. Ihr Mund steht offen. Sie schläft, denkt man. Sie ist gestorben. Sie sagt von der einen Minute auf die nächste kein Sterbenswörtchen mehr, liegt teilnahmslos im Sessel. Ich muss mich nahe an sie heranbewegen, ihre Augenlider betrachten, meine Hand an ihren Mund halten, herauszubekommen, ob sich ein Atemlüftchen bewegt. Sie atmet,

obwohl sie tot scheint. Sie erhebt sich, obwohl sie leblos scheint. Sie wechselt vom Wohnzimmer in die Küche über, nimmt die auf dem Treppengeländer abgelegte Kittelschürze, bindet sie vor dem Flurspiegel nach Vorschrift um, dass die gestärkten Bänder ihre Hüften steif und glatt umschließen, sich hinterm Rücken kreuzen und vor dem Bauch zur wunderschönen Schleife gebunden den würdigen Abschluss bilden. Sie sitzt auf dem Küchenstuhl. Sie hat die Hände ineinandergefaltet, lehnt den Kopf an die Wand, wenn ich am Küchentisch Schulaufgaben erledige, macht nichts mehr, rührt keinen Finger. Sie wäre nicht mehr bei sich, sagt die Adoptionsmutter, hat Tränen im Gesicht, schämt sich für die eigene Mutter, dass sie alt ist und zusehends abbaut. Die Großmutter ist bei sich, wenn sie nicht bei sich ist, sage ich mir. Braucht keine anderen Leute, ruht in sich, hat aufgehört, sich mit Arbeiten im Haushalt zu zerstreuen, lebt in der Gewissheit des nahen Todes. Wir sträuben uns gegen den Tod, wir dummen Menschen, sagen immerzu ja zum Leben. Dabei regiert der Tod von Geburt an, macht am Ende seinen Schnitt, der Schlaue. Ich stelle mir den Tod als Gerippe vor. Die Großmutter sagt, der Tod wäre eine Frau, eine Mutter, die Leben gibt, Leben nimmt. Im Krieg bin ich so einige Tode gestorben, zum Glück die Tode der anderen, sagt die Großmutter, der fremden Personen, die einsam starben und nicht begraben werden konnten. Über die Todesangst sagt sie, dass ihre Überwindung gleichsam die erste Pforte sei, die es aufzustoßen gilt, wenn man zum Bewusstsein des Todes gelangen wolle. Ich bin ein heranwachsender Junge. Ich gehe in die Schule. Man lernt nicht für die Lehrer, man lernt für das Leben. Man lernt auch für den Tod.
Ich beende die Hausaufgaben. Die Großmutter sitzt still und steif auf dem Küchenstuhl. Dann bleibt die Großmutter eines Tages im Wohnzimmersessel sitzen und der Küchenarbeit fern, sieht fern, auch tagsüber, lacht, obwohl es nichts zu lachen gibt. Ich mache die Schularbeiten im Wohnzimmer.

Ich lache immer mit ihr. Das Fehlen der Großmutter in der Küche wird folgenschwer. Die Adoptionsmutter kriegt nichts auf die Reihe. Sie verspätet sich mit den Tagesmahlzeiten. Der Adoptionsvater ist erregt. Ohne die Mutter der Adoptionsmutter geht nichts in der Küche. Der Abwasch stapelt sich. Es bilden sich Schmuddelecken. Es riecht. Den Partygästen fällt auf, dass die Gläser schlecht abgewaschen sind. Der Adoptionsvater wechselt vom Hausessen auf Schulspeisung um, sitzt länger als üblich im Wirtshaus. Es kommt daheim immer häufiger zu vereinzelten Disputen. Die Adoptionsmutter besucht einen Kurs in der Kreisstadt. Die Qualität des Essens wird ein wenig besser, bleibt aber unterm Niveau der Schulspeisung. Die Großmutter sitzt am Wohnzimmertisch und lacht, wenn die Adoptionsmutter fragt, ob das Essen schmeckt. Ich muss der Adoptionsmutter behilflich werden. Ich mühe mich redlich, setze um, was die Großmutter mir beigebracht hat, höre immer mal wieder den verwunderten Ausspruch der Adoptionsmutter: Woher du das weißt. Dass du so etwas kannst. Zusammen kochen wir. Der Adoptionsvater wechselt von Schulspeisung auf Heimessen zurück. Die Adoptionsmutter wirft seltener die Türen, läuft nicht mehr hinunter zum Park, in das schmale Stück Wald vor unserem Haus auf die steile Küste zu, den Groll verrauchen lassen. Die Erde war gestorben, ich lebte allein, die Sonne war verdorben bis auf die Augen dein, du bietest mir zu trinken und blicktest mich nicht an, lässt du die Augen sinken, so ists um mich getan, der Frühling regt die Schwingen, die Erde sehnt sich, sie kann nichts wiederbringen als dich, du Gute, dich.
Die Großmutter bezieht wenig später im Haus gegenüber ein Zimmer. Platz für ein Bett, einen Tisch, einen Stuhl, den schmalen Schrank und ihr wunderschönes altes Sofa, feuerrot bezogen. Auf der Kommode stehen das Gestell für die Waschschale und der Krug, den ich jeden Morgen mit frischem Wasser gefüllt zur Großmutter über die Straße trage. Mit dem Weggang der Großmutter übernehme ich deren Ar-

beiten im Haushalt, verrichte Küchenarbeiten, koche Milch ab, bereite halb weiche Eier für das Frühstück, decke den Tisch. Das Morgentischtuch liegt im Schubfach des Wohnzimmertisches und ist wunderschön. Schneeweiß, extra gestärkt, mit Motiven in tiefblauem Ton bestickt; ein Mann hinter einem Pflug, der die Peitsche schwingt, eine Frau ihm nach, einen Bottich in der Hand, Samen ausstreuend, ein Kind, das seinem Lamm die Flasche gibt; die ländliche Familie in Ultramarin.

Auf die Tischtuchidylle stelle ich Teller, Tassen, Untertassen, lege Bestecke aus, füge die Eierbecher aus Holz hinzu; fürs Brot die Schnittenbretter, für die Brötchen den Korb, Salz und Pfeffer, Süßstoff für den Adoptionsvater. Ist alles hergerichtet, stecke ich den Zeigefinger in das große Glas Pflaumenmus, belohne mich mit der dunklen Köstlichkeit. Das Frühstück der Großmutter schaffe ich auf einem Tragetablett die Straße herüber, vergewissere mich durch das Schlüsselloch, dass sie nicht wieder auf dem Rücken liegt und wie tot ausschaut, die Hände aufs dicke Federbett gelegt, die Nase steif erhoben mich zu Tode erschreckt.

Mit ihrem Auszug lebe ich in einem Jugendzimmer. Ich kann die Tür zumachen, mich einschließen, wenn ich will, lange auf der Liege liegen, später dann sogar meine Schallplatten auf den Plattenspieler legen, den Plattenteller drehen lassen, mir nach der A-Seite die B-Seite und wieder die A-Seite anhören. Eine kleine Geige hätt ich gern, alle Tage spielt ich mir zwei, drei Stückchen oder vier und sänge und spränge gar lustig herum, didel, didel dum.

VIELE GÄSTE WÜNSCH ICH heut mir zu meinem Tische, Speisen sind genug bereit, Vögel, Wild und Fische, eingeladen sind sie ja, habens angenommen, Hänschen, geh und sieh dich um, sieh mir, ob sie kommen, lauf und säume nicht, ruf mir neue Gäste, jeder komme, wie er ist, das ist wohl das Beste. Sie begehen ihre Feste nach einem Rundumschlagprinzip,

wonach jeder einmal dran ist. Ist die Adoptionsmutter dran, dreht sie auf, will die beste Gastgeberin sein, ist Tage durch den Wind, rechnet aus, was es zu essen gibt, was zu trinken angeschafft werden muss, geht die Namensliste der Gäste durch, beschriftet Aufstellkärtchen mit Namen, legt die Sitzordnung fest, die nicht festzulegen ist, weil immer die gleichen Menschen kommen und jeder von denen seinen Platz kennt, man keinen großen Einkaufszettel braucht, wo immer ein Zeugs geknabbert wird. Ewig die Prozedur. Und warum muss ich mich zu Beginn der geselligen Abende den Leuten zeigen, den Kollegen und deren Frauen die Hand reichen, mich anstarren lassen und gesagt bekommen, wie stattlich gewachsen ich wirke, wie erwachsen ich in die schicken Anziehsachen gesteckt bin, wo sie mich doch allesamt von der Schule her kennen, um die Ecke leben, ein paar Häuser weiter und wir uns auch außerhalb der Schule begegnen.
Die Adoptionsmutter bereitet den Tisch für die Gäste vor. Sie deckt den runden Tisch, ein ausziehbarer, in der Mitte Platten, die man aufklappen kann. Die Adoptionsmutter ist den Nachmittag über angespannt, wirbelt im Flur, läuft auf und ab, schafft aus der Küche Teller, Tasse, Löffel, Gläser herbei, drapiert die Utensilien auf die festliche Tafel. Ist die Arbeit getan, steht die Adoptionsmutter hinter der Gardine, zu schauen, wer als erster Gast erscheint. Natürlich kommt der Russischlehrer mit seinem Krückstock zuerst angetanzt. Ein Stock gehört zu ihm, ist sein hackendes Rückgrat und flößt uns Kindern im Dorf Respekt ein. Mit seinem Stock geht der Mann wie auf Jagd gegen alles Störende vor. Blitzschnell wird der Stock in seiner Hand zur Waffe, der Griff packt deinen Hals, wirft dich fast zu Boden, stoppt dich in deinem Lauf. Er scheint mit dem Stock im Wettlauf zu stehen. Im Gesicht die sportliche Verbissenheit. Bein setzt Stock unter Druck. Krückstock hält Holzbein auf Trab. Beide Holzelemente suchen sich immerfort gegenseitig zu beweisen, wer von ihnen aus einem besseren Holz geschnitzt

ist. Stock treibt Holzbein an, Holzbein scheucht Stock. Wie leinenzerrenden Hunden ist der Russischlehrer dem Duo aus Stock und Holzbein ausgeliefert; hetzt ihnen nach, lässt sich von den beiden antreiben, anspornen, die ein höllisches Tempo veranstalten, jedem gesunden Zweibeinigen aufzuzeigen, dass einer mit Gebrechen es mit allen Unversehrten aufnehmen kann. In Schieflage wie ein Schiffsmast im Wind steif zur Seite gelegt, stampft der Russischlehrer die Hecke entlang, eilt auf das Haus der Adoptionseltern zu, fliegt die drei Stufen vor dem Haus zur Haustür empor, wirft den Stock gegen die Klingel auf Dauerklingelton.

Wenn der Russischlehrer an der Tür zu hören ist, sehe ich mich aufs Zimmer ins Bett geschickt. Der Russischlehrer singt vor der Tür und klopft mit dem Stöcklein an Fensterglas. Wir haben ein Schifflein mit Wein beladen, damit wolln wir nach Engelland fahren, der Wein ist aus der Maßen gut, er macht uns frischen und freien Mut, schenk ein den kühlen Wein, das Haus es soll verschlemmert sein. Er lässt den Stock mehrmals so kurz und heftig gegen die stabile Milchglasscheibe springen, dass die Adoptionsmutter elektrisiert hochfährt und in den Flur ruft: Der wird mir noch die Scheibe zerdeppern. Sie nimmt die steile Treppe in Jungemädchenmanier hinab zur Eingangstür. Der Russischlehrer ruft vor der Tür zur Adoptionsmutter: Das dauert wieder.

Ich höre den Russischlehrer mit seinem Stock und Holzbein die Treppenstufen stemmen: Platz da, aus dem Wege. Bring einer eins dem andern rum, dass es von eim zum andern kumm. Lasst uns feiern, lasst uns fahrn, nimmt der Gast Stufe um Stufe der Hausflurtreppe, strebt unaufhaltsam vorwärts, klöppelt mit seinem Krückstock die Treppenstufen ab. Schritt vor, das Holzbein nachgezogen, Schritt vor, den Stock auf die Stufe gedonnert, Bein nach, Schritt vor, Bein aus Holz wieder nachgezogen, dass die Stufen jammern, den Besucher abwerfen wollen. Nicht so stürmisch, du hast alle Zeit der Welt, mahnt die Adoptionsmutter, bietet Hilfe an, als ob der

Kerl mit seinem Stock Hilfe bräuchte, wie der das Geländer anpackt, dass unter der Wucht seines Griffes die bunt angepinselten Latten aufschreien. Keuchen und Poltern. Heb auf, trinks aus und machs nit lang, singt der frühe Besucher laut, um von den Geräuschen seiner Qual abzulenken. Tu bald Bescheid, uns wird sonst bang. Die Treppe ist steil und eng. Der Mann atmet schwer, lässt Stampfen und Stöhnen ertönen, dass ich in meinem Bett an Ohrfeigen denke, Stufe um Stufe empor aufs Holz geklatscht. Stock auf Bein, Holz auf Stufe. Das Geländer am Wickel, schimpft der Schrat: Deibelnocheins und Mistverdammter. Die Adoptionsmutter spendet Lob: Wiedudasnurmachst, Wiedasbeidirabgeht. Der Russischlehrer, oben angekommen, wirft seinen Hut an den Garderobenhaken, gockelt: Einen Guten Abend der gnädigen Frau, knallt die Hacken wie beim Militär, rattert die Worte in den Raum, feuert Floskeln wie auf einem Schießstand ab, klatscht in die Hände, wenn es dann in die gute Stube geht. Einmal sagt die Großmutter zum Russischlehrer: Was für eine Kraft in beiden Händen. Nicht bloß in den Händen, er habe es auch weiter unten, hat er zur Großmutter gemeint und zu dem bösen Witz gelacht. Seitdem steht die Großmutter nicht mehr zu seiner Begrüßung im Flur, der Anzüglichkeit wegen geht sie ihm aus dem Wege. Bin ich wieder der Erste, fragt er nach der Treppenbezwingung, geht meine Uhr falsch? Pünktlich die Minute vor der Zeit, wie es sich gehört, beruhigt ihn die Adoptionsmutter. Der runde Tisch steht zentral im Raum. Der Gast hockt eingekeilt auf seinem Gestühl. Die Adoptionsmutter gefällt sich in der Rolle der Gastgeberin, bietet dem Gast einen Aperitif an, rückt ihm den Aschenbecher hin, weist auf Kekse und Kuchen, bittet zuzugreifen, fragt nach, ob es an etwas fehle, womit sie sonst noch dienen könne, ob dem Herrn ein Likörchen recht wäre.
Ich liege im Bett. Die nächsten Gäste kommen an. Das Schuldirektorenehepaar, sie und er mit viel Getöse die Treppe hoch im Gespräch begriffen. Was du nicht sagst, ja, ist denn

das die Möglichkeit. Ihnen nach erscheint der Kunsterzieher, der allgemeinen Wertschätzung nach ein schräger Vogel, Künstler im Dorf. Das Fest hebt an. Die Stimmen gewinnen an Kraft. Die Frauen werden langsam schrill. Es wird viel zu laut und immer kreischender gelacht. Anfangs zischt die Adoptionsmutter: Das Kind, denkt bitte an das Kind. Dann sind Witze dran, und sie selber brüllt auf Kommando los und wiehert. Die Frau des Russischlehrers hat wieder nicht verstanden, fragt nach, wo da der Witz läge, wird heftig ausgelacht; zwecklos, unter dem Dauerbeschuss der Lachsalven Schlaf finden zu wollen, wenn die Männer *Ein Prosit auf die Gemütlichkeit* anstimmen, die Adoptionsmutter zwischen Küche und Wohnzimmer hin und her läuft und in loser Folge vom Flur aus ins Wohnzimmer ruft, wie viel Kaffeewasser sie aufsetzen soll, zur Küche und in den Festraum zurück eilt, am Herd tätig wird, die Kaffeekanne ins Wohnzimmer trägt, dort angekommen feststellt, dass Zucker fehlt, nach einem Lappen rennt, weil Milch verschüttet worden ist, ein Glas zu Bruch geht, mit Handfeger und Schaufel klappert. Zuerst wird der Frau vom Russischlehrer schlecht und sie besetzt das Klo, will sich erbrechen, kann nicht, beendet die Versuche, kehrt in den Festsaal zurück, bleich wie die Wand, wie die Adoptionsmutter kichert. Die Frau des Schuldirektoren wird unvorsichtig, Wein schwappt. Der Reinigungseimer wird zum Einsatz gebracht. Die Spülung im Klo ist im Dauerbetrieb. Drinnen bricht ein Stuhl zusammen, dass es kracht. Der Russischlehrer ist besoffen und muss festgehalten werden, will nach Hause, reißt alles um, beschimpft seine Frau, will Reißaus nehmen, nie wieder kommen. Stürmt in den Flur, ist die Treppe halb hinunter und zur Wohnung hinaus, pocht von vor der Tür gegen das Glas, schreit nach seiner Frau, die nicht mit ihm nach Hause gehen soll, wie die Frau des Schuldirektoren warnt; und dann sputet sie gegen alle Vorsicht als gute Frau dem Mann hinterdrein. Ein Hennlein weiß, mit ganzem Fleiß, sucht seine Speis bei ihrem

Hahn und hub zu gackern an, poltert der Russischlehrer ihr vorauseilend die Dorfstraße entlang, ka ka ka ka ka ka nei ka ka nei, das Hennlein legt ein Ei. Der Russischlehrer dreht um, geht ohne sich um ihr Gezeter zu kümmern wieder aufs Festhaus zu, erklimmt die steile Treppe wieder, donnert im Flur: Habt ihr Luder etwa gedacht, ihr wäret mich los. Ist unterm Jubel der Gäste wieder Teil der Festrunde. Trinkt Schnaps. Ruft ein dreifaches Zickzack. Her mit der Bowle, dem Schnaps. Die Frau des Schuldirektors rennt der Frau des Russischlehrers hinterher. Das kann man doch nicht machen, das gehört sich nicht, tönt sie im Flur, kommt mit der Frau des Russischlehrers zurück. Und weiter geht die Party. Bis morgen früh ja früh. Die Männer sind laut. Die Frauen kreischen. Die Frau Schuldirektor will sich dann doch noch auf dem Tisch entkleiden. Die Frau des Russischlehrers heult und schimpft ihren Mann einen Mistkerl, auf der Treppe sitzend, gegen den Mann wütend, wird sie von der Frau Schuldirektorin und der Adoptionsmutter wechselseitig getröstet und beschworen. Der Russischlehrer hetzt von drinnen: Geht doch, macht euch alle fort. Die Adoptionsmutter bringt die Frau des Russischlehrers ins Feierzimmer zurück. Es kommt zur Versöhnung zwischen ihm und ihr. Dann werden Stimmungslieder angestimmt. Gesänge, die in etwa ausdrücken, dass keiner gehen soll, wenn es am schönsten ist, sie alle blieben, bis der Morgen tage, die Morgensonne lache, die Krise überstanden sei. Die Toilettenbrille klatscht. Der Spülhahn faucht ununterbrochen. Das Fest geht weiter. Türen quieken. Zum Ende hin sind alle sternhagelsturzbetrunken und von der Adoptionsmutter auf den Heimweg gebracht. Der Adoptionsvater schnarcht im Fernsehsessel, schläft den Räuberschlaf, fabriziert im Schlaf Schmatzgeräusche. Ab ins Bett mit dir, scheucht ihn die Adoptionsmutter hoch, bekommt zum Dank das übliche Knurren und Murren als Antwort, das mir ein Ende signalisiert.

Körperliche Symptome der Angst sind nervöse Magenbeschwerden, Kurzatmigkeit, Muskelanspannung, schwitzende Handinnenflächen, Schwindelgefühle, Schlafstörungen, geistige Blockaden, plötzlicher Kontrollverlust über die Ausscheidungsfunktionen. Ich kenne die Angst im Vorfeld einer bevorstehenden Bestrafung. Aber es ist keine konkrete Angst, die mich auf der Fahrt nach Stralsund beherrscht. Es ist eher eine Stimmung, eine Beklemmung. Ich habe nicht gesagt bekommen, zu wem es geht und was für einen Menschen wir besuchen. Letztlich sitze ich mit der schweigenden Adoptionsmutter in einem Bus und dann in einem Personenzug. Es geht an wunderschönen Landschaften vorbei, eine lange Strecke führt eine Weile am Meer entlang, der Ostsee, also an etwas Großem vorbei in das Nichts, wenn ich mein Gefühl richtig werte und ansatzweise definiere. Es waren zwei Königskinder, sie konnten zusammen nicht kommen, das Wasser war viel zu tief, ach könntest du schwimmen, so schwimm doch herüber zu mir, drei Kerzen will ich anzünden, die sollen leuchten zu dir, das hört ein falsches Nönnchen, die tät als wenn sie schlief, sie tät die Kerzelein auslöschen, der Jüngling ertrank so tief. Die Reisebedingungen sind beklemmende. Die Adoptionsmutter benimmt sich seltsam. Weil ich nicht über den Zweck der Reise nach Stralsund und über die Zielperson, der unser Besuch gilt, unterrichtet bin, weiß ich also das seltsame Benehmen der Adoptionsmutter nicht einzuordnen. Ganz anders wäre alles geworden, hätte man mir gesagt, dass es zur Schwester nach Stralsund ins Krankenhaus geht, sich Bruder und Schwester zum ersten Mal in ihrem Leben begegnen. Es war an einem Sonntagmorgen, die Leut waren alle so froh, nicht so die Königskinder, bis sie der Fischer fand, ach Fischer, liebster Fischer, willst du verdienen groß Lohn, so wirf dein Netz ins Wasser und fisch mir den Königssohn, er warf das Netz ins Wasser, er ging bis auf den Grund, er fischte und fischte so lange, bis er den

Königssohn fand, ach Mündlein, könntest du sprechen, so wär mein jung Herze gesund.
Das Ziel heißt Stralsund. Stralsund soll eine schöne Metropole sein, einen Hafen besitzen, eine Werft, die über den Dächern der Stadt von überall aus weithin zu sehen ist. Ich denke bei Stralsund an das mir dort versprochene Eis. Sie schwang sich um ihren Mantel und sprang wohl in die See, gut Nacht, mein Vater und Mutter, ihr seht mich nimmermeh, da hört man Glöcklein läuten, da hört man Jammer und Not, hier liegen zwei Königskinder, die sind alle beide tot.
Die Adoptionsmutter redet nicht viel, tätschelt nur einmal meine Hand, klopft auf ihr herum und sagt, was die Seltsamkeit ihres Benehmens noch steigert: Das wird alles werden, das bekommen wir hin, das wäre doch gelacht.
Beklemmung ist für Wissenschaftler und Theoretiker eine lobenswerte Grundstimmung des Daseins, die dem Menschen bewusst vor Augen hält, wie sein Leben sich am Tod orientiert. Jean-Paul Sartre rät dem Menschen, die Beklemmung aus Angst vor Ängsten zu ignorieren, das Angst schürende Etwas zu negieren. Kluge Männer der Wissenschaft verweisen auf den kognitiven Aspekt der Beklemmung, bezeichnen ihn als eine Tür zu einem Raum, in dem sich unsere beklemmenden Gefühle aufhalten, sich vor uns ängstigen, Gruppen bilden, sich dicht beisammen sammeln und davor ängstigen, von uns als uns gehörige Beklemmung in Anspruch genommen zu werden. Wohin also mit den abgelegten, den vergessenen, den überwundenen Beklemmungen, die sich nicht mehr ängstigen, wenn man sie packt und in sein Unterbewusstsein zurückstopft.

MIR TRÄUMTE DIE ERSTE NACHT in meinem Zimmer, ich wäre in einem russischen Zug unterwegs. Die Transsibirische Eisenbahn, die in Sibirien am Pazifik endet. Der Zielhafen heißt Wladiwostok, eine Stadt aus Schnee gemacht, wie wir sie in der Schule beschrieben bekommen haben. Mein Wissen über sie hat mir die Note Eins beschert. Erschließung, Bodenschätze, Zarentum. Alexander III. Moskau und der Ural. Tscheljabinsk, der erste glückliche Ankunftsort. Tscheljabinsk, Tscheljabinsk, wiederhole ich. Das Wort klingt wie Fischfang und Glücksspielautomat. Auswendig gelernt all mein Wissen, um eine Eins zu bekommen, um dann mitgenommen zu werden, nach Halle an der Saale, zur Cousine. Sapadno-Sibirskaja-Bahn. Tscheljabinsk-Kurgan-Petropawlowsk-Omsk. Der Ob, dieser ungewöhnlich ruhige, tiefe, breite Fluss, an dem sich das Kaff Nowonikolajewsk zur Millionenstadt Nowosibirsk ausdehnt. Die Bahn schnauft bis nach Krasnojarsk an den Jenissej voran. Über den Fluss führt die einen Kilometer lange Brücke, die eine ausgesprochen bemerkenswerte Brücke sein soll. Der Streckenbau gestaltet sich schwierig. Jahrelang übernehmen Fähren den Transport über den Baikalsee. Das Wort Baikalsee zergeht auf der Zunge wie Sahne mit Zuckerzimt.

> Worte heucheln, Worte sind schnell,
> Worte sind wie Spazierstöcke.
> Jim Morrison

AM FENSTER FLIEGEN unberührte Landschaften vorbei. Der russische Osten. Ich drücke die Nase am Fensterglas platt, halte nach Bär, Wolf, Tiger Ausschau. Östlich von Tschita, geradewegs durch die Mandschurei, zwischen Harbin und Ussurijskwo, muss ich austreten. Ich gehe hinaus in den Gang, steige über die Leiber der im Flur Dösenden. Ich befrage einen bärtigen alten Mann, der den Kopf schüttelt. Lauter runde, pausbäckige, bunt gekleidete Matrjoschkaweiber wie aus russischen Märchenfilmen entliehen, mit großen Augen, richten ihre verschrumpelten Finger in Gangrichtung. Also eile ich an Abteiltüren vorbei, lange, enge Flure passierend. Hinter den Türen Gackern und Hühner, Käfige und Ziegen, am Boden krümmende, eingemummelte Leiber. Felle und Fellgeruch. Knoblauchfahnen von Männern und

Frauen. Keine Toilette. Kein einziges Loch, das mich vom Harndrang befreit. Eine Menge chinesischer Arbeiter haben beim Bau der Bahn mitgewirkt, rede ich auf mich ein, mich vom Harndrang abzulenken. Haben sich die Cholera zugezogen, sind auf den Gleisen gestorben. Ein Chinese fasst meinen Arm. Die Hand ist blass und kalt wie die eines Toten. Die Augen gleichen zerbrochenen Vogeleierschalen. Er weist auf eine Pforte. Ich finde eine Tür zu einem stillen Örtchen. Das Klo ist ein Klo wie das Klo bei mir zu Hause. Die Tür zur Kammer neben dem Waschbecken, die Spüle, der Handtuchhalter, Spiegel, alles mit der Toilette der Adoptiveltern identisch. Ich lasse die Hose herunter. Im selben Augenblick sitze ich, lasse beseelt das Wasser ab. Mitten in der Mandschurei fühle ich warme Nässe an meinem Innenschenkel, schrecke aus dem Traum, habe den teuren Federkern bepinkelt. Das Laken ist feucht, die unter das Laken gelegte Decke auch. Statt mit der Bahn auf einem Schiff über dem Amur nach Chabarowsk unterwegs, bin ich hellwach, reiße das Laken von der Matratze, blicke auf den Riesenfleck auf der schönen Matratze mit dem Federkern, den ganzen Stolz der Adoptionsmutter, die um Himmels willen nichts davon bemerken darf. Ich presse meinen Körper auf den Fleck der Matratze, versuche, ihm mit Körperwärme beizukommen, öffne das Fenster, bitte den halb vollen Mond inständig um trocknende Strahlen von oben herab. Die Schlafhose hänge ich zum Fenster hinaus an den Fensterhaken. Mein Unterkörper kühlt währenddessen. Ich kühle aus. Ich ringe den Rest der Nacht über mit dem Fleck. Der geht nicht weg. Der bleibt allhier und beginnt schon zu riechen. Ich suche den Geruch mit geruchsfeindlichen Worten zu beschwören. Der Name meiner Störung Enuresis nocturna. Gretel, Pastetel, was machen die Gäns, sie sitzen im Wasser und waschen die Schwänz, und die Kuh steht im Stall und macht immer muh, und der Hahn sitzt auf der Mauer und kräht, was er kann, das Huhn gackert und gackert und hat sonst nichts zu tun, und das Schwein wälzt sich im Schlammloch, findet das fein. Bin ein gestörtes Stadtkind. Bin das Kind der nächtlichen Bettnässerei, das davon niemanden etwas sagen kann, niste neben dem Bett, richte es mir auf dem Teppich her. Von Schlaf keine Rede. Gegen Morgen erwacht habe ich auf den Teppich gemacht. Kälte überkommt die Waise, fühlt sich an den Ledermantelgürtel gebunden, lebenslang mit der linken Wange an hartes Leder gepresst. Steife. Frost. Das Knattern der Maschine. Der Fluch meines Lebens. Die eisige Wange. Von hier nach dort verstoßen, umhergezogen, nebenbei behandelt, verhöhnt, verlacht und in ungemütliche Richtungen gestoßen, von einer Kälte in die nächste Kälte geworfen, von dort nach da und dort zurückgeschubst, dass keine Zeit bleibt, kein Gedanke kommen kann, mein Leid einzuklagen, den Ledermantelmann endlich bei seinem Ledergürtel zu packen, das beißende Schwarz des Mantels als Flagge bannen. Das Bibbern loswerden. Die Waise boxt um sich und erschöpft sich rasch und faltet die kleinen Hände: Ich bin der Ledermantelmann, keucht der Ledermantelmann. Der Ledermantelmann, fragt die Waise mit kindlicher Stimme. Der Ledermantelmann, bleibt die ewige Antwort. Und Angst macht sich breit, das Gefühl von Beengtheit, Beklemmung, Übergriff, Bedrohung und Gefahr. Das ängstliche Wesen ist ein steuerloses Stück Papier, als solches allen Winden ausgeliefert. Angst tritt als Ersatz an die Stelle der nicht erhaltenen Liebe. Angst bildet Haut aus wie das Fett über der heißen Milch. Angst verengt die Poren. Zum Himmel hoch stellen sich steif die Haare auf. Angst macht sich klein. Angst will nicht als Angst entdeckt sein. Von den Töchtern aus dem Nyx, den Töchtern der Nacht werde ich heimgesucht. Furchterregende Gestalten belagern meine kindliche Traumstätte. Frauen mit Mutterbrüsten, dick wie die Köchin Blume im Haus Sonne. Sich um meinen Leib windende Schlangen sind die Mutterängste. Mit ausuferndem Wuschelhaar an ihren Köpfen kommen sie zu mir ans Bett, nehmen mir Nacht

für Nacht die Luft zum Atmen. Frauenhaar, bündelweise zwängt es sich mir in den Mund, mit jedem Atemzug tiefer, würgender, bis der Hals ganz gestopft ist. Von unterhalb der Dielen steigen die Muttergeister zu mir auf, senken sich über den Bettrand zu mir hernieder, suchen mich nicht zu beschwören, hauchen, zischeln, knurren, schwärmen, wallen, tuscheln, fauchen, prusten, gären, dass ich von ihrem Treiben aufrecht in Bett sitze. In jedes Heim begleiten sie mich, von hier nach dort, von Stadt zu Stadt, bis ins Heute.
Wer seid ihr, bibbere ich. Erinnyen sind wir. Schenk uns besser keinerlei Beachtung. Was habt ihr vor? Rastlos ist unsere Jagd. Wir wollen dich gereinigt sehen. Wir werden nicht Gnade walten lassen. Wir kehren wieder als Eumeniden. Erwarte uns nicht. Wir melden uns bei dir. Und dann sind sie fort wie jeder Spuk. Ich untersuche das Bett nach Spuren, taste die Wände ab, schaue hinter die Schränke, lege mich flach zu Boden, suche unterm Bett nach dem Bösen. Aber da ist nichts, nur staubige Flocken auf dem Fußboden.
Der Mensch kennt viele Ängste. Die Amaxophobie, die Angst vor Fahrzeugen, und die Anthropophobie, die Angst vor Menschen, und die Aquaphobie, die Angst vor Regenwasser. Die Arachnophobie, die Furcht vor Spinnen. Die Batrachophobie, die die Angst vor Fröschen, Schleim, Donner, Unsauberkeit ist, und die Angst vor der Elektrizität, vor den Insekten, Eingeweiden, Würmern, Blut und Krebsen in ihrem Flussbett sowie die Furcht vor geschlossenen Räumen, verschlossenen Toren, vor dem Weggeschlossensein, dem Alleinsein und die Bange vor dem Bangesein, das Zögern vor dem Zu-Bett-Gehen, die Furcht vor dem Hund des Nachbarn, der Maus auf dem Küchenstuhl, der Ansteckung durch Bakterien, Krankheiten, Kranksein und Kontakt mit Kranken, deren Eiter, Speichel, Kot, Angst vor allem Neuen, Angst vor dem Nackten, der Nackten, der Nacktheit, der leeren Schultafel, der vollen Schultafel, den langen Zahlenreihen an der Schultafel, den hellen Mondnächten, den mond-

losen, finsteren Schwarznächten und vor allem Bammel vor Feuer, Bammel vor Mädchenhaar, Bammel vor dem Bammel und die Angst vor dem Verreisen, vor Gleisanlagen, sowie unter einen Zug zu geraten. Große Uhren gehen tick tack tick tack, kleine Uhren gehen tikke takke tikke takke und die kleinen Taschenuhren tikke takke tikke takke tick. Ich schlafe entkräftet ein. Zahlreiche Ströme konnten für den Bau der Transsibirischen Eisenbahn überbrückt werden. Frühjahrsschmelzen behinderten die Bauarbeiten. Wassermassen fluteten große Landesteile, rissen fertige Bauabschnitte mit sich fort; und mir gelingt es nicht, meiner Wasser Herr zu sein, drohe mich aus der Adoption zu spülen. Nur nicht jede weitere Nacht die Matratze wie Muttererde befeuchten. Lieber Gleise verlegen, gebraucht sein, in Sibirien heiraten, russische Kinder haben, Schafe züchten, Wolle ernten, Wolle zu Jeansstoff verarbeiten, den Stoff mit Beton mixen, Betonjeanshosen formen, die nicht von innen her nässen können.

> Die Ängste, die ich entdecke, sind die Ängste aller.
> Stephen King

BEIM VERSUCH, mir eine Stockschleuder zu bauen, die eine Rakete ist und pfeilschnell zischt, verletze ich mir den rechten Daumen, spalte mit der Spitze meiner Holzrakete den Daumen, zertrümmere das Nagelbett. Der Daumen schwillt augenblicklich, der Nagelbruch wird aus seinem Bett geschoben. Ich werde zum Doktor gebracht. Der Doktor sagt, er könne mich notoperieren, was mit einigem zusätzlichen Schmerz einhergehen wird. Er könne aber auch die Wunde säubern und stoßsicher verbinden, es bliebe dann ein Spalt zurück, ich müsse mich entscheiden, ob der Nagel raussoll oder bleiben. Keiner dürfe mir da reinreden. Nur ich allein hätte über meinen Daumen zu bestimmen. Ich sage dem Doktor, dass ich keine weiteren Schmerzen erleiden mag, verbunden sein will und mit einem gespaltenen Daumen ver-

sehen. Die Adoptionsmutter ist außer sich, wie könne der Doktor einen Knaben bestimmen lassen, sie werde nicht zulassen, sich beschweren, es sei eine Untat, den Jungen mit einem groben Fehler heranwachsen zu lassen. Ich spüre eine Kraft in mir wie Beistand. Der gespaltene rechte Daumen ist ab sofort mein Markenzeichen, an dem sie mich alle erkennen sollen, das kleine Indiz für Macht und Mut. Die Adoptionsmutter nennt den Daumen einen Schandfleck, sagt dem Doktor, sie dulde nicht, spricht von Schädigung, Zeichengebung wie unter Knastbrüdern, hat sich einer außerordentlichen Übermacht zu beugen; sieht ihre Vorherrschaft bröckeln. Der Doktor sagt nur: Geben wir der Wunde die Zeit, die sie wünscht. Haben wir Glück, wächst alles wunderschön zusammen. Haben wir Pech, bist du ein Indianer; dein Name sei Häuptling gespaltener Daumennagel.
Die ungünstige Variante tritt ein. Der Nagel wächst gespalten aus. Ich nenne mich Häuptling gespaltener Daumen, der Doktor ist ein weißer Freund, mit dessen Hilfe ich mich gegen das Schönheitsideal der Adoptionsmutter durchsetze. Ein gespaltener Daumen zu einem gespaltenen Dasein ist mir recht. Ich will mit diesem tiefen Spalt an mir leben. Der kleine Spalt wird mein Erkennungszeichen, hilft mir aus der Anonymität, macht mich zu etwas Besonderem, erhebt mich über mein Waisentum.

ALS ICH NICHT HABE AUFHÖREN WOLLEN, sie nach meiner Herkunft zu befragen, nicht gefragt hätte, sondern provoziert, frech geworden, behauptet habe, die echte Mutter, was immer sie für eine Frau gewesen sei, was je sie am eigenen Kind verbrochen habe, sei mir allemal lieber als eine Frau, die nur vorgebe, Mutter zu sein, keinen Draht, keine Antenne, keine Ahnung besäße, was eine Mutter einem Kind sein könne, da habe sie sich (und sie muss von innerer Erregung geplagt innehalten) eben nicht zu helfen gewusst und nach dem Ausklopfer gegriffen.

Die Adoptionsmutter ist wie vor den Kopf geschlagen. Hass funkt. Die Hand greift nach dem Ausklopfer. Sie stürmt mit dem Ausklopfer auf mich zu, ist hinter mir her, weiß sich nicht anders zu helfen, wie sie später reumütig sagt, in so anstrengenden Zeiten, in denen ich pubertierte, mich so durchgreifend verändert und gewandelt habe; ein provozierender Charakter, der sie etliche Male mit Absicht zu Weißglut gebracht hat, dass Nervenstrenge und Nervenstränge nötig gewesen wären, über die sie nicht verfügte, erklärt sie. Böser Anwurf sind meine bohrenden Fragen nach Herkunft und wahrer Elternschaft. Sie spricht von Strenge wie Stränge von streng und Strang. Sie sagt Anwurf wie Auswurf. Sie gesteht Versäumnisse und meint damit nur: Niemand kann die Zeiger der Uhren zurückdrehen. Sie habe gelogen und verschwiegen, um mir ein besseres Leben zu ermöglichen. Fragt ausgerechnet mich, was sie denn hätte tun sollen. Wissen hätte mich verwirrt, an den Fakten sei nicht zu rütteln gewesen. Die Mutter sei keine Mutter gewesen und der Vater bleibt für sie ein feiger Schuft. Es gibt auf der Welt Dinge, vor denen muss man das Kind bewahren. Es ist nicht Lüge zu heißen, was man in bester Absicht dem Heimkind verschweigt. Sie habe Angst gehabt vor der einfachen Wahrheit.
Die Adoptionsmutter zeigt Mühe, späte Reue zu formulieren. Sie habe sich selbst wohl falsch beraten, als sie sich entschloss, all meine Befragung abzuschmettern, an die Stelle von Aufklärung, das Lügenbeet zu bestellen. Zum Vater und zur leiblichen Mutter wäre kein weiteres Wort zu verlieren, stöhnt sie, heilfroh solle ich sein als das verstoßene Kind, von ihnen aufgefangen, von dem ungewollten in ein gewolltes Kind umgewandelt worden zu sein, in Dankbarkeit mich ergehen für die mutige Annahme an Kindes statt, nicht dreist die Herkunft erforschen. All meine Schritte diesbezüglich empfinde sie als Schläge mitten in ihr Gesicht und in das Gesicht des Adoptionsvaters. Man habe zu meinem Wohle lügen müssen, von Anfang an, und wäre gemein-

sam übereingekommen, mit der Heimleitung und sonstigen staatlichen Vertretern, besser falsches Zeugnis abzulegen, auf Teufel komm raus zu verschweigen, im Sinne des Kindes, zu dessen besserem Gedeihen, das Märchen vom elternlosen Findelkind zu bemühen. Es sei ihnen vom Heimleiter empfohlen worden.

Der Ausklopfer besteht aus Weide oder Rattan. Das Material ist kunstvoll geflochten. Aus dem geflochtenen und in sich gedrehten Stab wächst die breite Schlagfläche aus zwei unterschiedlichen, ineinander verschlungenen Schlaufen hervor, die an Brezeln beim Märchenbäcker erinnern und unten wieder eins werden mit dem Griff. Wo die Brezelenden Griff werden, sind sie mehrmals von einer Gerte umbunden. Meine Unverschämtheiten seien es gewesen, die das Fass zum Überlaufen gebracht hätten. Mein Ungehorsam hätte sie zum Ausklopfer greifen lassen. Sie wäre durch mich gezwungen worden, ihr sei nichts anderes übrig geblieben. Ich hätte ihr an den Kopf geworfen, sie sei nur eine Adoptionsmutter und habe mir nichts zu bestimmen, erinnert sie sich viele Jahrzehnte später auf dem Sterbebett. Sie habe den Hass in meinen Augen funkeln sehen. Anstrengende Zeiten seien das gewesen, als ich mit so ungeheurer Wucht gegen sie rebellierte, als ich so heftig pubertierte, so voller Befreiungswillen gewesen sei.

Ich habe den Ausklopfer der Adoptionsmutter nach den Schlägen gegen mich auf meinem Dachboden auf den Stuhl gestellt, ein Laken über Lehne und Sitzfläche gelegt, sodass der Stuhl nur noch in Umrissen zu erkennen war. Dann habe ich auf meine Staffelei ein Blatt Papier gelegt und mit dem Zimmermannsstift begonnen, den Ausklopfer zu porträtieren. Ein gewöhnlicher Ausklopfer war mein erstes Malobjekt. Er stand mir in seiner kniffligen Schönheit Modell. Die Arbeit an der Zeichnung zog sich über mehrere Tage hin. Ich konnte den Verlauf aller Gerten im Schlaf rekonstruieren und habe die Zeichnung später der Kommission an der

Kunsthochschule vorgelegt. Ich glaube, ich bin ihretwegen angenommen worden. Ich hielt mich, als ich den Ausklopfer fertig gezeichnet hatte, für Albrecht Dürer. Mein Bild, dem der zwei zum Beten gefalteten Hände ebenbürtig, hing bei der Großmutter über dem Bett. Die Großmutter las mir aus einem Buch vor: Meister Dürer hat erst seine eigene linke Hand gezeichnet und diese dann mit Spiegeln optisch zur rechten Hand verdoppelt, beide Hände kunstvoll und täuschend echt in Perspektive gerückt, dass man am Ende nicht denkt, es mit der verdoppelten linken Hand des Malers zu tun zu haben. Der Tuchhändler hieß mit Namen Jakob Heller oder er war ein heller Jakob, der Dürer mit der Anfertigung des Flügelaltars beauftragt hat. Die nackten Füße, sagte sie, am knienden Apostel im Vordergrund zu betrachten, hätte in jenen Jahren einen Fußfetischismus ausgelöst. Die Menschen liebten plötzlich ihre Füße und auch die Füße anderer Menschen.

Ich hätte, sagt die Großmutter mit Bewunderung, indem ich ihn gezeichnet habe, den Ausklopfer seiner Schlagkraft beraubt. Die Adoptionsmutter liegt vor mir auf dem Sterbebett, starrt hilflos zur Decke, weiß von ihrem Versäumnis und will nicht einsehen. Es täte ihr im Nachhinein so einiges leid, haucht sie, das könne ich mir wohl denken, ich solle ihr bitte sagen, wo ich mich aufgehalten hätte, die drei Tage lang, als ich zum letzten Mal von zu Hause abgehauen wäre.

Ich erzähle ihr, wie ich von zu Hause fort bin, durch das Wäldchen, die Steilküste runter zu meinem Lieblingsplatz unterhalb des Wachgrenzturmes, um die Nacht am Strand zu verbringen. Zwei Strandkörbe zusammengeschoben, die mir Enge, Hütte, Leib und Schutz waren. Oben zogen die staatlichen Posten mit Maschinenpistolen auf Grenzwacht aus, kletterten im Inneren ihres Wachturms an Eisenklammern herab, öffneten geräuschvoll die Eisenluke, wechselten Sätze, die als Satzfetzen bei mir angekommen sind, marschierten mit ihren Ausrüstungsgegenständen rasselnd ab. O wie ist es kalt geworden und so traurig, öd und leer, raue Winde gehn von Norden und die Sonne scheint nicht mehr, auf die Berge möcht ich fliegen, möchte sehn ein grünes Tal, möcht in Gras und Blumen liegen und mich freun am Sonnenstrahl, möchte hören die Schalmeien und der Herden Glockenklang, möchte freuen mich im Freien an der Vögel süßem Sang, schöner Frühling, komm doch wieder, Frühling, komm doch bald, bring uns Blumen, Laub und Lieder, schmücke Felder mir und Wald.

Leise singend sitze ich vor der Wache, außerhalb jeder Gefahr. Die dort über mir in ihrem Turm kommen nicht auf die Idee, dass der von zu Hause Geflohene im Schatten ihres Wachturms die erste Nacht am Strand verbringt. Die Ostsee ist zu dem Zeitpunkt auch Landesgrenze, ein gut abgesicherter, langer Grenzküstenstreifen. Blaue Grenze. Wasserscheide. Scheinwerfer wischen über das Wasser, leuchten im sich wiederholenden Takt den Strand aus, setzen die Strandkörbe in gleißendes Licht, scannen Böschung, Busch, Stein um Stein und jedes sonstige Detail der Steilküste ab, verlieren sich ins Nachtdunkel des Hinterlandes.

Am frühen Morgen, noch vor dem Morgengrauen ist Wachturmablöse. Ich bleibe in meiner Strandkorbbehausung, warte ab, bis erste Frühstrandläufer auftauchen, dann kann ich die kleine Bastion verlassen, am Ufer entlang ins Dorf gelangen. Von hinten herum, über die wenige Meter breite Landzunge zwischen Haff und See, unterm Schutz von Kisten, Stapeln, vorbei an den auf Dock gelegten Booten, zwischen Bootskörpern Richtung Kirchturm schleichen, in der Kirche den Vormittag verbringen; an einem Ort, wo mich die Adoptionseltern nicht suchen, weil Klassenkampf angesagt ist, die Kirche des Teufels Tempel ist.

Dort sitze ich in meinem Versteck, sehe die Leute hereinkommen und Handlungen verrichten, die mir rätselhaft bleiben. Der Pastor huscht durch die heilige Halle, spricht

mit dem, dieser, diesem. Ich muss achtgeben, mit dem letzten Besucher die Kirche verlassen. Ich will nicht eingeschlossen werden. Die Schirmmütze tief ins Gesicht gezogen, den Jackenkragen aufgestellt, entweiche ich inmitten der kirchtreuen Herde, verbringe nach der ersten die zweite Nacht in meiner Strandkorbhöhle.
Wie es mir erging, als ich für kurze Zeit weg gewesen bin und allem Familiären enthoben, erstmalig ohne die Großmutter am Küchenherd, den Adoptionsvater hinterm Schachbrett und befreit vom peinigenden Gehabe der Adoptionsmutter. Wie sie mir vorgekommen sind, die immer länger werdenden Strecken von zu Hause weg in das neue Zuhause hinein, den Wald, die Ostseeküste, durch Gestrüpp und hohes Gras, das nie mein wirkliches Zuhause werden würde? Die kurze Zeit, die Revolte lang? Ich sehe mich nicht traurig. Ich sage von mir, dass ich mich in die Adoption nicht eingefunden habe und mit den Regeln der Adoptionseltern nie richtig zurande kam, die Erwartungen nicht erfüllen konnte und all die nötigen Anstrengung nicht bewältigt habe, weil mir die Kraft dazu nicht gereicht hat, ein gesichertes Familienleben mich verunsichert und ich nicht befähigt bin, das Familienleben auszuhalten.
Sie griffen mich auf und brachten mich zu den Adoptionseltern statt ins Heim für Schwererziehbare. Also musste ich umdenken, einen besseren Plan aushecken. Und statt zu schmollen, bildete ich mich systematisch sportlich aus, stimmte mich auf weitere Strecken ein, indem ich zur Freude der Adoptionseltern meinen Körper trainierte. Ich will kein gewöhnlicher Ausreißer werden, sondern ein guter Ausreißer sein, der um die halbe Welt laufen und auch die vertrackten Wege meistern kann. Also wünsche ich mir Sportzeug und eine Stoppuhr und richtige Schuhe und beginne mit der Stoppuhr Zeiten zu nehmen und Wegstrecken zu bemessen, die ich immer lockerer im Laufschritt bewältige, ohne mich körperlich auszupowern. Immer schneller renne ich an der

Steilküste entlang. Immer weiter dringe ich vor, schaffe bald lässig und unbemerkt die Distanz zum nächstgrößeren Ort und zurück, verfestige mit jedem Erfolg den Gedanken zur Flucht, wappne mich unter den Augen der Adoptionseltern, die mich dafür loben, für die große Aufgabe: die Flucht zur Mutter.

Und wie ich so dabei bin, der schwerkranken Adoptionsmutter zu beichten, füge ich rasch das nächste kleine Verbrechen an, dass ihr ein paar Lichter aufgehen, ihr letzter Gang vom Flackern meiner Geständnisfackeln ausgeleuchtet ist. Wieder eingefangen, will sagen nach Hause zurückgekehrt, bereite ich eine viel größere Untat vor, verwende Wochen auf das fehlerfreie Fabrizieren der Unterschrift meines Adoptionsvaters, was mir dazu verhilft, dem Internatsleiter der fernen Kreisstadt einen Antrag zukommen zu lassen, in dem ich mich mit Vollzug des abgelaufenen Schuljahres um einen Internatsplatz bemühe. Zum einen darauf vertrauend, dass der Adoptionsvater und der Internatsleiter zu Schach, Skat und Bier an einem Tisch in der Kreisstadt zusammenfinden, und zweitens den Umstand nutzend, dass der Adoptionsvater ein stillschweigender Mann und kühler Taktiker ist; eine Gesichtsbüste, selbst unter Extrembelastung die Übersicht bewahrend. Eine Coolness zum unnahbaren Pokergesicht, die er sich beim Simultanwettkampf erworben haben möchte, wo das entspannte Gesicht den Gegner darüber hinwegtäuscht, dass die eigenen Figuren gefährdet sind. Diese Kühle ist die von mir an ihm bewunderte Eigenschaft. Ich habe den Adoptionsvater einmal beim Schachspiel mit mehr als einem Dutzend anderer Spieler in einem Viereck aus Tischen agieren sehen. Er ist von Tisch zu Tisch gegangen, hat Figuren gesetzt und die Tasten der Schachspieluhren gedrückt und dabei dieses eiserne Gesicht, das nicht einen Gedanken hinter seiner Stirn preisgibt, getragen.

Du hast deinen Sohn also ins Internat angemeldet, wird der Internatsleiter den Adoptionsvater fragen, habe ich mir gedacht, während sie Bier trinken und Karten spielen; und der innerlich verdutzte Adoptionsvater, der von einem solchen Antrag nichts weiß, setzt sein Pokergesicht auf, gibt dem Skatspieler Kontra, sagt dem Internatsleiter Schach an, erklärt in bewundernswert ruhigem Ton, man habe Überlegungen angestellt, sich schweren Herzens dahin gehend durchgerungen, im Sinne des Sohnes für angebracht erachtet, ihm die täglichen zwanzig Kilometer Busfahrt hin und zwanzig Kilometer Busfahrt zurück zu ersparen; man wolle, dass er die Zeiten besser für die Pflichten an der Schule verwende, der Internatsleiter möge doch ein Auge auf ihn haben und gelegentlich Bericht erstatten.

Den Tag darauf musste ich antreten und eine Standpauke über mich ergehen lassen, erinnere ich die Sterbenskranke. Ein wenig Anerkennung habe der Adoptionsvater allerdings durchblicken lassen für die flott ausgeführte, von mir in unzähligen Schreibstunden erarbeitete, gefälschte Unterschrift. Eine Fälschung, wie nah sie ihrem Original kommt, bleibt eine Fälschung. Ich bekomme eine Strafe aufgebrummt. Ich bessere mich in der Schule, halte eine Zeit lang im Lehrplan mit und werde erst wieder mit dem Tag, an dem das Schreiben aus Stralsund ankommt, rückfällig. Man braucht mir heute nur ein Blatt Papier auf den Schreibtisch legen und ohne dass mich jemand dazu auffordert, beginne ich, die Unterschrift des Adoptionsvater zu fälschen, aus dem Handgelenk unterzeichne ich täuschend echt jedes Dokument mit dem Namenszug des längst verstorbenen Mannes, der in meiner Glanzzeit die eigene nicht von der gefälschten zu unterscheiden wusste.

Der Adoptionsvater, scheint mir, nimmt seinen Adoptionssohn das erste Mal als einen Sohn wahr. Kurze Zeit später kommt es noch einmal zu etwas wie Nähe zwischen uns, ausgelöst durch ein Ereignis, das, wie anders nicht zu erwarten, von Schneefall begleitet war.

Am, A B C, die Katze lief im Schnee, großen Unglückstag

schneit es ausdauernd. Aus meteorologischer Sicht wird verlautbart, seit Menschengedenken habe es keinen Herbsttag wie diesen in unserer Gegend gegeben; und als nach Haus sie kam, da hatt sie weiße Stiefel an; A B C, die Katze lief im Schnee. Wir entstauben unsere Schlitten, treffen uns an der Teufelsschlucht, messen uns mit den Kindern der umliegenden Dörfer, auf der lang gezogenen Talfahrt mit der leichten Kurve, herunter bis auf den Strandsand, wo es verschiedene Rekordmarken gibt. Den Schlitten unter den Hintern gerückt, das Seil in fester Faust, schubse ich mich wieder und wieder ab, suche die aktuelle Rekordmarke zu verbessern. Das Tempo ist hoch, die Bahn mittlerweile hinreichend vereist. Ich habe im idealen Winkel durch die Kurve zu sausen, um wie von unsichtbarer Hand durch die enge Schlucht hinunter auf den Sandstrand zu gelangen. Aber irgendwie verfehle ich die Bestmarke des Spitzenreiters an diesem Tag, oftmals zwar nur um Haaresbreite, aber ich kann keine eigene Bestmarke setzen. Das stachelt meinen Ehrgeiz nur umso mehr an. Als es dunkelt, geben vereinzelte Jungs an zu frieren; und also wandern sie nach und nach ab. Du schaffst es, sagt der letzte verbliebene Rodler zu mir und geht. Die Schlucht liegt im, A, a, a, der Winter, der ist da, kalten Abenddämmer. Ich stoße den Schrei des Angriffs zum Selbstansporn aus. Herbst und Sommer sind vergangen, Winter hat erst angefangen. A, a, a, der Winter, der ist da, wuchte ich mich aufs Schlittenholz, nehme eine Kurve um die andre, schieße durch das Nadelöhr, einem möglichen Rekord entgegen und kriege meinen rechten Fuß nicht von der Kufe. E, e, e, er bringt uns Eis und Schnee, malt uns gar zum Zeitvertreiben Blumen an die Fensterscheiben. Mein Schlitten kratzt die Kurvenaußenkante, wird umgerissen, knallt gegen einen Stein, dass der Schlitten überschlägt, es mich mit ihm einige Male umherwirbelt, wir uns zum Ende hin zwischen zwei Baumstämmen verkeilt befinden. I, i, i, vergiß die Armen nie, wenn du liegst in warmen Kissen, denk an die, die frieren müssen, i, i, i, vergiß die Armen nie. Mein Knöchel ist verknackst. Das spürt der Sportsmann sofort. Ich kann mich aus der Not befreien und bin vor Schmerz blind, in Tränen gebettet. Den Schlitten irgendwie im Schlepp, krauche ich die Schlucht empor, versuche mich mit Armen, Händen und dem gesunden Fuß vorwärtszubringen. O, o, o, wie sind wir Kinder froh, sehen jede Nacht im Traume, uns schon unterm Weihnachtsbaume, o, o, o, wie sind wir Kinder froh. Niemand da, der helfen kann. Hinter den Bäumen meine ich die versteckten Jungs höhnen zu hören. Aber da sind keine Stimmen. Die Jungs sind längst aus der dunklen Nacht und aus den nassen Klamotten heraus im gemütlichen Heimchen. Die Häme, die ich zu vernehmen meine, ist meine eigene Wut über mich selbst, über so viel Idiotie, wie ich mich auf dem Bauch, einer Robbe gleich, die Bahn hinaufbemühe, von höhnischen Auslachlawinen begleitet, von unsichtbaren, aus dem Dunklen hervordringenden Stimmen attackiert. Kaum dass ich eine Schluchtstrecke bewältigt habe, werde ich von fremden Kräften gepackt und auf die Piste zurückgeschoben. Ich kann mich beim besten Willen nicht aufrichten. U, u, u, jetzt weiß ich, was ich tu, hol den Schlitten aus dem Keller, und dann fahr ich immer schneller, u, u, jetzt weiß ich, was ich tu. Bäuchlings auf dem Schlitten liegend, stoße ich mich mit dem heilen Bein unter Schmerzen vorwärts. Qualen erleide ich. Finger, Nase, Wangen, Ohrläppchen frieren mir fast ab. Umsonst rufe ich die Schlittenkumpels um Hilfe an. Und die Kälte kneift in meine Wangenhaut umso heftiger, je öfter ich sie mit Tränen benetze.

Ich muss den Schlitten lassen, mich retten, ohne das Gefährt den Hang empor, der Dunkelheit entgegenkommen, stachle ich mich an. Und plötzlich ist da aus dem Nichts über mir, aus der Mitte der Dunkelheit hervor, der Ruf des Ziehvaters, dem ich freudig antworte, der dann bei mir ist, kein Wort verliert, die Hand mir reicht, mich und den Schlitten rettet, uns beide nach Hause zieht. Mir ist der Begriff Ziehvater mit einem Male gar nicht mehr so fremd wie zuvor. Ich denke bei Stiefvater nicht mehr steif und ungelenk, habe den Ziehvater in Aktion erlebt, singe Ziehvater zieh, ich dank dir für die Müh, Ziehvater zieh.

> Eine Lehrerin aus Hongkong hat ihre neun Jahre alte Tochter mit Nadeln misshandelt, weil sie die Hausarbeit nicht erledigte. Die Frau hatte das Mädchen mehr als drei Wochen allein gelassen, während sie bei ihren kranken Eltern in Peking war, wie die Zeitung »South China Morning Post« am Freitag berichtete. Als sie zurückkam, hatte ihre Tochter zwar umgerechnet 1400 Euro für Fast Food, Computerspiele und Schulmaterial ausgegeben, nicht aber die ihr aufgetragenen Arbeiten im Haushalt verrichtet. Aus Ärger darüber stach die Mutter dem Kind mit Nadeln in Hände, Arme und in den Kopf. Die 40-Jährige wurde wegen Misshandlung zu einem Jahr Bewährung verurteilt. Sie muss sich zudem in psychiatrische Behandlung begeben. Hongkong gehört zu den Städten mit den höchsten Lebenshaltungskosten weltweit.

Durch den unglücklichen Vorfall in der Teufelsschlucht bin ich verletzt und muss die nächsten Wochen in einem Bett in der Landambulanz verbringen; sehe mich dort mehr als erstaunlich gut aufgehoben, in einem Zehnmannsaal, der mich ans Heim erinnert. Die Betten stehen auf Rollen, was sich als praktisch erweist. Die Krankenschwestern lösen ein Bett aus seiner Verankerung und schieben den Kranken zum Zimmer hinaus. Mir gehört ein Bett, ein Nachtschrank. Es gibt einen Fahrstuhl auf dem Flur und eine Menge Feuerlöscher. Es gibt eine Rezeption, die sie Aufnahme nennen. Es ist auch sonst was los um mich herum. Ich fühle mich wieder heimisch. Ich kann mir die Namen der Männer nicht merken, also denke ich mir für sie Namen aus, die besser zu ihnen passen. Der Alte rechts vor mir jammert dauernd: Lasst mich in die ewigen Jagdgründe gehen, zu Winnetou, meinem Freund. Den nenne ich Ewigejagdgründe. Der Bursche

links außen am großen Fenster liebt sein Radiogerät über alles, war stockblau, wie er angibt, als er verunglückte, und meint, er habe davon eine Meise zurückbehalten. Ich führe ihn als Blaumeise in meinem Krankenhauspanoptikum. Der Schlacks mit der Wunde im Rücken, die von einem Messerstich stammen soll, was aber wohl nicht stimmt, ist einem Gerücht nach über die Kante eines Teppichs gestolpert und dann in eine Teetischglasscheibe gefallen. Schon hat er seinen Kosenamen weg: der Teppichstürzer. Der Mann mir gegenüber behauptet, alt zu sein und das Leben hinter sich zu haben, weswegen ich ihn Altermann heiße. Neben seinem Bett ist eine Klingel in die Wand eingelassen, mit der man nach der Krankenschwester ruft. Es gäbe am Ende des Flurs eine Gemeinschaftsbadewanne, dunkelgrünes Bademittel, gegen Rheuma und Schuppen auf dem Kopf, das rieche so anders, als sonst so Bademittel röchen, behauptet er.
Altermann sagt, nachts könnten seine Ohren mein Herz schlagen hören, von innen her klopfe das wilde Leben an die Pforte. Er zwinkert mir aufmunternd zu, sagt, dass das Leben hinter einem Vorhang versteckt ist, der Tod sich des Lebens bemächtigen will, bei mir aber keine Chance erhalte, gute Wesen um mich stünden, Unsichtbare, Sichtbare.
Mein Krankenhausbett duftet wundervoll, ist groß, gemütlich und mit allerhand Technik versehen, Hebel zum Aufstellen der Kopfseite, Stäbe, die man in Vorrichtungen einlassen kann, dass man im Bett aufrecht sitzt und alles um sich herum im Auge hat. Das schönste Bett in meinem jungen Leben, das denke ich sofort. Und wo habe ich später nicht sonst noch geschlafen. Auf Zeitungspapier und unter rauen Decken, auf löchrigen Matten, auf dem blanken Boden, auf Stroh und Filz und ausrangierter Auslegware, in einer Badewanne, auf einer Schicht aus Tüchern, Bademantel, Kleiderlumpen, mit Säcken zugedeckt, die Nacht, auf der schmalen Biergartenbank, dem Brett einer Kinderspielplatzschaukel, in einem schwarzen Eisenbett im Stil der Franzosen, erworben als Hochzeits-

geschenk. Die Frontteile waren mit runden Messingkreisen verziert, die Scharniere quietschten so schön, dass einem der Sex darin peinlich wurde. In einem Ferienlager ruhte ich auf einem knarrenden Feldbett. Die Arme unterm Kopf verschränkt, starrte ich zur Zeltdecke empor, fühlte mich, wenn ich die Augen schloss, in die Mongolei versetzt, unterm Stoff einer Jurte, die ich ganz allein für mich habe.

Bei der Köchin, die mich adoptieren wollte und sich nicht gegen den bösen Busfahrer durchsetzen konnte, lag ich in einem kleinen Bauernbett, nicht sonderlich groß, weil die Bauern vor dreihundert Jahren klein gewesen sein sollen, wie die Köchin betonte. Ich schlief ins Bauernbettchen eingepasst in Embryonalstellung. Im hinteren Raum stand ein hoher, runder Ofen mit Kacheln. Die Köchin zeigte mir einen engen Schlafkoben. Ein Koben darf nicht gemütlich sein, sagte sie, ist er doch für ein kurzes Nickerchen gedacht, für die Bediensteten zur Mittagsruhe. Der Koben war unauffällig in die Täfelung des Raumes eingearbeitet, die doppelte Tür nicht als Kobentüren zu erkennen. Wenn sie dich suchen kommen, verstecke dich dort, man entdeckt dich in der Schlafstatt nimmer, hat sie geraten und mich in dem quadratisches Menschenfach eine Nacht schlafen lassen, die Beine angezogen, klein und beengt, fühle ich mich dort recht wohl aufgehoben. Ich habe mein Hochbett aus der Studentenzeit plastisch vor Augen, selbst getischlert auf dem Höhepunkt meiner handwerklichen Geschicklichkeit, von einer Säule gehalten, einer Tankstelle ähnlich. Ich lag so gerne am oberen Fenster und guckte von dort auf die Straße hinab, dem Treiben der Leute zu. Auf dem Laufsteg der Erinnerung fahren unzählige Betten vor. Eine lange Schlange. Eine Parade der vielen Betten. Ein Aufmarsch, der nicht enden will. Betten darunter, die mich Guter Mensch rufen, erinnerst du dich an uns. Ich muss öfter passen, schüttle den Kopf. Vorneweg, das Kreiskrankenhausbett, erkenne ich auf Anhieb. Ihm nach folgt das Bett, auf dem ich operiert worden bin, in dem ich auf dem Rücken lag und mir die Schwester die Leckmichspritze verabreicht hat, deren Wirkung mich ins Reich der wirren Gedanken schickte. Der gesamte Katalog zeitlich begrenzter, hochmoderner Konstruktionen, zum Klappen, zum Ausziehen, zum Drehen, Kippen, Ausheben. Funktionale, schnörkellose Liegen, die allesamt meinen geringen Ansprüchen genügen. Einigen Gestellen sieht man nicht an, dass sie mir als Bettstatt gedient haben. Da ist aber auch das Bett inmitten der Betten, in das ich genässt habe. Das Bett bei einem Schulfreund, unter das ich ängstlich nachgeschaut habe, ob etwas drunter sei, wenn wir bei ihm einen Gruselfilm geschaut haben; das Zimmer blieb für mich hell erleuchtet. Ich springe in das kalte Bett und verschwinde bis ans Kinn unter der schützenden Decke. Zum Bett meiner Großmutter erscheint der kleine Nachtschrank. Auf dem Nachtschrank steht die Nachttischlampe, von ihrem Fuß aus führt die mit Stoff umwickelte Leitung zur Steckdose. Ich weiß den dunkelbraunen Lichtschalter noch, den ich so gerne betätigt habe und mir den Schirm zurechtgerückt, wenn ich im Bett in einem Schmöker lesen wollte. Bäuchlings das Buch auf dem Kopfkissen abgelegt, sehe ich mich, knabbere Kekse, muss das Laken von der Matratze nur lösen, um die Krümel auszuschütteln. Im Bett der Großmutter pinkele ich nicht ein. Und da ist das Bett, auf dessen Rand ich im Internat sitze, nach vorne gebeugt, eher unbequem als frei, bilde ich meine ungelenken Finger an der Gitarre aus. Bald zieren wunde Fingerkuppen meine Hände, von den dicken Saiten, die zum Akkord gebündelt, auf den Steg gedrückt werden müssen, sollen verführerische Harmonien erklingen. Ich sehe mich vor dem Bett im Koffer wühlen, es geht auf Klassenfahrt. Ich habe vergessen, das Tagebuch einzupacken. Ich weiß das Bett wieder, das ich zum Versteckspiel, zum Verkriechen und als Höhlenbau verwendet habe. Das Bett für traurige, einsame Momente, in denen es sinnvoll ist, sich allein zu wissen, schwach zu sein, mit Tränen das Kissen zu befeuchten. Und dann meine ich den Maorikönig aus einem der Bücher auf dem Dachboden auf einfacher Matte schlafend zu sehen und Kinder auf Baumrinde ruhend. Und leere japanische Betten, die aus nichts weiter bestehen als der einfachen Matratze, auf den Boden ausgelegt und von einem Lattenviereck aus Holz gehalten. Und ich erhasche einen Blick auf die Apothekerin, die mir ihre hölzerne Kopfstütze zeigt, sonst in der Sauna verwendet, die ihr zur Nacht den Kopf schont, die kunstvolle Frisur erhält.

Dem täglichen Trott der Adoptionszeit entkommen, befreit von ständigen Belehrungen, liege ich froh in meinem Bett. Nicht einmal kommt Langweile auf. Einsamkeit kennt dieser Zehnmannsaal nicht. Das Adoptionshaus ist vergessen, nur noch die Großmutter in Erinnerung, die mich nicht besuchen kommt. Das erledigt die Adoptionsmutter, die ihre Kleidungsstücke ausführen will. Es ist schön, stillgelegt zu sein und an keine Pflicht gebunden, auf sich reduziert und die Leute um einen herum, deren Tagesablauf durch Schwesternbesuche, Neuankünfte und die Verpflegung bestimmt wird. Es macht Spaß, dabei zu sein, den Leuten zuzusehen, ihnen, ohne sie zu verstehen, zuzuhören. Ich weiß mich sicher in den vier Wänden des großen Gemeinschaftszimmers, meinem Zehnmannsaal. Für drei Wochen den Zieheltern entkommen, gehöre ich mir. Ich kritzle in ein kleines Notizbuch, zeichne Figuren, schreibe Zahlen auf und Großbuchstaben, die ich in Tiere verwandle. Und keiner überwacht mein Tun, niemand versucht, mich abzuhalten und mich mit Verboten in den Griff zu bekommen. Die mit mir im gleichen großen Zimmer liegen, haben andere Sorgen, als mir das gute Benehmen beizubringen. Ich muss keine Sohnrolle mehr spielen, brauche Gelerntes nicht vertiefen. Die Adoptivkindpuppe ist von ihren Seilen abgeschnitten, von ihren Fäden befreit. Im Krankenhaus gibt es Mischbrot und Marmelade, so dick wie ich sie mir schmieren will. Ich bekomme das hartgekochte Ei ohne Eierbecher auf den blanken Teller gelegt, kann das

Ei in die Hand nehmen, es an meinem Kopf aufklopfen, ohne dass es stört. Ich kann zwischen zwei Mittagessen auswählen, darf über mein Getränk selbst entscheiden, Malzkaffee bestellen und Tee kommen lassen. Man bringt mir auf Wunsch auch sieben Stück Zucker extra, die ich mir nacheinander auf der Zunge zergehen lasse. Ich darf drei oder vier Scheiben Wurst aufs Brot legen, Milch, Malzkaffee und Tee mixen, zum Abendbrot Pflaumenmus wegputzen. Ich werde täglich von der Adoptionsmutter besucht, die leise auf mich einspricht, laut und deutlich wird, wenn zu beschreiben ist, wie entsetzlich sie die Luft im Zehnmannsaal findet, und zu den Kranken Herrschaften sagt, ob es den Herrschaften etwas ausmache, die Fenster zu öffnen, wie man in solch einer Luft existieren könne, was das nur für Schwestern seien, die das nicht von alleine merkten, dass da erst sie kommen müsse und dafür sorgen, dass die Fenster geöffnet würden, und dass sie auf dem Gang über den langen Flur hierher ein Zimmerchen gesehen hätte, ein Zweimannzimmer, das anständig ausgeschaut habe, besser durchlüftet wäre, weniger warm und stickig sei als hier. Sie bestürmt die Schwester, den Krankenpfleger, mich in ein kleineres Zimmer zu verlegen. Die könnten da leider nichts unternehmen, antworten diese, die kleineren Zimmer seien für Kranke reserviert. Die Adoptionsmutter verspricht dem Personal, sich oben zu beschweren, man werde von ihr hören, man werde sehen, sie werde mit dem Chefarzt reden, dass die vorgefundenen akuten Zustände nicht akzeptabel seien und die Leute im Zimmer für einen Jugendlichen eine Zumutung. Der Adoptionsvater werde sich verwenden, flüstert sie zu mir, er sei ja schließlich wer. Wie blass du bist, geben sie dir richtig zu essen, fragt sie und ich antworte, dass es mir gut gehe.
Mein Bein ist bis an die Pobacke in Gips gehüllt. Altermann setzt sich zu mir, liest mir aus einem dicken Wochenblatt vor, kaum dass ich aus der Narkose erwache. Ein Mann sei völlig vereinsamt gestorben, man habe ihn vergessen, er hätte

bis zu seinem Tod vor sich hin gedämmert, wäre innerlich gebrochen, Ende September in New York (auf den Tag dreiundsechzig Jahre vor meiner Geburt) gestorben. Drittes von acht Kindern schottischer Einwanderer. Sollte nach dem Willen der Mutter Geschäftsmann werden, zeigte aber weder Begabung noch Interesse, verschuldete sich erheblich, ging in Konkurs, hielt sich kurze Zeit als Pelzverkäufer über Wasser, versuchte sich als Lehrer, heuerte auf einem Walfänger an, fand die Bedingungen an Bord unzumutbar, haute beim ersten Zwischenhalt auf einer Insel ab, floh durch die Berge, wurde im Tal gefangen genommen, am Bein verletzt, studierte das Leben der Fremden, heuerte auf einem anderen Walfänger an, gelangte nach Tahiti, wurde dort wegen Teilnahme an einer Rebellion an Bord verhaftet, floh aus dem Gefängnis, ließ sich auf Hawaii nieder, kehrte von Honolulu aus als einfacher Matrose nach Hause zurück, heiratete und wollte dann ein Schriftsteller werden, hat dicke Bücher verfasst, konnte nicht von der Schriftstellerei leben, nahm eine Stellung als Zollinspektor im Hafen an, schrieb drei Bände über seine Erlebnisse auf dem Walfangschiff, erfand Kapitän Ahab, der von der Jagd nach dem legendären weißen Wal besessen ist, von dem Pottwal angegriffen und vernichtet wird, ein fulminantes Ende.

Alter Mann liest den Text eines Briefes an den Verleger vor: *Im kommenden Spätherbst sollte ich mit einem neuen Werk fertig sein ... ein Abenteuerroman, der auf gewissen wilden Legenden aus den Pottwalfanggebieten im Süden gründet, ausgeschmückt mit den eigenen persönlichen Erfahrungen des Autors als Harpunier, die er im Laufe von mehr als zwei Jahren gesammelt hat ... Ich wüsste nicht, dass das behandelte Thema jemals von einem Romancier, ja überhaupt von irgendeinem Schriftsteller in angemessener Weise bearbeitet worden wäre.* Zu Lebzeiten Melvilles sind gerade mal dreitausend Exemplare von *Moby Dick* verkauft worden.

Dein Lebensvogel ist der Kolkrabe, sagt Altermann, intelligent, sozial und anpassungsfähig, in Volkes Überlieferung hoch beschworen, sein samtschwarzes Gefieder, metallisch blau, der Schnabel kräftig, wie ein Haken gebogen. Ein weises Tier, so gütig die Äugelein. Der schwarze Rab, der war der Koch, das sah man an seinen Kleidern wohl. Ein alles fressender Vogel, der mit Respekt behandelt sein will, auch wenn er sich gelegentlich von kleinen Vögeln nährt, von Aas. Es stürzt der Rabe hungrig sich auf den toten Hasen, hackt ihm die Augen aus. Besser für mich, den Raben fern zu sein und sie in den ach so schlanken, hohen Bäumen gut aufgehoben zu wissen. Van Gogh, sein Selbstbildnis mit verbundenem Ohr, Zeugnis der Katastrophe, die im Wintermonat Dezember beginnt, ihn nach einer hitzigen Auseinandersetzung mit Gauguin zwingt, Hand an sich zu legen, sich ein Stück vom linken Ohr abzuschneiden, woraufhin man ihn in die Nervenheilanstalt schafft, was van Gogh nicht davon abhält, von Wind und Wut vibrierende Werke zu schaffen, *Getreidefeld mit den Raben*, Raben wie die Schatten des Todes, die von der Leinwand her den Maler anrufen und mahnen, sodass dieser nach der Fertigstellung des Bildes sich auf den Rat der Raben hin die tödliche Verletzung mit dem Revolver beibringt, an welcher er zwei Tage später stirbt.

Edgar Allen Poe lese ich im Alter von vierzehn Jahren unter der Bettdecke im Kegel der Taschenlampe. Die Ballade *The Raven*, in der es um das Verlassensein geht, in stürmischer Winternacht, in einem rätselhaften Zwiegespräch mit einem Raben, der plötzlich aufgetaucht ist und trauert. Erinnerte Stationen des Glücks, abgelöst von Klagen, gegen seelische Grausamkeit, Schicksal, alles personifiziert in der Gestalt des Raben. Das Ewiggleiche steigert die Wirkung. Ich bewundere, erleide den Einsatz poetischer Mittel, lese und lebe den atemlosen Text, die ekstatische Sprache. Der Rabe hockt fortan vor meinem Fenster, klopft von draußen her mit seinem dunklen Schnabel gegen das Fensterglas. Klopf, klopf, poch, poch, lässt mich im Fieber zucken. Jedwedes Geräusch

verunsichert mich. Ich bin auf dem Sprung zum Zimmer hinaus, heute wie vorzeiten, immer noch zwischen Kindsein und Mannesalter, vom Fieber gebeutelt, wie damals, nachdem ich die Geschichte gelesen habe. Drei Tage bin ich ermattet, von der Magie der Worte, dem Sog der Geschichte ergriffen. Die Großmutter kommt und salbt mich. Ich krampfe und schwitze. Schweiß bildet Tropfen auf meiner Stirn. Es ist der Rabe, sage ich. Kein Rabe, sagt die Großmutter, ein beginnender Sonnenstich, weiter nichts. Es ist der Rabe, es ist Edgar Allen Poe, rufe ich. Mich schwindelt vor seiner Schnabelbotschaft. Einbildung ists, lindert die Großmutter meine Erregung. Ich werde gesund. Ich bekomme ein Käppi auf den Kopf gesetzt. Der Anfall ist ausgestanden.
Ein Junge mit Bauchschmerzen wird in den Zehnmannsaal geschoben. Es ist der Blinddarm, sagt er. Ein paar Stunden später ist der Blinddarm draußen. Der Junge trägt auf dem Kopf ein Strumpfband, wie der Bandit beim Überfall eine Strumpfhose überm Gesicht, am Ende wie ein Wurstzipfel verknotet. Die komische Kopfkapuze verleiht ihm dann das Aussehen einer Stoffpuppe. Ich nenne den Jungen Zipfelchen. Zipfelchen sagt zum Pfleger, er soll ihn in Ruhe aufs Klo gehen lassen, er könne das allein, bräuchte keine Hilfe. Ja, sagt der Arzthelfer, hebt den Jungen auf den Schieber (Pfanne genannt), dass der Junge aufschreit und dafür vom Teppichstürzer ausgelacht wird. Kurze Zeit später ist der Junge auf dem Schieber eingeschlafen. Des Morgens steht ein verwirrter Mann im Raum, geht von Bett zu Bett, reibt seine Handinnenflächen aneinander, die raue Töne von sich geben. Wühlt in seinen Plastikbeuteln, geht um, glättet die Kleider, richtet die Frisur her, sucht was in der Tüte, holt nichts hervor, winkt ab, lacht breit, erhebt sich, steht an meinem Bett, sagt zu mir: Blick nicht zurück, Junge, wenn du nicht willst, dass Böses geschieht.
Ich will nur noch im Krankenhaus leben, fühle mich frei, versenke mich in fremde Leben, glaube alles aufs Wort, selbst

die große Angeberei von Teppichstürzer. Bin mir so gut unterm Neonlicht. Ich liege, das eine Bein angezogen. Vor dem Fenster liegen die Zweige der Bäume unter einer weißen Decke aus frisch gefallenem Schnee. Die Krankenschwestern tragen schneeweiße Kittel. Die Betten sind weißer Schnee. Die Schwestern kommen an mein Bett, verabreichen mir Tabletten und Getränke mit den Worten: Wir wollen wieder schnell gesund werden. Ich schlucke die Pillen, nicke und will gar nicht zu flink gesunden, will lieber im Bett bleiben, mit offenen Augen träumen, wie ich am Ufer eines Meeres stehe, im frühen Nebel Leichtmatrose bin auf einem Riesenpott, zwischen den Kontinenten hin und her schiffe. Von der Straße kommen verschiedene Geräusche. Vorm Fenster stehen kahle Bäume. Krähen ziehen ungerührt vorbei. Und später dann legt ein Gärtner mir das getüpfelte, hellblaue Ei auf die Hand, das ein Rabenei ist. Sagt, dass Raben ihre Jungen gemeinsam pflegen. Später begegnet mir der sprechende Rabe in Pasolinis Film *Große Vögel, kleine Vögel*, der zwei Brüder in philosophische Debatten über das Leben verwickelt, und ich lese von Odin in der Walhalla, dem grausigen Ort, an den die Krieger nach ihrem Tod in der Schlacht geholt werden, wo Odins zwei schwarzen Raben, Hugin, der Gedanke, und Munin, das Gedächtnis, herrschen. Und die islamische Weltgewandtheit ehrt Kain und Abel als Kabil und Habil. Beide haben Zwillingsschwestern, die so schönes dunkles Haar tragen, wie Rabenfedern schillernd. Allah, heißt es, lehnt Kabils Ansinnen, Habils Schwester zu heiraten, ab. Habil stirbt daraufhin, oder er wurde von Kabil erschlagen. Jedenfalls streift dieser jahrelang mit der Leiche seines Bruders durch die Gegend, bis er einen Raben sieht, der einen toten Vogel begräbt. Und also legt Kabil Habil ab, den toten Bruder zu begraben.
Tauben und Elstern hüpfen über das Wellblechdach. Zwei letzte Blätter, die nicht fallen, hängen zwischen nackten Ästen. Schnee schmückt sie. Dunkel fällt der Schnee vom

Himmel herab, wo er dann weiß auf dem Boden liegt, eine Schicht aus lauter wundervollen einzelnen Flocken, die unter der Lupe wunderschön aussehen und auf dem Handrücken ach so flink wegschmelzen. Die Gespräche sind abwechslungsreich. Einer fängt an über das Leben draußen zu reden, und die anderen winken ab, um zu betonen, dass es im Grunde überall das gleiche Leben sei, immer und überall dasselbe Draußen, und erst im Einzelnen seien die wenigen Unterschiede festzustellen. Im Norden ist den Leuten nicht so schnell kalt und in Afrika tragen sie bei dreißig Grad bunte Mützen auf dem Kopf. Auf fernen Inseln gehen die Frauen barbusig aus, weiter östlich laufen sie nackt herum, leben von Früchten auf den Bäumen oder Tieren, die sie in Gemeinschaft jagen. Man geht überall auf der Welt zur Arbeit, verdient damit den Lebensunterhalt, kommt von der Arbeit nach Hause, isst etwas, sieht fern, schläft und isst am Morgen wieder etwas, um dann zur Arbeit zu gehen. Ich kann gar nicht genug davon hören, wie das Leben draußen ist, was die Männer über ihre Frauen und Chefs erzählen, die gut von Krankenschwestern reden, sie mögen, weil sie nicht geschminkt sind und besser aussehen als die Frauen draußen. Der Teppichstürzer gibt zum Besten, er würde mit ihnen allen ins Bett gehen, wäre er nicht gehandicapt. Die aber nicht mit dir, Angeber, mischt sich Ewigejagdgründe ein, der sich sonst kaum zu Wort meldet, stumm im Bett liegt. Obwohl ich von ihren Sehnsüchten nicht in Andeutungen weiß und sie sich befremdliche Sätze zuwerfen, fühle ich mich wie zu Besuch in einem Kino, wenn sie erzählen, was für Dinge sie so unternehmen, wohin sie in den Urlaub gehen, mit der Familie ins Blaue, an die See, in die Städte, Metropolen; exotische Orte mit Sehenswürdigkeiten, die man aus Bildbänden kennt. Sie reden über das Geld, das sie liebes Geld nennen, als wäre das Geld eine Freundin, mal gut, mal nicht, mal eine Freude und dann wieder belastend, schwer zu verdienen, leicht für eine dumme Sache verschwendet, verloren

gegangen am Spieltisch, an die Frau, Kinder, Familie. Und das Zuhause ist bei ihnen kein einheitlicher Ort, sondern bei jedem grundverschieden eingerichtet. Der eine hat sich eine Kellerbar ausgebaut, der andere kann ohne solch einen Kram leben. Der eine liebt Besuch, der andere bekommt keinen, wie Ewigejagdgründe.
Der Pfleger sagt: Jetzt kommt einer, der ist einige Male hier gewesen. Was er denn hat, fragt Altermann. Der Pfleger torkelt zwischen unseren Betten, spielt besoffen, lallt, das hat der, sonst hat der nichts. Ein Suffke, sagt Altermann. So einer hat uns noch gefehlt. Suffke wird mit Blut beschmiert eingeliefert. Suffkes Augen sind zugeschwollen, der Mund ist dunkelblau, rot und violett eingefärbt, das Gesicht ist verbeult, seine Finger blutig wie die Ärmel an seinem Hemd. Großflächige Wunden bedecken die Stirn. Er ist an beiden Armen wund. Einen Schuh trägt er noch, den anderen hat er verloren, die Socke hängt am Sockenhalter. Man steckt ihn in ein viel zu kurzes Nachthemd, sein Geschlechtsteil schaut darunter hervor. Suffke benimmt sich laut und böse. Er spricht mit krächzender Stimme, weist mit dem Zeigefinger auf Blaumeise, sagt zu ihm: Du bist neu hier, weist den Finger auf mich, raunt: Du auch. Schimpft die Kranken im Raum Drückeberger, lacht Altermann aus, sagt zu ihm: Du siehst ja aus wie der Tod auf Latschen. Wirft sich aufs Bett, krakeelt grimmig und ungehalten und ist eingeschlafen, schnarcht, presst Jacke und Hose unter den rechten Arm, riecht wie eingepisst, erwacht und monologisiert einen komischen Singsang: Bin ein Ferkel klein, doch mein Schwesterlein ist eine Sau, gejagt von Nachbarns Hunden. Zerrt an seiner Kleidung, tobt: Was ist das für ein Nachthemd, was trage ich für einen dämlichen Fummel, sehe aus wie eine Leiche, ich muss hier raus, verdammte Scheiße, die schlagen zu Hause meine Bude kaputt, will nach Hause, muss nach Hause. Die Helfer packen und binden ihn mit geübten Handgriffen ans Bett, verschieben ihn auf den Flur, von wo er eine

Weile noch zu hören ist, ruft und zetert. Ein kurzer, lauter Disput, und dann ist nichts mehr von ihm zu hören.

Aus dem Krankenhaus entlassen, forsche ich meine Adoptionseltern aus, stelle Fragen, denen sie ausweichen. Ich erhalte auf die Frage aller Fragen keine Antwort, liege im Bett, finde keinen Schlaf, sitze am Fenster, es schneit, regnet, die Sonne scheint, kein Wind weht, kein Laut ist zu vernehmen, Ruhe herrscht über den Wipfeln, keine Sonne scheint, kein Vogel fliegt, es ist nicht Tag, nicht Nacht; das große, unbekannte Nichts. Den Dachboden trenne ich in seiner Mitte mit Decken ab, erbaue mir einen Hinterschlupf, meinen privaten Verschlag, sitze dort am Fenster, den schöneren Ausblick genießen, die Musikboxen aufdrehen. Nach den tollen Tagen im Krankenhaus halte ich das Schweigen um mich herum nicht gut aus, bin am Boden zerstört. Die Kumpels können mit meiner polnischen Rockmusik nichts anfangen. Czesław Niemen sagt ihnen nichts, Enigmatic halten sie bestimmt nicht für einen Meilenstein des Rocks. Mein Lieblingsstück beginnt feierlich. Die Einleitung ein mächtiges Glockentönen und Chorgesang, ehe die für Niemen typische Orgel hell und quietschend die Gesangsstimme ankündigt, die ich überragend finde, die dem Musikgeschmack der Kumpels aber nicht entspricht. Ich impfe mich mit Gesang.
Sah einst drei gebratene Tauben fliegen, sie flogen also ferne, die Bäuche hatten sie gen Himmel gekehrt, den Rücken zu der Erden, es schifft ein Schiffmann auf trucknem Land, er hat ein Segel gegen den Wind gespannt, mit seinen hellen Augen, er rudert an einem hohen Berg, daran muss er ersaufen, es wollten ihrer vier einen Hasen fangen, sie kamen auf Krücken und Stelzen gegangen, der eine kunnt nicht hören, der andere war blind, der dritte war lahm, der vierte kunnt nicht reden, nun weiß ich nicht, wie das geschah, dass der Blinde den Hasen sah im weiten Felde grasen, der Stumme sagt es dem Tauben an, der Lahme erwischt dann den Hasen.

Ich bin vierzehn Jahre. Ich höre die Erklärung zum Einmarsch sowjetischer Truppen in die Tschechoslowakei, kurz nach dem Einmarsch der sowjetischen Truppen in die Tschechoslowakei. Ich war niemals in Prag. Ich kenne Moskau nicht. Ich stelle mir Panzer grausam vor und kann nicht nachvollziehen, wie es ist, einem Panzersoldaten gleich die Klappe zu öffnen, aus dem Eisenbauch zu steigen, Hände zu schütteln und Blumen aus der Hand von Frauen entgegenzunehmen; und verstehe die Leute nicht, die Panzersoldaten trauen, nicht davon ausgehen, dass Panzersoldaten mit ihren Blumen nach dem Händeschütteln wieder in ihre Luken abtauchen können und Gas geben, Menschenketten mit Panzerketten zermalmen. Es wollt ein Krebs einen Hasen erlaufen, da kam die Wahrheit ganz mir zu Haufen, es bleibet nicht verschwiegen, ich sah eine Kuh auf einem Kirchturm, darauf war sie gestiegen, und in Landshut steht ein hoher Turm, er fällt von keinem Wind noch Sturm, er steht fest aus der Maßen, den hat der Kuhhirt aus der Stadt mit seinem Kuhhorn umgeblasen. Zu Regensburg haben sie einen Hahn, der hat so schrecklich viel Schaden getan, zertrat eine steinerne Brücke. Ich höre die Erklärung der sowjetischen Nachrichtenagentur TASS über den Rundfunk der DDR. Ich höre die Kommentare über Radio Luxemburg. Die eine Erklärung rechtfertigt den sowjetischen Einmarsch als notwendige Maßnahme zum Schutz der sozialistischen Ordnung, die andere sieht den europäischen Frieden in Gefahr. Ein Amboss und ein Mühlenstein, die schwummen zu Köln wohl über den Rhein, sie schwummen also leise. Ein Frosch verschlang ein glühend Pflugschar zu Pfingsten auf dem Eise. Lug und Trug sind der Lack zur Vertuschung. Wer Böses ausstreut, gibt nicht an, in welcher Absicht und wohin er das Böse streut.

Es kommt der Tag, an dem ich mich vollends von den Adoptionseltern hinters Licht geführt sehe. Ein warmer Morgen, der Tag soll Spitzenwerte erreichen, für die Jahreszeit über dem Durchschnitt der Vorjahres liegen, sagt der Wetterbericht als Prognose. Deswegen nur ist mir die kurze Hose angeraten worden. Ich fühle mich in der Hose nicht wohl. Kein Junge im Dorf trägt so ein Ding. Früh geht es zum Dorf hinaus mit der Adoptionsmutter, da schlafen sie alle noch in ihren Betten und niemand sieht mich in dieser engen Hose; man kommt kaum mit der Hand in eine der zwei Hosentaschen. Kurze, enge Hosen sind das Letzte, sie sollen mich darin nicht sehen. Wie sie nicht wissen sollen, welche Musik ich heimlich auf dem Dachboden höre. Musik drückt sexuelle Veranlagung aus. Ich würde als schwul gelten, fühle mich unvorteilhaft genug, wenn die Adoptionsmutter mich ankleidet. In kurzer Hose, hellem Hemd und Pulli fahren wir nach Stralsund, in ein Krankenhaus, jemanden besuchen. Das Krankenhaus heißt Krankenhaus West.

So schön ist die Landschaft an diesem Morgen, in die wir eintauchen. Lange Baumschatten werfen sich dem Bus vor die Reifen, reichen bis weit in die Äcker hinein. Der Bus fährt über sie alle hinweg. Licht und Schatten blitzen im Dauertakt an die Fensterscheibe, wenn der Bus an Baumreihen vorbeifährt. Ich sitze so gern in Bussen. Ich schaue so gern in Landschaften und mache mir so meine Busgedanken. Die Adoptionsmutter sagt nicht viel. Sie ist merkwürdig ruhig. Sonst weist sie mich darauf hin, nicht im Sitz zu lümmeln, den Rücken gerade zu halten, mit den Fingern die Scheibe nicht zu beschmieren. An diesem Tag lässt sie mich in Ruhe. Es geht mit dem Bus bis nach Rostock, in die Stadt hinein zum Bahnhof. Wir steigen aus und müssen uns beeilen, den richtigen Zug zu bekommen. Wir stehen auf dem Bahnsteig, ich bewundere Eisenbahnwagen, Schienen, Schranken, Abfahrtssignale, Loks und Schaffner. Es ist warm um mich herum, so warm. Gelbgrün klingt mir eine Stimme. Klang tönt. Ein Bild zieht auf, ein Schattenriss. Es sucht sich was

an mich zu schmiegen, will von mir wahrgenommen und berücksichtigt sein, vom Adoptierten adoptiert sein, zu mir gehören. Nur was?
Tage vor meinem vierzehnten Geburtstag. Mitten in meiner Pubertät. Der Sommer ist ein trockener, langer Sommer. Als wir ans Krankenhaus ankommen, will mich die Adoptionsmutter nicht mit hineinnehmen, weil, wie sie lügt, Kindern unter vierzehn Jahren der Einlass nicht gestattet ist. Sie wolle rasch zu einer Verwandten ins Krankenhaus. Einen Namen erwähnt sie nicht. Sie lässt mich draußen vor der Tür stehen und besucht meine leibliche Schwester, von deren Existenz ich gar nichts weiß. Als wäre ich ein Hund, den man vor einem Kaufhaus abstellt, weil das Schild den Zutritt mit Hund verbietet. Macht im Vorfeld den Termin aus, fährt mit mir vor das Krankenhaus, eilt hinein, vom zuständigen Personal begleitet, betritt den Raum, in dem sich meine Schwester befindet, eine quietschlebendige, putzmuntere kleine Person, mitnichten die sterbenskranke Verwandte der Adoptionsmutter. Spricht mit der Schwester, verschafft sich Überblick, entdeckt Ähnlichkeiten zu mir, ist schließlich innerlich so aufgewühlt, dass sie sich erst einmal setzen und bei einem Glas Wasser erholen muss, während sich die mir auferlegte Wartezeit draußen vor der Tür verlängert, die ich überbrücke, indem ich kleine Steine mit den Füßen trete, mittlerweile in Sorge, sehe ich doch die versprochene Besichtigung der Stadt Stralsund dahinschwinden. Ich fasse mich in Geduld, will unbedingt Stralsund sehen, die Stadt, die über den langen Rügendamm mit der Insel Rügen verbunden ist, will die große Werft sehen, auf der Schiffe für die Weltmeere gebaut werden. Vom Verwandten Hans heißt es, er wäre auf der Werft als Spezialist im Maschinenbau tätig und auch sonst ein hohes Tier in der metallverarbeitenden Industrie, die von ungemeiner wirtschaftlicher Bedeutung wäre für unser kleines Land. Er würde mich eines Tages mitnehmen, auf dem Gelände der Werft herumführen, mir Dinge zeigen,

die keinem anderen Jungen je zu Gesicht kämen. Die Sonne
sticht mittlerweile. Ich stoße Steine.

wir alle, die wir träumen und denken; wir schließen Bilanz, und
der unsichtbare Saldo spricht immer gegen uns

MEIN ERLERNTES WISSEN zu der Stadt im Hintergrund, alles
was zu erfahren war, gehe ich im Kopf dabei durch: slawisches Fährdorf, später Kaufmannssiedlung, eins zwei drei
vier gleich zwölfhundertvierunddreißig Stadtrecht erhalten,
der Hanse beigetreten, von den Schweden in Besitz genommen, an Frankreich gefallen, an Dänemark, von den Preußen
vereinnahmt, im Zweiten Weltkrieg schwere Zerstörungen
erlitten, wieder aufgebaute und restaurierte, herausragende
Bauwerke im Stil der Backsteingotik, Nikolaikirche, dreizehntes Jahrhundert, Marienkirche, Jakobikirche, ehrwürdiges Rathaus, beeindruckende Fassade, fünfzehntes Jahrhundert, mehrere am Markt gruppierte Bürgerhäuser, das
Meeresmuseum mit einem Meerwasseraquarium und dem
Skelett eines gestrandeten Wales, die Sensation meiner Kinderheimtage im Ostseebad Rerik. Ein Nieselregentag. Wir
werden extra fein herausgeputzt und die fünf Kilometer zur
Straßenkreuzung zwischen Kühlungsborn und Neubukow
gefahren, wo wir mit so vielen Kindergruppen, Schulklassen aller Altersstufen brav Aufstellung nehmen und als aufgeregte Heimkinderfraktion in der Kurve warten, an welcher
der sagenhafte Sattelschlepper mit dem toten Wal das Tempo
drosseln wird, um problemlos die Biegung zu meistern. Man
hat uns versprochen, wir könnten den Wal in seiner ganzen
Dimension sehen und würden aus dem Staunen nicht herauskommen. Die legendäre Tour war entlang der Ostseeküste in aller Munde. Die Sattelschlepper-Crew wurde ausführlich in den Medien vorgestellt, sämtliche Schwierigkeiten der
Fahrt waren in den Zeitungen diskutiert worden. Fernsehteams begleiteten das große tote Meerestier auf seinem Weg

zur Präparation, bevor es ein Museumsstück würde. Und in der Tat wurde dann der große Wal in Schneckentempo an uns vorbeigefahren. Mächtig, glänzend, faltig, erinnere ich das Monstrum, von einem Feuerwehrschlauchwasserstrahl bespritzt. Wir winken und schreien, vom Warten erlöst und in wirklicher Bewunderung, auch wenn da ein hohes Grau an uns vorbeigefahren wurde, wir den Wal nicht wirklich gesehen haben.
Die Zeit vergeht nicht. Die Sonne gewinnt an Kraft. Schattige Plätze locken hinterm Eingang, wo Bänke stehen, Papierkörbe, Blumen in der Rabatte wachsen und auf dem vertrockneter Rasen kleine Bäumen stehen. Über die Fernstraße sausen die Autos nach Stralsund. Den Auspuffen entströmt qualmend Gestank. In den Automobilen, die an mir vorüberfahren, sehe ich zuckende Hände, gestikulierende Person. Ein Fahrzeug drosselt am Ortseingangsschild seine Geschwindigkeit, Türen springen auf, Insassen entsteigen dem Gefährt, recken und strecken sich, lassen Trinkflaschen umgehen, leeren sie mit kräftigen Zügen, um dann wieder einzusteigen, abzurauschen und wenige Minuten später an einem Strand zu sein, im Meer zu baden, sage ich mir, mit trockenem Mund, so fürchterlich allein gelassen, auf dem von Sonne überfluteten Vorplatz, Hitze und Staub ausgeliefert. Wenigstens an eine Flasche Wasser hätte die Adoptionsmutter denken können.
Es gibt hinreichende Gründe für mich, mich nach dem Krankenhausbesuch auf die Stadt zu freuen. Wir werden durch die Metropole bummeln und Schaufenster ansehen. Als dann endlich die Adoptionsmutter am Ausgangstor zu sehen ist, freue ich mich. Es kommt nicht zum Stadtbummel. Mehr als den Namen auf dem Ortseingangsschild bekomme ich von Stralsund nicht zu sehen. Schnurstracks an mir vorbei stürmt die Adoptionsmutter zur Bushaltestelle, in sichtlicher Ergriffenheit und innerlich aufgewühlt, wohl auch von Tränen gezeichnet, dass mir jedwede Frage nicht

nur nicht in den Sinn kommt, sondern ich mich gezwungen sehe, ihr hurtig nachzusetzen, zumal der Rückfahrtbus naht, auf den zu sie über die Straße setzt, in den dann in Schnelligkeit eingestiegen wird. Ich sitze schneller als gedacht neben der Erregten auf dem hinteren Sitz des Busses, auf dem Weg Richtung Heimat. Die Adoptionsmutter ringt um Haltung, tupft das Taschentuch gegen die Wangen, murmelt Unverständliches in den Ärmel ihrer leichten Sommerjacke, wischt entgegen aller Erziehung des Buchs zum guten Benehmen sich quer übers Gesicht, dass die Augentusche schmiert. Ich sitze, die Beine unter den Sitz geklemmt, die gesamte Fahrt zurück still und spiele Mitgefühl, bin bockig und so stumm, nicht in Stralsund eingereist zu sein, die lange Wartezeit so umsonst auf dem Kieselvorplatz des Krankenhauses West vor den Toren der Stadt mit dem Stoßen kleiner Steinchen verbracht haben zu müssen. Ich klemme neben der Adoptionsmutter, die sich ihrer Trauer hingibt, über meinen Kopf hinweg entschieden hat, die Flucht anzutreten. Wir langen an. Wir gehen nach Haus. Die Fahrt ist aus. Es gibt nicht einmal zum Trost ein Eis im kleinen Café Seeblick.
Niederlage will ich den Besuch im Krankenhaus Stralsund nennen, wo ich draußen vor den Toren bleibe, zum ersten Mal in Herzschlagnähe zu meiner leiblichen Schwester bin und davon nicht weiß. Seit diesem Augenblick verändere ich mich. Ich entdecke mich als denkendes Wesen und beginne, mich systematisch aus dem Adoptionsverhältnis zu lösen. Genug ist nicht genug. Die Adoptionseltern sind nicht mehr als Götzenbild anzubeten. Ich begehre auf, die Mutterseele in mir zu retten, den Kult zu zerstören, der mich behindert, mir die Zukunft verstellt und Krämpfe bereitet, die mich eines Tages erledigen werden. Ich will mich mit dem Blut der Mutter nähren, mir alle Angst vor der Nähe zu ihr ausreden, die Hölle auf Erden betreten, wenn in ihr die Möglichkeit besteht, die eigene Mutter dort zu besuchen, um mich von ihr zu befreien und von der Sehnsucht nach der Mutter zu

reinigen. Bis ich sie treffe, die richtige, die eigene Mutter, mein Fleischblut, wird mein Zuspruch für die mich beherrschende Realität stetig schwinden; gleichgültiger ist nur noch das lose Blatt im Wind. Wo ich mich auflehne, verliert die Adoption an Boden und der Adoptierte gewinnt Land unter seinen Füßen.

Dein Pochen, guter Rabe, wovor warnt es mich? Du sollst die Mutter nicht aufsuchen, ist die ewige Antwort. Ich mache mich bereit meint, ich richte mich darauf ein, gegen die Adoption zu sein; ein Entschluss, der geheim gehalten werden muss, soll der große Plan am Ende gelingen, ich mich der Adoption entwinden, dem unguten Klima entkommen. Ich entwinde mich der Muttersehnsucht. Ich will in keinen Schoß zurückkehren. Ich bin bereits unterwegs. Ich löse mich von den Sachzwängen. Ich gerate weg von mir auf mich zu, um endlich zu mir zu finden. Die Adoptionsmutter ist längst zu weit in Notlügen verstrickt, als dass sie den Rettungsanker wirft, den nötigen Schnitt machen kann, sich von den Mutter- und Vaterlügen zu lösen. Darüber, woher ich komme, wer ich bin, wo eventuell die Eltern hin verschwunden sind, ist der Mantel des eisigen Schweigens geworfen. Still ruht der See, die Vöglein schlafen, ein Flüstern nur, du hörst es kaum, der Abend naht und senkt sich nieder, still ruht der See, durch das Gezweig, der Schweigeodem weht, das Blümlein an dem Seegestade, stummt das Schweigegebet, die Sterne friedsam niedersehen, oh Kinderherz, gib dich zufrieden, du sollst in Schweigen gehen.

> Wir alle, die wir träumen und denken, sind Hilfsbuchhalter in einem Stoffgeschäft, wir schließen Bilanz, und der unsichtbare Saldo spricht immer gegen uns.
> Pessoa

JAHRE SPÄTER FÄLLT mir ein entscheidendes Schreiben in die Hände. Ein Brief, nicht an mich adressiert, kommt mir verdächtig vor. Ich nehme ihn an mich, halte den Umschlag über

Wasserdampf, entnehme ihm das Schreiben, lese den Inhalt und fasse den Entschluss, ihn ganz für mich zu behalten und selbst zu beantworten. Im Namen der Adoptionseltern antworte ich dem Krankenhaus auf seine Anfrage, ohne die Adoptionseltern in Kenntnis zu setzen. Leichten Herzens und voller guter innerer Gemütsbewegung schreibe ich dem Krankenhaus; nehme die Geschicke des Adoptionshauses in die Hand, übe Rache an der Adoptionsmutter, die mit mir nicht in die Stadt Stralsund gefahren ist und mir die Schwester vorenthalten, bösartig verschwiegen, mich draußen vor den Toren des Krankenhauses warten lassen hat.
An der kleinen Reiseschreibmaschine mit dem schönen Namen Kolibri sitze ich, dem Krankenhausleiter in Stralsund dahin gehend Bescheid zu schreiben, dass die Adoptionseltern bereit sind, meine Schwester umgehend aufzunehmen, sie ihnen mehr als willkommen ist im so erwartungsvollen Hause.

<u>Aufhebung nach Volljährigkeit des Angenommenen</u>
Ist der an Kindes Statt Angenommene volljährig geworden, so kann das Staatliche Notariat in besonderen Ausnahmefällen auf gemeinsamen Antrag des Annehmenden und des Angenommenen die Annahme an Kindes Statt aufheben. Wurde das Kind durch ein Ehepaar angenommen, kann der Antrag nach dem Tode eines Ehegatten von dem Angenommenen und dem überlebenden Ehegatten gestellt werden.

Von den Berufen, die mir in der Kindheit vorschwebten, erinnere ich mich an Kosmonaut, Zirkusclown, Tiefseetaucher, Koch. Schriftsteller war nicht dabei. Schriftsteller wäre ich nach dem Willen der Adoptionsmutter geworden. In der Hoffnung, meine Texte würden veröffentlicht, zum Buch werden. In der Vorfreude, ich würde bald aus dem Buch vorlesen, lesend durch die Lande kommen, in ferne Gegenden und andere Städte. Dafür setzte sie eine Weile ihre Person

ein, aber nie alles auf eine Karte. Der Adoptionsvater sprach von vergeblicher Kunst. Die Adoptionsmutter schwor ab, beugte sich für das große Ganze, die Einheit der Familie und wollte mich lieber zum Lehrer gemacht sehen.
Wir haben im Heim keinen Berufswunsch geformt. Wir sagten uns, dass wir niemals Heimleiter und nie Erzieher werden wollen, das genügte uns. Ich denke, ich wollte eine Zeit lang Schiffskoch werden. Das war um die Jahre, als ich zum Test bei der Köchin zu Gast im Hause gewesen bin. Sie hat mir davon geschwärmt, wie es sei, mit dem Schiff um die Welt zu fahren. Besser als der Kapitän habe es der Koch an Bord. Und werden die Lebensmittel noch so rar, der Koch verliert nicht einen Gramm seiner Fülle, sagte sie.
Als mich die Köchin ins Heim zurückbringt, geht auch mein Berufswunsch über Bord, wie man sagt. Ich bin im Leben nicht sonderlich zielstrebig, was ein Berufsleben anbelangt. Ich stehe über viele Monate an einem Säurebottich in einer Fließbandfabrik, hebe glitschige Bildröhren aus dem Band, tauche sie ins Becken, entferne die Beschichtungen, ätze sie weg, schneide mir durch den Gummihandschuh ins Daumenfleisch, verätze mir den Daumen, der dick wird wie eine Gurke, beende das Arbeitsverhältnis, werke in einem Kinderkrankenhaus, wo die Krankenschwestern die Kinder ans Bettgestell binden, wenn sie Ruhe haben wollen und Kaffee trinken. Ich befreie die Kinder immer wieder, bis sie mich deswegen entlassen, ich erstatte Anzeige, beschmutze das feine Nest, bis mir versprochen wird, dem Sachverhalt nachzugehen. Ich trage ein Jahr lang Telegramme aus. Ich arbeite über ein Jahr lang in einer Tischlerei, transportiere mit einem rumänischen Tischlereilaster Holzteile, Türen, Fenster, Balken, bin nach dem Job als Kellner in Zügen unterwegs und fasse im zehnten Arbeitsjahr den Entschluss, Schriftsteller zu werden, mit allen Folgen einer freien Existenz, um eines Tages über meine Mutter zu schreiben. Den Titel Rampenwart für meinen letzten Job im Leben haben sie eigens

meinetwegen erfunden. Ich werde als halber Rausschmeißer entlöhnt.
Wenn es nach den Adoptionseltern gegangen wäre, wäre ein Lehrer aus mir geworden. Ich denke mich eine Weile in die Möglichkeit hinein. Wahrscheinlich wäre ich der Typ Lehrer, der seine lederne Lehrertasche in die Ecke kickt, den Hintern auf den Lehrertisch pflanzt, die Beine baumeln lässt, in Jeans und Rollkragenpullover, mit Turnschuhen an den Füßen auftritt. Ich trage das kragenlose Russenhemd aus fester schwarzer Seide mit seitlicher Knopfleiste, Manschetten, farbenfroh bestickt.
Als ersten Akt meiner Lehrerei beseitige ich den Streifen Sichtschutzfarbe an allen Fenstern. Meine Schüler sollen rausgucken, die Vögel bestaunen, wie ich sie in der Heimkindzeit vom Fenster aus bestaunt habe und Zeiten zugebracht mit nichts anderem als den fliegenden Tieren zuzuschauen, die sich um das Vogelfutterhäuschen scharten. Mit grüner Hingabe, blauer Ausdauer, roter Lässigkeit wäre ich ein Lehrer der Verletzlichkeit und Stärke, Che Guevara, Marlon Brando und ein Motorradrebell mit Dreitagebart geschmückt.
Ich meistere in Greifswald eine Bewerbung zum Lehrerstudium, kann Lehrer werden. Der Vietnamkrieg ist im tödlichen Gange. Hippis werden als Gammler beschimpft. Am Ostseestrand laufen Jungen und Mädchen nackt herum. Die Haare tragen wir jeden Monat länger. Manchem wächst das Ohr zu. Die Mädchen mögen James Dean, wer die Beatles mag, kann die Stones nicht leiden. Massenhysterie von ungekanntem Ausmaß kommt auf. Wir sitzen in der Hollywoodschaukel unserer Eltern, saugen die Songs des legendären Woodstock-Festivals unter Kopfhörern in uns auf, die Ruhe der Schrebergärten nicht zu stören. Wir erklären Frank Zappa zu unserem obersten Staatsratsvorsitzenden. Mit der Plastiktüte in der Faust, Aufdruck Ostseetrans über der westlichen Zigarettenwerbung, laufen wir demonstrativ am Hausmeister vorbei, der Alkoholiker ist und nicht die Staatsmacht. Wir

sind stolz auf dich, lobte die Adoptionsmutter mich, solange ich in Greifswald studieren will.
Ich bekomme das Tonbandgerät geschenkt, das neuste Modell, man kann es an der Wand anbringen. Bänder abspielbar in der Horizontalen. Ich bin stolz auf mein megafetziges B Sonst was 93, das keiner der Jungs aus meiner Clique besitzt. Ich kann Westradio mitschneiden. Side A und Side B. The Kinks, Jethro Tull, Emerson, Lake and Palmer, Crosby, Stills, Nash and Young. Die Doppel-LP, das Dreifachalbum, wertvoll wie der Schellparker, wie Räucheraal. Joe Cocker, Janis Joplin, Jimi Hendrix. Ich habe sie alle auf Band und höre sie ohne Unterbrechung. Ich werde ein Unterhaltungskünstler. Ich bin dann ein Schallplattenalleinunterhalter, wie man den Discjockey nannte, weil Discjockey zu amerikanisch klingt, Amerika das Böse darstellt. Die Bude ist rappelvoll. Die Boxen sind selbst gezimmerte Schallschränke vom Feinsten. Die Lautsprecher sind über das Flugwesen besorgt. Meine Disco ist beliebt. Siebzig Motorräder stehen in den Bestzeiten vor der Tür.
Ich bewahre unter einer Glasscheibe schön geformte Hölzer auf, bei meinen Spaziergängen am Ostseestrand aufgelesen. Wenn ich traurig bin, wenn ich mich am Strand entlang verlieren will, im Sande untergehen, vom Horizont erfasst, hinter den Horizont gekippt, von allem Adoptiven getrennt, von dem Leben im Heim, von den verschiedenen Leben an den nach den Heimen folgenden Orten; die Jahre meiner Jugend aufgebend, der Zeit der Schönschrift, des guten Benehmens entsagen. Einfach über den Jordan springen, frei zu sein von allem Ballast. Eine Reihe von Begriffen belastet mich. Ich muss die Räume, in denen schädliche Begriffe kursieren, umgehend verlassen. Die gesamte Phase der Manuskriptarbeit über stoße ich auf Begriffe, die mir Angst machen. Ich muss das Wort Mutter benutzen, obwohl es mir verhasst ist. Ich schreibe die Worte Vater, Liebe, Wärme, Einsamkeit, Heimat nieder. Ein Zigarettenstummel braucht

vierhundert Jahre, um sich im Meer aufzulösen. Worte, die nicht die Worte sind, für die sie stehen, sondern Worte, die ich zu benutzen gezwungen bin. Worte, die das Filtersystem für meine Worte ausstößt, will ich von mir berichten, von den Dingen, die mich belasten. Ich bin eine an Worten krankende, schreibende Person, die sich für Momente zurücknehmen muss und still auf einem Bett liegt, möglichst nackt, dass sich der ungebührliche Gebrauch mir fremder Worte über die Haut entlädt, mich über die Haut erneuert.

<u>Wirkung der Aufhebung</u>
Mit der Aufhebung der Annahme an Kindes Statt erlöschen die zwischen dem Annehmenden und dessen Verwandten einerseits und dem Angenommenen und seinen Abkömmlingen andererseits bestehenden rechtlichen Beziehungen. Gleichzeitig leben die rechtlichen Beziehungen zwischen dem Kind und seinen Verwandten aufsteigender Linie mit Ausnahme des elterlichen Erziehungsrechts wieder auf; das Kind erlangt seinen früheren Familiennamen zurück. Ist das Kind noch minderjährig, so kann das Gericht im Aufhebungsverfahren auf Antrag des Organs der Jugendhilfe den Eltern oder einem Elternteil das Erziehungsrecht übertragen.

Kurz vor dreizehn Uhr kommt der Bus aus Bad Doberan, in ihm die Schwester. Der Adoptionsvater ist in der Schule. Die Adoptionsmutter geht ihrer Hausarbeit nach, saugt, wischt, sorgt für Ordnung in der Flurgarderobe. Wenn ich sie nicht einweihe, ihr nicht sage, was für eine kapitale Situation ihr ins Haus beschert wird, handle ich ihr gegenüber nicht groß anders als sie mir gegenüber. Die Großmutter weihe ich ein, sie weiß Bescheid, hält dicht, gibt mir freudig Rückendeckung. Junge, sagt sie, hol frischen Schnittlauch aus dem Garten für den Quark. Zur Begrüßung der Schwester soll es Pellkartoffeln und Quark mit gelbem Leinöl geben.
So etwas Einfaches und einfach Gutes hat das Mädchen lange nicht gehabt, sagt sie, legt das Kautschkissen auf das

Fensterbrett nach hinten hinaus, sitzt am offenen Fenster, schaut über das Hühnergatter, die Obstbaumwipfel zur kleinen Erhöhung in die Landschaft hinaus, den Zipfel Straße zwischen Bäumen, von wo der Bus kommen muss. Ich stehe am Bushäuschen, fiebere mit der Großmutter dem Ereignis entgegen. Die Schwester, vom Krankenhaus entlassen, reist mit drei Koffern an. Ich lasse sie in meinem Jugendzimmer wohnen, übernachte auf der Omakautsch, im Zimmer über die Straße.

Die Schwester wird die Sensation unter meinen Freundinnen. Die Mädchen sind hellauf begeistert von dem weltfremden Neuankömmling. Achtzehn lange Jahre in einem Krankenhaus, achtzehn lange Jahre Treppenwischen, Wäsche wringen, achtzehn lange Jahre, ohne Ferien, ohne einen einzigen Besuch, außer dem durch meine Mutter, achtzehn lange Jahre mit vielen kranken Kindern unter einem Dach und doch ganz allein auf dieser Erde, achtzehn Jahre, wie hält man das nur so lange aus, fragen sie sich und wollen alle umgehend Schaden ausbügeln, Fehlentwicklung begrenzen, an dem armen Mädchen wiedergutmachen, aufholen, die Schwester ins Leben führen, das Mädchen aus dem Nichts, das Mädchen, das so keine Ahnung von Mode und Chic besitzt, ist auf den Stand der Moderne zu erheben. Die Schwester lässt sich geduldig die Haare auftoupieren, das Gesicht schminken, die Mädchen beweisen sich an ihr gegenseitig in ihrer Gestaltungswut. Das Aussehen der Schwester wechselt am Tag mehrmals. Ist das noch das Mädchen, das ich Tage zuvor am Buswartehäuschen in Empfang genommen, fragt die Großmutter amüsiert. Eine gut aussehende, toll aufgemachte Schwester tritt durch die Jugendzimmertür in die Welt hinaus und macht die unbedarfte kleine Schwester vergessen. Damals ungeheuer angesagt, die gehäkelte Maschenlochweste in Hellblau mit Fransen am Ellenbogen, Schlagärmeln, glitzernde Klunker, unzählige Ketten aus Bernstein, Holz, Knochen, Horn, Muscheln, Metall, Keramik, Glas, auf Faden gefädelt, Amulette aus Strandtreibgut. Er hatte sie lieb, er hatte sie wert, er nahm sie vor sich auf sein Pferd, er ritt mit ihr über Berg und Tal, bis dass sie zu ihrer Frau Mutter kam, die sie wohl nimmt in den Arm, bei der Hand, die Schwester läuft just zum Keller hinein zu holen die Kann mit Wein. Solange ich im Haus bin, ist die Schwester von allen Zwängen befreit, von jedweder Haushaltsverpflichtung abgeschirmt, unsere kleine Königin, kann sich gelöst als eine freie Person bewegen, neben dem gepriesenen eigenen Geschmack ausbilden, durchatmen, ausruhen, sich am Dasein erfreuen, das Besondere am Gewöhnlichen ertasten, mit dem Herzen empfinden; angeleitet und geführt von gleichaltrigen Mädchen, die ihr nicht lange in ihren Entwicklungen voraus sind. Drei Chinesen mit dem Kontrabass saßen auf der Straße und erzählten sich was. Da kam die Polizei: Ja was ist denn das, drei Chinesen mit dem Kontrabass. Alles ist möglich. Alles wird mit ihr unternommen. Die Großmutter deckt das Treiben, sagt zur Adoptionsmutter: Sind junge Leute, müssen sich doch austoben können, sind nicht anders, wie wir früher waren, nicht die Spur anders.

Bis zu einem bestimmten Zeitpunkt meines Lebens habe ich mich täuschen lassen. Nun wird man mir das nötige Wissen zu meiner Identität nicht verweigern, wie es mir von allen Beteiligten um die Adoptionseltern vorenthalten worden ist. Denn sie steckten alle unter einer Decke. Sie alle haben mir gegenüber vertuscht und gelogen. Niemand hat es gewagt, mich persönlich anzusprechen und mich auf die Mutterfährte zu setzen. Sie haben alle geschwiegen und ihr Wissen hinuntergeschluckt. Als wäre der Waise gegenüber lebenslang ihr Dasein zu verheimlichen. Als würde die Waise niemals Wind bekommen und anheben, nach der Wahrheit zu suchen. Als würde die Waise in dem künstlichen Pool der Adoption freudig und dankbar schwimmen und niemals auf eigene Faust das Schwimmbecken verlassen, Nachforschung tätigen und dumm ergeben wohlgefällig zum Mitläufer der Adoption werden wollen. Die Grenzen sind auszuloten und zu überschreiten, sobald es an der Zeit ist. Ein Schlusspunkt ist zu setzen, dass etwas neu beginnen kann. Und ist es so weit, wird keine Rücksicht mehr genommen und jede schreckliche Folge einkalkuliert. Die Adoptionsmutter musste ich zuerst vor den Kopf stoßen. Sie hat lange und dreist genug gegen mein Bestreben, mehr zu mir zu erfahren, gearbeitet, gegen meine Mutter, meinen Vater Kübel geleert. Was immer mit dem Vater war, und wer immer meine leibliche Mutter gewesen ist, sie hätte ihre Zunge hüten müssen, sich lieber die Zunge zerbeißen sollen, als gegen Vatermuttermein zu hetzen. Nun war es genug der üblen Reden. Nun hatte sie sich hinreichend böse gegen die unbekannten Eltern und somit auch gegen mich aufgeführt, sich abfällig geäußert und wie Speck in einer Pfanne ausgelassen. Jetzt ist diese Frau daran zu hindern, an mir schuldig zu werden, wie oft sie sich auch entschuldigt haben möchte, in all den Jahren. Auch wenn sie jedes Mal herzhaft angab, sie habe sich nicht zu helfen gewusst, habe übertrieben geredet, es gibt kein Recht für eine Adoptionsmutter, die Mutter, den Vater des Schutzbefohlenen Hure zu schimpfen und Taugenichts, Säufer, Verbrecher. Es ist daran nichts gut. Es hat verletzt und es schmerzt die Seele. Mein Leben lang wird da nichts gelindert.

Das unbelastete Beisammensein währt nicht lang. Immer kommt einem was in die Quere, wenn die Umstände gerade so günstig erscheinen. Ich werde in die Nationale Volksarmee verpflichtet, zum Dienst an die deutsch-deutsche Grenze gestellt, auf Friedenswacht am Zaun, hinter dem meine Eltern zu finden sind. Mit der Uniform am Leibe reift der Gedanke zur Flucht. Das Land verlassen, mit der Kalaschnikow in voller Montur. Am Postenpunkt einundvierzig, wo für die wilden Tiere ein Loch im Zaun gelassen wurde. Die Uniform wird meiner Muttersuche den Touch des politischen Aktes verleihen. Grenzsoldat flüchtet zur Mutter. Mein Bild in allen Zeitungen. Fluchtkind trifft Fluchtmutter. Ich will das Heil in der Flucht auf dem Pfad der Tiere suchen, wo es die zur Fluchtverhinderung ausgelegten Drähte, flach und stramm über den Boden gespannt, nicht gibt, die leuchtende Raketen auslösen, Alarm schlagen, Truppenteile wachrufen, Hetzhunde auf die Spur setzen, die mich jagen und reißen. Auf dem Bachstrom hängen Weiden, in den Tälern hängt der Schnee, muss nun unsre Heimat meiden, tief im Herzen tut mirs weh. Hunderttausend Kugeln pfeifen über meinem Haupte hin, wo ich fall, scharrt man mich nieder, ohne Klang und ohne Lieder, niemand fraget, wer ich bin. Lebe im gespaltenen Land. Trage einen gespaltenen Daumen an meiner Hand. Blitze spalten Bäume. Die Erdoberfläche sieht sich in Zeitzonen, Längengrade unterteilt. Chromosomen teilen sich. Zypern sieht aus der Perspektive der Zugvögel wunderschön aus und kein türkischer Norden, kein griechischer Süden ist auszumachen. In meiner Mappe oben befindet sich die Abbildung der Installation *Mutter und Kind,* eine in Formaldehyd gelegte halbe Kuh und das halbe Kalb dazu, von Damien Hirst. Auf dem Bild teilt sich das Sonnenlicht im Kunstwerk so schön in Strahlen auf. Das Halbierte von Sonnenstrahlen zusätzlich zerteilt und eingeschnitten. Buda wird mit Pest erst Budapest. Teilung herrscht. Das Hirn sieht sich von Furchen gekennzeichnet. Nach vorne, nach hinten, nach oben und nach unten, wie in dem Lied von Laurenzia mein, teilt sich das Hirn, in einzelne Lappen und Unterlappen. Ob sie mich gewollt haben oder im Büro ein Fehler unterlaufen ist, warum mich keiner als potentiellen Flüchtling verhindert hat, ist nicht zu klären. Ich versehe den Dienst an der deutsch-deutschen Grenze, das heißt, ich könnte abhauen. Sie gehen davon aus, ich wäre dem Staate treu ergeben. Sie halten mich nicht mehr für ein verlassenes Kind. Sie meinen, ich würde dem Vaterland danken, zu Dank verpflichtet auf eine Flucht verzichten. Und sehen nicht, dass ich, wenn ich die Sturmbahn nehme, unterm Stacheldrahtverhau robbe, mich scheuche, mir körperliche Fitness abverlange, mich

damit wappne, ihren Fängen zu entkommen. Als flüchtender Grenzer, wie sie ihn sich in allen geteilten Ländern hinterm Wall wünschen und für ihre Propaganda am besten verwenden können, komme ich an, lasse mich ablichten, verhören und steige aus der Uniform heraus, bin unter der Dusche, wasche mich rein von jeder Schuld, mache mich zur Mutter auf, beginne mein Leben als verspäteter Sohn.
Ich werde fliehen. Ich werde mit der Mutter sprechen. Ich werde ihr verzeihen, wenn ihr zu verzeihen möglich ist, weil ich ihr Sohn bin. Wir werden die Trennung überwinden. Man wird uns helfen. Die Schwester wird folgen. Wir werden eins und sind dann eine Familie. Finden wir uns nicht, werden wir landesweit suchen. Ich weiß den Weg über den Grenzzaun. Ich weiß, was zu tun ist, wo mein Durchschlupf auf mich wartet, Fuchs und Hase Gutenacht singen, Hirsch und Eber ohne Passkontrolle von Ost nach West und West nach Ost passieren, ohne dass ihnen etwas passiert. Auf allen vieren durch das Loch, durch das die Tiere schlüpfen, fahnenflüchtig und muttersüchtig, werde ich fliehen.

MAN DARF ES SICH nicht zu früh anmerken lassen, nicht vor seiner Zeit auffällig werden, wenn man abhauen will; die Frau finden, die meine Mutter ist, hinterm Zaun da drüben im Westen, auf der anderen Seite des Maschendrahts. Ich bin nicht allein an der Grenze auf Wacht. Der Dienst ist zu zweit zu verrichten. Ich muss dem anderen übergeordnet sein, ihm befehlen dürfen. Der Plan sieht wie folgt aus: Ich höre ein Geräusch im Wald. Ich schicke meinen Untergebenen auf Hinterlanderkundung. Ich sichere das Gebiet am Postenpunkt ab. Daran ist nichts absonderlich, ein normales Vorgehen im Krisenfall. In der Landschaft aber weiß ich eine Senke, in die der Posten verschwindet, was mir die Chance einräumt, für wenige Momente außer Sicht zu sein, mich gefahrlos zu entfernen und in den Westen abzuhauen. Ich kann einen Menschen nicht hinterrücks erschießen; für die

Flucht zur Mutter nicht einen Mord begehen. Ich muss im richtigen Augenblick losrennen. Aber der Posten, den ich ins Hinterland geschickt weiß, gehorcht mir nicht und schleicht hinter mir her, kriecht mir nach durch die Lücke, folgt mir auf dem Pfad der Tiere in den Westen, ist zugleich mit mir hinterm Grenzzaun, bringt uns in eine völlig unerwartete, neue Situation. Alles ist möglich. Ich denke an Sicherheitsdienst, sehe in ihm den Spitzel. Man hat Wind bekommen. Er ist auf mich angesetzt worden. Man wird mich verhaften und einsperren. Dann soll es so sein, denke ich, stehe da, rühre mich nicht, öffne die Hose, hole meinen Schwanz heraus, beginne zu pinkeln. Der Posten tut mir nach, vollführt den Akt mit seiner Linken, die Rechte bleibt am Gewehr. Steht breitbeinig und grinst, lässt sehen, was er hat und mich im Ungewissen. Er hält die Maschinenpistole. Da sind wir noch gar nicht richtig republikflüchtig. Wir stehen im Zwischenstreifen. Das Land, wohin ich fliehen will, beginnt hundert Meter weiter, am Waldrand. Wir finden keine gemeinsame Sprache. Wir stehen herum. Patt ist der gängige Begriff für die Situation. Es kommt nicht zum zündenden Funken. Wir laufen nicht auf und davon. Keiner muss die Dienstvorschrift bemühen. Der Posten dreht bei, er geht zurück, so schwer es mir auch fällt, ich trotte ihm nach. Drüben angekommen, sagt er: Hemann, das war richtig geil, Alter, hätte ich von dir nie gedacht. Bietet mir von seinen Zigaretten an, raucht, sagt: Schade nur, dass man so ein Ding hier keinem sagen kann. Der Plan war gut, sage ich mir, eben nicht perfekt. So weit mein Heldentum. Es gibt Alternativen, tröste ich mich. Blasius oder Scheewe, einer ein Chaot und gutmütig bis in die Socken, der andere ein Freak und auch ein bisschen rumgekommen in der Welt, auf einem Fischfangkutter vor Labrador. Einen von beiden werde ich in mein Geheimnis einweihen, dass meine Mutter drüben lebt, wir uns im Leben nicht gesehen haben, die Chance günstig ist. Es gibt sichere Anzeichen, dass sie nicht tratschen werden.

Dann kommt das nächste Unglück, das meine Fluchtpläne zunichtemacht. Die Nacht ist fast vorüber. Es dämmert schwach. Die Blaue Stunde bricht an, der lichtblaue Moment, an dem Nacht und Tag gleich schwach sind und dieses diffuse frühe Licht erzeugen, aus dem hervor ein einzelnes Licht vom Grenzzaun her leuchtet. An jenem ersten April sitzen wir hoch oben im Wachturm, sehen ein Licht am Zaun, das auf verschiedene Weisen dort hingeraten sein kann. Englische, französische, amerikanische Besatzungstruppenteile kehren von einer Party zurück oder sind auf kürzestem Weg hierherkutschiert, ihren Jeep demonstrativ entlang dem Maschendrahtzaun zu fahren. Eine Jagdgesellschaft stößt an den Grenzzaun, hält ihn für die Begrenzung einer Schonung, sucht nach dem Ausgang. Das Licht kann von den Unsrigen ausgestrahltes, einsames Blinken sein. Kontrollgangslicht. Besser, wir verdrücken uns ins Hinterland, hören Funksprüche ab, um zu erfahren, was es da so über das Licht heißt. Eine Zwickmühle. Meldest du das Licht an, kann es zum Sonderfall kommen. Die Schicht verlängert sich. Die Jungs sind sauer auf den, der vorm Schichtwechsel ein Licht am Zaun vermeldet. Bei der Rückkehr in die Kaserne kann dann der Spind umgefallen sein, die Türen haben sich im Fallen geöffnet, die Sachen liegen im Raum verstreut, das Bildnis der Freundin hat sich selbst entzündet, faule Fleischstücke stecken in deinen Turnschuhen. Wir melden nichts, aber die motorisierte Grenzstreife rückt an, von hoher Stelle in Kenntnis gesetzt, sucht den Zaun mit dem Motorradscheinwerferlicht ab und meldet kurze Zeit darauf das Fehlen einer Selbstschussanlage Höhe Wegesknick.

Wenn das wahr ist, können wir uns alle festhalten, so der Titel des Hörspiels vom Allerfeinsten, das nun beginnt. Unglaubliches Live-Radio. Postenpunkt fünfundsiebzig?, fragt ungläubig der Grenztruppenoffizier. Postenpunkt fünfundsiebzig, bestätigt der Grenzstreifenfeldwebel. Postenpunkt fünfundsiebzig, sind Sie sicher?, fragt der Grenztruppenoffizier. Zu Befehl, Postenpunkt fünfundsiebzig, mehr als sicher, bestätigt der Grenzstreifenfeldwebel. Wirklich eine Tüte weg am Postenpunkt fünfundsiebzig?, fragt der Grenztruppenoffizier. Tüte weg am Postenpunkt fünfundsiebzig, bestätigt der Grenzstreifenfeldwebel. Sind Sie sicher, fragt der Grenzstreifenfeldwebel, es ist erster April. Zu Befehl, Postenpunkt fünfundsiebzig, Tüte verschwunden, kein Aprilscherz, mehr als sicher.

Im weiteren Verlauf stellt sich heraus, dass vom Westen her eine Selbstschussanlage abgebaut worden ist, ohne Alarm ausgelöst zu haben, was laut Gebrauchsanweisung einer Selbstschussanlage nicht sein kann, faktisch ein Unding darstellt. Wir finden uns am Sammelpunkt ein. Es gehen viele Gerüchte durch die Reihen. Es heißt, ein General wäre mit einem Hubschrauber gelandet, ein weiterer Hubschrauber wäre ihm gefolgt, mit einem weiteren General an Bord, erkennbar beide an roten Hosenstreifen. Die Kaserne wird tiefenuntersucht. Wir stehen auf dem Exerzierplatz in halb offener Blockformation und wissen, dass da eine große Sache am Laufen ist, der Grenzzaun wackelt. Im Stabsgebäude putzen Uniformierte und uniformlose Herren die Klinken blank. Wir werden zum Verhör gerufen. Ich sitze dem Verhörer gegenüber, der behauptet, er wisse Bescheid, was am Kanten vorgefallen sei. Ich erwähne besser die Salami, die ich in der schmalen Brotbüchse gebrutzelt habe. Bei einem Verhör ist es angeraten, eine kleine Schurkerei zuzugeben. Der Oberverhörende aber zuckt nicht mit der Wimper, sondern sagt: Ich gebe Ihnen eine Viertelstunde. Ich rate Ihnen, sich reiflich zu bedenken, sagt der Verhörer, lässt mich eine Viertelstunde im großen Raum, kehrt zu dritt an den Tisch zurück, bekommt von mir gesagt, dass ich dem von mir zuvor Gesagten nichts hinzufüge, nichts zurücknehmen kann. Zur Nacht hin pocht mein Schädel, der Mond schaut mich wie ein Verhörspezialist an, was der andere Grenzer zu denen gesagt haben könnte, was sie von dem wissen, was mir im

Gehirn betreffs der Mutterflucht spukt. Es ergibt sich in den Folgewochen keine Gelegenheit mehr für mich zu fliehen. Wir werden entlassen, müssen Unterschrift leisten, über sämtliche Vorfälle an der Grenze fünf Jahre Stillschweigen zu üben. Ich überwinde den Zaun, wenn ich träume. Im Traum nur komme ich gut weg. Im Traum und auf allen vieren bin ich das wilde Schwein, das scheue ängstliche Reh, der Marder und der Fuchs, mache mich auf und davon.

Die armeebedingte Abwesenheit hat die Adoptionsmutter dahin gehend benutzt, die Schwester in den Stand einer Art Haushaltshilfe zu befördern. Sie darf sich nicht länger als Pop-Art-Diva kleiden lassen, den Freundinnen ist der Besuch untersagt. Statt zur Disko zu gehen, hat sie zu putzen, zu fegen, zu saugen, zu kochen, die Räume zu beheizen, das Geschirr abzuwaschen, das gute Silberbesteck zu reiben und was dem Ganzen einen I-gitt-Punkt aufsetzt, Wäsche zu waschen. Dem Mädchen, das schon als Kind Wäschestücke fremder Leute im Krankenhaus zu wringen hatte, Jahre hindurch gerubbelt, gewrungen, gewässert und auf Leinen gehängt hat, gestaltete sich mit jedem Tag meiner Abwesenheit das Leben zu einem immer trostloseren Band. Jeden Tag die gleiche monotone Kleinsklaverei, fern allen lebendigen Irrsinns eines Andy Warhol, dessen grelle Siebdrucke ihre Wände verschönern.

Von früh bis spät zu Diensten und unter dem Befehl der Adoptionsmutter, die sich aufführt, sich bedienen und bewirten lässt, die Schwester ausbeutet, die sich andere Behandlung erwarten darf als sich in Hausarbeit erschöpfen, zur Nacht hin in tiefen Schlaf zu fallen. Statt teilzuhaben an Leben und Amüsement, besorgt sie Einkauf und Abwasch, muss Staub wischen, Kohlen ins Haus schleppen. Zwei Eimer, die enge Hausflurtreppe empor. Die Dauerbeschäftigung im Haus der Adoptionsmutter wächst sich zur nach innen gekehrten Aufmüpfigkeit aus, dem festen Willen, der Plackerei ein Ende zu setzen, die Flucht nach vorn ins Krankenhaus zurück anzutreten. Weg nur weg, hämmert es in ihrem Hirn. Die Koffer liegen gepackt unterm Bett parat. In der Blauen Stunde, zwischen Nacht und Tag, Gähnen und Nebel gerückt, verschwindet sie, um dorthin zurückkehren, woher sie gekommen ist, ins Krankenhaus Stralsund, dem Heizer zu sagen, dass er ihr nicht weiter so schöne Augen machen und Komplimente darbringen muss, sondern sie ehelichen soll; sie wird ihm eine gute Ehefrau sein. Ihre Flucht gelingt. Ich reiße den Militärdienst ab, halte aus im Land.

Teil Zwei
Da bist Du ja

MUTTER, die; –, Mütter / Verkl.: Mütterchen, Mütterlein; / vgl. Mütterchen / Frau, die ein oder mehrere Kinder geboren hat, die Frau im Verhältnis zu ihrem Kind gesehen und bes. im Verhältnis des Kindes zu ihr: M. sein, werden; sie fühlt sich M. (fühlt, dass sie schwanger ist); sie ist M. geworden; die leibliche M. (Ggs. Stiefmutter); eine unverheiratete M.; eine gütige, liebevolle, nachsichtige, fürsorgliche, strenge M.; meine, unsere liebe, gute M.; Vater und M.; M. und Tochter; du wirst wie deine M. (ähnelst ihr); wie eine M. zu jmdm. sein; um jmdn. wie eine M. besorgt sein; umg. bes. berl. ich fühle mich wie bei Muttern (wie zu Hause); umg. sie ist die ganze M., ganz die M.; sie ist ihrer M. wie aus dem Gesicht geschnitten (ist ihr sehr ähnlich); die Aufgaben, alle Pflichten, Sorgen, Freuden einer M.; wir feiern heute Mutters Geburtstag; geh. wie geht es Ihrer Frau M.?; grüßen Sie die Frau M.!; sie fuhren im Abteil für M. und Kind, an Mutters Rockschößen hängen (nicht von ihrer Seite weichen, unselbstständig sein); einem Kind die M. ersetzen; an Mutters Stelle treten; Rel. kath. die M. Gottes (Jungfrau Maria); / bildl. / scherzh. M. Grün, Natur die grünende Natur: bei M. Grün, Natur übernachten, schlafen; / übertr. / seine älteste Schwester war ihm M.; sie war dem Fremden eine wahre M.; / sprichw. / Vorsicht ist die M. der Weisheit, salopp der Porzellankiste, dazu / in Verbindung mit Tätigkeiten, z. B. / Kuppel-, Pflege-, Ziehmutter; / in Verbindung mit örtlichen Hinweisen, z. B. / Haus-, Herbergs-, Landesmutter; / in Verbindung mit Tieren, z. B. / Löwen-, Rabenmutter; / ferner in All-, Älter-, Ball-, Braut-, Gottes-, Groß-, Kindes-, Königin-, Perl-, Puppen-, Schwieger-, Stamm-, Stief-, Urgroß-, Vize-, Wehmutter; bemuttern, Mutter, die; –, -n Teil der Schraube, der das Gewinde drehbar umschließt: die M. (an einer Schraube) lösen, (fester) anziehen, anschrauben; die M. lockert sich, ist locker, lose, dazu Flügel-, Rad-, Schraubenmutter.

Die Adresse der Mutter ist mir schon Jahre vor der Reise bekannt. Unter den Menschen, die mir begegnen, war eine Person, deren Interesse für mich weit über das normale Maß hinausging. Ich habe alle Informationen zur Mutter per Fax aus der Hand eines Pressesprechers zugeschickt bekommen, will sagen, der Pressesprecher hat für mich den nationalen Hauptcomputer angezapft, ich saß um neun Uhr am Faxgerät des Freundes, und die Angaben zur Person bildeten mehrere Seiten. Wohnort, Straßenname, Hausnummer, Telefon. Die Mitteilung sogar, dass die Mutter Schulden mache, ihr mobiles Telefon nicht immer pünktlich bezahle, nur ein mobiles Netz nutze. Ich hatte gegenüber dem Pressesprecher in etwa ausgeführt, dass eine Mutter, die Sohn und Tochter in einem Land zurücklässt und über die Grenze des Landes verduftet, gläubig der Kirche beitritt, Kerzen entzündet und fromme Gesänge singt, weil sie sich ihrer Last zu entledigen sucht. Die Pastorin unter den drei Seelsorgern im Mutterort gefiel mir auf dem ersten Blick. Ich nahm zu ihr Kontakt auf. Ich schickte ihr das Buch, in dem ich meine Kindheit, Jugend beschreibe. Sie solle selber entscheiden, ob und wie sie das Buch der Mutter zuspiele, wenn denn die Mutter sich in ihrem Kirchkreis befände. Am Telefon sagt sie, sie kenne meine Mutter. Sie habe das Buch gerne gelesen, sagt sie am Telefon. Sie möge Literatur. Sie hätte auch Literaturwissenschaft studieren können, aber da sei schlechter heranzukommen gewesen zu ihrer Zeit. Sie möge meine Poesie, die hintersinnige Sprache und sei überrascht, wie viel neben dem Text mitgeteilt werde. Ich solle es ihr nicht übel nehmen, aber für ein Kind aus dem Heim, sagt sie und hält dann inne. Sie rate ab und könne sich nicht vorstellen, dass diese Frau (sie korrigiert sich), Ihre Frau Mutter, also das Buch lesen werde. Sie habe, es gibt keine Zufälle, vor Kurzem an ihrem Bett gestanden, im Krankenhaus, die Mutter hätte etwas mit dem Herzen gehabt, sie müsse mir reinen Wein einschenken, selbst wenn sie sich irre, komme sie nicht umhin, mir klar ins Gesicht zu sagen, dass ich mir, nun ja, wie sagt man, ich nicht zu viel erwarten solle, ich wisse schon, wie sie es meine. Schließlich könne sie durch die Lektüre einschätzen, was für ein Mensch ich sei. Das solle nicht heißen, dass sie mich abhalten wolle, aber ich solle die Erwartungen herunterschrauben. Ich weiß nicht, ob ich ihr dankbar war. Ich weiß nicht, ob es an der Warnung gelegen hat, dass ich viele Jahre gezögert habe, die Mutter zu besuchen. Der Pressesprecher drückte auch Vorsicht aus. Es müsse alles unter uns bleiben, schließlich wäre so ein Unterfangen heikel, wenn nicht gar illegal; man könne nie wissen, schließlich sei der zentrale Personencomputer des Bundestages benutzt worden. Ein rechtlich schwieriger Sachverhalt, wenn es zur Sprache käme, auch wenn es in ihren Kreisen hieße, in einigen Jahren würden alle Bürger Zugriff haben können, sei dem nicht so, die allgemeine Weltlage, der Terrorismus, lasse eher den Schluss zu, dass die Geheimhaltung aufrechterhalten würde, man nicht Hinz und Kunz im Staate zentrale Informationen zugänglich machen werde. Er habe nur behilflich sein wollen. So weit, so lange her und viel länger her die Umstände, der Zeitpunkt, als wir uns begegnet sind.

Wir halten uns in der Wohnung des Pressesprechers auf. Der Pressesprecher stellt seinem Minister die eigene Wohnung gerne zur Verfügung, da der Minister dieses Mal Schriftsteller empfängt. Die zurzeit Interessantesten will er um sich haben, sie kennenlernen, sich mit ihnen austauschen. In der Küche waltet die Frau des Pressesprechers. Es wird (wie putzig ausgedacht und die Riege klammheimlich höhnend) Seezunge zum Treffen mit den Dichtern serviert. Ein Plattfisch mit ovalem, auf beiden Seiten stark abgeflachtem Körper.

Ein Fisch mit einem auffallend hellen Farbton. Im Durchschnitt dreißig bis vierzig Zentimeter lang. Interessant an der Seezunge wäre da, dass sie über zwanzig Jahre alt werden kann, wenn sie nicht gefangen wird, plaudert allwissend der Schriftsteller unter den dreizehn am Tisch befindlichen, den ich den fettesten von allen nennen möchte. Er ist dreist und dick. Er schreibt Krimis. Er schleimt sich in die Literatur nicht ein, er platzt da hinein wie Dick und Doof. Es redet zum Anfang nur er. Die anderen sitzen still und um Haltung bemüht an der festlichen Tafel. Dreizehn Stühle. Dreizehn Teller. Dreizehn Gabeln. Dreizehn Fischmesser. Dreizehn Servietten. Dreimal dreizehn Gläser für die dreimal dreizehn unterschiedlichen Getränke; Wasser, Wein, Sekt nach Belieben für die dreizehn Buchautoren. Dreizehnmal dann die Frage nach Wasser, Saft oder Wein. Dreizehnmal je die Antwort zum Gewünschten. Das braucht seine Zeit. Die nutzt der Dicke redlich, indem er pausenlos redet. Dreizehn kleine Tischdeckchen in Beige zähle ich. Dreizehn Kaffeetassen. Dreizehnmal schneeweiß gehalten. Dreizehn ist meine Zahl. Und solange der Fettwanst plappert, kommen mir Ereignisse mit der Zahl Dreizehn in den Sinn. Dreizehnmal gewinnt zum Beispiel Pete Sampras Grand-Slam-Turniere. Die Zahl Dreizehn steht in der Schweiz für den Bund der dreizehn alten Orte, dem Dreizehnerbund. Bach hat seiner Frau Anna Magdalena dreizehn Kinder geschenkt, will sagen, sie ihm, er hat sie gezeugt, wenn da nicht eins oder mehrere adoptiert worden sind. Das müsste ich nachlesen. Das weiß ich so aus dem Kopf nicht mit Sicherheit zu sagen. Wäre schön, von Bach zu wissen, dass er Kinder adoptiert hat, sie durch ihn an Kindes statt aus einem Kinderheim herausgeholt worden sind. *Dreizehn Spiegel meiner Seele* heißt ein Werk von Reinhold Messner. Der Hauer Alexej Grigorjewitsch Stachanow überbietet in seiner Kohlengrube im Donezbecken die gültige Arbeitsnorm um das Dreizehnfache. Desmoulins und Danton werden, ohne von einem Richter angehört worden zu sein, mit dreizehn weiteren Revolutionären auf der Guillotine hingerichtet. Das Dreizehnstreifenziesel trägt sieben gelbgraue Streifen auf dem Rücken, die mit sechs aus Tupfern bestehenden Streifen abwechseln; die Unterseite ist hellbraun gefärbt.

Das vierzehnte Gedeck gehört dem Minister. Sein Pressesprecher bezieht abseits der Tischstirnseite an einem Extratisch auf einem Beobachtungsstuhl Stellung. Der Herr Minister sitzt zentral und in der Mitte des gedeckten Tisches. Er sitzt dem dicken Schreiberling gegenüber. Dem ist das mehr als recht. Er kann ihn direkt ansprechen und volltexten, ohne dass ihm jemand dazwischengerät. Der Minister sitzt mit durchgedrücktem Rückgrat, wirkt leicht aufgeräumt, siegessicher bis erwartungsvoll.

Man habe auch von drei Kilogramm schweren Seezungen vernommen, redet der dicke Schriftsteller in lautem Vortragston auf den Minister ein. Was er zu sagen hat, sollen alle am Tisch vernehmen. Er beugt den Oberkörper zum Schwafeln vor, soweit es der Wanst zulässt, auf den Minister zu. Er wedelt zu seinen Worten mit einem Stift, just zu diesem Zwecke aus der Jackentasche hervorgezogen. Das hat etwas Degenfechterisches. Man denkt an d'Artagnan und seine drei Freunde Athos, Porthos und Aramis, den dicksten von allen vieren. Der Minister zuckt nicht. Der Minister sagt und verbietet nichts. Der Minister ist der Verteidigungsminister seines Landes. Da wird sich nicht vor einem Stift geduckt.

Die anderen Schriftsteller im Raum sind furchtsam und still am Tisch. Der Pressesprecher nestelt auffällig lange an seinem Hosenstoff Höhe Knie herum, wo tatsächlich ein Fussel Platz gefunden hat, den man nehmen könnte und von sich lösen. Aber er befreit sich nicht von ihm, streicht ihn glatt, nimmt ihn ab, setzt ihn woandershin, reibt ihn zwischen Daumen und Zeigefinger zu einem Kügelchen, schnippt es fort, derweil die Vorspeise aufgetragen wird. Der plappernde Dichter stopft wie nebenher die Vorspeise in das plappernde

Maul. Er sieht die Frau des Pressesprechers nicht. Er sieht die Vorspeise nicht einmal an. Er führt, ohne zu gucken, teilnahmslos und mechanisch den Löffel zu Munde. Das Kinn stupst einmal in die feine Soße auf dem Löffel, Suppe kleckert in die Schale zurück, kleine Aufprallspritzer beflecken die Serviette. Der Dicke rasiert sich die Haare ab. Hinweise darauf, dass er Haarwuchsfehler kaschieren will, finden sich nicht. Der glänzende Kopf des Dicken legt sich im Nacken in Falten, wobei Wulst das passendere Wort ist. Der Dichterkörper steckt prall in seinem Anzug, der wie ein Kondom wirkt. Das Jackett ist über den Leib kujoniert und wird demnächst aus allen Nähten platzen. Mir fällt ein Zitat ein, jüngst aufgeschnappt: *Das ist der vermaledeite Grabbe, oder wie man ihn eigentlich nennen sollte, die zwergigte Krabbe, der Verfasser des Stücks. Er ist so dumm wien Kuhfuß, schimpft auf alle Schriftsteller und taugt selber nichts, hat verrenkte Beine, schielende Augen und ein fades Affengesicht.*

ICH ESSE VON meinem Tellerchen. Ich sage höfliche Worte zur Frau Köchin, wie die Adoptionsmutter es mir beigebracht hat. Das gute Benehmen von A bis Z. All die Dichter am Tische verunsichern mich. Ich weiß nicht, was ich mit ihnen sollen will und wollen soll, fühle mich so fehl geladen, möchte nicht den Fettwanst, nicht den Minister im Raum als Kumpels haben. Schriftsteller zu einem Seezungenessen laden, denke ich, ist mehr als ein gediegener Witz. Menschen des Wortes Seezunge zu verabreichen, hat etwas. Ich traue es dem Pressemann zu. Der Minister scheint mir zu solch hintersinnigen Scherzen zu dröge. Ob der Herr Minister denn wüsste, dass bei der Seezunge in einer frühen Entwicklungsphase das linke Auge auf die rechte Seite des Kopfes wandere, pustet der dicke Dichter den Landesverteidiger an, gewährt ihm keine Denkpause, gackert und gluckst erfreut: Die Augen wandern aus. Die Augen hauen ab. Die Augen wechseln die Fronten. Die Augen der Seezunge sind Deserteure, biologische Überläufer, erfreut sich der dicke Dichter, dass er sich an einem Seezungenhappen aus lauter Heiterkeit verschluckt, zu prusten beginnt, Erstickungsanfälle hat, auch nicht mehr prustet, ehe er sich durch ein Schnauben und tiefes Luft-nach-innen-Ziehen ins Leben zurückmeldet, rot anläuft, dann explodiert, dass Seezungenfetzen und Speichelbatzen in Richtung Minister fliegen. Fällt wie der Sack nach hinten, wo er für bange Momente stumm verharrt und offenen Mundes daliegt. Eine angenehme Ruhe entsteht, ist aber nicht von Dauer. Ein hagerer Buchautor mit dem Aussehen eines freudlosen Chemielehrers nutzt die Redepause dahin gehend, das Wort an sich zu reißen; glattzüngiger als sein Vorgänger, im Tonfall eines Oberstudierten, gibt er sich besser unterrichtet als jener andere, näselt mit unverkennbarer Seitenhiebfreude gegen den angeschlagenen dicken Dichterkollegen: Das Maul mit seinen wenigen, aber teuflisch scharfen Zähnen befinde sich auf der augenlosen, man könne ruhig sagen, blinden Seezungenseite, was er als einen überaus wichtigen, für jedwede Vertreter der Schriftstellerei und Dichtung bedenkenswerten Aspekt erachte, im Wissen darüber, wie sich die Seezunge dem jeweiligen Untergrund geschickt anzupassen verstünde, was in der Kunst von Übel sei. Spricht fertig aus, schaut in die Runde, genießt den Nachhall seiner Worte. Die rumänisch-deutsche Lyrikerin neben mir stöhnt etwas Verbales in sich hinein, erklärt sich mir nicht, ringt nach Erklärung, will offensichtlich etwas zu mir sagen, der ich sie ansehe und nicke; kriegt aber nichts als ein mehrfach wiederholtes Ausatmen zustande. Meiner Meinung nach ist sie für die draußen vorherrschende kühle Jahreszeit etwas zu leicht bekleidet. Sie schaut mich hilfesuchend an, wohin mit dem Besteck, wo hinein die Gabel stechen? Ich mache es ihr vor. Sie tut mir nach, behält aber immer ihren fragenden Gesichtsausdruck bei, bis sie und ich im Gleichtakt aufgegessen und mit der Serviette die Lippen saubergewischt haben, der Pressesprecher sich erhebt, einen silbernen Füllfederhalter gegen das Weinglas in seiner Hand klopft, ein paar Worte zur systematischen Einordnung der Seezunge zu der Familie *Soleidae* verliert, beheimatet in den flachen Küstengewässern der südlichen Nordsee, wo sie sich sammelten und laichten, dort also, woher er selber gebürtig stamme; und erteilt sodann dem Minister das Wort, der die Gelegenheit ergreift und loslegt, am Ende die Redezeit überzieht, als übe er für den Bundestag. Von den Anwesenden gelingt es dem Pressesprecher am besten, volle Aufmerksamkeit zu heucheln. Der dicke wie der hagere Dichter stehen ihm dabei kaum nach. Den einen Arm auf der Stuhllehne abgelegt, das Kinn auf den Handrücken des aufgestützten anderen Arms getan, die Körperhaltung somit passend zum untertänigen Ausdruck von Vigilanz mit einem leichten Lächeln im Gesicht, lauscht der Pressesprecher, als habe er Freude an den alle einlullenden Worten des Ministers. Ich bin unter Algen geraten, lauter sich wiegende, immergrüne Leiber am großen Tisch, von dem weg mich die Frau des Pressesprechers zu sich in die Küche lockt, als ich von der Toilette komme.

Wenn der Minister erst einmal am Reden ist, haucht sie und verdreht die Augen. Wie angenehm verunsichert ich wirke, wenn nicht gar genervt, flüstert sie vertraulich, sagt, dass sie den rachitischen Chemielehrertyp von Schriftsteller so wenig möge wie ich den aufgeblasenen kahlköpfigen Luftblasenballon. Ich solle mich zu ihr setzen; in die Ecke, an den kleinen Tisch; von der Nachspeise kosten, der es an etwas fehle; sie wisse nicht zu sagen, woran, sagt, das Rezept stamme aus Cambridgeshire, gibt kund, Cambridgeshire wäre für seine Aale einstmals bekannt gewesen; ein Blauschimmelkäse stamme von dort, das Dorf dazu heiße Stilton, wenn sie sich den Namen richtig gemerkt habe. Eine weitere Spezialität der Gegend sei Figdget Pie, eine Art Wackelauflauf. Speck, Zwiebeln, Äpfel, Kartoffeln, schwarzer Pfeffer, Apfel im Teigmantel, ähnlich unserem nordischen Himmel und Höl-

le. Äpfel, sagt sie so freundlich gestimmt, die Kartoffeln des Himmels.
Ich koste die Nachspeise und mache Muskatnuss als fehlende Komponente aus. Sie kramt aus dem Küchenschrank Muskatnuss hervor, dankt und rät, flink zu den anderen zu huschen, wir würden uns später sprechen, sie gäbe mir ein Zeichen. Als sie dann in bläulichen Schalen die Nachspeise reicht, nickt sie mir im Abgehen anerkennend zu. Muskatnuss, wer hätte das gedacht.
Es wird gegessen, geredet und nach dem Mahl geraucht wie unter Männern. Ich dürfe mich ruhig erdreisten, sie mutig um einen Wunsch anzugehen, ihr etwas Persönliches abzuverlangen, fordert die Frau des Pressesprechers beim nächsten Stelldichein in ihrer Küche; als Dank für den Muskatnusstipp. Ich sage, ich stelle mir die Frage, was ich unter all diesen seltsamen Literaten zu suchen habe, und bei einem Minister, der nicht die Spur von Nähe zur Literatur erkennen lässt. Sie und ihr Mann, verrät sie selbstbewusst, hätten sich das ausgedacht. Sie wüssten beide Bescheid über mich, kennten alle meine Bücher, wüssten sogar, was mir im Kopfe rumore. Die Mutter, sagt sie und sieht mich erwartungsvoll an, der Vater. Zwischen den Zeilen spüre man die Mutterproblematik. Sie hätten ihren heimlichen Literaturstar mal von Angesicht kennenlernen wollen, so am gleichen Saum der gleichen großen Ostseeküste wie sie aufgewachsen, so am gleichen Wasser erwachsen geworden, wenn auch jeweils auf der anderen Seite der Ostsee, in einer völlig anderen Gesellschaftsordnung. Es flösse ein Blut durch unsere Adern, unsere Gedanken zeichneten sich durch nahezu identischem Salzgehalt aus. Ihr habe es die Seezungenpassage so angetan, sagt sie, in meinem schönsten Buch, wie sie findet, all meine Bücher seien toll; der Text, den sie meint, befände sich auf der drittletzten Seite. Sie holt das Buch hinter dem Rücken hervor, in dem die besagte Stelle mit einem Lesezeichen markiert ist. Sie steht und hält für eine Weile die Luft an, senkt den Kopf, schlägt die

Augenlider nieder, legt, ohne aus dem Buch abzulesen, wie ein Schulmädchen beim Text-auswendig-Aufsagen los: *Für mich allein eine Seezunge bereiten, kann ich nicht, es nimmt mich zu stark gegen die hungernde Menschheit ein. Anders verhielte es sich, sollte je eine Frau daherkommen, mir eine Seezunge manierlich zubereiten. Ich höhnte meine weltenhungrige Engstirnigkeit. Ich ließe meinen Gaumen sich hoch erfreuen. Aus innigem Fühlen hervor belobigte ich die Seezungenzubereiterin wie meine leibliche Mutter nie.*
Ihr Mann, der Pressesprecher, steht in der Küche, klatscht leisen Beifall, lobt den fehlerfrei gesprochenen Vortrag. Die Frau jauchzt in sich hinein, öffnet die Augen, zeigt Mühe, sich in ihrer Küche zu orientieren, wirkt durch den Vortrag verwirrt, sagt, sie sei so froh und stolz, diejenige Person gewesen sein zu dürfen, welche mir Seezunge dargebracht hätte. Ich solle mir einen Ruck geben, den Pressesprecher hier und heute beauftragen, die Mutter für mich ausfindig zu machen. Vorname, Nachname, irgendeine dritte Angabe reichten völlig hin. Es muss doch vorwärtsgehen, sagt sie, hakt mich unter, führt mich ins große Zimmer zurück, wo der dicke Dichter den Minister im Stehen bespricht, ihm erklärt, wie viel besser und weise von ihm gehandelt es sei, die Tochter ein Studium in Amerika beginnen zu lassen, weil Amerika ein wundervolles Land sei, er am liebsten in Amerika leben würde, wenn er es sich leisten könnte.
Kein Mensch kann über sein Temperament hinweg. Die ganze Situation ist entschieden peinlich. Ich bin abwesend anwesend. Mich stört die glitschige Ergebenheit, dieses Zum-Munde-Reden nicht weiter, ich will raus und finde bei einem Erfolgsautor, der nach dem Essen losmuss, weil er, wie er sagt, mit einem Stück am großen Theater der Stadt Premiere habe, Mitfahrgelegenheit. Wir sausen auf seinem Motorrad in Richtung Stadtzentrum. Er setzt mich bei mir zu Hause ab, wo ich nicht zur Ruhe komme, keinen Schlaf finde und frühmorgens die angegebene Nummer wähle, die Frau des

Pressesprechers prompt an der Strippe habe, wie man so sagt, die mich augenblicklich mit ihrem Mann ins Büro des Verteidigungsministers verbindet, der Freude darüber ausdrückt, wie rasch ich mich in der Angelegenheit gemeldet habe. Er wolle mir bei meiner Mutterfindung behilflich werden. Ich sage den Vornamen und den Nachnamen der Mutter, gebe als weiteres Detail das Wort Rose an. Mehr hat auf dem Schmierzettel aus dem Nachlass der Adoptionseltern nicht gestanden. Wir lebten heutzutage im Zeichen der Drei, jubelt der Pressesprecher am anderen Ende der Leitung. Drei Dinge bräuchte es für den großen Personalcomputer. Der dreibeinige Stuhl kippe nicht. Drei Gliedmaßen brächte der Bergsteiger fest am Berg unter, sagt er blumig, wohl um einem schreibenden Menschen wie mir zu imponieren, um mit der vierten, freien Gliedmaße den Gipfel zu stürmen. Her also mit dem wenigen Wissen und ab damit in die Suchmaschine, alles ihr zum Fraß vorgeworfen und schon kann ein Geheimnis nicht länger ein Geheimnis bleiben, die Mutter werde sich nicht vor dem Sohn ins sichere Grab retten. Ich sitze den Tag darauf am Faxgerät. Pünktlich um neun Uhr setzt sich das Faxgerät in Bewegung, spuckt etliche Seiten aus, in denen ich zum einen Kenntnis darüber erhalte, wohin sich meine Mutter verkrochen hat, zum anderen eine mobile Telefonnummer mitgeteilt und zu lesen bekomme, dass die Mutter keinen Festanschluss besitzt. Ich speichere die Nummer unterm Stichwort MUTTER in das Register meines mobilen Telefons und unternehme daraufhin drei lange Jahre nichts weiter, als mich in der festen Gewissheit zu wähnen, nach fünf Jahrzehnten Trennungsphase jederzeit aufbrechen und bei der Mutter auftauchen zu können. Ich nehme es mir vor und verwerfe den Gedanken wieder und wieder, um mich zu beschwören, fünfzig Jahre hindurch hat es des Sohnes nicht bedurft, es gibt keinen nennenswerten Grund, nach solch einer elenden Zeitspanne in Hektik zu verfallen.

Vor dieser Reise liegen andere Reisen. Ich bin sechsunddreißig Jahre. Ich fahre nach Nienhagen, das Heim ansehen, um das Haus herumgehen, das drei Jahre lang meine Heimstatt war. Wie bekannt mir nach dreißig Jahren das Haus vorkommt und zum Heim das Tor, die Gartenpforte, die da ein Dasein gefristet hat zwischen zwei krummen Pfeilern, leicht schief gen Himmel gerichtet, in trostlos rostigen Verankerungen. Rechts und links faustdicke Lücken, durch die Katze und Hund mühelos hindurchschlüpfen. Die Hecken weiß ich leicht mit Schneepulver bestäubt, oder es handelte sich um eine Weißdornhecke.
Es gibt keine Stunde Null. Kein Tag lässt sich bestimmen. Es ist keine Zeit für Chronologie. Ich lüge, wenn ich die Reise zu Mutter als wichtigste Reise meines Lebens nenne. Ich spreche wahr, wenn ich die Reise nach fünfzig Jahren Trennung als gewagt und niederschmetternd für mich bezeichne, weil ich mir vom Besuch bei der Mutter keinerlei Linderung erwarten darf. Ich hätte fliehen können, nachdem ich das halbe Jahr ausgebildet worden bin, Fluchten zu verhindern, an der Grenze Wache zu schieben, im Frühtau vallera, grün schimmern wie Smaragde alle Höhen, vallera, wir wandern ohne Sorgen singend in den Morgen noch ehe im Tale die Hähne krähen, ihr alten und hochweisen Leut, vallera, ihr denkt wohl wir wären nicht gescheit, vallera, in dieser herrlichen Frühlingszeit, wir sind hinausgegangen, den Sonnenschein zu fangen, kommt mit und versucht es doch auch einmal. Auf der Rundreise von Heim zu Heim und zu den Stätten meiner Frühgeschichte wandle ich über den fußschmalen Weg am Sportplatz vorbei zum Waldstreifen hin, durch das Wäldchen genannte Teilstück zur Steilküste, um an meiner Stelle wieder am Geländer die breiten Stufen der Treppe zum Strand hinabzugehen, von dort bis an meine Lieblingsstelle, meinen Aussichtsturm, meinen früheren Ausruhpfosten, um die Einsamkeit von damals auszuleben, in die es mich immer wieder gelockt hat. Jahre später sitze ich also wieder mit dem

Rücken gegen den Pfosten gelehnt, suche mit dem Herzen herauszufinden, was ich wohl gefühlt haben mag.
Der Wind ist lange Zeit meine Mutter. Der Wind wischt mir die Tränen fort. Der Regen ist eine Zeit lang meine Mutter. Regen nässt mein Haar. Die Wellen der Ostsee sind meine Mutter. Die Wellen wiegen meine Gedanken. Ich halte mich an meinen Schwimmreifen geklammert über Wasser. Die Sonne ist meine Mutter. Der kalte Mond am Himmel ist meine Mutter. Zur Nacht ist die rabenschwarze Nacht lang meine Mutter.

Ich bin an der Ostseeküste, mache lange Spaziergänge, denke nach, und ich erinnere mich nach Jahren der Abkehr im Grunde an keine Herkunft, wie ich zwar die Namen der Orte zu benennen weiß, aber nirgends zu Hause bin, keine Heimat habe, mich den Leuten nicht zugehörig fühle, den Menschen gegenüber fern bleibe, mich von den Leuten nie entfernen konnte, weil sie mir nicht nahe waren, sie mich der Bestimmung überlassen haben.
Ich stehe auf dem Hügel. Ich sehe über Landschaft. Alles was vor mir ausliegt, ist gut einsehbar. Nichts ist abstoßend zu nennen. Ich bin zurück. Ich verweile an den Orten, die früher zu mir und meinem Leben gehörten. Niemand außer mir weiß davon, weiß, was ich fühle, wie ich empfinde, wenn ich vor einem Haus stehe, in eine Straße gehe, an einem Zaun stehen bleibe und etwas mit der Hand berühre, was es für mich zu schätzen gibt, in der mir fremd gebliebenen Heimstatt. Ich gehe Wege und fühle mich der Region wieder verbunden. Die Heimleiterin könnte gestorben sein. Die Köchin liegt längst begraben wie auch meine Adoptionseltern.

Es regnet. Es gibt Schwierigkeiten mit den Scheibenwischern. Ich halte an, verlasse das Gefährt, fummle an den Scheibenwischern, lasse sie zwei-, dreimal gegen die Scheibe klatschen, sitze wieder hinterm Lenkrad und freue mich,

dass sie wieder funktionieren. Die Adoptionseltern sind gestorben. Ich bin mir meiner Einsamkeit auf Erden bewusst. Ich bin so allein wie nie in meinem Leben und zu der Frau unterwegs, die nie meine Mutter war, aber doch meine leibliche Mutter ist, mich geboren, mich verworfen hat, alles begonnen, alles ausgetragen, alles beendet, mich ausgelöscht und nie mehr ausgelöst hat, mich in diese Einsamkeit hineingestoßen hat, dieses tiefe Loch, das meine lebenslange Grube ist. Ich bin auf dem Rastplatz nahe der Autobahn. Ich trockne irgendwo die Hände an dem Papier aus dem Papierspender neben dem Waschbecken, ziehe mit dem feuchten Finger die Augenbrauen nach. Ich gehe zur Toilette hinaus. Ich sitze im Wagen. Ich weiß wieder, dass es mir eine Zeit lang unmöglich gewesen ist, schwimmen zu gehen. Ich sah die Haut mit Muttermalen übersät. Zeichen leuchteten auf. Zeichen brennen heute wieder, wenn ich die Erinnerung belebe. Muttermale blühen auf und nehmen rapide an Zahl zu, wenn die Haut mit Wasser in Berührung kommt. Fruchtwasser. Brandblasen. Fruchtblase. Löschwasser, denke ich, sehe mich im Heim in der Badewanne. Zum Glück bin ich allein. Zum Glück bekommt niemand etwas mit. Zum Glück sieht außer mir niemand die Muttermale blühen und zahlreicher werden. Sie erscheinen und breiten sich aus. Sie rücken auf meiner Haut dichter zusammen, bilden Gruppen, rudeln, flirren bis meine Haut ein Himmel ist aus Muttermalen. Wie Sterne leuchten, sehe ich mich in eine von geheimer Wasserzeichenschrift beschriebene, mir zunehmend fremder werdende Haut gepfropft.
Ich stecke in einer Haut, die mich von innen her beschriftet. Mit Botschaften überzogen sehe ich mich, die einzig von der Mutter stammen können. Die Mutter schreibt an mich. Sie schreibt aus mir hervor. Ich fürchte die Schrift, weil ich die Mutter in ihr nicht erkenne, von der Mutter auch nichts weiß; die mir unter die Haut gefahren ist und nun versucht, als Schrift durch die Haut zu mir aufzubrechen. Ich sitze

steif am Rand des Strandes. Den Kopf gesenkt, als suchte ich etwas im Sand vor mir. Man lässt mich sein, wie ich momentan bin. Von der Gruppe entfernt, wünsche ich in dem Moment, mir könnte die alte Haut abgestreift und eine neue Haut über den Leib gestülpt werden. Eine frische, frohe Haut. Eine Hülle ohne die quälenden Male. Notfalls hautfrei leben, von Muttermalen verschont. Und plötzlich sehe ich mich als wasserscheuen Menschen, der den Leuten allzu oft rätselhaft ist. An der Ostsee groß geworden, drängt es mich an heißen Tagen nicht zu schwimmen, den Körper im Wasser abzukühlen. Die Liebste hat längst aufgegeben, mit mir in einer Badewanne zusammen sein zu wollen. Ich gehe nicht an Strände. Ich gehe nicht in Hallenbäder. Ich meide Demonstrationen, bei denen man mich mit Wasser bewirft. Ich meide Regen. Ich steige mit anderen Menschen in kein Wasser hinein. Ich dusche nur daheim, wenn ich mich allein weiß. Ich meide jeden Wasserstrahl. Ich schließe mich ins Badezimmer ein. Ich gehe angekleidet hinein und komme vollständig angekleidet wieder heraus. Es ist mein Geheimnis. Es geht niemanden an, was mit mir im Badezimmer geschieht.

Ich erlebe den ersten schönen Sommer. Ich bin nackt. Es kommt ein Gewitter auf. Ich stehe im Regen. Ich schaue zu den dunklen Wolken hinauf. Ich sehe die Regentropfen bedrohlich auf mich zu rasen. Regentropfen klatschen in mein Gesicht. Ich erlebe das schlagende Glück. Kleine stupsende Ohrfeigen erquicken mich. Ich bebe. Ich verliere Körperwärme. Ich zittere und halte die Hände gen Himmel, will alle Regentropfen greifen, sie in meinen Handschalen sammeln, wie kleine Perlen in meiner Hand halten. Schaut euch dieses Kind wieder an. Was mit ihm ist. Sie holen mich heim. Ich sehe mich gegen meinen Widerstand ins Heim geführt, in die Wanne gesteckt, abgerubbelt, ins Bett gewickelt; und verwundere mich, sehe, was andere nicht an mir sehen. Dass ich von Muttermalen übersät bin. Dass meine Haut wie eine

Blumenwiese dunkelviolett erblüht, eine Muttermalwiese ist. Alles kommt vom Wasser her, denke ich. Und also will das Kind unter keine Wasserdusche mehr kommen. Also wehrt sich das Kind mit Händen und Füßen, von der Mutter verschandelt. Führt sich hysterisch auf, der unsichtbaren Male wegen, die schmerzen, wo sie erscheinen, böse Male sind, mir die Haut von innen her verbrennen. Eine tödliche Weide, ein brennendes Hautfeld.

Wissenschaftler des Kings College in London haben zweitausend Zwillingspaare untersucht, die Länge der Chromosomenenden (Telomere) mit der Anzahl der Leberflecke verglichen und je nach Anzahl der Flecken die Probanden in zwei Gruppen eingeteilt, wobei nach der Auswertung die Gruppe mit mehr als hundert Leberflecken auch die längeren Telomere aufwies als die Gruppe mit weniger als fünfundzwanzig Leberflecken. Telomere bilden die Endstücke von Chromosomen. Mit zunehmendem Alter verkürzen sie sich parallel zu den durchlebten Zellteilungen; je mehr Zellteilungen, desto kürzer sind die Telomere, je kürzer sie sind, desto älter die Zelle und damit auch der Mensch. Telomere sind wie Endstücke von Schnürsenkeln, die verhindern, dass die Chromosomenschnüre ausfransen. Je mehr Leberflecke ein Mensch auf seiner Haut versammelt, desto weniger kann ihm der Alterungsprozess was anhaben, umso intensiver wird er dem Tod widerstehen, wenn er Glück hat, wird er deutlich langsamer als andere Menschen altern. Ich will die Flecken auf meiner Haut, die sich unter Wasser bilden und an Zahl zunehmen, nicht. Die Heimerzieherin singt scherzend: Ich fand das ganz große Glück mit dir im Zug nach Osnabrück, Wir fingen an zu schmusen, beim Halt in Leverkusen, dein süßes Muttermal, fand ich in Wuppertal.

Ich fühle Bienen unter meiner Haut. Ich spüre wieder dieses Flirren in der Luft und das Flirren von tief innen her. Der Körper, zur Muttermalwabe gewandelt, ein gutartiger Hauttumor, der aus Blutkapillaren bestehend, verschieden gefärbt, je nachdem, ob die Kapillaren arterielles oder venöses Blut führen. Ungefährlich nie, diese Feuermale. Gezielte Behandlungsmethoden, die man je nach Art und Lage des Fleckes anwendet, sind elektrische Verschorfung, Radium in geringer Dosierung, Unterkühlung mit Kohlendioxid und die Entfernung durch herkömmliche Chirurgie oder mit Laser. Ich werde den Gedanken nicht los, dass ich ein Wespennest bin und Wespen zu meinen Öffnungen ein und aus fliegen, in mir über Generationen lebend, sich ausbreitend, mir von innen her die Haut beengend. Meine Haut, die nicht die Haut des Kindes ist, das sich seiner Mutterhaut sicher sein kann, sondern eine auferlegte, fremde Haut, als Ersatz für die Mutterhaut, die mir abgezogen worden ist, und in tausend Fetzen zerfiel. Nichts anderes als Transplantation ging mit mir vonstatten, als die Adoptionseltern mich als ihren Ersatzsohn auserkoren, mich in ihr Haus und Leben versetzten. Transplantation. Verpflanzung von Gewebe oder Organen, von einem Lebewesen zum anderen. Herz, Leber, Niere, Knochenmark, Hornhaut, Auge, Bauchspeicheldrüse und Haut. Was transplantiert werden kann, wird verpflanzt. Warum nicht die Krönung? Warum nicht einen Menschen wie Herz und Lunge gemeinsam in eine kinderlose Beziehung transplantieren? Der Patient überlebt, wenn das Kind den neuen Eltern gefällt. Das Kind kann sich nicht beklagen und Einspruch dagegen geltend machen, dass man es verpflanzt hat. Die Verpflanzung der Bauchspeicheldrüse nutzt Personen mit Diabetes. Knochenmark transplantiert man bei Krebserkrankungen und Leukämie. All diese Eingriffe sind mittlerweile medizinische Routine und verlaufen bis zu einem gewissen Grad erfolgreich. Man kann sich auf schwierige Operationen spezialisieren, wie im französischen Lyon, wo man erfolgreich eine Hand samt einem Teil des Unterarmes transplantiert hat. Drei Jahre später wird dem Patient auf dessen Wunsch hin die transplantierte Hand wieder abgenommen, weil ihm die neue Hand see-

lische Qualen bereitete, er sich wegen ihr zur Einnahme von Immunsuppressiva gezwungen sah und es zu Belastungen kam. Ich bin das Organ bei der Transplantation, nach dessen Befindlichkeit und Immunsystem nicht gefragt wurde. Und natürlich wurde mit dem ersten Tag der Adoption eine Abwehrreaktion ausgelöst. Man hat versucht, die Symptome zu unterdrücken. Man hat sich zielstrebig gegen die Natur des Kindes verwendet. Ich bin durch die Unterdrückung meiner Persönlichkeit als Transplantationsobjekt die ganze Adoption lang anfällig für Infektionskrankheiten. Die Adoption folgt der sogenannte Graft-versus-host-Reaktion. Transplantat gegen Wirt. Die Adoption hätte abgebrochen und verhindert werden müssen, als ich mich zu meinen Ungunsten veränderte, für keine Lockung mehr empfänglich zu machen war. Es wäre keine weitere Abstoßung zu erwarten gewesen, wenn man mich aus der Adoption genommen und ins Heim zurückgebracht hätte. Ich bin ein gebrandmarktes Kind, stecke in einer Brandhülle und entwickle während meiner Adoptionszeit spezielle Absonderungen und Substanzen, die meiner Brandhaut genehm sind. Dieser Haut, in die ich gezwungen wurde, in der ich stecke, die schmerzt und nach Linderung schreit.
Ich bin am Strand meiner Kindertage unterwegs, spreche mit angeschwemmten Hölzern, abgetriebenen, angetriebenen Flaschen, denke mir zu textilen Fetzen wie dem an Land geworfenen Jackenärmel fantastische Geschichten aus. Ich sitze an meinem Meer, sitze ihm in gebührender Entfernung gegenüber, schaue dem Treiben der Wellen zu und spüre den Tidenhub meiner Seele. Höhen. Differenzen. Wasserzwischenstände. Niedrigpegel. Hochwassergefahr. Bewegungen. Gezeiten. Ich fühle mich wie der Armlose, der den weggeschnittenen Arm als Phantomschmerz spürt und der seinen verlorenen Arm so täuschend echt wahrnimmt, dass er ihn hebt und mit der fehlenden Hand nach einer Sache greift, die er nicht zu fassen bekommen wird. Ich setze mich

den Anziehungskräften zwischen Erde, Mond und Sonne aus und bilde mir ein, Bestandteil des Universums zu sein, überdurchschnittlichen Kräften ausgesetzt. Das Wasser steigt unmerklich. Flut zieht auf. Wasser fällt und leitet die Ebbe ein, das Auf und Ab des Wassers, durch mich bestimmt wie der volle und der neue Mond. Ich spüre mein Wirken bis in meine Fingerspitzen. Ich sitze im Sand am Boden. Meine unheimlichen Kräfte lähmen mich. Ich möchte wie jeder normale Mensch nicht Gezeiten spüren.

Es treibt mich aus meinen Verhältnissen ans Meer, in den Sturm, zu den Böen. Ich kann gar nichts dagegen tun. Ich muss die Stadt verlassen, dem Meer gegenübertreten und meine Tidenhubschübe auf mich wirken lassen. Immer um die gleiche Zeit. Immer in denselben Wochen der Monate Februar und November treibt es mich an fremdländische Küsten, wo ich mich den Gezeiten ausliefere, mit Gezeitenspitzenwerten von bis zu fünf Metern. Das Meer, auf das ich sehe, arbeitet unverdrossen gegen die glitschigen, ins Meer einfahrenden Bunen an. Mich ergreift heftiges Kribbeln. Ich mag Irland, weil der Tidenhub dort groß ist. Ich folge dem irischen Tidenhubsog. Ich entkleide mich, wenn es so weit ist, und stehe nackt im irischen Wasser, um die Schübe die Beine empor zu verfolgen. Ich gehe tiefer ins Wasser hinein. Ich lege mein Kinn auf die Wasseroberfläche, um mit der Kinnspitze die Tidenhubspitzen zu empfinden, mich dem Tidenhubgefühl ungehindert auszusetzen. Ich möchte im irischen Wasser stehend sterben. Ich bin immer kurz davor, mich zu ertränken. Etwas bewahrt mich vor diesem freiwilligen Tod, reißt mich los und zurück in die Wirklichkeit, kehrt mich um, kleidet mich an, rubbelt und scheuert mir meine Glieder, den zitternden Leib, der mich rüttelt und schüttelt, bis ins Mark erschüttert, mich antreibt, Laufstrecken zu absolvieren, entlang der Strände vor mir, um zu rennen, bis der Schweiß so aus mir herausbricht, ich mich fallen lassen kann, flach liege, glücklich bin wie nach einem überstandenen Fiebertraum. Das Meer auf Meeresspiegelhöhe erleben. Bei den Steinen sein. Im kalten feuchten Sand. Die Hände tief in diesen Sand graben. Das traurig-schöne Gefühl von absoluter Verlassenheit erlangen, das mich an einem Strand ergreift, zu haltlosen Tränen hinreißt, kaum dass ich mit meinem Körper kaltfeuchten Sand berühre; wieder der kleine Junge von damals sein. Ich gerate in die Waisenvergangenheit zurück. Ich kann einem Seehund gleich heulen und mich verlachen und leise murmeln, lallen, singen, rauslassen, was mich innerlich bewegt: Zu den Steinen stehen, die wie du Gefangene sind auf sandig-gelbem Grund, unterhalb der Uferböschung, den Blick gen Himmel, immerfort, auf dem Kippelrand der Steilküste, mit meinen beiden kindlichen Augen, um Jahre gealtert, ein Bruder mir.

Ich habe den sicheren Schreibtisch verlassen, um mich auf den Weg zur Mutter zu machen, in das Erinnern. Kennst du das Haus, auf Säulen ruht sein Dach, es glänzt der Saal, es schimmert das Gemach und Marmorbilder stehn und sehn mich an: Was hat man dir, du armes Kind, getan? Dahin, dahin möcht ich ziehn. Das Haus Sonne steht in meinen Tagträumen in allmorgendlicher Frühe. Lichte Helle ist. Die Erinnerung mahnt an, dass es eventuell gar nicht geschneit hat, Pflanzenflaum von den hinter dem Haus stehenden hohen Pappeln durch die Lüfte geweht worden ist wie in Fellinis Film *Amarcord*, gedreht in Fellinis Heimatstadt Rimini. Amarcord heißt ja zu Deutsch auch nichts weiter als: Ich erinnere mich. Ich erinnere mich heißt amarcord. Ich bin das Kind aus dem Mutternichts, bin ein Dschungelkind.
Ich sehe immer die Haustür des Kinderheims in Nienhagen, die Tür, durch die Generationen von Kindern ins Kinderheim hineingegangen und hinausgegangen sind. Die Tür ist nicht mehr. Sie ist zugemauert worden. Du kannst sie anhand schwacher Konturen nachempfinden. Das wird entdecken, wer sich auskennt, wer die Tür hinter den drei Stufen zu ihr

hinaufgestiegen ist. Das Kinderheim, in dem ich vom vierten bis zum siebten Lebensjahr lebte, ist inzwischen ein renoviertes, sandig-gelb angepinseltes Haus geworden, das sich neben der Landstraße, die weiterhin hinausführt aus dem kleinen Ort, oder von außen kommend in den Ort hinein, an der gleichen Stelle befindet. Ich saß so oft am Fenster, blickte vom Fenster aus auf das Stück Feld, auf Getreideschnee, Maisschnee, Schneerüben, Schnee. Dem Feld schließt sich der Wald an, den ich als Bühne der Schatten erinnere. Die Bäume ragen blattlos, nackt. Grau und glatt sind die Stämme der Buchen. Hochaufgewachsen, verzweigen sich ihre Äste erst vorm möglichen Kontakt mit dem Himmel. Mir ist in dem Waldstück Absonderliches zugestoßen. Wir sammeln Pilze, sagt die Erinnerung. Doch der Wald ist zu hell, zu trocken, zu sehr von Wind durchweht, als dass in ihm Pilze gedeihen könnten. Der Boden ist kein Pilzboden, sagt die Vernunft. Wenn wir nicht Pilze suchten, werden wir nach Bucheckern Ausschau gehalten haben. Für die Wintertiere, im dichten Wald, die Hunger leiden, wenn Schnee über das Gras gewachsen ist.

Nach Jahren stehe ich vor dem Haus, zu dem das Haus der Erinnerung geworden ist, und sehe es, wie es in meiner Erinnerung war. Ich rede mit keinen anderen Tieren als den Vögeln. Die Katzen des Heimes sind mir egal. Ich gehe Hunden aus dem Weg, seit der dreibeinige Hund sich mir gegenüber so erbärmlich aufgeführt hat, die Mädchen gegen mich stimmte, von ihnen getröstet wurde, mich in Schadenfreude und Gehässigkeit angeguckt, ja gemein über mich triumphiert hat. Schmetterlinge erblicke ich. Kohlweißlinge, die mich in Spannung versetzten, denen ich nachlief, sie unendliche Male vergeblich einzufangen versucht habe. Kohlweißlinge, von denen ich später erst als Adoptionskind ein Exemplar auf der Wiese neben dem Haus greifen kann und an ihm miterleben muss, wie sich Staub von seinen Flügeln löst. Staub, der in meiner Handschale liegen bleibt, wie der

Kohlweißling durchsichtig wird, hilflos flatternd. All seiner vorherigen Eleganz beraubt, taumelt er, sinkt nieder, ist nicht mehr zum Flügelschlagflug zu überreden, wie oft ich ihn mir auch schnappe und ihn aufwerfe, er stürzt immer wieder ab, weshalb ich ihn wütend zertrete.

Die Pforte? Sie steht für mich noch. Die Hecke ist nicht viel höher gewachsen, nur etwas dichter geworden. Der Plattenweg führt weiterhin auf drei Stufen zu, vor denen ich an dem besagten ersten Tag mit dem Ledermantelmann gestanden habe. Ich habe mich schriftlich angemeldet. Die Heimleiterin lässt mich ein. Ich gehe die Flure entlang. Man öffnet mir sämtliche Türen. Ich steige Treppenstufen empor. Ich kann mich täuschen, weiß nicht zu unterscheiden und habe nicht die Kraft, dagegen etwas zu unternehmen. Ich höre Schreie. Ich sehe Kinder wuseln. Sie sind in den Räumen, die in Wirklichkeit längst leer sind. Ich sehe Kinder hinterm Haus im Garten spielen, wo keine Kinder sind. Die enge Treppe, die ich mit den beiden Mädchen vor Jahrzehnten so oft bewältigt habe, ist eng und steil, und doch sehe ich mich und die Mädchen sie erklimmen, ohne auf die zwei Betrachter zu achten. Mich schwindelt. Ich muss mich an Wand und Geländer halten. Ich gelange in das Zimmer, das die Mädchen mit mir geteilt haben, und muss endlich Klarheit haben, die Heimleiterin fragen, wie ich ihres Wissens nach ins Heim gebracht worden bin. Limousine oder Motorrad? Sie antwortet prompt, sie wisse von keiner Limousine, keinem Motorrad. Die Kinder wurden mit dem Linienbus gebracht, von einer Kollegin am Abfahrtsort in den Bus gesetzt, von ihr oder einer Kollegin hier am Bus abgeholt.

Wenn ich mich erinnere, falle ich auf mich herein. Die Erinnerung ist eine Trickbetrügerin. Die Erinnerung behauptet, ich wäre von der lieben Sonne täglich in meinem Kinderheimbettchen geweckt worden. Klar und hell sind die durch die Erinnerung erinnerten Morgende. Die Fens-

terflügel stehen weit offen, ein mit Sonnenlicht ausgefüllter Raum ist das Heim. Die anderen Kinder schlafen. Die Sonne kommt an mein Bett gekrochen. Die Sonne kitzelt mir die Stirn, die Nase, Haar und Ohr, dass ich wach werde und aufstehe, die anderen Kinder aufwecke.
Nach meinem Besuch bei der ehemaligen Heimerzieherin ist meine Sonne zerfetzt, wie Zuckerwatte auseinandergerissen. Nach über vier Jahrzehnten zerstört die Heimleiterin die von mir gehegte Mär von einem Sonnenfenster. Ich akzeptiere. Ich nehme hin. Gedacht, ersonnen, zerfasert, zerbrochen. In Splitter gehauen der Spiegel, in dem ich mich als das von der Sonne beschienene Kind sah. Einbildung, in mutterloser Düsternis erzeugt, mich zu wärmen. Der eingebildete Mantel, der das Kind hüllt und schützt, nichts weiter als eine mutterfeste Ersatzdecke. Mein Vater ist Bergmann und ich bin sein Sohn, mit Kummer und Sorgen werd ich groß, als Knabe musst ich unter die Erd fahren mit Wagen und Pferd, fahren mit Wagen und Pferd. Und eines Tages, da hat es gekracht, ich hörte ein Wimmern tief unten im Schacht, ich kannte die Stimme, die Hilfe geschrien, mein Vater, mein Vater, da brachten sie ihn, von Steinen zerschmettert, lag tot auf der Bahr, die Knappen senkten ins Grab ihn hinein, oh welch ein Kummer, Bergmann zu sein. Wissenschaftler nennen den Vorgang Spleißen. Die fehlerhafte Erinnerung ist durch Hirnspleißen zu erklären. Das irrtümliche Stück Erinnerung gehört ausgeschnitten, entfernt und verworfen. Das Bett, von dem ich meinte, ich hätte in ihm unterhalb des Fensters gelegen, wird angepackt und quer durch das erinnerte Zimmerchen verrückt. Ich bin nicht das von Sonnenlicht geweckte Kind. Es gibt kein Sonnenfenster für mich. Das wahre Bett steht neben der Tür. Die Tür führt zum Flur hinaus. Rechts neben der Tür ist ein Lichtschalter. Man kann den Lichtschalter betätigen. Mein Lichtschalter sorgt für elektrischen Strom, umgewandelt zu Licht. Die Birne hängt von der Decke herab. Birnenstrahl ist kein Sonnenlicht, eine

Deckenlampe geht nicht auf und nicht unter, sondern an und aus, wenn das Kind den Schalter betätigt. Ich bin das Kind am Lichtschalter. Die von mir erinnerte Sonne im von mir erinnerten Kinderheim ist nicht die Sonne, die wir Menschen kennen und schätzen, ist eine Glühbirne, die wir zum Glühen bringen, werden wir wach. Ich schalte den Lichtschalter an, aus. Was für ein nerviger Geselle du gewesen bist, wenn es um den Lichtschalter ging, sagt die Heimleiterin. Kein anderer durfte an deinen Lichtschalter ran. Benommen hast du dich, unbeschreiblich, kam eines der Kinder in die Nähe. Steif bis zur Zehe, sämtliche Gliedmaßen angelegt, ein einziger Aufschrei, standest du im Bett, eine schreiende Säule. Für einen, der sonst so mickrig war, dürr und großköpfig, wie sie mich erinnert, eine sensationelle Wandlung hin vom Spinnenkind zur Sirene. Und die zwei Mädchen viele Seiten Rosa und Lena von mir genannt, heißen in Wirklichkeit Birgit und Kerstin. Ich fliehe das Haus. Ich trete auf den Baum zu, den ich als Kind mit meinem Dreirad umrundet habe, wenn dem so war, wenn mir die Erinnerung nicht auch in diesem Fall Lug vorgegaukelt hat, ich dagestanden bin und mir sehnlichst gewünscht habe, ein Dreirad zu besitzen.

Von der Mutter verstossen, bin ich nirgends daheim, von einem Heim zum anderen verbracht, von Grimmen nach Nienhagen und weiter nach Rerik überführt, wo ich in die Schule ging. Wie eine Ware stets. Wie ein Paket aus Fleisch und Blut werde ich angeliefert. Wohin ich auch komme, mit wem ich rede, von meiner Zeit ist nichts überliefert, nichts eins zu eins nachzuerleben. Die Wege sind ausgebessert, umgeordnet oder verschwunden. Die kleinen Bäume und Hecken sind gewachsen, abgehackt oder weggenommen. Der Garten hinterm Haus ist Rasenfläche, die Hühner- und Kaninchenställe sind abgetragen, hüglige Flächen eingeebnet. Kein Vogel. Kein Vogelhaus. Die unebenen Gehwegsteine, die windschiefe Eingangspforte, verschwunden, alles weggeklotzt, abgetragen. Zerdeppert die drei Treppenstufen, von unzähligen Kinderfüßen getreten, wenn es zum Sammeln vor das Heim ging, wir uns in Gruppe stellen mussten, um an den Strand zu wandern.

Die Vergangenheit ist eine Höhle, in die man einfahren kann wie der Bergmann in den Berg, um in das dunkle Innere zu gelangen. Das Erinnern ist die kleine Taschenlampe im Kopf, die das Vergangene wie eine Märchengrotte zu beleuchten versteht. Mehrstimmig erinnere ich mich. Mehrfarbig leuchtet und strahlt die Vergangenheit, die bei Lichte betrachtet niemals so aufregend anzusehen wäre. Aus der Sicht der vergangenen Tage ist das innere Tönen und Leuchten der Vergangenheit zu erleben. Man muss die vielen leeren und ereignislosen Zwischentage vergessen können. Schon zieht ein murmelnder Sprechgesang auf, tief aus einem hervor, tauchen die sonst nicht zur Wort kommenden, begrabenen, zaghaften Regungen auf, die in einem selbst verborgen bleiben wollen und doch dazu beigetragen haben, die schlimmen Tage zu überstehen. Gesang ertönt, der die wohl größte Errungenschaft in einem menschlichen Dasein darstellt, dessen sich rühmen darf, wer Zugang bekommt zu seinem inneren Tonwerk, mitten hervor aus dem Zentrum aller Einsamkeit.

MIT MEINEM WAGEN AUF DIE GRENZE zwischen Ost- und Westdeutschland zufahrend, weiß ich nicht, warum mir Tränen kommen, ich die Welt vor mir verschwommen sehe, welche unscheinbaren inneren Regungen mich während der Durchfahrt ergreifen. Ich denke Butter, Stulle, Pflaumenmus und ich beginne zu krampfen. Anwandlungen wie von Trauergemüt beeinflusst bemächtigen sich meiner. Ich habe gegen das innere Schluchzen regelrecht anzukämpfen. So allein mit mir und unbeherrscht, wie ich in dem geborgten Wagen in den Westen einreise, auf einer gewöhnlichen Autobahn, ist es mir weniger peinlich, als würden mich Freunde so erleben, für die mein Gefühlsausbruch sicher schwer

nachzuvollziehen wäre. Ein Gefühlsausbruch eines Wortes wegen, das Butterblume heißt oder Mutterblume. Ich lebe innere Regungen im Allgemeinen rasch aus, gebe mich meinen Gefühlen nicht haltlos hin und überwinde den Anflug von tieferer Bewegtheit, bevor Tränen eine Chance haben. In diesem konkreten Fall beherrsche ich mich nicht und kriege mich eines Wortgebildes wegen nicht in den Griff, bin dermaßen ergriffen und von innen her geschüttelt wie nie zuvor im Leben, dass ich ohne Gefährdung meines Lebens nicht auf der Straße sein darf, mich nötige, den Wagen rechts ranzufahren, um diesen kritischen Moment durchzustehen. Die Worte wechseln. Es kommt zur Rotation der Worte, die mich reihenweise anfallen und zum Heulen bringen. Butterstulle, Kuhstall, Marzipan, maritim und Tokio sind sonst keine Begriffe, die bei mir Emotionen auslösen. Hier aber denke ich sie nur leicht an und komme aus dem Weinen nicht heraus. Weinen, ausgelöst durch äußere und innere Gemütsbewegungen. Folge von physischen Reizen wie Kälte, Wind, aber auch von Tränengas, das die Tränendrüsen genauso erfolgreich reizt wie die Ausdünstungen der Zwiebelhaut. Reizungen, durch welche salzige Flüssigkeit entsteht, die dem Schutz des Augapfels dient. Es kommt auch durch bloße Umweltreize bedingt zu körperlichen Symptomen, die man Weinen nennt. Alles hebt an mit der ungleichmäßig auftretenden Atmung. Wir beginnen zu schluchzen. Es kommt zur Sekretabsonderung der oberen Atemwege. Wir unterliegen überwältigenden Gefühlen, tiefer Rührung. Es soll Menschen geben, die beim Orgasmus im Wechsel der Gefühle weinen und lachen und dabei in heftig anhaltende Weinkrämpfe und außer Kontrolle geraten.
Und mit einem Mal ist mir nicht nur, als hörte ich Heinz Schwarzer sagen: Wer heult, ist eine Memme. Ich habe Heinz Schwarzer zweimal heulend erlebt. Wie ein Schlosshund hat er geflennt. Das geht niemanden etwas an, hat er zu mir gesagt. Das behält besser jeder schön für sich, wir beide für

uns, musste ich ihm auf Ehre und Gewissen in die Hand versprechen. Zu keinem je ein Wort darüber. Ich sehe mich seitdem lebenslang Heinz Schwarzer gegenüber verpflichtet, nie jemanden zu verraten, dem die Tränen kommen, der weint wie Heinz Schwarzer, bis dahin für mich ein emotionsloser Klotz.
Leute überholen mich, schauen zu mir herüber, denken sich ihr Teil. Mitfahrende Kinder drücken ihre Nase an die Autoscheibe, um einen Mann vor seinem Wagen auf dem Boden kauern zu sehen, der traurig ausschaut und haltlos flennt. Sie fragen vielleicht, was der Mann da hat, und fühlen sich ihm verbunden und bekommen dann diesen sehnsuchtsvollen, schweigenden Blick. Ich weine, weil ich mir die Mutter, die ich nicht hatte, erfinden musste. Ich weine, weil ich mich mein Leben lang mit einer Erfindung abgegeben und unterhalten habe, von der ich wusste, dass sie ein Ersatz war für die Mutter, der einer richtigen Mutter nicht standhalten kann.
Die Muttereinbildung ist rothaarig, strohblond, schwarz, gelockt. Sie ist untersetzt oder dürr. Sie ist mal klein oder groß. Wenn es mir gefällt, forme ich sie mir hünenhaft zurecht und setze mich winzig klein daneben. Ich simuliere mir eine Mutter und weiß von ihr, dass sie eine Muttersimulation bleibt. Und doch komme ich recht gut mit ihr zurecht. Für mich ist die erfundene, ausgedachte, den anderen Kindern ferngehaltene Mutter in meinem Kopf eine seelische Krücke innerhalb eines totalitären Systems. Mehr oder weniger widersetzen sich alle Heimkinder der Realität durch die Erfindung einer Mutter, um als ein ausgedachter Anhalter quasi durch die Galaxis der Heimkindjahre zu kommen. Wer sich keine Mutter erfindet, überlebt nicht in der mutterlosen Welt des Heimes. Du kannst die Rituale des Heims nicht überleben, wenn du nicht heimlich eine Mutter im Herzen trägst. Mit einer erfundenen Mutter als Herzschrittmacher dagegen sind die Jahre im Kinderheim besser zu ertragen. Du findest dich

mit deiner Erfindung schneller ins Heimleben ein, meisterst die Odyssee im mutterlosen Weltraum besser und erhältst dir ein Stück weit geistige Gesundheit. Die Erfindung bewahrt dich vor Erkrankung. Die erfundene Mutter heilt dich. Sie ernährt das verstoßene Kind, hilft ihm, die Einsamkeit zu durchbrechen, sich ohne Elternschaft zu entwickeln.

Ich weine, weil ich ein Leben mit meinem Ersatz verbringen werde und nicht loskommen kann von diesem Mutterersatz, dieser Muttereinbildung, die eine Muttermogelpackung ist, und mich am Leben hält, weil keine Frau der Welt an eine Mutter heranreicht, selbst wenn die Mutter eine Rabenmutter ist und dem Kind nicht zur Verfügung steht. Die Köchin, wie umsichtig und gut sie zu mir war, ist kein Mutterersatz, kommt an eine Mutter nicht heran. Die Tischlerfamilie konnte den Mangel nicht ausgleichen. Ich bleibe in meinen tiefsten, geheimen, inneren Winkeln mit einer ausgedachten Mutter behaftet, weil es die echte Mutter nicht gibt, ich mich durch diesen Umstand gezwungen sehe, sie mir als Einbildung, Nachbildung zu erhalten, dass ich nicht an ihrem Fehlen krepiere, die Lebenslust verliere.

Es braucht die Mutter nicht. Es braucht den Vater nicht. Ich redete mit kräftiger Stimme auf mich ein, um mir nicht zu folgen. Denn ich sah die Folgen kommen. Ich spürte die Kraft der Szene. Ich wusste, es würde nicht helfen, ich würde mir nicht zuhören, so tun als ob. Da war längst ein anderer Zwang an die Stelle von Vernunft getreten, der mich lenken würde. Um nicht mit anderen Stimmen reden zu müssen, bildet die Waise innere Stimmen aus, die es braucht, mit sich reden zu können. Das Waisenkind, das die Mutter nicht kennt, wird die Mutter nicht zurückgewinnen. Und doch redet das Waisenkind mit sich im mütterlichen Ton davon, es zu können. Die Waise wird von ihren eigenen, inneren Stimmen dermaßen durcheinandergebracht, dass sie, im Kopf irre, nicht länger die mutterlose Waise sein will und meint, eine Mutter haben zu müssen, weil um sie herum behauptet wird, es sei nicht normal, ohne Vater aufzuwachsen und so gar keine Mutter zu haben.

Der Waise ist in dem Moment, der ein Wahnzustand ist, völlig egal, was eine Rabenmutter ist. Sie will zu dieser Mutter aufbrechen. Sie will unter die Fittiche der Frau, die ihr als Mütterlein bekannt gemacht worden ist. Sie wünscht sich Nähe bei der Person, von der gesagt wird, sie wäre herzensgut und mütterlich. Es geht der Waise in dem Zustand wie all den Chinesen, die alle einmal im Leben nach Schanghai gereist sein müssen. Es geht der Waise wie den verwirrten Amerikanern, die General Custers Schlachtfelder heimsuchen. Die Waise wird den Iren ähnlich, die alle an einem bestimmten Tag den heiligen Berg erklimmen. Die von ihrer inneren Sehnsucht verleitete Waise will in ihrem Lebensbericht den Eintrag vermerken, die imaginäre Mutter wäre erreicht wie ein Gipfel, von dem behauptet wird, es gebe ihn so rein, so gütig, so fern und königlich. Die Waise reflektiert ihr Tun nicht. Sie leidet unter Luftknappheit und ist verwirrt von der mutterlosen Luft um sie herum. Die Waise wird muttersüchtig und kommt damit in die Jahre, wo die verheimlichte Muttersehnsucht bitter wird, zu faulen droht. Und siehe da: Die Waise, die ich bin, hat die Mutter innerlich nie wie angegeben abgehakt. Du hast keine Mutter, hast keinen Vater. Nein, so etwas hast du nicht, höre ich die Heimleiterin zu mir sagen und täte gut daran, ihr Glauben zu schenken, statt mich jetzt auf mein Verderben zuzubewegen. Es ist der schändliche Gebrauch der von mir zuvor nicht in dieser Fülle benutzten Worte. Mutter. Findung. Vater. Heimat. Heim. Seit ich zur Mutter unterwegs bin, führe ich die Begriffe im Munde, die eine Wiedergeburt erleben. Obwohl das Wort Mutter nichts als ein Wort ist ohne die Person dahinter. Ein Wort in meinem Fall für das erdachte Wesen, das ohne eine Seele in sich auskommt, wie eine Seele ohne Aussicht auf Vollendung dem Untergang geweiht ist.

Ich trage die Mutternummer mit mir herum wie die vielen anderen Handynummern auch und werde sie so bald nicht anwählen, mich nicht sofort nach Eberbach an den Neckar begeben, sie in ihrem Versteck aufzufinden. Mit der Mutter Tacheles reden, bedeutet mir seit Jahren nicht mehr so viel wie in früheren Zeiten. Es angehen meint, durch eine Zeitscheibe aus Glas springen und alles, was ich als Person bin, bei diesem Sprung zu verstümmeln und zu verlieren. Es ergibt für den mittlerweile gestandenen Mann, der ich geworden bin, so keinen Sinn, nach fünfzig leeren, mutterlosen Jahren die Mutter zu besuchen, die gut über siebzig Jahre alt ist, mich und meine Schwester, Sohn und Tochter in ihrem Leben nicht gebraucht hat. Mein Mutterwissen ist ein gut Ruhekissen. Die vergangenen zehn Jahre bin ich mir abhandengekommen und verschiedenen Lastern verfallen. Ich habe mich eingeigelt, mich von der Welt abgewandt. Ich bin immer seltener im Freien anzutreffen. Ich habe eine Bude ohne Telefonanschluss in einer abseitigen Straße bezogen. Ich hauste, ich sah mir unendlich viele DVDs an, bedudelte mich mit inszeniertem Leben, um nicht mit dem meinen in Berührung zu kommen; dieselben Filme wieder und wieder. Ich aß Tage hindurch nichts, schlief auf dem Teppich, torkelte aufs Klo, mich zu übergeben, was nicht möglich war. So ging das die Jahre zunehmend schlechter und irgendwann steckte ein Zettel im Schlitz der Tür, von einem Freund, der mir behilflich werden wollte, für mich bei einem Verein einen Antrag eingereicht hatte betreffs eines Stipendium und Aufenthaltes, der mich aus der Stadt raus, weit weg aufs Land verfrachten würde. Es ist das Beste für dich, sagte der Freund, als es dann so weit war, man mich genommen hat, allerhöchste Eisenbahn, packte ein paar Habseligkeiten ein, fuhr mich am ersten Februartag zur Stadt hinaus, langte mit mir im Dunkeln an, wo wir dann den Ortsplan in Augenschein nahmen, um herauszubekommen, wo das Kuckucksheim lag.
Wir entdeckten die Dorfstraße, die Deiche, den Hafen, die

Werft und allerlei wie den Fußballplatz, die Deichstöpe. Die Schriftstellerherberge entdeckten wir nicht, sie war nicht auf dem Plan verzeichnet. Es schneite. Uns wurde kalt. Wir riefen die Haushälterin an. Sie sprach mit krächzender Stimme, fragte uns, wieso im Dichterhaus niemand anwesend sei, das Haus verschlossen wäre, wo sie doch strenge Order gegeben habe. Dann kam eine kleine, dünne, knochige Frau mit dem Minifahrrad durch das Schneetreiben geradelt, schlitterte zu uns heran und ein gutes Stück vorbei, weil sie nicht gelernt hat, Rücktritt und Vorderbremse zu betätigen. Verlangsamte das Tempo, stoppte mit ihren beiden Füßen, eine topsichere Technik, wie sie meinte; an den Schnee aber müsse sie sich erst gewöhnen, den habe sie nicht auf ihrem Zettel. Sie hat einen Buttermilchteigkuchen gebacken, der warm vom Blech auf den Tisch kommt. Ich esse. Ich fühle mich gerettet. Die Haushälterin erzählt von nach dem Krieg, der Flucht, als sie sich aus Brennnesseln alles Erdenkliche gezaubert haben. Sie redet vom Reichsbund, dem Wirtschaftswunder, Butterfahrten.

Den Tag darauf schneit es nicht. Der Freund steigt in sein Auto, fährt in die Stadt zurück. Die Stadt ist weit weg. Für drei Monate bin ich nun in einem Dichterhaus untergebracht. Nach der Zeit kehre ich nicht in die Stadt zurück, sondern ziehe vom Dichterhaus ins Sommerhaus des Hafenmeisters um. Regentropfen fallen auf das Glas des Schrägfensters. Regen treibt mich an zu schreiben. Etliche Varianten, mich schreibend der Mutter zu nähern, entstehen und vergehen im neuen Haus. Ich sitze frierend am Tisch.

Was vorhanden ist und länger bleibt als meine vielen Schreibversuche, sind die Geräusche der nahen Werft und der trommelnde Regentropfenfall auf dem Schrägdachfenster. Das Wasser fließt den Fluss abwärts. Ich schreibe mich leer. Es herrscht kein Wetter, wenn du schreibst. Es tritt eine Landschöne in mein Leben, für die ich das Sommerhaus aufgebe, mit der ich eine Weile zusammen bin, bis sie mich aufgibt;

den erfolglosen Schriftsteller gegen einen Bauern mit Hof und Tieren tauscht. Ich ziehe zurück ins Sommerhaus. Der Kern der Pyramiden, heißt es in einem weisen Buch, besteht aus losem Gestein und Sand. Was ursprünglich Ausmaß besessen hat, verwaist und zerfällt. Es wird wieder Winter. Es ist kalt um mich herum. Ich sitze im Sessel, ein Schafpelz zu Füßen. Ich blicke auf den Fluss, das Land hinter dem Flussbogen, die Baumgruppen, Boote, Häuser und den einzelnen, hohen Schornstein, der weithin zu sehen ist. Für diese kleine ländliche Idylle habe ich die große Stadt aufgegeben. Ich fange von Neuem zu schreiben an. Ich gehe nicht nach Berlin zurück, halte gebührenden Abstand zur Stadt, ihrer hoch aufgetürmten Erbärmlichkeit. Besser den ewigen Regen fallen sehen und auf dem Land bleiben, auf die Gerüche und Geräusche bauen. Zur Nacht den Sternenhimmel ansehen, regungslos sein und die enorme Dimension zu erfassen suchen.
Anderer Handlungsort Paris. Filmsequenz. Hauptdarsteller Jack Nicholson. Es ist Nacht in Paris. Nasskalt schaut auch die Leinwand aus. Ein Mann geht über eine Brücke. Pfützen stehen. Die Hände tief in seine Manteltaschen gegraben, steht der Mann am Brückengeländer, schaut über die Seine auf eine Brücke gegenüber. Weit entfernt. Nahe genug ins Bild gerückt. Lichter. Bunte Farbtupfer. Es schneit. Schnee fällt herab. Schneeflocken huschen. Mir stehen kaltfeuchte Tränen im Gesicht. Der Schnee weht aus dem Film, treibt von der Leinwand her in mein Gesicht, berührt meine Wangen, schmilzt, bildet Tropfen, die sich mit meinen Tränen verbinden, abwärtsrollen. Jack Nicholson ist der Mann, der ich bin, und die Seine sieht wie der Neckar aus. Ich bin ans Ufer getreten, mein mutterloses Leben endlich zu überschauen. Ich rede mir Mut zu. Ich erstarke am Leinwandschnee, der flockt so unverbindlich, wie Flocken halt fallen und sich einander nichts angehen.
Am Hafen steht der Kran mit dem abgesenkten Arm. Hat

den Kopf auf dem Geländer abgelegt. Der Kran ist schön anzusehen so mit dem gesenkten Haupt, sein Unterbau dem Eiffelturm in Paris ähnlich. Die Seile vibrieren, von Strömungen bewegt, selbst an windstillen Tagen. Ein Mann im roten Overall steht auf einem Gerüst. Das Gerüst besteht aus vier senkrechten Streben. Die Treppe zum Gerüst ist grün angestrichen und mit einem weißen Geländer versehen. Ein zweiter Arbeiter mit einem Kaffeebecher in der Hand durchschreitet/zerschneidet das Bild. Mir ist, als sollte ich nur über den Hafen schreiben, den Kran, der eine Giraffe ist. Ich stehe oft am Giebel, sehe über die Deichkimme auf die Werft, den Fluss, den geknickten Kran und sage mir zum bevorstehenden Muttertreff: eine solche Begegnung, wie ich sie ins Auge fasse, muss eine Sache auf Leben und Tod sein. Ich ließ den Dingen viel zu lange ihren Lauf, begann beliebig zu werden, ein zurückgelassener Hut an einen ausrangierten Garderobenständer gehängt. Jetzt wird es Zeit für mich, dem Lebensende entgegenzugehen, die Mutterfindung zu beginnen, die Mutter zu besuchen oder vorzufinden. Die Mutter besuchen meint nicht, zu einem sagenhaften Land unterwegs zu sein. Es geht eher mit mir in einen dunklen Schlauch hinein. Es ist mir dabei, als müsste ich mit bloßer Hand in einen schwarzen Kasten fassen, ohne zu wissen, was in ihm lagert. Man begreift etwas und denkt an Lehm und Schleim.
Ich gehe spazieren. Flache Ebenen vor Augen, sehe ich einen Mann, der über Land geht, auf einem Feld arbeitet, so weit wie ich entfernt vom verwirrenden Treiben, den Bahnen, Bussen, Flugschneisen bin, all den Aktivitäten der städtischen Metropolen. Keine Stadt kommt gegen die mächtigen Pflockschläge an, die der Mann erzeugt, der eine Koppelzaunstange nach der anderen in die Erde rammt. Es gibt in keiner Stadt etwas so Nebensächliches zu betrachten wie schwarzbeinige Schafe, die den Deich abgrasen. Kein städtisches Signal wird mir das Geräusch eines pochenden Seils an einem Schiffsmast ersetzen, kein Hochbau kommt gegen

den Anblick eines abgelegten Ankers an, der im Hafenareal liegt. Ich reife und ich atme wie unter Schock von den vielen Erinnerungen, die mich befallen. Ich pfeife ein Lied in der Schrebergartenidylle, die man schnell verlassen hat, so handtuchklein, wie das Gelände ist. Ich stakse im Weidenparadies, wo die Kiebitze wie mobile Funktelefone fiepen, wie es die Dichterin Sarah Kirsch herausgefunden hat. Lange, flache, in Wellen gelegte Aufwerfungen von schnurgeraden, kleinen Kanälen zerschnitten, die mitunter so breit werden, dass ich sie nicht überspringen kann und mich damit zu begnügen habe, über die welligen Wiesen den Rückweg anzutreten. Es tapst ein Bauer daher, stellt klar, dass die Äcker, auf denen ich latsche, sein Besitz sind, wie auch die mich umgebenden Felder, Wälder, täglichen Wetter, die Bäume bis nach Moskau und die kiebitzenden Kiebitze auch. Diese Sorte Mensch, auf jedem Klassentreffen der Welt gefürchtet und gemieden. Ausdruck der allgemeinen Gesichtslosigkeit unserer Welt, mit einer gesichtslosen Einheitsfrau und einem Fertigkind zur Seite bestraft, in einem Legoland-Fertigwohnhaus von im Landkaufhaus erworbenen Standardgartenblumen umgeben. Das Leben wie eben von seiner Verpackung befreit.
Er rücke ja auch nicht mit seinen Bauernstiefeln in mein Haus ein, erregt sich der Mann über all die Idioten auf seinem Grund und Besitz. Die Zugezogenen. Die unwissenden Wandervögel, Jugendgruppen, die allesamt und ausgerechnet über seinen Acker latschen. Die Dörfler. Die Durchreisenden, Bekannten und Unbekannten. Die Schnauze gestrichen voll habe er. Im Namen der Zukunft, im Namen der Erblast, im Namen von Gut und Böse soll ich zusehen, wo ich bliebe und mich von seinem Acker trollen. Er folgt mir auf seinem Traktor sitzend hinterdrein und steht lange kopfschüttelnd an der Feldrainecke. Am besten wäre es gewesen, er hätte mich totgeschlagen und an den Koppelpfahl gebunden, ein für alle Mal ein Zeichen gesetzt.

Ich lebe wie ein Boxer vor seinem Kampf im Trainingscamp, bereite mich auf den Mutterbesuch vor, bin in den Trainingspausen am Hafen, esse Lammfleisch, stemme Muttergedanken wie Hanteln, bin auch mal im Doppelhaus unten am Hafen, wo die Schippersleut hocken. Ehrwürdige Seefahrtsherren, sonntags immer in ihrer alten Seefahrtsrobe gekleidet, die schnasseln, klönen und das Latein der Seebären tauschen. Kapitäne zu Land statt Kapitäne zu Wasser. Waisen der Seefahrt. Auf einer Liege vor einer Wand mit Seefahrtslisten, Kalendern, Fotografien und angegilbten Zeichnungen von Schiffen, eine kreisrunde Uhr, die das Zeitliche nicht mehr bestimmen kann, an einem mit heller Tischdecke bezogenen Tisch. Auf ihm ein Fernglas, zwei Aschenbecher, ein Zettelkasten, ein dreiarmiger Glaskerzenhalter mit himmelblauen Kerzen und diese unübersehbar große Messingglocke. Bier hole ich mir aus dem Kasten an der Tür. Ich stoße aufs Leben an und setze mich, um hier zu schweigen, mich der soliden Stimmung im Raum hinzugeben, die hin und wieder durch den Ruf nach Herbert, von außerhalb der gemütlichen Hütte, gestört wird. Herbert zieht seinen Kopf ein wie vor einem Hammerschlag. Au backe, da ist sie ja. Die Frau ruft ihrem Mann in der Hütte zu, dass sie in der Stube zu Hause auch eine herrliche Sitzgarnitur hätten. Und weg ist Herbert, hinaus und auf seinem Fahrrad, das er wieder nicht abseits, sondern vor dem Eingang abgestellt hat. Fünf Jahre lebe ich auf dem Land, unbehelligt wie in einem Trainingslager auf den einen Moment zu, die Stadt wieder betreten zu können und von ihr aus dann der Mutter entgegengehen.

Die Glocke des Ortes schlägt. Ein schöner, nahezu perfekter Ton, dieser Glockenklang. Für meine Verhältnisse spät in den Tag hinein erwacht, der wechselhaft und leicht windig werden soll und in der Tendenz zu warm für die Jahreszeit ist, sieht mich die große Lebensaufgabe, mein Mutterbesuchsvorhaben, müde, nahezu träge im Raum. Ich wasche mich. Ich kämme mein Haar. Ich schlurfe in die Arbeitsecke, wo Stühle um den Tisch gerückt zum gemütlichen Eckchen werden. Ich trinke Kaffee. Ich telefoniere mit einem Freund, suche im Schrank nach frischen Socken, rufe eine Freundin an. Wir reden dieses und jenes. Sie will wissen, wie ich den wichtigen Tag beginne. Wie alle Tage auch, sage ich, versuche Heiterkeit, sage aus dem Kopf eine Sequenz von Ulrich von Hutten auf: Noch einmal ruf ich keiner hier der mir zum Sturme lauf sei dann ists recht dann stehts bei mir frisch drauf, verabschiede mich, lege auf, bin im Badezimmer überm Waschbecken. Was hast du getan, dich zu wappnen, frage ich mich am Spiegel. *Harold and Maude* angesehen, antworte ich mir. Der Film mit dem Typen, der einen Jaguar E von seiner Mutter geschenkt bekommt, ihn in einen schwarzen Leichenwagen verwandelt, eine echte Spitzenszene. Und dieser Junge selbst, dieses einsame Sorgenkind in Utah, das seinen Vater im Alter von zwölf Jahren verliert, ihn als Selbstmordleiche im Haushalt vorgefunden hat. Ich lebe wie er in der Vorstellung, die Zeit zu überholen. Als könnte ich meine verhinderte, nie stattgehabte Kindheit mir nix, dir nix simulieren und das nicht mehr zu ermöglichende Leben mit Leben erfüllen.

All meinen Taten gehen unzählige innere Monologe voran. Alles wie bei einer Kuh, einem Ochsen vorgekaut zwischen sieben Mägen zur Verdauung gebracht, ehe die Gedanken im Kopf raus dürfen, freigegeben sind, auslaufen und springen wie kleine Kälberlein. Ich habe allein mit mir Dinge zu bereden, die von mir zu mir besprochen werden wollen. Es ist daran nichts Ungewöhnliches. Ich kann mit mir lange vorm Spiegel stehen, zu mir sprechen. Es reden mit mir, wenn ich scheinbar so aussehe, als rede ich mit mir allein, zusätzliche, mir mitunter völlig neuartige, gänzlich fremde Stimmen auf mich ein, dass ich mich gezwungen sehe, zeitweise völlig zu verstummen und die Stimmen in mir miteinander diskutieren lasse. Ich stehe dann unerklärliche Momente vor dem Spiegel, die Arme steif ausgestreckt, die Hände auf dem Waschbeckenrand und kann mich nicht ermächtigen, nach Belieben mich einzumischen, Einhalt zu gebieten, um endlich mit mir Sachen zu bereden, die dem Augenblick wichtig sind, wie zum Beispiel die Mutterfahrt in Kürze. Ich stehe vor dem Spiegel und blicke mich von unten her streng an und werde den Eindruck nicht los, dass ich unwichtig bin, dass das Durcheinander im Kopf den Ton angibt, wo unsinnig, sinnlos um Lappalien gestritten wird, die nichts, aber auch gar nichts mit mir zu schaffen haben. Die morgendlichen Kopfdebatten. Der Tonfall. Mit welcher Stimme rede ich, wenn sie im Wortsalat unterzugehen droht, ich mich aufs Wort verstehe? Ein Fremder, sähe er mich so vor dem Spiegel, würde unsicher abwarten und sich verwundern, kopfschüttelnd abgehen und nicht wissen, was er gesehen hat. Ich lasse die Stimmen in mir tönen und halte aus, bis der eigene Mund die Möglichkeit erhält zu sprechen. Am Mit-sich-Selbstgespräche-Führen interessieren mich die Formen von Sprachfindung. Ich mag zum Beispiel Stotterer, ihre Konzentration aufs Wort. Alle Menschen sollten stottern. Alle Menschen sollten sich wie der Stotterer um die eine Silbe, das eine Wort, den einen Satz mühen. Der Stotterer strebt Genauigkeit an.

Wieso denke ich das alles vor meiner Abreise, frage ich mich im Spiegel und schweige dazu, betrachte meine Haut, die Falten um die Augen herum, die Form der Lippen, Augenbrauen. Ich sehe mich an wie nie zuvor im Leben und bin mir wie nie zuvor meiner Person so unsicher.

Vor der Abfahrt rufe ich meine kleine Schwester an, um sie zu informieren, dass ich nun doch zur Mutter fahre. Sie sieht sich vom Staat zwangsbehandelt und will vom Staat eine Entschädigung. Sie spricht von Verschleppung, Unrecht, das ihr widerfahren ist. Die Mutter spielt für sie keine Rolle. Die Mutter hat uns nicht gebraucht, sagt sie. Das ist Verrat. Man muss eine solche Person nicht besuchen. Dann bricht sie das Gespräch ab.

Ich sitze im Auto. Ich mache mich auf. Ich gehe der Sache nach. Ich bin allein. Ich fahre zum Mutterort. Ich lange dort an. Ich sehe mich um. Ich taste mich vor. Ich kann mir sagen, dass ich in puncto Mutterfindung gekommen bin und erst einmal recherchiere, um Übersicht und Einblick zu erhalten und dann genauer hinzusehen. Mit Leuten reden, sitzen, sprechen. Mit niemandem sonst Kontakt haben. Notieren. Mit all meinen wachen Sinnen aufschreiben, was mir durch den Kopf schießt, mein Hirn registriert; die Fremdheit der Mutter; die inneren seelischen Brennstäbe. Dass mich nicht Zorn lenkt. Ich kann mich nicht auf die Autofahrt konzentrieren. Ich muss auf einen Parkplatz fahren, den Motor abschalten, abspannen, ausruhen, mir gut zureden, dass ich nicht ausraste, ein Verkehrschaos anrichte.

Der Mutter nach fünf Jahrzehnten die Hand geben bereitet mir in Gedanken schon Mühe genug. Die immer wiederkehrenden Themen Becketts. Ein nackter Held liegt mit Riemen an seinen Schaukelstuhl gefesselt, ein anderer Held wird im Rollstuhl herumgefahren, der nächste ist bis zum Hals eingebettet, steckt in einem Haufen aus Erde als Symbol des nie gelebten Lebens ohne die verfluchten Erzeuger. Das isolierte Ich, die absurden Verstümmelungen des tragikomischen Clowns. Das brüchige Glück der Erinnerung. Das abstrakte Dasein in lautloser Leere. Leben in luftloser Dunkelheit. Der raumlose, zeitlose Endzeitzustand. Der in Erstarrung gefangene, absterbende Körper. Ich gebe der Mutter die Hand und komme mir wie der Versager vor. Ich gebe der Mutter nicht die Hand, esse nicht von ihrem Teller, gehe sie nichts an, wie sie mich nichts angehen soll und fremd mir bleiben, als namenloser Portier in dem Hotel unserer Beziehung.

Es sind zeitlebens Personen um mich herum, die Interesse an meinem Waisensein bekunden. Ich soll erzählen, mein

Herz freilegen, alles aussagen, mich von der Last befreien. Man horcht mich zur Mutter aus und schont mich, weil man meint, dass die Waise zu schonen ist. Ich bin über fünfzig Jahre. Ich werde in wenigen Tagen die Mutter zum ersten Mal im Leben sehen. Wir werden uns angeblickt haben, damals, als sie und ich Mutter und Kind waren und auch in Blickverbindung gestanden haben, bis zu jenem Tag, als die Verbindung dann gekappt worden ist, alle Leinen zerschnitten wurden, es keinen Mutterhalt mehr für das verstoßene Kind, das Baby, das von seinen Strippen losgesagte Marionettenkind gab. Ich habe die mobile Nummer der Frau gespeichert, die meine Mutter ist und die Bezeichnung nicht verdient. Ich weiß die Adresse. Ich mache mich aber nicht auf. Beinahe drei Jahre zögere ich, rede mir ein, ich bereitete alles gründlich vor, mache mich für das Treffen fit und weiß, dass ich die Mutterthematik insgesamt nicht abarbeiten kann, wie kein Mensch die verlorene Kindheit mit Gewinn für sich umtauschen wird. Ich bleibe das mangelhafte Geschöpf, das ich bin. Die mutterlose Person. Die unausgereifte Waise, der unvollständige Mensch. Das begonnene Wesen mit all seinen unerforschten Regionen, die Unmündigkeit in Person, die sich zu sondieren hat. Es kommt zu keinem Glücks- und Sicherheitsgefühl, wenn ich mich auf dem Weg zur Mutter sehe. Ich sollte nicht auf derartige Spukgespinste achten, mich besser auf die eigene Kraft orientieren, der Missachtung mit Missachtung begegnen, bespreche ich mich und will der Verachtung, Ablehnung, lauten Lästerung meiner Person aus der (im heilenden Sinne des Wortes ver-rückten Ordnung) mit konsequenter Ignoranz begegnen.
Menschliche Leere. Totes Hirn. Kranke Herausforderung. Schädelkot. Ich sehe mich herausgefordert, in Trab gehalten, ununterbrochen beschäftigt, seit ich mich nicht mehr so ablehnend und feindlich zur Mutter verhalte, zur Mutter mütterlich denke und in die Vergangenheit einfahre wie in einen Schacht, ein Bergwerk, eine stillgelegte Grube. Klatschnasse

Gänge. Karges Licht. Feuchter Untergrund. Dunkle Seitengedanken. Hohe leere Höhlen und beängstigende Nebengänge, wie mitten in einen Schlangenbauch geführt, werde ich mich eher verdauen und ausscheiden, ohne je bei der Mutter anzulangen.

> Nach dem grausigen Fund einer verwesten Kinderleiche im niedersächsischen Vechta hat die Polizei die Mutter des Kindes ermittelt und festgenommen. Es handele sich um eine 24 Jahre alte alleinstehende Frau aus Vechta, teilte die Polizei in Oldenburg am Montagabend mit. Die Obduktion habe ergeben, dass es sich bei dem am Samstag im Wald entdeckten toten Säugling um einen Jungen handelt. Die Frau soll das Kind bereits im November 2007 zur Welt gebracht haben. Weitere Untersuchungen sollen klären, ob das Kind zum Zeitpunkt der Geburt noch gelebt hat. Die Frau wurde in der Nacht zum Dienstag weiter vernommen. Wie die Polizei erklärte, hätten Beweismittel am Fundort des toten Säuglings die Fahnder auf die Spur der Mutter gebracht. Ob die Frau sich zu den Umständen der Geburt und dem Aussetzen des Kindes äußerte, konnte der Polizeisprecher wegen der noch laufenden Vernehmung der 24-Jährigen nicht sagen. Der Zustand des bereits vor Monaten gestorbenen Kindes habe die Ermittlungen erschwert. Der verweste Säugling war am vergangenen Samstag eingewickelt in ein Handtuch und in einer Sporttasche verpackt am Rande eines Weges von Spaziergängern gefunden worden. Die Leiche lag etwa 50 Meter von einem befestigten Weg entfernt im Wald.

ICH BIN IN MEINER Geburtsstadt unterwegs. Ich frage mich, wie sie wohl ausgesehen haben mag, bevor die Mutter mit mir schwanger ging, als sie noch zu den Kindern gehörte, die Städte in Schutt fallen sahen, brennende Häuser auf ihrer Flucht am Wegesrand miterlebt hat. Kinderaugen, die den Tod sehen. Rauch steigt aus Ruinen. Todesgeruch liegt in ihren Nasen. Ich denke mir eine Mutter auf der Flucht mit ihrer Großmutter, für die sie anschaffen muss, was anzuschaffen geht. Vielleicht geht sie zu den Männern im Hafen. Vielleicht hat sie eine Partnerin gefunden, eine Freundin durch dick und dünn. Tote Mütter. Gefallene Väter. Verschollene. Auf der Flucht umgekommene Verwandte. Frauen, die zur Trümmerfrau werden, Hand anlegen, den Kriegsschutt wegräumen. Abgearbeitete Hände. Ausgemergelte Körper. Kalter Wind pfeift ihnen um die Ohren. Die ersehnte Welt ist eine ferne, fremde Welt. Dem Sammellager entkommen, zieht es die Muttergöre zum Hafen. Es riecht am Hafen nach Teer und Gummi, Brand und Verwesung, Abwasser, Gärung, Gammel. Nicht einmal zur Nacht legen sich die Gerüche. Mit staunenden Augen erkundet sie das Areal, ist ergriffen, ihres Lebens froh, nicht aussortiert und abgetrennt von der Gruppe worden zu sein, nicht abtransportiert, nicht umgekommen, sondern angekommen, dem Heer der Ungezählten, Verschwundenen, Verschollenen, Verschüttgegangenen entkommen. Das erstaunte, entzückte junge Wesen, das die Hafenanlage erobert, den Verkehr mag, die Gleise, Bahnen, Kutschen, Laster, Hütten und Kaianlagen, Gitter, Rampen. Große Schiffe fahren ein. Lautes Hupen lockt die Menschen, zu ihnen aufzuschauen. Sie fahren an Brandwänden vorbei, zerschossenen Mauern, aus der Branderde ragenden Stümpfen. Leere, wo einst das Schlafzimmer stand, sich Küche und Speisekammer befanden. Verkohlte Tapeten, zerschlagene Kacheln, bedrohliche Reste einstiger Balken. Das warnende Schild, das Kindern rät, fernzubleiben, das gefährliche Gelände nicht als Spielgelände zu betreten, wird ignoriert. Die Muttergöre kann nicht lesen noch schreiben. Alles was vorhanden ist, steht ihr zur Verfügung. Riesige Abenteuerspielplätze. Lockende Mauervorsprünge. Klaffende Klüfte, tiefe Gräben, unendliche, unwägbare Ebenen, Schieflagen, Halden, Spalten, die zu überwinden lohnen und ein neues Leben nach dem alten Leben verheißen. Gefahr macht Mut. Mit einigem Geschick ist jedes Sperrgebiet zu überwinden. Wie herrlich man sich belohnt sieht. Rostige, ausgebrannte,

zerbombte Maschinenteile. Ausrangierte Fahrzeuge, große Tanks, hohe Anhänger, zerfetzte Panzerwagen. Geröll und Gerümpel auf den Treppenstufen in den verschütteten Kellerengen, Nischen, Ecken, Winkeln, wo es vergrabene, ausgespülte, in Asche gelegte, vom Wind wieder freigelegte Kleidungsstücke zu ergattern gibt, Dokumente, Orden, Zeitungsausschnitte, alte Fotografien, Briefe mit Zeichnungen, Karten am Grunde der ersten Baugrube, hinter der provisorisch abgestützten Fassade, im zersplitterten Gewächshaus, unter Ballen Stroh.
Überall Transparente, deren Wortmeldungen das Mutterkind nichts angehen. Schlagworte des Siegs. Das große Niewieder. Losungen für den Aufbau und einen Sozialismus als Zukunftsversprechen. Die Autos knattern und stinken, puffen und knallen ohrenbetäubend laut, lauter als Fliegerbomben, an die man sich gewöhnt hat, vor deren Krawall einem nicht das Herz stehen bleibt. Offene, geschlossene, durchlöcherte, rostige Karossen, Vorkriegsmodelle mit seltsamsten Vorrichtungen bestückt. Und immer wieder Wagen darunter, so erstaunlich gut im Lack befindlich wie nagelneue Automobile, denen kein Krieg was anhaben konnte. Dunkle Wagen, von einem Polizeimotorrad angeführt, das warnende Signale ausstößt. Männer in ihnen, die einen nichts angehen, wenn man zu den Leuten gehört, die um die erloschene Feuerstelle sitzen, sich warme Finger holen, in der Asche nach Kartoffelschalen suchen.
Ich stelle mir trotz der Not ein heiteres Rostock vor. Es bimmeln die Straßenbahnen so lieblich. Die Leute sind mit Fahrrädern unterwegs, umkurven zahllose Schlaglöcher. Der Hafen besteht aus Hämmern, Dröhnen, Rattern, Quietschen, Zischen, Pochen. Ruhe zieht nur für wenige Stunden ein. Mit dem Morgengrauen sind erste Vögel zu vernehmen. Elstern krächzen. Spatzen tschilpen. Die Amsel singt, als hätte es niemals Krieg gegeben. Schöne weiße Schwäne fliegen im stolzen Keil zum nahen Hafenwasser. In den Wintern ist es

bitter kalt. Man hüllt sich in Decke, Pelz, Mütze, Handschuh und Mantel. Es wird einem trotzdem nicht warm, nicht von der dünnen Suppe aus der Armenküche. An Kartoffelbrei ist lange nicht zu denken. Aber immerhin, man hat es besser als die Blinden, Beinlosen, Angeschossenen, Verunstalteten, Heimatlosen und die irren Soldaten, die steif gefroren aufgefunden wurden und hinübergebracht in die Welt, in der sie stören, durch die sie irren. Ihre Krücken, Rollbretter, Gehhilfen, Knieschützer, Handschoner und Prothesen klaut man ihnen, noch während sie im Todeskampf sind. Man bemächtigt sich der brauchbaren Kleidung des Sterbenden. Sicherheitsnadeln gelten als Jagdtrophäe. Draußen vor den Toren, tief im Land, in den großen deutschen Städten, stehen sich die Streitkräfte in Fronten gegenüber. Der heiße Krieg ist in den kalten Krieg hinübergewechselt. Die Lebensmittel sind rationiert. Dem Menschen werden tausend Kalorien am Tage zugestanden. Den Restanteil für das Leben erwirbt der Mensch sich auf dem Schwarzmarkt. Wenn Razzia ist, wird man alles los, oder es gelingt einem, die Ordnungshüter zu schmieren. Mal gibt es Strom, dann wieder lange nicht. Einfallsreichtum ist gefragt. Die Leute schwärmen aus. Ein Volk geht weite Wege über Land, um bei den Bauern Nahrung gegen letztes Hab und Gut einzutauschen. Was in der Welt geschieht, ist zu erfahren, wenn man ein Radio hat. Ansonsten bleiben einem die Lautsprecher an den Laternenpfählen. Die Menschen tragen lustige Hüte auf ihren Köpfen. Männer sieht man in Anzüge gesteckt, Frauen in Röcke gehüllt. Unter den Blusen ahnt man das neue kostbare Korsett, den vom Fremden überreichten Büstenhalter. Immer öfters ist da am Bein ein ausländisches Strumpfband zu sehen. Ein Mann mit schwarzem Schnurrbart lächelt und bespricht eine Frau, die seinen Akzent mag, den Kopf senkt, den Kopf hebt, den Oberkörper hin und her wiegt, die Augen verdreht und mit ihm geht.
Die Mutter weiß das Wort Matrose auf Franzose zu reimen,

weiß, was sie vom Engländer, vom Russen und Amerikaner erwarten darf, kennt mit Sicherheit die Extraläden auf den Kasernenhöfen, die Kinos von innen, sieht lustige Zeichentrick- oder Liebesfilme. Die Männer rufen und pfeifen und schnalzen mit ihren Zungen der Muttergöre hinterher, die keine Schönheit ist, nicht einmal das gewisse Etwas präsentiert, aber nahe genug am Hafen wohnt. Am Hafen ist die Zeit für Gefühle knapp. Man lebt von der schnellen Liebe, dem flinken Geschlechtsakt, ausgeführt ohne Flirt und Vorspiel. Es kommt mit den Männern im Hafen zu keinerlei Heimlichkeit. Man muss sie machen lassen, und sie verrichten rasch, wonach ihnen der Sinn steht. Man sieht sich anschließend dafür ausgelöst, mit Dingen beschenkt, die rar sind im Land; für nichts als das Versprechen, beim nächsten Mal wieder pünktlich da zu sein, gleiche Stelle, Uhrzeit. Es sind so viele Männer fern ihrer Heimat am Hafen unterwegs, weit weg von Frau und Kind, wie sie sagen und den Familien, an die sie immerfort denken, zu denen sie zurückwollen, je eher, desto besser. So also wird die Mutter mit dem halben Stück französische Butter, von dem sie sich klugerweise zuvor die Hälfte selber zugeteilt hat, bei der kranken Großmutter vorstellig. Die Großmutter schickt das Mädchen los, die Hälfte der Hälfte beim Händler um die Ecke gegen Mehl einzutauschen. Mehl, das man dann für den Umtausch von Zucker, Zigaretten verwendet. Es gibt die Dinge allesamt, von denen gesagt wird, dass es sie nicht gibt. Die Händler feilschen nicht. Die Leute stehen Schlange. Was kümmert die Vorschrift, Satzung. Es kommt zu Zank und Streit um Geringfügigkeit. Die Kinder adelt ein Kaugummi, ein Stück Bruchschokolade.

> Als vergesslich, aber ehrlich erwies sich ein Mann, der eine Geldbörse in einer Telefonzelle in San Francisco gefunden hatte. Als er sie zurückgeben wollte, war der ursprüngliche Besitzer bereits seit vierzig Jahren tot. So gelangte

das Paket mit der Brieftasche in die Hände seines Sohnes, der in derselben Polizeistation arbeitet, in der einst auch sein Vater angestellt war, berichtete die örtliche Presse. Der Finder schrieb, er habe die Geldbörse 1951 gefunden. Da er damals unterwegs gewesen sei und keine Zeit hatte, zum Fundbüro zu gehen, habe er sie in seine Tasche gesteckt. Dann habe er einen Unfall gehabt und das Portemonnaie lange vergessen. Nun habe er es wiedergefunden und wolle es endlich zurückgeben. Er ersetzte sogar die sechzig Dollar, die er damals in der Brieftasche gefunden hatte. Der Sohn zeigte sich gerührt über die Ehrlichkeit und darüber, dass er in der Brieftasche einen Ausweis seines Vaters mit einem Bild von 1942 fand.

WAS WÄRE, WENN, denkt es in mir, ich nicht in Heimen, sondern unter schlimmen Umständen bei Muttervater und in der großen Hansestadt herangewachsen wäre, mir Rostock als Unterstand geblieben wäre, die Stadt mir zu Füßen gelegen hätte, ich sie mir Stück um Stück erobert hätte haben können und mit mir geschehen wäre, was mir so nicht vergönnt war? Oft genug habe ich mir ausgemalt, wie anders mein Leben ausgefallen wäre, in meiner, in einer richtigen Familie, mit richtigen Verwandten zur Seite einer Mutter, eines Vaters und echter Geschwister, statt verlassen, den Organen überantwortet, in staatlichen Heimen untergekommen und eben nicht am großen Stadthafen von Rostock aufgewachsen zu sein, wo es weites Flächengelände gibt, hohe Zauneinheiten, Wälle, Absperrungen, Gebäude zu erkunden. Ganz anders als die kleine naturbelassene Bucht, der mickrige Fischereihafen, der mir im Dorf als Schulheimkind und Adoptionsjunge zur Verfügung stand. Wie wäre ich doch viel lieber zwischen den enormen Schuttbergen, Müllhaufen, Kisten und Tonnen aufgewachsen, zuhauf gestapelt, zu hohen, eckigen Türmen, wäre der spielende Abenteuerjunge im Rostocker Hafen gewesen, wo dicke Kabel liegen, die der stärkste Mann der Welt nicht anzuheben vermag, schimmernde Schmierpfützen zu überspringen sind, Rost und Rohre das Material für waghalsigeres Spiel darstellten. Gitter. Schienen. Stränge. Lokomotiven. Schranken, die dich einladen, sich mit ihnen ins Verhältnis zu setzen, deine Kräfte an ihnen zu messen. Mit altmodischen Rollschuhen an meinen Füßen sehe ich mich am langen Kai Fahrt entwickeln und eine recht gute Figur dabei machen. Auf Rollen die gesamte Kindheit hindurch unterwegs sein. Immer wieder am großen Hafen, um mir jeden Tag neuerlich die Neugierlöcher gut zu stopfen. Was für eine tolle Kindheit? Nahe dem Brackwasser, von Schweißerblitzen umrahmt auf dem Bauch liegen und Glaskugeln rollen lassen, um aufzuspringen, loszuwetzen, wenn lautes Hupen von großen Pötten Langweile und Spiel unterbrechen. Gegen das Sonnenlicht blinzeln. Nur Schatten und riesige Schemen der Riesen sehen. Auf die Knie fallen. Auf Knien durch Schmiere und Öl rutschen. Sich einsauen und die Kleidung an rostigen Kanten schlitzen. Sich blaue Flecken, Beulen und Wunden holen. Und die Mutter hätte geschimpft, die Sachen wieder repariert und ausgewaschen.

GEGENÜBER DEM HAUS der Schifffahrt, in der Passage, wo ich das Licht der Welt erblickt haben soll, befindet sich ein städtisches Kino, das mir durch seine von Hand gemalten Plakate in Erinnerung bleibt. Ich bin, wenn ich in Rostock war, stets dorthin gegangen und lange stehen geblieben und habe den Männern zugeschaut, die handgearbeitete Filmplakate anbrachten. Ich bin danach zu dem Haus gegangen, das nie mein Mutterhaus geworden ist. Ich nehme den Fahrstuhl nach hoch oben, wo ich ein Aussichtsfenster weiß, als wäre ich nie fort gewesen. Ich stütze die Ellenbogen auf, richte den Blick hinab auf den städtischen Verkehr, die Lichter, die sich unterhalb als eine rote, gleißende, leuchtende Schlange bewegen, aufeinander zu, aneinander vorbei, voneinander weg. Lichter, die vor den Augen verschwimmen, Mischfarbenmatsch werden. Ampeln, die warnend blinken. Fernes

Hupen. Straßenbahnquietschen. Die Symphonie einer verkehrsreichen Innenstadt. Am Schaukasten der Tageszeitung drängen sich die Leute, die für Zeitung kein Geld ausgeben können, nicht aber auf das tägliche Zeitungslesen verzichten wollen. Hälse recken sich. Eine Menschentraube dicht beisammen. Wenn einer sich aus ihr löst, rücken die anderen zusammen. Immer neue Leute drängen von hinten hinzu. Wort für Wort. Zeile für Zeile wird das Blatt gelesen. Man macht sich Notizen, um die Bekanntgabe schwarz auf weiß mit sich zu tragen. Man redet wild und heftig gegeneinander, wenn da was nicht klar ist. Jemand schimpft, wird bestätigt. Jemand lacht, wird abgelehnt und für irre erklärt. Vom Markt her ist eine Stimme zu vernehmen. Um die Stimme lauter menschliche Rückenansichten, zum Kreis um die Stimme gruppiert, auf Zehenspitzen oder hüpfend, im Versuch, den Mann zu der lockenden Stimme zu entdecken. Notfalls werden Kinder animiert, sich auf alle viere zu begeben und kriechend, bäuchlings liegend, herauszubekommen, worum es im Zentrum des Ringes aus menschlichen Rücken geht, wovon die Stimme den Leuten spricht, was sie anpreist. Der Halbkreis aus Rücken dezimiert sich plötzlich. Ein Bus hält. Seine Türen öffnen sich geräuschvoll. Leute steigen aus, andere Fahrgäste besteigen das Gefährt. Die Stimme ist aus. Der Mann, zu dem die Stimme gehört, wird sichtbar. Der Bus fährt ab. Die Stimme setzt ihren Gesang fort. Der Kreis bildet sich erneut um den Mann, der, wie zu sehen war, nichts als eine Kiste hochkant vor sich aufgestellt hat, aus welcher hervor er diebstahlsichere Ledersäcke präsentiert, um den Hals zu legen, um die Hüfte zu binden. Der Mann aber stapelt seine Münzen auf dem Rand der Kiste.
Ich stelle mir Lastkraftwagen mit Gestell und derben Planen vor. Auf der Ladefläche dicht aneinandergedrängt die Glückseligen, die mitgenommen wurden, Platz gefunden hatten auf den Rand- und Mittelsitzplatzreihen, nicht stehen und sich hin- und herschleudern zu lassen brauchten. Diejenigen

an der Klappe waren gut dran und konnten sich mit Aussichten erfreuen. Die drinnen gepfercht hockten, befiel Übelkeit, durch Dunkel und Rütteln des Lasters ausgelöst. Die Plane war mit einiger Fingerfertigkeit aus der Halterung zu lösen. Die Lastkraftwagenfahrer sahen es nicht gern, hielten die Wagen an, schlossen die Plane wieder, drohten alle von der Ladefläche zu werfen, wenn es noch einmal vorkommen sollte, dass eine Plane emporfährt und im Winde flattert. Man konnte sie aufrollen, den Kopf durchzustecken. Kein größeres Vergnügen zu jener Zeit, als dergestalt durch eine Kleinstadt zu fahren, den Mädchen zuzurufen, sie in laute Gesänge einzubeziehen, hinter ihnen herzubrausen, sie zu erschrecken, dass sie kreischen und schimpfen und dir dann doch freudig zuwinken oder einen Vogel an ihre Stirn tippen.

Ich sehe die Mutter als kleines Mädchen. Zehn Jahre ist sie, leichtgläubig, naiv, würde man höflich sagen, oder auch schwer von Begriff und antriebsarm. Ihre Freundin dagegen jünger, älter, ist von schlauerer Art, aus der Stadt, nicht vom Dorf, pfiffig und fröhlich und eher spontan. Eine, die auf Ideen kommt, sich zu helfen weiß, etwas wagt und angeht, die Zähne zusammenbeißt, nicht gleich Schiss hat, notfalls dem Gegenüber in die Weichteile tritt und vor der Flucht nach der runterfallenden Brille schnappt.
Mit ihr kann man was erleben, immer ist was los, und wenn man auf dem Rücken liegt, sagt sie, was die Wolken oben am Himmel darstellen, wohin sie unterwegs sind. Ich kann mich in die beiden Mädchen hineinversetzen, sie können unter Deutschen und Russen, Parteiern, Anscheißern, Lehrern ihren Weg machen, von Angst und Hunger befreit eine anständige Jugend erleben. Ich kann sie anstelle der Freundin mit einem älteren Freund zusammenbringen und ›es war einmal‹ vor diese Geschichte setzen. Es waren einst zwei Liebende, die treffen sich Jahre nach dem Krieg und gehen ein Stück durchs Nachkriegsleben. Dann ist das Mädchen

schwanger. Die einfältige Trude hat es nicht mitbekommen. Sie wird nicht gewusst haben, der Freund weiß auch nicht, was er mit ihr getan hat. Sie machen es, ohne zu verhüten. Kann sein, dass er sie verlässt, wenn sie es ihm sagt. Kann sein, der junge werdende Vater ist ein angesehener Mann im Hafen, verdient gut, kommt aus einer Familie, die zu ihm steht. Das Mädchen sieht sich von dieser Familie akzeptiert. Das Märchen nimmt seinen Lauf, das gezeugte Kind kann kommen, über Abtreibungsgedanken ist in dieser Geschichte nicht zu berichten.
Ich verteidige die Mutter, versetze mich in die Mutter hinein, fühle ihre Lage nach, als sie mit mir im fünften Monat schwanger geht. Es ist Mai. Es ist Sonntag. Muttertag, der Amerikanerin Ann Jarvis zu verdanken, von ihr ausgerufen aus Kummer und als Reaktion auf den Tod ihrer Mutter. Seit neunzehnhundertdreiundzwanzig gibt es, durch sie angeregt, auch in Deutschland den Tag der Mütter, jedes Jahr gefeiert am zweiten Sonntag im Mai. Muttergedenktage werden Muttertage werden Staatsfeiertage werden zu Tagen der Deutschen Mutter avancieren. Mütter schenken dem Staat ihre Söhne. Gesunde Babys für den Führer, der Land und Raum mit den Söhnen erringen will und Frauen anhält, in den Geburtenwettstreit zu treten. Stolze Mütter, jubelnde Frauen an den Tagen der Ausschütte, wenn sie für ihre Geburten das Ehrenkreuz der Deutschen Mütter verliehen bekommen. Geburt wird Soll und Pflicht. Kinder werden in die Welt gesetzt und treu in Gefolgschaft gebracht. Willige Söhne von den Müttern erzogen, um für die Mutter und das Mutterland ins Feld zu ziehen. Verlorene Söhne, ins Feld geschickt; ins Feld, was klingt, als ginge es mit ihnen zur Ernte, wo es nach Stalingrad geht, in die Schützengräben aus gefrorener Erde. Tote Söhne, die freudig die Züge besteigen, während sie mordenden Müttern zuwinken. Heimgekehrte Kranke. Verwundete, verstümmelte, verschandelte Söhne, die von den Massakern und Vergewaltigungen nicht reden

werden, all die Verbrechen vergessen wollen und den Muttertag wieder feiern. Eventuell war da keine Mutter um meine Mutter und die junge Frau allein auf sich gestellt. Eventuell hat sich die einsame Mutter mit Fremden auf die Flucht begeben. Oder man floh gemeinsam, Vater, Mutter, Kind, und dann ist der Vater ergriffen und verschleppt worden und die Mutter meiner Mutter ist umgekommen. So werde ich von einer einsamen Frau geboren, und diese weiß als Mutter nichts mit dem Kind anzufangen, will es nicht, mag sich an das Kind nicht gewöhnen, nennt es Balg, heißt es Brut und Schreihals, könnte es heimlich ohne das Krankenhaus aufzusuchen zur Welt gebracht haben, im Galopp verloren, wie man dazu sagt, wenn in der stillen Kammer ein schwangerer Bauch behandelt wird, sich ein Kind zur Welt gebracht sieht von Frauen in der Nachbarschaft, die sich gut in dem Metier auskennen, dem Menschenkind wie ein Lamm, Kalb, Fohlen zum Leben verhelfen, wo es an Hebammen mangelt.

> Der zweijährige Steven Damman verschwand spurlos, als seine Mutter ihn mit dem Kinderwagen vor einer Bäckerei auf Long Island, New York, abgestellt hatte. Nun hat sich bei der Polizei ein Mann gemeldet, der behauptet, dieser Junge zu sein. Der Vater Jerry Damman frohlockt. Eine DNA-Analyse soll endgültig Klarheit schaffen. Die Polizei will erst die Ergebnisse abwarten, ehe sie die Identität bestätigen will. Der auf einem Bauernhof in Iowa lebende Vater des vermissten Jungen, Jerry Damman, sagte, es könne sehr gut möglich sein, dass der Mann aus Michigan sein Sohn sei. Die Mutter von Steven Damman, deren Mann damals in einer Kaserne beschäftigt war, ließ den Jungen und seine kleine Schwester vor der Bäckerei zurück. Als die Mutter zurückkam, waren der Kinderwagen und beide Kinder weg. Kurz darauf wurde der Wagen mit der Tochter gefunden. Mehrere tausend Polizisten und Feuerwehrleute suchten umgehend nach Steven, von dem jedoch jede Spur fehlte, bis er jetzt offenbar überraschend aufgetaucht sein könnte.

NACHT IST IN DER STADT, wenn die Leuchtreklamen entzündet werden, alles würdevoll und geweiht aufflammt, flackert, surrt. Licht an und Licht aus. Licht in Reihe wechselt, zu Wellen gelegt. Wellengänge. Wirbel. Wundervolle Drehungen. Installation. Hintereinandergeschaltete Röhren, so kunstvoll zueinander angeordnet, dass sich die Augen freudig täuschen lassen, getäuscht sein wollen. Das große Kino. Die winterliche Großstadt, von innen her leuchtend. Die große Kugel vor dem Rathaus. Eine lichtspendende bläuliche Kugel, der Erde nachempfunden. Und in der Auslage eines Schaufensters dieser blaue Wasserball, auf dessen Haut schwarze Linien entzücken. Linien, die für Erdteile, Kontinente, Wasserflächen und Polkappen stehen. Ich verlasse Rostock. Alles, was Einbildung ist, könnte besser sein als der Besuch bei meiner Mutter. Ich sollte es dabei belassen, dass ich mir eine Mutter im Kopfe geformt habe, die es mit mir ausgehalten hat. Ich sollte die Fahrt zur Mutter nicht antreten, beschwöre ich mich. Lieber Rostock besuchen und beruhigt nach Hause gehen. Meine Mutterfahrt ist wie eine Expedition ins Ewige Eis. Ich breche auf wie einst Scott zur Antarktis, mit dem Ziel, als erster Mensch den Südpol zu erreichen. Ich erreiche den Südpol, wenn ich den Klingelknopf zur Wohnung der Mutter drücke. Ich bin auf das schützende Zelt angewiesen. Ich werde keine stolze Flagge setzen. Ich komme zu spät. Ich erreiche den Mutterpol viel zu früh. Ich werde mich zur Mutter aufmachen und dabei ums Leben kommen. Wenn ich den Klingelknopf drücke, stirbt die Waise. Es bleibt nur ein lebloser Körper von mir. Das wertvollste Dokument sind meine Aufzeichnungen, von einem Suchtrupp aufgefunden, von einem Verlag herausgegeben. Ein Tagebuch mit dem Titel *Last Expedition*, zu deutsch *Letzte Fahrt*. Ich ende wie Amundsen. Ich beginne in einer kleinen Schaluppe mit Namen Gjöa meine erste Expedition. Ich komme, bildlich gesprochen, erfolgreich durch die Nordwestpassage von meinem Atlantischen Waisentum

zur Pazifischen Ozeanmutter. Ich bestimme die Position meines inneren Magneten. Ich bin der Kapitän der Fram. Ich beginne die Expedition meines Lebens. Ich nehme in der Geschichte der Mutterfindungsforschung einen Platz ein. Ich lebe über Jahre in Vorbereitung auf die Antarktis. Ich führe Recherchen durch. Ich erreiche als Erster den Mutterpol; richte die Reise dergestalt ein, dass sie bei relativ günstigen Wetterbedingungen stattfindet. Ich weiß, dass mir kein Erfolg beschieden sein wird. Erfolg ist nicht das Ziel der Reise. Ich bin hauptsächlich vor der Reise zur Mutter unterwegs. In Gedanken will ich so viel wie möglich bedenken und ausschließen, dem Detail Aufmerksamkeit schenken, darauf achten, wie mich die Mutterfindung in ihrer Vorbereitung körperlich belastet.
Ich habe keine Chance. Ich werde mein Leben zerstören. Das der Mutter wird keinen Kratzer aufweisen. Spiegelblanke Gewissensflächen. Große Gefühlseisfläche. Ich besuche die Mutter, und meine Kufen hinterlassen ein paar kurze Schnitte, die aus der Flugperspektive eines über die Eisfläche fliegenden Vogels schon nicht mehr auszumachen sind. Ich benehme mich mittelalterlich. Ich komme mir vor, als würde ich die Mutter wie einen Gral erobern, ihr Herz packen können, es in meinen Händen für mich zu erwärmen. Ich reise mit dem Schlitten. Er wird statt von Schlittenhunden von mir gezogen. Ich komme wesentlich langsamer voran, als die Fahrgeschwindigkeit meines Autos vorgibt. Ich spüre die Ermüdung der letzten Jahrzehnte hinterm Lenkrad. Nein, ich gähne nicht. Ich bin gut vorbereitet. Ich habe ausreichenden Schlaf gehabt. Es ist die innere Müdigkeit, von der ich rede. Die in mir wirkende Erschöpfung ist nicht mit einer körperlichen oder geistigen Ermüdung nach Arbeit oder sonstiger Anstrengung zu vergleichen. Die innere Ermüdung ist keine Krankheit wie Diabetes, Krebs oder von Symptomen signalisiertes Herzleiden, das der Patient mit seinem Arzt bespricht. Die innere Erschöpfung ruft Abstand zur Mutter-

fahrt hervor. Ich übe die Fahrtätigkeiten automatisch aus. Tief in mir nimmt der Mutterwille mit jedem Kilometer ab, den ich auf den Mutterhort zufahre. Es kommt zur innerlichen Verlangsamung des Denkens. Mir droht letztendlich der völlige Denkverlust, ein inneres Gedächtnisversagen. Die nun schon über Jahrzehnte anhaltende, innere geistige Anstrengung, das in meinem Inneren Kreise ziehende konzentrierte Nachdenken über das Mutterproblem, hat zu einem Zustand geführt, den ich als geistige innere Erschöpfung bezeichne. Wenn man eine rote Fläche längere Zeit anstarrt, erscheint sie grau. Die Netzhaut ermüdet durch die lange Wahrnehmung der roten Farbe. Wer starkem Lärm ausgesetzt ist, nimmt ihn irgendwann weniger stark wahr. Das Innenohr ermüdet.

U̲n̲d̲ ̲p̲l̲ö̲t̲z̲l̲i̲c̲h̲ ̲b̲r̲i̲n̲g̲e̲ ̲i̲c̲h̲ den Stiefvater mit Herz und Wärme in Verbindung, denke, dass er vielleicht von allen Menschen um mich herum der mir zugeneigteste Mensch gewesen ist. Ein Schweiger, der fühlte. Einer, der sein Inneres nicht nach außen stülpen und herzeigen konnte. Bis zu den Baumkronen liegt der Schnee in jenem Winter, als der Adoptionsvater stirbt. Schnee schneidet die kleine Ortschaft vom Rest des Landes ab. Schaufeln helfen nicht. Es müssen Panzer her. Schneeketten. Sonderfahrzeuge. Die aber gibt es drei Tage lang nicht. Die Panzer der Russen um die Ecke werden nicht angefordert. Und große Schneehubschrauber hat die Armee die ersten drei langen Tage nicht anzubieten. Fett wie Libellen, wenn Paarung angesagt ist und sie voneinander nicht lassen können, sollen die Rettungshubschrauber sein, heißt es im Ort. Wie Libellen, die im Sommer vor dem Schilf zu sehen sind, die wie angenagelt in der Luft stehen, kosmische Flachflüge vollführen und niemals abstürzen.
Schneeweiß ist der Schnee, wie Puder, wie Zucker zum Himmel getürmt liegt er, lastet schwer, hat alles unter sich begraben. Der Adoptionsvater ist zuckerkrank, muss sich Spritzen setzen und hat keine Spritzen mehr, sie sich zu setzen.

Kann nicht aus dem Haus. Ist kein Schneemaulwurf, der sich durch die Schneedecke frisst, in die Kreisstadt gelangt, sich behandeln lassen kann. Schneefink. Schneemaus. Er stirbt. Es ist mit ihm aus. Schneeeule. Nur kein allzu großes Geheule. Schneebeere. Schneehase. Schneefuchs. Schneenacht. Er hat sein Leben zu Ende gebracht. Da liegt er, kalt und kälter werdend, wie der letzte Schneegutenachtgruß auf dem Bett. Die Adoptionsmutter weint. Ein Fluch der gemeinen Schneeziege, der kichernden Schneeantilope. Schneemann. Schneefrau. Schneekind. Im Schnee erfroren sind. Schneeich. Schnee-du. Schneemüllers Schuh. Schneehuhn. Schneehahn. Schneefrau. Schneemann. Schneegrenze. Aus.
Ich konnte den Adoptionsvater nicht besuchen. Der Schnee, er lag zu hoch und lag wie ein Schutzschild zwischen ihm und mir. Sie begruben ihn. Sie saßen zusammen und gedachten seiner. Sie hätten den verlorenen Sohn gerne dabeigehabt. So kam der Frühling, und ich war allein zum anonymen Grab nach Rostock unterwegs. Einen Zettel in der Hand, auf ihm das Schrittmaß von der Adoptionsmutter aufgeschrieben: Sieben Schritte von der zentralen Birke aus, dann drei Schritte links und ich stand unmittelbar davor oder nebenbei oder oben drüber über der Urne mit Asche zu Asche und Amen. Der Frühling kehrt wieder. Und alles freuet sich, ich blicke traurig nieder, er kam ja nicht für mich, was soll mir armem Kinde des Frühlings Pracht und Glanz, denn wenn ich Blumen winde, ist es zum Totenkranz, ach keine Hand geleitet mich heim ins Vaterhaus und keine Mutter breitet die Arme nach mir aus. Die Beerdigung des Adoptionsvaters fand an einem Schneetag statt. Der Friedhof lag verschneit. Der Weg zur letzten Ruhestätte musste freigeschaufelt werden. Die Urne wurde in ein Loch gestellt, das gerade so in den harten Boden gehackt worden war.
Schneefall. Schneeaugen. Schneeblicke. Schneeaugenblicke. Schneejahrzehnte. Ein Leben von Schnee bestimmt. Wohin ich gerate, woher ich komme, auf was zu ich gehe. Schnee

treibt vor meinem Fenster, während ich an der Schreibmaschine sitze, schneeweiße Seiten fülle, um festzuhalten, was ich erlebt habe, nachdem er eines Tages an meine Tür geklopft hat. Schnee fliegt an meinem Haus vorbei, als wolle er nie landen. Schnee, der mehr erschöpft und willenlos zu Boden geschleudert wird, als dass er niedergeht und zu Boden tänzelt. Wind heult. Die Tür vibriert in ihrem Rahmen. Schneeweiß ist die Erinnerung, in die hinein ich fahren muss, will ich aus ihr hervor einzelne Details des fremden Lebens freipusten, ausgraben.

DIE MUTTER IST AUF EIS gelegt, mir abgenommen, ins Kühlfach gesperrt worden. Feinfrostmutter. Feinfrostvaterschaft. Gefrierzustand. Wärme darf sich unterhalb des Gefrierpunkts entwickeln. Ich kann bei dem Gedanken wegtreten oder wütend gegen die Wände springen, sooft es beliebt. Die Schrift ist die Irrenanstalt. Das Schreiben ist mein Gefängnis. Ich bin einem Komapatienten vergleichbar, er künstlich, ich künstlerisch am Leben gehalten. Worte sind Schläuche. Ich werde über einen Tropf mit Silben versorgt, über Röhrchen fließen Buchstaben in mich ein. Ich erinnere mich meint: ich sterbe. Ich verende langsam. Ich hauche, wenn ich mich schreibend verhalte, in Wirklichkeit mein literarisches Leben aus, und bin erledigt, wenn ich davor bin, in die Mutter als Thema zurückzukriechen.

> <u>Ahnenforschung Iffland.</u> Sag mir Deinen Namen, ich sag Dir, wer Du bist! Schwester gefunden. Ich bin so glücklich und froh, dass es solche Unternehmen gibt. Nach über fünfzig Jahren habe ich nun meine Schwester wieder gefunden. Durch Vertreibung, Kriegsgefangenschaft und die Teilung Deutschlands wusste keiner vom Anderen. Was mir in fünfzig Jahren nicht gelang, schaffte Herr Iffland in sieben Tagen. Solche Dienstleistungen am Menschen kann man mit Geld nicht aufwiegen.

Butterfahrt/Mutterfahrt, denke ich. Die Straße ist seltsam wenig befahren. Der Verkehrsfunk vermeldet keinerlei Störungen. Ich fahre auf einer wenig auffallenden Straße meinem Ziel entgegen. Die Gedanken springen rastlos hin und her. Ich bin an diesem Punkt der Reise nahe daran sie abzubrechen und will, anstatt geheuchelte Emotionen und abgerungene Wiedersehensfreude aufkommen zu lassen, lieber eine Person überraschen, die von mir noch nie besucht wurde, die ich mag. Dem Ziel entgegen, das immer weniger mein Ziel ist mit jedem Kilometer, wähne ich die Zeiten der Sehnsucht lange vorbei und frage mich nicht mehr, warum ich zur Mutter aufbreche, sondern wie es so weit mit mir kommen konnte, mich gegen den Willen für die Fahrt zur Mutter zu entschließen. Schuld gebe ich mir selbst und dem hauptberuflich psychologisch tätigen Freund, der mir in den Ohren gelegen hat, den auffälligen Kinderheimknacks mit seiner Hilfe zu beheben, die durch das Fehlen der Mutter in meiner Seele angerichteten Schäden ausmerzen: So auffällig wie du dich benimmst, sagte er, kann ich einige Merkmale von Schädigung deines Charakters aufzählen. Deine Redelust, dieses dauernde Plappern, das erste deutliche Zeichen. Die Sucht, dich dauernd in den Mittelpunkt zu rücken. Dein Hang zur Betäubung, zum Alkohol, gepaart mit Kontrollverlust und aufflammender Streitsucht. Diese permanente Unstetigkeit. Diese unvernünftige Spenderfreude und Manie zur Verschwendung von Geld, das du doch nicht nebenbei verdienst und zum Fenster hinauswirfst, als hättest du Millionen. Deine Schüchternheit Frauen gegenüber. Deine oberflächlichen Verliebtheiten, deine akute Betriebsblindheit, was Emotion und Liebesbefähigung anbelangt. Dein Entengang. Dein viel zu früher Haarausfall. Deine Flucht an den Schreibtisch und in die Schriftstellerei. Dein Spott gegenüber den Wohlstandsbürgern. Deine kleinen Ausraster, die du Produktivitätssteigerung nennst, dass ich nicht lache. Dein lautes Generve und unberechenbares Genöle auf Partys, von

Leuten veranstaltet, die keine Spießer sind und es nicht verdient haben, von dir beleidigt zu werden.

Ich bin auf dem Weg zur Mutter meint: Ich entferne mich von der Mutter, je mehr ich zu ihr aufbreche; ich werde ihr am Klingelknopf ihrer Haustür entkommen sein. Die Mutter wird den Sohn das weitere Mal zur Waise stempeln, wenn dieser nur Gast im Haus der Mutter bleibt. Das die Menschen Trennende ist nicht durch einen Besuch aufzuheben und über Bord zu werfen. Man kommt nicht zusammen, auch wenn man dem Augenschein nach zusammengehört. Der Graben wird breiter, die Kluft wird tiefer, ist erst der Fuß über die Hemmschwelle bewegt, aber trotzdem keine Nähe entstanden. Diesseits des Tales stand der junge König, griff feuchte Erde aus dem Grund, kühlte nicht die Glut der armen Stirn, sie machte nicht sein krankes Herz gesund, ihn hielten zwei frische Wangen und ein Mund, den er sich verbot, fester schloss der König seine Lippen und sah hinüber in das Abendrot, jenseits des Tales standen ihre Zelte, vorm roten Abendhimmel quoll der Rauch. Ich bin in die Dorfkirche meiner Adoptionstage zurückgekehrt. Adam sah ich und Eva dicht beisammen und mir gegenüber stehen, wie ich die zwei Figuren in Erinnerung habe. Ich betrachtete die Orgel der kleinen Dorfkirche wieder, unter der ich eine Weile gelebt habe. Ich erinnere den damaligen Organisten; er spielt etwas von Bach; ich höre ihm mit geschlossenen Augen zu. Sein Orgelspiel erzeugte in mir heftige Muttergedanken. Ich habe die wehmütige Musik aus den dreißiger Jahren des achtzehnten Jahrhunderts lange suchen müssen, die ich als die aus jener Ära stammende Musik wiedererkannte. Ich bin in dem Ort, wo meine Kinderheimzeit ihren Anfang nahm. In der Theologie sind Schuld und Sünde verkoppelt. Sünde als Schuld im Verhältnis von Mensch zu Gott. Sühne als Schuldhaftigkeit der Gotteskinder. Schuldig der Nichteinhaltung sittlicher Gebote sind die Schuldigen. Schuldig der Übertre-

tung sind die Überläufer. Schuld bin ich, bin gekennzeichnet, Mutterhaut engt mich. Bin voller Zeichen. Die Zeichen tummeln sich. Die Zeichen schreien. Die Zeichen fesseln mich, binden mich fester in meine Haut, aus der ich nicht fahren kann, in der ich stecke wie im Hautschlamassel. Wie kann man an solchen Blödsinn glauben. Fantasie hast du, das muss man dir lassen, sagen sie, nennen mein Verhalten einen Rückfall. Sie sagen, dass ich schwierig geworden bin, seit ich an dem Mutterbuch schreibe. Schwierig ist das gehässige Wort meines Lebens. Oder wie Karl Valentin mal gesagt hat: *Mögn täten ich wollen, aber dürfen habe ich mir nicht getraut.* Ungeschützt nähere ich mich der Wahrheit, gerate in die von der Mutter verschandelte Biografie. Nur weil ich in diesem Wagen sitze, mir die Mutter als Ziel der Reise angebe, vormache, vorgaukle, muss das noch lange nicht heißen, dass ich froh über diese Fahrt bin und wahrhaftig zur Mutter unterwegs, mir mit dem Besuch bei der Mutter den Wunsch meines Lebens erfülle. Innere Stimmen sind meine Triebkraft. Innere Stimmen wollen mich und die Mutter zusammenführen. Innere Stimmen sind die Fahrt über an meiner Seite und von nichts anderem beseelt, als dabei zu sein, daneben zu stehen, wenn der Moment gekommen ist, von dem die naiven Leute denken, dass er für die Waise ein großer, erhabener Augenblick ist. Hals über Kopf riskiere ich meinen eigenen Fall.
Und doch geht die Fahrt nach Eberbach weiter über die Autobahn, vorbei an Auffahrt, Abfahrt, Anschluss, Zufahrtsstraße, Brücke, Raststätte, Parknische und Pinkelhaus. Auf Höhe Boxberg verlasse ich die Autobahn, um über Land zu fahren. Ich will außerhalb der Autobahn ins Schwärmen für Landschaft geraten, für die Natur sein, durch die ich sause, bei aufziehender Dunkelheit; in sie hinein bergauf und aus ihr heraus bergab. Ich fahre merklich langsamer. Bei diesem Sauwetter steht kein Tramper an der Straße. Es mangelt an der potentiellen Mitfahrerin, dem Mitfahrenden, den ich aufnehmen und wohin er oder sie gebracht zu werden wünscht,

chauffieren könnte. Bis auf ein entlegenes Gehöft am Ende der Zeit würde ich diejenige Person fahren, hielte sie mich nur von meinem Vorhaben ab. Es steht niemand am Straßenrand. Die Zeiten der Mitfahrerei sind vorbei. Ab Mosbach ist die Strecke dann langweilig und wenig kurvenreich.
Ich drossele die Geschwindigkeit, sprich: innere Stimmen bremsen meinen Wagen aus. Wenn man den Wagen aus der Vogelperspektive sähe, denke ich, wäre an meinem Fahrverhalten auszumachen, wie hochexplosiv es unter dem Wagendach zugeht. Stimmengeladen stehe ich auf einem Feldweg und lasse mich bereden, bis ich der Meinung bin, weiterfahren zu können. So rausche ich die nächsten Kilometer Richtung Mutterwohnort, sprich: auf Eberbach am Neckar zu. Die inneren Stimmen zwingen mich weiterhin, ihnen zuzuhören. Ich kann mich gerade so auf die Fahrt konzentrieren. Da redet viel zu viel aus mir heraus auf mich ein. Die inneren Stimmen springen auf den Sitzen, reißen Tür und Fenster auf, dass ich ein weiteres Mal das Tempo drossele, halte und ungehalten die eigenen inneren Stimmen niederzuschreien versucht bin. Ich steige aus, um mich von ihnen zu befreien, was nicht gelingt, denn die inneren Stimmen kommen mit mir mit, wohin ich mich auch bewege.
Also tue ich, als wüsste ich nichts, laufe gestikulierend auf dem Acker umher, kreuz und quer, um das Thema, das meiner Stimmen Thema ist, diese verdammte Mutterfindung, gegenüber den inneren Stimmen als ein normales Unternehmen zu werten. Dass die von mir so genannte Mutterfindung nur eine Recherche ist, ein literarischer Ausflug und nichts als eine Reise von mir zu einer Frau hin, von der ich weiß, dass sie meine leibliche Mutter ist und nicht sonderlich hell im Kopf sein kann, kurzum, es um Material für einen Stoff geht, der mir lange schon, fast mein vollständiges Leben lang im Hirn geistert und abgearbeitet werden will. Ich fahre weiter, sinniere über mein Verhältnis zu der Familie.
Mein Potential reicht nicht für familiäre Dauerzustände.

Ich bin ein Unterbrecher. Ich will schon in Familie leben. Ich heirate auch. Ich zeuge Kinder. Ich suche das Glück mit meinen Händen festzuhalten, Bindung zu schaffen und aus der Bindung für mich Halt zu schöpfen. Ich handle, von unstillbarer Lust auf das gewöhnliche Leben in Familie getrieben, laufend falsch. Ich gerate von einem Debakel ins nächste. Die Schnitte ins eigene Fleisch werden dichter und tiefer. Erst sind es sieben Jahre, dann fünf, zum Ende gelingt mir nicht einmal mehr ein halbes Jahr Bindung an eine Frau, die ich zu lieben meine und viel zu rasch verliere. Flinker als gedacht bin ich wieder allein mit mir und meinem Mutterkomplex. Aus Angst vor der Mutter, die hinter und in jeder Frau steckt.

Ein Menschenleben ist für die Waise immer zu kurz, sein Waisentum aufzuarbeiten. Mir bleiben nicht Jahrhunderte zum Überlegen. Ich folge einem inneren Gefühl. Ein inneres Gefühl ist mehr als tausend innere Stimmen sein werden. Ein inneres Gefühl wird vornehmlich gefühlt. Eine innere Stimme kann gehört werden und muss sich Gehör verschaffen. Das innere Gefühl muss von innen her gefühlt werden. Das innere Gefühl rät mir, die inneren Stimmen zu überhören, da sie alle gegen mich und mein Unterfangen sind. Und siehe da, die inneren Stimmen verstummen und verlassen mich auf einen Schlag, sie ziehen sich zurück und schmollen. Ich bin mit dem Moment völlig ausgeredet, innerlich leer und kehre von nicht der geringsten inneren Stimme behelligt zum Parkplatz zurück, steige ein, fahre ab.

Und dann passiert das Unglaubliche. Eine Person steht am Straßenrand, will von mir mitgenommen werden. Ich halte an. Die Person steigt ein. Die Person reicht mir einen Zettel hin, auf dem der Zielort vermerkt ist. Einen Ort weiter auf der Karte. Ich kann die Person zum Zielort bringen und schaue sie mir andauernd im Rückspiegel an, wie die Person ihre Kapuze abstreift, jung wird, weiblich, blond, Bubenkopfhaarschnitt. Sie versucht, den Reißverschluss ihrer Jacke zu öffnen. Ich kann nicht genau sehen, was die Person mit ihrem Reißverschluss anstellt. Mir ist, als käme sie mit ihrer Jacke nicht zurecht. Ich frage höflich an, ob ich behilflich werden könne. Die Person schaut irritiert und gibt kein Zeichen. Also gut, halte ich an, steige aus, laufe um den Wagen herum, öffne die Tür, sehe die Bescherung, fordere die junge Frau auf, auszusteigen, dass sie sich der Jacke separat widme. Und dann sitzen wir nebeneinander am Wegesrand, etwas von der Straße ab, auf einem Seitenweg, an einer Stellage, errichtet zur Rast, wie aus einem Holz gezimmert. Der Tisch, die Beine, die an den Beinen angebrachten Beine der Sitzbänke zum Tisch. Ein in sich und seine Bauteile übergehendes Gestell, das sechs starke Männer anheben müssen, wollen sie es forttragen. Ich fummle an dem verdammten Reißverschluss, bekomme den Stofffetzen ausgelöst, der Reißverschluss lässt sich endlich nach unten ziehen, gerät aber vier Zähne vor dem glücklichen Ausgang ins Stocken wie ein Esel, der nicht vor und nicht zurück will. Ich müsste brutal werden, den Reißverschluss zerstören. Das Mädchen schaut in die Landschaft. Und plötzlich weiß ich, dieses Mädchen ist blind. Da muss ein Fachmann mit feinem Werkzeug ran, höre ich mich reden, schaue das Mädchen intensiver an. Wenn wir in eine Stadt kommen, werden wir uns kümmern. Also fahren wir weiter. Das Mädchen sagt, sie müsse in drei Tagen in Heidelberg sein, wenn es mir nichts ausmache, könnten wir uns in Eberbach treffen, eine gemeinsame Fahrt nach Heidelberg unternehmen. Sie wolle es, weil ich freundlich wäre, sie fühle es, spüre es, höre es an meiner Stimme. Jedenfalls anders als andere. Ich wäre mit einem Kumpel verabredet, der wiederum für den Tag mit mir einen Ausflug geplant habe, lüge ich, um zu sagen, dass ich nicht nach Heidelberg fahren kann.

Wir reden auf der Weiterfahrt nicht sonderlich viel. Ich setze sie vor dem Haus ab, von dem sie behauptet, dort erwartet zu werden, verabschiede sie und fahre weiter. Was ist nur mit mir los, denke ich, während ich den Pfad zur Mutterstadt wieder aufnehme. Mit dem Vorhaben, die Mutter zu besuchen, laufen in meinem Kopf unendliche Varianten und mögliche Filmszenen zur Begegnung ab. Andauernder Themenabend. Mein Kopf ist ein Kinosaal. Es schneit auf die Sitzreihen hernieder. Schneeweißer Sand wirbelt vor der Leinwand, wird zum Sturmwehen, lässt mich frieren, der ich in meinem Kino der einzige Zuschauer bin, unter bizarr verfrorenen Augenbrauen, einem Polarforscher gleich, vor meiner Erinnerungsleinwand sitze, auf Schnee blicke. Schnee weht in Tanzformation über spiegelglattes Eis. Schnee fällt, so weit mein Auge reicht. Funkelnde Eiszapfen und Sonnenreflex. Gleißende Lichter. Worte erscheinen in den Schnee geschrieben, werden zur Performance der Buchstaben. Schneefink. Schneeleopard. Schneeglöckchen weiß Röckchen, wann kommst du geschneit, singt ein Kinderchor. Und das ist ein Schneehuhn, sagt ein Biologielehrer vor der Schultafel, weist mit dem Zeigestock auf die Schneemaus, den Schneehasen, die Schneeziege. Zwei Frauen deute ich in meinen Kinosaal als Schneewittchen und Schneekönigin, die zu mir herab aus ihren schönen Zeichentrickfilmen in mein Leben getreten sind. Kai heißt der Junge, der alle warnenden Rufe schluckt. Von Peitschenhieben angelockt, wirft er sich trotzig dem kantigen Schneewind entgegen. Er will sie sehen, die angeberische Kutsche, die fliegenden Pferde, die Schneekönigin, von der man ihm so Ungeheueres erzählt hat. Schnee wirbelt Kai um die kalte Nase. In eisige Farben gehüllt ist das Antlitz der Schneekönigin. Mütterlich kalt ist ihr Blick. Und doch ist der Junge fasziniert von seiner Schneekönigin, die ihm ihren Splitterpfeil aus Eis mitten ins Herz bohrt, ihn unempfindlich gegenüber seiner Umgebung und der Herzensschwester Gerda werden lässt. Der im Herzen mit dem Hassdorn infizierte Junge wünscht sich zur Königin in die Kutsche, will mit ihr ins Reich der Schneepaläste fliegen, bindet seinen kleinen Schlitten an ihre glitzernden großen Kutschenkufen. Ab geht es mit Kai ins eisige Königreich, wo

der Junge verdammt ist, sich mit Eiswürfel, Eisklötzen, Eisspielzeug die eisigkalte Heimzeit zu vertreiben.
In Gedanken sitze ich dann mit der jungen, blinden Frau in einem kleinen Café in der Fremde, wohin es mich in meiner Fantasie mit ihr verschlagen hat. Der Marktplatz ist mit Steinen ausgelegt. Das Rathaus bimmelt jede halbe Stunde. Wir trinken roten Wein. Die junge Frau will wissen, was ich so mache, was ich von Beruf bin. Am Schreibtisch, sage ich, ist es das weiße Papier, das mich ängstigt. Ich schreibe aus Angst vor dem weißen Papier, kenne im Grunde keine größere Angst als die Angst vor dem weißen Blatt Papier. Ich habe nichts anderes vorzuweisen, als ein Schriftsteller zu sein, rufe ich ihr zu, und ein gewisses Talent, das Geschriebene glaubhaft vorzutragen. Ich rede davon, dass ich gezwungen bin, mit meinen Worten gegen das Publikum vorzurücken, mich aufrührerisch zu benehmen, dass ich dem Leser, Zuhörer gegenüber lieber körperlich werden möchte, statt mich seelisch zu verkleiden, denn ich mache mich natürlich seelisch nackt, formuliere in Zorn, empfinde Muttermordlust und sterbe mit jedem weiteren Absatz ein wenig mehr und leichter und erhalte dafür vielleicht nicht einmal Applaus.

JEDES KINDERHEIM ist eine Art Insel. Ich bin ein unentdecktes Inselwesen, auf einer Bergspitze lebend. Mich gibt es in meinem Gebirgsstock zu entdecken. Ich bin vom Aussterben bedroht. Ich lebe Isolation. Ich habe mich in evolutionärer Hinsicht andersartig entwickelt. Heime waren meine Umweltbedingungen. Die Trennung von der Mutter dauert an. Ich bin Ausdruck genetischer Veränderung meines Organismus. Ich bin meine Entwicklung. Ich bin der Werdegang und die Herausbildung einer neuen Art. Ein Wunder, dass ich mich mit anderen Populationen fortpflanzen kann. Ich bin Neuland. Ich bin im Menschenozean als eine neue Insel aufgetaucht. Ich muss abwarten, aushalten, mich von den umliegenden Gebieten her besiedeln lassen. Es gibt ihn nicht für mich, den gleichförmigen und zusammenhängenden Lebensraum, die langfristige, familiäre Konstante. Ich werde zerteilt. Ich lebe tief unterhalb des Meeresspiegels. Alles hängt von der Betrachtungsweise ab. Ich bin vor Verlust und Zerstörung zu schützen. Ich werde mir ein Pappschild um den Hals hängen, um anzuzeigen, wie anders ich die Welt erlebe. Ich bin das Lebewesen aus dem Grenzgebiet. Ich weiß von keinem anderen Menschen, dem ich ähnlich bin, auf den meine Merkmale zutreffen. Ich bin die Gebirgsbildung, der Fluss, der mich zerschneidet, die Entstehung eines neuen Vulkans. Ich bin gefährdet. Ich bin die durch mich bedingte Austrocknung, das geschlossene Waldgebiet, die auf mich reduzierte Waldinsel. Ich bin eine Barriere. Du musst mich überwinden.

Je länger einer von anderen Lebensräumen isoliert ist, desto umfangreicher ist seine Sonderheit. Nehmt Madagaskar, schaut Neuseeland an, erforscht die Hawaii-Inseln, Galapagos. Unter den dort lebenden Arten findet ihr mich. Ihr findet mich auf den Kanarischen Inseln. Es gibt von mir zahlreiche Arten. Ich bin der Ginkgo, der nur in Westchina wild wachsend vorkommt. Rot ist bei mir eben nicht die Farbe der Liebe. Rot ist die Farbe des Hasses. Schwarz ist Schönheit. Nähe ist giftgrün. Harmonie schimmert blau. Ich bin Teil des Experiments mit mir.

Das Kleinkind bekommt den niedlichen, weichen Hasen in Verbindung mit einem schmerzhaft schrillen Ton präsentiert. Die Angst vor dem schrillen Ton überwindet das Schrillen, wandelt das Schrillen in Zuneigung für das Schrillen. Mein Interesse an weichem Plüsch ist ein getrichtertes Interesse: ergo kein Interesse. Der weiche Plüsch ist durch die Angst vor dem bösen schrillen Ton besetzt. Die Angst vor dem bösen Ton meint das weiche Plüschkaninchen. Angst ist erlernte Angst. Eingebrannt wie ein Tattoo, ist die Angst mein innerer Flächenbrand. Die Angst in mir springt mit ihren Füßen gegen meine Innenhaut. Alles was weich ist und plüschig, löst Horrorgedanken bei mir aus. Mein frühkindliches Schlüsselerlebnis setzt sich aus hundert Erlebnissen davor zusammen. Nur so braut sich der Sturm im Wasserglas.

Ich habe Angst vor Hunden. Ich wechsele die Straßenseite. Der Hund kann ein winziger Pinscher sein, auf dürren Beinchen, in Wolle gewickelt, mit einem Stimmchen versehen wie von einem kräftig hustenden Floh. Ich weiche ihm aus. Ich springe von Straßenseite zu Straßenseite. Ich stehe mit dem Rücken zur Hauswand, steif wie ein abgestelltes Brett, bis die Töle gegangen ist. Ich werde heimgesucht, erschüttert. Es gibt keinen Begriff für die Erniedrigungen, die mir geschehen können. An manchen Tagen wage ich mich nicht aus dem Haus, um diesen plötzlichen Attacken zu entgehen. Diese vorübergehenden, allgemeingültigen, anormalen, chronischen Hinweise darauf, dass ich heimisch vorbelastet bin und anfällig für die absonderlichsten Störungen. Ja, ich weine bei Filmen an Stellen, die niemand sonst zum Heulen findet. Ein Penner wird Weihnachtsmann in einem Kaufhaus. Schlecht bezahlt, verkannt, sitzt er auf einem Stuhl vor einem Tannenbaum und erfreut die in Schlange stehenden Kinder mit auswendig gelernten Sprüchen. Bis dann dieses kleine Mädchen kommt, Holländerin, die sich ihm auf den Schoß setzt. Und plötzlich kann der Penner Holländisch reden. Ich bin zwanzig Jahre alt und sehe diesen Film im Nachmittagsprogramm. Ein schwarzweißer Film. Beide singen sie ein liebliches holländisches Liedchen. Und mir stehen nicht nur ein paar Tränen im Gesicht, ich heule Rotz und Wasser von der albernen Szene. Es macht mich nervös, dass ich nicht weiß, warum. Über Jahre komme ich nicht dahinter, was mit mir geschieht. Ich muss diesen Film haben. Ich muss mir diese Filmszene ansehen, um herauszukriegen, was für ein emotionales Wesen ich bin. Ich werde fünfundzwanzig, fünfunddreißig, fünfundvierzig, fünfundfünfzig Jahre alt, ehe ich den Film als DVD-Überspielung

in meinen Händen halte, in den Laptop gebe, an die entsprechende Stelle komme, sie wiedererkenne und anschaue nach reichlich drei Jahrzehnten.
Wie oft ich es sehe, immer wieder weine ich neuerlich Tränen. Unverändert erlebe ich das geschauspielerte Weihnachtsmann-kleines-Mädchen-Kaufhausmärchen, als sei es Wirklichkeit. Es gibt Taschentücher genug und es ist schön, wenn das Weinen abklingt, sich Normalität einstellt, man erleichtert spürt, dass man auf dieser Welt ist. Ich analysiere die Szene. Ich zoome achtfach. Ich fahre mit einer speziellen Programmdatei jedes Filmdetail ab, bis ich fündig werde, im oberen Teil des Weihnachtsbaumes jenen Hinweis erhalte, mich dran erfreue, wie ein Kriminalist sich freut.
Zwischen den Zweigen, im Hintergrund entdecke ich das kleine Bühnenfenster, das der Auslöser meiner Erschütterungen ist. In ihm schneit es. Künstlicher Schnee in einem Filmkaufhaus, mehr als kitschig zu nennen. Mechanischer, inszenierter Schnee. Der Fall ist gelöst, glaube ich, bin mir sicher. Nun, wo ich dahintergekommen bin und Bescheid weiß, werde ich doch wohl die alberne Filmsequenz besser verdauen können, nicht wieder so emotional darauf reagieren.
Aber dem ist keineswegs so. Ich spüre es im Kehlkopf, ein Schlucken ohne Schlucken, so kurz davor. Und dann wird es zu einem Inhalieren, kindlichem Schluchzen gleich, dieses kurze, mehrfache Nach-innen-Hauchen. Dieses Kurz-vor-dem-Weinen-Sein, es aber nicht wollen und aber doch wissen, dass es passieren wird und zwar schrecklich bald. Dieses zwischen allen Stühlen und nicht wissen, ob etwa nicht oder etwa doch. Dann braucht es nur ein einziges kleines Hauchen, und ich heule wie der berühmte Schlosshund, nur viel, viel schlimmer. Ich ziehe meine Lehre daraus, die da lautet: Bewahrt euch besser vor dem exakten Wissen. Lasst geschehen, was euch geschieht, und sagt euch lieber: Mir hilft eine Behandlung meiner Angststörungen nicht. Mir helfen keine Medikamente. Ich meide die Psychotherapie. Es gibt keine

besseren Verhaltensweisen und Therapien für mich. Ich bin die Waise, gegen all die Bemühung nicht reparabel.

Ich will all die Tage zurückrufen, die nicht zurückzurufen sind. Ich habe mich an Dinge zu erinnern, die außerhalb jeder Erinnerung bleiben. Akten können nicht vermitteln, was ein Geruch oder der Geschmack von Buttermilch auszulösen imstande sind. Es ist niemand da, der sich für mich erinnert. Es ist da keiner, der wahrhaft berichten kann, wie ich gewesen bin. Da ist niemand, der sagen kann, was gut und schlecht mit mir, an mir war. Nichts ist überliefert, außer das, was ich in mühseliger Arbeit vom Vergessensschnee freigelegt habe. Vergangenes, das flimmert, während ich mit dem geborgten Auto nach Eberbach am Neckar fahre. Erinnerung. Täuschungen. Erinnerungstäuschungen. Paramnesie, bei der ein seltsamer Eindruck entsteht: Man meint, man habe eine Sache oder eine Szenerie früher einmal gesehen, die ablaufende Situation schon einmal so erlebt. Déjà-vu. Und du weißt, es kann nicht der Fall gewesen sein. Du fällst auf ein Déjà-vu-Erlebnis herein.
All die Tage, die ich erinnere, erinnern muss, existieren einzig und nur allein durch mich. Das hat die Mutter zu verantworten. Aber die rührt sich nicht. Die macht rüber in ein anderes Leben und in ein anderes Land, verdrückt sich, haut ab. Vom Vater heißt es, er sei ein Säufer. Die Mutter wird mir als Rumtreiberin beschrieben. Ich sage mir, die beiden Hände am Lenkrad: Die Frau ist es nicht wert. Schande über jede weitere Rabenmutter. Hilft es mir nicht, hilft es sonst wem außer mir auch nicht, dass ich mir einrede, zur Mutter hinzumüssen. Es wird auch danach keine Ruhe einkehren. Die Rahmenbedingungen für einen Besuch sind ungünstig. Die Mutter, die keine Mutter ist und keine Mutter war, kann man sich nicht zur Mutter schönreden.
Ich fahre Auto. Ich denke schlecht von der Mutter, für die ich keinerlei Liebe in mir habe, mit den empfindlichsten

Messgeräten nicht zu orten. Ich bin muttersatt. Ich bin trotzdem auf dem Weg. Zur Nichtexistenz. Ich sitze hinterm Lenkrad. Ich fahre auf einer Straße dem Mutterort entgegen. Ich statte der Mutter einen Besuch ab, in der vergeblichen Hoffnung, mich dem Nichts zu nähern, Klärung zu finden zu den verschlissenen eigenen Lebensjahren und tötenden Tagen, Monaten, Wochen. Man steckt andauernd in einer Anlaufphase. Man geht ein Ding immer wieder an und weiß, dass da nichts anzugehen ist. Man fühlt sich so elend, winzig und klein dabei und meint, ein so großes, menschliches Vorhaben umzusetzen, wenn man sich aufmacht, die Hand zu reichen. Alles um dich herum ist gering und nicht wichtig. Und doch reise ich nicht zu dieser Nichtmutter hin wie ein guter Mensch voller Verzeihen und Güte, sondern weil ich von der Mutter die ersten Momente erzählt bekommen will, an die ich mich nicht, sie, nur sie, niemand sonst sich entsinnen kann. Ich will die vier Jahre meines Schweigens durch ihr Reden über damals ausgeglichen bekommen. Tilgung ist das Ziel meiner Reise. Ich möchte mein kindliches Schweigen anerkannt sehen. Ich will das schweigende Maß erkennen können, die nachfolgenden sechseinhalb Jahre Kinderheimzeit ermessen, die verbotene Ära angehen wie Wind, Sturm, Kälte, Frost. Ich will nach dem Schneematsch meiner Tage fassen, Zeitmatsch in meinen Händen halten, jene Anfangsjahre spüren, von denen ich nicht weiß. Ich will meine Schneezeiten benannt bekommen, Schneemonate und Schneeerinnerungen erinnern, die durch einhellige Leere gekennzeichnet sind, grell glänzend und bestechend schön zu mir herüberleuchten.

Im Grunde bin ich fahruntauglich. Man müsste mich stoppen und auffordern, das Fahrzeug zu verlassen. Es gibt kein Gerät, das anzeigt, wie hochprozentig mit Erinnerungen ich angereichert bin. Ich weiß nicht, wieso, aber ich habe zu meiner Überraschung den ersten Ausflug mit dem Adoptionsvater vor Augen. Es geht mit der Eisenbahn nach Dresden.

Der Adoptionsvater sagt nicht viel. Er nennt einige wichtige Namen: Dresdner Zwinger, Dresdner Porzellan, Dresdner Bank, Dresdner Kunstsammlung, Dresdner Pavillon. Er redet vom starken August. Wir sind dann auf der Brühlschen Terrasse. Vorbeirasende Autos erinnere ich, wenn ich mich an Dresden erinnere. Ich stehe neben dem Adoptionsvater auf der Brühlschen Terrasse, die Straße unter uns vor Augen. Ich bin das Mädchen auf der Brücke, von Edvard Munch gemalt. Ihr Schrei ist Ausdruck meiner intimsten, eigenen Angst, die Angst davor, zu brüllen und nicht gehört zu werden, weil da kein Schrei aus mir fährt, ich stumm und ungehört den Mund aufreiße und nichts rauslasse als Atemluft, ein Kein-Schrei, der Ausdruck ist meiner Unfähigkeit, das Leben zu packen, die Liebe zu den Zieheltern hinzubekommen, mit ihnen guten Kontakt zu halten und auch zu den blassen, gespenstischen Wesen um mich herum. Ans Geländer zur Brühlschen Terrasse gelehnt, beim Starren auf den Verkehr auf der Straße unter mir, passiert mir etwas. Ich sehe den Verkehr (und die einzelnen Autos) nicht mehr sausen, sondern spüre eine Kraft in mir wie ein Gas, das mich aufbläst, leicht macht, für einen einzigen Gedanken. Mein Blut verlässt mich. Ich werde blass, dünn wird meine Haut. Kalter Schweiß bricht mir aus. Die Haut, ich fühle sie nicht mehr, fühle nichts. Die Straße unterhalb lockt so befremdlich. Die Straße zieht mich magisch an. Ich denke, ich bin ein Luftschiff, bin ein menschengroßer Zeppelin, von unnötigen Willensleinen gehalten, die leicht zu kappen sind. Ich muss es wollen. Ich muss es tun. Und ich werde abheben, der Brühlschen Terrasse entschweben, aufsteigen, mich wehen lassen und Höhe, Ferne für mich gewinnen, mich später fallen lassen, dem Wind ausliefern, mich einem Element anvertrauen, das mich als Papierfetzen nimmt und lustig umherweht. Ich kann lachen. Ich werde überleben. Was immer mich wirbelt oder hinabreißt, das Dröhnen der Automobile ist ein Gesang, ein Befehl in liedhafter Form: Spring, Junge spring, es

tut nicht weh, du überlebst den ersten Versuch, du überlebst den zweiten Versuch, du überlebst.
Der Bauch krampft. Das Hirn wird Klump. Kein Gedanke mehr als der eine Gedanke. Das Hirn nur eine geballte Faust, die sich öffnet, mich loslassen, fliegen sehen will. Die Hoden verkriechen sich in ihre Nebentaschen. Ich erleide meine erste Höhenangst. Ungewohnte Kräfte wirken auf mich ein. Da ist so ein zärtlicher Sog zu verspüren. Unbeschreibliche Sehnsucht gibt vor, ich wäre nicht Mensch, sondern Struktur, unbelebtes Leben, federleicht, ein Vogel mit Knochen aus Luft und Muskeln aus Spinnengewebe. Ich will fort aus meinem Leben. Ich will die Adoptionseltern nicht länger um mich wissen. Ich will zurück in die Bedeutungslosigkeit, die himmlische Stille, von woher eine sanfte Stimme wirbt: Du kannst gar nicht aufs Pflaster prallen. Du bringst zu wenig Eigengewicht auf die Waage. Du wirst niedersinken, wenn du es willst, die Arme ausgebreitet zu Boden schweben. Von Sturzflug und Sterben geht da kein Gerede. Aufsteigen meint, sich frei wie der Vogel in den vergnüglichen Lüften tummeln. Ein Himmelsstürmer möchte ich, ein Wolkennarr sein, mich überwinden ab sofort. Der Adoptionsvater erfasst die Situation, fasst meine Hand, führt mich sanft vom Geländer weg, redet nicht.
Ich habe für das Erlebnis eine Fotografie im Kopf. Kürzlich in einer Zeitschrift gesehen. Unterschrift: Sturz eines Diktators. Kinder umstehen eine umgestürzte Statue, die des eben abgesetzten Präsidenten von Ghana, Kwame Nkrumah. Der Präsident liegt auf dem Rücken. Die Hand, die als Standbildhand kopfhoch gehalten väterliche Weisheit symbolisiert, wirkt so wie eine Abwehrhand gegen die Kinder, die auf der Statue unsichere Balance halten und in die Linse blicken, auf der rundlichen Schaukel des Arms Halt und Hilfe suchend. So rücklings und tot sehe ich mich beim Betrachten des Bildes. Keine fünfzehn Jahre jung. Tot. Aus einem Guss. Zerschmettert auf Dresdner Asphalt liegend. Die Arme gebrei-

tet. Das Gesicht in Lächeln gehüllt. Das Stirnhaar von Blut nass. Die abschließende Titelzeile nichts als: Waise stürzt sechs Meter in die Tiefe.

Neben mir auf der Autobahn streckt einer seinen Ringfinger, wedelt mit der flachen Hand vor seiner Visage, weil ich zu lange links außen gefahren bin und er sich gezwungen sieht, die rechte Innenfahrbahn für den Überholvorgang zu nehmen. Ich kurble meinerseits die Scheibe herunter, rufe dem Fremden zu, dass die Fantasie mir immer Mut zugesprochen hat und mir behilflich sein wird, mich den fragwürdigen Realitäten zu widersetzen. Die Welt ist voller Amok- und Irrläufer, die sich auf die Nerven gehen, gegenseitig bedrohen, abdrängen und die Vorfahrten nehmen, sich beschimpfen, mit Handzeichen und Gesten gegeneinander antreten, bis sie übereinander herfallen und einer den anderen richtet. Wer sich zu helfen weiß, saust mit dem Wagen zur Stadt hinaus auf die Autobahn und fährt so weit wie es sein muss, dass sich die Wut in ihm verflüchtigt. Andere brüllen, um sich nicht unterordnen und überholen lassen zu müssen, und kehren erleichtert zurück in den Alltag, in die Familie, in das eigene Leben.
Im Grunde lebe ich Harakiri. Das Fehlen der Mutter schneidet mir den Bauch auf. Wie der Samurai sehe ich mich gezwungen, gegen mich und die Schande der Gefangennahme durch das Heim vorzugehen, irgendwie ehrenvoll aus der Erniedrigung herauszugelangen.
Der geschmückte Dolch ist meinem Heimleben stets beigefügt. Mir steht eine bestimmte Anzahl von Tagen zur Verfügung, um Vorbereitungen für die Zeremonie zu treffen. Das Podest ist errichtet. Der rote Teppich liegt aus. Ich trage die zeremonielle Kleidung als steifes Nachthemd jeden Tag am Leib und muss niederknien, den Dolch empfangen, die Schuld an meinem Elend gestehen, den Bauch aufschlitzen, worauf man mir meinen Kopf abschlägt und als Beweis für

meinen Tod den mit meinem Blut befleckten Dolch an den Kinderkaiser übergibt.

Mit diesem Fazit wechsle ich von Ost nach West, verlasse meinen angestammten Lebensraum und sehe mich am Schreibtisch meines Adoptionsvaters sitzen. Der Schulatlas liegt aufgeschlagen vor mir. Wonach ich denn forsche, was ich suche, fragt die Adoptionsmutter mich. Den Mutterort, ihren Unterschlupf, antworte ich wahrheitsgemäß, wissend, dass ich in den Ohren der Adoptionsmutter damit aufrührerisch rede, eine Krise heraufbeschwöre, von der sie sich und auch der Adoptionsvater nicht wieder erholen werden. Es zieht die Abkehr auf, in deren Verlauf ich nicht mehr zu stoppen sein werde. Ich melde mich ins Gruppenleben zurück. Ich gebe die Adoption auf. Ich komme im Internat unter. Ich lebe in einem Viermannzimmer. Ich kontaktiere die Schwester als Nächstes. Mir ist alles, was zum Bruch zwischen mir und den Adoptionseltern führt, lieb und recht.

Ich durchfahre fremde Landschaften. Ich brauche meine Mutter nicht zu sehen. Es ist die Neugierde, das allzu menschliche Streben, den Dingen auf den Grund zu gehen. Vom Vater, so rede ich mir ein, könnte ich wenigstens den Vornamen in Erfahrung bringen. In diesem Sinne durchbreche ich die unsichtbare Grenze, die immer bestehen bleibt, die nicht wegzumachen ist. Auf demselben Weg, auf dem, fünfzig Jahre vor meiner Reise zur Mutter, die Mutter über die Grenze abgehauen ist. Was sonst ist mit dem Mutterbesuch zu erfahren, außer, dass nicht viel mehr zu erfahren ist. Ich werde deswegen kein anderer Mensch sein. Ich werde als ein Wissender zurückkehren. Die Dinge wären anders verlaufen. Die Mutter hätte sich bemüht, mich als ihren Sohn an sich zu binden. Die Mutter hatte gleich zu Beginn kein Interesse an ihrem Kind. Wie soll sie an mir, der ich ein Mann geworden bin, nach Jahrzehnten ein Interesse entwickeln? Ich werde eines Tages sterben und nichts von mir sagen können, als dass ich trotz allem Widerwillen die Mutter aufgespürt, besucht, gesprochen habe, zufrieden war, es getan zu haben. Was die Mutter für eine Mutter war, weiß ich doch längst in groben Zügen. Was ist von einer Frau zu denken, die ihre Kinder, eben erst zur Welt gekommen, blutig frisch geboren von sich stößt? Was soll man als Kind von einer solchen Frau weiter groß denken? Wie haltlos sie als Frau geworden sein mag, wie ausgetickt und ausgeflippt sie sich benommen hat, als Mutter kann sie doch nicht mich und die kleine Schwester verlassen, eines Traumtrugs wegen, diesem Lockruf aus dem Reich billiger Propaganda vom heiligen Ochsen, der im Westen zuckersüße Milch geben würde.

Der Westen ist an mir schuldig geworden. Was der Westen von sich pausenlos Richtung Osten propagiert hat, hat Wirkung gezeigt. Was sich der Westen durch seine Dauerbeschallung des Ostens an Aufweichung in den Hirnen der Ostler erwarten durfte, ist über jedes Maß eingetroffen, ohne dass je überprüft worden ist, was hinter dem Gehabe und der Propaganda vom besseren Leben steht. Im Grunde hat mich die ununterbrochen ausgestrahlte Angeberei des Westens zur Waise werden lassen. Der Westen hat meiner Mutter die Sinne vergiftet und dergestalt verdreht, dass sie mehr über ihn als über das Wohl ihrer Kinder nachgesonnen hat, dem Westruf höriger geworden ist als ihrer Mutterpflicht. Der Westen ist wie ein großer Verführer aufgetreten. Er hat sich großgetan wie der Auerhahn zur Balz. Schlimmer als jeder Enterich oder Gockel während der Paarungszeit hat der Westen den Osten zu beeindrucken gesucht, als wären die Frauen im Osten allesamt Tiere und deren Männer Konkurrenten. Als wäre der Westen auf seine Balz angewiesen. Als wäre der Rest dieser Welt eine Ansammlung fortpflanzungswilliger Weibchen. Als würden die Völker Afrikas und Asiens nichts anderes anstreben, als sich dem Westen unter die Fittiche zu schieben und von ihm begatten zu lassen. Dieser Triebtäter Westen hat im Lauf seiner Evolution nichts anderes unternommen als spezielle Schmuckfedern auszubilden, so bunt und bizarr

wie die Federkleider bei den Paradiesvögeln, Pfauen und Fasanen. Der alte Hammel täuscht Fitness vor, aber er stinkt unter seinen prächtigen Farben nach altem Mann.
Der Westen hat unzählige Mütter neben meiner Mutter dazu gebracht, den Verstand zu verlieren. Er hat sie mit seinem Dauerwerben weichgeklopft, ihre Mutterinstinkte betäubt, bis sie endlich bereit waren, alles hinzuschmeißen und die Kinder aufzugeben, sich dem Westen zu ergeben. Wegen einem Lumpen wie dem Westen ist meine Muttergöre abgehauen, diesem Flirren nach, dieser heißen Luft, die der große Verführer in den viel zu naiven Osten blies. Eine innere Stimme sagt mir, dass ich Opfer geworden bin eines Opfers, einer Mutter, die selbst reingefallen ist, hier also der Sohn der Mutter mildernde Umstände gewährt, auf sie zugeht, wie man auf eine Geschädigte zugeht, die für ihre Schädigung und Schändung nichts kann. Fahrtwind greift nach meinen Haaren, nimmt sich meiner mutterfreundlichen Gedanken an, erfasst sie, wirbelt sie hoch über das Schiebedach hinfort, verweht sie wohin auch immer, weit von mir, fort und fort.

Das eingebildete Opfer: Binjamin Wilkomirski. In einer Synagoge in Beverly Hills schlossen Laura Grabowski und Binjamin Wilkomirski 1997 einander in die Arme. Beide hatten das KZ Birkenau überlebt und sich nach mehr als fünfzig Jahren wiedergefunden. Die Anwesenden waren ergriffen. Sie weinten und applaudierten. Sie wussten nicht, dass Binjamin Wilkomirski ein Schweizer war und das KZ erst nach dem Kriege als Besucher gesehen hatte. Sie hatten auch keine Ahnung, dass Laura Grabowski keine osteuropäische Jüdin, sondern eine Amerikanerin war, die einige Jahre zuvor unter dem Namen Lauren Stratford einiges Aufsehen durch eine Autobiografie erregt hatte, in der sie schilderte, wie sie als Kind von Sexualtätern und Satanisten missbraucht wurde. Ein paar Jahre lang galten Laura Grabowski und Binjamin Wilkomirski als überlebende Zeugen der Gräuel der Vernichtungslager. Sie berichteten vor Wissenschaftlern und Frauenvereinen. Sie halfen Gelder zu beschaffen für das Holocaust Memorial und die Shoah Foundation. Sie waren Teil der von Norman G. Finkelstein so genannten »Holocaust-Industrie«. Binjamin Wilkomirskis vorgebliche Erinnerungen an seine Kindheit in Krakau und Majdanek wurden unter dem Titel »Bruchstücke« im Jüdischen Verlag veröffentlicht und anschließend in neun Sprachen übersetzt. Beide haben nachweislich ihre Märtyrer-Viten erfunden.

Arno Widmann

Ich verlasse die Autobahn. Ich stelle den Wagen ab. Ich gehe zu Fuß in den nahen Wald hinein. Ich gehe immer weiter und immer tiefer und immer weiter voran, in den Wald, ohne darüber nachzudenken, wie ich aus diesem Wald wieder heraus und zu dem Wagen zurückkomme. Ich stürme vorwärts. Ich habe diesen rastlosen Wanderschritt drauf. Ich will, so scheint es, gar nicht in Eberbach am Neckar ankommen. Ich will die Mutter scheinbar nicht aufsuchen. Und dann finde ich eine Stelle, die ich für geeignet erachte, die mitgeführten Brote mit grober Leberwurst zu essen. Ich geh mit meiner Laterne und meine Laterne mit mir, dort oben leuchten die Sterne, und unten, da leuchten wir, mein Licht ist aus, ich geh nach Haus, rabimmel, rabammel, rabum. Man hat die Mutter gezwungen, sage ich mir. Sie ist nicht freiwillig in den Westen gegangen, und ich sitze zu den Worten auf einem umgelegten Baumstamm. Die Mutter, denkt es in mir mit Blick auf den dichten Wald, könnte dort in einem Bodenloch wohnen, in einer Senke ihre Unterkunft eingerichtet haben. Zwölf Jahre. Zwanzig Jahre. Ihr Leben lang im Wald, in einem ausgehobenen Loch, mit Stroh ausgefüllt wie die Frau, von der ich vor meiner Abfahrt im Radio gehört habe, die sich im Wald vergräbt. Erde zu Erde. Baumstamm neben Baumstamm, bis eine Baumstammdecke ausgelegt und die Wohnung unter der Erdoberfläche bezugsfertig ist. Ich esse mein Brot und die im Wald hausende, auf Augenhöhe der Wurzeln lebende Frau in ihrer Höhle, ihrem Grab, Erdsarg wird mir sympathisch.

Ich könnte mir ein Leben an ihrer Seite vorstellen, bei anständigen Minustemperaturen, bis man uns entdeckt und die Welt von unserer Existenz erfährt. Die den Kindern davongelaufene, untergetauchte, in den Waldboden gestampfte Mutter, die lieber lebendig begraben sein will, als sich um ihre Kinder zu kümmern. Auf der Flucht im Westen nie angekommen, im Waldboden verschwunden. Unentdeckt abgetaucht. Vogelfrei von aller Schande, die über eine Rabenmutter kommt. Die seltsame Frau, die sich für den Wald als ihren Lebensmittelpunkt entschieden hat und Regenwasser trinkt und ab und zu am Bahnhof auftaucht. Die unbekannte, verwirrte Person, der man ein Schälchen zu essen wie den Katzen hinstellt. Die im Kopf irre Person, die die Normalität verlassen hat und nicht in die Gesellschaft zurückkehren wird. Ein menschliches Tier, das keine Reue zeigt, innerlich absterben lässt, was an Mütterlichkeit in ihr verblieben ist, mit den Waldjahren toter werdend, bis zum erlösenden Tod. Die reumütige Mutter, die lieber nach Wald riecht, als dass ihre Schande zum Himmel stinkt. Die Mutter, die wie Humus ausschaut, mit einem Moosherzen in ihrer Borkenbrust beschenkt. Und Morgentaublut in ihren Adern. Und Arme, Beine, die Wurzeln geworden sind, nach Harz duften.

Es gibt keine Zeitvorgabe. Ich habe mich für den Besuch der Mutter entschieden. Ich habe mir die Bereitschaft in Jahrzehnten abgerungen. Alles Weitere kommt ohne Richtlinie und Zeitvorgaben aus. Ich fahre nach Eberbach am Neckar. Kann sein, sage ich mir, ich komme nicht in Eberbach am Neckar an, wende mich vorher ab, besuche lieber einen alten Freund, lasse die Kontaktaufnahme zur Mutter für alle Zeit. Viel zu spät bin ich losgefahren. Viel zu unergiebig wird die Ausbeute sein. Viel zu enorm ist der logistische und emotionale Aufwand im Verhältnis zur zu erwartenden Dürftigkeit. Die Begegnung nach fünfzig Jahren, ein Fahndungserfolg, die Mutter in ihrem Versteck vorfinden, aus ihrer Gemütlichkeit zerren, die Verräterin mit eigenen Augen sehen, ihr gegenübersitzen, und es ist klar, wer wen verhört, wer wem Redeantwort steht. Und doch werde ich mit ihr nur ein paar unbedeutende Worte wechseln, die nichts retten und nichts ändern, denn ich habe sie weit vor dem Besuch als Mutter von der Liste gestrichen, sie für tot erklärt. Sie ist in keinen anderen Aggregatzustand übergewechselt. Die Leere bleibt, die Mutterhülle, die sie für mich geworden ist, als dem einsamen Kind einst klar geworden war, allein zu sein. Es geht nur noch um Vollständigkeit und Abschluss der Aktion. Es geht um das Wissen, wo sie sich aufhielt, wie sie ohne mich und meine Schwester zurechtgekommen ist; wie sie aussieht, die Augen, das Haar, die Hände.

Die Ausbeute nach dem Besuch der Mutter füllt am Ende der Jahrzehnte dauernden Reise keinen Fingerhut im Vergleich zu den Gedanken, die ich mir mein Leben lang zur ihr gemacht habe, diesem See an Sehnsucht, von mir mehrfach umrundet, dieses ewige Sechstagerennen um das Mutterfühlen. Der Besuch ist im Grunde genommen wertlos. Ich veredle mein Erdendasein nicht dadurch, dass ich nach fünfzig Jahren die Mutter heimsuche. Ich stehe wegen meiner Mutterlosigkeit längst keine wilden Träume mehr aus, wälze mich nicht mehr, wie das mutternackte Kind im Heimbett sich gewälzt hat, wehmütig nach der Mutter rufend, im Wunsche, sich an der Todeskälte der abwesenden Mutter zu wärmen. Ich beginne, wenn ich die Mutter besucht habe, im Moment des Abschiedes mit der Niederschrift zum Besuch, das meinem mutterlosen Status ein Ende bereitet; und ist das Buch geschrieben, komme ich im Jahr Null meiner Einsamkeit an. Die Mutter wird gegenstandslos, ein Wortgebilde, das seine Macht über mich verliert.

DIE DIGITALE FOTOKAMERA nenne ich Mutterfindungskamera. Ich führe ein Notizbuch mit mir und bunte Stifte. Ansonsten bin ich unbewaffnet und werde mich nahe dem

Unterschlupf der Mutter einmieten, in ihrer Straße wohnen, das Umfeld erfassen, die Schlinge auslegen, sie immer enger schnüren. Ich habe Zeit. Die Zeit arbeitet für mich. Ich fahre Landschaften ab, erlebe Kindheit im Zeitlupentempo, schwarzweiße Aufnahmen flimmern, schwach kolorierte Bilder folgen nach und verschwinden wie von selbst. Ich besuche die Mutter heißt: Ich befinde mich auf dem Weg zu ihr hin, von ihr weg, halte mich in Eberbach am Neckar auf, wo die Mutter ohne ihre zwei im Osten gelassenen Kinder Asyl erlangt hat. Mir wird kalt. Ich bibbere. Die Landschaft gewinnt an Schärfe. Das Bibbern und Flattern findet im Inneren der Waise statt. Ich trage einen bibbernden Bruder unterm Herzen. Der nicht mit mir geborene Zwilling. Das Kümmerchen. Alles Zucken pulst nach innen und gefriert auf dem Weg zum Herzen.
Und plötzlich ist mir die Luft im Wagen knapp. In Intervallen fällt mich Bauchschmerz an, als bisse mich von innen her ein kleines Untier. Ein Krokodil, das sich in meine Nabelschnur verbissen hat. Ich erinnere die Großmutterreden am Lenkrad meines Wagens, der ein ausgeliehener Wagen ist, der kleine, schwarze Wagen eines Freundes. Ausgeborgt wie das Leben, das wir alle leben müssen, geliehen von der Mutter, die uns auswirft und in den Tod schickt, der das Ziel allen Lebens ist. Beim Bauchredner glaubt man auch, die Stimme käme aus seinem Bauch, dabei presst der nur geschickt seine Gaumenbögen zusammen, lenkt den Kehlkopf durch Rücklage seiner Zunge. Eurykles von Athen war ein sehr geschätzter Bauchredner. In meinem Bauch tritt der um sich beißende Wahrsager auf, zwingt mich, den Wagen unter Schmerzen auf den nächsten Parkplatz zu fahren und den Motor abzuschalten, unter Schmerz die Fahrertür zu öffnen, auszusteigen. Ich krümme mich auf einer Rastplatzparkbank. Ein Mann stoppt sein Automobil neben dem meinen, gesellt sich zu mir, fragt, ob er mir behilflich sein könne, ob ich ihn höre. Sagt, dass er ein Sanitäter sei, worauf ich schwach keuchend antworte,

mit meinem Bauch stimme was nicht, ein kleines Krokodil, das beiße.

Ich bin nicht gewohnt, hilflos zu sein, und mir ist es nicht recht, von einem Fremden zum Pflegefall erklärt zu werden, der mir rät, meinen Wagen stehen, mich in den seinen verfrachten zu lassen; zur allgemeinen Ambulanz, wo mich eine Krankenschwester registriert und ich den Mann an meiner Seite nicht loswerde. Ich bin dann über eine Stunde im Wartesaal. Die Krankenschwestern huschen. Mir wird Blut abgenommen. Das Krokodil hört nicht auf zu beißen. Einheimkindinteressant, sagt der Doktor, fragt, wie es denn so gewesen sei, dort. Ich weiß nicht, warum er das weiß, und weiß nur, dass ich zu ihm geredet haben muss und dass es mit den Leuten immer dasselbe ist. Sie treffen auf ein Heimkind und wollen sofort die Heimkindzeit bereden. Ich rede nicht gerne von dieser Zeit, und rede auch gar nicht schlecht, sondern bekenne mich zur Heimkindzeit, gestehe recht gerne, ein Heimkind gewesen zu sein und gut in der Schule, hinreichend befähigt für meine Freunde, Liebesbriefe an die von ihnen angebeteten Mädchen zu verfassen. Die Kinderheimzeit, mein Heimdasein. Ich weiß die nächsten Fragen im Voraus und auch, was nach der übernächsten Frage kommt, nämlich, dass bei dem Doktor in der Nachbarschaft auch einmal ein Kind von angesehenen Leuten adoptiert wurde und aus ihm ein toller Bursche geworden sei. Ich sage höflich, dass ich derartige Geschichten nicht erzählt bekommen will, sondern einen Befund. Der Mann im Kittel überhört es. Ich kann sein Heimkindgerede nicht verhindern. Das Krokodil beißt von Neuem zu. Ich komme gegen das Krokodil nicht an. Der Mann, der mich hierher ins Krankenhaus gebracht hat, ist immer noch da. Ich werde meinen Helfer nicht los. Waisen lassen Waisen in Ruhe, sage ich viel zu schwach und ungehört. Waisen tauschen sich über Ortschaft, Landkreis und Namen ihrer Kinderheime aus. Mehr geschieht nicht. Aber die beiden Herren werfen bereits ihre Mitleidsmaschinen an.

Ich sage, dass ich einen Varietébauchredner in mir trage, eine ausgewachsene Handpuppe, die mir innere Dialoge abnötigt. Der innere Schmerz, der Stimme zu werden sucht, sage ich, die schmerzenden Stimmen im Bauchinnenraum wie früher bei Fliegeralarm. Der innere Bauchredner hält den inneren Schmerz zusammen, verengt meine Furcht vor den inneren Zungen. Was mich zwickt, ist bis in die Antike zurückzuverfolgen. Ich bin Eurykles von Athen und halte meinen Bauch, in dem sich ein Bauchwahrsager eingerichtet hat, dem Volk hin. Achja, macht der Doktor. Mit Poesie kann er nichts anfangen. Mein Puls ist erhöht. Sagen Sie nichts, sagt der Doktor. Ich verstehe, was Sie durchgemacht haben. Sitzt auf meiner Bettkante, legt mir die Hand auf die Schulter, unterstellt mir unglückliche Tage. Sucht mich durch Anteilnahme auf seine Seite zu lotsen. Ich werde von ihm behandelt, als wäre ich krank. Er drückt mir den Unterleib, verschreibt mir etwas, das, wie er sagt, dieses Ding in meinem Bauch beißen wird und außer Kraft setzen. Der Blinddarm ist es nicht. Der Mann fährt mich zum Parkplatz zurück. Wir sitzen eine Zeit beisammen und sagen nichts, bis der Mann sagt, wie leid es ihm tut. Ja wie denn, krächze ich. Du stirbst in dieser Hülle, wirst begraben in deiner Kinderheimhaut, und das beißende Krokodil in dir mit. Lebendig! Die Welt ist nicht zu belügen. Die Wahrheit wächst wie Spargel tief unterhalb und nur die Köpfe schmecken. Einmal Heimkind, immer Waise. Das Heimkind in mir schimmert überall durch. Meine Haut wird durchlässig. Heim bleibt Heim. Sagen Sie nix. Heimkind sein, ist Haut verpflanzt bekommen, die deinen Körper hermetisch umschließt, ihn engt und gefangen hält. Jeder gewonnene Abstand trügt. Es gibt kein Entfernen vom Schneckenhaus. Das Heim wandert mit dir aus, wimmere ich beinahe. Wenn du erst Schnecke geworden bist, kommst du aus deinem Haus nicht heraus. Richte mich auf, die Arme gebreitet: So schleppe ich all die Heime aufgetürmt zu einem Heim mit mir herum. Das Krokodil in meinem Bauch beginnt

wieder um sich zu beißen, ich sacke in mich zusammen. Das Beißkrokodil zwingt mir Schweigen auf. Der Mann nimmt das Wort, sagt, dass er Lehrer ist und oft in Indien, in den indischen Religionen beschlagen, wo dem Mitleid eine zentrale Rolle zukommt. Und dann muss der Mann weiter, sagt, dass es schön war, sich kennengelernt zu haben, und wenn das Buch geschrieben ist, wird er es lesen, egal wie vehement ich mich gegen sein helfendes Interesse ausspreche. Literatur sei Architektur, baue Brücken auf den Leser zu, keuche ich ihm zum Gruß. Der Mann hebt die Hand zum Abschied. Dann ist der Mann fort. Das Krokodil in meinem Bauch ist nicht so leicht zu vertreiben. Ich bleibe auf dem Parkplatz. Ich sitze auf dem Beifahrersitz. Ich bin wieder allein. Ich denke an Amputation, chirurgischen Eingriff, die Entfernung meines in mir um sich beißenden Krokodils. Ich bin bereit, einen anderen Körperteil herzugeben, den Blinddarm, die Mandeln, um das Krokodil loszuwerden, bevor das Krokodil mich beherrscht und von der Reise abhält. Das muttersüchtige Krokodil spürt die Nähe der Mutter mit jedem Kilometer stärker, rede ich mir ein, will den Besuch nicht, sucht mich vom Kurs abzubringen, zur Umkehr zu bewegen. Phantomschmerz, sage ich mir. Einbildung. Zeitweise Lähmung. Oberflächlicher Schmerz, der nicht tiefer in mir sitzt. Das geht vorbei, sage ich mir, nicke ein und erwache durch einen Laster, der haarscharf an mir vorbeidröhnt.
Mir geht es deutlich besser. Ich setze die Mutterfahrt Stunden später als geplant fort. Nun werde ich sicher erst um Mitternacht ankommen. Beethovenmusik hilft mir, die langsam aufziehende Ungeduld zu übertünchen, die Emotionen in Schach zu halten. Armer Bruder Beethoven, nach Wien gegangen, um Musikstunden bei Wolfgang Amadeus Mozart zu nehmen, wozu es nicht kam. Die Mutter kündigte ihren herannahenden Tod an. Du musstest dich in Richtung Bonn trollen, so viel Macht übt die Mutter aus. Und auch Mozart ist nicht frei von Mutterbelastung. Der Mutter hörig, von der

Mutter bedrängt, der Mutter zum Gefallen, sagt er den Oberen seiner Wahlstadt ab, weil es zwischen der Mutter und dem Dienstherrn zu Spannungen gekommen war.
Bis Neckarelz rausche ich über eine breite Straße durchs Tal am Neckar, das im Dunklen verborgen bleibt. Eine bizarre, von Lichtpunkten durchsiebte Dunkelheit. Scheinwerferlicht ritzt am Lack der stockdunklen Nacht. Bis endlich die Lichter der Gemeinde Eberbach am Neckar vor meinen Augen auftauchen. Der Ort, an dem die Mutter wohnt, ist ein schöner Ort, auf dem ersten Blick. Die Kirche in Ocker. Viel Ziegelrot. Herrliches Fachwerk. Bunte Wimpelketten. Hierher hat sich die Mutter verkrochen, in Decken der Verdrängung gut eingehüllt. Bald gras ich am Neckar, bald gras ich am Rhein, bald hab ich ein Schätzel, bald bin ich allein. Bäume. Rasen. Flächen, Schiffe als Schablonen. Kaianlagen. Poller in Reihe. Ampeln. Lichter. Straßen. Lampen. Das schöne Zucken auf der Wasseroberfläche des Flusses, an dem ich vorbeifahre. So viel ist von Eberbach zu sehen im Laternenlicht. Und rechts fließt der Neckar, links ziehen die Häuser vorbei. Ich fahre zügig durch den Ort hindurch. Eberbach ist den nächsten Tag mein Ziel. Die erste Nacht will ich in einem anliegenden Ort verbringen, den ich nicht mit der Mutter teilen muss. Was hilft mir das Grasen, wenn d' Sichel nicht schneidt, was hilft mir das Schätzel, wenns bei mir nicht bleibt, und soll ich denn grasen, am Neckar, am Rhein; so werf ich mein schönstes Ringlein hinein, soll schwimmen hinunter ins tiefe Meer nein, so frisst es ein Fisch, das Fischlein soll kommen aufn König sein Tisch, der König tut fragen, wem's Ringlein soll sein. Kannst grasen am Neckar, kannst grasen am Rhein.
Ich finde die Pension, steige aus, werfe die Wagentür hinter mir zu, lasse die Gepäckstücke Gepäckstücke sein, stehe vor dem Haus, recke meinen Leib, als wäre ich nicht aufgeregt, finde im Briefkasten den Zimmerschlüssel wie verabredet in einem Umschlag vor, stecke ihn ein, gehe nicht aufs Zimmer, sondern sitze fast eine Stunde lang im Hinterhausgarten der

Pension mit mir allein zusammen, in bester Gesellschaft unter einem aufgespannten Sonnenschirm, der mich vor dem Dunkel der Nacht abschirmt. Hinter mir ist das sanfte Rauschen eines unsichtbar fließenden Gewässers zu vernehmen. Ich trinke den roten Wein aus der mitgeführten Flasche, den ich Mutterfindungswein taufe, eigens für diesen Augenblick meiner Ankunft mitgeführt. Da es mir schön ist, ich es mir nicht anders überlege, die Muttersache durchziehe, stoße ich auf mich an, bestätige mir, gelandet zu sein und sinne ins Dunkel hinein, lass all die Regungen ablaufen, die mich befallen.

Weit nach Mitternacht stelle ich die Reisetasche im Pensionszimmer ab, hole aus ihr den transportablen CD-Player hervor, lege die Musik ein, mit der ich zur Mutter unterwegs bin. THE KÖLN CONCERT. Cologne, January 24, 1975, Part I, 26:15, Part II a, 15:00, Part II b, 19:19. Part II c, 6:59, All composed by Keith Jarrett, Produced by Manfred Eicher, An ECM Production, Published by CAVELIGHT MUSIC BMI/AMRA. Erschöpft und müde, stehe ich am Pensionsfenster, blicke in die dunkle Nacht wie in eine Zeitmaschine. Der Pensionsbesitzer hat eine Riesenplatte Abendbrot unter Klarsichtfolie bereitet, die für zwei Personen locker ausreichen würde. Ein Ensemble grandioser Köstlichkeiten. Geräucherte Forelle. Schinkenscheiben. Weintrauben, Melonenhälften. Tomatenstücke. Gewürzgurke. Weichkäse mit Schimmeleinlage. Hartkäsehäppchen auf Salatblättern. Tischtennisballgroße Salamistücke. Butter in rot-blau-weißer Verpackung. Null-Komma-zwei-Liter-Weingläser mit grünem Apfelsymbol. Eine gute Stunde verweile ich an der Silberplatte, esse brav alles auf, sitze auf den weichen, rotweiß karierten Kissen im halb runden Korbsesseln. Die Beine hochgenommen, betrachte ich die Nacht durch die geöffnete Balkontür, beginne zu frieren, trinke die Flasche Wein leer, haue mich, ohne mich meiner Kleidungsstücke zu entledigen, ins Bett, um alsbald erschöpft einzuschlafen.

Unter welcher Belastung, welchen Umständen, zur späten oder bereits sehr frühen Nachtstunde ich wann und wo auch einschlafe, ich erwache Punkt sechs Uhr siebenundzwanzig. Ein Fluch. Meine Biouhr. Und muss mit Müdigkeit in den Knochen das Erlebte erst einmal aufschreiben, die Träume der Nacht, Gedanken, die einem so gekommen sind, bestimmte Dinge bei Tageslicht besehen beschreiben. Und bin nicht gerne lange in fremden Zimmern, sitze auf der Terrasse unter dem Schirm, der mir zur Nacht den Himmel fernhält, schaue auf die Kirche hinter der Pension. Die Kirche sieht wie ein Bahnwärterhäuschen aus. Aus ihrer Dachmitte ragt ein quadratisches Türmchen, mit viertelstündlich bimmelnder Uhr. Neben mir werkt ein Mann mit Bauchschürze, der Tscheche oder Pole ist, an einem Motorrad. Er schmeißt die Maschine an, gibt Gas, macht Lärm, der mich vertreibt. Ich bewege mich zum Pensionstor hinaus, drehe große Runden, schaue mich um, fühle mich ein, suche Sensationen, wie dieses knallig gelbe Plakat unweit der Pension, das nach mir ruft, an einer Verkaufsbude prangt und einen Jackpot von neun Millionen verspricht. Lotto jetzt, steht über dem Eingang geschrieben. Ein Hundeverbotsschild sagt streng: Wir bleiben draußen. Hinter der Barriere steht eine Frau, gut einige wilde Jahre über ihrem Zenit, aber immer noch verdammt gut beisammen, in eine dunkelblaue Sportjacke gesteckt, umflort von einen weißen Kragen mit Reißverschluss. Schauen Sie sich um, junger Mann, fordert sie mich auf, der ich dem Wunsche bereits nachgehe. Mir nach treten zwei Typen, die Manne und Knolle heißen und wie Topf und Deckel zusammenpassen; offensichtlich Brüder, in Mutters guter Stube, mit ihren auffällig hellen, hohen Stimmen. Der eine in Windjacke mit roten Armstreifen plus Brustaufschrift, die Hose über dem Bauchnabel um die fette Hüften gebunden. Der andere, auf den ersten Blick dürre, in hellblauem Hemd, Kragen offen, in einer Hose, die ihn wie eine Schneiderpuppe aussehen lässt. Bruder Dick holt mit ausladender Geste

Tippscheine hervor, die von der Tresendame Blatt für Blatt in die Glücksermittlungsmaschine gesteckt werden, dann zahlt sie ihnen eine Summe aus, die Dick & Dürr in Schokolade, Gummizeugs, Lustigkeitswasser, Brot, Milch, Käse, Salzgebäck umsetzen. Ein Restsümmchen verbleibt, sagen sie im Chor, schieben ein Trinkgeld der Dame hin, sind raus aus dem Laden. Was die hier gewonnen haben, ich kann Ihnen sagen, sagt die Tresenfrau. Hinter ihr lindgrüne, lindrosa, lindbläuliche kleine Becher bedruckt mit den Fernsehfiguren aus der DDR. Das Sandmännchen. Der Fuchs. Die Elster. Pittiplatsch. Schnatterinchen. Für einen Euro und sechsunddreißig als Überraschungspackung. Dazu Ostquark. Honeckers Schlafmohn. Stasi-Schocker und Russenpudding, dass die Vermutung naheliegt, der Laden sei eigens für mich eingerichtet worden, weil man um meine Vergangenheit weiß, und von meinem Mutterunterfangen. Sie wissen von meiner Heimkindzeit, woher ich komme, und suchen mich mit albernen Artikeln aus meiner Vergangenheit zu erfreuen, was mich mehr als erschreckt. Ruckzuck bin ich aus dem Laden raus, zur Verwunderung der freundlichen Dame hinterm Tresen, dem Flussrauschen der Nacht nach, das zu einem kniehohen Wasserfall gehört und einem Flachgewässer von ungefähr doppelter Billardtischbreite, träge und sauber fließend. Ich hört ein Bächlein rauschen wohl aus dem Felsenquell, hinab zum Tale rauschen, so frisch und wunderhell, ich weiß nicht, wie mir wurde, nicht, wer den Rat mir gab, ich musste hinunter mit meinem Wanderstab, hinunter und immer weiter, immer dem Bache nach, der immer frischer rauschte, und immer heller, ist das denn meine Straße, oh Bächlein sprich, wohin, du hast mit deinem Rauschen mir ganz berauscht den Sinn.
Gegen Mittag fahre ich also denn nach Eberbach, zum Mutterort hin. Hinterm Bahnhof nahe der Muttergasse, in einem abschüssigen Garten, die Bleibe für die nächste Zeit zu beziehen, übers Internet gefunden, am Beginn der Mutter-

straße, um, wie ich es vorgehabt, ganz in der Mutternähe zu sein, mich für das Muttertreffen fit zu machen, den anstehenden Mutterbesuch wohl vorzubereiten. Ich stelle den Wagen weit vorher auf einem Parkplatz ab. Die Nummer soll mich nicht verraten. Ich kreise das Wohngebiet der Mutter systematisch ein. Ich gehe mit meinem Gepäck das Stück Zusatzweg ab. Ich taste mich in Mutterrichtung voran. Jede Stadt, Eberbach am Neckar auch, ist unterteilt. Der Bahnhof bildet die Grenze. Man wohnt nach Klasse und Schicht. Entweder nach vorne heraus zum Hauptausgang des Bahnhofes ins bessere Viertel. Oder eben weniger toll hinterm Bahnhofshinterausgang. Nach hinten heraus vom Bahnhof zu leben meint, immer wieder über die Gleise gehen, die schmale Brücke entlang, die ellenlange Strecke vom ersten Abstellgleis bis zur allerletzten Rostschiene, den deutlich längeren Anmarschweg bewältigen, auf weniger attraktive Wohnhäuser zu, als diejenigen zum Bahnhofsgebäude nach vorne heraus, wo gleich nach dem Haupttor des Bahnhofes die besser situierten Leute in schmucken Häusern verschwinden und in Straßen mit städtischem Niveau leben, wo sie das volle Leben frei Haus vor ihren Türen geboten bekommen. Ich bin recht gut zu Fuß unterwegs. Es geht bergan auf die Gartenpension zu. Und als ich die Pforte aufstoße, krampft es mich in einer Heftigkeit von innen her, dass ich mich gegen die Wand lehne, mir den Bauch halte, wieder dieses Reißen von unter der Bauchdecke her spüre, als trüge ich eine Schussverletzung in mir. Verdammtes Krokodil. Ich muss erbärmlich aussehen, denke ich. Ich muss das kleine Krokodil an den Neckar bringen, in den Neckar werfen. Eine schlimme Weile vergeht, dann ist der Schmerz verflogen, die Gartenlaube bezogen und ich kann mich schmerzfrei auf die Mutterfährte setzen, von hinter dem Bahnhof aus, durch einen Bahntunnel, frisch die Gasse weiter hochgewandert, auf die weithin sichtbare, hochaufragende Betonstele zu, die eine Kirche ist, ein betongrauer Seelensilo, in den Siebzigern hochgezogen,

Tribut an die Moderne. Hausnummer für Hausnummer. Und vor dem Haus der Mutter abgebogen, bis ich endlich auf der Bahnhofsbrücke bin, auf das Bahnhofshinterland blicke, in die Richtung, aus der ich gekommen bin. Im Bewusstsein, über Gleisbetten zu stehen, auf der Verbindungsbrücke zwischen Bahnhof und Bahnhofshinterland, fasse ich das Geländer, das meine Mutter berührt haben wird, wenn sie hier entlanggegangen ist. Und halte inne. Und schweige. Und spüre. Und spüre nichts. Und befreie mich aus der Umklammerung, löse mich von diesem Geländerstück, um ins Zentrum zu gelangen, in die Wirklichkeit von Eberbach am Neckar, auf ein hell erleuchtetes Bäckereischaufenster zu, in dem ein Fahrrad prunkt, das ein gasbetriebenes Rad ist, im hohen Norden, wo ich groß geworden bin, Hühnerschreck gerufen. Zwischen Vorder- und Hinterrad türmen sich grüne Päckchen, mit roten Schleifen umhüllt, und rote Päckchen mit gelber Schleife, neben drei schlanken, durchsichtigen Schnapsflaschen mit bräunlicher Füllung, wie Wachmänner aufgestellt. Aus einer Fachwerkfassade ragen mir zwei Pferdeärsche entgegen, die sonst was denken lassen, wie sie dort wohl hineingesprungen und stecken geblieben sind. Die Fassade trägt die Hausnummer neunzehn, meine Glückszahl.
Alles, was mit mir angestellt worden ist, geschah ohne meine persönliche Einwilligung. Ich lichte die vor der Kirche hoch aufgerichtete große blaue Figur ab, einen Engel, der zu einer kirchlichen Ausstellung gehört, die eben ihre Eröffnung feiert. Ein Mann hält die Hände hinter dem Rücken gefaltet, um mit erhobenen Augenbrauen die Frage einer Fragestellerin zu beantworten. Heimat sei auf Erden nicht zu finden, sagt er, da es zwar eine Sehnsucht nach ihr gebe und die Heimat weit außerhalb, von wo her er die Hoffnung und Farbe gesendet bekomme; gegen die irdische, verstaubte, nicht benötigte, abgestoßene Sehnsucht, sind verlorene Gefühle freizulegen, wiederzuerwecken; meine Farben sind nie reine Farben, Asche und Erde verwende ich, um die irdische

Kurzsichtigkeit unserer Tage in Verbindung mit dem teurem Goldimitat, mit Eisen, Rost, Kupfer und Materialien zu setzen und dem Acryl, welches den Bildern Strahlkraft leiht, die bis zu den Göttern reicht. Er denke sich in Situationen hinein, behauptet der Maler. Elias zum Beispiel bewege ihn, der fliehen muss, das Weite suchen. Er wolle ihm bei seiner Suche behilflich sein, ihm Weite aufzeigen, zur Flucht verhelfen, dass er der Schwere entkomme, die durch dunkle Farben angedeutete Schwere, von dunkler Stimmung erzeugt, höre ich im Abgang. Man klatscht Beifall. Dann ertönt ein Duett aus Querflöte und kleiner Kirchenorgel.

Ich bin voller Gedanken. Mein Hirn ist ein Lustgarten. Je länger ich mich in Eberbach aufhalte, umso öfter muss ich mich hinsetzen und nachdenken. Ich bin am Anleger für Ausflugsschiffe. Ich sitze am Neckar, blicke auf Ruderboote und leicht auf dem Wasser ziehende Motorschiffe. Ri, ra, rutsch, wir paddeln in der Wasserkutsch, wir fahren mit der Schneckenpost, wo es keinen Pfennig kost, ri, ra, rutsch, wir fahren mit der Wasserkutsch. Ein schickes Ausflugsboot in Weiß mit Hupe, Lampe, Fahnen und mehreren Rettungsringen an der Außenwand. Die Litfasssäule hinter mir kündigt Besentage an. Hausg. Bratwürste. Brot. Leber/Blutwurst mit Kraut. Leberknödel mit Kraut, Brot. Salzfleisch oder Kassler mit Brot. Schlachtplatte, Kraut, Brot. Schnitzel mit Brot. Bauchfleisch, Mettbrot, Schmalz. Das Viertel Wein ab zwei Euro. Im beengend hässlichen Tunneltrakt, der vom Kai in die Stadt führt, ist ein Graffiti angebracht, ein Affe in Latzhose, auf der Brust das I über den Buchstaben N und Y für New York und eine russische Kalaschnikow. Ich lese ein Fahndungsflugblatt hinter Glas, dem sich ein einzelnes welkes Blatt zugesellt hat: Bankraubserie im Bereich Heidelberg. Bislang fünfzehn Banküberfälle im Bereich Nordbaden/Südpfalz gehen derzeit auf das Konto einer Bande, bestehend aus drei männlichen und einer weiblichen Täterin, heißt es da. Ich muss lächeln, weil die drei männlichen mit der einen weiblichen allesamt Täterin sind. Sparkasse Heidelberg, Zweigstelle Malsch vom 22.03.2005. Wer kennt die hier abgebildeten Personen? Wer kann Angaben zu diesem Fahrzeug in Verbindung mit den abgebildeten Personen machen? Eine alte Frau, spindeldürr und grauhaarig, mit einer schwarzen Beuteltasche vor dem Bauch, stellt ihre Krücke an die Mittelstrebe des Geländers, stützt die Unterarme aufs runde Eisen, entnimmt dem Bauchsack eine durchsichtige Tüte, in ihr gewürfelte Brotstücke für die Wasservögel, die sich aber nicht einfinden wollen an diesem Tag. Ein dünner, wahrscheinlich selbst gestrickter hellrosa Pullover reicht der Alten bis über das Gesäß. Der um die Beine bis zu den Knöcheln reichende, im Wind leicht wedelnde Rock ist über und über mit winzigen Blumenblüten, Gänseblümchen bedeckt, die auf violetten Stoff gedruckt sind.

Die alte Frau dort, tuschelt mir eine innere Regung ins Ohr, was wäre, wenn sie deine Mutter ist?, so allein wie sie da steht, nur Wasservögel zur Unterhaltung. Ob dieser inneren Regung winke ich erheitert ab, mit leisem Kopfschütteln und Lachen, denn wie sonst soll meine Mutter aussehen als klein, stuckig und untersetzt, wie auch ich. Der Sohn muss nicht nach der Mutter kommen, sage ich mir. Im Gesicht wenigstens soll die Mutter dem Sohn ähnlich sehen. Und doch trage ich Geheimratsecken. Also sollte die Mutter welche haben. Also kann die da nicht meine Mutter sein.

Im Informationsbüro für Touristen nehme ich eine Broschüre zur Hand, lese den nachfolgenden Text wie eine Stewardess im Flugzeug, die Arme bewegend, wenn sie im Gang steht, an Schlaufe und Ventil hantiert, rechts, links auf Notausgänge weist: Herzlich willkommen in Eberbach, der liebenswerten Stadt mitten im Herzen des Naturparks Neckartal-Odenwald. Eine Stadt mit Tradition und historischen Gebäuden, die voller Leben ist, von Ihnen entdeckt werden will. Stolze Bürgerhäuser mit schönem Fachwerk und kunstvollen Malereien säumen die Straßen und Gassen. Mächtige Mauern mit wehrhaften Türmen umschließen die liebevoll restaurierte, malerische Altstadt. Die gastronomische Vielfalt lässt keine Wünsche offen, von der gutbürgerlichen Gaststube bis zum Feinschmecker-Restaurant. Wir wünschen Ihnen frohe und erlebnisreiche Stunden und Tage.

Die Broschüre redet von Höhenlage über NN, einmalige landschaftliche Lage am Neckar, nicht weit von Heidelberg entfernt, dem Kleinen und dem Hohen Odenwald, dem Katzenbuckel, mit 626 m die höchste Erhebung, nennt die Gegend eine der waldreichsten Gemeinden des Landes, mit dem höchsten Baum Deutschlands und mit einem Netz von Wanderwegen. Die Wanderkarte ist bei der Touristeninformation und im Buchhandel erhältlich. Man kann dann etwas zur Burgenstraße erfahren, zur Deutschen Ferienstraße Alpen-Ostsee, zum Naturpark Neckartal-Odenwald. Dass die Stadt Stauferstadt ist, reich an reizvollen mittelalterlichen Häusern im Stadtkern, idyllischen Plätzen und Winkeln. Würdige Fachwerkhäuser und eine Stadtmauer, vier sie flankierende Stadttürme. Haben Sie die Nase voll vom kalten Wetter und dunklen Winterabenden. Dann dürfen Sie hoffen, alles wird gut. Die badische Landesbühne spielt *Nora*, ein Drama von Henrik Ibsen, sowie das Theaterstück *Geschlossene Gesellschaft* von Sartre. Mardi Jam, das Teccler Trio, Original Adler-Power-Rock. Der Ostereiermarkt und der Eberbacher Bärlauchmarkt laden zum Besuch in die Stadthalle ein. Hier sollten Sie jedenfalls nicht fehlen. Das große und vielseitige Waren- und Dienstleistungsangebot in und um Eberbach nutzen viele Bürger, Gäste und Besucher unserer Stadt. Tipps und Kurzweiliges finden Sie auf den Seiten dieser bunten Broschüre. Eberbach ist endlich neues Mitglied im UNESCO-Geopark Bergstraße-Odenwald. Freuen Sie sich auf die Vielfalt des Geo-Naturparks, wir freuen uns auf Sie. Im Zentrum wird gearbeitet. Laute Pressluftgeräusche. Schiller steht Reklame für die Café-Konditorei-Bäckerei Victoria, die erfrischendes Konditoreneis, frische Erdbeeren, Sorbets, Milch-Mix-Getränke, Leichtes aus Joghurt und Quark feilbietet. Ich bin so leer, dass ich mir eine Eisbombe bestelle und sie restlos wegputze. Ich laufe hin und her, lande dort und da, um nur nicht zur Mutter zu müssen.

> Auf dem Weg von China in die USA sind bei Sturm im Pazifik Tausende Quietsch-Entchen über Bord gegangen. Es wurde eine internationale Beobachtungscrew gebildet, die das Heer der heimatlosen Quietsch-Entchen im Auge behielt. Die Quietsch-Entchen treiben die Bering-Straße hoch. Der Tross biegt dann Richtung Grönland ab, treibt an Grönlands Küsten vorbei in den weiten Atlantik, wo neun Jahre später das Unfassbare geschieht. Die Quietsch-Entenfamilie spaltet sich auf, gruppiert sich auseinander. Einen Teil treibt es nach Amerika. Der andere Teil steuert die Britischen Inseln an.

VOR EINEM GASTHAUS stehe ich im Freien, gehe auf die Burg zu, erklimme Stufen, deren Treppen nach oben hin enger, am Ende zur Stiege werden. Ich steige die Stiege hinauf bis unter das Dach. Ich trete ans Burgfenster. Ich fotografiere vom hohen Fenster aus eine Frau, die ein tolles Lachen erschallen lässt, derweil sie ins Mobiltelefon spricht: Hahaha, du weißt, wie er ist, Mamachen, der traut sich einfach nicht, überleg einmal, wie würde es dir denn ergehen, so nahe dran, das winzige Stückchen entfernt vom Mut, den es braucht? Ja doch ja, die Stadt ist sehr schön.
Ich eile über eine Brücke, laufe bergan, gewinne Höhe, wandere aus, schaue mit jedem Schritt in die tiefer sinkende Landschaft, erobere allmählich Übersicht, bin auf dem Wanderpfad bis zum Gipfel gegangen. Greifen Sie zu, sagt der Mann zu mir, für dessen kleine Weintrauben ich mich interessiere. Ich kann die nicht alle essen. Seine Kinder sind fort. Seine Frau ist gestorben. Er ist allein, sagt er. Die von der Sonne geschwärzte Scheune hat das Aussehen von geräuchertem

Heilbutt. Ich bitte den Mann, sich zu den Trauben in Pose zu stellen, sich von mir fotografieren zu lassen. Wozu ich ein Foto von ihm schieße, fragt er, auf dem nichts als ein alter Mann und Trauben zu sehen sind. Mich an dem Bild erfreuen, antworte ich. Vergänglichkeit und Schönheit genießen, wenn Winter ist, wenn Schneeflocken fallen.
In einem Kellerlokal trinke ich Wein auf mich, den ich Mutterwein heiße. Ich stehe am Tisch erhobenen Glases und schmettere lauthals: Nachts wir durchs Städtlein schweifen, die Fenster schimmern weit, am Fenster drehen und schleifen viel schön geputzte Leut. Wir blasen vor den Türen und haben Durst genug, das kommt vom Mutterizieren, Herr Wirt, einen frischen Trunk. Venit ex sua domo beatus ille homo, ein Prosit dem Beginn der Mutterfindung, fordere ich mir ab, trinke zwei, drei Weine mehr, geselle mich älteren Frauen zu, denen ich spendiere, rede mit ihnen und lache, trinke so viel, dass ich am Tisch einschlafe, wie mir beim Aufwachen versichert wird, was mir peinlich ist, zumal ich nicht weiß, was ich im Suff den Herrschaften im Weinlokal alles erzählt habe. Eine Menge sicher, das spüre ich sofort, denn wovon sonst sind vorrangig die Frauen im Weinkeller so angerührt, dass die Freundin der Frau an meiner Seite, wie sie sagt, die geweinten Tränen recht gern im Gesicht trägt und eher befreit als mit ihren Nerven runter ist. Ein beseelter Gesamtzustand, der hoffentlich eine stumme Weile dauern wird, wie sie haucht und dazu gezwungen lächelt, um sich die Tränen zu meiner Verabschiedung fortzuwischen, wobei sie mir ehrlichen Herzens versichert, im Leben nicht so beeindruckt worden zu sein. Und ich spendiere eine Runde, singe frankfreifroh: Jetzt gang i ans Peters Brünnele und da trink i an Wein und da hör i an Kuckuck aus der Moosbuden schrein, holadi, holera, diria, holera, einen Kuckuck, Kinder, Kuckuck holadi, holera, diria, holera, und der Adam hat d Liab erdacht und die Liab holadi, holera, diria, holera, hat mich auf die Welt gebracht und der Noah schenkt den Wein und

der David schlegelt den Zitherschlag, holadi, holera, diria, holera, wanke ich zur Treppe empor über enge Weinkellerstufen zum Weinlokal hinaus. Es ist immer noch heller Tag. Die Leute laufen als ihre eigenen Doubles herum. Ich finde den Weg zur Pension. Es geht bergan in den Garten. Blumen wollen mir was sagen. Ich brauche dieses Mitleid nicht. Ich liege auf dem Pensionsbett. Die Gedanken haben Freizeit. Ich verdränge die Mutter so gut ich kann und schlafe wie ein Fels, mache mich frisch, stelle den Altzustand meiner Person wieder her, komme nicht dahinter, was in dem Weinlokal mit mir geschehen ist, gehe ein zweites Mal die gleiche Strecke über Bahngleise und durch den Bahnhofstunnel, um mir Gedanken über Nichtssagendes zu machen.

Ich bin in der Rosengasse vor dem Haus Nummer vier. Ein unscheinbares Haus. Schmal wie ein Handtuch. Glanzloser Anstrich. Fußbodenbraune Umrandungen für Fenster und Tür. Hier hat sie gewohnt, die Rabenmutter. An der Bäckerei prangt ein schmiedeeisernes Gebilde mit Weinranken aus einzeln eingepaßten Goldblättern. Goldene Krone. Riesenbrezel. Hinter der Ecke hervor faucht ein goldener Wappenlöwe mit feuriger Zunge. Backwaren. Bäckereistubengerüche. Hier hat die Mutter Brot gekauft. Zum Abschluss der Rosengasse ist eine Markierung mit der Angabe 53 HW angebracht, die für Hochwasser steht. Zweimal ist dort die Zahl neunzehn zur Jahreszahl 1919 in die Wand geschrieben. Die Hügel hinterm Fluss sind lieblich anzusehen. Die Häuser dort strahlen Unschuld herüber. Gleichmacherisch steht blau der Himmel über dem Bild. In der Gasse ist sonst nichts los. Muttergassentotenstille.
Ich krieche in die Pension zurück, falle aufs Bett, falle in Tiefschlaf, erwache in der Nacht, dusche mich, richte mich her, schreibe meine Gedanken nieder, harre vorm Fernseher aus, verlasse die Pension gegen sieben Uhr, fahre nach Hirschhorn, stelle den Wagen dort ab, lande auf einem Ritterfest,

gerate unter verkleidete Menschen. Es ist bitter, guter Ritter, so bitter, ach ihr Ritterfrauen, sich als Sohn nicht zur Mutter trauen. Herren mit Lederbeuteln, Ledertaschen am Gurte gebunden. Höfische Damen. Galante Burschen. Eine Märchenvorleserin kündigt Lesungen aus Büchern an. Im Frauenzimmerverlag erschienen. Historische Romane aus Irland. Märchen für mutige Mädchen, wie das Werbeschild am Lesestand verspricht; und von der Autorin signierte Bücher; die auf dem Tisch bereits ausliegen und Titel wie *Kreuz & Sonne*, *Volk und Zeit* tragen. Von der Schriftstellerin ist weit & breit nichts zu sehen. Ich warte eine vergebliche halbe Stunde auf steinernen Stufen mit interessierten Leuten, die mit mir ins Leere gucken.
Frauen. Kleider. Tücher umschmeicheln die Schenkel und Waden ihrer Trägerinnen. Kinder sitzen vor Riesenportionen Eis. Babys nuckeln an Saftflaschen. Wasser plätschert aus einem Wasserrohr ins Auffangbecken. Ein in Rot gekleideter barfüßiger junger Bursche im Till-Eulenspiegel-Look vollführt Kunststücke mit fliegenden Doppelkegeln, fängt seine Kegel vor erstaunten Kindern mit einer Leine wieder ein, nach dem er sie zum Himmel hochwirft. Ein schwarz gekleideter Harry Potter mit spitzem, schwarzem Hut steht neben einem Kamel, das schäumende Zahnreihen zeigt. Walken des Fleisches für das Wohl des Körpers und der Seele, steht auf Stoff gepinselt. Im körpergroßen Holzbottich sitzen zwei Damen, ein Herr, der mir zuwinkt, mich zu sich in die Wanne locken will. Ich würde niemals auch mit dem Gedanken spielen, mich zu entkleiden, den Badenden hinzuzugesellen, auch wenn sie so reizend in einem Fass sitzen. Ich bin der Gegend so dankbar. Es wird alles getan, mich von der Mutterfindung abzuhalten.
Die vielen lauten Plakate versprechen Altstadtprogramm an beiden Tagen. Kein Wegzoll für Magen, Herz, Auge und Ohr, Narretey mit Hubertus zu Putlitz, Jonglage, Zauberey, Gaukeley mit Gauklerduo Forzarella, Tiere und Speisen

von Walters Bauernhof, Bewirtung im historischen Keller, Zorans Backstube, eingangs der Fußgängerzone, deftig Speis und Trank, allerley Kulinarisches, altdeutsche Weinstube, Gasthaus Zum Hirsch, Musikantenlager, Spielmannszug, Moritaten mit Moritatensängerinnen, Lieder und Balladen über Adel und Klerus, Handwerk und Warenangebot, friedliche Holzspielwaren, Besen- und Bürsten- und Schindelmacher, Märchen, Bücher, die Schimmeldewaer Waschweiwer, Flachsspinnerei Elisabeth Stettner und Ruth Zwickel, Axtwerfen, Keramik für Haus, Garten und Brunnen, handgefertigte Naturseife, Haarbänder und Glöckchen, Hexenkontor Yvonne Wiedemann, Buchbinderin Hannelore Frank, Holzgartenmöbel, Dekorationspflanzen, Verkauf von handgemachten Grußkarten, eine historische Mandelrösterei, Mosel-Schnaps, Lagerleben auf dem Museums-Vorplatz mit den jungen Leuten. Die Gastwirtschaft am Markt lockt mit Mastochsenbrustgrillteller, Wildragout, Rumpsteak, Sommerschnitzel. Ausdruck von Fremde, in die ich geraten bin. Ruckzuck kehre ich ein, finde die Hausdame, die prompt kommt, schicklich gekleidet, lobe ihre Perlenkette. Die goldene Uhr stammt bestimmt von Ihrem Mann, sage ich frohgemut und weiß nicht zu sagen, warum ich hier so gut gelaunt bin. Die bunten Kleckse auf ihrer weißen Bluse hat bestimmt ein Aquarellmaler auf den Stoff geträufelt.
Die Frau hat Klasse, sage ich mir, starre ungeniert auf ihren Hintern, der auf mich aristokratisch wirkt. Ein sportlich angezogenes Kind mit Stirnband und knielangen Shorts schaut herein. Es entwickelt sich ein kurzes Intermezzo zwischen einer Oma und dem Enkel, das von sichtlicher Zuneigung getragen ist und mich aufhorchen lässt. Ich finde sie blöd. Wen denn, mein Kind? Die Männer, die als Ritter angezogenen Männer. Ja, schau an, wieso denn das? Weils gemein ist gegen die echten Ritter früher, die wie Ritter rumlaufen mussten, nichts anderes anzuziehen hatten und unsere Kleidung von heute nicht kannten. Ein Mann setzt sich zu mir, redet mich

als Bruder an, erzählt vom Ritter Neidhart, den er durch seine Verkleidung jedermann bekannt zu machen sucht. Hat viele schöne Lieder niedergeschrieben. Sind hundertvierzig an der Zahl erhalten, sagt er, erläutert mir die situative Verlegung des Lobgesangs aus dem ritterlichen in das bäuerliche Milieu. Behauptet, betrunken zu sein wie im Leben nicht, und verliebt. Die Hand wuchtet auf meinen Unterarm. Der Takt seiner Schläge geht auf und ab wie der auf- und abschwenkende Eisenhammer. Redet von der erhabenen Welt des Höfischen, den teils obszönen und ins Bäuerliche abgleitenden Texten der Lieder Neidharts, der etwas geschafft habe in seinem Minneleben, nämlich Minnesommer- und Minnewinterlieder, um die Bauernmädchen und einfachen Frauen zum Tanz im Freien zu gewinnen. Packt mich, umschlingt mich, drückt mich an sich, lässt nicht los, der Mann, stößt mit mir an: Auf die Fastnachtspiele. Auf die Neidhartspiele. Auf den Schwankroman. Auf Neidhart den Fuchs. Ich löse mich langsam aus der Umarmung, zahle und erhebe mich. Mein Unterarm wird blau gefleckt sein am Abend, denke ich.

> Die Puppe, im Gegensatz zum leiblichen Schauspieler, begegnet uns von vornherein als Gestaltung, als Bild, als Geschöpf des Geistes. Der Mensch, auch wenn er ein Bild spielt, bleibt immer noch aus Fleisch und Blut. Die Puppe ist aus Holz, ein ehrliches, braves Holz, das nie den Anspruch erhebt, einen wirklichen Menschen darstellen zu wollen und wir sollen sie nicht dafür halten. Sie ist nur ein Zeichen dafür, eine Form, eine Schrift, die bedeutet, ohne dass sie das Bedeutende sein will. Sie ist Spiel, nicht Täuschung; sie ist geistig, wie nur das Spiel sein kann.
> Max Frisch

IM PUPPENMUSEUM, auf halber Treppe zu den Ausstellungsräumen, entdecke ich einen Holzschnitt mit einem um das Feuer springenden Rumpelstilzchen. Die eingeschriebene

Jahreszahl stimmt mit der meiner Geburt überein. Das Plakat stimmt mit dem Plakat im Vorschulkinderheim überein. Wir haben Rumpelstilzchen im Kinderheim gespielt. Ich durfte die Rolle zum Weihnachtsspektakel des Heimes mit Bianca aufführen, im von seinen Tischen befreiten großen Essensaal, in dem ich sonst Strafe gestanden habe und aufessen sollte. Nun stand ich auf den Brettern, die Bühne waren, vor den Kinder des Heimes, das Publikum war eigens wegen uns gekommen, auch mich zu erleben, meinen Feuertanz neben der Klappe der Essensausgabe. Das kleine Feuer ein technisches Meisterwerk, von Ventilatorluft getrieben, bunte Stofffetzen, die schlangenhaft um zur Pyramide gestellte Holzscheite züngeln, unter denen eine rote Glühbirne steht. Ich stecke in einem Lumpensack mit aufgenähten Flicken. Mein künstlicher Bart besteht aus gefärbter Watte und ist an meinem Kopf mit Schlüpfergummiband befestigt, das mich während des Spiels schmerzt.

Die schöne Bianca sitzt im Turm gefangen und soll im Auftrag des Königs Stroh zu Gold spinnen, eine Aufgabe, die sie ohne meine Hilfe nicht bewältigen kann. Ich trete vor Bianca hin, der Gnom, welcher Stroh in Gold zu verwandeln weiß. Die Bianca spielt entzückt und drückt mir ihren Handrücken an die Stirn, dass ich mich in sie verliebe, mein Spiel fast vergesse. Das Spinnrad leuchtet und flackert, von einem Dynamo angetrieben, der unterhalb der Essensklappe hinter einem Strohballen versteckt ist: Spinne, spinne leuchtend froh. Mach zu Gold den Ballen Stroh. Hid bach i, moorn bröu i, übermoorn hool i in der Cheenigi ire Chind; Aa, wie gued, as niemes wais, as i Rumbelschdiilzli hais.

Der Hausmeister sitzt am Bühnenrand und achtet stolz auf seine Technik. Seine Augen spiegeln die von ihm ertüftelten Leuchteffekte wider. Ich springe mit Hingabe um das Lagerfeuer, klatsche in die Hände, freue mich am Gold, das ich schaffe, und bin so diebisch drauf erpicht, niemandem meinen Namen zu sagen, bis ihn mir die Bianca am Ende des Spiels mit spitzer Stimme vor den Latz haut und ich, der Angemeierte, vor Wut und Scham im Boden verschwinde. Wie mein Abgang vonstattenging, mitten durch und in der Luft auseinandergerissen, dass es dem Publikum ein Schockerlebnis ist, weiß ich nicht mehr zu sagen, ich sehe mich und meine Bianca an die Hand genommen uns vor den Leuten verbeugen.

Im Museum liegt auf einem Stehpult ein großes Gästebuch aus. Ich schreibe mich gern in Gästebücher ein: Sagen Sie mir bitte Ihren Lieblingssatz, fordere ich die Museumsdame auf, die von meinem Ansinnen baff erstaunt ist, es ungewöhnlich findet, noch nie von einem Besucher aufgefordert worden ist, etwas Persönliches von sich zu geben, eher doch wohl angestellt ist, um achtzugeben auf die Leute, dass die Kinder nicht nach den Museumsstücken greifen. Sie ziert sich eine Weile und lässt sich überreden, ihr falle dieses Lebensmotto ein, sagt sie schließlich: Die unglaublichsten Dinge im Leben sind die wirklich wahren.

Ich schreibe den Satz so nieder, setze meinen Namen darunter, füge das Datum des Tages an und den Begriff Mutter-Findung und bin für die Dauer meines Besuches im Museum auf mich allein gestellt. Ich bewege mich unter Puppen, Spielzeug. Mir kommen Kinderzeiten in Erinnerung. Die Museumsdame spricht mich erst wieder vor dem Verlassen der Ausstellungsräume in ausgewählter Höflichkeit an. Wenn sie was fragen dürfe, dann, was sie zum Begriff Mutter-Findung zu denken habe. Unter den wachen Augen einer Großfigur mit Museumsbezeichnung Marianaua; brasilianisch, Bernadinergesicht, Augenbrauenwulst, himmelblaue Glitzeraugen, Schmollmund, Glatze und Streifenhaar (schwarz), unterrichte ich die Museumsdame über mein Unterfangen, erzähle ihr, wie ich an die Adresse gekommen bin, rede von der Seezunge beim Minister und welche Gedanken mir dauernd im Kopf herumschwirren, bis ihr der Kopf schwirrt, wie sie sagt, sie kann und will nicht fassen, was es für Menschen in der Welt gibt. Fünf verschiedene Polizistenhandpuppen aus fünf verschiedenen Epochen liegen still unter Glas, als hörten sie genauso verwundert zu, als wären König und Hexe, Großmama, Koch und Jäger gleichfalls betroffen.

> Leben ist nur ein wandelnd Schattenbild: Ein armer Komödiant, der spreizt und knirscht sein Stündchen auf der Bühne und dann nicht mehr vernommen wird. Ein Märchen ists, erzählt von einem Dummkopf, voller Klang und Wut, das nichts bedeutet.
>
> Macbeth, Shakespeare

WIE, BITTE SCHÖN, ist der werte Name Ihrer Frau Mutter. Ich nenne ihn ihr. Sie erschrickt und redet tonlos, ohne Punkt und Pause zu setzen: Da ist mal eine Frau gewesen eine kleine unscheinbare zierliche Person war das mit mehreren Kindern vier denke ich nach so vielen Jahren weiß ich dass sie wie soll ich sagen verwirrt schien ja so in etwa will ich meinen wenn Sie verstehen ich habe da so eine Ahnung ich meine die könnte den Namen getragen haben den Sie mir eben genannt haben ist eher ein recht seltener Name in dieser Gegend denken Sie ein paar Monate nicht länger hat sie über uns gewohnt in einer engen Wohnstatt für heutige Verhältnisse immerhin ein Dach übern Kopf wo immer die hergekommen ist mehr eingeliefert worden glaube ich verdonnert dort zu wohnen könnt ich mir denken war eh mit ihr ein ziemliches Durcheinander wenn ich mich klar genug ausdrücke ist ja auch Takt erforderlich weil es handelt sich ja um Ihre Mutter und Geschwisterchen möglicherweise zudem worüber ich Ihnen berichte so Sachen dass die Frau eines Morgens dann spurlos verschwunden war bei Nacht und Nebel wie man sagt weitergezogen eher ausgebüxt und abgehauen ohne die Kinder wie ich sicher weiß denn das war ja dann auch der Anlass zu aller Aufregung zu dieser Person die ihre Kinder alleine hausen lässt und aber auch firm darin schien sie zu lassen und sich nicht zu jucken dran möchte ich anmerken alles eingeübt und angewiesen dass die älteste von allen den weniger älteren sofort die Ersatzmama wird verstehen Sie mich bitte richtig bei denen sah es aus als gehörte es fest zu deren Leben wissen Sie Kinder streckenweise ohne Mutter sein zu lassen und sich damit abfinden zurechtzufinden weil die zuvor immer mal wieder abgehauen ist wenn ihr die Sache zu viel wurde alles über den Kopf wuchs sogar über die Grenze denken Sie an wie Sie sagen ist sie von Ost nach West getürmt und hat die Kinder damals schon zurückgelassen was schrecklich ist bewahre Gott einen davor und fragen Sie mich nicht was aus der geworden ist das alles ist gute dreißig Jahre her ich kann mich täuschen völlig falschliegen weiß ja nicht einmal wie die Angelegenheit behandelt wurde und sich ergeben hat man steckt doch nicht drin und ist im nächsten Tagesgeschäft begriffen bevor man eine Sache weiterverfolgt vermute eher man wird sie aufgespürt ihr die Kinder hinterhergebracht haben wo sie doch die Mutter gewesen ist bei allem als Mutter zu behandeln war ja nun viel hatte die nicht dabei die Frau wenn ich es recht überlege zwei Koffer bei all den Kindern habe ich mich verwundert die um sie waren und rasch die enge Treppe herunter befördert weg ist sie die Frau ach ja einen Hund weiß ich der anschlug ein bissiges Vieh das die Kinder vor dem Amt beschützt und den Rettungsmännern schön zugesetzt hat weil die Frau sie nicht in die Wohnung gelassen hat meine ich wir waren beschäftigt sind uns einfach nicht aufgefallen die Kleinen obwohl man so beieinander wohnt und im Alltag keinem begegnet wo doch grad Hunde Auslauf haben müssen bewegt werden wollen wie von mir und meinem Mann die wir wahrlich per Rad in der Umgebung von Eberbach am Neckar entlang dem Ufer unterwegs sind sonst wäre uns der Hund eingegangen wenn da ein Hund ausgeführt worden wäre bei denen das hätten wir bemerken müssen bis kurz bevor es dann bei uns zu einem Unfall gekommen ist der Mann körperlich so intakt dann lange Zeit außer Gefecht gesetzt war wir also eine Weile nicht mit dem Rad aus waren weil ihm dann das nicht mehr so möglich gewesen ist dass es komisch war und ungewohnt ohne ihn und ich eben mit dem Fahrrad raus bin allein sehen Sie und komme ins Reden Sie werden entschuldigen die Erinnerungen es brennt mir in der Seele ich musste es Ihnen mitteilen dass es ein Hinweis ist für Sie ein kleiner Fingerwink der Ihnen hilft.

Steht nach diesem für sie ungewohnten und so ausführlichen Bericht sichtlich verwirrt und peinlich berührt vom eigenen spontanen Redefluss vor mir, sagt, dass sie mich herzlich drücken muss und in die Arme schließen. Es kommt zur emotionalen Übereinstimmung zweier im bisherigen Leben unbekannter Wesen. Die Museumsdame ist ergriffen. Uns stehen Tränen in den Augen. Die Kette aus kleinen flachen Perlen, unterbreche ich die Situation, um ihren Hals ist schön. Sie sagt, woher sie stammt und, um was zu sagen, dass sie über siebzig Jahre alt ist, wie viele Jahre über die Siebzig verrät sie nicht. Ich denke, nicht jünger und älter als meine Mutter an Jahren. Dann fasst sie neuen Mut, will das Thema abschließen, sagt: Sie werden es nicht glauben aber vor Tagen habe ich am Morgen gedacht was aus den Kindern und dieser armen Frau mit den Kindern so geworden sein mag ist schon verwunderlich wie einem das Leben zuspielt gibt ja keine Zufälle hat mein Mann immer gesagt weil alles hat mit allem zu schaffen eins geht ins andere über und alles wechselt mit jedem ein jedes was aus dem großen Pott entsteht und wächst und zerfällt so will ich meinen Mann zitieren und zum Ende weiß kein Mensch wie er in Verbindung ist zu einem anderen Menschen nebenan und weit weg in Afrika der Mongolei wo alles im Fließen begriffen ist und man ein wenig mehr ein wenig heftiger an der Sache kratzen braucht schon kommt was zum Vorschein oder nicht?

Ich ordne die Museumsdame in ihrem Museum zentral der Vitrine zu, stelle den Selbstauslöser der Mutterfindungskamera auf zehn Sekunden, lege den Arm um die Museumsfrau; im

Glaskasten befinden sich auf Holzstangen gesteckte Handpuppen. Und als der Auslöser klickt, meine ich unmittelbar vor dem Moment des Auslösens gespürt zu haben, wie alle Puppenköpfe von einer magischen Hand geführt sich meiner Kamera zuwandten, um auf dem außergewöhnlichen Zeitdokument ihrer Museumswächterin lächelnd mit von Wichtigkeit zu sein. Das Buch, wenn es denn fertig geschrieben ist, ich werde es kaufen, ruft mir die Museumsdame nach und winkt in einer Herzlichkeit, wie ich von meiner Mutter nicht begrüßt und nicht verabschiedet werde. Dessen bin ich mir sicher. Es war getan fast eh gedacht, der Abend wiegte schon die Erde und an den Bergen hing die Nacht, schon stand im Nebelkleid die Eiche, ein aufgetürmter Riese, wo Finsternis aus dem Gesträuche mit hundert schwarzen Augen sah. Der Mond von einem Wolkenhügel sah kläglich aus dem Duft hervor, die Winde schwangen leise Flügel, umsausten schauerlich mein Ohr; die Nacht schuf tausend Ungeheuer, doch frisch und fröhlich war mein Mut, in meinen Adern welches Feuer, in meinen Herzen welche Glut.

Auf dem Marktplatz Kopfsteinpflaster, es tönt die Ratshausuhr einmal wie eine Mahnung an mich. Der Tag ist in Sonnenglanz gehüllt. Der Platz um mich herum ist voller Menschen. Es ist Markttag. Kauffreudige wandeln mit Körben gerüstet. Eine Frau schiebt ihr Damenrad von Stand zu Stand, unterhält sich mit Käuferinnen und Verkäufern. Taschen, Netze, Beutel, Rucksäcke. Waren werden zur Hand genommen und wieder hingelegt. Ein schöner Streifen Leben. Einfaches Kino. Nichts Besonderes. Ich bin in diesem Film die unwichtige Nebenrolle. Ich sitze inmitten einer kleinen Idylle, mich selbst bei den Händen haltend, wie ich es nie mit mir veranstaltet habe, als wäre ich mit einer Geliebten hier, um dessen zu gedenken, dass meine elende Mutter vor meiner Geburt bestimmt gegen die nicht gewünschte, anwachsende Bauchwölbung angeschlagen, ihren Bauch verflucht und mich loszuwerden versucht hat und mich dann doch auswuchs in ihrem Leib zu dem Geschwür, das sie nicht haben wollte.

In wenigen Stunden wird es zur Begegnung kommen. Länger hinauszögern kann ich sie nicht. Aus Sehnsucht nach Heimat, sagt ein Mann neben mir zu einem Mann ihm gegenüber am Tisch. Als ich mich ins Gespräch mischen will, sind die beiden Herren bereits aufgestanden und thematisch zu den Propheten gewechselt, den verbalen Hochseilakrobaten, denen weitaus mehr Respekt zu zollen wäre; die sich noch richtiggehend zu Tode stürzen dürften in Ausübung ihrer hohen Kunst. Die Herren gehen ab. Ich wandere in Richtung Pension auf die Mutterseite zu, über die Gleise, einem kleinen Fluss zu, wo ich lange aufs Geländer gestützt verweile, nach der Forelle Ausschau halte, ein Exemplar entdecke; und schon ist die Forelle weg.

Drei Russinnen sitzen auf der Parkbank. Kinder spielen zu ihren Füßen mit Grasbüschel, Stein und Erde. Füllige Frauen in bunten Klamotten, die nervös an ihren Zigaretten ziehen, mehr paffen denn rauchen, sich alle naslang nach dem großen Unbekannten umschauen, der nirgends zu sehen ist. Ich sitze in ihrer Nähe auf einer freien Bank. Gegenüber diese platten Bauten. Ich rauche nicht. Ich muss die Mutter nicht besuchen. Ich kann mich in ihrer Stadt weiter ablenken lassen, ein weiteres Café aufsuchen, Kakao trinken, den Leuten zuhören, an die Köchin denken, die mich mit Kau-kau gefüttert hat. Eines Tages da packe ich einen großen Koffer für dich und mich, sag allen Freunden dass ich geh, bevor er mich nicht mehr gehen lässt, der Schnee, ich sag: Weil der Sommer ein Winter war, träumt man vom Urlaub das ganze Jahr, von Stränden so weiß und von Wassern so blau und von Kindern, die die Farbe haben von Kakao. Ich sitze hinterm Glas der Schauscheibe und erinnere mich an die vor meiner Mutter warnende Frau Pfarrerin: Erwarten Sie sich nicht zu viel von dem Besuch bei Ihrer Mutter. Es fehlt immer etwas. Nach

Jahren der Trennung sollte der Sohn der Mutter gegenüber ein Fremder geworden sein, man wird nicht zueinander finden. Wenn überhaupt, bleiben die Erwartungen stets hinter den Realitäten zurück. Verlorene Bindungen sind nicht neu zu knüpfen, die Adoptivfamilie hat zu stark in das adoptierte Wesen eingewirkt. Die Beteiligten sind überfordert. Vorwärtsrücken, das einem Rückzug gleicht.

VON DEN ALTEN FRAUEN, die ich allein sehe und die dem Aussehen nach gut und gerne meine Mutter sein könnten, möchte ich mir eine aussuchen, sie ansprechen, mich ihr gegenüber erklären, sie bitten, so zum Spaß mir Mutter zu sein und drei vier Tage mit mir unterwegs zu sein, dass ich mich ausreden kann und mir der Besuch bei der richtigen Mutter erspart bleibt. Ein schöner Gedanke. Mir fehlt der Mut und eine Regung mahnt: Du musst wie ein wohlerzogener Sohn die Mutter antelefonieren, ihr Bescheid geben. Die Uhr tickt. Die Zeitspanne von Taktik und Kalkül ist um. Es ist Lebenssilvester für mich anberaumt. Der Moment, auf den ich im Leben nicht gewartet habe, rückt näher. Die Anonymität der Mutter hört mit jedem Schritt auf. Die Bedrohung nimmt menschliche Züge an. Ich stehe vor dem Wohnblock der Mutter. Ich sehe mir die zum offenen Viereck angeordneten Wohnblöcke an. Ich stehe vor dem Klingelknopfkasten, finde ihren Nachnamen vermerkt. Ich könnte den Klingelknopf tätigen, die Stimme der Mutter durch die Sprechanlage hören, von der Mutter geöffnet bekommen, ihr unangekündigt gegenüberzutreten.
Ich verharre vor dem Türschild, das die Namen der Blockbewohner auflistet, lese den Nachnamen der Mutter, traue mich nicht zu klingeln. Und stehe dann abseits von der Tür auf dem Parkplatz mit Blick zum U aus Blockhäusern, muss die Nummer unterm Logo MUTTER suchen, die ich nicht auswendig weiß, nicht auswendig gelernt habe in den drei Jahren, seit ich sie kenne. Anfangs wollte ich fast verzagen,

und ich glaubte, ich trüge es nie; und ich hab es doch ertragen, aber fragt mich nicht wie. Nach einem halben Jahrhundert Schweigen wähle ich die Telefonnummer der Mutter, spreche zur Mutter, unterhalb ihres Fensters, das sie nur aufsperren muss. Ich zücke aus der Jackentasche den Handspiegel, den mir mein Freund angeraten hat, studiere mein Gesicht, wie von ihm empfohlen, während ich mit der Mutter spreche. Wenn es kein Spiegel wäre, sondern eine Handkamera, jede Phase meiner unsicheren Körperhaltung, die Gesamtgestik, das kleinste Fingerspiel meiner Hände, mit denen ich mir durchs Haupthaar fahre, würde filmisch festgehalten sein. Dass ich an meinem Lebensende mir einmal den wichtigsten Moment meines Lebens ansehen kann, der sonst für keinen Menschen von Wert ist: Das Ohr schmiegt sich an das mobile Telefon. Ich setze die Mutter darüber in Kenntnis, erst morgen in die Stadt zu kommen, sage mich für den nächstfolgenden Tag auf Kaffee und Kuchen an, bestimme als Zeitpunkt vierzehn Uhr. Die Mutter am Telefon sagt, dass ich morgen ruhig kommen könne, sie sei im Umzug begriffen, unlängst die Treppe heruntergefallen, ziehe vom dritten Stock nach Parterre um, eine Hausnummer zurück nach vorne zu, in diesen Block. Die jungen Leute, sagt sie mehrmals, seien zum Ritterfest fort. Der Heiko folge den jungen Leuten nach, wenn der mit seiner Arbeit durch wäre, an der Kasse bei Lidl. Ich drücke auf aus. Das war es dann. Wie man nur so reden kann, als wäre nichts gewesen, als hätten wir uns nur aus den Augen verloren. Immerhin. Ich habe mir einen Aufschub gewährt und trete den Rückzug an. Schneller als gedacht bin ich wieder Höhe Betonkirchenbau, auf dem Weg zu Lidl, den jungen Mann an der Kasse sehen, der mein Bruder ist. Im Einkaufsgebiet der einzige Lichtpunkt hier die Rundglasparkasse. Ein rundes Glashaus, größerer als ein Toilettenautomat in Berlin, aber genauso robust, konventionell und sicher wie die WC-Technik in top Design zum besten Mietpreis als Einbaumodul oder frei stehend mit

einer CNS-Fassade verfügbar. Ansonsten Holzhandel, Getränkestützpunkt, Wohnblöcke. An einer stillgelegten, zur Wochenendwaschanlage umfunktionierten Tankstelle wäscht ein Mann seinen Hund, in Schaum gehüllt, vom Hundebesitzer mit der gleichen Hingabe geputzt wie ein Auto.
Der erste lebende Verwandte der unbekannten Seite immerhin, der Verwandte des Tages, witzle ich auf dem Weg zur Kaufhalle, wo ich eine Verkäuferin befrage, die mich an den Bruder verweist, der an der hintersten Kasse Waren über das Codierungsglas zieht und ein freundlicher junger Mann zu sein scheint, Typ Gruftie, sexuelle Festlegung auf ein Geschlecht aus der Entfernung nicht einzuschätzen; sowohl als auch, denke ich und registriere ihn auf jeden Fall als einen, der so viel Mühe darauf verwendet, sich die Haut sorgfältig zu tätowieren, als gälte es, die Seele zu verschönern.
Ich nähere mich dem Bruder mit einer Flasche Wasser bewaffnet, reihe mich wie andere Käufer auch in die Schlange vor seiner Kasse ein, schaue an den Vorderleuten vorbei zum leiblichen Bruder hin, der von mir nicht weiß, seiner Arbeit an der Kasse nachgeht, betont, aufgeweckt und direkt die Kunden anspricht. Mir gefällt an der Situation, wie ich Stück um Stück auf den ersten Bruder meines Lebens zugehe und er sich von mir nicht angehalten sieht, aufzuspringen oder sonst sich in der Arbeit zu unterbrechen, weil ich mich ihm gegenüber als der Bruder nicht zu erkennen gebe. Im Fernsehen, ja, da finden sich immer Leute, die sich geistesgestört benehmen, kreischen, umhalsen, quetschen, kneifen, drücken, schlagen, beißen, küssen und dergleichen, sich für die paar Piepen der Sendeanstalten extrem aufführen.
Der Bruder nimmt mir die Flasche Wasser ab, zieht sie über die Scheibe, nennt den Preis, nimmt das Geld mit der all seinen Kunden zugedachten, nett-ignoranten Freundlichkeit an und kann gar nicht auf die Idee kommen, mich skeptisch anzustarren und vom Blitz getroffen jedes Rätselraten aufgeben, in mir den Bruder erkennen, mich beim Namen

nennen, sich auf mich zu stürzen, dass die Kunden und der abkömmliche Teil des Personals sich mit ihm freuen, Bruder und Bruder hochleben lassen, zu den extra auf lauter gestellten so anderen Kaufhausmusikklängen wie *Mother* von John Lennon, wodurch die unerwartete Verbrüderung zum Festakt wird und niemand mehr auf Stunde, Tag und eventuelle Ladendiebe achtet. Ich nehme die Flasche Wasser entgegen. Ich zahle und schieße im Weggehen ein Foto vom Bruder an der Kasse, das unscharf den Bruder wie hinter einer milchigen Glasscheibe aufgenommen zeigt und beim ersten Ansehen draußen vor der Tür auf dem kleinen Display bereits für mich ein wundervolles Foto ist, ein Meisterwerk geradezu, für das sich die Reise hierher allemal gelohnt hat. Das Schicksal des Menschen auf dem Weg zu einer großen Sache ist, dass er unterwegs untergeht, auf dem Weg, den er eingeschlagen hat, um seinem Untergang zu entgehen.

DIE ZEIT SCHREITET voran. Ich bin immer noch nicht vom Besuch bei der Mutter überzeugt, will den zweiten Versuch nach dem Abbruch des ersten nicht, will die Mutter nicht aufsuchen. Wozu, sage ich. Das Land, in dem sie mich beließ, ist weg. Die trennenden Mauern und Zäune sind weg. Die Welt ist mir offen, meint, sie ist mir nicht offen. Ich bin gezwungen, das anstehende Problem anzugehen, die Mutter zu besuchen. Mich treibt es in andere Länder, die Muttersprache zu vergessen. Mich lockt die Wüste, die Muttersucht in Wüstensand zu vergraben. Es geht mit mir ewig übers Meer auf Horizonte zu, die Mutterlast über die Horizontlinie zu kippen. Es ist keine Mutterbilanz ohne Schlussstrich zu ziehen. Ich habe mich von der mutterlosen Vergangenheit zu befreien. Ich zögere hinaus, lenke mich ab und zügle die Emotionen; die unterdrückte Lust auf Rache zum Beispiel, sämtliche Rachegelüste sind zu unterbinden, wie oft ich die Mutter im Kopfe bereits gerichtet oder zugerichtet, in ihrem Blut gebadet habe, von Mutterwallungen heimgesucht, nicht imstande, die Muttermordgelüste niederzuschlagen. Zog umher von Land zu Land, was ich da getrieben, ist der Welt nicht bekannt, in das alte Dorf hinein, schaute meine Mutter aus ihrem Fensterlein, ging zur Küchen, kocht mir Nudel und Sauerkraut, stopft mir Rock und Höslein, rummel, dummel, raudidera, rummel, dummel, raudiderum. Ich betrachte dort die Silbertanne im Vorgarten. Sie ist so schön, viel schöner als diese kitschig angemalte Schubkarre gleich daneben. Durchatmen und sitzen, bis ich mich erheben kann. Dem Ziel zu wie ein Gaul einen Heimweg antritt. Wieder bei den drei zum großen Buchstaben U hingesetzten Wohnblöcken landen, die ein Rasenstück umstehen, ein irgendwie falsch aufgeschütteter Hügel, der an Massengrab, Leichen in Kellern denken lässt. Die Fahrräder können mit ihren Vorderreifen in eingelassene Betonrillen abgestellt werden, neben jedem Eingang zu den Betonblockhäusern. Und wieder zögere ich, am Hausbewohnernamensschild den Klingelknopf zu drücken, studiere die Namen, denke an Aladin und die vierzig Räuber, den Fischer und sin Fru. Die Kamera in der Rechten, den ausgestreckten Zeigefinger am Namensschild der Mutter, fotografiere ich meine Hand, um einen Beweis zu erhalten, dass ich hier gewesen bin. Und als ich gerade die Kamera einrichte, spricht mich aus einem Fenster zwei Stockwerke über mir eine wunderschöne Stimme an, ob ich jemanden suchte, sie mir behilflich werden könne. Die Stimme gehört zu einer jungen Frau unter weißem Tuch als Turban um ihr Haupt gebunden, die für mich Hatifa ist, das Mädchen aus dem Märchenfilm, den ich als kleiner Junge gebannt gesehen habe. Dunkle Augen. Pechsträhnenhaar. So schaut mich Hatifa von oben herab an. Ein lautes, rüdes rhythmisches Hupen stört den schönen Augenblick. Hatifa schließt, bevor ich ihr antworten kann, flugs das Fenster, stürzt wenig später zur Tür hinaus an mir vorbei, rennt ohne den weißen Turban zum Automobil, schlüpft in weißen, engen Jeans bei laufendem Motor auf den Beifahrersitz und verschwindet mit diesem Milchbuben, der cholerisch nach ihr gehupt hat.

Ich denke oft, was aus mir geworden wäre, wenn ich ein anderes Leben gelebt hätte, ein anderer Mensch geworden wäre, von der Mutter aufgezogen mitsamt meiner kleinen Schwester nicht im gemeinsamen Kot stecken gelassen worden wäre.

WAS FÜNF JAHRZEHNTE mal mehr, mal weniger stark von mir gewollt worden ist, erscheint mir nun, da es so weit ist und ich am Haus der Mutter stehe, unnötig. Ich will den Mutterbesuch nicht erledigen, fürchte die nächsten Augenblicke, mir graut vor den anstehenden, unbekannten Gefühlen, Emotionen. Kierkegaard hielt für das höchste Gut des Individuums das Sein, das sich zu sich verhält, in Erkenntnis seiner eigenen, immer einmaligen Bestimmung. Der Mensch müsse eine Wahrheit finden, die für ihn wahr sei, jene Idee, für die er leben oder sterben könne. Menschen, die in der Midlifecrisis stehen, wollen durch radikale Schnitte ihre Lebensumstände grundlegend verändern, einen neuen Anfang wagen; durch einen neuen Lebenspartner, eine rigorose berufliche Umorientierung. Psychotherapeutisch bietet sich zur Bewältigung einer solchen Sinnkrise die Logotherapie an, die den Betroffenen dabei unterstützt, einen neuen Bezug zur eigenen Biografie zu finden, sich in kritischer Reflexion mit den durch die Veränderungen in seinem Leben entstehenden Aufgaben zu versöhnen. Die Wahrheit sei im Wort Gottes zu finden und nicht in den mythischen Vorstellungen zu suchen. Als Sohn einer Nichtmutter habe ich das erbärmliche Leben der Mutter in mein Handeln und Denken ihr gegenüber einzugliedern, ihre Schuld nachzuarbeiten und mitzufühlen, sprich: das verlassene, verstoßene Kind tröstet die Rabenmutter, bindet in sein Verzeihen ihr Verschulden mit ein, ist der Verschütteten ein Bergungstrupp, sie aus ihrer Pein zu retten.

Der Rest ist rasch berichtet. Ich drücke den Klingelknopf.

Die Tür wird mir nicht aufgetan. Die Mutter ist nicht in ihrer Wohnung, sondern um die Ecke gegangen, Müll zu entsorgen. Ich stehe verunsichert und will schon abrücken. Da kommt sie unvermittelt hinterm Haus zum Vorschein, wo sie den Sohn stehen sieht und ihn auf Anhieb erkennt und zu ihm: Da bist du ja, sagt, was so viel heißt wie: Es ist noch nicht vierzehn Uhr, vier Minuten hin, wäre ich nicht so früh erschienen, hätte sie es die Treppe hinauf gut in die Wohnung schaffen können, so aber ist nun einmal an der Situation nichts zu ändern, ich soll ihr folgen, es geht nicht so flink, das Bein, die Treppe, die sie vor Wochen hinuntergestürzt ist, nicht schlimm die Sache, aber auch nicht sofort auszupolieren, wie das in der Jugend der Fall gewesen sein mag, da fällt man hin, redet sie, als setzten wir eine Unterhaltung fort.
Die Ähnlichkeit der Mutter zu ihrem Sohn ist frappierend. Ähnliche Kanten und Ecken im Gesicht. Die bei ihr deutlich ausgeprägte Stirnfalte ist die des Zorns. Von völlig anderer Beschaffenheit und Formgebung sind die Wangen, denen es an Lachgrübchen fehlt. Ähnlich die Rötung der Gesichtshaut, das dünne Haar, bei ihr so streng und gemein nach hinten gekämmt und an den Kopf gepresst. Sie ist kleiner als ich. Sie reicht mir stehend nicht ans Ohrläppchen. Die Augen sind klein, grau und liegen tiefer als bei mir und meiner Schwester. Die Brauen sind spärlich behaart, die Backenknochen dagegen übergebührlich ausgeführt, lassen an einen Urzeitmenschen denken, das Kinn wie bei einem groben Kerl, die Statur dieser Frau eckig. Es ist an der Person nichts Weibliches, denke ich. Die Ohren sind männlich und viel zu groß geraten. Ein Mannsschädel, nicht die Spur zierlich. Ihre Untat hat an ihrem Aussehen geformt. Das Böse ist ihr ins Gesicht geschrieben. Das Grobe, Gefühllose. Eine Frau wie eine Bulldogge. Klein, stuckig, kräftig, abgestumpft. Viele tage gabs / zu verlieren die kräfte / zu verlieren den atem / viele augenblicke / taten tun mir leid / da blieb nichts zurück / die erfahrung nur / die erfahrung nur / wichtig sind

tage die unbekannt sind/die sind wichtig/wichtig der augenblick/in dem wir uns dann entscheiden. Wie ungerecht. Man ist so rasch für Leinen- oder Maulkorbzwang in der Öffentlichkeit, wenn ein Kind durch Kampfhunde getötet wird, verschärft die gesetzlichen Bestimmungen zur Haltung von Kampfhunden nach dem Unglück drastisch. Rabenmütter aber werden nicht als gemeingefährlich eingestuft, ihre Vergehen an den eigenen Kindern kommen erst zur Sprache, wenn sie haltlos übertreiben. Und immer wird vom Einzelfall geredet, jedes Verbrechen als Ausnahmefall verbucht.

<u>Aufhebung auf Klage der leiblichen Eltern</u>
Ist eine erforderliche elterliche Einwilligung nicht eingeholt worden, konnte der Aufenthalt der Eltern nicht ermittelt werden oder waren sie zur Abgabe einer Erklärung außerstande, kann das Gericht auf Klage der Eltern oder eines Elternteils die Annahme an Kindes Statt aufheben, wenn dies dem Wohl des Kindes entspricht. Das Gericht trifft die Entscheidung nach Anhören des Organs der Jugendhilfe. Die Klage ist nur innerhalb eines Jahres zulässig. Die Frist beginnt mit dem Zeitpunkt, in dem der Kläger von der Annahme an Kindes Statt Kenntnis erlangt hat oder die Fähigkeit zur Abgabe einer Willenserklärung wiederhergestellt ist.

AN IHRER SCHANDE ist nichts gut- und wieder wettzumachen. Die neunzehn Jahre, die sie mir voraus ist, bleibt sie die Spanne ihrer Lebenszeit von mir entfernt. Zu meiner eigenen Sicherheit lasse ich den Abstand wachsen. Den Vorsprung an Zeit, ich kann ihn vergrößern. Ich bin auf und davon, wenn ich den Besuch bei der Mutter hinter mich bringe, die Mutter in ihrer Welt belasse. Wie kann ich ergründen/die person die ich nicht kenne/die gedanken ordnen/für die ich brenne/wie kann ich den schmerz/trennen von vernunft/wie mein kleines sehnen baun auf engsten grund/wie kann ich die wahrheit/trennen von dem trug/finde eine antwort/zeit ist nie genug/vorbei sind tage die unbekannt sind/die sind nichtig/nichtig der augenblick/in dem ich mich dann entscheide. Heilfroh bin ich in diesem Moment, nicht losgelaufen zu sein zu jener Zeit als Grenzsoldat an der deutsch-deutschen Grenze. Tödlich der Gedanke in all seiner Konsequenz, wegen dieser Frau beim Fluchtversuch erwischt, angeschossen oder gar erschossen zu enden, den unwürdigen Schluss auf unwürdigen Todesstreifen erleiden. Ich darf mir nicht ausmalen, wegen dieser Mutter unter Umständen jung gefallen, im Niemandsland verendet zu sein.

IN DER KLEINEN KÜCHE, an einem kleinen Tischchen, inmitten eines schmucklosen Raums, sitzen wir vor Tellerchen, Tässchen, Löffelchen, Kuchengabeln und einem aus seiner Verpackung zur Hälfte befreiten Kuchen. Ein flacher Laib, ein rundlicher Ziegel mit innen liegender Sahnespirale, in der Großbackmaschine gefertigt, aus dem Regal genommen und in der Hülle angeboten. Den absonderlichen Backrohling, ich beachte ihn nicht. Ich habe einen richtigen Kuchen erstanden, wie ein Weihnachtsteller groß. Auf dem Ritterfest erworben, nach altem Rezept in seinem Traditionsofen gebacken, hat der Kuchenbäcker betont. Ein Pflaumenkuchen, ein durch das Pergament nach Butter und Hefe riechendes, mit seinen Duft die blutarme Küche kräftigendes Stück Backwelt. Für den mickrigen Küchentisch der Mutter viel zu groß geraten, weswegen ich ihn neben mich auf den freien Stuhl ablege. Wir haben uns nichts zu erzählen. Es kommt kein Gespräch auf. Wir sitzen wie Leute in einem Wartesaal, die eine Nummer gezogen haben und nun darauf warten, aufgerufen zu werden. Meine Mutter sitzt am Tisch. Meine Mutter sitzt auf einem Stuhl. Meine Mutter kennt meine Gedanken nicht. Auf dem Tisch ist ein Tuch. Auf dem Tuch steht Geschirr. Der Stuhl, so mein Eindruck, entfernt sich mit ihr vom Tisch, ohne dass sie den Stuhl verrückt. Sie sagt, dass ich mir Kaffee in die Tasse gießen darf. Sie sagt, dass sie

den Kuchen extra gekauft hat. Dann hält sie ihren Mund. Ich gieße mir Kaffee ein. Sie tut es mir nach. Ansonsten sagt sie nichts. Die Wände um sie herum schweigen nicht so beredt wie sie. Ich bin nicht versucht, ihr den Mund zu öffnen. Ein Sarg sitzt vor mir, der sich nicht öffnen lässt, für den der Sargbauer keinen Deckel zimmern musste, weil dieser Sarg aus einem Stück gehauen ist. Der Klotz Mutter, der mir nicht gegenübersitzt, sondern wie in die Küche hineingeschoben wirkt. Wie in der eigenen Gruft, hockt der Klotz Mutter, sich im Wege stehend, mit Redeverbot belegt. Klappe-zu betreibt die Mutter die drei Stunden, die ich bei ihr bin. Einmal nur wird der Raum auf mein Drängen hin gewechselt und ins Schlafzimmer der Frau gegangen, wo sie ein Bild von ihrem Vater hängen hat. Von deinem Vater, sagt sie, gibt es keine Bilder, und ich glaube es ihr. Die jungen Leut, die ihr versprochen hätten, Vorhänge vor die Fenster anzubringen, dass von draußen niemand reinschaut, haben dies bis heute nicht bewerkstelligt, sagt sie. Sie halte deswegen die Rollis herunter, was auf Dauer kein Zustand wäre, von die jungen Leut hat sich aber keiner bisher bemüßigt gefühlt, redet sie und von der Lampe im Flur, dass die jungen Leut gemeint haben, es wäre ein Kabel zu verlegen, von einer dieser Buchsen aus. Beim Umzug hätten die jungen Leut, das muss sie sagen, geholfen. Froh ist sie, die jungen Leut um sich zu haben, die es richten, nur eben leider stets nur, wenn es ihnen passt. Aber ohne die jungen Leut wäre da nichts für sie zu bewerkstelligen, mit ihrem angeknacksten Bein, das fürchterlich zugerichtet sei, das sie schmerzt. Die jungen Leut, stöhnt sie und sagt, sie will sich nicht beschweren, die sind da, wenn sie da sind und haben alle mehr mit sich als mit ihr zu tun.
Das Foto dort an der Wand überm Nachtschrank rechts zeigt einen in die Kamera blickenden Polizist in Polizeiuniform, die nach Uniform im Dritten Reich aussieht. Ich stehe dem Mann gegenüber, sage ich mir augenblicklich, der die Muttergöre, zwanzig Jahre jung und zum zweiten Mal

schwanger, aus dem Osten fort über die Landesgrenze in den Westen befohlen hat. Du kommst sofort hierher und keine Widerrede. Dieser Mann, spüre ich sofort, hat die Mutter hergeschafft und dann an ihr keine Freude gehabt, wie keine Seele um sie herum, ihre ganze, garstige Lebenszeit über. Die Uhr in der Küche tickt grob. Ach, wäre das Mutterkind nicht zu neugierig gewesen und besser hart geblieben, bedauere ich mich, sitze in ihrer Falle, wenn es auch aussieht, als säßen wir in einer gewöhnlichen Küche. Die Situation bekommt durch das teilnahmslose Benehmen der Mutter etwas Absonderliches.

Ich konzentriere mich, die seelenlose Mutter anzuschauen, die mich nicht ansieht; höre hin und höre weg; bin beschämt, finde zum Kotzen, bin mit einer Person eingesperrt, zu der sich nach den Jahrzehnten Verlassenheit und Wut kein Kontakt herstellen lässt, deren Geschwätz abtötet. Verwünschungen formulieren sich unterhalb meiner Schädeldecke. Die geistige Abwesenheit der Mutter verkehrt alle bescheidenen Hoffnungen ins Absurde. Das Wohnzimmer der teilnahmslosen Person sehe ich vom Küchentisch aus im kalten Gegenlicht, durch den Spalt der offenen Wohnzimmertür, die ich nicht durchschreiten werde. So weit reicht mein Interesse nicht. Es ist erstorben. Mir reicht, womit ich es zu tun bekam. Mir reicht das Bild des freundlich in die Kamera blickenden Polizisten über dem Nachtschrank. Mir reicht die Küche, reichen die schrecklichen Farben, die Hässlichkeit um mich, das Wenige, was ich von der dunklen Schrankwand durch den Türspalt als Anblick erhasche. Es ist nicht genügend Boden vorhanden für den beschämten Blick von mir, der sich im Boden vergraben will. Ich betrachte die Mutter und will nicht fassen, dass ich aus ihrem Schoß gekrochen bin, von dieser kalten Frau dort in die Welt geworfen sein soll. Die Mutter dort und ich, ihr Sohn, auf einem anderen Kontinent, gehen wir uns im Moment der Begegnung weniger an, als wir uns in den fünf getrennt lebenden Jahrzehnten angegangen sein mögen. Ich sollte es besser dabei belassen. Was für eine erbärmliche Frau da auf was für einem erbärmlichen Gestühl sitzt. Nicht den Schatten wert, der sich schwach von ihr auf dem Boden abzeichnet. Der Stein kommt durch mich nicht ins Rollen. Der Stein kann unangetastet liegen bleiben. Alles ist wie Zugverspätung, Wartesaal, Gefrierzustand, Zeugnis eines seelenlosen Nichts im Umgang zweier sich völlig fremder Lebewesen. Wir gehen uns nichts an. Wir verplempern Zeit. Der Kaffee ist viel zu dünn. Ein Glück, dass ich kein Kaffeetrinker bin, Tee bevorzuge. Die Herrenkuchenrolle auf dem Tisch, die diese Mutterfrau eigens für den Anlass aus dem Kaufhaus hat kommen lassen, von ihrem Sohn an der Kasse mitgebracht, von dem sie redet, wenn sie, um irgendetwas zu sagen, von ›die jungen Leut‹ schwafelt.

ICH WAR EIN IDIOT, denke ich, als ich mich entschlossen habe, zur Mutter zu fahren. Ich war ein Idiot, als ich mich habe nicht adoptieren lassen wollen. Ich war ein Idiot, als ich den Schlaumeiern zuzuhören begann, die mir einzureden versuchten, ich wäre beim Ringen ums menschliche Seelengleichgewicht auf der Verliererstrecke, wenn ich nicht zur verlorenen Mutter zurückfinde. Ich hätte durch den Muttermangel bereits sichtbaren Schaden genommen, müsse wettmachen, die Mutter aufspüren, den tiefen Graben zwischen uns überbrücken, unbedingt auf die Mutter zugehen, sie in die Arme schließen, dass sie ruhig sterben könne. Ich war ein Idiot, als ich mich auf den Pressesprecher des Ministers einließ, seine Frau habe machen lassen und mir dann die Handynummer der Mutter gespeichert habe, die Mutter angerufen, mich ihr zugewandt. Und bin nach Eberbach gefahren. Und habe mir den Wagen beim Freund leihen müssen. Der Mutterdrang ist mit dem Besuch bei der Mutter ausgestanden, als unnötige Peinlichkeit wie eine Jacke abgelegt, die ich mir habe überziehen lassen. Alles mit der Begegnung ferner denn je zuvor. Es gibt so keine Bande zu dieser Frau, die ausgestoßen bleibt, kein Anrecht anzumelden hat auf ein gemeinschaftliches Unser, mich abstößt. Wir sind durch keinerlei Mutterblut verbunden. Humbug ist das Märchen von der starken Wirkung der genetischen Bindung. Umso intensiver die Abkehr voneinander, umso rettender das mutterlose Danach, das mit dem mutterlosen Davor eingeleitet worden ist und zu nichts Gutem geführt hat. Ich bleibe das Kind ohne Heim. Die Mutter ist ein Gespinst, eine Farce, ein Trugbild, das ich nicht länger mehr durch mein Leben tragen will. Die fernste Ferne ist erreicht. Es gibt keine Nähe zu vermelden. Ich sitze am Tisch. Ich esse den Kuchen nicht. Ich schaue die Mutter an und wende mich ab von ihr. Im Namen der Schwester, im Namen unserer gemeinsamen Not, wir bleiben mutterlos, der Schlussstrich ist zu ziehen, die Mutter aus dem Spielplan zu nehmen und als Theaterstück abzusetzen. Zum Jagen geht man in den Wald, zum Fischen auf den See hinaus.

Die Mutter sagt nichts. Alles spricht gegen sie. Sie sitzt vor mir, und es gibt sie nicht. Das abschließende Gebet laute: Mutter, ich sterbe nicht in deinen Händen. Der Vatersamen war ein sterbender. Er schoss an der Mutter vorbei und liegt begraben. Mit mir starb die Schwester im gleichen Todestrakt, deinem Bauch. Doch siehe. Dein Sohn ist gekommen. Und lebe mutterlos. Und bleibe die ewige Waise. Du aber bist nicht meines Blutes. Und mach es dir jeden Tag bewusst. Du bist nur vom Namen her eine Mutter. Die Getöteten bleiben. Und nur die Frevlerin vergeht im Todesgarten, aus dem heraus keine Pforte führt. Der Sohn wird das Schwert nicht ziehen, die Hecke zu zerschlagen, dich aus dem Dornenmeer befreien, sondern dein Zergehen begleiten. Todespollen erfüllen die Luft.

Rache, Rache süße du, Aug um Aug, Zahn für Zahn singe ich, umtanze das Lager der zurückeroberten Kindheit.

MÜTTERCHEN, KOMM, tanz mit mir, beide Hände reich ich dir, einmal hin, einmal her, rundherum, das ist nicht schwer, mit den Händchen klipp, klapp, klapp, mit den Füßchen tripp, tripp, tripp, mit den Köpfchen nick, nick, nick, mit den Fingerchen, tick, tick, tick, ei, das hast du gut gemacht, ei, das hätt ich nicht gedacht, noch einmal das schöne Spiel, weil es mir so gut gefiel, einmal hin, einmal her, rundherum, das ist nicht schwer. Ich spüre keine Mutter in mir auflodern, bin ihr nicht einmal im aufkommenden Wutmoment anverwandt. Selbst wenn ich gleich um mich schlage, wenn ich jedes Stück der Wohneinrichtung zerbreche und alles in der Wohnung Befindliche, den Stuhl, den Tisch, die Wanduhr, mit ihr die Zeit und den Raum restlos ausradiere, die Mutter töte, die ich in mir bereits emsig tilge, sind die bösartigen Emotionen nur der geringe Teil meines Gefühlslebens. Ibo ruft die Geistermächte an. Kwo, unu, kwosi okiro. Kommt, ihr alle, kommt herab auf unsere Feinde. Verdammnis dieser Frau. Die haben mir die Kinder genommen, lügt sie. Die haben mich nicht rangelassen an meine Kinder. Was hätte ich denn tun sollen, höre ich sie jammern. Mehr an Erklärungsnotstand ringt sich die Mutternull zum Ende der drei zähen Küchentischbegegnungsstunden an Einfühlung nicht ab. Mehr an Klärung und Erbärmlichkeit springt nicht heraus. In Gedanken füttere ich die Mutter mit Kartoffelbrei aus fein gehackter Minze, Schnittlauch, Brennesselspitzen, in heißer Milch vorgekocht. Kartoffelbrei mit Apfel, dazu Fisch auf dem Grill gebraten, mit Rosmarin gewürzt, dazu Spätburgunder gegossen. Erzähle ihr vom Albatros, diesem Vogel, der gezwungen ist, sein Leben einsam über dem Meer im Fluge zu verbringen, dessen Beine unterentwickelt sind, keine Muskulatur vorhanden um zu Landen.

So reist man durch die Welt. Oft muss man fort, obs regnet oder schneit und friert noch so hart. Hab oftmals keine ganzen Schuh und auch kein Stückchen Brot dazu, auch keinen Kreuzer Geld. So reist man durch die Welt. Der Vater sprach

zum Sohn, reise fort, und geht dirs schlecht, so denk an mich, dass es dir besser gehen wird. Und sollt uns nun der Fall geschehn, dass wir uns hier nicht wiedersehn, sehn wir uns am Weltgericht, leb wohl, vergiss die Eltern nicht.
Im Zenit meiner Rachegelüste überlasse ich die Mutter bei lebendigem Leib einem hundertarmigen Meeresriesen, der sie aussaugt, als leere Hülle hinterlässt und ausspucken wird, und dann denn Möwen überlässt. Rache für alles, was die Xanthippe mir und meiner kleinen Schwester angetan hat. Es ist Gedankenfolter, die mich zuerst quält. Ich tauge nicht zur Quälerei, die mir die Mutterlosigkeit ersetzt. Mich führt die Fantasie in andere Bereiche. Es ist das Geschäft der Akrobaten und Seiltänzer, auf den Schwingen der Fantasie Höhe zu erreichen. Tiefe Einsamkeit ist der Zustand, den die Mutter an ihrem Sohn verbrochen hat. Sie lebt und stirbt mit dieser Last. Das ist die Strafe. Mehr an Folter und Schmerz ist ihr nicht zuzufügen. Wir sitzen uns gegenüber. Die Gedanken sind frei, wer kann sie erraten, sie fliehen vorbei, wie nächtliche Schatten, kein Mensch kann sie wissen, kein Jäger erschießen, es bleibet dabei, die Gedanken sind frei, ich denke, was ich will und was mich erquicket, und das in der Still und wenn es sich schicket, mein Wunsch und Begehren kann niemand mir wehren, wer weiß, was es sei, die Gedanken sind frei. Die Mutter kann husten und keuchen, kann würgen und sich erbrechen. Nebengeräusche stören mich nicht, wie mich Seufzen an der Trauer nicht stört, nicht Hackgeräusche am Holzklotz, Schreie beim Sex. Der Hass und die Liebe kennen die sie begleitende Geräusche. Seufzen führt zum Stöhnen. Stöhnen zum Krächzen. Krächzen bereitet Schluchzen und Weinen vor. Weinen folgt Flennen. Greinen ist Wimmern heißt Winseln, Flehen, Verlangen, Wünschen, Bitten, Betteln. Das Flirren wird Qual. Qual erzeugt Druck, der zum Heulen führt. Jaulen, Maunzen, Schnurren. Röcheln, Hecheln und Keuchen. Japsen, Prusten, Pusten und Fauchen. Murren, Brummeln, Murmeln, Maulen und Gurgeln, das in Röcheln

umschlägt, Knurren wird. Brummen und Surren, das zum Bellen, Belfern, Kläffen ausartet, in haltloses Kichern überwechselt, in Schnauben und Raunen bis sich das Rattern der Seele einstellt, das in Schwirren mündet, Wallen und Schäumen, Gischten, Toben, Bersten und Herzrasen verursacht. Der Ring legt sich zum Kreis. Der Kreis umkreist den Ring. Wenn der Kreis den Kreis umringt und der Ring den Ring umkreist und jedes Geräusch geräuschlos wird, lebt der einsame Mensch in seiner Einsamkeit fort.
Ich bin mit der Mutter in der Küche eingesperrt. Wir sitzen auf lehnenlosen Schemeln und schälen Kartoffeln. Ich bin kein Folterer. Ich fühle mich nicht als Folterer. Ich gewähre der Mutter ihre halbe Stunde Rundgang. Ich führe die Mutter wieder zur Bettstatt, wo ich sie anschnalle, dass sie mir nicht entwischen kann, wenn ich mit ihr rede. Den Mund öffne ich ihr mit einer Vorrichtung der Zahnmedizin. Ich füttere sie mit Kartoffelbrei, löffelweise schiebe ich ihn heiß in die Mutter hinein. Die Augen der Mutter weiten sich. Ich bin dein Sohn, höre ich mich sagen, ich meine es gut mit dir. Und drücke den nächsten Löffel in den Heißbreimund. Sie kann den Brei nicht ausspucken. Sie kommt mit dem Schlucken nicht nach. Und will den Mund leeren. Ich will das aber nicht. Sie ist zu sättigen, während wir über die Zeiten reden, die ich ohne Mutter gewesen bin, von der Wiege an, in drei verschiedenen Kinderheimen, dem Kinderheimkindergarten, dem Vorschulkinderheim, dem Schulzeitkinderheim, von Kindesbeinen an bis zu den ersten Zeichen aufkommender Pubertät.
Das Bild im Schlafzimmer. Der Mann in Polizeiuniform. Sein Name ist Diethard oder Reinhold. Ich bin mir nicht sicher. Ich will es nicht wissen. Ich frage nicht nach dem Namen. Ich verlasse die Küche. Ich habe mit meinem Eintritt die Küche nie betreten. Ich bin abwesend. Ich sitze aufrecht am Tisch. Meine Blicke auf die Mutter sind über die Schulter hin getätigte letzte Blick auf eine Frau, die ich mit Blicken

bewerfen, mit Blicken steinigen, zu Tode blicken kann, so wie sie da auf ihrem Küchenstuhl klemmt, hingespuckt, mit einem Buckel auf dem Rücken, gegen die Küchenwand gedrückt, ist sie kein menschliches Wesen, ist eher Teil der Küchenwand, bleich und formlos. Und kann die Last nicht ablegen. Und wird diesen Schuldbuckel nicht los, der aus ihr hervor gewachsen ist, der zweimal schwangere, zweimal entleerte Mutterbauch. Und schafft nicht, Rabe zu sein, sich das Herz zu zerhacken, mit ihren über siebzig Jahren. Endlich wahrhaben wollen. Endlich Missstand eingestehen, sich für unfähig erklären.
Ich frage bei der Mutter nicht nach. Ich unterrichte sie nicht mit Fakten aus Akten. Was die Mutter sich einredet, nicht ein wahres Körnchen findet sich dran. Erstunken und erlogen ist ihre Beichte. Bis in den Tod hinein wird sie sich belügen, mit Erfindungen befriedigen, weil sie alles verdrängt hat, Lüge ist, was sie erinnert. Die Mutter muss vor sich in Schutz genommen werden, vor ihrer Verdrängung, die dafür verantwortlich zeichnet, dass sie kein Gram befällt, kein Unrechtsgefühl ergreift und sie sich vor Schuld und Scham die Augen auskratzt, die Adern zerbeißt, das Herz abdrückt, Gift zu sich nimmt, sich fortnimmt aus dieser Welt und unbeweint ins Vergessen schleudert. Wie Spinnengewebe, alt und verstaubt, herrenlos und unbeachtet wird ihr das verlogene Leben zum Leichentuch. Ein Gespinst, das man mit einem Atemzug wegpusten kann.

> Cobwebs from an empty Skull.
> Spinnweben aus einem leeren Schädel.
> Ambrose Gwinett Bierce

OHNE ANZULÄUTEN betritt ein dunkelhaariger Junge um die dreizehn, vierzehn Jahre die Küche, von mir als Besucher nicht weiter überrascht, hebt ruckzuck die Deckel der auf dem Herd stehenden Töpfe an, blickt in sie hinein, wechselt augenblicklich sein Antlitz vom Ernst nach der Schule in ein freudiges Strahlegesicht über, ruft *Bohnen und Kartoffelbrei wau*, nimmt sich eine Bulette aus der Pfanne, steckt sie ganz in den Mund, klopft der Mutter die Schulter, lobt ihr Tagesangebot mit *Kochen kann die Oma wie keine zweite*. Nimmt sich einen Teller aus dem Schrank über dem Herd. Füllt sich eine Mahlzeit auf. Isst im Stehen. Schaut mich an, während ich mich erhebe, ihn förmlich begrüße, meinen Namen sage und nach dem seinen frage, mich ihm als Onkel vorstelle, ihn Neffe heiße. Da ward geboren ein Königssohn, und bestieg vom Vater den Thron, und war dann König von Ägypten, aber leider auch zu sehr korrupt. Da kam zu seinem Pech ein oberster Leutnant mit Namen Gamal Abd el Nasser an den Hof; und stieß den König vom Thron und setzte Faruks Sohn, erst sechs Monate alt, an dessen Stelle, ließ das Baby Kinderkönig von Ägypten sein, mehr als ein Jahr, fegte dann das heilige Königsamt hinweg und machte Ägypten zur Republik. Und indem ich mich dem Neffen als Onkel vorgestellt habe, zückt der sein mobiles Telefon, benachrichtigt seine Mutter, die ich als meine Schwester Nummer zwei im Kopf registriere, dass da ein fremder Mann bei der Oma in der Küche sitzt, der behauptet ein Onkel zu sein, und der große Bruder von allen ist, wenn ich es dir doch sage, ja bei der Oma hier am Küchentisch, das soll die Angerufene ihm ruhig glauben und könne sie von der Oma bestätigt kriegen, um irre zu finden und für Grund genug zu erachten, wärs an der Zeit, alles stehen und liegen zu lassen und herüberzukommen, den Bruderonkel zu begrüßen. Ich muss übers Mobile den Sachverhalt bestätigen. Wenn dem so ist, werde Schwester Nummer zwei rasch ihren, meinen, unseren Bruder anrufen, den ich Bruder Nummer zwei nenne. Der schwinge sich sofort aufs Fahrrad, sagt sie und wohne noch näher dran als sie, ohne Rad bräuchte der zwei Minuten, alle Geschwister wohnen um die Ecke, als kämen sie nicht von der Mutter los. Und wenig später schon ist er dann tatsächlich auch da, stürmt mit einem nebensächlichen Tagmutter auf mich zu, herzt mich kurz und kräftig, presst und begrüßt mich rege, benimmt sich mir gegenüber, als wäre ich von einer langen Irrfahrt auf der hohen See endlich heil zurück in den Heimathafen eingelaufen. Steht breitbeinig vor mir, Bruder Nummer zwei. Schaut mich von Kopf bis Fuß an wie bei der Musterung. Den großen Bruder. Setzt sich beinahe auf den Pflaumenkuchen. Rückt den Stuhl vom Tisch weg, biegt sich mir mit dem Oberkörper entgegen, schaut mich an, fragt mich aus, den Oberkörper in Schwebe über die Schenkel gebeugt, in Habachtstellung unter Hochspannung. Hört mich an. Hört mir zu. Saugt meine Worte mit Aug und Ohr ein. Schüttelt den Kopf. Sieht die Mutter kopfschüttelnd an. Sagt, dass er nicht glauben könne, was er zu hören bekommt, nicht fassen wolle. Steht einszweimal auf. Geht in der Küche herum. Steht hinter mir. Muss mich rechts und links bei den Oberarmen fassen. Ist so sichtlich froh über mein Erscheinen. Der kleinere Bruder, ich, der zwei Jahrzehnte nach mir geborene Bruder Nummer zwei einen Kopf größer als der große Bruder von Wuchs, steht vor mir, bittet mich noch einmal hoch, muss mich wieder drücken, ansehen, drücken. Dann sitzt er nur da, schaut mich an, ist zu Tränen gerührt und hat noch auf dem Rad, während er herfuhr, Bruder Nummer eins Bescheid gegeben, den ich vom Kaufhaus her kenne. Wo der nur bleibt, müsste längst schon da sein, wohne obendrüber im gleichen Hausaufgang. Eine Tante fällt dem Königsjungen ein, wählt deren Nummer, sagt erwartungsvoll, er könne sich einen Euro dabei verdienen. Informiert Schwester Nummer drei, wettet mit ihr, dass der große Bruder hier ist, den niemand je kannte noch sonst wer zuvor gesehen hat. Und reibt sich die Hände und weiß, dass er die Arme ganz aus dem Häuschen gebracht hat, mit diesem Telefonat, die sich nun im Kreis dreht, nicht hinten und vorne und nicht weiß, wie und was zuerst nur tun. Wohnt ein Haus weiter, von hier aus durchs Fenster zu sehen, mit einem kräftigen Hieb hinüberzuspucken. Ein Mops kam in die Küche und stahl dem Koch ein Ei. Da nahm der Koch die Kelle und wenig später ist dann Schwester Nummer zwei zu umarmen, die Mutter vom Neffen. Von der Sonne verwöhnt. Rehbraune Haut wie gerade aus dem Urlaub gekommen. Strahlt über beide Backen, zeigt Freude über das ganze Gesicht. Da kamen viele Möpse. Tür auf Tür zu stößt die Schwester Nummer drei hinzu. Schlank machend in Schwarz gekleidet. Das doppelte an Körpergewicht wie die verhärmte, ausgemergelte Mutter. Hochrot im Gesicht. Gibt mir nur scheu ihre Hand. Holt einen Stuhl aus dem Wohnzimmer. Muss sich erst einmal setzen und Frischluft wedeln. So eine Aufregung am frühen Mittag, sagt sie und dann weiter nichts im gesamten Verlauf. Kann nur Tonloses in die Runde staunen. Muss ununterbrochen den Blick mit dem meinen verschweißen. Zu guter Letzt kommt der Kaufhallenkassenbruder, den ich als Bruder Nummer eins im Register führe, weil er der erste Bruder war, dem ich begegnet bin. Ein dünner Schlacks. Mutter, Sohn, Schwester Nummer zwei, Schwester Nummer drei, Bruder Nummer eins, Bruder Nummer zwei und ein Neffe, sieben auf einem Streich, notiere ich, sieben Verwandte in der kleinen Küche, um den kleinen Tisch herum. Der Pflaumenkuchen bekommt allen wohl und ist bis auf ein Eckchen weggeputzt. Die maschinell hergestellte Herrenkuchenrolle wird unangerührt neben den Abwasch verbannt. Und irgendwann kommt da ein Kumpel den Neffen zum Basketball holen, der leider nicht bleiben kann, sich herzlich verabschiedet, die letzte Bulette im Weggehen mit dem Kumpel teilend. Ist ein guter Basketballspieler, sagt die stolze Mutter und wird mit einem lauten: Bin der Beste durch die sich schließende Tür korrigiert. Ich habe längst das mitgeführte Notizbuch aufgeschlagen vor mir liegen. No matter what road I travel I'm going home, steht auf die Innenseite geschrieben und ins Deutsche übersetzt darunter: Ganz gleich, welchen Weg ich nehme: Ich gehe nach Hause. Shinso. Die Gespräche gehen hin und her, der Gesprächspegel klettert munter rauf und runter. Ich schreibe, einem Beamten gleich. Lauter Namen, Hausnummern, Geburtstage, Adressen, Merkmale, Eigenschaften, Hobbys und Vorlieben. Bruder Nummer eins bis Bruder Nummer vier. Schwester Nummer zwei bis Schwester Nummer vier. Die meisten Geschwister sind am Ort geblieben. Schwester Nummer vier hat sich was getraut und ist abgehauen, weggezogen. Nach Frankreich, Heidelberg, Saarbrücken. Hat dort eine kleine Diskothek. Ein Bruder hat sich ein Fertighaus gebaut. Maria heißt eine Tochter. Wird ziemlich dickköpfig, das Kind, will dies nicht und das nicht. O weh. Und Bruder Nummer eins zeigt seinen Körper, die Tätowierungen. Die Hälfte vom Verdienst geht für die Bemalung drauf, sagt Bruder Nummer zwei. Und in der Rosengasse war es sehr eng, sagt Schwester Nummer zwei. In der Itterstraße hatten sie mit Hochwasser zu tun. Und in der Brückenstraße, nein in der Hauptstraße, da hat es richtig gebrannt, da mussten sie in die Brückenstraße umziehen. Das Haus ist längst abgerissen. Und vom Neffen heißt es, dass er einen Schuhtick hat, in Frankreich ausgelöst, muss er in jeden Schuhladen rein. Schuhe, die keiner hat, sein Motto, sind die besten. Besitzt echte Skaterschuhe, Größe vierundvierzig. Spielt Basketball im Verein. TV Eberbach. Will später einmal Friseur werden, ein Geschäft übernehmen. Kann im Grunde alles, ist nur eben sehr faul, sagt die Mutter. Und Bruder Nummer zwei war vor Jahren im Big-Brother-Container. Siebzehn Tage lang live im Fernsehen. Schwärmt vom Casting, dem Vorsprechen, der Tiefenuntersuchung, den vielen Tests und kennt seitdem seinen IQ. Hat Altenpfleger gelernt. Und die Mutter will im früheren Leben in Pinneberg bei einem Arzt im Haushalt ausgeholfen haben, fragt sich Bruder eins, wie das nur gehen soll, wenn sie im Osten gewesen war? Und ist erst vor Kurzem auf offener Straße umgekippt, Wasser oder Blut in der Lunge, und die rechte Herzseite funktioniert nicht mehr, schluckt ein Dutzend Tabletten über den Tag. Und was ihren Mann von damals anbelangt, zwei Tage tot in der Wohnung gelegen hat er, ohne dass es bemerkt worden ist. Mit dem ist sie nach Hamburg, sagt sie, von dort aus erst zu ihrem Vater, dem Polizisten. Die Neckarbrücke wurde in dem Jahr gebaut. Mehr sagt sie nicht. Und mit dem Mann, der mein und der Stralsunder Schwester Vater war, da gab es eine Fernscheidung, sagt Schwester Nummer eins. Dann war sie mit einem neuen Mann zusammen, dem Vater der Brüder und Schwestern aus dem Westen. Der trank und wechselte schließlich in ein Alkoholikerheim über. Es bestand daraufhin zu ihm kein Kontakt mehr. Rund um den Ort ist wieder Eberbach-Triathlon. Siebenhundert Meter Schwimmen, sechs Kilometer Joggen, einundzwanzig Kilometer Radfahren. Deswegen die vielen Radfahrer heute. Dreißig Jahre lebt die Mutter nunmehr allein. Schwester Nummer drei ist ihr die treuste, kommt oft vorbei. Was die Buletten angeht, Kochen hat sie im Arzthaushalt gelernt. Ohne Kochbuch, habe die Mutter behauptet. Und der Vater vom Neffen kocht hervorragend, sagt Schwester Nummer zwei. Türkische Eintöpfe. Lamashu, Hackfleisch, mehr als scharf, oberscharf, mit Paprika und Soße. Sie ist von allen Kochkünsten befreit. In der Hauptstraße arbeitet sie, bietet Tee und Geschenke feil. Der Eberbächler Dialekt, sagt Schwester Nummer drei, gilt in Mannheim als Hochdeutsch. Auf meine Frage bekomme ich zur Antwort, gegen dreiundzwanzig Uhr zur Welt gekommen zu sein. Die genaue Uhrzeit weiß die Mutter nicht. Bruder Nummer eins und Schwester Nummer zwei, gestern beide noch im Clinch, haben sich aus Anlass meines Besuchs vertragen. Der Streit wird nebensächlich. Brüder und Schwestern haben ihren großen Bruder am Tisch sitzen, der hat die Augen der Mutter, das sollte denn wohl so sein. Ansonsten Telefonnummern. Postleitzahlen. Ortsnamen. Adressen. Bruder Nummer vier will nichts mit der Familie zu schaffen haben. Lebt eigenbrötlerisch und anonym. Angaben zu insgesamt acht neuen Geschwistern, vier Brüder, vier Schwestern. Alle nach mir geboren. Alle im Westen auf die Welt gekommen, hier groß geworden. Von einer Mutter, die still auf ihrem Stuhl hockt und Stück für Stück vom Tisch abrückt. So unscheinbar sie als kleine, alte Person im Raum klemmt und völlig unbedarft erscheint, im fremden fernen Osten, in Rostock, in der Hafenstadt, auf leisen Sohlen, die Brut kann der Staat sich holen, ist sie weg über die Grenze, hat zwei Kinder von insgesamt zehn eigenen Kindern im Osten gelassen, mich und Schwester Nummer eins ausgesetzt, nicht als Pfand, sondern für alle Zeiten, sich von ihnen durch ihre Flucht befreit, ins Land des Vergessens begeben, mit dem Rücken zur sicheren Wand, immer an der Wand entlang, Auge, Ohr und Mund vor der Tatsache verschlossen, dass sie ihr Leben lang Mutter ist und eine Adoption wieder zu lösen. Und hat, als wären die zwei Kinder im Osten nicht vorhanden, von Neuem angefangen, Kinder zu gebären. Acht innerhalb von zwanzig Jahren. Und musste sich bis heute nicht für die Flucht vor den eigenen Kindern verantworten. Wird nicht zur Rechenschaft gezogen, vor Gericht gezerrt und für ihr Verbrechen bestraft. Ist, wie sie war, bleibt, was sie wurde, eine, die sich davonstiehlt, so auch auf engsten Küchenraum. Hockt in sich geknickt, untauglich für den anstehenden Erinnerungsprozess, die Reinigung. Begraben unter dem angelogenen Massiv aus Selbstbetrug. In Jahrzehnten der Verdrängung angehäuft. Hat mit den nachgeborenen acht Kindern die zwei totgesagten zugedeckt. Zum Himmel schreiende Ungerechtigkeit. Dieser Wurm in Person. Nicht befähigt, Reue zu empfinden, gewillt, sprachlos zu verschwinden. Nicht eine Gegenwehr, wie hoch und hin und her es auch in der Küche geht. Nicht einmal ein Stopp und Halt, ich möchte dazu Folgendes sagen. Von den Ereignissen in ihrer Küche beherrscht, von ihrer Feigheit niedergerungen, von der Verdrängungsmaschinerie überrollt, und völlig desinteressiert an dem, was um sie passiert, dieser Art Heimsuchung nicht gewachsen. Zu allem immer nur gelogen und viel zu lange verschont geblieben, schlägt mit meinem Besuch das Schicksal zu und es gibt da für sie kein Geraderücken. Sie spielt keine Rolle. Sie existiert in der Küche nur am Rande. Die Brüder, Schwestern fragen mich aus, unterrichten, informieren mich, sprechen Vergangenheit an und berichten Teilstücke ihres gelebten Lebens, die Stücke unserer getrennten Wege sind, nichts weiter als die Gelegenheit, sich miteinander ins Verhältnis zu setzen, ein jeder für sich selbst neu zu finden.

Ein Mann, heißt es, ist nach der Wende mit seinem knallroten Trabbi bis hierher aufgebrochen und Autohändler geworden. Dann klingelt das Telefon. Bruder Nummer drei hat von mir über Schwester Nummer zwei erfahren und will mich auch im Namen der Schwester Nummer vier gern sehen. Auf ein Bier. Ich schlage das Notizbuch zu, mir schwirrt der Kopf. Das Bild auf dem Notizbuch, ich sehe es mir zum ersten Mal genauer an. Ein Mann in Sandalen und in ein orangenes Tuch gehüllt, geht auf ein offenes Tor zu. Das Tor besteht aus Baumstämmen und in die Lücken eingefügte Steinen. Eine riesige Aushöhlung, hinter ihr ein mit Bäumen bestandener Park. Wie vor dem Tor fühle ich mich. Gehe ich hindurch, bin ich in einer anderen Welt, der Welt der Brüder und Schwestern. Ich gehe nach Hause. Ich kann beruhigt gehen.

Ich stelle mir kein Leben mehr mit der Mutter vor, wie es gewesen wäre für mich, das Leben mit einer Mutter. Und hab ich einst geendet des Lebens ernsten Lauf, dann setz mir einen Hügel und setzt ein Blümlein drauf, doch nehmt aus meinem Busen das arme Herz heraus. Was ich in den drei Stunden zur Mutter erfahre, reicht hin, sie weiterhin nicht anzuerkennen. Und dann ist Treff beim jüngsten Bruder. Der hat eine Schlange und füttert sie mit Mäusen. Ist schon sehr verwöhnt, der kleine Bruder. Nach dem Big-Brother-Erlebnis will Bruder Nummer zwei es noch einmal packen, unbedingt auf die Bühne, singen, bekannt werden, erhofft sich

eine neue Möglichkeit, den Schub durch eine neue Chance, die er sofort ergreifen will. Fernsehstar werden. Superbruder. Das kanns doch nicht gewesen sein, sagt er. Und kann es einfach immer noch nicht fassen, dass die Mutter aus dem Osten ist, aus dem Honeckerland, der Stasizone. Und dann schauen wir uns Fotos an, Bilder aus der Kinderzeit, Pubertät. Die Fresse von Bruder Nummer eins ist die gleiche geblieben. Die Geschwister erzählen mit Vorsicht einiges zur Mutter, die oftmals fort, tagelang, wochenlang, nicht bei den Kindern ist. Nachbarn müssen sich um die Kinder kümmern. Eine zügellose, unmenschliche Despotin sei sie gewesen, jähzornig, in plötzliche Wut ausbrechend, mit Hang zur Grausamkeit. Ihrem Verhalten gegenüber steht die Ohnmacht der Ämter. Blaue Flecken und Geschrei. Die älteren Kinder kümmern sich um die jüngeren Geschwister. Das jüngste Kind nennt die älteste Schwester Mutter, weil es sie für seine Mutter hält, die richtige Mutter ihm wie eine Besucherin erscheint, die für eine Weile im Haus ist, laut wird, rumschimpft, nach den Kindern wie nach lästigen Fliegen klatscht.
Geschrei ist die tägliche Hausmusik auch bei uns im Osten gewesen, erzähle ich. Ruppig-rüder Umgang sind die Streicheleinheiten dieser Frau, kommt mit den zwei Kindern nicht klar. Krach aus der Wohnung ist man gewohnt im Haus, und auch dass die Mutter länger weg ist. Aber als es immer stiller und die Mutter länger nicht gesehen wird, schreiten die Nachbarn ein, schalten Ämter ein. Das Amt sieht sich genötigt, etwas zu tun, dass die Kinder wieder zu Stimme kommen und vielleicht einmal vor Freude schreien können, Krach schlagen, wenn ihnen Unrecht geschieht, nicht hauchfein das Leben auswimmern, zu einem unhörbaren letzten Winseln verurteilt sind. Wer immer als Erster gemeint hat, man dürfe nicht länger weghören, müsse was gegen den Zustand unternehmen, ehe es für die Kinder zu spät ist, wer immer zuerst gehandelt hat, er hat mein Leben und das Leben der Schwester gerettet. Sie haben sich nicht

im Entferntesten ausgemalt, wie es aussah bei uns. Der rechtschaffene Mensch kann sich nicht ausmalen, was zu tun eine Mutter fähig ist und was zu unterlassen, was Gang ist und Gewohnheit bei gewissen Familien. Wie kann man mit dem eigenen Kind überfordert sein. Wenn man jung ist, ich bitte, höre ich die Museumsdame kommentieren; die war unreif, das war klar, man hätte der das Neugeborene am Wochenbett abnehmen müssen, und alle weiteren Kinder. Kein Tier haust so. Und dieser Dreck, dieser Stallgeruch und mittendrin ich und meine kleinere Schwester, zwei elendige Gerippe zwischen Unrat und Kot, Hingekotztem und Kehricht. Nackt am kalten Boden liegend. Oh, wie muss ich wieder weinen, muss immer wieder weinen, weinen. Eine wütige Person, diese Frau Mutter. Von plötzlichen Attacken gepackt, schlägt um sich, teilt aus, langt hin, dreht durch, haut auf die eigenen Kinder ein, statt sich selbst die Fresse gehörig zu polieren.
Und die Tassen, Teller, Kuchengabeln auf dem Tisch sind aufgeregter als die unter uns weilende Mutter, der Grund meiner Reise hierher, die Mutterfahrt, die so lange Zeit meines Lebens das große Thema war. Und was sie zu gestehen hat, beschränkt sich auf die Jetztzeit. Sie sei eben aus dem Nachbarhaus in die Etagenwohnung hierher umgezogen. Sie müsse die momentane Ungemütlichkeit entschuldigen. So eine Frau also ist meine Mutter, denke ich, drehe das Muttergefühl auf null, verstaue die Kinderheimzeiten und alle die aus ihr resultierenden Muttersehnsüchte tunlichst in meine persönliche Verwahrkiste. Wie es mir geht bei der Mutter, fragt mich Schwester Nummer zwei. Ich habe weiterhin keine Mutter, antworte ich. Uns stellen sich weiterhin getrennte Vergangenheiten in den Weg. Es habe einmal Gerede gegeben. Gerüchte um zwei Kinder im Osten, erinnert sich Bruder Nummer eins. Eine Tante hat behauptet, dass es im Osten noch zwei Geschwister gäbe. Und die Mutter hat darauf nur barsch geantwortet: Die sind mir gestorben, die beiden; hat sich entsetzt, wie man nur nachfragen kann,

und mich wie die Schwester einfach für tot erklärt. Sie ist eine geistige Kindsmörderin. Sie hat uns auf dem Gewissen. Eine Flüchtende vor dem eigenen Ich ist sie. Dahinein, so mit der Gabel, hat sie einem Kind von ihnen in den Handrücken gestochen, das nach einer Bulette greifen wollte, als es noch nicht erlaubt war. Die drei Punkte verheilen nie. Erzählen könnten sie alle noch viele solcher Geschichten, sagen die Geschwister. Und reden nicht weiter.

> Der Einzelne nur Schaum auf der Welle. Die Größe ein bloßer Zufall. Die Herrschaft des Genies ein Puppenspiel. Ein lächerliches Ringen gegen ein knöchernes Gesetz. Es zu erkennen, das Höchste. Es zu beherrschen unmöglich. Was ist das, was in uns lügt, mordet, stiehlt?
> Georg Büchner

IN DER NACHT VOR MEINER ABREISE kommt der Big-Brother-Bruder die lange Anhöhe zu meiner Pension die Straße hoch. Es regnet leicht. Es ist kalt, keineswegs angenehm draußen. Ich freue mich über seinen Spontanbesuch. Ich bin aus dem Bett gesprungen, seinetwegen aufgestanden, um mit ihm die letzte Flasche Wein auf sein Kommen zu öffnen. Wir setzen uns unter das Dach der Pension an einen gemeinsamen Tisch, trinken Wein aus der Region. Regen prasselt unaufhörlich aufs nachsichtige Welldach. Der Bruder sieht bekümmert drein. Es kommt kein rechtes Gespräch auf. Der Bruder druckst herum. Der Bruder ringt mit sich. Der Bruder schüttelt sein Haupt, als ich ihn befrage, was denn sei, und ihn dränge, seinem Herzen Luft zu verschaffen. Ein Glas Wein später gibt der Bruder sich einen Ruck, umklammert die Lehnen des weißen Gartengestühls, müht sich ein gequältes Lächeln ab, lächelt eine Weile sichtlich befreit von der inneren, unsichtbaren Last, die eine ihm aufgebürdete Last ist, wie ich vermute, eine familiäre Mitteilung, die er herschleppen und hier abladen muss, wie der Esel den Sack abwirft.

Ich weiß den nachlassenden Regen. Ich weiß die leere Flasche. Ich schmecke den Wein nach. Ich weiß den Moment zu sagen, in welchem der Bruder sich gesagt haben wird, dass es nicht die Zeit ist, der falsche Ort, er seinen Text nicht sprechen kann, den Auftrag nicht erledigen wird, mit dem er bergan zu mir gekommen ist. Er wird seine Pflicht nicht erfüllen. Der Wein, die Stimmung in der verregneten Nacht sind ihm wichtiger als die Verkündigung. Ein scheißkalter Tag, sage ich. Eine scheißregnerische Nacht, sagt er.
Wir sitzen auf der Terrasse, verjagen jedweden Gedanken an Frost und frühen Aufbruch. Die Fahrt von Eberbach fort steht für den Tag um vier Uhr in der Frühe an. Ich sitze mit dem Bruder vor der Pension. Wir reden nicht sonderlich viel. Dann nehmen wir herzlich voneinander Abschied. Ich drücke den Bruder in dem Glauben, man werde sich wiedersehen. Er wandert im Bewusstsein von dannen, den Auftrag nicht erledigt zu haben. Ich sitze die Viertelstunde auf der Terrasse, denke über den Bruder nach, finde gut, dass er den Kontakt sucht, die Bruderschaft in der Nacht pflegt. Er ist wie du, denke ich, wenn auch zwanzig Jahre jünger. Er redet wie du. Er hält den Kopf wie du zur Seite. Er springt, wenn er redet, wie du von Thema zu Thema. Er ist nicht so zapplig, wie ich es bin. Er hat einen traurigen Blick. Er redet schnell. Seine Lippen bewegen sich kaum. Er ist auf seine Art ein cleveres Bürschchen, hat deine Geheimratsecken, wenn auch ein bissel anders geformt. Wir sind uns ähnlich. Ich lege mich hin. Ich schlafe nicht ein. Ich liege zwei Stunden wach. Ich wasche mich. Ich esse eine Kleinigkeit. Ich verlasse die Pension. Ich folge den Hinweisschildern innerhalb der Ortschaft und komme aus Eberbach am Neckar nicht heraus, gelange auf einen abseitigen Pfad, der mich in Richtung Berg und Waldgebiet einer Sehenswürdigkeit entgegenführt, die Begegnung mit dem höchsten Baum Deutschlands, von zahlreichen Hinweisschildern versprochen. Ich steige am Haltepunkt aus. Ich bin zu Fuß in diesem Wald. Die Bäume

im Wald sind hoch. Die Bäume werden größer und größer. Je tiefer sie aus einer Bodensenke wachsen, umso mehr gewinnen sie an Größe. Die tiefsten Stämme schießen hoch auf. Das Moos ist so schön. Ich mag die Unsterblichkeit des Waldes. Es regiert eine Helle am Ort. Der Wald ist von Oberlicht erhellt. Ich fühle mich wie in einem großen Gewächshaus, als Fußgänger einer enormen Waldgärtnerei, die als vorzeigbare Topleistung den höchsten Baum Deutschlands unter ihrem Dach stehen hat.

Ich gehe die schmalen Wege entlang, um zum Ausklang meines Aufenthalts in Eberbach am Neckar den höchsten Baum Deutschlands zu sehen. Ich blicke an seinem Stamm empor zum Himmel auf, und mir ist schwindlig, wie mir in Berlin schwindlig wurde, als ich im Alter von 14 Jahren mit der Klasse am Alexanderplatz vor dem Fernsehturm stand, an ihm empor nach oben schaute, ich dieses Bauchgrimmen verspürte. Ich sehe dann das Ende des hohen Baumes und denke, was zu denken ist: So sonderlich hoch ist das Höchste nun auch wieder nicht. Und fasse den Baum mit beiden Händen, lege mein Ohr an seine Rinde, lege die Mutterhaut ab. Ihr werdet Wissende sein, wenn ihr mich in meiner Haut zu Grabe tragt. Legt mich zuvor in Wasser. Umsteht mich, Brüder und Schwestern, bildet einen Kreis. Fasst euch bei euren Händen. Traut euch, die tote Haut anzufassen. Tretet nahe heran, befühlt meinen Leib, betrachtet eure Leiber. Dies ist mein einziger Wunsch an euch.

Und dann auf dem Nachhauseweg, aus Eberbach bereits lange hinausgefahren, auf halben Weg zurück, mitten in die seltsame Stimmung nach dem Besuch an Bord, erreicht mich diese sms: GUTEN MORGEN. WIR WOLLEN ALLE NICHT, DASS DU UEBER UNSER ELEND FRUEHER SCHREIBST. DU KANNST UEBER DICH UND MAMA SCHREIBEN, DEINE GESCHWISTER NICHT. WIR FREUEN UNS AUF DICH ALS BRUDER, NICHT ALS AUTOR. KANNST DU DAS VERSTEHEN? LASSE UN-

SERE VERGANGENHEIT AUCH UNSERE SEIN. ICH BITTE DICH ALS BRUDER DARUM. Abgesandt morgens, acht Uhr dreiundzwanzig. Die sms spricht von einem WIR, trägt keine Unterschrift. Jeder kann sich eines mobilen Telefons bemächtigen, einen Absagetext eingeben, ihn absenden, ohne dass ich wissen muss, von wem die Nachricht stammt.
Ich trinke an der ersten Tankstelle Kaffee und weiß plötzlich, was der Bruder nicht zu mir gesagt hat, was in der Luft lag; dass er nicht gerne am Leben, das Leben ihm egal ist. Ich fahre nach Hause. Ich sehe die Landschaften, die auf der Hinreise in Dunkelheit lagen, nun im Hellen. Ich nehme mir vor, mein Leben zu ändern, alte Gewohnheiten abzustreifen. Ich komme zu Hause an. Ich bereite mir Sauerkraut und denke, es wird Zeit, sich von dem Steintopf zu trennen. Das wird der Anfang sein. Ich werfe meinen Computer an, sehe die E-Mails durch, finde die Mail des zweitältesten Sohnes meiner Mutter. Bruder Nummer drei schreibt: Es war schön, Dich getroffen zu haben und einen Schritt weitergekommen zu sein. Leider führen diese Schritte immer von der Mutter weg. Erst die Bestätigung, dass dein Vater nicht mein leiblicher Vater ist, die Erfahrung, dass die Mutter Dich hat sitzen lassen. Ich kann es nach wie vor nicht begreifen. Meine Tochter fragt oft, warum sie nicht zu ihrer Oma darf. Ich sage, dass es nicht gut ist für sie. Irgendwann werde ich ihr einen Teil der Geschichte erzählen. Ich hoffe, sie versteht mich. In der Nacht, als die große Schwester uns alle verlassen hat, lagen deine Schwestern, deine Brüder in meinem Bett. Die Mutter war mit dem Vater auf Tour. Unsere große Schwester ist mit ihrem heimlichen Freund ausgegangen. Ich habe auf die drei Kleinen aufgepasst. Auf der Heimfahrt sind die große Schwester und der Freund kurz vor unserem Haus auf einen Laternenpfahl geknallt. Beide standen stark blutend vor mir und wir überlegten, was wir machen sollten. In der Nacht haben sich die große Schwester und der Freund ent-

schlossen, dass die große Schwester zum Freund geht. Für immer. Heute haben sie selber Kinder, die von zu Hause ausziehen. Allerdings unter anderen Bedingungen. Das ist jetzt zirka dreißig Jahre her. Ich hoffe, dass ich die Einzelheiten auf die Reihe kriege. Es gibt wenige Eckpunkte aus meiner Kindheit, an die ich mich erinnern kann. Manchmal kommen die Bilder wieder, gute und weniger gute, und verschwinden wieder. So, genug von der Seele getippt. Wenn du Lust hast, kannst du etwas von dir erzählen. Mails hole ich jeden Tag ab. Mit der Antwort dauert es meistens. Anbei ein Bildchen als Gruß an Dich und Deine Lieben.

> Aber was ist denn das? Ist es denn wirklich geschehen? Hat wirklich einer so zu mir geredet? Hat mir wirklich einer »dummer Bub« gesagt? Und ich hab ihn nicht auf der Stelle zusammengehauen. Aber da hätt' er ja meinen Säbel herausgezogen und zerbrochen, und aus wär's gewesen. Was, ich bin schon auf der Straße? Wie bin ich denn herausgekommen? – So kühl ist es, ah, der Wind tut gut.
> Arthur Schnitzler

Es bedarf keiner Niederschrift. Das Thema ist glühend genug. Ich werde mir alles einprägen. Das hat diese Rabenmutter geschafft, dass mir die Sache wichtig wird, egal ob ich sie mag oder von mir herschiebe. Es wird alles eines Tages aus mir brechen, Text werden, wenn es erst so weit ist. Der Startschuss fällt. Das erste Wort fällt. Der erste Gedanke gibt mir das Zeichen, mich an die Schreibmaschine zu setzen. Ich bin, was meine Mutter anbelangt, der allbekannte lebensfrohe Dichter, ein terroristischer Schläfer. Ich dämmere eine Weile nach dem Besuch der Mutter. Ich werde auf mein eigenes, ein von mir gesendetes Zeichen hin erst erweckt und zur Tat bereitet.
Wenn es so weit ist, trenne ich mich von allem. Trenne mich von der Liebe, der Geliebten, meiner Familie, den Freunden. Ich verzichte auf die vielen Abwechslungen und Zerstreu-

ungen. Ich wende der Stadt den Rücken zu. Mich geht das Land nichts mehr an. Ich schließe ab mit Nation, Kontinent, Erdendasein. Ich nehme mich raus aus allem. Die aktuellen Nachrichten, ich höre sie nicht. Ich nehme nicht einmal Abschied von den Menschen. Ich werde zum menschlichen Schreibautomaten. Ich sitze an meinem Schreibtisch und schreibe und schreibe. In den Pausen werde ich um einen kleinen, flachen See laufen, der vor der Haustür liegt. Vom Haus zum See, vom See zum Haus, ins Haus zurück. Das Haus ein Zufluchtsort, den ich für mich so bestimmt habe, die Welt in Ruhe zu lassen, sie zu begraben, weil wir uns nichts mehr angehen, niemals wieder eine Außenwelt für mich existieren wird, sie ein Wort ist, die Außenwelt, von dem ich ab sofort nicht weiß, die es dann nicht mehr für mich geben wird, weil ich in meine eigene, so völlig andere, nicht greifbare Welt eintauche, in der es keine anderen Menschen als mich allein gibt, keine Außerirdischen zugelassen sind. Schreibkraft und Konzentration. Zum Schriftsteller abkommandiert. Ich und ich. Und ich weiß mitunter nicht, ob es mich gibt, je gab, alles Einbildung von mir ist. Ich stelle mir irgendwann nicht einmal mehr vor, mit mir zusammen ein gemeinsames Frühstück einzunehmen. Aus dem Spiegel hervor schaut mich niemand an. Ich führe keine Selbstgespräche mehr. Es gibt mein Spiegelbild nicht. Es gibt den Spiegel nicht. Er ist die Wand, nichts sonst für mich. Es gibt die Zeit nicht mehr. Ich weiß nichts von der Zeit vor meiner Zeit. Es gibt nichts zu besprechen. Es braucht und hat keine Alltagsprobleme mehr, keinen Einkauf, keinen Tagesplan. Ich schreibe meint: da ist also das Wesen dem Menschen fremd geworden, ein Ich, das ich nicht bin, und geht sich auch nichts an. Ich höre mich nicht einmal wie einen Roboter reden. Ich sehe meinen Schläferblick nicht, und es stört mich nichts daran. Ich möchte mein Thema wie einen Bombengürtel tragen, mich mit ihm in die Luft jagen. Anders gelingt der Roman zur Mutter nicht. Sie überlebt, wenn ich mich ausgeschrieben habe; unser beider Bestimmung nach, haarscharf und getrennt, wie wir sind, waren, bleiben, zusammen nie und auseinander ein jeder; doch die andere Person als toten Zwitter im Winkel der aufgebrochenen Brust.

SAUERFLEISCH, DAUERLAUF, STOPPUHREN. Dressur. Grobe Leberwurststücke. Wut. Innere Stimmen. Autobahnen. Radfahrstrecken. Die Themen reihen sich wahllos. Ein Erzählstrang bedingt den nächsten, formt einen gigantischen Erzählkomplex. Ein Gedanke blitzt auf und will in Ausführlichkeit bearbeitet sein. Dann meldet sich das Leben von innen her, aus dem Bauch hervor. Die unbekannte Mutter, das tote Wesen, will nicht weiter mein Thema sein und vom Sohn ausgebeutet werden. Ich bin eine Schreibbankfiliale, von plötzlichen Überfällen heimgesucht. Alles, was ich aufschreibe, ist fehl am Platz. Was gewissenhaft vorbereitet und nach Plan ausgeführt aussieht, das Gegenteil von aller Ordnung ist es. Ich schaffe den Weg nicht. Ich kehre um. Ich bleibe in meiner Kunst stecken. Mich schwindelt mitten in der Natur. Unbestimmbar. Zeitlos. Vage gehe ich durch einen Wald und komme nicht voran, obwohl ich mir im Voraus alles so gut ausgemalt und eingeredet habe; ich bin längst vom Wege ab, schreibe über die Mutter, einzig um aufzuschreiben, wie mir wird, sprich: ich überfalle mich, halte an auf mich, lege den Schlamm der Zeit nicht frei, bewahre meine Kugelschreiber gleich einer abgesägten Schrotflinte auf. Das Kind, die Waise, der Mann, der Vater seiner Kinder, der Mensch, der ich bin, eine Einbildung, ein Konstrukt, eine Gefahr für sich selbst. Einer, der nicht schreibt, wenn er schreibt, fern jener Person, von der ich meine, dass ich sie bin und über mich schreibe. Einer, der nicht schreibt, sondern da sitzt, wo er sitzt und mit den Fingern tippt und nicht zu schreiben hat, nur so erscheint.

Es gibt die Auferstehung der toten Mutter nicht. Sie bleibt im Kind gestorben, ist tot, bleibt es. Es gibt keinen Begriff für das Gefühl als tote Mutter. Es besteht ab dem Zeitpunkt nicht einmal mehr eine fiktive Verbindung zu dem Begriff Mutter. Wenn sich das Wort Mutter als Gefühl erst einmal erledigt hat, wird der Begriff so bedeutungslos wie der Begriff Vaterland, Muttersprache. Die Bindung löst sich. Es braucht die Mutter nicht mehr, die schon lange in mir abgestorben ist, wie ich nun weiß. Auch wenn ich eine lebende Frau besuchte, deren verwandtschaftlich korrekte Bezeichnung Mutter ist, habe ich weiter mit der toten Mutter zu tun. Der Zauber ist vorbei. Kein Mensch mehr anzutreffen. Die Muttersuche hat mit der Mutterfindung aufgehört. Mein Empfinden für die Mutter ist aufgebraucht. Ausgestanden das Heimweh auslösende Grundgefühl, ausgestanden die übergroße Bereitschaft, der Frevlerin zu verzeihen, sie in die Arme zu schließen. Ich schließe die Mutterfindung ab. Die Mutterfindung hat aufgehört, als ich im ersten Kinderheim zum ersten Mal ma und ma gestammelt habe, obwohl eher davon auszugehen ist, dass ma und ma von mir zum Gefallen der Heimleiterin und der beiden Mädchen aufgesagt worden ist.

Auf der Ausruh-Kautsch in meinem Zimmer, dem Sofa der Großmutter, spult der Film meines Lebens von allein ab. Ein Streifen ohne Ton, eine schlichte Kamerafahrt, langsam und genüsslich: Vorbei und entlang der Schonung, an Draht und Stachelverhau, zu Zeiten, als ich ein Grenzzaunsoldat war auf Friedenswacht an der grünen Grenze zum westlichen Mutterland hin im Auftrag des Ostens, eine automatische Waffe umgehängt, mit einem Posten unterwegs, der nicht weiß, was mir im Grenzdienst dauernd durch den Kopf geht, nämlich die Chance hier zu nutzen und zur Mutter zu flüchten, das Haus der Mutter zu stürmen, die Mutter mit vorgehaltener Waffe peinlich zu befragen, warum sie mich und meine Schwester verlassen hat. Zu jener Zeit wäre mir der

Besuch bei der Mutter wichtig gewesen und ich hätte ihn für ein Weiterleben wichtig genommen. Das Kind ist erwachsen geworden und in der Mutterlosigkeit daheim. Es hat keinen Sinn, sich etwas vorzumachen.

Für Unterstützung und praktische Lebenshilfe danke ich:

Gerd Adloff (Motivator), Wolfgang Aurich (Weisheiten), Jürgen Bahnsen (Einfühlung), Erika »Banni« Banhardt (Heimleitung, Nienhagen), Rudolf-Robert Davideit (Philosophien), Günter Eichler (mein Deutschlehrer), Meike Feßmann (Jurorin), Sonja und Klaus Fiedler (Freunde), Dr. Gerd Gedig (Suchtberater), Maike Gravert (Reisebegleitung), Maßschneider Haselhorst (Hemd), Judith Hermann (Tutorin), Wolfgang Hörner (Lektorat), Friederike & Leopold Immervoll (Adoptiveltern ehrenhalber), Hannelore Keyn (kritische Mutmacherin), Esther Kormann (Lektorat), Ina Koutoulas (Schreibfreundin), Sabine Mähne (Geldbeschaffung), Helke Misselwitz (Filmbeitrag), Matthias Ogilvie (Zuflucht Lohme), Schnapshersteller Ott, Lukas Rauchstein (Rabenlieder), Iris Sebastian (Ernährungsberaterin), Steffen Sebastian (Medienpräsenz), Lilo Viehweg (Design).

Und meinen Geschwistern für freundliche Aufnahme und versuchte Gespräche.

btb

Ursula Priess
Sturz durch alle Spiegel

Eine Bestandsaufnahme.

172 Seiten
ISBN 978-3-442-74120-5

Ein bewegendes Zeugnis vom Versuch der Tochter,
die schwierige Beziehung zum Vater – Max Frisch –
neu zu sichten und sich ihrer Geschichte mit ihm
zu stellen, um darüber ihre eigene Stimme zu finden.
Ein wahres, ein wahrhaftiges Tochter-Vater-Buch.

»Ein schmales, aber hochverdichtetes Erinnerungsbuch.
Die Autorin hat ein Buch geschrieben, das neben dem Werk
von Max Frisch bestehen wird.«
Richard Kämmerlings, FAZ

»Mit ihrem Buch hat Ursula Priess der Liebe zu ihrem
Vater ein großartiges Denkmal gesetzt, unpathetisch
und bewegend.«
Volker Hage, Der Spiegel

www.btb-verlag.de

btb

Jenny Erpenbeck bei btb:

Geschichte vom alten Kind
Roman. 128 Seiten
ISBN 978-3-442-72686-8

Ein Mädchen wird gefunden, nachts auf einer Straße. Es ist weder schön noch hässlich, niemand kennt seinen Namen, niemand weiß, woher es kommt, niemand weiß, wer seine Eltern sind. Niemand, auch das Kind selbst nicht. Manchmal scheint es, als wisse das Kind mehr, als es preisgibt – doch wer versucht, sein Geheimnis zu durchschauen, hat das Gefühl, er blicke in einen blinden Spiegel.

»Eine faszinierende poetische Fuge über den Versuch, die Zeit anzuhalten.« *Focus*

Tand
128 Seiten
ISBN 978-3-442-72993-7

Zehn brillante Geschichten, in denen Jenny Erpenbeck menschliche Beziehungen in ihren möglichen und existenziellen Fassetten auslotet und in denen sie Trauer und Schmerz, Ängsten und Schwächen, aber auch Liebe und Vergänglichkeit eine ganz neue, ganz eigene Stimme verleiht.

»Wundersam melancholische und sprachlich virtuose Geschichten.« *kulturSpiegel*

www.btb-verlag.de